嚼铁屑

第1部
广场

甫跃辉 著

江苏凤凰文艺出版社
JIANGSU PHOENIX LITERATURE AND
ART PUBLISHING

图书在版编目（CIP）数据

嚼铁屑：全 3 册 / 甫跃辉著. —南京：江苏凤凰
文艺出版社，2023.7
ISBN 978-7-5594-7291-5

Ⅰ. ①嚼… Ⅱ. ①甫… Ⅲ. ①长篇小说-中国-当代
Ⅳ. ①I247.5

中国版本图书馆 CIP 数据核字（2022）第 209273 号

嚼铁屑：全 3 册

甫跃辉 著

出 版 人　张在健

责任编辑　李　黎　唐　婧

责任印制　刘　巍

装帧设计　马海云

出版发行　江苏凤凰文艺出版社

　　　　　南京市中央路 165 号，邮编：210009

网　　址　http://www.jswenyi.com

印　　刷　苏州市越洋印刷有限公司

开　　本　880 毫米×1230 毫米　1/32

印　　张　25.75

字　　数　624 千字

版　　次　2023 年 7 月第 1 版

印　　次　2023 年 7 月第 1 次印刷

书　　号　ISBN 978-7-5594-7291-5

定　　价　108.00 元（全 3 册）

目　录

第三部　危楼

尾　声　三岔口

第一章　路人

书信一

　　黄昏了,日光透过窗玻璃射进来,到处是辉煌的人间。"卢观鱼"——写下这三个字,看了又看,每一个字都渐渐变得陌生起来了。我继续盯着:"卢——观——鱼——"一个个字从纸面浮起,又被一只无形的手按回去。想起另一个黄昏,破旧的老洋房窗外,悬铃木烈焰腾腾,震耳的蝉鸣如火星四处迸溅,我们浑身热汗,像两条滑腻腻光闪闪的鱼,相拥着靠在床头看小说《洛丽塔》,"洛——丽——塔——"是情欲和爱意的开端。这书我们一直没看完,仿佛才翻过一页,就是现在的黄昏了,你的名字落在纸上,竟这么陌生。真是该告别了。已经拖拖拉拉多少年了?那时我二十出头,今年我都三十五了!

　　我们还没见面,就在手机上说话,恋爱。后来,见面了,恋爱,吵架,仍然有一多半是在手机上。再后来,不见面了,吵架,分手,还是在手机上。我在黄河边,你住长江尾,隔着半个中国,两个时区,手机成了我们之间不知疲倦的信使。我有时候想,与其说是在和你恋爱，不如说是在和手机恋爱。

记得我提议过，不如我们写信吧？我想至少信纸拿在手里，是实实在在的。你说好啊。但你没给我写过信，我也没给你写过。我们谁都没再提起这件事。现在这第一封信，写什么呢？我都在火车站候车室的椅子上坐了快一小时了。

想起我们第一次见面，是在飞机场，那真是很多年前了，虽然恍如昨日。记得那天我们约好在飞机场见面的，却转来转去找不到对方。终于碰面，我有些气恼地说，哪有你这样接人的?! 你欲言又止。你不会知道，那是我第一次坐飞机，为了买机票，在网上被人骗了两万多块钱，那几乎是我全部的积蓄……现在，我又坐回火车了，没什么值得我那么着急奔赴的了。

几年前，我们竟然在深圳偶遇，我以为我们又要开始了。我很害怕再来一次，又隐约有点儿期待。如果不是那张照片，真有可能的吧？连续多少年了，只要闭上眼，那照片都会出现在我眼前：灰色的水泥地面，两截血肉模糊的躯体，相距半米之遥，上半截举着手似要往前飞，下半截屈着腿似要往后跑。这矛盾的两截，只靠一摊仿佛滚动着肠子的血迹在腰部勾连。你不知道，我看到这照片时，手就像现在一样在抖，但她的死，能怪我吗？我好不容易平息了一些，我们又为此大吵一架，我不只手在抖，浑身都在抖了。

唉，回头看看，我都写了些什么？

之所以会写下这些，或许是因为刚刚在来的路上，我和死神擦肩而过？如果我出发得再早一些，或许事情就会两样。但谁知道呢？命运是如此不可捉摸。现在的我是安全的，生活的脚步仍在继续。

我的手仍在抖。在这难以抑止的颤抖里，我给你写下这第一封信。四面望望，没有一只绿色邮筒等着我。算了吧，我想。这些信你永远不会收到，就如同有些秘密，你永远不会知道。

在旅程的半途，侯澈醒转了。发觉置身于一片黑森林，林中道路消失了。黑森林荒凉、芜秽，又浓密。火车在林中停靠，她刚下火车，火车刹那间在她身后变作一条大蛇，扭动着肥壮的身躯，慢吞吞地朝黑森林深处爬去。她看得清它身上斗大的鳞片，闪烁着斑斓的光，恍若无数镜子，照出无数她。她来不及发出一声惊呼，跌跌撞撞地奔逃，很快她就离开正道，误入歧途。不知不觉，她穿过一片幽谷，抵达一座小山脚，看到山顶一颗明亮的星，它的光辉指引着她回到正道。她稍觉安宁，稍事休息，越过一处荒凉无人的斜坡，途中，一只脚刚刚踏稳，却发现自己身临悬崖，跌落的瞬间，无数人裹挟了她，懵懵懂懂地闯进另一人群，人群如兽群般散开又合拢。她看到一截摧毁的轨道，一片耀眼的空白。脸扭开又回转来。一个人蜷曲在轨道上，血色潮涌。她朝后退了退，提起绿裙子，脚上的白鞋子是洁净的。她生怕他转过脸来，地上那个躯体，却偏要转过脸来。

"啊！……"侯澈终于喊出了声。

果然是卢观鱼，他脸色苍白，五官扭曲，声音虚弱不堪地说，救救我，救救我。她往后退，退了又退。在广阔的密林中，无论她怎么奔逃，卢观鱼始终停留在她跟前呼喊，救救我，救救我。她连连摆手，不是我，不是我。卢观鱼忽然笑了，说，我要死了。她倒有了勇气，顾不得鞋子，提起裙裾朝他跑过去。你不能死啊。她想抱他起来，他太重了。白色的骨髓似的浆液从刺出体外的肋骨里溢出，她伸手握住那根肋骨，手上黏糊糊的。我要死了，卢观鱼叹息似的又说了一遍。侯澈说，不管是不是真的，都求求你怜悯我，要活下来啊。卢观鱼说，这里处境险恶，你如果想要逃脱，得走别的路……

挣扎着，浑身一阵战栗，侯澈真正醒了。

被子裹得紧紧的。汗水散发温热的气息。睁开眼看，目光被屋顶挡住了。好一会儿，才想起来，这是在火车上。这样的慢车，好多年没坐过了。身下咣当咣当，是铁和铁撞击的声音。她想象着外面正是无边夜色，孤零零的山河，孤零零的灯火。老牛反刍一般回想起刚才的梦。那些自认为掌握着梦境密码的人认为，梦是照见未来的镜子，而她只相信，梦是白日见闻的倒影。现在，她终于不再发抖，能够回想白天那些惊心动魄的细节了——

中午吃过饭后，她又检查了一遍昨晚收拾好的行李，确保不会落下任何重要的东西。手机、充电器、钱包、身份证，她一再念叨着，仿佛自己已经年老健忘了。确定什么都没落下后。她坐在床边，东看看西看看。日光透过窗玻璃照进来，照亮一盆大叶绿萝。绿色的火苗，吃苦费力地伸向日光。租住在这儿的这些年，她养过好多植物，唯独这盆绿萝经受住践踏和冷落，一年一年活下来了，还越活越健壮。她起身去摸一摸绿萝的革质油绿叶片，再次用酒精湿巾擦拭了一遍。不多一会儿，她又想，是不是还有什么东西忘带了？再次翻开箱子和包，里里外外检查一遍……反复几次，她受不了这份忐忑了，决定提前出门。

手机上叫车，很快有司机接单。不一会儿，她看着车在手机地图上转来转去，明明到楼下了，又转远了。正想打电话过去问，司机打电话过来了，问她在哪儿。她有些不高兴，说这么简单的路，怎么会找不到呢？她一面跟司机说开到哪儿哪儿，一面拖了行李箱下楼。在几个交叉路口走来走去，好一会儿，才找到那辆网约车。司机下车帮她搬行李箱，那是位满头白发的精瘦老人，穿一件半旧的灰色夹克，戴一副玳瑁边眼镜。她将埋怨的话硬生生吞进肚子，坐进后座，气闷不已。老人问了她的手机尾号，又问是不是要到火车站，车子慢悠悠开出去，香樟树影在挡风玻璃上缓缓滑过。

你们这小区可真大，每天得空了，在小区里转转就挺好。老人说。

那你刚才不是找不到路，是想在这小区里转转咯？侯澈翻了个白眼。话刚出口，又有些不好意思，说，还好我比平时早出门了三小时。

那就好嘛，不用着急。这世上的事啊，最是不用着急。老人并不着恼。

侯澈不答话。老人将车开出小区，按着导航的路线，不疾不徐地开着。老人还真是不着急，开车从来不争不抢。反正出门早，侯澈闭上眼睛，放任自己东想西想。好一阵子，睁眼看看，发现几乎还在原地，再看看时间，说早也不早了。

能开快点儿吗？这么慢，我怕来不及啊。侯澈语气焦灼。

不着急不着急，我有数的。这世界上的事啊，最是不用着急。老人念叨。好不容易开过拥挤的路段，老人又说，待会儿上高速了，就快了。

侯澈强迫自己闭目养神，又没那份闲心，不时睁开眼看看外面，又按亮手机看看时间。时间一分一分过去，再这样下去，似乎真来不及了。然而别无他法。她强迫自己继续闭上眼睛。突然，整个身体朝前猛扑，脑袋砰一声撞上驾驶座后背，就如被一只戴拳击手套的巨手猛击了一拳。她听到周遭的世界爆发出剧烈的撞击声、碎裂声、刹车声、尖叫声。这是复杂而又立体的瞬间，她刹那间意识到出车祸了，意识到自己可能要死了。脑袋一片空白。眼前一片黑暗。好一会儿才敢睁眼。一辆红色大卡车，塞满全部视线。完了，心里咯噔一声。再仔细看，大卡车在两三米开外。大卡车后面，相向两车道中间的绿化隔离带上，小火箭似的柏树缺胳膊断腿，散发着苦涩的淡绿色树脂味儿。再看大卡车前面，车头凹陷，地上有轮胎摩擦形成的凌乱痕迹，痕迹末端是一辆白色小轿车。

小轿车离侯澈的后车窗很近。侯澈看到，车子很诡异地被撞成两截。车头滚到路边绿化丛中；车的后半截暴露着，后座似乎并无损伤，就如一张沙发被胡乱摆在了高速路上。沙发上坐了一对母子，母亲将儿子抱在怀里，放手看看又抱紧，儿子的头如一只被砸开的西瓜，一只手硬撅撅地耷拉着，指尖不断滴血。

身子原先是木的，好一会儿才觉出哪儿哪儿都在痛。她以为流血了，仿佛听到鲜血汩汩离开身体的声音。到处看看，竟毫无损伤。幸运得不像是真的。如果老人开车快一点儿……侯澈不敢想。她看到老人僵硬地握着方向盘，扭头望向白色轿车，显然也被吓到了。好一阵子，谁也不说话，只是隔着车窗望着那对母子。儿子的死寂、母亲的哭喊都隔着玻璃，都是遥远而不相干的。

这世上的事啊，真是不用着急。再次出发，许久了，老人才说出这句话。侯澈张了张嘴，没说一句话。从后视镜里看得到渐渐远去的大卡车、救护车和警车。老人转脸看她，小姑娘，我抽根烟，不影响吧？你抽吧。侯澈说。

车子继续往前。谁也不说话。

老人目视前方，左手握方向盘，右手从夹克内口袋里摸出一盒大前门，摸索着捏出一根，塞进嘴里，嘴唇有些颤抖，烟头更在颤抖。又从夹克外口袋里摸出一次性打火机，连续打了三四下，打火机的砂轮仍然哑巴着。侯澈真想探过身去替他打着火啊。她陷在后座的黑暗里，看着老人又用力抹了几下砂轮，砂轮终于喷出一束火苗。这时候车刚好开进隧道，车内忽地一暗，烟头一点红红的火光，将老人的脸如铜雕般凸显出来。很快，比日光还要明亮的灯光从隧道两侧的顶部照射下来，烟头那一点儿红光便暗淡了。

老人吐出一口烟，才想起摇下驾驶室的车窗。这时候，车钻出隧道，初冬明亮而清冷的风从车窗猛地灌进来。侯澈被风劈头盖脸一吹，浑身颤抖，听见牙齿撞击着牙齿，犹如遥远北方的浮冰撞击着浮冰……

让侯澈震惊的，与其说是这突然撞到面前的车祸，不如说是一次次的梦境忽然变成了现实——在此之前，她就经常做这类梦。梦里的人在现实里有可能存在，也有可能不存在。无论是否存在，他们都会在她的梦里断作两截。

醒来便睡不着了。火车不知在暗夜里越过多少村镇和城市，越过多少人的梦。侯澈看了一眼窗外，黑咕隆咚的。重新躺回床上，再回想刚才那梦，已隔着千山万水了，但他挣扎的样子，仍然如在眼前。他从来没那么孱弱过。她想要他变成那样吗？有时候，她是真想他死啊。他死了，她多少会好受一些的吧？有时又想，死太干脆了。最好让他遭逢不幸，让他颓丧、绝望、痛苦。但她其实早没那么大的恨意了。这梦仅仅是白天那场车祸的投影吧？往事、现实、想象、梦境，穿插交织，明暗驳杂，在这大半天里难分彼此……侯澈胡乱想着这些，困到极点，却怎么也睡不着了。

火车咣当咣当地前进，床板晃动着，窗帘也晃动着，一缕光透进来。她翻过身，趴在枕头上，拉开一条缝，探看外面。是站台的光。火车呜呜两声鸣笛，不紧不慢开过去了。灯光疏疏落落地闪过。更稠密的黑暗蜂拥而至。黑暗里，零零星星的光亮，是远近的城市和村落。陌生的人家，陌生的灯火，陌生的道路。

她把脑袋紧紧抵住车窗玻璃，玻璃冷冰冰的，让她心头一阵颤动。抵得更紧一些，真冷，继续着，奇异的快感。几滴泪水沿着脸颊流下，流到玻璃上，曲曲折折往下流。过了一会儿，她又觉得自己实在矫情，断然擦干了眼泪。

下铺窸窸窣窣响,一个人坐起,脸转向她刚拉开的窗帘缝隙。车外的灯光一亮,这人的脸便在光亮里显现。她低头望去,这是一张中年男人的脸。刚上车时,她便注意到他了。他站起,朝外拐上过道,往洗手间的方向去了。她看到他的背影消失在黑暗里。心念忽动,忙扯开被子,爬下床来,坐在靠窗的椅子上。她竟然有些期待着他回来。她不再相信什么神奇的缘分,没兴趣在火车上和一个陌生人发生点儿什么,但她又明明白白地意识到,她在期待着他回来。只是想找个人说说话吧?她想。有些话,是只适合跟陌生人说的。

卧铺车厢灯火全暗,窗帘全已拉上。她将窗帘拉开一条缝,让轨道外的灯光漏进来。灯光时而稠密,时而稀疏,稠密时是城镇,稀疏时是旷野。

火车在一处桥上停下来了。一溜路灯昏黄地亮着,每一盏灯底下,都有一个人或立或坐,穿着臃肿的棉衣,有的冷得受不了似的,不时在地上跺一跺脚。她定定地看了好一会儿,才看明白,每个人面前都架着一两根鱼竿。哦,这是夜钓的人啊。从桥面到河面,得有三四米吧?那长长的钓鱼线在半明半暗的空间里,被风曳动,被光照亮,偶尔闪一下。侯澈满心期待着。许久,火车又缓缓开动了。这些夜钓的人,没一个人钓上鱼来,也没一个人回头看火车。侯澈看到一辆火车的影子在桥底浑浊的河面上,也在他们的身上无声而轻飘地碾压过去。

侯澈又看看卫生间那儿。车厢走廊幽暗,只有那儿透出一些光亮。不知过了多久,一个身影出现在光亮里,朝她这边看一看,似乎犹豫了一下,又似乎下了决心,一步步朝她走过来。走出光亮,走进黑暗。短短的走廊,仿佛无尽的隧道,他走近来,走到她身后,在紧挨着她的椅子上坐下。背后一阵暖热。隔着薄薄两层衣物,他的体温源源不断渗过来。

闪过一个念头，身后的男人若是他，会怎么样？

男人在喘息。他刚刚穿过走道微弱的光朝她走来时，高大的身躯微微晃动着。鼓出肚皮的身躯。油腻腻的身躯。现在，这具身躯紧挨着她，让她感受到来自肉体的重量。忽然心生厌恶，想要起身，却又执拗地坐着。假如他是他，她会怎样？她恨不得给他一个耳光，至少，和他大吵一架。他们在一起总有吵不完的架。

火车外，车灯不断闪过。昏黄的瞌睡人的眼。星星似有若无，远远地悬在天边。又或者，那只是灯火，遥远的渺茫的灯火。

男人迟迟不走。侯澈心中烦闷，忽地站起，朝着走道尽头微茫的光亮走去。火车摇摇晃晃，醉酒似的。她很久没尝过醉酒的滋味了。手不时扶一下过道左右两侧，来到车厢连接处，打开卫生间的门，垂头趴在洗手池，头发蓬乱着，干呕两声，什么都没吐出来。抬头看镜子，一张陌生的瓜子脸，尖下巴，高颧骨，发际线靠后，头发单薄枯黄。以前她经常被人夸漂亮的，现在面前这憔悴如鬼魅的人，是谁呢？她晃晃脑袋，往脸上抹了些水。呆愣一时，转身出来，带着更蓬勃的醉意，朝刚刚落座的地方走去。

窗帘卷起又落下。椅子和下铺的床都空着，男人不知去向。

侯澈有些失落，坐到男人坐过的椅子上，椅子还是暖热的。火车外，车灯闪过。星星远远地悬在天边。又或者，那只是遥远的渺茫的灯火。她看到自己的脸影影绰绰地映在车窗玻璃上，那些遥远的星星或灯火是一条条小河，无声地从脸上流过。她盯着这奇妙的图景看，渐渐地，感受到更深的孤独。她转而担心那男人回来了。她现在只想独享外面这不断延伸的夜，仿佛是独自拥有着整个宇宙。

在一种满足的困倦里，她爬上床躺着，不多久，睡着了。这次的梦里，不再有任何人物，有的只是一片摇动的迷蒙水光，如品尝人间从未有过的极美味的奇异水果。她知道是在梦中，却仍希望这梦持续得久一些。

从梦的深处，传来吵吵嚷嚷的声音。不得不醒了，原来是快到省城了。看看时间，还有半小时呢。辗转反侧，盖上被子热，掀开又冷。闭上眼，想再回到刚才那梦里，只觉得隔了一层柔软的障壁，再难进入。

随人群下车，一股寒气扑面而至。站台上的工作人员裹紧军大衣，搓手，跺脚，缩着脖子。哨子嘟嘟响，将凝滞的空气划开许多裂纹。侯澈显然穿少了。在南方待久了，她几乎忘记了老家的冷。她右手抱紧自己，左手拉着行李箱，瑟缩着，挤进人群，走出火车站。外面是空旷的广场，冷风如拳，拳拳到肉。她四下张望，几十盏路灯垂着头，睁着昏黄的眼。天空一览无余，在地面灯光的映照下，只看得见三五颗星放出淡淡寒光。广场一角，人们三五成群地围拢，从人群里，隐隐透出红光。侯澈朝其中一处走去。

果然，是一堆堆火。火车站附近的城中村正在拆迁，人们从废墟里找来木料，放进黑乎乎的汽油桶里，一大团红红的火苗钻出来，如枯木里开出的一大朵花，摇曳着，发出似笑似哭的声音。待火苗弱了些，旋即有人再去找来废木料投进去，不多时，火苗又健旺起来。"今天真冷啊。"有人跺着脚。"是啊是啊，怎么忽然就降温了。"另一人擤了一把鼻涕。

这时候，一个满脸络腮胡的中年男人微弯着腰，抱着一大摞旧书，从远处挥霍大笑着跑过来，嚷嚷着："发财啦！发财啦！"挤在火堆边的人让开一条缝，男人用下巴压住怀中的书，腾出右手，抓起最上面一本，使劲儿抖一抖，泛黄的纸张哗啦哗啦响动，有些脱落的页面飞入火中，转眼被火光吞噬,转眼又如蝴蝶般飞起,渐渐由红而黑,融入黑暗之中,消失不见了。边上的两人从男人怀里抓过书,一本接一本投入火中,火光猛地暗下去,又忽地蹿起来,轰一声响,火苗炸裂似的散开。周围的人都笑起来:"过瘾!过瘾!还是烧书过瘾!"纷纷伸手从男人怀中抓过书扔进汽油桶。火苗越蹿越高,火光映得众人的脸红红的。

"你从哪儿搞来的这些?"有人问。

"除了从老头儿那儿,还能从哪儿?"络腮胡说。

"他要晓得了,不打断你的腿?!"有人笑。

"得了吧!你看这沿街的店铺,哪家店晚上不锁得严严实实的?就他这书店,明面上挂着一把锁,可那就是做个样子,一拧就开了。他要是真宝贝这些书啊,还不得用十二把大锁给锁住啊?现在这年头,这些书要不是还能拿来当柴火,就彻底成废物了。"络腮胡一面说,一面不住手地往火堆里扔进旧书,旧书燃烧时散发出一股年岁久远的陈旧而醇厚的气息。众人呵呵笑,无人搭腔。络腮胡又说:"你看这街上的店铺有几家没被偷过的?就老头儿这旧书店从来没被偷过。小偷都不光顾了,还有什么好在乎的……"

"你今天不就光顾了?"有人笑着说。

"这不一样,这怎么能一样?"络腮胡说着,一股脑儿将剩余的书撇在火堆里。噗一声响,火苗被压下去,浓烟袅袅腾起。好一会儿,轰一声响,崭新的火苗腾起,众人往后退一退,脸上的火光淡了,只剩眼睛红红的。

侯澈趁此机会,朝火堆里挤,拢在一起的人们看一看她,默默让出一条缝。她仄身挤到汽油桶边,朝火苗伸出两只手。手掌底下,一本本旧书燃烧得迅猛,火苗仿佛携带着无数陈旧的字迹、无数沉默的语言,纷纷印到她的掌心。侯澈想得痴了,转过手掌来看,掌心红红一片,什么都没有。怎么会什么都没有呢？

好一会儿，僵冷的手舒松了，暖和了。转而，感到钻心的疼。"小姑娘，手往后一点儿，会烧疼的。"络腮胡提醒她。侯澈忙缩回手。

不知为什么，众人哈哈笑起来。

这些身着臃肿棉服的中老年男人，一个个流浪汉似的，若在平时，侯澈定然是不会和他们挤在一起的。现在，侯澈看他们眼睛里闪烁着火光，就如亲人一般温暖。热烘烘的汗味儿，在他们身上蒸腾，聚拢，发酵。这味儿是突然出现的，炸弹似的轰得侯澈晕头转向。她下意识地后退，然而，不过离开半步，身后的冷便猛扑上来，她又回到原先的位置了。那气味依旧浓烈，凶猛。她长长吐出一口气，抬起头来，想要呼吸上方的新鲜空气，看到天上积着厚厚的粉色、明亮的云。她深吸一口气，低下头来，眼里莫名地有了泪光。

火苗呼哧呼哧，更衬出黎明前的宁静。她的内心，刹那间获得了奇异的安慰。她注目火苗，注目伸向火苗的一双双手。这是些怎样的手呵，手背通红，皲裂；手指短粗，小胡萝卜似的。母亲也有一双这样的手，不过那上面的灰尘不是来自工地上的砖石，而是来自讲台上的粉笔。侯澈莫名地生出一种冲动，想要握一握这些陌生的手。但她只是伸着手掌，一动不动。火苗明亮暖暖地烘托着她白皙、纤弱的手，纸页燃尽后化作几只黑蝴蝶栖在上面，簌簌颤抖。

没人说话。火堆被沉默笼罩着。那些书，都已化作灰烬，书里的种种观点，都不再争吵；书里的种种人物，都彻底消失了。偶尔听见汽油桶发一声响，砰！

侯澈掏出手机，给母亲发短信，说到火车站了，天亮后去坐客车，到家得傍晚了。握着手机，等了一会儿，没回音。母亲是还没起吧？在她的信息上面，是前几天决定回家时，她给母亲说了以后，母亲的回复：

好,注意安全。

火苗越发暗淡下去了。就在这时候,什么东西落在她脸上,细碎、冰凉。抬起头看,层云底下纷纷扬扬,竟然是落雪了。她浑身一凛。看看四周,鼓起勇气,拉了行李箱,疾速穿过广场,风裹挟了细小的雪粒,扑打到脸上。穿过火车站广场,又穿过坑洼不平的道路,积着不知哪来的污水。她三步并作两步走,行李箱的轮子骨碌骨碌滚过泥水地,直直往客车售票厅走。

然而,眼前只有一片废墟。

侯澈呆了好一会儿,向小卖部的人打听,才知道半年前客运站就搬走了。"搬走了? 搬哪儿去了?"小卖部的人瞥她一眼,不耐烦地说了个地方,见她一脸茫然的样子,又朝不远处努努嘴:"喏,坐那趟车到终点下。"

侯澈挤上公交车,公交车摇摇晃晃,暖气开得很足,让她有了几分睡意。朦朦胧胧,一个短暂的梦,竟然又梦见那片水,比在火车上梦见的更广大,也更温暖,包裹着她,托举着她,无声地抚平她内心的褶皱,这异样的温柔,让她为之动容。忽然的震颤,让她猛然醒来。刚才的梦如极其美味的水果,仍在唇齿间残存着滋味。她揉了揉眼睛,看到客车停在一处完全陌生的地方。

傍晚到县城那趟车竟然没票了,她盯着售票厅柜台上方滚动的票务信息愣神,售票员催促:"还买不买?""买! 买!"她忙说,"最早有什么时间的?""傍晚出发,明天一大早到。"侯澈脑中一片空白,长吐了一口气。

拿到车票后,侯澈拖着行李箱,在候车大厅来来回回走了几圈,半个座位都没找到。勉强让她觉得安慰的是,候车大厅里很暖和。掏出手机看，母亲回复她："知道了。""傍晚才能走，到家得明早了。"侯澈回复道。想了想，又补了一条："人太多了，之前说的那趟车买不到票了，只买到傍晚出发的票。"过了一会儿，母亲回复："知道了。"侯澈盯着手机屏幕看了好一会儿，仿佛感觉到母亲冷冷的语气，纵然如此，她还是很想马上回家的。然而，只能干等着，心中难免烦躁。

中午到二楼餐厅吃了一顿饭，回到候车厅继续等。

一个三十多岁的光头男人出现在人群中，嚷嚷着："有拼车到半城的吗？现在上车就走，就差一个人了，上车就走！"偶尔有人上前问询，却并没人跟他走。侯澈忽然想，如果现在去半城，那从半城再去旧城，车就多了。忙上前问："现在到半城，大概要多久？""三个小时，现在就走……"侯澈心中欣喜，再一问价格，比坐城际班车贵出一倍。光头男看出她的犹豫，忙说："你不能只看价钱嘛，我到半城，开的是小轿车，哪里是大客车能比的？在外辛苦一年了，这时候还舍不得享受享受？"侯澈脸上一红，说："我买好到旧城的票了，不好处理啊。""那还不容易？"光头男也不问她同不同意，夺过她手中的车票，瞥了一眼，高举在手中晃动着，"有谁要到旧城，还没买到票的？这儿有一张，低价转让啦。"很快，一个小伙子上来询问。光头男又一次自作主张，说："这票是我好不容易排队抢来的，给加二十块钱辛苦费吧。"问的人愤愤道："哪能这样？不是说低价转让吗，不打折就算了，还加价？"光头男说："低价不等于原价啊。我辛苦排队半天，不要钱？加二十块钱，那真算是低价了，你要是嫌贵，自己去排队看看……"说完，就转过身，一副不屑的神情，还朝侯澈眨一眨眼。小伙子说："好吧好吧，这票我要了。"光头男转身把票递给他："这就对了嘛，你想想，你要是买不到票，还不得在省城住一晚，住宿费多少？说到底还是你赚了。"光头男接过钱，转身递给侯澈，又朝侯澈眨一眨眼，嬉笑道："怎么样？坐我的车吧？""你这生意做得！我现在车票都没了，只能坐你的车了。"侯澈唯有叹服。

光头男在前带路，很快离开客运站，周围安静下来了。雪早停了，天气干冷，空气里浮荡着无尽的尘埃。光头男一改嬉皮笑脸的样子，一言不发，匆匆走在前面。侯澈心中忐忑，可别是遇上骗子了吧？盯着男人青光瓦亮的头皮看，发现他的脖颈上还有一个小小的文身，是两把刀架在一起，心中愈发忐忑了。"这是要去哪儿啊？怎么还没到？"侯澈的声音都有些发颤了。光头男回头瞥侯澈一眼，笑笑："别害怕呀，我不是坏人。"转身继续往前走："就在前面了，客运站边上交警多，没法停车，我只能把车停在边上废弃的小学里。"

又走了一阵，光头男拐进一座大门。侯澈迅速瞥了一眼，门边挂着一面牌匾，确实是"某某小学"的字样，心中稍安，立马又想，小学就没问题了吗？不由得一只手攥紧手机，一只手攥紧拳头。

"到了！到了!"光头男说。

一辆红色小轿车停在几株柏树底下。轿车后座，已经坐了一对年轻恋人。小伙子探出车窗嚷嚷："不是说上车就走吗？我们等了半小时了！"光头男赔着笑，匆匆上车。侯澈打开副驾驶座的车门，矮身进去。关上门后，觉得车里一股香水味儿和香烟味儿，侯澈顺手摇下车窗。边上好多柏树，枝干扭曲如上升的火焰，看起来很有些年头了。柏树枝叶苍翠，一阵风吹过，树梢微微晃动，簌簌作响，仿佛在细细筛着洒落的日光。这是多么美好的声音。有什么东西，落在车顶和地上，发出轻轻的敲打声。侯澈伸出手去，掌心向上，接住的是一些细小的半绿半枯的柏叶，那分叉的样子，仿佛珊瑚的断肢。侯澈偏头望向树梢和树梢后的蓝天，心中一片清明。攥紧手机的左手松开了，手心全是汗水。

不多时，轿车上了高速。楼房和树木纷纷退去，眼前渐渐只剩下光秃秃的山头了，山顶是更加湛蓝的天空。侯澈朝后瞥了几眼，那对小恋人都是大学生模样,旁若无人,头挨着头搂抱着,一路上絮絮地低声说话。

光头男一面开车,一面问侯澈,在哪儿工作啊,做什么工作啊,还笑呵呵地问:"你们工资一定很高吧?"侯澈半真半假地答了。光头男咋舌:"比我开车高多了!你怎么还心疼这点儿车钱?""那不一样啊,"侯澈说,"大城市来钱多,花钱也多啊。你看,我都混不下去,要回老家了。"侯澈笑一笑,很轻松的样子。光头男瞥她一眼,说:"这话骗谁呢?你们这些待惯了大地方的人,哪里还能回到小地方来?就像我们这种待惯了小地方的人,就是别人把大城市说得再好,我们去了也是待不长久的。就为这个,我媳妇儿常说我没出息……"

光头男所说的媳妇儿,其实还没跟他结婚,而是谈了七八年恋爱的女朋友。虽然恋爱这么久了,从他的话里,仍听得出,他对女朋友满是爱意。他带着一脸油光光的笑意,说起他们去哪儿拍婚纱照,说起他送给她的铂金戒指,还说起他喜欢她穿银行制服。"我媳妇儿总埋怨我,说我舍不得给她买衣服,让她回家了还穿单位的制服。嗨,她就是不相信我说的,她穿制服真是最好看了。"侯澈笑起来,想说,你还是制服控啊,话到嘴边,又忍住了。

三个多小时的路途,大半都在光头男的甜蜜恋爱故事里过去了。侯澈只不过适时嗯啊几声。故事还没讲完,半城客运站到了。付钱下车,目送光头男开着红色轿车走远,她想,这车之所以是这么艳丽的颜色,大概是因为他女朋友喜欢吧?这倒真是个幸福的人。人和人的喜乐是多么不相通,这一大堆甜蜜的故事,和自己也就只有这三小时的交集。回过神来时,那对年轻恋人已经不知所终了。

开往旧城的班车还有好几趟,侯澈顺利买到最近一趟。排队过安检后,看到四十多岁的男司机大腹便便,只穿着一件针织衫,站在车头边仰头抽烟。烟雾缭绕,将他圆肥的脸笼罩其中,仿佛他是一个没有脸的人。很多人挤在车边安放行李,她等了一阵,仍没轮到自己,就带着行李上车了。找到座位坐下后,听着车厢里此起彼伏的乡音,她总算可以放下心来了。她不动声色地左右看看,没一个认识的人,但每一张面孔都显出熟悉的模样。车上弥漫着热烘烘的汗臭味,她把车窗拉开一条缝。过了一会儿,车开动了,寒风清冷,猛扑进来,吹在脸上犹如刀割,望向窗外,从城市慢慢过渡到郊区,再到乡村,到处的麦地隐隐泛着绿意,让萧索的冬天显得生机勃勃,她莫名地有些鼻酸。

层云已散,西斜的日头是白白的一个圆。光秃秃的杨树永无休止地从车窗外闪过。杨树顶上,不时能看见一个硕大的喜鹊窝。窝里偶尔能看到喜鹊。待在这么四处漏风、无遮无拦的家里,喜鹊不冷吗?小时候,她问母亲,母亲说,喜鹊怎么会冷呢?她说,喜鹊怎么就不会冷呢?母亲说,喜鹊有羽毛啊。她说,大雁也有羽毛啊,大雁怎么就怕冷,就往南方飞呢?喜鹊怎么不往南方飞呢?母亲说,你这孩子,和谁学的抬杠呢?你那么想知道,你问大雁去,你问喜鹊去……想起这些,侯澈嘴角有了个上扬的弧度。直到现在,她仍然不明白,喜鹊怎么就不怕冷呢?只是她不再问人。

不时有客人站起来,朝着师傅喊一声,师傅,在哪儿哪儿停一下。师傅也不答应,过了一会儿,在那地方停下了。乘客搬行李下车后,喊一声:"谢谢师傅啊。"司机这才扭头,对着车下的乘客扬一扬手,应道:"慢走啊。"

侯澈刚才迷迷糊糊睡了一路,此时不敢再睡,生怕错过路口。揉一揉眼睛,坐直身子。这时才注意到,边上靠过道处,坐的是一个十八九岁穿蓝色校服上衣的女孩,脸色黝黑,一副经常下地干活的样子。女孩脚前的空隙,塞着一大捆白玫瑰。女孩见她醒了,搭话道:"姐姐,你喜欢玫瑰吗?"侯澈随口应道:"喜欢。你怎么买这么多?"女孩笑道:"不是买的,我是学农的,从学校苗圃拿的。太多了,我都拿不动了。拿回家干吗呢?又不能喂猪。姐姐,我送你一捆吧?"女孩声音清亮,俯下身去,将一大捆玫瑰花解开。"不用不用。"侯澈连连阻止。女孩不听,抽出一小捆玫瑰,二十来朵的样子,硬塞给侯澈。侯澈推脱不掉,接过玫瑰,几片玫瑰花瓣落在她身上。"姐姐,你抱着玫瑰花的样子很美啊。"女孩笑嘻嘻地说。女孩很快下车了,侯澈看到她站在两棵光秃秃的杨树中间,围着一条红围巾,怀抱一大捆白玫瑰,身后是无尽铺展开的小麦地。车子再次发动,女孩微笑着,朝侯澈大幅度地挥动着手。侯澈才想起,都没来得及问女孩叫什么名字。这样的萍水相逢,将她一路归来的疲倦一扫而光了。

车开进县城一会儿,她用方言喊:"师傅,我到了。"司机一言不发,猛地停下车。她一手拉着行李箱,一手抱着女孩送的那束白玫瑰,下车后站了一会儿,穿过马路,钻进小巷。会不会遇到熟人?离过年还有近两个月,别人问起自己怎么这么早回来,该怎么说?她低着头,快快地走着。

什么人都没碰到。倒是撞见几栋崭新的楼、几座崭新的桥。这个县政府所在地叫"旧城镇",这才三年没回家,旧城快变成新城了。一座陌生的新城。终于,近了,那扇熟悉的红色油漆的铁门就在前面。快走几步,来到门前,门上挂着锁。拨弄几下,锁只是虚扣住。拿掉锁,推开门。院子里什么人也没有。

"妈?妈!"侯澈冻得声音都颤抖了。

一只黄猫喵了一声,跃上院子偏西处的石凳,跃上石桌,再跃上梨树,又喵一声,从梨树跃上邻居家的屋顶。窸窸窣窣,先是石桌上的一片雪被扫落,然后是梨树上的一片雪被震落,接着屋顶上的一片雪被踢落。落雪纷纷扬扬。仅存的五六片梨树叶红着,颤动着,迟迟没落下。

　　漫漫长途,总算到达终点了。侯澈长舒一口气,眼前升起一片云烟。细小的雪粒落在她脸上,凉津津的,只一瞬间就融化了。

第二章　故人

书信二

　　我想从这几年的生活里挣脱出来。你不知道，我前几年搬到上海了。我们以前为什么从未想过搬到同一个城市生活呢？我去我们一起待过的那小区看过，老洋房一楼的门仍像过去那样虚掩着，二楼你的房门是锁着的。我站在楼道里，上下的租客都站在门口看着我，那些面孔似曾相识。他们告诉我，你早搬走了，这屋子已经换过好几任租客了。

　　我找到一份还算过得去的工作，时常加班，经常熬夜。后来，哪怕不加班，我也睡不着了。睡不着就会胡思乱想，有时会想起我们在一起的日子，不过不会再流泪，而且不明白当年怎么那么轻易流泪；有时，我也会想起别的男朋友，但想起他们，和想起你终归是不一样的，你给我留下了太大的裂痕。是因为我们断断续续待在一起的时间久吗？从二十多岁到三十多岁，直到那张照片出现。

　　更多时候，我什么也不想。有时觉得时间很慢，怎么太阳迟迟不落呢；有时又觉得时间飞快，猛然看到日历，啊，一星期过去了，一个月过去了。

所以，我结婚了。那次和你在深圳偶遇，我和他刚见面不久。还记得吗？那次偶遇后，我们联系了一阵。再后来，那张照片出现了。我不想再苦熬了。只是想不到，我和他结婚才一年，就离了。

他是做企业的，妻子病故两年了，带着刚上小学的女儿过日子。记得那天他从学校接孩子回来，孩子到自己房间做作业去了。我对他说，我们离婚吧。这话我在心里演练很多次了，以为很艰难的，真说出口了，又觉得太简单。他没说话。我像往日一样，去厨房做好饭菜，端上桌，喊小姑娘出来吃饭，小姑娘看看我又看看她爸，似乎预感到什么了，默默吃完饭后，又回屋做作业去了。他开始收拾碗筷，说，好吧，我尊重你的选择。

我搬走了，来到你生活的上海，我犹豫要不要去找你，犹豫来犹豫去，还是去了。但像以前有几次我忽然去找你一样，我扑空了。我试着联系你，真联系不上了。我想，这样也好。如果联系上了，我们的故事一定会更加烂俗。

就这样吧，我在你待过的城市，按自己的方式生活下去。但一天又一天，我不知道自己为什么待这儿了。失眠，多梦，焦虑，暴躁，昼夜不分，浑浑噩噩，行尸走肉。如果不上班，我能一星期不出门。我几乎闻得到，一股腐烂的气息从身体内部的五脏六腑散发出来。这样的日子有什么意义呢？

我想，回老家待一阵吧，或许能有什么不一样。

楼是二层小楼，年纪比侯澈大，朝向不是常见的坐北朝南，而是坐南朝北，每天太阳升起，最先照到的是屋后齐檐高的石榴树。石榴树的影子落在楼上后墙的窗玻璃上。玻璃窗内寂静无声，其中一间房是侯澈弟弟高近寒的,高近寒和侯澈一样,许久没回来了。侯澈和母亲,住楼下一东一西两间房,当中的堂屋是客厅,偶尔也充作餐厅。大门在院子北面,偶尔有人来访,母亲总是将大门拉开一条缝,站在门背后,探出头和来人说话。母亲退休前是县城中学的语文老师,以前偶尔会有学生家长来访,退休后,即便逢年过节,也少有人来了。

侯澈打量着院子里的草木砖瓦,和三年前相比,几乎毫无变化。就连墙角那堆木炭,似乎也是三年前的那一堆,黑色的苫布在靠房屋的地方掀开一角。薄薄的雪散落在苫布上,黑的黑,白的白。

侯澈踢了踢地上的雪,转身朝自己的房间走去。掀开厚厚的布帘,轻轻一推,门开了。一股淡淡的霉味扑面而来。帘子在身后放下,屋里黑洞洞的。窗帘边缘,透进微弱的光。侯澈伸手想按下门边的开关,又缩回了手。凭借着微弱的天光和久远的记忆,侯澈走到床边,放下行李,坐在床沿。呆了一会儿,起身拉开窗帘,尘埃飞扬,猛然射进来的一派夕光,瞬间将一切异常明晰地呈现:桌子、书架、椅子、床、床头柜、衣橱……尘埃颗颗明亮,浮动在空气中。

侯澈在屋子当中站了一会儿。又熟悉,又陌生。从小学四年级开始,她就独自住在这屋里,屋里的陈设一直没大变。过去那些时光,瞬间回返,又瞬间远离。原本一路辛苦,此时却没了倦意。她出门,到卫生间提了一小桶水,先找来一只空的菠萝罐头玻璃瓶,洗净尘垢,将那束白玫瑰插进去,搁在临窗的桌上。又拿了抹布,仔仔细细将桌子、椅子、书架等等擦拭一遍,连书架上的书都一本本抽出来,抖搂抖搂灰尘,再将封面封底擦一擦。不到一小时,一桶水变成墨色了。屋里的旧日之物,慢慢呈现出回忆般的光泽。

她站在小书架前,目光和手指掠过一道道书脊,大多是港台言情小说、人物传记之类,初高中时候,这些都是偷偷看的。还有一大叠小图书，是《西游记》连环画，她只看到猴子被压到五指山下，就借给弟弟看了。她明里暗里催促好几次，弟弟才将它们还回来的。如今，她却再没兴趣翻出来看一看。她的目光停在薄薄的《儿童看图读古诗》上，小心抽出来，仍带出旧年的几缕积尘。

封面是彩色的，老柳树边的河里，一头水牛半身没在水底迎面游来，牛背上跨坐着一个才梳总角的小男孩。小男孩背着黄草帽，一手捏柳枝，一手握着书在看。这是上世纪九十年代初出版的书，穿过万水千山，来到这边远小县城的新华书店，再来到她手里，已经是九十年代中期了。相比书里的诗，她更喜欢那些彩色图画，她小时候常常盯着图画发呆，想象着自己正置身其中——图片里的世界远比她所生活的县城和周边村落色彩丰富得多，有趣得多。

第一首诗直接印在封面背后，是杜甫的《绝句》："迟日江山丽，春风花草香。泥融飞燕子，沙暖睡鸳鸯。"旭日、高山、小河、柳荫，双燕掠空，鸳鸯卧地，近处是几丛红色小花。第二页是王籍《入若耶溪》的后四句："蝉噪林逾静，鸟鸣山更幽。此地动归念，常年悲倦游。"一艘红色官船从远处划来，江边茂林修竹，仿佛可以听见蝉噪鸟鸣。江面之上，是母亲帮她写的名字，"侯澈"。那时候，她写"澈"字，几个部分总各行其是，她拿到新书，就总央求母亲帮自己写名字。再往里胡乱地翻，停在司空曙的《江村即事》上："钓罢归来不系船，江村月落正堪眠。纵然一夜风吹去，只在芦花浅水边。"一叶扁舟里，一人拥被而卧，钓竿仍支在船尾。小时候，她看这幅画，真是无限神往。翻到最末了，停在白居易的《观刈麦》上："田家少闲月，五月人倍忙。夜来南风起，小麦覆陇黄。妇姑荷箪食，童稚携壶浆。相随饷田去，丁壮在南冈。"一位中年书生手执折扇，立在红土墙边，目送远去麦田里劳作的人们，大人小孩仿佛从纸面上发出笑谑的声音。绿的远树，黄的麦田，灼热的风在吹拂，到处蒸腾着成熟的气息。这样的画面,让她想起中学时,班主任组织全班去帮城郊的农民干活。在她的坚持下,母亲不得不同意她穿白衬衫出门,到了田间,她的白衬衫很快变成灰衬衫不说,还扯开了一条大口子。即便如此,在短暂的懊恼过后,她看那日的天,仍然很蓝,日光仍然很灿烂,所有的风都在吹向她。每一个同学晒得发烫的脸上,都同时挂着汗珠和欢笑,时间仿佛永远停止了……

侯澈靠在床头,慢慢翻看着这薄薄的小书,不由得回想起一幕幕过往岁月的片段,渐渐觉得身子暖和过来了,身体里有冰块崩塌的声音传来。掏出手机,没新的短信。"妈,你在哪儿呢?"侯澈发了条短信给母亲。好一会儿,手机静默着。侯澈又发了一条:"我想办法提前到家了。"

射进屋里的夕光渐渐变暗,尘埃渐渐滞重。

侯澈原本想象着,三年没见,母亲会做一桌好菜,满怀期待地站在门口等着自己。不过这得怪自己,忘记跟母亲说自己傍晚就能到家了。纵然如此,母亲许久没回短信,仍让她备感失落。又躺了一会儿,巨大的困倦侵来,侯澈将书搁在胸口,和衣躺下。褥子在身下凹陷,叹息似的吐出陈旧的气息。思绪混沌,偶尔听见喜鹊在屋外喳喳叫,渐渐地,她看到梦的诞生:一个模糊的影子,渐渐膨胀、壮大,又是那片水光,渐渐起了波动,忽然,有声音如惊雷乍起。

"哪有这样的道理,妈都这样了,他还不回来?!"一个炸裂的男声。

"谁都有自己的难处,小楼不是说了吗? 有项目脱不开身……"另一个男声。

"什么项目能比亲妈重要? 这种鬼扯的话你也信!"原先的男声。

"你做过他的班主任,要相信自己的学生嘛。"一个女声。

"就因为我做过他的班主任，才不相信他，你们别看他平时少言寡语，可他只要争起什么问题，死的能说活，活的能说死，母猪都能给他说上树喽……"

侯澈此时已然醒了八九分，想起这男声来自高中历史老师赵新能，另一个男声来自谁呢？那女声又来自谁？一些久远的回忆倏忽而至，倏忽而逝。

"不说小楼了，说说李青萍吧。李青萍怎么办？"一个男声。

"还能怎么办？现在这样子……"赵新能叹息。

"李青萍哪怕不能动，能说话，那也好啊。"一个女声。

侯澈小心翼翼翻身，周身湮没在一片黑暗里，夜色已然降临。不知已经睡了多久。肚子叽里咕噜。屏住呼吸，吸住肚子，生怕肚子里空洞的声响被隔壁的人听到。然而，肚子并不听侯澈的，叽里咕噜，叽里咕噜，声响持续着。

"还能怎么办？还是老办法啊……"终于，听到母亲的声音。

"上半年才送走老顾，现在又来一个李青萍，哪个吃得消啊。"一个女声。

"那怎么办？总不能让李青萍独自躺医院里等死吧？我们当初弄这个'桑榆故事'，不就是为了互相帮助吗？"又是母亲的声音。

"话是这么说，只是……"之前的女声。

"小楼人不回来，钱也不回来？"一个男声。

"人都不回来，钱能回来？"赵新能的声音。

"小楼不是有微信吗？他从微信上，随便打给我们哪个都行嘛。要么给高老师，要么给赵老师，赵老师你是他班主任，这总信得过的……"之前的男声。

"老路啊老路，你是真不懂还是装不懂？这是信得过信不过的问题吗？打什么钱啊！姓楼的小子根本就没打算管他妈啊！"赵新能的声音。

侯澈想起来了，赵新能所说的老路，是中学澡堂的锅炉工路师傅。啊……怎么会是他？他竟然到家里来了！侯澈内心猛地波动着。她想起那件太过久远的事，久远得几乎全然忘记的事……他女儿路茗茗和她同级不同班，曾经有一阵走得很近的，就是因为这件事，她才慢慢和路茗茗疏远了，路茗茗一直对此百思不解吧？她和路茗茗在一起玩儿时，路师傅给路茗茗叠纸飞机，也会给她叠一只，给路茗茗买零食，也总给她买一份。可惜，那样的时光被她毁了……

"他就这么一个妈，总不会不管的，人都有一时的难处。"路师傅咕哝。

"但愿如此吧，"赵新能说，"他不回来，我真不认他这学生了。"

"说不定是他不想认你这老师咯！"一个女人轻笑了两声，"先别扯这些了，现在最要紧的是，商量好接下来怎么办，小楼是指望不上了。"

"刚才高老师不是说了嘛，和小顾他爸一样。"路师傅说。

众人不说话。咳嗽声。咳嗽声。

"真是的，怎么会这样嘛。"仍是那女人的声音，"上回我们大伙去KTV，李青萍还跟我说，她学了一首新歌，要跟我一起唱。我说，你唱来唱去就是那些老掉牙的，哪里会有什么新歌？我不和你唱。唉，两个人笑笑闹闹一阵，最后我也不知道她学了什么新歌。这才是几天前的事啊……"

众人仍不说话。有人叹息了一声。

侯澈朝右翻了个身，正对着窗子。窗帘边透进一丝光亮，应该是屋檐底下的灯光。现在是几点了？她在床上摸啊摸，半天没摸到手机。她竟然是盖着被子的，是睡梦中自己盖的，还是母亲进屋盖的？如果是母亲进屋盖的,她怎么一点儿知觉都没有?心念及此,愈加觉得处境尴尬。要不要起来,到堂屋去打声招呼呢?

"李青萍的情况,和小顾他爸毕竟不一样,医生说了,虽说脑溢血听起来吓人,但送医还算及时,没我们想的严重……"说话的是赵新能,"我承认,我对小楼没立马回来很有意见。可是再想一想,说不定真像老路说的,他是真有什么急事呢?……还是我先来吧,我先垫五千。"

"哈!果然是大老板!我们那几文退休工资……"声音尖利,带着一丝嘲讽。

"我比起你们,也就是多了那点儿古董生意,可这年头赚钱多难啊,你们是不晓得。孙老师就别笑话我了。"

哦!侯澈心中恍悟,这声音尖利的女人,是高中时教过她一学期英语的孙玉梅啊。以前,经常听妈说她如何如何不堪,怎么她也到家里来了?

"我们别在这儿瞎操心了,小楼不回来,李青萍家还有别人吧?现在医院里,不是有她侄女陪着吗?"孙玉梅的声音。

"今天在医院,她那侄女什么态度,你可是见识了。指望她?还不如指望姓楼的那小子回来呢。"赵新能的声音。

"我上次见到小楼,是两年前了。他们两口子走在街上,牵着三四岁的儿子。见到我,他让儿子喊我高老师,还让他儿子送我个苹果。"这是母亲的声音。"那时候我还觉得,小楼真是懂事了。我想啊,小楼应该不是你们担心的那种人。我知道,他和他妈是有些矛盾,但我想他总不会不回来的。至于这阵子,李青萍只能由我们几个照顾了,医药费也只能我们几个多想想办法,就算小楼不拿钱回来,医药费大部分是能报销的嘛……"

"就算医药费大部分能报销,哪个去照顾她呢?"

"那还不是照旧？我们几个轮着来吧，明天上午我去看看。"

有人低声咕哝了句什么。好一阵没声音。

"你们说，李青萍就这么一个儿子，两人能有多大矛盾嘛。李青萍退休工资也不比我们的少，她要是不做那些发财梦，怎么至于……"孙玉梅的声音。

众人不说话。有人叹息了一声。

侯澈又翻了个身，这才摸到手机。按下电源键，忽然的光亮，照出家具的轮廓。闭上眼好一会儿再睁开，手机显示八点多了。手机里没一条新信息……他们谈论的小楼到底是谁呢？在古楼村，楼是大姓。这莫名出现的小楼，竟让侯澈内心里漾起一丝嫉妒的波纹。李青萍？这名字好熟悉，却始终想不起来是谁。

"那就这样吧，如果赵老师那五千还不够，我出两千。"路师傅的声音。

"我也出两千。"一个女声。

"你们倒是大方哦！钱跟树叶子似的。"孙玉梅尖利的声音，"杜霞，你出两千没问题，你退休工资高嘛。路师傅哦，你这两千出得不肉痛吗？"

杜霞？这名字的主人刚从侯澈记忆里浮现，转瞬又消失得无影无踪。

"人都要没了，还肉痛什么？"路师傅停了停，"再说，只是借嘛，小楼回来了，他难不成会不认账？李青萍说，他开了个大公司，手底下几百号人。"

"李青萍的话你也信？真要那样，小楼还会为拆迁的事和她闹？"

"得了得了，我们就别落井下石了。我们几个，儿女也一样在外面哦。哪天我们这么躺下了，谁敢保证那些小兔崽子一个个立马滚回来?"赵新能的声音。

"老赵,你的态度怎么一下子转了个弯嘛。"

"不回来就不回来吧,我还和茗茗说,机票贵,不用每年回来。"

"哪天茗茗结婚了,你看她还每年回?"

"那也随她,儿女自有儿女福……"

"你现在说得轻巧。真不管你了,你当初养她做什么?"

"这话说得没道理,养儿其实不是为了防老。"那个许久没出现的女声。

"是哦是哦,我儿子一米八的大个子,还三天两头问我这个退休老太婆要钱。我能指望他给我养老?"孙玉梅薄亮的声音。

"你儿子又高又帅,说不定哪天给你找个富婆回来哟。"是母亲的声音。

大家哈哈大笑。

母亲的话让侯澈厌烦。这些笑声更让侯澈厌烦。

"高老师,好几年没见到侯澈了哟,没给你钓个金龟婿?上次那个,不是挺好的嘛,怎么说离就离了,现在的年轻人真是……"孙玉梅的声音。

怎么扯到自己了?侯澈心头突地一跳。

"你这人,哪壶不开提哪壶!"赵新能的声音。

"他们两姐弟哟,怕是忘了这个家了,大的离婚后,三年不回来了,小的毕业这些年,工作换了好几份,始终没混出个人样来,也好久没联系了。今年怕是又不回来了。我啊,认命咯。杜霞说得对,真不能想着养儿防老。"母亲笑。

为什么要这么说?自己明明发短信告诉她回来了! 侯澈更厌烦了。

"还是你看得开，换做是我，他们这么久不回来，还想要钱？没门……"

"他们姐弟倒是不跟我要钱。你说，我能拿他们有什么办法？所以啊，你儿子跟你要钱是好事，你还拿得住他……"母亲又哈哈哈笑。

"看你嘚瑟的！"赵新能笑。

侯澈坐起，掀开被子，下了床，借着门边窗帘缝隙透进的光，三两步走过去，拉开门，走到堂屋前，推开屋门，里面明亮如昼，路师傅、赵新能、孙玉梅和母亲围坐在桌边。门后略暗的角落，坐着个小小巧巧、鹅蛋脸的女人，这应该就是那个很少说话的女人了。熟悉的面孔，熟悉的神态。她是谁呢？侯澈站在门口，不说一句话，目光在众人脸上逡巡。

有人站起，有人仍坐着，有人不知道该站起还是该坐着。

"小澈，你什么时候回来的啊？"路师傅说。

"是哦，侯澈怎么回来了也不说一声哟。"孙玉梅薄亮的声音。

"侯澈……"赵新能的声音。

母亲不说话，瞅着她，目光里似乎有些笑意。

"我早回来了。"侯澈忽然有些哽咽。真厌恶自己这样啊。

"嘻！都怪我们忙着说话。"赵新能环顾左右，瞥一眼母亲的脸，"高老师，侯澈刚回来，你们母女说话吧，李青萍的事明天再商量……"

母亲站起来，说着挽留的话："瞧这一晚上，正事还没说完呢……"

所有人鱼贯而出，从侯澈身边经过，匆匆走向院子。路师傅经过侯澈身边时，脸上的肌肉动了动，小声说："小澈，你……"侯澈别过头，装作没听见。堂屋里和屋檐下的灯光照亮屋前很大一片地面，如一张巨口显现在黑暗中。他们走进口中，进入黑暗的肚腹。不一会儿，铁门咯吱咯吱，砰！响动震得暗夜簌簌发抖。哦，又下雪了。那光明的巨口里，每一片落雪都闪耀着光芒。

侯澈和母亲,站在石阶边,灯光从身后射来,将她们的影子投向院子。两个影子并排着,躺在巨口内,等着它吞噬。

说话声、脚步声在门外越来越远。最后,所有声音,都被雪花落下的声音覆盖了。雪花被无限趋近于无的风搅动着。一粒一粒,一片一片,轻轻地翻过来,又轻轻地卷过去,风的手指耐心而细致。她盯着看,这灯光里的微型剧场。有一些雪花落到她脸上,细微而尖锐的冷,让她感到此刻的真实。

"你刚才怎么回事?"母亲朝她瞥了一眼,"那么多人,都是你的长辈,赵新能、孙玉梅还教过你。你不会叫人啊?别以为从大城市回来,就高人一等。"

侯澈完全没想到的,母亲会劈头盖脸地说出这些话。她还以为,母亲会和自己说一声抱歉,然后会问她有没有吃饭,要不要现在去做饭。

"越大越不像话了,几年不回来了?回来连人都不会叫了。"母亲丝毫没感觉到她的异样,转身回到客厅。

雪扑簌簌落着,似乎变大了一些。不远处的县城上空,被县城的灯光照得明亮,隐约可见雪花在飘动。远远听见,一只狗叫了,一只狗应了,更多狗应了,一时之间,狗吠声连成一片。在这热闹的声音里,雪花飘得愈加紊乱了。忽然地,不知因为什么,这一连串的狗吠声消失无踪了。侯澈木木地站在原地,听到身后的堂屋里响起扫地的声音。

"我这不是回来了吗?我一路上给你发了那么多条信息,你一直回复得不冷不热的,等我到了家,你还没回来。你以前天天说你忙,现在退休了,你还是忙?你能忙什么?我不是没听见,孙玉梅说的,大伙去KTV唱歌!"侯澈打着哭腔,回转身来看着母亲。

"你是要无理取闹是吧?"母亲将抹布扔在桌上,直起身来,"孙玉梅说的去 KTV 是好多天前的事了，不是今天。再说，我们都退休了，去 KTV 怎么了？就允许你们年轻人忙，我们退休了就得闲着，随时听候你们差遣是吧？"

侯澈心知自己是强词夺理，又实在觉得，自己一路上那么辛苦，母亲对自己不该如此冷淡，还不如对旁人呢，内心不由得愤懑而委屈。

"我说过让您随时听候差遣了吗？我只是想说，给你发信息说我到家了，你连回复都没有。你想想，别人家会这样吗？"

"别人家哪样我不知道，我只知道你这样的真是独一份。当年你和我吵来吵去，让我答应你跟那个带小孩的二婚男人结婚，我答应了，结果呢？结婚才一年，你一声不吭把婚离了。而且三年了，总算回来一趟，回来就给你妈脸色看！"

"我什么时候给你脸色看？难道不是你一直在说啊说？我才说了几句话？刚才我在屋里醒了，听到你反反复复说我这样那样，我说什么了？"

"照你这么说，你早醒了？醒了装睡是吧？你就不能起来，到堂屋和大家打声招呼？那些都是教过你的老师！在自己房里装死偷听，是什么家教？让人说出去，我都不好意思说你是我女儿！"母亲又开始擦桌子。

"那还不是你的家教？你不好意思说我是你女儿，那就别和那些人说我啊！"侯澈走到堂屋门边，盯着干活的母亲。

"哪家的父母不说一说儿女？我把你生下来，还一句说不得了？我教的学生，我还能批评呢，你反倒一句说不得了？说不得那今后就不说，就当我没养过你，行了吧?!"母亲又将抹布往桌面上一扔。

"那你什么意思？是要我走是吗？"侯澈的声音颤抖着，"那我走就是了！"

侯澈浑身战栗着，转身回屋，迅速拉过行李箱，出房间，下石阶，往大门方向走。雪落在地上，很快化了，地面又湿又滑。侯澈崴了一下脚，拉杆箱轮子打滑，从她手里飞脱出去。她连忙一只手杵着地站起，一只手去抓拉杆箱。拉杆箱滋溜溜滑出去，撞在老梨树上，发出沉闷的钝响。梨树上的积雪扑簌簌落下。侯澈起身，伸展着两手，如一只笨拙的帝企鹅，摇摇摆摆地朝拉杆箱移过去。刚抓到拉手，她丝毫不停顿，推着往大门方向走。

"小孩子家，怎么回事?!"是母亲从后面拽住她的手，"怎么说着说着就急了? 这么大晚上的，还下着雪，你去哪儿?"

"你不是赶我走吗? 我能去哪儿? 县城那么多宾馆，我随便找一家就是了!"

"家里好好的不住，住什么宾馆?!"母亲去拽拉杆箱。

侯澈本就拉着拉杆箱，母亲再去拉，母亲的手就抓住了她的手。母亲的手有力，温暖，一时之间，几乎让她有一种触电般的感觉。

"你做什么吗?!"侯澈抽泣着，声音不复刚才的狠劲儿，"我才回来，就这么吵，我要走，你又不让。要怎样，你才满意吗?!"

"这话说的，难道不是你一回来就跟我吵?"母亲的语气是温软的，还带着一丝笑意，"回去回去，不要几句话说不拢，就耍小孩子脾气。你今年都多大了?"

"你想说什么?"侯澈有些无奈地说。没说回去，也没坚持要走。母亲拽着行李箱的拉杆往堂屋走，她略作犹豫，有些不好意思地跟上去了。

"我不想说什么。你以为我不知道? 你不就是因为我老催你谈恋爱结婚，这才几年不回来吗? 我想明白了，你爱结不结，爱离不离，管我什么事? 等你再结婚了，有小孩了，说不定还要我去帮你带，我不是吃力不讨好吗?"母亲一面将拉杆箱放在堂屋门口,一面絮絮地说着。

"那你以前为什么老说恋爱恋爱,结婚结婚,那又不是吃饭喝水,没有就会死。再说,都像你们这代人一样,早早结婚,生儿育女,究竟又有多少意思啊? 你生下我和我弟,不还是每天过得鸡飞狗跳愁眉苦脸的? 你看,我按照你的意思,匆匆忙忙结婚了,假如再生了孩子,继续让他过这样的日子,这究竟……究竟有什么意思啊?"侯澈语气峻急,泪水涟涟了。

母亲张了张嘴。侯澈几乎猜得到她会说些什么,无非是大家都这样,你有什么特殊的? 不这样过日子,还能怎样过日子? 但母亲竟什么都没说。母亲两手按住侯澈的肩膀,让她坐在沙发上,在她跟前站了一下,走到对面沙发上坐了。

"是没什么意思。"母亲淡淡地说,"但人活着,总得做点儿什么事吧?"

"那就生几个小孩,和小孩互相折磨,是吗?"侯澈话刚出口,就后悔了。

"就算是吧。能有个跟你互相怎样的人,也不至于太无聊吧。"母亲笑了一笑,"我只是怕你老了,孤独一人。"

侯澈心中一震,"孤独"这样的词汇,是母亲从未和自己说过的。即便如此,她仍带着挑衅的意味,反驳道:"那就生个小孩,让他也到这世上辛苦一遍?"

"你要这么说,我也无话可说。"母亲淡然道,"只要你是真想清楚了,决定了,保证老了不后悔,那你想怎样都行……"

侯澈以为,母亲会说,那我把你们生下来,还是我的错了? 母亲如此说,再次让她心中一震。她想说些什么,舔了舔嘴唇,又什么都没说。

母亲起身,抓过抹布,继续擦桌子,从左到右,从右到左,格外认真。

侯澈想起身帮母亲的,却只是坐着,看着。灯光从天花板射下,将母亲的影子投在绘制着松鹤图的茶几上。母亲一下一下擦拭着桌子,也是一下一下擦拭着自己。

"吃过晚饭了吧?"母亲抬起头看着侯澈,"我去给你弄个蛋炒饭。"

"吃过了。"侯澈不知为何,撒谎道。

"吃过就算了,我就直话直说了啊。"母亲继续低头擦桌子。

侯澈想,这和过去也不一样了。过去自己回来,母亲无论如何是要做一桌子饭菜迎候自己的,即便自己说已经在路上吃过了。又想,自己为什么要撒谎呢? 想要改口说,还没吃,却又不好意思。

"三年不回来,我看你变化不小嘛,真是翅膀硬了哦。"母亲仍低着头,淡淡地说,"跟林冲学会风雪夜上梁山了。"

"你也变化不小啊……"侯澈也想说句俏皮话,却一时想不起说什么。脸上的泪痕干了,像是有几条冷冷的拉链,紧绷绷地将她的脸锁住了。

屋外的落雪几乎停了。一场半途而废的雪。一场半途而废的争吵。侯澈两手夹在膝盖间,坐了许久,看着母亲慢腾腾地干活。两人之间,有一只火盆,黑黢黢的没生火,此外,两人之间还横梗着一大片沉默,和争吵前有些不一样的沉默。

屋顶在脚下倾斜,瓦片叠着瓦片,状如鱼鳞。鱼群奔涌。巨大的身躯撞破虚空,哗哗而来,哗哗而去。侯澈置身鱼群,鱼群置身她的梦。她隐约意识到这是梦,却挣脱不得。想要说话,努力张开嘴,嘴里灌进了一腔风。风堵住嘴巴,嘴巴扭曲着,面目狰狞。看得见自己狰狞的脸。一张苍老的、发绿的脸。转瞬间变为一张薄纸,被火焰吞噬……啊……发不出声音……啊……忽然地爆裂。侯澈睁开眼又闭上眼,被子沉重,浑身汗湿。

滴答滴答。时间均匀的步伐。从小学到高中,床头这熊猫闹钟黑着眼圈走了十二年。她考上大学,离开旧城后,这闹钟才得以休息——弟弟比她晚六年离开旧城,用的是新买的闹钟。那闹钟走得悄无声息,闹铃声不是丁零零响的铃声,而是一段婉转悠扬的音乐。两人相差不过六岁,却像是相差了整整一个时代。现在,熊猫闹钟停滞许多年后,步伐又接续上了。滴答滴答,闹铃还没响。在床头摸到手机,按下电源键,一看,才三点多。她有些懊恼。放回手机,用被子蒙住头,只露出口鼻。滴答滴答,时间不紧不慢。真叫人恼火。

侯澈几乎是清醒着,听着肚子里咕噜咕噜叫,挨过了天亮前的几个小时。

这几小时里,她的思维胡乱地转动着,从自己的床铺开始想,想到后山、山林、道路、天空、云朵、水库、田地、县城……辗转反侧,猛然坐起,从窗帘边看到大半院子被日光照亮了。猫叫声,鸟叫声,车辆引擎启动声,人和人打招呼声,环卫车响着婉转的乐曲经过,这乐曲多熟悉啊,小时候就听过,想了半晌,原来是《梦里水乡》啊……在这众多声音中,传来母亲的声音。"起来吃早饭了。"母亲站在门口喊。侯澈闷声应道:"来了。"穿衣起身,打开房门,看到母亲手执扫把,在院子里扫地,唰啦唰啦,声音显得空旷寂寥。

母女俩在客厅相对而坐,碗筷撞击,叮叮响。似乎都有些不好意思,现在,她们只是认真地吃饭。菜肴熟悉,滋味熟悉,沉默也是熟悉的。饭后,收拾好碗筷,侯澈挽起袖子,母亲挡住了。侯澈跟到厨房门口,看母亲站在水池前低头洗碗。早上阳光清澈,一缕光透过窗玻璃,如一截水波荡漾在母亲手上。

饭后无事,侯澈回到自己房间,这才打开硕大的行李箱,将一件件东西拿出来,是些衣服和书。工作这些年,积攒的东西真不少,回家前,她花两天时间,把花瓶啊、摆件啊、茶几啊,和那些买来后从没翻过的书,挑一些送给合租室友小冷,剩下的装箱,封好,整齐地码在墙角。那晚,她直挺挺地躺在床上,看看四周,白白的墙,空空的地,从黄河边,到深圳,再到上海,这么多年竟落得个"家徒四壁"。泪水渐渐顺脸颊流下,打湿了枕头,她挪了挪脑袋,继续让泪水流下。这无声的泪涌,让她有宣泄的快感。泪水渐干,她又对刚才的自己心生鄙夷。这是何等矫情、懦弱!厌恶得牙关紧咬,羞愧得无地自容。天亮后,临叫快递了,她犹豫了。现在就把东西寄回老家,万一过阵子后悔了呢?

她租的是两室一厅中的主卧,房东人很好,只是租金支付上有些苛刻,得一年一付,她的房租还有半年多才到期。合租在次卧的室友是个刚毕业没几年的小姑娘,侯澈问她叫什么名字,她不说,只说你叫我小冷就行。侯澈心里一惊。那天她敲开小冷的房门,小冷,我回老家一趟,房间钥匙交给你……小冷不愿意接,说万一你屋里丢东西怎么办?你回老家锁上门就是啊。侯澈说,我相信你才会托付给你啊,我是怕回老家后,有什么东西忘了带回去,想起了要叫快递……好说歹说,小冷才接过钥匙。为此,侯澈还请小冷吃了一顿火锅。

小冷刚租进来时,侯澈想过和她多交流交流的,她和小冷说什么,小冷总是笑笑的,从不多说一句话。两人的关系也就止步于此了。这次吃饭,还是两人头一次。两人喝掉几瓶啤酒后,话渐渐多起来了。侯澈说,小冷,你这名字蛮特别的。小冷说,经常有人这么说。侯澈说,我知道一个人,她名字和你挺像的,叫小冬。小冷说,你们是朋友?侯澈淡淡一笑,朋友?不算吧,算是故人。小冷善解人意般笑笑,也不多问,盯着她的眼睛说,小侯姐,你是回去就不打算回来了吗?侯澈一愣,怎么会呢?我这房子还有大半年才到期,不回来岂不亏大了?小冷转一转眼睛,说那倒是,半年房租,抵我好几月工资了。小冷伸筷子捞起几片肥牛,夹进料碗里荡一荡,塞进嘴里,嘴巴鼓鼓地咀嚼着,一副小孩子的贪馋样,看侯澈盯着她,笑了一下。小冷咽下肥牛,说小侯姐,你是分手了吗?侯澈笑,我都离婚了,何止分手?小冷啊了一声,说那怎么可能?侯澈说,这有什么不可能的?我比你整整大十岁,有过婚姻不是很正常吗?小冷撇嘴说,怪不得,有几天夜里,我听到你哭,我还以为自己听错了。侯澈有些尴尬地笑笑,从滚沸的汤锅里夹起一片青菜叶子,卷起来放进碗里,冷了一下,一截一截吃了。你这样子,像是一只兔子,小冷说。侯澈抬起头来,笑一笑说,那几天我哭,可不是因为离婚,离婚啊失恋啊,那都是很遥远的事了。那几天,我去参加了一次生命体验的课程。小冷瞪眼瞅着她,生命体验课?侯澈说,更准确地说,应该叫死亡体验课吧。也许,别人不会有那么强烈的体验吧,对我来说,却什么都不一样了……

侯澈整理着东西,想起和小冷讲述参加生命体验课的历程,小冷一个劲儿说,我理解,我理解。后来,小冷问她要了负责人的联系方式,说自己也要去体验一下。当她们微醺着离开火锅店,两人手挽着手回出租屋,竟生出一种相见恨晚之感,都说白白浪费了之前合租在一起的大把时光。

现在,侯澈也有一种想跟母亲说一说这生命体验课的冲动,但她知道,母亲听到这类东西,一定会嗤之以鼻的。又想起小冷问自己的话,自己真不打算回去了吗?如果不回去,母亲能答应吗?而且,自己能在县里做什么?

侯澈摆放好带回来的东西,又将桌子擦了一遍,将闹钟也擦了一遍,拉开窗帘,推开窗,窗外冷风扑面而来。地面湿黑,积雪被扫到院墙脚,黑乎乎地堆着。在旧城,一年也就两三场不大的雪。侯澈倚书桌而立,下意识地朝手上哈气。

梨树黑黢黢的枝干黑铁一般,纷乱里遵循着宇宙间的隐秘律令。枝干之上,积了一棱一棱的细雪。树下石桌上,积雪散乱,隐约可见几枚猫脚印。

"我走了。可能挺晚才能回来。"母亲站在院子边,回头朝她喊,"饭菜做好了放在锅里,中午你自己热一下吃吧。"

"你要去哪儿?"侯澈问出这句话,一瞬间想起小时候撵路的情形。

"县医院。"母亲走到梨树下。

"我和你去。"冲口而出,侯澈愣了一下。

"和我去做什么?"

"去看看。"

"看什么? 我是去陪病人。"

"我和你去。"侯澈坚持道。

"你还记得李青萍吗?"停了一会儿,母亲问道。

"昨晚听你们老说她,她是谁?"侯澈真不大记得了。

"她儿子楼春雨和你,从小学到高中都是同学的……"母亲欲言又止。

"楼春雨?"侯澈当然记得他,一个瘦瘦的小个子从时间深处摆着手慢慢走近了,显露出一张腼腆的娃娃脸。侯澈脸上微微发热,说:"是他啊……"一些原本已经淡漠的细节,从混沌的记忆里浮现出来。失而复得的记忆,就如死而复生的人,注定会搅动生活的风云。

第三章　病人

书信三

　　我还没跟我妈说,我这次回来待的时间,可能比她想象的长得多。我更不可能跟她说,我把工作辞了,但租的房子还保留着。如果我妈知道这些,一定又会骂我一顿的吧。在她那儿,过日子不是这样的。

　　我妈总说我活得不切实际,而我觉得,我妈活得太过循规蹈矩。这样的争论,在过去进行过不知多少次。这次回来,竟然不再争论了。我妈连我离婚的事,都不提了。偶尔有过几次,她会说,想小暖了。小暖是前夫的女儿。其实她们也就见过两次。第一次是我在深圳办婚礼时。我给她买了机票过去参加,她起初不情愿的,好说歹说,总算去了。她对我前夫有些爱理不理,但小暖一喊她外婆,她就心软了,不时蹲下,跟小暖说话。第二次是不久后,我们回老家办婚礼。小暖穿着我妈买的印着小朵小朵云彩的粉绿色连衣裙,追着偶然来访的小黄猫围着梨树跑,梨花落下来,沾了她一头一脸。我妈一直站在边上,笑笑地看着。

你还记得我家院子里这棵梨树吗？你那次来我家，盯着梨树看了好久，问我，这是什么树。梨树，我告诉你。你不认识梨树？你尴尬地笑，说叶子都掉光了，谁会认识呢？那时是深秋，树上其实还有好多叶子的。

现在，梨树真掉光叶子了，像是把什么话都说尽了。

冬天的浓云笼罩着一个叫"旧城"的西南内陆小县城。如果不认识我，你大概不会知道中国还有这么个地方吧。这内地小城，冬天里雾霾总是久久不散。我们家里烧木炭，工厂里烧煤。许多工厂拆除了，但仍有不少工厂活着，高耸的烟囱口冒出的不是烟，是火。那些火，像是开在这座小城最高处的花。

这是给你写的第三封信。我回来后，第一次坐在这棵老梨树下。

那是上世纪九十年代中期的冬天，有人走街串巷卖东西，语文老师高红给正在读小学的侯澈买了一条连衣裙，花了八十块钱，相当于小半个月的工资。裙子是粉绿色的，印着小朵小朵的白云，凑上去闻一闻，有一股牛奶般温柔的气息。那时候，侯澈才喝过两三次牛奶，但她一下子就记住那气息了。她捧着它，蒙在脸上，闻了又闻。穿上身后，在镜子前转圈，看了又看，这裙子仿佛是为她量身定做的，每一处都贴服着她的身体。她恍如陷落在温软的云朵里了，全身都在放出光亮。一种轻微的眩晕，一种毛玻璃似的喜悦。她看着镜子里的自己，转了一圈又转了一圈。脱下后用晾衣架撑好，挂进衣柜，过了一会儿，又拿出来，再次穿上，站在镜子前转圈，看了又看。直到母亲威胁她，再不出门就把裙子退了，她才慢吞吞脱下裙子，再次将裙子挂进衣柜。她瞥见，在黑暗里，裙子都放着光亮。她不舍地关上柜门，赶紧换上平时穿的衣服出门。

终于等到周一，侯澈穿上新裙子到学校去，她分明看到，同学们投来的眼光，无不充满羡慕。过了两节课，侯澈听到有人窃窃私语，望过去，那些眼神匆匆逃窜。后来，有人悄悄告诉她，楼春雨说她的裙子是从死人身上扒下来的。侯澈又惊又怒。她回头去看楼春雨，楼春雨坐在倒数第二排，正抬头望着她。侯澈踌躇了一时，站起来朝楼春雨走去，楼春雨一动不动地坐着，嘴角挂着一丝笑意。

你说那话是什么意思？侯澈说。

什么什么意思？楼春雨说，是别人告诉我的。走街串巷的小贩卖的衣服，之所以这么便宜，就是因为这些衣服都是从死人身上扒下来的。

侯澈声音尖利，你瞎说！你有什么证据?!

楼春雨说，我瞎说什么？这些衣服都是城里人穿过的，人死了，才扒下来的。在我们这儿，你什么时候见过这么漂亮的衣服？

侯澈的脸白了又红，为"死"这个词，也为"漂亮"这个词。

不知怎么，侯澈竟有些相信楼春雨的说法，剩下的两节课，身上越来越难受，似乎被一具看不见的躯体紧紧地箍住了。终于等到放学，她一路小跑着回到家里，一面慌不迭地脱下裙子，一面带着哭腔把楼春雨的话复述了一遍。

胡说八道！母亲斥道。

母亲带侯澈去找楼春雨母亲。楼春雨母亲李青萍也是旧城中学的老师，那时候小学就在中学边上，为楼春雨上学方便，母子俩住在旧城中学的教师宿舍。侯澈母亲也有宿舍，但家离学校近，很少住在学校分配的宿舍。

母亲和李青萍站在暮色里对峙，为一条裙子，你来我往，针锋相对。

楼春雨低着头躲在李青萍身后,想要跑,被李青萍一把揪住了。侯澈对接下来的一幕印象深刻:伴随着一声声尖叫,楼春雨的左耳变长再变长,犹似一条猩红舌头。母亲本想惩罚楼春雨的,见此情景,反倒去掰李青萍的手,仿佛楼春雨是她的孩子。

混战终止于楼春雨一声裂帛似的叫喊。两位母亲放开楼春雨后,侯澈看到,楼春雨呆呆站着,两手捂住耳朵,一条红红的血,曲蟮似的从指缝间钻出。

那条裙子被挂进衣橱最深处,再也不曾见过天日。后来,侯澈每每想起,仍然心有不安,又舍不得将它扔掉,只得将它拿到母亲房里,埋进箱子最底层。如果这裙子真是从死人身上扒下来的,那它总算是被彻底埋葬了。

绿裙子风波后,母亲和李青萍再没来往。在侯澈有限的人生经验里,这样的冲突之后,怕是要老死不相往来了吧?然而,母亲现在竟然会去医院看李青萍。

母亲转身往院子外走。侯澈从往事里回过神来,跟上母亲。母女俩一前一后走到小巷里。巷子两边,一面墙接一面墙,墙后是一座座院子和房屋。有些人家院门敞开着,偶尔有人进出。有人和母亲打招呼。也有人瞄一眼母亲身后的侯澈。"哟,这是侯澈吧?"侯澈笑一笑,不说话。

巷道曲里拐弯,略略有些下坡,有黑灰色的雪堆在墙角。这条小巷,侯澈来来回回连续走了快二十年,直到考上大学那年,她拖着行李箱,才算是彻底走出小巷。现在呢?小巷如同一条吸力巨大的管道,又将她吸回来了。侯澈想起,小巷叫作归仁巷,不由得心意微动。

"这些人都是谁啊?"走到没人处,侯澈问。

"你三年没回来了，当然不认识这些人了。"过了好一会儿，母亲才说，说完这句话，语气放松下来，"都是外地人，这两年搬来的……"

"外地人？以前我们县都没什么外地人的，他们来做什么？"

"做小生意，收垃圾……再说，你以前回来也不出门，哪里认识什么人。"

侯澈回头看，有两三个女人站在一处大门边，袖着手，喊喊喳喳地说话，侯澈望向她们时，她们也转过头来望向侯澈。侯澈忙扭过头。

"你和她们熟吗？"

"见面打个招呼而已……"

这么说着话，侯澈感觉到，昨晚和母亲吵架后的尴尬气氛一点儿一点儿化解了，但仍有一层薄薄的东西，梗在两人之间。她想突破，但突破不了。她们的影子印在路面，时而这影子叠在那影子上面，时而那影子叠在这影子上面。影子的交互是容易的，身体和身体仍然是分开的。

"妈，你怎么和李青萍和好了？"侯澈忍不住问。

"我们都退休了，老了……"好一阵子，母亲说，"当年那事，楼春雨是不对，但他也被惩罚得够了。我和李青萍做了几十年同事，又没什么深仇大恨，记恨一辈子没必要。那件事后，在学校里碰到她，我总觉得她对我一副趾高气扬的样子。我们和好后，我和她说起这事，她很吃惊，说她才觉得我趾高气扬呢，每次遇到了，她都喊我的，我从来不理。我说，你就编吧，你什么时候喊过我？她赌咒发誓，说真是每次见面都会喊我。后来我们觉得，或许是因为她喊的声音太小吧，而我碰到她，总是有意避让，自然听不见。"

"你还没说，你们怎么和好的。"侯澈听母亲话变得多了，心里挺高兴。

"那是赵新能约吃饭，我去了没一会儿，她也到了。不知道赵新能是故意的，还是忘了我和她不和。我正想要不要走，她先开口了，说高老师，你也在啊。她这么一喊，我就不好再走了，只能打招呼说，李老师也来了啊。她忽然很热情，像是和我从来没有过不愉快，走到我身边坐了，大声说，你们说巧不巧，今天我儿子打电话给我，还说起侯澈呢。我刚挂了电话，就遇到高老师了。"

"楼春雨说起我？他能说我什么？我和他好多年没联系了。"

"李青萍就那么一说，你也信？"母亲瞅一眼侯澈。

"我就说嘛，我和他都没联系。"侯澈莫名地脸颊烧热。

"我当时也像你一样，问李青萍，楼春雨说你什么来着。李青萍一点儿不露怯，说楼春雨在电话里说，你们同学里就数你混得好，能在大上海立足的，都是人精。我说，那哪能跟楼春雨比，楼春雨可是自己开公司的人。他们同学里，他算是独一份吧？就这样，李青萍和我和好了，而且，比以前还要好。她对我特别热情，像是要把错失掉的那些年都补回来。我和赵新能他们几个，有时候会去KTV唱歌的。我们和好后，她也经常来了，每次还要拉着我合唱。她喜欢《洪湖水浪打浪》啊，《一条大河》啊，《十送红军》啊，还喜欢《朋友》，唱着唱着就眼泪汪汪的。虽然我们多年不来往，但越是不来往，她的事情我越关心，我知道她这些年过得不容易，没想到她忽然就……"母亲叹了一口气，不言语了。

"昨晚就听说你们去KTV唱歌了，够时尚的嘛。"侯澈笑。

"时尚什么啊？现在KTV都没多少人去了，我们又是白天去的，更是没人。我们包一间包厢，一个月千把块钱，摊到每人头上，也就百十来块钱，我们去唱唱歌，打打牌，顺便消费点儿店里的啤酒瓜子，KTV还能增加点儿人气。"

"这么说，你们是做慈善啊。我还以为……"侯澈笑。

"以为什么?"母亲白她一眼,"我们去的是城南KTV,量贩式的,没那些乱七八糟的。你说的那是城北KTV吧?杜霞的儿子孙石俊在那儿,成天跟些不三不四的人混,杜霞头疼哟……"

两人说了一阵,又沉默了。走着走着,身上起了一层热汗。

"你怎么忽然想起要回来了?我还以为你把这家忘了。"

"怎么会嘛……"侯澈一时不知道怎么解释,停了一会儿,"这几年,我在外面经历挺多事的。尤其前阵子,公司里一个男同事,大学毕业后入职才两三年,对人很热情的,加完夜班,回家路上猝死了。这事情对我打击太大了……"

"现在的年轻人,熬夜,又喜欢吃垃圾食品……"

"那也是没办法的事啊,谁还想天天加班呢?我们公司规定,加班到几点,公司就给免费点消夜,再到几点,又报销回去的打车费,所以大家加班越来越晚了。那同事猝死后,好一阵子,我们都不敢加班了。后来,我们HR推荐大家去参加了一次生命体验课,其实就是……体验死亡。"侯澈犹豫了一下,要不要说那张照片的事,想了想,终究忍住了。

"死还能体验?"母亲转头看向她。

"体验嘛,肯定不可能是真的。即便如此,这体验对我触动还是很大,我和好几个朋友讲过,讲起来一两个小时都不够,当时的感受,真是挺复杂的。"

"那你简单说说,这倒挺有意思的。"母亲看着侯澈。

"妈,你竟然想听?我没听错吧?"侯澈瞪大眼睛看着母亲,"我还以为,你听到这样的事情,会嗤之以鼻呢。"

母亲不说话,慢慢地往前走着。

"那是一家临终关怀机构组织的活动。我之前完全没听说过这样的组织,那次活动上才简单了解了一些,这组织里有很多临终关怀志愿者,他们主要做的事情,就是陪护临终病人。陪护最多的,是癌症晚期患者。我原本以为,像上海这样的大城市,医疗条件很好,会有很多医院收治这样的病人,其实并没有的。据那机构的负责人介绍,2010年前后,她到上海的肿瘤医院做临终关怀志愿者,了解到,上海每年癌症死亡近三万人,但能收治癌症晚期患者的病床,不到一百张。很多癌症晚期患者会死在急诊里,或者死在去医院的路上,更多的,只能在家里等死。她说,'人在临终的时候是那么辛苦','我们在追求生活的质量,关于我们每个人死亡的质量呢,是否要多考虑一点?'很多临终的人会说,太疼了,不想活了。还有很多人会有很多遗憾,有人会想,还没跟家里人好好聊聊天,会想看到下一个春天。但家人不知道怎么陪伴,不知道病人有什么需求……"侯澈停了一下,母亲慢慢地往前走着,不知道有没有在听。

"以前叫临终关怀,现在是叫安宁疗护了。我们参加的活动,是另一种形式的。当时因为同事猝死,公司里好多人都有一种今天不知道明天的感觉,HR一推荐,我们几个相熟的同事就一起报名参加了。我以为这样的活动,也就一二十人参加,想不到那天去了,竟然有一百多人,不得不分成好几个组。我没和同事分在一个组,组里都是陌生人。起初,我觉得这样挺不方便的,后来觉得,反倒是在陌生人面前,会更自在一些。那是上海郊区一处挺大的民宿,环境很好。开始大家还嘻嘻哈哈的,到处看来看去。分组后,活动开始了,先是有一些仪式,为了营造出一种氛围吧。我被告知,还有一个月就要死了,要我写下自己的墓志铭,还有接下来想要做的事、想要见的人。然后,通知我死了。志愿者把我送到一个有蜡烛的昏暗房间躺下,给我盖上草席,耳边有声音飘来,有时是孩子的:妈妈,你怎么还没等我长大呢就不管我了啊。还有母亲的:女儿啊,你怎么这么早就走了,让我白发人送黑发人,妈妈多难过啊……"侯澈说到这儿，不觉又想起那日的情形。她看到，母亲飞快地擦了一下眼角。

"我想象着，自己只有一个月好活了，而一个月竟然过得那么快。躺在床上，盖着草席，我想着自己这辈子的遗憾，我还想，这辈子活出什么价值了吗？还想，要留下点儿什么，至少让世界知道还有这么个人来过。我还想，如果再结婚，生了孩子，会有牵绊，一个人走也没什么不好，就是会孤独一点儿……"侯澈忽然有些哽咽，停了一下，笑着说，"不过也有人进入不了这氛围，会觉得挺好笑的。这些本来就是假的，如果自己不主动进入那个场景，也不会有什么体会的，我是主动去体验的，所以忽略了那些假的部分，就让自己全身心去感受。记得当时有个男人，他就很抗拒，不愿意进入这情境——或许因为性别差异吧，去的男的比较少。体验比较深的，大多是有过丧亲经验的人。对于这一点，之前机构会打电话给参加的人沟通，如果自己没有类似经验，是不会推荐你去的。第二天的活动，换成参加者的一个至亲死了，让你在坟前和他告别。还会随时和周围的人一起讨论自己的感受，以及自己身上发生过的事。原本我以为第二天的会比较简单，没想到，这才是让我更崩溃的。如果都交代好身后事，也没什么特别牵挂的人，自己的死是比较能够坦然接受的。如果不是单身一人，就会担心自己最爱的人过得不好，比如会特别不放心孩子。那时候，我觉得我最不舍的，就是妈了……"

母亲不说话，从口袋里掏出纸巾擤鼻涕。

"如果是至亲之人死了，如果还是非正常死亡，会非常难以接受。老死的人，走之前有亲人围在身边，那样的圆满毕竟是难得的。我们之中有好几个亲人意外去世的，分享的时候都哭了。有一个女人的弟弟，是钓鱼的时候，钓鱼线挂到高压线上触电死的，他们家很多年里气氛都很压抑，不敢提起弟弟，不敢说钓鱼，甚至不再吃鱼。他们在现场找到她弟弟的手机，一直想看看他生前有没有什么想完成却还来不及完成的事，想帮他实现，好弥补内心的那种伤痛，但看来看去，她弟弟手机里都没几个经常联系的人。还有一个姐姐，她妈妈是吃了老鼠药死的，她现在的日子过得很好，儿子在国外读博士，老公是企业高管，对她很好。但这么多年过去了，她始终接受不了她妈妈是吃老鼠药去世的。我记得，现场还分享了一个视频，是张国荣的一个女性朋友，因为张国荣是自杀的，她承受不了，许多年来都活在这件事的阴影里。那人说了一段话，我印象很深：'自己死挺容易的，但有时候要为了爱的人活着，自杀太伤害亲人了。'当时我的感受也是这样，我第一天的感受就是，我能接受自己死，就是觉得对不起妈……"

母亲仍然不说话，掏出纸巾，更大声地擤了鼻涕。

"我还记得，第一天晚上给了我们一些空白卡片。分别是'道歉卡''感谢卡'和'爱意卡'。志愿者说，如果知道自己要走了，走之前有思考时间的话，会想把一些遗憾的事、错误的事处理好，尽量不留遗憾地离开，所以才给了我们这些卡片。这作业不轻松，想来想去不知道怎么写。第二天分享的时候，有个女人是带着自己的父亲、孩子一起参加的，她有一张卡片是写给她爸的，写完后一直没好意思给她爸，觉得那些话矫情。走之前，她碰了一下她爸，努了努嘴，说给你写了个东西，你自己看一下吧，说完就跑了。妈，你知道我写了什么吗？爱意卡那张，我是写给你的，我说我很爱你，谢谢你生我养我。从小到大，我们经常吵架，你从来没说过爱我，我也从来没说过爱你……"侯澈说出这些话，身上起了一层鸡皮疙瘩，但仍然大大松了一口气，她体会到那女人的感受了。

母亲站下，又大声擤鼻涕，擦鼻涕。那张纸巾揉成一团了，几粒碎屑黏在鼻翼上、脸颊上，母亲浑然不觉。

侯澈掏出一张新的纸巾递给母亲。

"我还有呢。"母亲接过她递来的纸巾。

侯澈站在母亲面前,仔细地用两根指头替母亲捻掉脸上的碎纸屑。母亲非常配合地微微仰着脸。她看到母亲闭着的眼睛里,泪水涌出来。她转过身去,眼角余光瞥见母亲抹了一把脸,继续往前走了。

侯澈以为母亲会说,我也爱你的。

母亲只是沉默着。

侯澈走得慢一些,看到母亲微微佝偻着腰走在前面,影子在身后拖得很长,心里的失落,被酸楚冲淡了。快走到坡道尽头,母亲回头看。侯澈以为母亲是看自己身后,也回转头看,阳光打在光滑的青石板上,炫目而单薄。小巷尽头,挖掘机的大手高高举起,缓慢而坚定地扎进老房子里,轰隆轰隆,老房子缓慢而无可挽回地歪倒,一团灰尘如蘑菇云腾起,几个人手持水管冲水,水冲入蘑菇云如一滴水进入炉膛,只发出一声叹息。母女俩静静看了一会儿。

"古楼村要拆了。"

"会拆到我们家那儿吗?"

"有人说会,也有人说就拆城边一圈。谁知道呢?"

"你没和我说过。"侯澈说。

"你也没问过啊。你多久打电话回家一次?"母亲说。

侯澈不再说话。她知道,再说下去,说不定又会吵起来的。

走出巷子后,又走了很长一段路,经过许多服装店、杂货店、水果店、餐饮店,经过粮食局、工商银行、农业银行、新华书店、移动公司。移动公司斜对面是旧城中学。此时是上午九点多,学校正在上课。校门口空空荡荡。那些看上去仍然熟悉的店铺,不知已经转过几道手了。

要从学校穿过去吗？侯澈这么想着，母亲已经朝学校走了。门房里的年轻保安和母亲打招呼："高老师早啊。"母亲笑着说："早啊。"并没停下脚步。保安看侯澈一眼，眼睛里有一丝困惑。侯澈低了头，紧走两步。高考过去快二十年了，侯澈还是头一回进母校。她们熟门熟路地往教学楼后走，那儿有条近路通往县医院。以前，那儿有一排老旧的两层瓦房，母亲的宿舍就是其中一间。

瓦房已经荡然无存。是一大片废墟。废墟之上，牵牛花枯藤缠绕，有几处还非常意外地开着小花，积雪东一块西一块覆盖着。侯澈站住，想象着废墟之上浮现出一排瓦房。母亲和楼春雨母亲吵架，就是在这儿。

"这儿什么时候拆的？"

"什么？"母亲没回头。

"我说这儿的那排瓦房。"

"瓦房？"母亲回头看那排不存在的瓦房，"你工作第三年就拆了。多少年过去了，这儿还是这么乱七八糟的，也不知道学校想干什么。"

她们穿过废墟，拐出学校后门。沿着公路往山脚走。绕过一个村子，眼前即县医院。县医院窝在一座小山脚下，似乎变了不少，又似乎毫无变化。你小时候病真多啊，天天跑县医院，母亲常常这么夸张地说。不记得从什么时候开始，母亲不再说这话。也不记得从什么时候开始，侯澈再没到过县医院。这些年来，她偶尔感冒咳嗽，吃一些非处方药即好。医院于她来说，实在是陌生的地方了。现在，她正和母亲站在这个陌生之地的门口。

"买点儿什么呢？"母亲说。

"什么？"侯澈说。

"总不能空手进去吧？第一次总得带些什么。"

"那就买点儿什么吧。"

医院门口好几家小卖部,母亲从一家家门前走过。"高老师,又来看病人啊?需要拿点儿什么?"母亲微微一笑,点一点头,又朝下一家走去。

"他们怎么都认识你?"侯澈有些不解地瞅一眼母亲。

母亲似乎没听见,在一家店面前停住,弯腰挑出几个水红粉白的桃子,装了满满一方便袋,又提了一箱牛奶。侯澈接过牛奶,再要伸手去接桃子,母亲一偏身子,没让她接。侯澈随母亲往医院住院部走,一位年轻的保安看到母亲,说:"高老师又来了?"母亲仍微微一笑,点一点头。

进住院部,电梯门开了,侯澈紧跟两步,走进电梯。

有人推着个病床进来:"不好意思,让一让,不好意思……"侯澈后退几步,收住小腹,后背贴到了电梯壁上。侯澈头一次注意到,医院里的电梯比住宅楼里的电梯要长得多。侯澈低头看推进来的病床,被子盖得严严实实的,只突兀地露出个脑袋,白头发乱蓬蓬,脸上蜡黄的肉浮肿着,旁若无人哼哼。病床旁各站了一个五十来岁的女人,泥塑木雕般,蜡黄面皮紧绷着,眼睛直勾勾地盯着前方。不一会儿,电梯上到三楼,门缓缓打开,两人又活了过来:"不好意思,让一让,不好意思……"一齐推着病床,从人群里挤出去。

空出来的地方被新一拨人填满了,侯澈和母亲被挤到角落。没人说话。只听得见呼哧呼哧的呼吸声。侯澈想说点什么,又什么都没说。

来到九楼,病人、病人家属、医生和护士走来走去,没人看她们一眼,仿佛她们不存在。侯澈到护士台喊护士,有人应了一声,等了好一会儿,却没人过来。她又喊了几遍,才有护士手上拿着本子,急匆匆地走过来："哎，不好意思，什么事？"她肚子里的一堆火熄灭了，对护士露出微笑。循着护士的指点，走到最里间的房间，门是开着的，屋里并排放着三张床，靠门两张床上的病人都半躺着，床边几把椅子都坐了人。人们见到她们进来，都不说话了，看着她们。

"你们来了？"一个穿黑毛衣的女人说。

"她家里人呢？"母亲说。

"你说那小姑娘？说是回家一趟，让我们帮忙看着。"黑毛衣女人的眼神有了一丝警惕，"你们不是她家里人吗？"

"我啊……是她同事。"母亲在床头柜放下袋子。袋子倾斜，一个水蜜桃滚到床上，滚到病人脑袋边。脸色蜡黄，桃子粉红。一缕阳光透过玻璃窗射进来，照在桃子和脸上。母亲捡起桃子，擦了擦病人的脸。

"唉，我也是糊涂了，买这些东西上来有什么用。"母亲在床侧坐下，咕哝着，"李青萍啊，你听得见我说话吗？"

李青萍一言不发，眼皮浮肿，蜡黄的脸亮晶晶的，花白头发乱蓬蓬的。侯澈完全不认识她了。侯澈四下看看，病房里没椅子可坐了，只好靠窗站着。

"你们来了就好。"另一个女人说，"那小姑娘说回家一趟，两三个钟头了，还不见回来。别是扔下病人跑了吧？"

"她能跑哪儿？"母亲没好气地说，"她家就在县城，还能背上房子跑了？"

"我们不是担心嘛，病人独自在这儿躺着，我们非亲非故的……"

"不好意思。谢谢你们啊。"母亲略低了低头，帮李青萍掖一掖被子。侯澈看母亲将李青萍没挂水的另一只手从被窝里掏出来，搁在被子上，整理了一下她的头发，又用一张纸巾擦了擦她的额头。

人昏迷了，还感觉得到冷热吗？侯澈这么想着，自己觉得热了。旧城是没暖气的，但屋里开着电暖器，又挤了这许多人，潮热而腐败的气息充满不大的房间。

"你坐会儿吧。"最先说话的女人站起，将椅子推给母亲。

"不用不用，"母亲看到女人坐到床沿上去了，也就不再推辞，将一半屁股坐到椅子上，转过脸来看侯澈，"你要不要坐一会儿？"

"妈，你坐吧，我想站一站。"侯澈转身往窗外望。那儿有一座矮矮的小山，山上层层叠叠的梯地，地里的玉米早已收净，只剩些断茬。东一片西一片的残雪反射着太阳光，煞是耀眼。侯澈仿佛记得这小山的模样，思绪缓慢而艰难地运转着，身后不时传来母亲和别人的说话声。

"我们什么时候回家呢？"许久，侯澈转身问。

"回家？这才刚来啊。再等等吧。"

等李青萍的侄女回来吗？侯澈没再问，她靠在窗边，看看外面小山上的残雪，又不时回头看看病房里的情形。护士不时进来，给病人换药水。高悬着的药水瓶晃荡着，不断冒出小泡泡，让侯澈想到鱼缸。那躺在病床上的鱼，还能活过来吗？

"谁是二号床病人家属？"几个医生进来查房，中间一个女医生说。

"医生，怎么了？"母亲说。

"你是病人家属？"医生的目光从口罩上方扫过来。

"不是，我是她同事。"母亲说。

"那我没法和你说。病人家属呢？"医生四面看看。

"她侄女说是回家一趟，还没回来。她儿子……"

"那等她侄女或者儿子回来再说吧，"女医生打断母亲的话，转身出门时又回过头来，疑惑地看了母亲一眼，"我是不是见过你的，你是……"

"我姓高，退休前在旧城中学教书。几个月前，我到过医院，是陪护另一个人……"母亲絮絮叨叨地还想继续说下去,像是学生回答老师问题。

女医生朝她点一点头,目光温软许多:"兴许你教过我小孩儿呢……"

一个护士急匆匆跑来:"卢医生,你快过去一下吧……"

女医生走了,病房里重又安静了。

"你是旧城中学的老师啊?"黑毛衣女人似乎没听全母亲和医生的对话。

"都退休好几年了。"母亲淡淡地说。

"老师,这女医生人挺好的,就是说话老急吼吼的……"

"医生忙嘛,这么多病人。"母亲像是为医生辩解,又像是安慰自己。

渐渐挨到下午了,侯澈叫了外卖。三年没回来,没想到县城的外卖已经这么发达了,中餐、西餐、烧烤、小吃,应有尽有。她到电梯口拿外卖,送外卖的男人挺高大,戴着头盔和口罩,仅仅露出两只眼睛。他递外卖给侯澈时,狐疑地看了她几眼,侯澈接过外卖,转身就走。她是害怕遇到认识的人吗?除了亲戚和同学,县城她不认识几个人了。刚才送外卖的会不会是同学?

夫妻肺片上一层红红的浮油。侯澈夹起一片肉,荡一荡,撇去浮油。正想塞进嘴里,忽然闻到一股骚臭味,不由得耸耸鼻子:"什么味儿?"

母亲哎哟一声,把手中的餐盒放到床头柜:"你出去外面吃。"母亲匆匆忙忙从床底拖出一只绿色塑料盆,掀开李青萍的被子,里面露出褐黄色一大片。侯澈明白过来,赶紧端着餐盒走出病房。背靠着门边的白墙,臭味儿一阵阵传出来。侯澈干呕两声,看看餐盒里稀里糊涂的夫妻肺片,没胃口了。

李青萍的侄女迟迟没回来,倒是路师傅来了。路师傅看到侯澈,似乎有些意外,身子想往后缩,但已经来不及了。

　　"路师傅……"侯澈喜出望外地喊了一声,又忽然闭口不言。

　　"小澈,怎么你也在? 你们吃过了啊?"路师傅看看侯澈手上的餐盒。

　　"是啊,我们来了一上午了。"侯澈有些局促地说。

　　"我还带饭来了,"路师傅轻声说,"我家里有点儿事,耽搁了……"

　　"是茗茗回来了吗?"侯澈看一眼路师傅,这面相苍老的男人低下头去。

　　"早着呢。早上还打电话说,不知道今年能不能回来。"路师傅说着,又看看侯澈手上的餐盒,"你们没吃饱吧? 再吃点儿。"

　　"吃饱了,吃不下了。"侯澈想说一下刚才发生的事儿,听见身后有脚步声。

　　"老路,你总算来了。"是母亲出现在身后。

　　"怎样?"路师傅走进病房,朝李青萍抬一抬下巴,"吃东西了吗?"

　　"你看她这样子,还能吃东西吗?"母亲也朝李青萍转过脸去,叹一口气,"说不定,就这两天的事了吧?"

　　"医生怎么说?"路师傅拧着眉头。

　　"没说什么,说等家属来。你说怎么办啊?"

　　"我再给小楼打个电话吧。"路师傅也叹一口气。

　　侯澈靠在病房门口,听着病房里的对话。路师傅说话的声音,都已经这般苍老了。她难以描述内心的波动,即便时间久远,那件事仍然是不可磨灭的。

第四章　亲人

书信四

　　前面两封信，都提到我那短暂的婚姻。我应该再说说这件事的。和你彻底分开后，我浑浑噩噩地过了好些日子。朋友看不下去了，说给我介绍个人。"我觉得你俩挺般配的。"我不知道为什么朋友会这么觉得。他离异三四年了，带着刚上小学的女儿。这怎么可能跟我"般配"呢？

　　我完全没恋爱的心情，只是不好拂朋友的面子，还是去了。他和女儿一起来的。哪有相亲时带女儿一起的？这让我挺意外的。小女孩穿得有些土气，皮肤黑黑的，眼睛也黑黑的，看人的时候，眼睛里像是荡漾着春水。我出于礼貌也有点儿真心地拉过小女孩的手，她蚕蛹似的小手指，一动一动的，每一下都抓挠在我心上。我问她叫什么名字，她说叫小暖。这名字和她说话的声音，都让我心里一暖。他看着我和他女儿互动，不时微笑，不时温柔地对女儿说上几句话。在我开始懂得恋爱后的许多年里，我从未碰到过这样温柔的男人，符合我对父亲的全部想象的男人。我和他们父女相对而坐,三个人都不怎么熟练地用刀叉对付白瓷盘里的牛排。他说,我其实一直不习惯吃西餐的。我说,我也是啊。我们都笑起来。我不由得开始想象,我们是真正的一家三口在生活了。

在我和你恋爱的那些年里,我们从没谈论过这样的"普通生活"。对我来说,你就像一阵风,飘忽无定,我总要很努力地追赶。那天晚上,我忽然出现在你面前,看见你和她像一家人似的在打扫房间,我就像忽然看到云层间落下一场暴雨。

奇怪的是,我们虽然大吵一架,却仍然在一起——在那之后,你跟她还在一起吗?我至今不能确定。唉,不说这个了——更奇怪的是,这么多年过去了,我竟会给你写这些永远不会寄出的信。也许是因为"孤独"?这是我刚回家时,听我妈说的。我很意外,这文绉绉的词会从她嘴里说出来。但事实大概就是这样,人都很孤独,需要一个能说说话的人。

那晚之后,我们更不可能谈论这样的生活了。我们总在吵架,我一次次骂你,卢观鱼,你为什么不去死啊?!你为什么总是说谎呢?你仍然一再辩解,说她是中学同学,那是你们最后一次见面了,你对她只是像亲人一样了。

呵,亲人一样。这是你的原话。

恋人变成亲人,是怎样的感觉?记得后来,我有时候也会对你说,我已经把你当成亲人一样了。说这话时,我感受到的是熔岩喷发出来后冷却的过程。有一天我忽然想起,这原本是你的话啊。你那时候对她,就是这样的感觉?所谓亲人,就是我们知道他们永远会在那儿,即便争吵不休,即便反目成仇。

我好像有一点儿明白你当时的处境了,又觉得自己实在可笑,竟然开始为你开脱。这是亲人的另一面吗?

铅色云朵堆积,只在西边天露出一片鳞隙。在那儿,太阳明晃晃地落着,犹如一滴巨大的滚烫蜡泪。小山上的残雪,反射着一片片淡淡的橘色光亮。几只乌鸦黑黑地飞来飞去,呱呱呱的叫声回荡着。侯澈转回头问:"以前,我们这儿好像没乌鸦吧? 什么时候飞来的乌鸦?"

"什么?"母亲抬起头,茫茫然地看着她。

母亲坐着,路师傅站着,卫兵似的,一人守住病床的一边。李青萍直直躺在床上,一片夕光落在她露在外面的脑袋上,脸颊和额头愈发显得饱满锃亮。

"我说,以前县城好像没乌鸦吧?"

"一直有的吧。没注意过。"母亲望向窗外,"老路,你过来坐会儿吧。"

"你坐你坐。"路师傅按一按手。

母亲已经站起,扭一扭脖子,两手往后扩一扩,绕过病床,走到侯澈身后。

"小澈坐会儿吧,我进来后就没见你坐过。"路师傅说。

"路师傅您坐,"停了一会儿,侯澈说,"我就想站会儿……"

两人眼神相遇,路师傅忙躲闪开。侯澈不易察觉地笑了一笑。母女俩一前一后立在窗前,隔着窗玻璃,望着夕阳一点儿一点儿往下沉。侯澈感觉到,母亲的身体在身后散发着热气,母亲的鼻息咻咻地吹到脖颈上。

"我想开一下窗,屋里实在太闷了,还有……一大股味儿。"

"冷风吹进来,会吹到病人……"母亲回头看看。

"就开一条小缝,再说,病人也需要呼吸一下新鲜空气吧?"窗子是老式的,侯澈拉开窗户插销,推开一条缝。一股带着雪意的清冷气息,扑面而至。

"啊……"侯澈长长舒出一口气。

"高老师，你们快回去吧。"路师傅在身后说，"小楼在电话里说了，今晚就会到家。他会来接替我，你们不用担心。"

"头几天他也这么说过……"

"这次应该是真的。之前是赵老师给他打电话，赵老师那人你是知道的，和小楼说话的口气难免……小楼还以为，是他妈骗他回来呢。他那些亲戚给他打电话呢，他又以为是他们想他回来帮他妈还钱……"

"那现在呢？他就不怕是我们合伙骗他？"

"我听他语气挺着急的，说已经在路上了，这还有假？"

母亲背靠着窗户，怔怔地瞅着病床上的李青萍，不知在想什么。

走出医院，东山顶还有一线光亮。暮色笼罩着县城。侯澈看暮色里走动的人们，人人脸上有一种梦幻般的、如释重负的神色，仿佛白天耗尽力气生活，晚上终于可以放下重担了。侯澈和母亲慢慢地走着，谁也没说话。早上那种略有些尴尬的气氛再次横亘在彼此之间。侯澈寻思着，说点儿什么吧。

"妈，我几次听你们说起，半年前小顾他爸如何如何。是怎么回事？"

"顾零洲也是你同学吧？"母亲的语气里透着疲惫。"哦，不，他比你小一级。一年前，他妈妈先走的，住院时，主要是他爸在照顾。隔了半年，他爸自己病倒了，小顾没空回来，虽说他姐姐就在边上，但她总有这事那事的，最后，还是我们几个轮流照顾他，直到把他送上山……我们有个小团体，平时一起跳广场舞，哪个有事了，其他人就帮一把。"

"从来没听你说过这些事。"侯澈说。

"还有小李旭她妈妈。李旭比你大好几级，你小时候见过的。她们两姐妹考上大学时多风光,读完大学都留在北京,一年回来一两次。结婚后,回来得更少了。早几年,她爸妈离婚了。离婚后没多久,她爸再婚,说是找了个'80后'。她妈一直单着,她们两姐妹好几次要接她去北京,她去待了一个多月,说不习惯,出门连东西南北都分不清,也不敢开口和人说话,就回来了,还是一个人过。姐妹俩不时给她寄钱,她天天和我们跳广场舞,日子还不错。哪里想到,她忽然就没了……"母亲平静地说着这些事,整个人被夕光笼罩着。

"怎么没了?"侯澈说。

"她家住在城郊,家里有地的,大部分在这几年卖掉了,还有一点儿自留地,种了柿子。她和我说,辛辛苦苦摘两大框柿子送到收购处,不是被嫌小,就是被嫌有虫眼,最后卖不到一百块钱。她干脆不卖了,一些留着自己吃,更多的留给小雀小鸟吃。别小瞧那些柿子,一个个甜得很,那些收柿子的人,一个个眼睛瞎了。她总是这么和我们说她的柿子,就像那些柿子是她的小孩儿似的。她约我们去地里摘柿子,说就当去山里逛逛,我们说好呢好呢,却一次都没去过。她拿来几袋柿子到跳舞处吃,我们吃了两个,确实甜……"

"她后来怎么了吗?"侯澈打断母亲的话。

"后来她就出意外了……"母亲回过神,仿佛从深渊里爬上来,"也没听她说过,或许她说过,是我们没在意。她家自留地边有几棵花椒,她搭上梯子去摘花椒,从梯子上掉下来,掉花椒树上,不能上不能下,浑身被刺扎得……"母亲停了停,"就那么直到死……她肯定是喊了,但没人听见,后来是个放牛的老头发现,大叫起来。砍掉花椒树,才把人拿下来,都臭了……"

母亲沉默了一会儿。

"她家堂屋里,临时搭起几块木板,她就臭烘烘躺在那硬木板上,顾不得什么仪式不仪式了,只能匆匆安棺了事……"

"妈!"侯澈有些害怕,略微提高声音喊了一声。

母亲不再说什么。俩人默默走在渐浓的暮色里。此时,侯澈才反应过来,走的和来时的路不是一条。是绕着山脚走的,需要穿过一大片老旧的村子。巷子里什么人都没有。一阵穿堂风吹过,侯澈浑身一凛,身上起了一层鸡皮疙瘩。走出村子,拐入县城主要街道,眼前豁然开朗。不少店铺已灯火璀璨。路边花坛底下,积雪东一块西一块,表面都积着一层黑灰。

拐出县城,走进古楼村。村口的房子已经拆得只剩下最后一堵墙了。不过短短一个白天,路口的模样全变了。地面坑坑洼洼,红色挖掘机停在一旁,长长的手臂虚虚地垂着。走到墙边,远远地看到墙上贴着许多彩色画片和报纸。

"我去看看,贴的是什么。"侯澈说。

"这有什么好看的嘛!"母亲说着,也跟了上去。

母女俩踩着坑坑洼洼的松软地面,走到高墙面前。

有一张 1977 年的日历,日期上方有插图:一男一女两小孩儿,女孩儿在绣五角星,男孩儿站着,背一顶草帽、一把大刀,腰间别着手榴弹;男孩儿身后,一只白色小羊回头看向画外。再往边上看,是许多泛黄的报纸。一张报纸的标题是"深入批邓结硕果,解放军里雷锋多",另一张报纸的标题是"极其沉痛地哀悼中国人民的伟大领袖毛泽东主席逝世"。侯澈看到,母亲呆呆地盯着这张报纸。

"那天我还记得啊,村里喇叭一直在响。我们到寂照庵参加公祭,人实在挤不下,只能移到县城水库边,花圈堆成山,好多人哭,哭到后来,都不知道为什么哭了。那时候,你还没出生呢。那些年啊,真是做了一场梦……"

侯澈不知说什么好，不禁想起小时候隐约听说的一些事。

"寂照庵？就是那边小山上的尼姑庵吧？妈，你还记得吗？我小时候和……去过，后来还和我弟去过的。"侯澈望着这一片废墟尽头的小山坡。

在她的记忆里，这片废墟之中有一条幽暗曲折的小巷，可以穿过村口这一大片鳞次栉比的房子，径直走到东山脚的小山坡，那儿有一座庵堂。如今看来，那庵堂离家不过三四公里，小时候却觉得非常遥远。很小时候，她曾随父亲去过，后来，小学六年级那年，她带着刚上学前班的弟弟又去了一次。那次，兄妹俩策划离家出走，刚走到村口，没地方可去了。她提议到那庵堂里去。她领着弟弟穿过一片片老房子，又紧张又兴奋，走了许久才来到庵堂前。庵堂门洞里是两扇崭新的红色木门，她鼓起勇气，牵着弟弟的手，上了石阶，走进院子。院子里有一二十人，有两位是穿僧衣剃光头的师太，其余是附近村里的女人。有人认出他们姐弟，问了几句话，知道他们是自己跑出来的，并未加以斥责，反倒招呼他们一起吃素斋。用过斋饭后，她和弟弟看到，女人们抬出一座小小的雕塑来，那雕塑是一个金色的小男孩。年长的师太将糖水倒在小男孩头顶，糖水顺着身体流下。年轻的师太用搪瓷缸接了，递给她。她看看那小男孩，不好意思喝。弟弟不管这些，接过师太递的另一只搪瓷缸，咕嘟咕嘟喝光了，说我还要喝。师太笑眯眯看着她，说你喝呀，喝了以后有福气的。她抿了抿嘴，喝了一小口，再慢慢将整缸糖水都喝完了。糖水真甜呐！过了许多年，她还能想起那滋味。过了许多年，她偶然看电视，才知道，那暮春之日，是浴佛节。

那庵堂里小小的院子，她也时常想起来，日光耀眼，草木扶疏，地砖缝隙里嵌满青苔。粉白墙上，画着《西游记》里的故事，弟弟看得入迷。年轻师太走过来，拍拍他们的肩膀，带他们到后院去，那儿是一处小小的动物园,她和弟弟头一次见到破脸狗、猴子、乌龟、野山羊、黑熊……他们蹲在每一只铁笼前睁大眼睛,看了又看。师太告诉他们,这些动物大多是被人抓到街上贩卖的,那只黑熊是被制药厂遗弃的。因为它们身上或多或少都有伤,所以一时没法将它们放归山林。她想看看它们哪儿受伤了,这些动物却都瑟缩着,将自己逼进铁笼一角。

后来,母亲不知怎么得到的消息,来接他们了。两位师太将他们送到大门口,年长的师太嘱咐母亲,不要骂他们。母亲一手牵着她,一手牵着弟弟。这是她记忆里少有的被母亲牵着走的时刻。走了许久,她回头看到庵堂大门口,一老一少两位穿着青布僧衣的师太,仍然远远地望着他们。夕阳西下,一棵高大葳蕤的菩提树底,大门顶上的青绿琉璃瓦间,瓦松开着红色喇叭状小花。这画面如闪烁着雪花光点的古旧默片,时不时地会在她脑海里出现,挥之不去,浸染日深。

后来她再也没去过庵堂。随时可以去,却再也没去过。

"就是那儿。毛主席过世那年,寂照庵里面什么都没有的,佛像早推倒了。你和你弟见到的那些,是后来弄的。现在,又什么都没了。"母亲淡淡地说。

"啊?!怎么会没了?"侯澈大感意外。

"你大学还没毕业,就没了啊。庵里两个尼姑,老的死了,年轻的走了,也不知道去什么地方了。只剩个看门老太。寂照庵成了村里老头打麻将的地方,过了几年,看门的老太太死了,打麻将的都到县城麻将馆去了。寂照庵就彻底荒废了,有流浪汉到那儿住宿,有些不三不四的小年轻到那儿吸毒,听说还有男人女人到那儿……总之乱七八糟狗都嫌,前两年就拆了。"

"那儿现在是什么?那棵菩提树还在吗?"

"好像是用来堆附近村里的生活垃圾吧?我也搞不清楚那树在不

在了。你要是惦记着，哪天你自己去看看吧。"母亲说着，转头往废墟外走。

往小山坡望去，暮霭沉沉，什么都看不清。有几只乌鸦从左近的屋顶飞起，呱呱啼鸣着，飞远了。她随着母亲，高一脚低一脚往外走，喝醉了似的。

刚进家门，母亲的手机响了，"北京的金山上光芒照四方……"

"高老师，你到家了吧？楼春雨回了，没回家就直接到医院来了，他说要接他妈回家。我和你说一声啊。"

母亲用的老人手机，通话声音很大，侯澈听得见，手机那头是路师傅。

"这个样子，怎么接回家？"母亲语气峻急。

"我也是这么说。但医生说，这得听家属的。"

"接回去，那不就是等死吗？"母亲一手扶着大门。

"小楼问了，他妈留在医院，能保证醒过来吗？医生说，保证不了。"

"那也不能就这么接回家呀！"

"我也是这么说啊……"

"你现在还在医院吗？"母亲转身要往外走。

"我回家了，家里有点儿事。这样吧，你给赵老师打个电话，看他怎么说？"

挂断电话，母亲捏着手机，眼睛呆呆地盯着地面。

"路师傅总是很忙的样子，他忙什么呢？"侯澈说。

"他啊，还能忙什么？忙着给杜霞买菜做饭呗……"忽然，母亲止住话头，"算了，这些事儿，你还是少知道为好。"

侯澈很快反应过来了："杜霞，就是昨晚家里那个不怎么说话的女人?"

"怎么,你不记得她了?你该叫她杜老师,她教过你学前班啊。"

"啊!是她?她以前好像不是现在这样子啊。"

"都多少年了,哪里还能是以前的样子?"母亲心不在焉的。

"妈你刚才说,路师傅给杜老师做菜?路师傅媳妇知道吗?"侯澈笑。

"我就知道你要问这些,路师傅的媳妇过世两年多了,胃癌,手术啊化疗啊折腾了很久。那时候,路师傅够辛苦的。我们都说,没见过对老婆那么好的人。可惜后来人还是没了。下葬的时候,路师傅哭晕过去好几次。以前听说过女人哭得晕死过去,从来没听说过男人也会这样。我们都很感慨,说路师傅媳妇儿这辈子值了。哪里想得到嘛,才过小半年,路师傅就和杜霞出双入对了。"

"那也没什么吧,反正他单身了。只是杜老师……"

两人说着,已经来到客厅。侯澈一边听母亲说着话,一边打开所有的灯。母亲嘴上说浪费电,却也没制止。小院灯火通明,多了几分活气。

"你倒是想得开,路茗茗怎么就想不开呢?她和路师傅闹过不知道多少次了。"母亲说着叹一口气,"至于杜霞,她那状态,和单身也没什么区别……"

忽然,有东西从堂屋外跑过,循声望去,是那只黄猫。

"这猫怎么又来了?也不知道这儿有什么吸引它的。"

"什么叫和单身没区别?那就是说,不是单身咯?"侯澈将话题拉回来。

"你什么时候喜欢这么刨根问底了?杜霞那老公,用你们年轻人的话说,真算得一朵奇葩。赌钱就不说了,还进去过,不过进去没多久又出来了，成天在街面上瞎混。不知道他从哪儿听说杜霞和路师傅的事儿，竟然大半夜把杜霞脱光了，在大街上游街，说什么反正被别人看过了，不介意让大家都看看……"母亲嘴里啧啧有声，"真没见过这样的人，搞不懂他是怎么想的……"

"他不会是精神有问题吧？"侯澈瞪大眼睛，"这是什么时候的事了？"

"也就一年前吧。"母亲摇一摇头，瞅一眼侯澈，"瞧你一副看热闹不嫌事大的样子。具体这些事，其实我也是听孙玉梅说的，她对杜霞一直有些成见的，最喜欢背地里说些有的没的。有些事也就听一听，不一定是真的。"

"那路茗茗呢？她怎么想不开了？"

"你去问她啊。你们以前不是很要好的吗？"

"那都多少年前的事了。我和她很多年没联系了……"

堂屋里中间一张茶儿，茶儿两边各摆了一张沙发。侯澈和母亲各据一边沙发。昨晚还在这儿吵架，现在却聊起别人的隐私来了。侯澈想到这儿，不由得感叹时间的魔力。她想，应该向母亲道歉的，昨晚说的那些话，真让她羞愧。然而，她始终说不出"对不起"三个字，就像母亲始终说不出"我爱你"三个字。

"妈。"侯澈轻轻喊了一声。

母亲呆呆地盯着供桌边上的落地灯。

侯澈发现，母亲想什么的时候，总会呆呆地盯住一处地方。

"妈……"侯澈又喊了一声。

"嗯？"母亲回过神来，平静地说，"我在想啊，要不要给赵新能打个电话。打电话说什么呢？我想他大概也不会同意楼春雨接李青萍回家吧。可我们之前不就一直盼望小楼回来照顾他妈吗？现在他回来了，我们再干涉,不大好。"

"我也觉得不大好,"侯澈说,"再说,留在医院又怎样呢? 我们今天也看到了,她就那么昏迷着,活着和死了没多大区别啊。医生也说了,很可能醒不过来。在医院住着,费钱不说,病人也受罪……"

母亲抬起头,目光锐利地盯着她。

侯澈意识到自己说错话了。

"哪天你妈这样了,你是不是也像你同学一样,赶紧把你妈接回家?"

"我不是这个意思嘛……"侯澈支支吾吾。

"是这个意思也没关系,"母亲深深地看着侯澈,目光温软下来,"如果哪天我这样了,你是可以带我回家……"

"妈,我是说现在嘛,我就分析一下……"

"你妈没那么容易生气。"母亲非常平静地看着侯澈,"哪天我这样了,我倒是真希望你能这样,像你说的,那时候我已经什么都不知道了,活着死了都不知道。至于现在,我是觉得,小楼这么久没回来了,和他妈的关系又是这样,万一李青萍就这么走了,他们母子就再没机会和好了……"

母亲停了一会儿,像是很认真地准备了一下要说的话。

"你这次能回来,妈很高兴。昨晚吵归吵,吵完你就别放心上了。"母亲用平静的语调说,"你放心,这几年,妈想明白了,不会再催你恋爱结婚了。你爱怎样就怎样吧。人啊,反正就这么一辈子。"

"妈,你怎么了吗?"侯澈有些哽咽了,忽然,不受控似的站起来,走到母亲面前蹲下,把头埋进母亲怀里。母亲伸出左手轻抚她的肩膀,伸出右手揽住她的后背,轻轻拍了拍。从侯澈记事起,她和母亲还从没有过这样亲密的肢体接触。这让她既温暖,又难免有点儿尴尬。

这时候，母亲的电话又响了，"北京的金山上光芒照四方……"

侯澈趁势站起，坐到一旁的沙发上。

母亲盯着屏幕看了一会儿才接起电话。

"听老路说，那小子回来了？"是赵新能的声音。

"回来了，这会儿，可能已经把他妈接回家去了。"

"这个，老路也说了。"赵新能说，"接回去就接回去吧，生死由命了。李青萍昏迷这么久了，不接回去，哪里是个头呢？我们男人倒无所谓，也就去看一看。倒屎倒尿，可都是你们几个女人的事儿……"

"我还以为你不同意呢，你倒是想得开。"母亲鼻孔里哼了一声。

"人固有一死嘛。再说，回家了，也可以请医生去打针的，又没说不治了。那小子能回来，就不错了。哪天李青萍醒过来，还不感动得要死啊。"

"醒过来又感动死，那还不是一样的死？"母亲哈哈哈笑。电话那边也笑。

侯澈有些诧异地看着母亲。刚刚还哽咽呢，现在他们笑得多开心，哪里像在谈论生死？她起身走出堂屋，走到石阶上。光从身后照来，把她的影子投在院子里。院子是水泥地，许多年没翻新过，到处是裂痕，裂痕里长出一簇簇杂草，此时都枯萎了。昏昏的光里，看到墙角那几堆积雪还没化净。抬头看天，云彩粉红一片，从地面射上去的几根蓝的黄的光柱扫来扫去，寻了半天，只见到两三颗星。

母亲的笑声继续从身后传来。侯澈有些厌恶。

转眼一夜过去。太阳刚刚升起。房子坐南朝北，堂屋里照不到阳光，从客厅望出去，屋顶的影子投在院子里，在日光里画出一条清晰笔直的线。客厅里，高红和侯澈都没坐沙发，各坐了一只小板凳。高红看侯澈放下碗筷，说："我待会儿打电话问问，楼春雨真要把他妈接回去了，下午我去他家看看。"

"我也去。"侯澈说。

"你去做什么？"高红说，顿了一下，又说，"不过你是该去看看。你和楼春雨都难得回来，他妈妈又这样了……你从来没去过他家吧？"

"是没去过。"侯澈想起许多年前那个黄昏，那时去的是李青萍的宿舍。

"他家那大院子真漂亮啊，到处是花，都是李青萍种的。可惜了……他们母子闹得这么僵，主要就是因为这院子。"

"怎么呢？"侯澈等着母亲讲下去。

"楼春雨他爸，你还有印象吗？"母亲咽下嘴里的饭后说。

"没印象了，听说是去外地做生意了？"

"哪里是做什么生意，他爸是为了躲债嘛。"母亲用大拇指抿掉嘴角的一粒饭，"他爸年轻时好赌，赌钱的人，十赌九输。他爸也一样，三天两头输钱，债主堵上门了，他爸不敢回家，经常躲到外面。债主就到学校去找李青萍。李青萍这人你是知道的，吵架那真是好手。她瞪着两只眼，把那些讨债的骂得屁滚尿流。但终究是关乎钱，不是骂几句就能了结的。后来，两人就把婚离了。债务都归楼春雨他爸，大院子归李青萍，楼春雨他爸暂时借住在大院子。过了半年，他爸干脆躲外面去了，这一躲就再没回来。"

"这都多少年了啊？"侯澈从没听过这些事。

"快三十年了。你今年三十五了，他躲出去时，你还不到十岁吧？"母亲呆了一会儿，又说，"有人说他在外面娶妻生子了，也有人说他死了。"

"那这院子怎么会让他们母子有矛盾？"侯澈挺想让母亲讲下去，

"楼春雨是独生子吧？又不存在分家的问题。"

这时，母亲的手机铃声再次响起。侯澈心想，这铃声可真够响亮的。母亲有些笨拙地从裤兜里掏出手机，看了好一会儿，才慢慢接起。

"高老师，你先别过来了，我和杜老师现在过去。"路师傅的声音。

"什么过来过去的？"母亲说。

"我是说，我和杜老师约好了今天去小楼家，你明天再去吧。还是像以前一样，大家轮着来。我和他打过电话了，人今天一早接回去了，在打吊针……"

"知道了，那我明天再去。"母亲似乎有些不耐烦。

挂断电话，母亲怔怔地握着手机。侯澈耐心地等着。

"那我们明天再去吧。今晚再问问情况……刚才说到哪儿了？"

"我说楼春雨家不存在分家的问题。"侯澈说。

"哦，他家，是不存在分家的问题，"母亲说，"问题出在楼春雨想把那老院子卖了。楼春雨说，卖了院子，到省城买房，妈你跟我到城里住。李青萍说，你回来，我就把房子给你，但房子不能卖。楼春雨说，这房子本来就有我的一部分。李青萍说，除非我死了，否则这房子都没你的份。母子俩就吵起来了。我们都劝李青萍，说楼春雨说的也没什么不对，李青萍还骂我们。再后来，听说楼春雨是在省城做生意亏了，才想着回来卖老房子。又过两年，听说李青萍搞类似传销的事情，骗了很多人的钱。"

"县里还有传销？"侯澈挺惊讶。

"你这话说的。你以为县城是世外桃源啊？"母亲白了侯澈一眼，"李青萍还算有点儿良心，从来没和我们几个搞过这些，倒是骗了她一堆亲戚。我们问她，她说从没想过骗人，是真觉得能赚钱，才拉亲戚进去。我们又问她，那怎么不拉我们进去？她笑一笑，不说话了。我们又问,你又不缺钱,怎么会想起搞这些?她嚷起来,说那点儿退休工资够什么用?再不赚点儿钱给楼春雨,孙子都不姓楼了。我们才知道,是楼春雨和她说过,生意再搞不好,小孩就跟女方姓了。我们说,你自己又不姓楼,管孙子姓不姓楼呢?李青萍说那也得管,不然算个什么事。我们又问,那你赚到钱了吗?李青萍就叹一口气,不说话了。自从传销的事情爆出来后,我们其实很少再见到她了……"

母女俩相对无言。太阳升得更高了,大半院子铺满日光。

"北京的金山上光芒照四方……"母亲的手机铃声又响了。

侯澈想说,妈,你换个铃声吧!你又没去过北京,再说都什么年代了,还光芒照四方呢。但她什么都没说。她看着母亲慢慢从衣兜里掏出手机,盯着屏幕看,仿佛要确认是不是自己的手机在响。刚摁下接听键,路师傅的声音迫不及待冲出来:"高老师,你快点儿过来吧,李青萍不行了!"

侯澈听母亲给赵新能、孙玉梅等人打了一圈电话,他们都说,已经接到路师傅的电话了,正在路上。"这么说,我是最后一个知道的了。"母亲讪讪地自言自语。赵新能说要来接母亲一起过去,母亲拒绝了:"我自己找辆车吧,你今天不是去山里看古董吗?那么远的路赶回来,再到我这儿,绕远了。"母亲挂断电话,盯着侯澈,自言自语:"找谁的车呢?"

侯澈也有些着急,却帮不上忙。

"我问问小张,不知道他现在有没有空。"母亲低下头摆弄手机。

"小张是谁?"侯澈说。

"小张啊?你应该不认识他的,他开出租车。他爸有时候也会和我们一块玩儿,他来接他爸,我见过几次,小伙子精精神神的,挺不错的。"

母亲抬起头意味深长地瞥了侯澈一眼。

"什么意思吗?"侯澈警觉地说。

"没什么意思,"母亲狡黠地笑,"小张是'90后',早儿女双全了。"

侯澈大大松了一口气,又觉得母亲似乎对自己仍有期待。

小张接了电话,一口答应下来,说刚好在县城,十分钟就到古楼村。

古楼村是很大的行政村,侯澈家和楼春雨家都属这村,只是侯澈家紧挨县城,楼春雨家则离县城很远。侯澈想,不知道小张到古楼村后,再到家里得多久。侯澈和母亲匆匆准备了一下,就听到汽车喇叭响了。出门一看,一辆黄色出租车停在门口,一颗光溜溜亮晶晶的脑袋探出车窗,冲她们夸张地笑。副驾驶座上,还有一颗光溜溜亮晶晶的脑袋朝她们笑。

"老张,你怎么也在?"母亲拉开车门,躬身钻进车里。

"有人约我喝酒,刚到县城,高老师你的电话就打进来了。你说巧不巧?"老张说话时也是笑着的,厚厚的嘴唇黑里透红,口水丰盈得时时溅出。

车开出巷子。侯澈微微张着嘴,看看老张又看看小张,这父子俩实在太像了,样子一模一样,舞动着的胖乎乎的小手一模一样,腆着的圆滚滚的肚子也一模一样。笑起来,两人如同在照镜子。

老张回头看一眼侯澈,笑得眯着眼:"这是咱家姑娘吧? 漂亮哟,就是瘦了点儿,大城市压力大啊,回来过年多吃点儿,多吃点儿。"不等侯澈和母亲说话,自顾自哈哈哈笑起来:"在外面,想老家吃的了吧?"

侯澈听他说"咱家姑娘",心里有些不舒服,再听他后面一顿自说自话,不由得也乐了。这是有多少欢乐啊,才有这么多话憋不住地往外泄。

"我们一句话没说呢,你就说个不停了。"母亲也禁不住笑。

"对对对，"老张连连说，"小张说你们要去李青萍家。我也一起去呀。她家那老院子真不错，别说她舍不得卖，我要有那么个院子，也舍不得卖啊。在那院子里，种种花喝喝酒，这辈子值了！"老张说着，眯缝眼，咂巴嘴，仿佛正置身老院子里，正傍着花花草草，正喝着小酒。

"你这人啊，成天就想着喝酒啊种花啊。"母亲摇一摇头，脸转向小张光溜溜的后脑勺，"小张啊，你爸这样子，你受得了？"

"高老师，我爸这样多好啊，"小张一边盯着车前方，一边笑呵呵地说，"他就喜欢喝点儿酒，种点儿花。这我也喜欢啊。我和儿子女儿说，看看你们爷爷，等你爸老了，也要这样，再也不开车了，每天就负责种花喝酒。"

"真是……你们父子俩啊……"母亲眼珠间或一轮，身子往后靠到椅子上。

侯澈脸上不由得浮上笑。

"高老师，我随你蹭酒去，没问题吧？"老张扭过头来，笑呵呵说。不等母亲回答，扭头叮嘱儿子："看到超市停一下啊，我们买点儿东西，不然两手空空像什么话！说起来，我好久没到那大院子去了，也好一阵子没和你们聚聚了……"

"聚什么聚啊！你以为这是要去喝酒啊！"母亲嗔道。

"怎么，出什么事了？"老张圆溜溜的脑袋再次转过来。侯澈盯着眼前这硕大的、油光可鉴的脑袋，想到白炽灯，可以在灯座上拧过来拧过去。

母亲没说话。沉默在车厢里蔓延。

"李青萍快不行了。"好一阵儿，母亲说。

"啊？这是什么时候的事？怎么……"

"就是现在的事儿啊，"车颠簸了一下，母亲一只手撑住驾驶座的后背，"小张，你开稳当些。我这心里乱毛毛的。"

"你说说，你说说。"老张的脑袋仍然亮晃晃地搁在驾驶座和副驾驶座中间。

"李青萍昏迷十多天了，医生说是脑出血。出事第二天，我给你打过电话的，你哼哼哈哈的，一听就是喝多了。我想等你酒醒再打，后来一忙，就给忘了……"

"哎呀哎呀，我最近是喝得有点儿凶……不是送医院了吗？怎么一下子就……"老张忽然哽咽了，低下头，一个劲儿用胖乎乎的手背擦眼泪。

"张叔，你别难过……"侯澈小声说。见面后，这还是侯澈第一次开口。老张忽然从笑脸变成哭脸，多少让她有些窘。

"爸，你别难过啊，"小张转过脸看一眼老张，也哽咽着，"我开快点儿，赶得上的。"小张用手背抹一把眼泪，加快车速。

"你们父子俩啊！又没说人死了！怎么就哭上了……"

"妈！"侯澈有些过意不去。也不知道为什么过意不去。

沉默在车厢里持续着。不时听见老张哽咽一声。

"太突然了……"老张两只手交叉着，叠在腆着的肚子上，"我这人说说笑笑惯了，最受不了这个……你说，人这么匆匆忙忙一辈子，图的什么呀？"

母亲没说话。侯澈看母亲，母亲扭着脸，望着车窗外。

黄昏了。不少店铺的店员们就在店前摆开桌椅吃饭。侯澈和母亲还没吃饭，但谁都没提吃饭的事儿。等红灯时，侯澈看到，一家金店门口，几个年轻女孩儿一边吃着面，一边听其中一个女孩儿两手比画着说话。女孩儿说完了，放下两只手，盯着大家。忽然，众人爆出一阵笑声，一个个仰着脸,张着嘴。一个女孩儿屁股底下的塑料凳子一歪,随手一拉桌子,桌子一斜,一大碗面条倾在女孩身上。笑声更猛烈了。边上的灰绿色柏树上,几只麻雀喳喳叫着飞远了。

　　绿灯亮了,车子开出去,黄昏的光在车内缓缓移动。车内众人仍沉默着,都望向车外。世间所有浮动在光里,似乎比往日更清晰,又似乎比往日更扑朔迷离。

第五章　葬礼（上）

书信五

家里的书架上，还存着我中学时代看的那些书。那时候，男生们看的是武侠小说，女生看的大多是言情小说。你那时候也是这样吧？言情小说里，很多人会为爱而死。他们死得凄美，我们哭得伤心。后来我们吵架时，我一再诅咒你去死，你问我，那你为什么不去死？是啊，我那么轻易地把"死"挂在嘴边，可我为什么不去死呢？有多少人真会因为失恋去死？

不管如何痛苦，绝大部分人总想要活下去。是因为还有期待吗？在那天之后，我和你仍旧断断续续在一起好几年，也是因为有所期待？现在我想，我更想得到的，只不过是报复的快感，报复你，也报复她。一帆风顺的恋爱、婚姻、生活，都是可怕的。是那天，让平顺的日子奇峰突起，让我从此进入冒险的历程。

直到几年前那个下午，忽然看到那张照片。我从来没跟你说过，我很早就通过朋友辗转找到她的联系方式，就像咒你去死一样，我也一再发信息咒她去死。那个下午，我忽然知道，她真死了。

邮件里写得明白:我姐死了,你得偿所愿了。

我心里是空的,过了一会儿,又觉得这是假的。她弟弟怎么会知道我的邮箱地址?这时,手机响了,是你发来信息,她死了,你高兴了吧?还发来同样的照片。我惊叫一声,把手机都扔了。

你打电话过来,我们再次大吵。吵什么我现在基本记不起了,但我记得那种激烈争吵的感觉,脑袋里有一团耀眼白光,所有的语言都化作匕首,一刀一刀扎在你身上,也扎在我身上,刀刀见血。就像双倍的马拉松,疲累至极,又都不愿停下来。直到手机没电了,我们才闭嘴。

她的死,有我的一份,难道就没你的一份?我知道,她的死,更紧密地和你和我连接在一起了,即便我们永远不再联系。

你想过自己死后会怎样吗?身体的,精神的,会是怎样?

我一次次想象,自己死后,肉腐烂,骨崩裂,只剩一把头发,枯草一样飘散。或者,被一把火烧着,皮肉骨头吱吱啦啦响着,变成一把灰,风一吹,什么都没了。随着身体的消失,精神自然是什么都不剩了。哈哈,你一向是活得轻松快活的,你大概不会想这些吧?现在,你肯定已经有新的恋情、新的生活了。新的事物总是能带来希望的。而我呢?你看我都在想些什么?!

车驶出县城,行驶在朦胧而丰盈的暮光里。车窗两边,大片麦地刚刚萌生绿意。房子越来越少,离大路越来越远,排列在麦田那边,像一些小火柴盒。整个世界从白日的喧嚣里抽身,越来越安静。车厢里没人说话,仿佛是一辆空车,行驶在暮光中。这样的静默,让侯澈体验到久违的平静。很快,车拐入另一条道。

"就在前面了。"母亲直起身子。

车从几个村里人身边缓缓驶过,他们淡漠地朝车窗里看看。

村口一户人家正在盖房子,边上一片空地。小张和村里人打声招呼,把车停在了那儿。刚下车,走了一阵,看到一处旧式门楼,门楼两边贴着发白的红色对联。门楼边上,立着一块崭新的大理石碑,碑文是五排印刷体的黑字:

> # 半城市重点文物保护单位
> ## 旧城县国民革命政府旧址
> ### 半城市人民政府
> 二〇一五年五月四日　公布
> 二〇一五年八月十五日　　立

"看什么呢? 快走吧。"母亲一只脚跨在大门石阶内,扭头望向侯澈。侯澈又瞥了一眼石碑,快走两步:"楼家大院是文物保护单位啊? 那怎么可能买卖?"母亲没答话。拐过照壁,穿过一段幽暗的走廊,眼前豁然开朗,四四方方的大院子呈现在眼前,四栋老房子前都种着一排花草,虽是冬天,柏树、松树等盆景依然绿着,几丛细弱的竹子轻微地晃动着淡绿的枝叶,最惹眼的是种在花坛里的几十株一人多高的山茶,硕大的花朵沉甸甸地坠着,或殷红,或粉白,又娇媚,又大方。一行人还没走下石阶,就听见断续的哭声了。

哭声是从东面一栋房子的堂屋传出来的。堂屋门口,几个人站的站坐的坐,有的探着头朝堂屋里望,有人转过脸来打量侯澈他们。母亲和老张小跑着进了堂屋。侯澈落在最后,听到堂屋里静了一下,响起母亲的号啕:"李青萍啊……""李青萍啊!"老张的号啕很快压住了母亲的。

哭声在院子里起伏,河水似的漫溢。侯澈停住脚步,看到昏暗堂屋里,母亲和老张一次次对躺在屋中间板床上的逝者俯下身。小张劝着老张,一个中年女人劝着母亲。侯澈知道,一条生死的沟渠,横在昨天和今天之间了。李青萍可能还是昨天那样子,但什么都变得不一样了。

侯澈在院子里站了好一会儿,想着要不要进去,想着待会儿见到楼春雨说什么。许多年没见到楼春雨了,有过几次同学聚会,楼春雨从没出现过,侯澈却经常听同学说起他——他是班里高考成绩最好的,很难不成为话题的中心。楼春雨本来成绩一般,在和侯澈发生那次冲突后,一改调皮捣蛋的性格,变得沉稳内敛,成绩步步提升,初中时成绩就有起色了,高考时更是一举成为班里考得最好的。若不是他不够自信,完全可以报北京上海的学校。有人揣测他会复读,不想楼春雨真去省城读书。同学聚会上听人说起,楼春雨在省城开公司,娶妻生子,还买了别墅。侯澈感叹一句,这么厉害。众人忽然笑起来,说你后悔了吧。侯澈说,什么呀? 有个女同学看着侯澈笑,说楼春雨一直喜欢你啊。侯澈说,怎么可能? 那女同学说,怎么不可能? 大家都知道啊,怕只有你一个人不知道吧。侯澈仍然说,怎么可能! 却听大家你一言我一语地说起楼春雨的事,比如那时候,因为有人说侯澈没有父亲,楼春雨还和那人打过一架。侯澈说,我怎么没听说过? 因为一条裙子,我妈还跟他妈大吵一架……不待侯澈说完,一个女同学说,你还说这事呢,我们那时候都说,侯澈怎么那么笨啊。侯澈一脸蒙,我怎么笨了? 那女同学说,他还不是想接近你? 那时候你学习好,他学习差,跟你说话,你也不搭理他。他只能那么瞎说了。哪知道你会和高老师说,哪知道他妈差点儿把他耳朵揪下来。又一个女同学说,李老师是真狠啊,下手那么重。侯澈说,你们也太胡扯了吧? 那时候我们才十来岁。有同学笑,是你太单纯了吧？我们那时候算晚熟的了，现在的小朋友，上幼儿园就会谈恋爱了。大家都笑，纷纷说起各自孩子的种种。侯澈再没心思听，一心只想着，他们说的会是真的吗？再想起楼春雨，只记得他后来性格大变，总是寡言少语地坐在教室后排。

自绿裙子风波后，侯澈再没和楼春雨说过话。侯澈想起，高考后有个女生问过她，要报考什么学校。她想起来，那女生坐楼春雨前排，和楼春雨关系挺好，心里害怕，会不会是楼春雨要探听什么，以后加以报复？于是三缄其口。现在听同学们这么说，再想起这件事来，似乎别有一番意味。想要去问那女同学，当初是不是楼春雨让她问的，又实在没法开口。

那次同学聚会后，楼春雨就如一根骨刺，哽在喉中，日益深入。她想，为许多年前的那件事，或许她应该跟他说一声抱歉的。

侯澈呆呆立着，落日越过四合院的屋顶，从后面照拂着她，她的影子落在自己面前。她踩着影子，走到堂屋门口往里看。

然而，楼春雨不在那儿。

落日落着，夕光从地面往上爬，渐渐地，堂屋内一片辉煌。夕光让人们的面目变得慈悲。所有站着的人，都在低头看着屋子中央躺着的死者。生死之间，不过隔着薄薄一床被子。夕光是平等的，照亮生者，也照亮死者。在所有生者中间，躺着的死者置身于最低处，最后一次沐浴着人世的夕光。

有人低声问："楼春雨人呢？"

有人答："说是买棺材去了。快回来了吧。"

有人问："听说再过一两年就强制火葬，不允许土葬了？"

有人答："吃一年的饭，做一年的事，以后的事谁知道呢？"

有人感叹:"我们那时候,都逃不过一把火啊。"

有人笑:"操那心做什么,活着都活不好,还管死不死的?"

有人说:"我觉得那挺好嘛,省得买棺材,省得抬棺材,这年头要找十六个人抬棺材,还真不容易。烧成一把灰,装进一个小盒子,端起来就走了……"

侯澈离开堂屋,走到院子一角坐下。边上四五个老太太,年纪比堂屋里的死者要年长得多,见她坐下,一齐停止说话,纷纷转过身来,探寻的目光在她身上扫来扫去。问她是谁家姑娘,她出于礼貌回答了。刚说出母亲的名字,她们的眼神里有一瞬间闪过异样的光。"你妈是高红?以前在旧城中学教书的?"

"是啊。"侯澈说。虽然不知道她们心里想的什么,语气里已经有几分不耐烦。小时候,别人说到母亲,神态和语气经常如此。

"你还记得你爹吗?"一个老太太说。

"怎么?"侯澈几乎没法掩饰自己的反感。

一个老太太瞅了问话的老太太一眼。

"没什么没什么。"问话的老太太讪讪地说。

"那时候她还小嘛。"另一个老太太说,"上一代的事了,她怕是不晓得了。"

侯澈小时候,不时听母亲讲起过去的事,但很少说起父亲,她也并不怎么关心,觉得那是太遥远的事了。她对父亲只有模糊的印象,父亲总是离家很久才回来一趟,回来了会给自己带些好吃的好玩儿的,大白兔奶糖啊,回力运动鞋啊。父亲回来后,家里高兴没多久,就会听到他和母亲吵架,一次比一次吵得凶。记得有一次吵架后,父亲拉着她的手出门,走了一阵后,父亲似乎没地方可去了,就带着她往小山坡走,她走不动了,父亲就将她举起来,骑到脖颈上。她问,爸爸,我们去哪儿啊?

父亲笑笑说，待会儿你就知道了。走了好久，她又问，爸爸，我们去哪儿啊？父亲依旧笑笑说，到了你就知道了。父亲的头发很长，她两手薅住，身子故意在父亲肩上摇过来晃过去。父亲疼得龇牙咧嘴，却笑得更大声了。太阳偏西时，父亲带她来到一座老院子前。她指着门洞上方的牌匾问，爸爸，上面写的什么字啊？父亲用手指着，一字一顿地说，寂、照、庵，要从右往左念哦。她问父亲，这是什么意思呢？父亲说，这就是这儿的名字，就像你的名字侯澈一样，每个人每件东西每个地方，都应该有自己的名字。她又指着门洞边的大树问，爸爸，那这棵大树叫什么名字？父亲说，这是菩提树呀，县城边就这一棵。庵堂院内荒草丛生。他们在门洞前站了许久。她问，爸爸，我们什么时候进去呀？父亲说，不进去了，站这儿看看就好了，里面什么都没有的。过了一会儿，父亲驮着她，沿原路返回了。第二天，父亲走了，再没回来。那一年，她七岁出头。

现在，她挺想听别人讲讲父亲母亲的故事。然而，又不愿意把这想法说出口，且这几个老太太的神情让她心生厌恶，遂强忍着内心的好奇，一言不发。老太太们大概意识到她的不快了，一个个收回探寻的目光，也收回想要说的话，回到原先的姿态，头挨着头，仿佛围成一顶流言的荆冠。

侯澈不再理会她们，背靠着老旧的板壁。板壁上黄漆剥落，靠一靠再离开，黄色碎屑便窸窸窣窣掉落。坐了没一会儿，回头看看，地上积了黄色的一小层碎屑。老太太们转过身去了，说的话仍不时荡过来一两句。无非是议论李青萍生前那些事，比母亲说的似乎严重得多。大概是添油加醋了吧，侯澈想。

"她儿子还敢回来啊？"一个老太太说。

"不回来怎么办？老娘都死了。"

"说是只有他一个人回来?"一个老太太压低声音。

"他是不想连累媳妇小孩?"

"他这次回来,怕是不容易脱身了。"

"是哦,他家那些亲戚,李青萍还对付得了,他怎么对付?"

"李青萍一走了之,倒是清爽了……"

侯澈有一句没一句地听着,看到不断有人涌进院门,寂寥的院子渐渐被身影和声音填满。人们来来往往地走动,有人在搭灶台,有人在商量着买什么菜,还有人在商量请什么人……那么多人,那么多事情,那么多声音,遵循着各自的秩序。侯澈置身边缘,仍然感受得到这人间煊赫烟火的暖热。

此时,堂屋里的哭声已经停止了。侯澈起身去往堂屋,扶着门框,往里看了看,不知道老张父子什么时候离开的,如今堂屋里只剩母亲和死者了。寂静得仿佛能听到死者不存在的呼吸。死者脚伸向堂屋门口,脑袋靠近后檐墙。在死者的脑袋边,母亲坐着,屁股底下是一把黄色油漆椅子,稍稍动一动身子,椅子便嘎吱嘎吱响。母亲的目光从死者脸上,慢慢抬起,挪到侯澈脸上。目光是轻的,凉的。"我们坐会儿就走。"母亲说。声音闷闷的,从地底传来似的。

"好。"侯澈想说再等等吧,又没说出口。

侯澈回到原先的位置,刚刚坐下,就看到几个男人抬的抬扛的扛,簇拥着一口漆黑艳红的棺材,从大门外进来了。

院子里好几个人围拢过去,帮忙安置棺材。侯澈起身走到台阶边,看着大伙儿忙碌。红唇黑身的棺材,不时从人群的罅隙间露出一角,在黄昏里闪烁暗沉的不可置疑的光芒。侯澈一眼认出楼春雨。许多年前那个黄昏的画面,再次浮现出来。明亮的尖叫,通红的耳朵,曲蟮似的血……仿佛就在昨日。

那条埋藏于母亲衣箱深处的连衣裙，不知是否还在。侯澈几乎已经在心里认定，它真是从死人身上扒下来的——有些念头犹如生命力旺盛的有毒植物，在头脑里扎下后，会渐渐滋生出强劲的根须。看着楼春雨和几个人在摆弄棺材，侯澈不由得想，那条连衣裙的主人，是一个怎样的少女，她度过了怎样短暂的一生。

楼春雨离开棺材，穿过人群，往堂屋走来，侯澈呆立着，正犹豫是该主动打声招呼呢，还是往后退，楼春雨已经走上台阶，瞥见她，怔了一下。

"侯澈？多年不见啊。你怎么来了？"

侯澈还没说话，有人喊楼春雨。

楼春雨转身和那人说话，很快随那人去了。

堂屋里多了几个不认识的女人在和母亲说话。侯澈再想回原先的位置，发现被人占了。没地方可去，便去看院子里的花草。松柏的盆景和细弱的竹丛无不精致而排列得当，最让人瞩目的还是那些山茶花，簇集的绿叶间，粉的红的花朵恍若一张张陷在梦境里的脸。侯澈在花底久久徘徊，花朵们窃窃私语，声音盖过了院子里的喧嚣。在山茶花尽头，还有一片裸露的土地，仔细看，似乎埋着什么根茎。侯澈找来一根小木棍扒拉扒拉，似乎是牡丹。她不由得想象，等春天来了，这院子是何等景象。怪不得老张提起这院子，一副心醉神迷的样子。然而，走不了几步，侯澈便发现，花盆里丢了几个新鲜的烟蒂。侯澈想要捡起，凑近看，上面还沾着唾液，不由得心生厌恶，缩回刚伸出的手。

走到西边一处僻静角落，坐在凳子上围成一圈的人们停下谈话，转过头望着她。她脸上微热，尴尬地退到一边，手掌停留在一丛柏树之上。清冷，稍微有些扎手，细碎的枝叶间隐约有黑黑的煤灰。可以想见,如果没人打理,过不了多久,院子里这些草木便会灰头土脸。

"今晚不说,什么时候说?"一个男人说。

"对! 大家都来了,也有个见证。"一个女人说。

"她以前让我们一起投资,哪里管什么时候不时候?"

"说起来,还不是你们愿意嘛。起初,你们还缠着她,要多投点儿,劝都劝不住。记得那天也是在这院子……"一个年轻人说。

"你这是站哪头说话呢? 你要真这么明白,当初怎么也投了?"一个女人说。

年轻人嗫嚅着,说了句什么,侯澈没听清。

"不过确实也怪我们。都说不是一家人不进一家门啊,以前她男人怎么跑的? 还不是因为欠债不还? 唉,我们都把这事忘了……"

过了好一阵儿,侯澈到堂屋找母亲,母亲不在堂屋里了,几个陌生的女人抬起头来,无声地看着她。她转身四处看看,在自己刚才待过的地方,母亲正和几个老太太聊天。正是刚刚问自己家庭状况的那几个。

"你刚才去哪儿了?"母亲看到侯澈走近。

"我也在找你啊。"侯澈说。

那几个老太太回头看到侯澈,讪讪地笑。

"我们什么时候走?"侯澈问。

"马上吃饭了,吃了饭再走嘛。"一个老太太代替母亲回答。

侯澈看看母亲,母亲也说:"吃了饭再走吧。"

太阳落下去了。暮云透出淡淡的红。蝙蝠在飞来飞去。偶尔,一阵小小的黑暗的风从耳边疾速掠过。侯澈记不得以前在老家有没有见过蝙蝠了,此时见到,颇有些诧异,目光追着一只只蝙蝠高低起伏。

这时候,一头肥壮的白猪被一根细细的绳子牵引着走进院子。绳子攥在一个壮汉手里,壮汉叼着一根烟,闲闲地走着。肥猪乖顺地跟随着,不时在地上嗅一嗅。壮汉拉一拉手中的绳子,肥猪抬起头来,哼哼着跟上了。壮汉走到院子一角,一张长条案桌等在那儿了。还没等肥猪反应过来,候着的几个男人一拥上来,按倒肥猪,压在案桌上。它终于反应过来,挣起全部力气,猛地踹出一脚,踢在壮汉肚子上。壮汉不防,一屁股跌坐在地,两手抱住肚子,皱眉皱眼,嘴上还没抽完的小半截烟头摔在脚边。"他妈的!"壮汉顺过气来,骂骂咧咧地撑着地站起。众人本来有些担心,见他骂出声,大笑起来。壮汉按住肥猪,在它脑袋上重重拍了一把,一把刀出现在手里。不等肥猪看清刀子,刀子已如薄冰一片,融进它脖颈里了。肥猪绝望的嘶喊声响彻院子,全然盖过堂屋里断断续续的哭声,吓得往来觅食的蝙蝠们跌跌撞撞。

侯澈好多年没见过杀猪了。如今看见这一幕,忽然想到一个词:殉葬。这头猪哪里会想得到,一个人的死,会让它陪着死。世界上的事情就是这么奇怪,毫不相干的事情,时常会因为某个契机,不可思议地相互关联。

几个年轻人搭起黑白竖条纹的布棚,这边喊,那边应。还有几个年轻小伙在排布桌椅,木头和地面摩擦的声音此起彼伏。另一边,七八只汽油桶改造的灶台一字儿排开,正红红地燃着柴火,锅里不断腾起蒸气。离灶台不远,五六个女人围坐一处,笃笃笃地切菜,又有几个女人在杀鸡,鸡们咯哒咯哒地叫嚷着,鸡毛凌乱地飞起。还有几个小男孩儿,挥舞着发光的塑料宝剑,呼喊着跑过来跑过去。院子里到处是声音,声音和声音冲撞、交织,衬托起热闹的气氛,仿佛不是在办丧事,倒像是在办喜事。

不多时,桌椅排布好了,热气腾腾的饭菜从女人们手中络绎不绝地来到桌上。其中有一盘五花肉,散发着新鲜的肉香,袅袅地腾起热气,正是刚才那一头肥猪身上的。侯澈和母亲没别的地方可坐，只得和那一群老太太坐了一桌，她们嘴里塞进五花肉的同时，仍在吐出张家长李家短。只要话题不涉及自己，侯澈就当没听见，然而没多久，话题还是像蜘蛛的丝线，牵扯到她身上了。

"高老师哟，你女儿现在单身呀？"一个老太太不看侯澈，看着母亲说。侯澈低头扒饭，余光瞥母亲一眼。母亲笑一笑，不说话。

那老太太想说什么又忍住了，过了一会儿，夹了一片油乎乎的五花肉塞进嘴里，恶狠狠地咀嚼完了，吞入肚中，看定侯澈母亲，压低声音说："高老师啊，你女儿还没男朋友吧？我有个侄儿，四十出头，人品相貌没得说，正科好几年了。虽说在乡镇工作，但开车到县城也就半小时。前年离婚了，高老师啊，那怪不得他，是他那媳妇只晓得打麻将，对儿子不闻不问。离婚这两年来，好多人给他介绍过，他都不满意。我想啊，你女儿文凭高，相貌端正，又是大城市回来的……"

侯澈闷头吃饭，却一字一句听在耳中，心中气恼，又泛起一丝凄苦。怎么自己都沦落到要相亲了，而且是找二婚男人？再一想，自己不也结过婚了？侯澈偶尔用余光瞥一眼母亲，母亲始终微微笑着，听得很认真的样子。侯澈知道这样的场合不能发作，使劲儿捏了捏筷子，装作没听见，快速吃完饭，放下碗筷，一言不发，侧转身子，朝院子里东看看西看看。

不知何时，西边那处僻静角落，紧挨着摆了两张桌子，挤挤挨挨地围坐着二十来个人，楼春雨也坐在其中。那些人你一言我一语地说话，侯澈听到"本金""传销""骗子"等字眼。楼春雨一直低头扒饭，和她刚才一样。侯澈隐隐为楼春雨担心，意识到这"担心"后，她不禁有些讶异。

太阳敛去最后的辉光，几盏挂在布棚底下的白炽灯亮着，照见许多影子在空旷的院子里移过来移过去。现在的声音，换作说话声，碗筷碰撞声，吃饭喝汤声，划拳碰杯声了。忽然，一个声音平地而起。是一只青瓷碗摔在青石板地面上。青石板光滑锃亮，碗滴溜溜转了一圈，停住了，竟然没碎。

"那你们要我怎样？难不成现在就要我赔给你们?! 我说了，我没钱，我就是有钱，也不可能今天就赔给你们吧?! 今天是什么日子啊?!"楼春雨扯着嗓子喊，脸涨得通红，两眼鼓突着，额头被灯光照得锃亮。"当初我妈说没有额度了，你们中还有人打电话找我，要我和我妈说一说。那时候我就劝，那么高的利息，怎么可能？买一万块，一个月能返一千，不到一年，利息就抵得过本金了。世上哪里有这样的好事?! 你们当时说什么？说我不想带你们发财，说我是书呆子，不知道这年头煤矿有多赚钱!"

"不管怎么说，你妈是给我们打过保票的。不会说话不算数吧？母债子偿，天经地义。我们来找你讨债，难不成还错了?"一个男人沉缓的声音。

"你们赚到钱，会给我妈一分吗？怎么赔钱了，就一个个来讨债？说什么错不错的，今天是什么日子？我妈刚咽气，你们就来讨债，就没一点儿错？你们都是我的长辈，我要叫阿叔，叫嫂子，你们就一点儿没觉得今天不适合说这些?! 你们那么着急，去找我妈说啊，她就在那躺着……"

"你这说的什么话?"一个女人尖厉的声音，"首先，我们给你妈钱，让她帮我们投给她说的那个煤矿公司，你妈答应了，我们也感谢过她。过年过节，我们也鸡啊鸭啊地给她带礼物。说不定，她私底下还得着什么好处呢——你不要反驳，你不是你妈，你妈的事情你也未必都晓得。"

女人瞪一眼楼春雨，继续说："然后，你一再说今天是什么日子，你以为在今天之前我们没找过你妈？你妈哪次不是今天许明天，明天许后天？现如今她拍拍屁股走了，你回来要继承她的财产吧？不是姑妈说你，你以前和你妈为争这老院子，吵成什么样，我们也晓得。现在这老院子归你了吧？你妈的债务就不归你？"

"你们还想打这院子的主意不成？！"楼春雨打断女人的话。

"话不要说得这么难听！是你妈欠我们钱，不是我们欠你妈钱。我们不要院子，我们只要我们自己的钱。大家亲戚一场，打断骨头连着筋，我们也商量好了，利息就不要了，只要你能把本金还回来就行。"

"四姑妈，你这话不对啊，我们商量是商量过，但我没同意啊。"一个矮壮黧黑的年轻人站起来，指着楼春雨，"我爸我妈好不容易攒二十万块钱，本来说要给我盖房子的。拿去给你妈投资，这么多年了，要是放在银行，那得多少利息？我们凭什么不要利息？"

"老二，你不要再纠缠这事。听我一句……"之前那男人沉缓的声音。

"多少年了，总说听你的听你的，听你的有用？"老二瞪着眼。

中年男人欲言又止。老二圆睁豹眼，往众人身上扫视一圈，瞪着楼春雨："亲戚不亲戚的也不说了，今晚适合不适合也不说了，总之一句话，还钱，连本带利的！不然你妈死了也别想安生！……"

不待老二说完，一只拳头朝他脸上招呼。变起俄顷，大伙都愣住了。那出拳的人，正是楼春雨。楼春雨瘦瘦高高，长手长脚，白净脸上上透着蜡黄，还戴一副黑框眼镜，文气十足。老二比楼春雨矮小半个头，健硕敦实，手脚粗壮，眼中透出凶狠之色。老二猛然吃了一拳，呆了一呆，大概是和众人一样，没想到楼春雨会先动手，骂一句："你他妈的找死！"仰着脸，一拳还回去。拳头和拳头是如此不同，楼春雨打在老二脸上那一拳犹如棉花，老二挥出一拳后，先是砰一声，再是噼啪一声，楼春雨的眼镜眨眼间飞出去了，撞在墙角，大概率是坏了。楼春雨和老二扭打在一起，桌子、椅子、碗盏，噼里啪啦乱成一团。刚才还忙着讨债的一群人纷纷站起避让，也有避让不及的，不知道被谁的拳啊脚啊捎带伤到了，连声嚷着："不要打了！不要打了！"

转眼之间，胜负已定。在一堆四仰八叉的板凳中间，在一堆破碎的碗盏和残羹冷炙之间，老二一脚踹在楼春雨膝弯，楼春雨猝然跪倒，又被老二一手揪住受过伤的左耳，将他拽倒在地，仰面朝天。老二顺势跨坐在他身上，他两脚乱踢，挣了又挣，非但徒劳无功，反倒凸显出自己尴尬的处境。楼春雨或许意识到这一点，不再挣扎了，怒视着老二，两眼布满血丝，似要喷出火来。老二拽住楼春雨耳朵的那只手暗暗使了劲儿似的，楼春雨疼得龇牙咧嘴。

老二另一只手拍着楼春雨的脸颊，咬牙切齿道："楼春雨，我喊你表哥，你把我当表弟了吗？你妈骗我家那么多钱，你还说得一套一套的，难不成你还有理了？今晚大家都瞧见了，先动手的人是你，他妈的不是我！"

老二骂得唾沫四溅，两只手也不闲着，一只手继续拍打楼春雨的脸，一只手继续揪楼春雨的耳朵往外扯。时隔多年，侯澈又一次见到那令她印象深刻的一幕：楼春雨的耳朵越扯越长，越扯越长。楼春雨牙根紧咬，显然疼得厉害。老二丝毫没停手的意思，反倒下手越来越重了。

侯澈和母亲站在外围，都有些着急。

"妈，你劝劝他们。"侯澈说。

"他家那么多亲戚，都劝不住，我们怎么劝得住？"母亲两手紧握着。

"那怎么办？这样下去，楼春雨的耳朵都要被扯掉了！"

"你们劝一劝吧！今天什么日子啊，死者为大，把小楼弄成这样！

他妈还在堂屋里睡着呢！……"高红冲着内圈喊。

"不是不劝,这不是劝不住吗?谁有那力气啊……"有个女人回头说。

女人说得不假,有人一直在劝:"算了吧算了吧!"也有几个人去拉老二,哪知老二如铁塔铸在楼春雨身上。楼春雨死鱼般躺着,闭着眼睛,任由老二拍打辱骂:"说什么亲戚不亲戚的,为你这笔钱,我妈多少次上门求你妈,也说过,利息不要了,就要本金吧。你妈什么态度?都是躲着不见。偶尔撞上了,哪一回不说说?!我爸妈这么大年纪了,把这么大一笔钱搞丢了,吃也吃不好,睡也睡不好,都觉得对不起我!我妈还病倒过好几回!你妈呢?还天天跳广场舞!……"

侯澈母亲看看不是事,急得团团转,到处找人,可赵新能、路师傅、杜霞、孙玉梅几个呢?不是说老早就往这边赶了,到现在竟然全不见踪影!

"不行,这样下去会出大事的!"她一咬牙,一跺脚,挤出人群。侯澈紧跟上来,急得眼都红了:"妈,怎么办啊!"母亲不答话,目光在院子里搜寻,好一阵儿,才看到布棚外面,离堂屋不远的一处僻静角落,坐了一桌人,灯光昏昏,几人频频举杯,正喝得高兴。高红三步并作两步,跑到桌边,果然老张父子在那儿,正和杀猪的那几位喝得高兴着呢。

"院子里闹成什么样了,你们怎么还在这儿喝酒?!"

老张和小张,一起抬起头来,目光迷蒙地瞅着侯澈母亲。

"楼春雨跟人打起来了,再没人把他们拉开,要出事情的!"

老张刚站起又坐下了,显是喝得两脚发飘了。小张按住老张,忙忙起身,这才看到院子里的打斗,三两步奔过去,拨开人群,见一片凌乱腌臜之中,一个壮汉跨坐在另一人身上。他冲过去,拽住老二的衣领,往后一扯,老二往后跌倒了。

老二翻身站起:"谁他妈的!⋯⋯"话没说完,看见是小张,不说话了。

"老二,是我!"小张说,"别人妈都死了,你还和人打架? 这种事你也干得出来?"老二还要说什么,被小张一把揽住肩膀,生拉硬拽,拖出人群。"走走走! 我们喝酒去,那些事让大人去搞嘛。"老二想要挣扎,哪知小张比他还有蛮力,又喝了一些酒,不容他多说,已经拉得他跌跌撞撞,去往酒桌边坐下了。老二想要站起,又被刚才杀猪那壮汉按住。

"你还想干吗?"屠夫满嘴酒气地嚷嚷,"非要闹出人命?!"

老二经这么一劝,出人意料地,竟然抽抽搭搭地哭了:"为这二十万,我妈受了多少气,病了多少场! 这么多年,家里都吵翻了! 这日子没法过了! ⋯⋯"

他这么一哭,老张几人脸上都有些挂不住。老张醉眼惺忪,倒一杯酒端到他面前:"喝酒喝酒,什么事都有个解决办法,不急于今晚嘛,喝酒喝酒⋯⋯"

院子那边,一众亲戚去拉楼春雨,楼春雨从地上坐起后,挡开一只一只伸向他的手,垂着头,既不站起,也不说话。众亲戚大概觉得事情做得有些过了,纷纷走开。有个女人终究忍不住,小声嘀咕:"难不成这么闹一场就算了? 我们没了的,可是真金白银啊。"另一女人拉一拉她的衣袖。楼春雨抬起头,冲她们喊:"你们放心,欠你们的钱,一分一毫我都会还的。你们先让我喘一口气,把我妈埋了。我不会跑,也跑不掉⋯⋯"众人听了,唯唯几声,渐渐散去。

许久,楼春雨在地上坐着,一动不动,仿佛正融入四仰八叉的板凳、破碎的碗盏和残羹冷炙之间。院子里仍有人在忙碌,还有几人想上前跟他说事,走到边上,见到他这样子,又退却了。又过了一会儿,楼春雨两手撑住脏兮兮的石板地面,自己站起来了。似乎一只脚扭到了,一瘸一瘸地慢慢穿过院子,来到灵堂前,扑通一声跪在蒲团上,磕了一个头,又磕了一个头。直起身子,呆呆地看着堂屋里,两手下垂,喊一声:"妈!"又喊一声:"妈!"烛火摇曳,照见他脏污的脸。

院子里来来往往忙活的人都停下来看着他,有人窃窃私语,有人眼中泛泪。人人都静下来,等着,似乎都认定,楼春雨接下来要惊天动地大哭一场,或者铿锵有力地说些什么。犹如响过雷声后,就等着瓢泼大雨了。然而,楼春雨只是那么直挺挺地跪着,两手垂着,干巴巴地又喊了一声:"妈!"

侯澈站在暗处,看到一盏白炽灯散放出刺眼的光芒,犹如清冷的水瀑,自上而下灌注在楼春雨头顶。楼春雨在灯光里,仿佛从灵魂到皮相整个儿都湿淋淋的。那薄薄的左耳,犹如一朵奇崛的木耳,几乎只剩下顶上一点儿黏附在脸颊了,殷红的血,如一条丑陋的蚯蚓,从耳垂裂口处汩汩流下,在腮帮子处停住。脏污的脸,因这道血光,变得生动而瘆人。

侯澈和母亲回到家里,已是深夜。两人打开门,一阵细碎的声音传来,借着淡淡的月光,看见那只黄猫从屋前跑过,跳上院中的石桌,跃上梨树,躬身一弹,腾空而起,落在不远处邻居家的屋顶,站在瓦楞间,回头俯瞰母女俩。母女俩也看着黄猫,一猫两人,彼此相对无言。月光勾勒出屋顶和黄猫的轮廓,也勾勒出母女俩的轮廓。黄猫喵呜一声,翻过屋脊,消失不见了。

母女俩又站了一会儿,不知道接下来该做什么似的。

"到堂屋坐会儿吧。"高红说。

侯澈沉默着跟上母亲。这次,是母亲——打开了堂屋和屋檐底下的灯。灯光静静地照亮整片院子,就连一些犄角旮旯,也分享着淡淡的光明。

"这一天啊,真够累人的。"母亲坐在沙发上,往后一倒。

"是够累的,我还说回来后,要好好歇上几天呢……"侯澈坐在对面的沙发上,也往后一倒,长长舒一口气,"真是想不到……"

"想不到什么?"母亲说着,仍靠在沙发上。

"想不到的太多了……想不到李老师这么快就过世了,我们昨天才去看过她,才隔了一夜;想不到楼春雨家的亲戚那么可怕,人才刚死啊,就上门讨债了,讨债不说,还弄得这么夸张……"

"唉……"母亲叹息一声,半晌才说,"他们都说在李青萍那儿投资,但我听说,那就是传销。那时候,我们就跟李青萍说过,这种天上掉馅饼的事儿不靠谱,李青萍不信,我们也没办法。她家那些亲戚,一个个也都信得真真的,大家都拿出钱往里投,也不知道投了多少进去。虽然说是他们自己要投,可毕竟那么多钱,换作我们……"

"妈,你和他们说的一样……"

"是啊,我怎么说着说着,跟他们说的一样了? 有句话叫什么来着,未经他人苦,莫劝他人善。她家那些亲戚讨债的事儿,我们也不好评说。只是苦了你同学了,今晚啊,我真是怕老二收不住手,闹出人命来。"

"虽然劝开了,但我瞧着,楼春雨那样子,怕是……"

"你们是同学嘛,有机会和他聊聊。"母亲说。

"聊什么?"侯澈心中一动,"我和他都好多年没联系了。"

"小时候那事儿,你还记仇?"

"那倒不是。只是好长时间不联系了,见面也不知道说什么。今晚刚见到他时,我差点儿没认出来。他看起来有点儿老啊,怎么都有些秃顶了。"

"小楼这些年,过得不容易……"母亲叹息一声,停了停,说,"不过说实话,我对他想要卖老院子这事儿挺反感。我要是李青萍,肯定也会跟他吵。你想想,你在外面过好了,老家的爹妈也就能用你几个钱,但你过不好了,就要回老家卖房卖地。爹妈也要过日子吧?当年李青萍因为这座宅院的事儿,和他们老楼家闹得鸡飞狗跳,好不容易才把全部房子盘到自己手上……"

"但李老师就楼春雨这么一个儿子,楼春雨真要在外面遇到困难了,那家里把房子卖了帮他一把,也说得过去吧?"

"你说得轻巧,帮他一把……帮一把就卖房子了,那帮两把卖什么?"母亲说得气鼓鼓的,"再说,卖房子简单,以后呢?卖了房子,李青萍住哪儿?真跟楼春雨到省城去住?得了吧,楼春雨那媳妇可不是吃素的,听说就是她撺掇着楼春雨跟李青萍吵的。她算是成功把这娘俩搞翻了……"

侯澈想说什么,又觉得,组织不好语言。自己似乎想为楼春雨辩解,可她对他了解多少呢?想起今晚看到楼春雨被那人压在身下时自己内心的焦急,想起那年聚会上同学们所说的,心中不禁百念翻涌,更不知说什么好了。

"算了,说这些没意思。家家一本难念的经,还是各人自扫门前雪吧。"母亲长叹一口气,身体又往后仰一仰。

侯澈仍然不说话,固执地不说话。

"今晚楼春雨跪在堂屋门前,你站那儿看的时候,我听他家好几个亲戚说,这两天的丧事,他们是不会帮忙的,想以此要挟小楼吧。我们倒是该想一想,怎样帮他一帮,不管怎么说,总要让李青萍入土为安。"母亲坐直身子,下意识地捏着手,心中在盘算着什么。

"你不是说,你们那小团体,哪家有事了,就帮忙处理吗?"

"是啊,我们这小团体还不小呢,经常白天一起喝茶、吃饭,去KTV唱歌,夜里会去跳广场舞的。常来常往的,少说三四十号人,最常参加的也有十几,你昨晚见到的,只是在旧城中学工作过的几个。像老张,他也算这小团体里的。他是因为跟赵新能熟,才和我们熟悉起来的,但他从来不去跳广场舞。平日只见他到处喝酒,成天醉醺醺的,这次想不到是他和小张帮上忙,我们走的时候,小张还陪楼春雨去县医院处理耳朵了。"母亲摇一摇头。

"对哦,赵老师他们人呢?不是说老早过去了,今晚怎么没见到他们?"

"别提了,他们是指望不上了……"

"怎么了?"侯澈身体前倾,瞅着母亲。

这时候,母亲的电话又响了。母亲本就欲言又止,听到电话响,截住话头,掏出手机来,盯着屏幕看,"北京的金山上光芒照四方……"这一整句唱完了,母亲才按下通话键,将耳机紧贴在耳朵边,站起来走到堂屋外。

"老赵,现在怎样了?"母亲说。

对面在压低声音说话,不知道说的什么。母亲一会儿嗯嗯两声,一会儿又很恼恨地说:"怎么会搞成这样啊?多大的人了……"

侯澈望出去,母亲身后是光明,面前是暗夜。屋檐底下的悬着的灯泡,散放出昏黄的光,将院子里的黑暗冲淡了一些。雪又落下来了。细雪被风卷起,打着旋儿,在淡淡光明里,仿佛无数的火星儿,起伏飘荡,最终都免不了坠入地面。落地即融化了,地面湿漉漉的,越发显得暗淡。

"怎么回事?"侯澈看到母亲挂断电话,转过脸来,脸色很是难看。

母亲沉默着,慢慢走回沙发边,两手拄在膝盖上慢慢坐下,呆呆地盯着灯光照亮的地面,好一会儿才说:"老了老了,怎么还会出这样的事? 丢人啊丢人! 还在这个节骨眼儿上……"

侯澈嗯了一声,更加一头雾水了。

"刚才打电话过来的,我听声音是赵新能老师?"

"还能有谁?"母亲仍然很懊丧,停了一会儿,"李青萍的事,是彻底指望不上他们几个了。现在怎么办呢?"

侯澈很好奇怎么回事,但母亲沉默着,迟迟不开口,她只能忍住不再问。想了想说:"那现在怎么办? 楼春雨家那些亲戚,都不愿帮忙,赵老师他们又有事。还能找谁呢?"不等母亲回答,侯澈又说:"不过大概是我们瞎操心了,今晚楼春雨家不是有很多人帮忙吗? 我看都弄得挺好的。"

"那不一样。今晚出了这事儿,谁知道他家那些亲戚会不会在背后捣鬼? 再说,今晚事情本就不多,后面两天,事情那才叫多。"

"不是说你们那小团体还有很多人吗? 就不能找找他们?"

"这还用说? 我当然找了。"母亲顿了顿说,"你是不知道,李青萍这人啊,还真得罪过不少人,她在旧城中学教书半辈子,差不多把学校里的老师得罪光了;和我们跳舞两年,又差不多把舞蹈队里的人得罪光了。舞蹈队里也有人在她那儿投资,一样是血本无归。她现在死了,能有几个人帮忙呢? 真是苦了小楼啊……"

两人沉默相对。许久,侯澈说:"我可以找同学啊! 我们很多同学就在县城! 还有些外地的同学,这时候也有回来了的。"

"你不是说,楼春雨和你们同学都没什么联系吗? 现在这时候,能有人来帮忙?"母亲有些狐疑地瞅着她。

第六章　葬礼（中）

书信六

那张照片出现后，我连续做了很久的噩梦。我梦见地上血泊里，那躺在地上的人换成你，或者换成我。我一次次从这重复的噩梦里惊醒，大汗淋漓地打开灯。灯光里空空荡荡。我再不敢关灯了。是怕鬼吗？我是不信鬼神的。但我不信，不等于这世界上就真没有鬼神。这话好像挺矛盾？我说不清。那换种说法吧，那阵子，我格外怕黑。我害怕黑暗里站着她，害怕黑暗里站着你，更害怕黑暗里站着我自己。我只能开灯睡觉，这让本就糟糕的睡眠更糟糕了。

朋友就是这时候介绍我认识前夫的。那日见面回来，我回想着那小女孩的模样，也回想着他看向小女孩的眼神。我想，和他在一起，至少能让我睡得安稳吧。结婚后，果然如我所愿，至少开始那阵子，我享受到了久违的安宁。

我和他，从来没吵过架。他对我说的最多的话就这么几句：挺好的，没问题，你看着办吧。或者，我也不清楚，你决定吧。再问，他就笑一笑，不言语了。他对小暖更是温柔，哪怕他再忙，小暖找他玩儿，他也从来不会拒绝。

想想我们那时候，几乎每天都能吵起来。记得有一次，你叫我侯澈，那一瞬间的疏离，真让我难以忍受。我歇斯底里地喊，不要叫我侯澈，叫我小澈！你瞪着眼看了我一会儿，立马和我吵起来了。我们挑那些最恶毒的话砸到对方身上，哪怕明知自己错了，也不会停止争吵，更不会向对方道歉。

我们除开争吵，只谈论眼前，比如早上吃什么，晚上吃什么，明天吃什么。我们谈论如何活着，却不谈论活着的意义。正如我们将"死"字挂在嘴边，却从没认真谈论过，死意味着什么，死后的世界会是怎样。

我仍然不信鬼神，但如果有鬼神，或许也不错。无尽的空无，更让我害怕。

这时候，我又一次想到孩子。如果不相信鬼神，或者说，不能确定鬼神的有无，那孩子便是全部的寄托了。等我们死了，我们至少可以确信，死后的世界不是归于全部的空无；可以确信，那从我们身上延续的血脉，仍然在这世间生长，他们仍然会偶尔想起我们，我们便在没有我们的世界里又活了一会儿。

但我们从没谈论过孩子。

侯澈从微信里找到高中同学群。这群是上一次同学聚会后建的，正是在这次聚会上，侯澈听说楼春雨喜欢自己的事儿。那天大家喝了一些酒后，又去KTV唱歌，自然是又喝了一轮酒，最后没几个人清醒了，又有人提议去吃夜宵。到这时，不少人干脆趴在春鸡脚、牛肉串、烤豆腐等下酒菜之间睡着了。不记得是谁提议的，说建一个微信群吧，以后大家多联系多聚会,资源共享,互相帮助。醒着的人都说好。侯澈是少数清醒到最后的人。她想着,这些失散多年的同学,以后又会像读书时候一样,频密地联系起来了。不少同学的头像是孩子的,依稀能看得出同学的样子。这让侯澈很恍惚,仿佛这些同学都是幼儿园小朋友。她没有孩子的照片可以用来做头像,只能作为唯一的大人,尴尬地混在一堆孩子里头。

　　群里经常说话的,是读书时最调皮的几个男同学,说的无非是喝酒、吃饭之类,很轻松随意。侯澈却轻松随意不起来,她有时在群里说一句什么,半天没等来回音,便后悔不该说那话。也有时候,别人聊得热火,她接了一句,别人忽然不说话了,她就更后悔了,尴尬得像是被示众。渐渐地,她不再说话了。

　　回到房间,侯澈想起这些,有些忧虑。该怎么说这话呢?万一在群里发完消息后,没有同学接茬呢?再说,为什么是她发消息?楼春雨已经结婚了,有孩子了,自己还单身,会不会让人浮想联翩?再说,那次聚会上,大家都说,楼春雨曾经喜欢过自己。侯澈点开群成员看,仍然没有楼春雨。她以前就看过,班级群里缺着十来个人,其中就有楼春雨。楼春雨为什么不在群里呢?是不愿跟同学们交流呢,还是压根不知道有这么个群的存在?自己贸然发信息让大家去楼春雨家帮忙,会不会违背他的想法?甚至于,让他反感?

　　侯澈越想越复杂,无数念头纠缠在一起,理不出一个头绪来。不如问问楼春雨怎么想的?但她并没楼春雨的联系方式。犹豫了一下,她拨通母亲的手机。暗夜的院子里,音乐即刻响起,"北京的金山上光茫照四方……"母亲接了电话:"还没睡啊?"母亲的声音不是从手机听筒里传来,而是从屋外不远处传来。

　　"妈,不好意思,你有楼春雨电话吗?"侯澈说。

"我怎么会有他的电话嘛……快睡吧,明天你见到他自己问吧。"

挂断电话,侯澈心想,也只能如此了。又想,等明天再问他愿不愿意在群里说,显然是晚了。再说,如果问他,他一定会说不愿意的吧。左思右想,看一眼黑眼圈的熊猫闹钟,已是夜里一点多了。实在憋不住了,披上外衣,到屋后小解。她是不信鬼神的,此时却有些害怕。她打开手机电筒,微弱的灯火照着路,一步紧着一步走到后院,从石榴树底下经过,被后檐墙上的树影吓了一跳。

从屋后卫生间出来,侯澈内心的恐惧消散了一些。用手机电筒照一照空中,仍然有细细的霰雪落下,晶莹剔透,悄无声息。她走到前院,看到自己屋里的灯光透出窗户,照出事物的轮廓:两只石凳,一张石桌,一棵枝干虬结的梨树,光滑的枝干上积了一棱一棱的雪。多么盛大的寂静。侯澈久久站立着,心胸为之一广。萦绕于心的恐惧,在这一瞬间,消散了。

侯澈仰起头,看到广大的黑暗天宇,正朝她俯下身来。

回到房间,躺在床上,侯澈再次打开高中微信群,打了几行字。本想多斟酌一下,又想,算了,哪里需要那么纠结,手一点,信息便发出去了:"大家知道吗?楼春雨妈妈,也就是旧城中学的李青萍老师过世了。李老师虽然没教过我们,但我们在学校里经常见到她的。楼春雨刚从省城回来,可能在老家认识的人不多了,如果大家有空,明后两天去帮帮忙?"

消息发出,无人回应。侯澈心中忐忑,安慰自己,是太晚了吧?明早会有回应的。想放下手机睡觉,哪里能睡着。躺了一阵儿,又抓过手机翻看微信,竟有了好几条回应。有男同学发了一条信息艾特侯澈,怎么是你发信息?你们俩怎么回事?后面跟着一个笑脸的表情。班长赵飞飞立马回复,这种时候不要开玩笑,大家这两天有空的都去帮忙。在班长的信息后面,又有好几条回复,都说会去。侯澈眼眶发热,忙回复说,谢谢大家了,明天一早我们在楼春雨家见?有人立马回复,说还以为你刚才生气了呢,别在意啊,明天有空的都会去。

很多人问侯澈,李老师怎么过世了?楼春雨什么时候回来的?这两天需要大家做什么?侯澈大多答不上来,也就实话实说,说自己连楼春雨的联系方式都没有。班长赵飞飞加了侯澈微信,说明天到她家里接侯澈,侯澈答应了。群里又聊了会儿,直到三点多钟才渐渐安静了。

次日一早,听到敲门声,侯澈醒过来。母亲在门外说:"我先走了,去赵新能家一趟。中午你自己吃吧,下午我再去李青萍家看看,想想怎么办。"侯澈翻身起来:"妈,你不用操心了。我上午就去李老师家。我和同学约好了,一会儿有人来接我。"母亲似乎有些讶异:"什么时候约好的呀?也好,那你和他们去吧。有什么能得上的,就尽量帮一下。"说完,叹了一口气。

侯澈打开门,目送母亲急匆匆走出院子。院子里并没积雪,黑湿的水泥地上留下母亲的淡淡脚印。地面的水泥地很旧了,潮湿,黑暗,皲裂,但洁净。母亲走出院子,从外面带上铁门,铁门哐哐响了几声。侯澈站了一会儿,看那两只石凳、一张石桌、一棵梨树,显得孤凄而安静。一些叶子落在大理石桌面,不多的叶子仍悬在枝头,殷红的,小小的,颤巍巍的手掌。

侯澈刚钻回被窝,手机铃声响了,是赵飞飞。接了电话,赵飞飞问:"起来没?我在你家门口了。"话音刚落,侯澈听到两声喇叭声。侯澈说:"起来了,你进来坐一会儿啊。"赵飞飞说:"不进来咯,你赶紧的。"

侯澈忙穿衣洗漱。想起高一开学时,大家做自我介绍,人高马大的赵飞飞说,以后大家可以亲切地叫我飞飞。同学们都笑。赵飞飞又说,你们也可以尊敬地喊我飞哥。同学们又笑。事与愿违，这两个名字都没人喊，同学们经常喊他飞姐。赵飞飞也不恼，仍笑呵呵地答应。心念及此，侯澈记起赵飞飞的样子来了：方脸阔口，笑起来眼睛眯得只剩一条缝。

院门外，汽车喇叭又响了两声。

侯澈急急出门，锁好大铁门，往巷子里走几步，看到一辆半旧的皮卡车。车身灰扑扑的，下半部许多泥点。有人从驾驶室探头望着自己，认出来，正是赵飞飞。侯澈走到另一边，拉开副驾驶的门钻进去。赵飞飞转过头来盯着她。

"不认识了？"侯澈不由得脸上一热。

"是你不认识我了，"赵飞飞眼睛眯缝着，露出齐整的大白牙，笑呵呵地又看了看她，"大城市就是不一样啊，越来越漂亮了。"

"哎哟！我都老成这样了还说……"侯澈拖长声音，瞥赵飞飞一眼，"飞哥什么时候变得这么油嘴滑舌了？不愧是社会人啊。"

赵飞飞呵呵呵笑着，将车开出去："我前天才见过你，你没认出我来，现在反倒说我不认识你，还不准我说一说啊？"

侯澈一惊："我们什么时候见过……"

"前天我给你送的外卖嘛。"赵飞飞快速瞥一眼侯澈，又转过头目视前方，"你点外卖，我送外卖，很平常的事，没什么不好意思的。"

话虽如此，侯澈一时仍不知说什么好。

"你是不是在想，我怎么会送外卖？"赵飞飞又快速瞥侯澈一眼，不待侯澈回答，自顾自说，"你知道网上常说的那句话吧？糟老头子坏得很！说这句话的，就是和我一样送外卖的。记得是个广西小伙，在他十来岁时，算命先生说他二十多岁后会黄袍加身，顿顿不离大鱼大肉。等他真到二十多岁后，做了外卖员，想起这句话来，算命先生说的是没错。"赵飞飞瞥一眼侯澈,看到侯澈在笑,自己也笑起来,"所以,我也算黄袍加身了。"

"那恭喜你了。"侯澈笑了一下,"送外卖很忙吧?"

"小县城,很多人想吃什么,都直接去店里吃了,县城外的地方又不划算送。这么算下来,县城送外卖的,肯定没你们大城市的忙。"

"什么叫'你们大城市'嘛,"侯澈说,"大城市可不是我们的。你看我,这不是待不下去,回来了吗?"侯澈头一回对人说出这话,心中一阵奇异的轻松。

"别开玩笑了,全班就数你去得远,大上海不是哪个想去就能去的。"巷子边出现几个袖着手的女人,神情漠然地望向他们。赵飞飞没看见似的,说:"我还想着,什么时候要去大上海看看呢。"

"我们班可是有好几个在北京的哦,北京比上海远吧?"

"北京近啊,我经常在电视上看到的,胡同口老头提个鸟笼,老太太拿把扫帚,和我家边上有什么区别? 大上海可不一样,净是高楼大厦,时尚男女。"

"那你看到的只是上海的一小面,还有很多破破烂烂的地方你没见到呢。上海还有很多人种田种地呢,你能想象吧? 再说,城市大也好小也好,每个人都只是过自己的一份小日子罢了。"

"上海还有人种田?! 你没骗我吧?"赵飞飞瞅一眼侯澈。

"还有牛马牲口呢,我亲眼所见。发在朋友圈,大家都不相信。"

"这倒稀奇,比高楼大厦稀奇。不过那是在偏远郊区吧?"赵飞飞顿了顿说,"说真的,我还挺想到外面看看的。要不是我媳妇儿怀孕了,我肯定已经走了。其实,我在市里有家不大不小的饭店,同时做水果批发生意,没法到处跑。媳妇怀孕后,孕反特别厉害,又要这检查那检查的,我只能回来守着了。前两天有个送外卖的小兄弟家里有事,我想,闲着也是闲着，就帮他顶几天班吧，饭店现在叫外卖的人也越来越多，我就当深入了解一下客户……"

"原来如此，你这是体验生活啊。我就说嘛……"侯澈豁然开朗地笑起来。

"你不错哦，经受住了考验，没因为送外卖瞧不起我。"赵飞飞笑。

"你真是的！这也值得考验？在大城市又怎样，你瞧，楼春雨也在省城吧，又怎样呢？"侯澈话刚出口，又觉得背后说人闲话不妥，忙说，"对了，楼春雨家现在这样子，我们能做些什么？"

"放心吧，我都联系好了。大家同学一场，谁家碰到这样的事，该帮的当然要帮。我打电话问过楼春雨了，他竟然已经找人杀好猪，还找好厨师了，这还挺让我意外，他也不是书呆子嘛。这一项不用我们操心了。还要找阴阳先生，楼春雨搞不清楚这些，我找好了，现在应该已经到他家了。还有，我问了，他妈是要埋到楼家坟山上的，昨晚楼春雨把棺材运回来了，但坟还没砌，我也找好石匠了，弄简单一点儿，不会耽误明天下葬，更多的精细活以后再慢慢弄。最后，还有舞龙舞狮啊挂帐啊这些，楼春雨都还没忙得过来找人，我也找好了……"

赵飞飞说这些时，车子拐出归仁巷了。他的大脑袋从一片崭新的废墟背景之上闪过。前晚侯澈看到的贴着旧报纸的那面墙，已然消逝无踪。

侯澈盯着赵飞飞，一副目瞪口呆的样子。

"你什么时候做的这些？你是机器人吗?！"

"我在县里混嘛，处理这些事还不简单？"又说，"我还在花圈店订了花圈，署名就署班里愿意出钱的。一个人摊不到几块钱，只是要尊重各人的意愿嘛。"

"看来我在群里说这事儿，是说对了。"侯澈说，"我还担心……"

来到楼家大院门口，相比昨日，多了不少人。进了院子，在昨晚楼春雨被打倒的角落，坐了他们一圈同学。同学们见到赵飞飞和侯澈进门，都站起来。"你俩怎么才来？怕是想偷懒？""你们来得早，干什么活了？"赵飞飞说着，和侯澈到灵堂前，先后跪下磕头，一个戴着白孝帽的女人跪下给他们回礼。他们回到同学中间，早有人空出位置来，赵飞飞和侯澈分别在男女同学边坐了。

众人面前摆着一只铸铁火盆，一堆劈柴烧得正旺。一双双手伸向火焰，被映照得红彤彤的。侯澈问："楼春雨人呢？"有人说："刚才石匠来了，他带着去坟地了。"侯澈不再言语。有人看着她笑。侯澈说："你们谁有楼春雨的电话？我存一下。"更多的人看着她笑。"笑什么吗？一个个怪模怪样的。"侯澈说。"侯澈，你真没楼春雨的电话号码啊？怕是装的吧？"侯澈脸上一热，佯作恼怒的样子："这有什么好装的？!"众人又笑。

院子里除开他们，还没什么人。清晨的阳光泼洒下来，水一般储满院子。松树、柏树和竹子，与昨日的一般无二。只那几株山茶，硕大的花朵里残存着一撮撮未及融化的霰雪，越发显得沉重殷红了。

不远处的堂屋里，李青萍孤零零躺在那儿，身边一个人也没有。

众人说了一会儿闲话，院子里的人渐渐多起来了，都是做各种杂事的。按当地习俗，从逝者断气开始，直到第三天下葬，会不断有亲戚朋友上门吊丧，跪倒在逝者身边，即便哭不出，也要做出哭的样子。而今，一个上门吊丧的都没有。灵堂那儿，始终安安静静。

这一天，他们大多数时间是围在火盆边聊天，有什么事了，才起身去帮忙。吃过晚饭，有人回家了，也有人留下来。刚才高红来过，问侯澈要不要回家，侯澈想着这么多同学还在这儿，自己算是召集人，就说不回了，要和同学们陪楼春雨守夜，母亲也便依她。楼春雨谢过她，谢过大家,到堂屋去了,跪在灵前,不断往铁盆里添着纸钱,往香炉里添着香面。

"我们要不要到堂屋去?"有人问。

"算了,待会儿就安棺了,让楼春雨单独和他妈待一会儿吧。"

"你说,楼春雨单独在堂屋里陪着他妈,会不会害怕?"

不想这一问题引起了很多讨论,有人说自己的亲人,怎么可能会害怕?也有人说,不管怎么亲,总归是死人,换作自己,一定会害怕的。可是怕什么呢?是怕死吗?还是怕鬼?最终也没个答案。正议论着,赵飞飞匆匆忙忙走来,在两个男生中间坐了,哆嗦着,伸手烤火,嘴里嘶嘶着。

"有点儿麻烦了。"赵飞飞盯着冉冉升腾的火焰说。

"怎么了?"侯澈的心吊起来。

"两个事情。一是抬棺的人不够,抬棺要两班,一班八个人,现在只找到八个,还差着八个哪;还有一件事,"赵飞飞抬起头,目光在众人脸上掠过,"我听说明天出殡时,楼春雨家的亲戚会来闹事。"

大家面面相觑,没人吭声。

"第二件事其实好办,我明天下午让派出所的哥们约两个同事来吃饭,就让他们穿着警服来,看楼春雨家那些亲戚哪个敢动。这些人是欺软怕硬惯了。"

"派出所的人能穿制服出来吃饭?"

"哪有那么严格嘛,这又不是大城市。再说这不是为了维护治安吗。"赵飞飞说着,笑一笑,瞥侯澈一眼。侯澈低着头,一声不响。赵飞飞两手搁在火焰上方,烤鸡翅似的翻来覆去,龇牙咧嘴,不知道是舒服呢还是痛苦,"麻烦的是,抬棺的人不好找啊,到哪儿去找八个人呢?"

"要不我们凑一凑?"小文看着赵飞飞。

小文是这次来的同学中话最少的。当年读书时，他刚好坐在侯澈前，一向是很调皮的，不知道这些年经历了什么，如今变得沉默寡言了。

"凑一凑？"赵飞飞看着小文，"你的意思是我们去抬棺？"

大伙儿不吭声，都看着赵飞飞。

"你们别看我啊，我也没干过这活。"赵飞飞身子往后缩一缩，停了一会儿，"不过凡事都有第一次，我是不忌讳什么。你们要是觉得可以，那我们就凑一凑。他们楼家的坟山我知道的，路倒是不远，只是有一段上坡。"

"我肯定没问题。"停了一会儿，小文又说。

接着，现场又有第二个、第三个、第四个表态。侯澈把这事在同学群里说了，不多时，今天没来的男同学也有几人报名，好不容易凑了七个。"还差一个。"赵飞飞沉吟着。"那个小张怎么样？"侯澈说。"哪个小张？"赵飞飞说。"他开出租车，他爸好像是做生意的，喜欢喝酒，两个人都是光头，叫什么名字来着……他们父子昨晚来过的。"侯澈直挠头。"哦，你说龙蛋啊，可以可以。"赵飞飞说着拨出电话，那边很快接了。"你昨天来过楼家大院？今天怎么没见你人影？明天得来啊，来帮着抬人。"也不知道对方说了什么，赵飞飞说，"别说那些，我这边信号不好，就这样说定了，挂了。"

"人齐了。"赵飞飞将手机揣进兜里，两手伸向火盆，握在一起，紧一紧。

"飞哥路子野嘛，怎么什么人都认识？"有位女同学笑。十来个同学都看着赵飞飞，火光映照在他的方脸上，一圈胡茬，在下巴上根根闪亮。这一刻，仿佛又回到二十年前，赵飞飞仍然是他们的班长。

安棺后，几个离家近的女同学最终还是回去了。侯澈和两个女同学在厢房将就了一夜，聊了许多，很晚才睡下。侯澈听到，不远处的小山上，偶尔传来猫头鹰的咕咕声，梦呓似的。几个男同学仍在火盆边打牌，喝酒。不时听到纸牌啪一声扔在桌上，酒杯撞击酒杯，椅子摩擦石板地面，以及他们聊天的声音。有时声音太大了，就听赵飞飞提醒："声音小点儿，别把人吵得爬起来了。"不知道他说的是睡着的人，还是那躺在堂屋里再也不会醒来的人。

"香港回归那年，我刚上初中，电视里播《天龙八部》，我每天等着看。看完了就练降龙十八掌。电视剧播完了，降龙十八掌没学会，就连跟着磁带唱《难念的经》，都会咬到舌头……"不知道是谁的声音。

"还记得香港回归那天，刚下晚自习后我就往家跑，正下着雨呢，跑到家里，鞋子都跑掉了。电视里看到部队进入香港，也是下着大雨。再后来，我在好几部香港电影里看过类似的镜头，大雨里头，米字旗降下去，五星红旗升起来。因为都在下雨嘛，我还以为我们这儿离香港很近呢。我就想，那什么时候能去香港看看啊。二十多年过去了，也没去成……"这是赵飞飞的声音。

侯澈没听清话题怎么扯到这儿的。洗牌声哗啦哗啦响起。

"飞姐又来了！以前听你说想去上海，想去北京，怎么现在又想去香港了？"

"你们不知道，飞姐有一颗想飞的心。"

"是骚动的心吧？"

笑声轰一声起来了。

"小点儿声！小点儿声！你们这些憨货！"

笑声顿时低下去了。

"我是想出去看看啊，难不成就一辈子窝在这小县城？你们中谁都比我去的地方多。别说风凉话啊……"赵飞飞语气里透着一丝伤感。

"香港回归那年我倒记不得了,记得最清楚的是9·11那年,那时我们是高二,我记得我到班里说本·拉登把双子塔端了,还没人相信呢……"

侯澈没听出这是谁的声音。

"别这样说啊,"侯澈听到赵飞飞似乎踢了那同学一脚,"那些都是普通老百姓,本·拉登可是恐怖分子。哪有为这样的事高兴的?"

"他们是老百姓不假,但也不算普通吧?能在那样的地方办公,能普通?再说,阿富汗老百姓就不是老百姓啊?你看阿富汗这些年,都成什么样了?美国佬真是太不要脸了……"那同学越说越激动。

"得!得!就此打住!"赵飞飞似乎有些不高兴,拿腔拿调地说,"该打牌打牌,该喝酒喝酒,莫谈政治!"大家都压低了声音笑。

"我倒是挺想去美国看看,那是地球的另一面啊……"不知道是谁的声音。

"得了吧,还是飞姐的梦想比较现实。"

"我们这年纪,再出去不容易了。"是小文的声音。小文干笑了两声,说:"我印象最深的,是北京奥运会那年,我和几个亲戚去北京打工,在建筑工地上没日没夜搞了几个月,一个人只拿到两三千块钱。后来,看看实在拿不到尾款了,都说不干了。我们商量,难得到北京一趟,连天安门朝哪儿开都不晓得,连长城有几磴槛儿都不晓得,就这么回去,太不划算了。我们找了张破破烂烂的地图,研究了半天,决定先坐车去天安门。长安街到处是国旗,到处是花,就像几百家人同时办喜事。我们高兴得一路笑。可笑的是,我们四个人,有两个只看见天安门,有两个只看见广场,竟然没一个人想起来两边都看看。后来我们去八达岭长城,这次吸取教训了,不停地往长城内外看。我们还从一处豁口钻出去,在山坡上摘了几个梅子吃。我还摘了一个带回来呢,现在还放在家里。后来,我还想去密云水库,我想这样大的水库,能钓上来多大的鱼啊! 他们几个看了地图,都嫌远,没人跟我去。我还提议,去看一场体育比赛。这次大家倒是都想去,只是看看门票,都不吭声了。那次打工,花了三四个月,扣去来回火车票和我们在北京逛的那几天花的钱,一分都没赚到。如今想来,这反倒是我出门打工最开心的一回了,只是那时不知道,还总为拿不到工钱懊恼……"

"早知道你去,我也跟着你去了。就是一分钱拿不到,到处看看也好哇。要是我跟你去了,咱俩一起去密云水库钓鱼多好啊,搞他一条百多斤的……"赵飞飞说这话时,不知谁甩出一张牌狠狠砸在桌上。

"你那时怕也去不了,要知道我约着你去,你妈不把我吃了!"小文笑。

"这说的什么话呢?"赵飞飞嚷道。

"现在我也不敢去那么远了,也不会那样花钱了……"小文说。

侯澈仰面躺在陌生的单人床上,注意力慢慢从外面收回来,听到一臂之外的双人床上,两位女同学已经传出均匀的轻微鼾声。她毫无困意,想起北京奥运会那年,自己和前男友卢观鱼去北京,爬长城后,还想过去看升国旗,却因为起晚了没去成。也想过去看体育比赛,也是被门票价格劝退的。那时候他们都没钱啊,没法住好宾馆,卢观鱼和北京的同学打听了,在北大后门不远处找到一家可以提供短租的住宅,一天一百,就能住三室两厅的房子。他们大喜过望,在那间只有沙发、床和书架的房间里住了四五天。她在床上将自己躺成一个大字,跟卢观鱼说,以后我们只要有这样一间房就好了! 卢观鱼笑,你以为呢,在北京这是大房子! ……她叹了口气,翻了个身,不愿再想。

又想起香港回归那年,自己追着看的电视剧是中央台的《香港的故事》。班主任总在晚自习上拖堂,终于下课后,她挎着书包往家里飞奔,气喘吁吁跑进家门,把书包往沙发上一扔,眼睛一眨不眨地盯着电视,终于,片头曲响起:"一声声,一滴滴……"每次听李娜唱这首歌,她总是免不了热泪盈眶。她将歌词抄在笔记本上,跟着唱了一遍又一遍。电视剧播完,她已经唱得滚瓜烂熟了。十多年后,她和同事去香港,住在香港马可孛罗太子酒店,同事们要么在谈论铜锣湾的古惑仔,要么嚷着要去看刚上映的电影《肉蒲团》,她默然无言,心头萦绕的却是这首歌。后来,她独自到酒店边的街上逛。和她想象的不同,原以为边上都是流光溢彩的大道,不想竟有许多曲折往复的小巷,巷子里开着许多小店,目测最多的是药店,门口堆着鱼肝油、奶粉之类的商品,目标人群摆明了是内地客人。她拿着从酒店前台得来的地图,看看地图又走走。路过一家音像店,推门进去,小小的店铺仿佛一处时间胶囊,数不清的磁带、碟片、海报,和她读中学时候县城里的差不多。这真是香港哎,是她小时候就在县城认识的香港。店里正循环播放张国荣演唱的《千千阙歌》:"来日纵使千千阙歌,飘于远方我路上,来日纵使千千晚星,亮过今晚月亮,都比不起这宵美丽,都洗不清今晚我所想……"这是另一种香港故事,也是她后来给卢观鱼讲过的故事。在小店的旧时光里徘徊,不知不觉,她竟流下泪来。柜台后短发长须的老者,目光越过玳瑁眼镜边,淡淡地望向她。自始至终,他没问她一句话。这沉默让她莫名地感激。古旧、明亮而寂静的黄昏,在小小的店铺内流淌着。如今,又是十多年后了,粤语的《千千阙歌》她仍不会唱,《香港的故事》里的故事早已遗忘,她能唱出的仍只是这首歌:

　　一声声,一滴滴,雨打芭蕉如诉如泣;一次次,一回回,旱天惊雷如痴如醉。勾起多少往事,不堪从头说,只是不愿想起的偏又想起,忘却的情当可寻觅,受伤的心需要养息。数易岁月,南雁北飞,扬眉远望,故土怎能离?亲情怎能离,怎能离……

睁着眼,在心里轻轻地哼着,很想唱出声。歌声堵在喉咙里,就如枯枝败叶在水口子边打转儿。不知不觉,眼眶又湿了,泪水滚出来,把枕头打湿了。记起什么时候看过的报道,李娜出家了,别人问她为什么要出家。她说,我没有出家,是回家了。她翻了个身,在心里又唱了一遍,泪水仍然不能止息。

一早醒来,天刚刚亮开。侯澈起床到灵堂前,看到楼春雨跪着,一盏长明灯在他面前摇曳。楼春雨看到她,咧了咧嘴,似笑非笑。侯澈说:"你不会一夜没睡吧?"楼春雨说:"不困。"侯澈欲言又止。到院子里去,看到火盆里的劈柴烧得只剩下黑黑的几截,火盆里倒还红红的有着余烬,地上茶缸里盛着没喝完的啤酒,散着几十个烟头。四个男生蜷在火盆边的四把藤椅里,裹着厚厚的绿色军大衣,都只露出脑袋。侯澈喊一声:"嘿!"赵飞飞即刻惊醒,一脚踢在火盆边,两眼布满血丝,瞅着侯澈:"你吓着老子了!"侯澈抿着嘴无声地笑。

九点过后,舞龙舞狮的来了。

十点来钟,舞龙舞狮的还没停,院子另一角摆饭了。

此时晴空朗朗,若从高处往下看,会看到四座瓦屋中间,一片黑白条纹的布棚,布棚四周人流如织,人声浪涌。三天来最为忙碌的时候到了。在赵飞飞的安排下,人人都有自己的一份事情做,竟分毫不乱。赵飞飞这儿站一下,那儿站一下,不时和人打招呼,仿佛他才是这座四合院的主人。果真如他所言,吃饭时,来了五六个派出所的民警,都穿着制服,和赵飞飞打过招呼后,单独坐了一桌,也不喝酒,就静静地吃饭。侯澈和小文等几个同学则坐了边上一桌。

过了一会儿，门口喧嚷，十多个人推拥着进来了。

院里的人都转过头去看。侯澈一眼认出被人群簇拥着的老二。大冬天的，老二比前晚穿得少，只一件短袖黑 T 恤，小臂上的肌肉一疙瘩一疙瘩的，露出半条龙形文身。老二螃蟹似的迈着步子，左顾右盼，神色怡然。忽然，目光落在侯澈边那桌。派出所的民警们放下碗筷，都静静看着他。老二的目光就如一条受惊的小蛇，缩回去了。但他并没离开，收敛收敛脸上的神色，目光往别处搜寻。

赵飞飞上前打招呼："老二来了？"老二点一点头，说："来了。""还没吃饭吧？"赵飞飞说。老二又点一点头。赵飞飞找到一张刚刚空出的桌子，指给老二。老二过去坐了。刚刚围在他身边的一圈亲戚，也都随了老二过去坐了。一桌人头凑头，小声说着话。"怎么欠钱的倒占理了？""是啊是啊，我们来要债，难不成还犯法了？"声音压低着，又不是全然压低，似乎故意要让院子里的人听见。

民警们仍然瞅着老二，老二抬起头来，又低下去。一位四十多岁的民警起身，扯一扯制服下摆，走到老二边上，站着，瞅着老二："老二，我知道你们想做什么。"老二仍坐着，抬起头来，笑一笑："周副，你说我们想做什么？"周副笑一笑："不管你们想做什么，今天都不合适。今天你表哥家出殡，你们好歹是亲戚，做人留一线，不要闹得太难看。"老二脸上的肌肉牵一牵，似笑非笑。

周副回到席上。侯澈看见，赵飞飞远远地朝他竖起大拇指。

老二那一桌人静悄悄吃饭，吃完了，站起来，看看四周。四周的人都看着他们。他们中有人想说什么，被旁边的人拉一拉袖子。"算了算了，跑得了和尚跑不了庙，改天再说。"一行人竟然静悄悄鱼贯而出了。

赵飞飞坐回同学们一桌。同学们都朝赵飞飞竖起大拇指。

"就这？我都热血沸腾了，以为要有一场大战呢。"有人说。

"别看热闹不嫌事大啊你!"赵飞飞说。

"今天是没事了,以后怎么办呢? 说真的,他们闹起来,倒是没什么。他们这么不声不响走了,说不定憋着什么阴招呢。"侯澈说。

"以后的事,楼春雨总得自己想想办法……"赵飞飞朝灵堂望去。

刚才舞龙舞狮时,楼春雨在灵堂前跪了许久,现在又回到灵堂里了。这两天,他都木着脸,只昨晚道过一声谢,大家去做什么,他既不阻止,也不感激。有人嘀咕:"楼春雨也太理所当然了吧?"赵飞飞瞅一眼:"不要这样说。李老师刚过世,他心里难过,再说……你们不知道他还经历过什么……"

吃完早饭,已是十二点半。小张匆匆进门,四处张望,看到赵飞飞,急慌慌走过来,擦拭着光溜溜的脑袋上明晃晃的汗水。"来晚了,来晚了,我爸又醉了,我刚把他送回家。"小张看着赵飞飞说话,又转过头来冲侯澈笑一笑。"还以为你不来了,待会儿要多出点儿力啊。"赵飞飞说。"飞哥喊我,我哪敢不来?"小张说着,在侯澈对面拣一个空位坐了,又冲侯澈笑一笑。

侯澈笑眯眯地盯着他的脑袋。小张有些不自在:"怎么了?"侯澈笑眯眯地说:"听飞……哥说,你小名叫'龙蛋',这脑袋真挺像龙蛋的。"大家都笑。

又舞过两场狮子,院子安静下来。出殡的时候到了。一通铙钹锣鼓,激烈的声响震得人人耳膜发颤。地面上觅食的一群灰扑扑的树麻雀被惊得飞起,急促扇动的翅膀紧贴着屋檐掠过。日光耀眼,屋檐上一茎茎枯草,铁丝似的颤抖着。不多时,堂屋前的供桌撅一边去了,有几个十五六岁的小孩抬起灵前两侧的纸人纸马纷纷涌出,几个年长的拿着牛皮绳和木杆进到灵堂,不多时,漆黑艳红的棺材从堂屋里出来了。

八个抬棺材的，一多半都已经两鬓斑白了。要过门槛，要下台阶，人人的小腿肚颤抖着，牙关紧咬，腮帮的肉抖动着。

楼春雨抱着李青萍的遗像，走在最前面。

葬礼仪式复杂，到门口整支队伍停住了，铙钹锣鼓震天响，阴阳先生念念有词。许久，再次起棺。抬棺材的仍是第一班人。走了好一阵儿，走出村子，又走了一段路，快要上山了，队伍再次停下，得换人了。剩下一截路虽然短，但坡很陡，所以交给年轻人。棺材并不放下，赵飞飞、小张、小文等八个人，站在头一班的八个人身边，小心替换上去。大家都是第一次抬棺，之前问过长辈要注意什么，都说没什么讲究，稳住就好。至于怎么稳住？就看他们了。

赵飞飞和小张走在最前面，两人都身强力壮，让后面的人多了一份信心。虽然一路上坡，倒是很稳当。侯澈等跟在边上的几个女生渐渐放心了。不多久，到山脚了。穿过一片油菜花地，走进一片松林。松林翁郁，一些黑色的看不清面目的鸟儿叽叽喳喳叫着，飞离松枝，飞到天上去了。

路越来越窄，也越陡。束住棺材的牛皮绳和棺材摩擦得吱扭吱扭响。八个人都咬紧牙关，不发一声，不时抬头看看，楼春雨走在他们前面，越过楼春雨的肩膀，看得见松林夹峙之下，一条窄窄的红土路往上延伸。长路尽头，是一大朵水汽淋漓的云。白云悠悠，日光耀眼，汗珠纷纷悬在眼前，他们苦熬着。

突然，在一处急坡，楼春雨身子一歪，遗像差点儿脱手，踢飞的几块碎土飞溅身后，击打在赵飞飞脸上，赵飞飞脚下一滑，身子欹斜，棺材刹那间朝他倾过去，他下意识地想要撑住，用手举起肩杠时，重心不稳，越发往侧面一滑，他那一侧的三个人被带得跌跌撞撞。情急之下，四个人不得不一齐撒手跳开，另一侧的四个人也抓不住肩杠了，棺材转瞬间脱离八个人的掌控。一颗黑色炮弹,顺着陡峭的小路直冲而下,棺材后走着的人大惊失色,纷纷惊叫着,抱着纸人纸马闪避。赵飞飞和小张他们反应过来,一路追下去。楼春雨听得声音,转身看时,唬得脸色煞白,抱着遗像往下跑。棺材中途翻了两圈,人人听得棺内咚咚作响,人人吓得目瞪口呆。直滑到山坡底部平缓处,棺材才停稳了。

赵飞飞慌忙招呼众人,重新整理好棺材上的缚绳和肩杠,想要重新抬起棺材。这时候,楼春雨抱着遗像来到棺材边,止住众人。

楼春雨轻抚棺盖,喊了几声"妈",又说:"妈,你在里面还好吗?"

众人都静着。侯澈心想,尸体在里面不知道是仰面躺着还是趴着。兴许这么想的,远不止她一个。果然,楼春雨说:"我想打开棺材,帮我妈整理一下。"

众人听了,面面相觑,无人应答。

六十多岁的阴阳先生走近来,俯身对楼春雨说:"小楼啊,棺材就是你妈的家,她在自己家里,爱怎么躺怎么躺,爱怎么坐怎么坐,我们就别打扰她了。再说,这棺材盖钉上了,哪是这么容易打开的?早点儿让你妈入土为安吧。"楼春雨抬眼看看阴阳先生,又低头轻抚棺材,泪水啪嗒啪嗒落下,许久,点一点头。

棺材再次往山上移。这一次,大家愈加小心了。赵飞飞满脸通红,或许是因为用力,又或许是因为愧疚。走尽山坡,是一片平地。大片灰绿色麦苗中间,散落着一座座坟茔。其中一片麦地被挖开了,新鲜的红土堆在一个长方形坑道边,坑内已经四面砌好石壁。棺材放进坑道,那些刚挖出来的红土重又覆盖上去。不多时,地面上只剩稍微鼓起的土堆,后续的工作,便是石匠们的了。

楼春雨在坟前跪下,对着那一小堆新鲜的红土,磕了一个头,又磕了一个头。直到这时候,众人才听到楼春雨呜呜呜地哭出声来。同学们站在身后,都劝他:"节哀顺变,节哀顺变。"越劝,楼春雨哭得越厉害。好不容易劝住了,楼春雨站起来,转过身,看着站在面前的十多个同学。同学们看到,楼春雨脸上挂满泪痕,就连眼镜片上,也有一条一条泪痕。

忽然,楼春雨矮身下去,跪在同学们面前,磕了一个头,又磕了一个头。赵飞飞等一时手足无措,有的想要把楼春雨拽起,有的慌忙跪下。楼春雨挣扎着仍跪在地上,边上拽他的同学,也都跪下了。楼春雨磕完头,哽咽着,连连说:"谢谢老同学了,谢谢了。"赵飞飞说:"刚才真是,太不好意思了……"楼春雨喃喃说:"那只能怪我走路不稳,没伤到大家就好……"

众人心里发酸,几个女同学眼中含泪,侯澈眼中也涌出泪来。他们不是朋友圈里的幼儿园小朋友了,都三十五六了,却还残存着些些少年模样。他们对婚丧嫁娶这些人生大事所要遵循的种种礼仪,还不是很清楚,对自己作为成年人的身份,也还没完全适应。但此刻,他们无师自通地相互客气着,跪着,拜着。后来,侯澈想起这个情景,总觉得像是古时候江湖儿女的结拜。

麦地那边,逆着夕光,三五只黑黑的乌鸦呱呱叫着飞起,在青瓷般光洁明亮的天上,久久盘旋,久久不落。

第七章　广场（上）

书信七

上一封信里，我竟然和你说到孩子。

我们每次做爱后，我只会忐忑，从不敢联想到孩子。每次我都一再提醒你，而你似乎不当一回事。有时候，出了点儿什么状况，我总会担心会不会怀孕，总是一遍遍问你，会不会怀上？你起初说不会，被我问烦了，就说你怎么知道啊。是啊，那由不得你控制，也由不得我控制。但我除了问你，还能问谁呢？

如果当初，我一不小心怀孕了，会怎样？我们会有一丝丝高兴吗？还是全然惊慌失措？孩子，这两个字真是太柔软了。我不知道你现在结婚没有，有没有自己的孩子。我挺想看看，你的孩子会是怎样的。

我想起前夫的女儿小暖了，她也算是我的孩子——至少曾经是。刚认识的时候，她的乖巧在很大程度上迷惑到我了。结婚后，他让小暖喊我妈妈，我微笑着，等待着。为了这称呼，我认真做过心理建设，我想我准备好了。但我没想到，小暖眼睛盯着地面，始终不吭声。他将她的手放在我手里,小手一动不动。她抬头看我一眼,仍然不吭声。他无奈地看着我。我说,没事的,小暖害羞呢,慢慢来吧。小暖默默将手抽回去了。我不大明白,我原本以为,她很喜欢我的。

不过也不能就此认定小暖不喜欢我。她从来没顶撞过我什么。辅导她做作业,大多是她爸爸,但他太忙了,偶尔也会让我代劳。我起初还担心自己胜任不了,后来发现,小暖并不需要人辅导,我只消在边上陪着她就行。小暖安静得像一只猫。我想要和她说说话,又不知道说些什么。

有天晚上,我又做那噩梦了。婚后我已经很久没做这梦了。这次,我梦见躺在地上的是她。地上的血像是活过来了,血浆鼓动,支撑着她慢慢站起。我在梦里拼命挣扎,大汗淋漓,终于醒来,猛然坐起,淡淡的月光从窗帘缝隙间透进来,隐隐约约,看见眼前立着一个人! 我浑身汗毛都竖起来了,惊叫一声。他醒了,忙打开灯,竟是小暖抱着她的洋娃娃站在床前。我那么一喊,小暖吓哭了。他连忙将她抱上床,一面哄她,一面跟我说,之前小暖都是跟他睡一屋的。他说,小暖,你长大了,以后要独自睡了,知道吗? 小暖抽抽噎噎,许久才说,阿姨不也长大了吗? 为什么她能和爸爸睡。我们都笑起来。笑过之后,小暖被留在屋里了,他睡中间,我和小暖各睡一边。那晚,我睁着眼睛久久没法入睡。

那消失许久的噩梦,时不时地又回来了。我以为梦里的挣扎、求救,是会传到梦外的。慢慢才发现,无论梦里怎样,梦外都是阒寂无声的。我大汗淋漓,看看四周,一缕月光从窗帘间漏进来,照在床上。他背对着我,蜷曲着身子,像大虾一般,将小暖抱在怀里。他们睡得香甜,谁都没察觉我醒了。

唯有一次，我挣扎着醒来后，在床上坐起，大口喘息着。风微微吹动窗帘，月光转到小暖脸上，小暖正睁着眼睛盯着我。

"我知道是在梦中。连续好多夜了，我梦见几个人抬棺材上山。这些人我不认识，他们一个个面目模糊。仔细看，分明不是人，是一只只猫，都长着毛茸茸的猫脸。那山我也不认识，一面屏风似的陡然立在眼前，山壁上一眼眼洞穴，每一眼洞穴里都放着一口棺材。我们沿着小路拐来拐去上山，不知道要把棺材安放进哪一眼洞穴……"侯澈醒后，想把这梦写进信里，于是默默在心里用文字一遍遍描摹。想了一会儿，按亮灯火，拥着被子坐起，静待梦里晦暗的气氛散去。

这梦自然是和楼春雨母亲的葬礼有关，或许还跟母亲说的一段话有关。母亲说，你们不知道吗？老辈子人把年轻人第一次抬棺叫作"破尖"，要抬八九十岁的老人才行，如果抬的是年纪轻的，会影响自己的寿命的。侯澈皱眉说，这是什么乱七八糟的说法嘛。母亲说，你们年轻人嘛，什么都不信。侯澈说，你还是老师呢，还信这？母亲自嘲道，也是也是，我还是老师呢，这么说确实不对，你们班能组织起来做这些事，实在是不容易。侯澈笑，高老师什么时候从善如流了？母亲无声地笑一笑。然而，母亲这话仿佛在她心中扎根了，再想起出殡那天的事儿，心中不免有些忐忑。又想，自己还说母亲迷信呢，自己怎么也迷信起来了？

重新躺下，关灯，黑暗瞬间占领整间屋子。滴答滴答，熊猫闹钟在黑暗里黑着看不见的黑眼圈固执地运转。时间不会迷路，记忆也不会。记忆是攀在时间之藤上的花朵，只有少许结果了，更多的不过是一朵谎花……侯澈胡乱想着，听到屋外喵呜喵呜，又是那只黄猫。猫叫声一阵一阵，越来越幽戚。也不知道这黄猫是流浪猫呢，还是谁家养的。这院子里，究竟能有什么吸引它呢？

鸟鸣如子弹攒射,在寂静的黎明留下无数弹孔。侯澈朦朦胧胧睡着了。

起床吃早饭时,母亲说:"待会儿,我还得去一趟医院。"

侯澈问:"还要去医院?这都多少天了呀。"

母亲扒了一口饭,说:"是挺久了,最后一天了,要出院了。"

这些天母亲究竟在忙什么?侯澈问了几次,母亲只是叹气。昨晚母亲才说,这次真是太不巧了,事情赶到一块儿了。李青萍葬礼的事,知道有你们同学帮忙,我们老一辈就不掺和了,还有人在医院里,活人的事总比死人的重要。侯澈问,是谁在医院啊?母亲叹一口气,说,这男人啊。

"究竟谁住院了呢?是赵老师?还是路师傅?不会是老张吧?"侯澈笑一笑,旧话重提,"看你这么多天,天天去医院,我还真是好奇……"

"就知道你又要问……"母亲说。

侯澈低下头,不好意思地笑一笑。其实侯澈并没那么好奇,她只是想引母亲多说一说他们的事,这样母亲就不会多问自己的事了。

"其实也没什么,你们现在的年轻人,什么没见过。"

"怎么说你们的事,却扯到我们头上了?"侯澈抬起头来看着母亲,预感到母亲要说这几天的事了。

"别以为我不知道,你们现在的年轻人啊。"母亲冷笑一声,"谈恋爱么,没说几句话就能睡到一张床上,八字没一撇呢,就怀孕啊,堕胎啊,堕胎就跟吃饭喝水一样平常。三言两语不合,又分手啊自杀啊,不想转眼又找一个……"

"我怎么越听越糊涂了?"侯澈瞪眼看着母亲,"这都哪跟哪啊,我还以为你要说这几天的事呢,怎么漫无边际说起这些?"

"你不知道,我这几天啊,真是心都操碎了。"母亲端着碗筷,眼神呆愣了一会儿。顺着她的目光望过去，院里那棵老梨树殷红的残叶微微颤动着，撩拨着看不见的风。"唉，说起来都替他们害臊，那么大的人了，竟然干出这种事。"母亲低下头，扒一口饭，如咽下秤砣一般。

侯澈不再说话，静静地等着，她知道能让母亲的讲述如此艰难的，或许真是她意想不到的故事。

"那天，路师傅打来电话，说李青萍快不行了。我以为他已经在李青萍家了，后来才知道，他根本不在现场，是楼春雨打电话告诉他，说李青萍快不行了。而我们谁都不会想到，他那种时候，是在做什么。那天我还跟赵新能、孙玉梅打过电话。他们都说，在路上了，要赶去李青萍家，还问要不要来接我。我觉得他们路绕远了，才打电话找的小张。这些你还记得吧？

"赵新能说，那天他在山里，看中人家废弃的一口石猪槽。那东西很重，还好他开着皮卡车，正和老百姓往车上运石猪槽，这时候路师傅打电话给他，说李青萍快不行了，让他赶紧回。他说，他连石猪槽都顾不得了，开上车就往回走。他在半路接到孙玉梅电话，孙玉梅也知道李青萍快不行了，问他方不方便去接一下自己。赵新能说方便，就开车去接孙玉梅。见到孙玉梅，赵新能说，你怎么还化妆啊。孙玉梅说，她本来打算晚上去跳广场舞的……"

母亲望着院子里那棵梨树，风停了，梨树的叶子一动不动。

"赵新能接上孙玉梅，继续往李青萍家开。开着开着，孙玉梅接到电话，是杜霞打来的。孙玉梅后来说，她看到打电话的人是杜霞，就觉得不对劲了，因为她和杜霞几乎就没打过电话，她连什么时候存的杜霞的号码都忘了。她接起电话，杜霞的声音压得低低的，问他们到哪儿了，说赶紧到五金厂一趟吧。孙玉梅以为自己没听清，问什么五金厂？

这时候赵新能已经把车停在路边了,说我知道那儿,去做什么啊? 孙玉梅依着赵新能说的问了,杜霞在电话那边似乎犹豫了一下,听见砰砰响了几声,似乎还有什么人在喊,杜霞压低声音说,来了再说,在二楼啊,你们快点儿吧,不然来不及了。杜霞挂断电话,孙玉梅和赵新能面面相觑。

"他俩心里头不安,也不管是什么事了,赶紧开车赶路。大概一刻钟,来到杜霞所说的五金厂,把车开进院子——

"说起来,这五金厂你小时候去玩儿过的。你还记得吧? 那时候厂里有不少人,现在人都散了,就等着厂子拆迁了。厂区里到处荒草连天,一到热天,蚊子多得能吃人。这时候草枯了,蚊子没了,到处是野狗野猫。赵新能他们一进去,就觉得不对了,这样荒凉的地方,竟然听到一堆人在嚷嚷。

"他们停下车,孙玉梅给杜霞打电话,没人接,再打,还是没人接。两个人更紧张了,下车后,下意识地往吵嚷传出来的地方跑。好几栋两层的青砖瓦房错落着建在小山坡上,房子年久失修,墙皮都脱落了。他们听到声音是从最高处那栋传出来的,跑进去,上二楼,楼道里到处扔着生锈的废钢筋、废铁块。听到更响亮的吵嚷声,四五个男男女女,正在一扇门边挥拳踢腿,骂骂咧咧。

"孙玉梅说得惊心动魄的,说他们听到那堆声音里混杂着杜霞的尖叫,还有路师傅的吼声。两人明白过来,赶紧跑过去,看到门破了,路师傅和杜霞被那群人围在中间,身上的衣裳裤子,被扒拉得不成样了。就是这种时候,路师傅还护着杜霞,那些拳打脚踢,大部分都是他受着……"母亲说到这儿,似乎意识到有什么不对,停下来,又盯着院中的那棵梨树看。

"后来呢?"侯澈说。说出这话的一瞬间,侯澈心想,自己什么时候变得这么八卦了？对于这类桃色新闻，竟如蝇附膻般好奇。

　　"后来，孙玉梅说，那几个人只顾着眼前的路师傅和杜霞，想不到身后来人，她和赵新能冲上去，一扯就把他们几个扯得往后倒了。路师傅和杜霞连滚带爬地进入房间，赵新能金刚似的挡住门，也不朝身后看，连说你们快穿好衣裳，又对眼前的人说，我们不是来打架的，是来劝架的，你们要打架也行，现在两边人数差不多，你们不一定打得赢。赵新能人高马大，往那儿一站，一下子把场面控制住了。这时候，发现有人躺在地上，哎哟哎哟叫唤。那人正是杜霞老公。孙玉梅说，她从来没见过杜霞老公，偶尔听我们说起，还以为是什么凶神恶煞的壮汉，其实只是个瘦筋干巴的男人，又剃的光头，脸上的肉塌下去，整个脑袋跟骷髅似的。他边上的几个女人蓬头垢面的，看起来也挺瘆人。孙玉梅说，你们别打了，也别吵吵了，报警吧。杜霞老公却说，凭什么报警？孙玉梅说，你们都打成这样了，不报警怎么办？杜霞老公说，不能报警，我丢不起这人……

　　"再后来，杜霞老公说伤到肋骨了，要去住院，要路师傅出住院费。路师傅扶着墙站起，咧着嘴不说话。赵新能讨价还价半天，最后让路师傅先拿出一千块钱来，赵新能又帮着垫了一千，拢共给了两千块钱。杜霞老公接过钱，从地上站起，拍拍屁股上的灰，没事人似的，骂骂咧咧，他妈的，便宜你们了。赵新能这才意识到上当了，气得不行。杜霞老公和几个男女走出去几步，又折回来站在门口。孙玉梅说，大家都紧张起来，以为他后悔了。杜霞老公冲屋里喊，你还不走？还要留着继续你们的好事？……孙玉梅转述时，就是这么说的。她说，除开这句，杜霞老公还说了好多露骨的话，他身边的几个女人一个劲儿笑。

　　"直到这时候，孙玉梅说，他们才注意到，杜霞始终没说一句话。大家都转头去看屋内的杜霞。杜霞已经穿好衣服，坐在床沿，低着头，脸上红一阵白一阵。路师傅一手扶门框,一手叉腰,和孙玉梅他们站在一起。杜霞穿一件白色薄羽绒服,静静坐着,两只手放在腿上,脸上渐渐露出笑意。孙玉梅说,她那时候忽然觉得,杜霞跟新娘子似的,很端庄地坐在那儿,等着新郎官呢。孙玉梅啊,也不知道她是真这么想呢,还是嘲讽杜霞。

"杜霞抬起头说,那个家,我不回了。杜霞老公以为自己听错了,说你什么意思?杜霞说,我说得够清楚了。杜霞老公愣了好一会儿才说,你别以为两千块钱就把我打发了。杜霞说,那你想怎样?杜霞老公又愣了一会儿,才说,我还没想好!反正你别想这么容易甩掉我。骂骂咧咧的,又说好多话。后来,杜霞老公是被和他一起来的那几个男女拉走的,那几个女人都说,不值当和杜霞这种不要脸的女人吵。杜霞老公一面走,一面嚷嚷,这事儿没完!

"孙玉梅说,那些人好不容易走了,楼里安静下来后,她和赵新能不知道该做什么了,尴尬得不行。反倒是杜霞很镇定,说你们都看到了,我和老路这事儿,你们给做个见证。孙玉梅和赵新能都不说话。杜霞轻笑着说,这次肯定得离了,离了,我立马和老路去领证,请你们来喝喜酒啊。孙玉梅说,她虽然觉得杜霞有些清高,有些装样,但杜霞说这些话时,她是打心眼儿里有些辛酸,就走过去,和杜霞坐在床沿,拉住杜霞的两只手。杜霞看她一眼,说我知道你们心里想些什么,笑话也好,厌恶也好,我和老路都这样了。今天真是非常感谢你们能来,我打了好几个电话的,就你来了,你们不来,都不知道这事儿怎么收场了。停了一会儿又说,也不知道他是怎么找到这地方的。孙玉梅说,那些人是谁啊?杜霞说,还能是谁?还不是他的狐朋狗友,那些女的,说不定都和他有一腿。他就是只许州官放火,不许百姓点灯。别人去捉奸,只会找亲戚,哪像他?把自己的狐朋狗友和情妇都带来,一起看自己老婆出丑。孙玉梅说，杜霞说的就是'捉奸'这词。孙玉梅有些不好意思，说，捉什么奸嘛，你和老路能修成正果，是大好事。我们还要去喝你和老路的喜酒呢。

"孙玉梅说着看向路师傅。路师傅在床对面靠墙的小沙发上坐着，仍然一手叉腰，嘴里嘶嘶吐气。杜霞直勾勾盯着他，似乎在等他表态。他却低着头，一声不吭。孙玉梅说，那会儿，她隐隐觉得有些什么不对，为了化解尴尬，站起身来，四处看看。据孙玉梅说啊，那小屋布置得还挺整洁，可见杜霞和路师傅在那儿私会不是一天两天了。后来我们才想起，路师傅原本是五金厂的员工，五金厂倒闭后，他才到的旧城中学做锅炉工。五金厂那小屋，正是他以前的宿舍。

"孙玉梅说，她和赵新能越来越尴尬，赵新能站在路师傅边，问要不要去医院瞧瞧？路师傅低头坐在沙发上，微微摆一摆手。孙玉梅忽然想起来，他们要去李青萍家的，就说，这样吧，我和赵新能先去李青萍家，你们……她正不知道该怎么说时，路师傅忽然站起，下意识地想往门外走，身子摇晃着，哇地吐出一口血。他们吓坏了，赵新能去扶路师傅，路师傅又吐出一大口血，其中不少喷在刚冲过来的杜霞身上。孙玉梅以为是杜霞老公打的，刚骂出口，路师傅摆一摆手。

"他们慌忙把路师傅弄去医院。原来，路师傅患有胃溃疡，刚才大概被踢到胃了，胃溃疡被诱发了，这才吐那么多血。进一步检查，发现还有两根肋骨断了。本来，是杜霞陪着路师傅，不想儿子孙石俊找到医院来了，杜霞可以拒绝她老公，却不好拒绝儿子，她最终还是跟儿子回去了。路师傅孤身一人，连起床上厕所都成问题，总得有人照顾，又听说，杜霞老公放出话来，还要到医院找路师傅麻烦，就这样，孙玉梅和赵新能只得都待在医院了。

"后来，你跟我说，你们同学去帮忙了，我和孙玉梅他们说，我们就在医院安心待着吧,别两头乱跑了。李青萍葬礼第二天晚上,赵新能、孙玉梅等人还是去给李青萍上香了。人多,你大概没注意到吧?孙玉梅和我说,你们什么事都安排得妥妥帖帖的,第二天我们也就没再露面。对了,那两天还有一档子事,孙玉梅婆婆又跑丢了,她约了团队里两个人和她一起去找,找了两天哎,才在十几公里外一处桥洞找到她婆婆,她婆婆快成叫花子了。唉,事情就是这么凑巧。后来是我守在医院里,杜霞来了,她老公来了,又有好些事,也不是一时能说清的。总之,那几天我们一点儿也不比你们轻松……"母亲讲完,深深喘一口气。

两人相对无言,坐了一会儿,侯澈起身收拾碗筷。

"放着我来吧。"母亲说着,站起身来,"你几年才回来这么一趟,不用干这些,去歇着吧。今天不去找你同学了?"

"楼春雨约我们聚过一次,我和赵飞飞他们又聚过两次,感觉话都说完了。男生们凑在一起,就是喝酒、打牌;女生们凑在一起,就是说小孩儿,我又没有……"侯澈一边帮着母亲收拾,一边有些怅然地说。

"不然能说什么呢?世界上哪有那么多话可说?"

"妈,那你们那小团体在一起会说些什么?"侯澈端着空碗和筷子,跟在两手端着剩菜饭的母亲身后,一起往厨房去。日光明澈,厨房里到处亮晃晃的。

"你这么一问,我倒想不起来我们都说些什么了……"母亲站在水池前洗碗,清晨的日光照进来,让她的头发有一种毛茸茸的质感。

"对了,你们这小团体,有名字吗?"侯澈靠在门板上问。

"当然有呀,还是我起的名字呢,'桑榆故事',怎么样?"

"以前好像听你们说过?不错不错,还挺文艺。我以为会叫'夕阳红老年互助组',或者'夕阳红老年歌舞队'之类的。"侯澈笑起来,"嗯,你们是要失之东隅,收之桑榆啊……"

"我以前是想过类似的，'夕阳之歌'，有一首歌叫这名字。他们觉得难听。"母亲仰起脸笑，肥白的泡沫泛着五彩，高高地堆拥在她的手臂上。

"妈听过这首歌呀？"侯澈有些惊讶。母亲只顾低头洗碗，不说话。过了一会儿，侯澈转了话题："你们团队有照片吗？我看看呀。"

"有呀，厚厚一大本呢。"母亲甩一甩手上的水，又在围裙上擦一擦，往房间里去，过了一会儿，捏着一本相册出来，递给侯澈，"我没智能手机，没法拍照。我们团队有人专门拍照，我选了一些打印出来。"

"妈，你怎么不用智能手机呢？你还是老师呢，我看赵老师他们都用的智能手机。"侯澈一面说，一面翻看相册。

"杜霞教过我，我听了一下，太麻烦了。"母亲继续回到水池前洗碗，"再说，有什么区别呢？不管用什么手机，不就是为了跟人联系？"

"那不一样哦，你看，智能手机拍照就很方便吧？而且现在老年人都喜欢在手机上刷短视频啊，你还可以用手机听歌啊听广播啊。"

"太麻烦了，我没那闲心。"母亲淡淡地说。

侯澈不再说什么，母亲的执拗，她是无数次领教过的。她低头翻看相册，相册里少部分是个人照，母亲穿着米白旗袍站在一株开得正盛的山茶花边，从背景看，应该是在李青萍家的院子。还有母亲和李青萍的、和杜霞的合照。更多的是集体照，有穿着印有"桑榆故事"字样的 T 恤外出登山的、一起聚餐的，有穿着旗袍在广场上、舞台上表演的，还有好几张领奖的，领奖者有时候是母亲，有时候是赵新能、孙玉梅和杜霞，还有些是她不认识的中老年人。每个展示着奖状或高举着奖杯的人，都笑得合不拢嘴，就像她小时候拿到三好学生的奖状时那样，唯一不同的是，这些人不少都两鬓斑白了。有些照片的右下角，印着一排红色数字表示的时间，已经是四五年前的了。上次回来，她怎么从没听母亲说过这些事？对了，上次回来，是她刚离婚后，她忙着跟母亲吵架了。

若不是这几天回来，或许这些事情她永远不会知道。这么想着，感觉母亲是这般熟悉，又是这般陌生，心中甚至对小张等人涌起一丝醋意。她看一眼母亲，母亲正在擦灶台。两人之间，日光明亮，犹如流淌着一条宽阔的大河。

母亲出门后，院子空了一大半。那堆盖了苫布的木炭、石桌边的老梨树、皲裂的水泥地面、红色油漆剥落的铁门，铁门两侧的青砖墙，相互配合着，显出一股萧索之感。侯澈走到梨树底下，看石桌、石凳都覆着一层薄灰，掏出纸巾擦拭，白色纸巾转眼变作黑灰色。擦拭了两遍，她才坐下了，石凳冰凉沁骨。一片梨树叶子落下，在石桌面上发出轻轻的啪嗒声。抬起头看，勉强悬在枝头的叶子摇曳着，如小小的旗帜。她捡起桌上那片，带着虫眼，红得好看。捏住叶柄，轻轻地旋着，便制造出微小的风。她回想着母亲的讲述，都不过是俗常故事罢了。但这些事情，竟然是发生在他身上。很多年没见了，若不是这次回来见到，她几乎要忘记这人了。这消失在记忆里的人，如今又活过来了，苍老，衰颓，有几分唯唯诺诺，但在废弃的五金厂里，他竟然能那样护着杜霞，竟然还能……

铁门响了一下，思绪被打断了。有人从外面开门，是母亲去而复返。

"要不我们一起去吧？你刚才不是问我，我们那小团体说些什么吗？"

"去哪儿？"侯澈心里荡了一下。

"去城南KTV。记得你刚回来第二天，我不是和你说过吗？我们在城南KTV包了个包厢，看你挺好奇的样子。一起去吧？"

"还有谁？我去不合适吧？"侯澈说着，飞快回屋穿了一件外衣。

"有什么合适不合适的，多是你熟悉的。有几个不认识的，也不要紧。"

"都是你们这一辈的人啊。不是说今天路师傅出院吗？"

"是今天出院，本来说上午，现在又说是得到下午。赵新能说，要不我们上午聚一下，商量点儿事，路师傅那边有杜霞呢。"

两人重新打开铁门，从外面锁上了，走出小巷，一路往县城走。走不多远，往南边去了。那是以前的开发区，侯澈十多岁时，一度非常热闹，设立了新客运站，冒出许多小商场、小店铺和住宅小区，人们还以为县城要往南扩了呢，不想过了几年，县领导一换，县城扩展的方向掉了个头，北边越来越热闹，南边越来越萧条，就连客运站也搬走了。小时候，侯澈经常到这边玩儿的，时隔多年再来，到处墙皮剥落，柏油路坑洼不平，路边不时有夹着尾巴跑过的流浪狗。人影稀少，大多店铺的卷帘门关着，如一张面无表情的脸。偶尔有一些卖建材的、卖早餐的开着门，如旧时光复现。走得微微出一身汗时，来到一处敝旧的大门边，门两边的砖墙绿漆剥落，门顶是铁艺拱券，拱券底下挂着一块霓虹招牌，"城南 KTV"。

"我小时候，这儿不是叫作滨河会所吗？"

"都换了不知几道手了。"

侯澈记得，这儿曾经是县城最高档的地方，自己从门口往里看过好几次，从来没进去过。不想走进来，是二十年后了。是一处不小的院子，没什么人。他们走进一栋三层小楼，刚进大厅，一位年轻女服务员迎过来。

"高老师，您来了啊，你们的人已经到了。"

母亲略微点一点头，径直从前台边的楼梯往上。服务员朝侯澈做出一个请的手势,侯澈微微一笑,随着母亲往上。上到二楼,处处金碧辉煌,清晨的日光从甬道尽头射进来,昏暗和明亮交织着,有一种迷离恍惚之感。推开包厢门,里面烟雾腾腾,热闹非凡,竟男男女女坐了七八人。有三四个人坐沙发上,头对头聊天,侯澈只认识赵新能。还有一男一女站着唱歌,身体扭动着,手上比画着,声音尖厉而高亢:"妹妹你坐船头,哥哥在岸上走……"透过重重烟雾,侯澈定睛细看,竟是孙玉梅和老张。老张光头瓦亮,满脸通红,脖子上青筋毕露,不时朝孙玉梅夸张地挤眉弄眼。孙玉梅扭动着身子,一脸享受的模样。

侯澈尴尬不已,心想李青萍刚过世,他们竟然就这么开心了。转而又想,死的已经死了,活着的总要活着,也不能成日哭丧着脸吧。

赵新能起身朝他们打招呼,将侯澈介绍给一起聊天的几位,都是不认识的叔伯辈的人,侯澈微笑着应答,其实一个也没记住。母亲拉着侯澈坐到一边,一时之间,她们既没法融入聊天的圈子,也没法去唱歌。老张和孙玉梅看到她们,继续唱着,只朝她们招手,示意她们一起唱。母亲推侯澈,侯澈慌忙往后靠。母亲只好朝老张他们连连摆手。赵新能转过身来,勾着头对母亲说什么。侯澈往边上让了让,独自窝在沙发转角处,掏出手机来看。

"侯澈,上去唱一首,唱一首!"

孙玉梅一屁股坐到侯澈身边,往外推着侯澈。侯澈吓了一跳,缩着身子不肯上去。孙玉梅挽着侯澈的一只手:"都是自己人,不用害羞哈。你想唱什么歌? 孙老师给你点。"侯澈忙说:"我不行的,我唱歌太难听了,从小就怕被老师点名唱歌。"孙玉梅不依,一个劲儿劝:"我不相信,你从大城市回来的,还能不会唱歌?"侯澈心想,会不会唱歌,跟大城市有什么关系? 只能无力地推脱着。"哎呀,你真不会唱呀? 你妈唱歌多好听,你竟然说不会唱歌。"孙玉梅挽住侯澈的手松开了。侯澈隐约想起,小时候是经常听到母亲唱歌的,后来怎么没再听到了呢?孙玉梅这么一说,倒让她很想再听一听母亲唱歌。

老张也来劝侯澈去唱歌,见侯澈真不愿意,只好作罢。老张和孙玉梅继续站在液晶电视前对唱。"明年这个时间,约在这个地点,记得带着玫瑰,打上领带系上思念,动情时刻最美,真心的给不累,太多的爱怕醉,没人疼爱,再美的人也会憔悴……"两人你一句我一句,配合娴熟,旁若无人。唱到"我会送你红色玫瑰"时,老张朝孙玉梅做出一个下跪的姿势,孙玉梅满脸堆笑,一面虚虚地扶一下老张,一面唱道,"你知道我爱流泪,你别拿一生眼泪相对"。侯澈别过脸去,倒吸冷气,对墙做了个鬼脸,赶紧将目光扎进手机里。

坐了多时,唱歌的在唱歌,说话的在说话。侯澈觉得自己纯属多余,加上包厢里香烟弥漫,没人劝止,想要咳嗽,不礼貌,忍住不咳嗽,又实在难熬。她推推母亲,指指手机,意思是有人找。"我先走了。"她在母亲耳边说。"那你中午自己吃吧。"母亲抬头看她一眼。她点一点头,往门口走去。孙玉梅和老张举着话筒喊她:"侯澈,怎么走了啊?"她笑一笑,朝他们挥一挥手。走出包厢,将门关上,也将声音和烟味儿关上了。她深吸一口气,顿时觉得轻松了。

离开城南KTV,侯澈慢慢走在路上。太阳正升到中天,到处的建筑、花木和人,都被无所偏袒地照耀着。路过废弃的客运站,她站着看了一会儿。停车场荒草丛生,七八条流浪狗在其中争抢着什么。继续往前走,路过一条小溪,溪水边结了薄薄一层冰,中间的水仍活活地流动着,一茎茎枯草在水流中轻微地俯仰。日光同样照耀着它们,水、草和水底的乌黑淤泥,淤泥表面躺着的细小泥鳅,都分享着同样的光明。一种很轻的欢喜雀跃之感升腾在她心头。

走得饿了,随便走进路边一家小店,小店主人是一对年轻夫妇,男人在玻璃橱窗后揉面,女人端着热汤面,在各桌之间穿梭。侯澈也要了一碗牛肉面,放进许多油辣椒,拌均匀了,红红的一大碗,热乎乎地慢慢吃。她将手机搁在碗边,随意地点开一个帖子看,是讲年轻人"逃离"北上广的,她对这类夸张的用词一向是挺反感的——哪里需要"逃离"呢?北上广又不是黑砖窑,又没在门上挂着锁,也没在门口拴着狼狗,要走要留,不都是自己的选择吗?才回到老家这么几天,上海俨然变成一个遥远的符号了,她带着一种局外人的好奇,将这篇很长的帖子看完了,目光停在文末所引的一首短诗上:

活在这珍贵的人间/太阳强烈/水波温柔/一层层白云覆盖着/我/踩在青草上/感到自己是彻底干净的黑土块

活在这珍贵的人间/泥土高溅/扑打面颊/活在这珍贵的人间/人类和植物一样幸福/爱情和雨水一样幸福

侯澈从未写过一行诗,除了课本上的,也没读过几首诗。但此时此刻,她却觉得,这些诗行仿佛是为自己写的,她甚至希望,这些诗行是自己写的。

下午两点多,侯澈才回到家,有些困倦了,躺在堂屋沙发上眯一会儿,一时半会儿却又睡不着。打开电视,频道调换几十个,没什么可看的,又关了电视,半躺着看手机。早上烧的炭火熄了,火盆里只剩些灰白的余烬。侯澈觉得到处冷飕飕的,缩着脖子到院子里,用两根手指从那堆木炭里捏了两根,缩着脖子,小跑着回到堂屋,将木炭埋进灰堆。然而,火迟迟旺不起来。侯澈缩到沙发一角,拿过手机,点开两天没看的高中微信群,发现有好多条消息,连那些许久不发声的人都发声了,都说,可惜了,太可惜了,你们太奢侈了……

葬礼过后,侯澈将楼春雨拉进高中微信群,楼春雨在群里再次感谢大家,大家纷纷回复说不用客气——侯澈感觉在这件事上说"不用客气",似乎有些怪怪的。楼春雨约大家吃饭,说帮过忙没帮过忙的都要去,最后去的,自然都是帮过忙的。没人提起葬礼上的事儿,楼春雨也没表现出难过的样子,先是喝酒,喝得差不多了再去 KTV,楼春雨说不会唱歌,让大家随意。大家知道他这时候唱歌也不合适,也就不再勉强。楼春雨窝在沙发角落,不怎么说话,不断安排服务生,加酒,加果盘,又从外卖平台叫来烧烤。起初大家还有些不好意思,酒劲儿上来,都放开了。楼春雨脸上看不出悲喜,静等着大家闹到夜里一两点钟。人散后,在 KTV 楼下,最后剩下的几个人晕晕乎乎道别一阵,方才散去。

这时,楼春雨对侯澈说,我送你回去吧。侯澈愣了一下,别的同学,莫非是为促成她跟楼春雨同行,才先走了?侯澈说,我家不远的,走走就到了。他们若即若离地走在路上。午夜的县城,除开几家烧烤店,几乎没什么在营业了。侯澈走着,感到心脏在胸口激越地跳动。她怕楼春雨跟上来,又怕楼春雨不跟上来。很快,楼春雨跟上来了。楼春雨说,你走慢点儿,我打一辆出租车吧。侯澈说,这会儿哪有出租车啊,你以为在大城市呢。楼春雨不说话,紧跟两步,走到侯澈身边。侯澈低头走在路边,瞅着路上自己的影子一会儿变长,一会儿变短。两人默默无语。两个喝醉酒的年轻人跌跌撞撞走过,其中一个口齿不清地喊,两口子,两口子!侯澈脸上烧热,仍然默不作声。楼春雨愤愤地说,这些人!侯澈垂着头,踢着地上灰不溜湫的小石子儿。

你家的事,怎么样了?侯澈说。没什么了,楼春雨说。我后来和他们都见过了,重新签了协议,把本金还给他们。楼春雨说到这儿,不说了,似乎觉得没必要说得这么详细。侯澈囫囵地说,那怎么弄呢?侯澈想说,是要把那院子卖了吗?又想,说不定楼春雨开公司有钱呢,问要不要卖房子,那不是太小看人了吗?楼春雨仿佛看穿侯澈在想什么,说我不打算卖那院子了。侯澈说,不卖了?楼春雨瞥了侯澈一眼,说不卖了。我和我妈几年前,因为卖不卖这院子吵过,现在她刚走,我就把院子卖了,也太……太什么呢?楼春雨没说。过了一会儿,楼春雨说,我那公司是个空壳了,我回去把办公地转租了,还能赚一笔,把设备卖了,也能有些进项。我还有一套小房子,是结婚前买的,也可以卖了。这些钱加起来,差不多可以把我妈欠他们的钱还了……楼春雨说着这些,仿佛在跟侯澈交底。侯澈装作漫不经心,其实很认真地听着。楼春雨说着说着,忽然不说了。两个人沉默着,都低着头走路,路灯昏昏地亮着,黑暗跟随在他们身后。

走出县城核心区了,再往前走,走不多几步,来到侯澈家所在的归仁巷了。侯澈站定,对楼春雨说,我家就在前面了。楼春雨啊了一声,抬起头,看着侯澈。侯澈也看着楼春雨。巷口的一盏灯,刚好悬在他们头顶,将他们的影子各自浓缩在脚底,像是两团怯生生的小兽。呼吸和呼吸纠缠在一起,分辨不出谁是谁了。

侯澈说,你什么时候走?

楼春雨说,明天一早就走。

侯澈说,哦。

自己这是怎么了?侯澈不由得拧起眉头。这算喜欢吗?喜欢一个人变得这么容易了?不由想到前男友卢观鱼说的话:我们结束了,你快去喜欢一个谁吧,随便是谁,你会很快忘记我的。侯澈说,你觉得"喜欢"是这么容易的事吗?说不喜欢就不喜欢了,说喜欢就喜欢了?现在,这是怎么回事呢?侯澈有些看轻自己,也有些看轻所谓"喜欢"这种情感了。

楼春雨说，那我走了啊。

侯澈从烦乱的思绪中回过神来，说，走去哪儿？

楼春雨说，我到客运站去，那儿应该有车，我从那儿打车回家吧。

侯澈说，好。

楼春雨很快转身走了，要急急摆脱什么似的。刚才他在想些什么？看着楼春雨越走越远，渐渐消失在灯光黯淡的街道尽头，侯澈呆了一会儿，转身往家走。又经过那片新鲜的废墟。灯光照亮地上那些乱糟糟的残砖断瓦，一只黄猫在废墟中快速跑过。这是经常到家里的那一只吗？

这天之后，楼春雨在高中同学群里，又仿佛消失了。渐渐地，群里也沉寂了，仍然像过去那样，偶尔有人发个帖子帮小孩拉票，偶尔有人抱怨一下工作，偶尔有人说些莫名其妙的酒话。说酒话的往往是男生，偶尔有女生回复，你怕是又喝多了？然后，再没声音。群里静悄悄的，仿佛这世界上的人都消失了。

最近这一两天，群里忽然活跃起来的，是小文。

这次葬礼过后，小文和赵飞飞忽然热络起来了。微信群里，小文经常晒出满水桶的鱼，说"跟着飞哥有鱼吃"。总有同学问，钓上来的是什么鱼，去哪儿钓的，多长时间才钓到这么多？也有女生感叹，我喜欢吃鱼，但不喜欢钓鱼。小文说，那你太适合跟飞哥一起去钓鱼了，飞哥喜欢钓鱼，却不喜欢吃鱼，钓上来的鱼，经常被他放回去。刚才说话的女生很是惊讶，说还有这样的事？既然把鱼钓上来了，为什么要放掉呢？既然要放掉，为什么又要钓鱼呢？这时候，赵飞飞出现在群里，说也不是所有鱼都会放掉，只有太小、太大的鱼或不喜欢的鱼才会放掉，留下的都是巴掌大小的鲫鱼。有人说，哦，飞哥不是自己要吃，是要带回家给媳妇儿炖鲫鱼汤吧？有女生夸张地说，太让人羡慕了！之前提问的那女生说，小鱼放掉能理解，为什么大鱼也要放掉呢？赵飞飞说，太大的鱼不好吃啊，再说，鱼长到那么大，多不容易？放它一条生路嘛。这女生仍然不满意这答案，说那既然要放掉，为什么要钓上来呢？赵飞飞说，就为了要把鱼钓上来，才去钓鱼嘛，不钓上来，怎么把鱼放掉呢？侯澈不禁哑然失笑。

今天凌晨三点多，小文又晒鱼了，是迄今晒过的最大一条，说是重达三十三斤，是一条鲤鱼，两眼圆睁，鳞片巨大，上颚两须钢丝般硬扎，被赵飞飞像怀抱婴儿般抱在怀里。赵飞飞笑得嘴巴大张，双眼眯缝，水珠在头发间飞溅。同学群前所未有地热闹起来，纷纷问询，这是在哪儿，要报名去吃鱼。好一会儿，小文才说，鱼已经被飞哥放回江里了。在这排字后，是一个捂脸大哭的表情。这才有众人的那些叹息，都说可惜了，太可惜了，你们太奢侈了。侯澈将聊天记录往前拉了许多，才明白是这么一回事，也跟着发了一条消息：可惜了。

侯澈其实没觉得可惜。多漂亮的一条鱼啊，被钓上来，或许是它逃不掉的宿命，幸好遇到的是赵飞飞，它终究从宿命已然合拢的罗网里逃脱了。她想象着那条鱼，从赵飞飞怀里脱身后，潜入夜色笼罩的河流，从此再不敢靠近河岸，再不敢胡乱吃东西，它会在深渊似的水底终老一生，并偶尔想起隐隐作痛的伤口。

这几天，侯澈给楼春雨发过信息，无非是模棱两可地问一句，都还好吧？过了许久，楼春雨才回复，都还好。去看楼春雨的朋友圈，什么内容都没有。

这时，手机响了，是母亲。

"睡醒没？晚上六点半出来吃饭吧，路茗茗回来了。"

"她什么时候回来的？"侯澈不等母亲回答，又说，"去哪儿吃饭呢？"

"就在广场边上,唐记鱼头火锅,抬头就看得到招牌。你不是说过想去县城广场看看吗?今晚我们好多人都在广场上。"

不知不觉,已是下午三点多了。侯澈加了件黑皮衣,走出家门。回来这些日子,气温又下降许多,空气里开始透出过年的气息。偶尔的,远远传来一两声鞭炮声,啪!啪!侯澈想象着,鞭炮响处,一个小男孩儿捂着耳朵快速跑远了。侯澈走过小巷时,像第一天那样,几个女人站在巷子边,好奇地望向她。她朝她们笑一笑,她们也朝她笑一笑。这无言的交流,让她心里生出一种亲近感。

走到巷口,夕光将那一片废墟照得辉煌,每一块断砖残瓦,每一丛杂草灌木,都在温暖的光芒里。侯澈站了一会儿,想起那晚和楼春雨在此道别,已是迢遥往事了。这片废墟,又扩大了一些,真不知会不会拆到自己家。

问了好几个人,侯澈才找到母亲所说的县城广场。广场是两年前新建的,侯澈自然不知道在哪儿。被问到的人,听侯澈说的是本地方言,却不知道县城广场在哪儿,都用诧异的眼神瞅着她。

广场很大,平坦如海,浑圆如日。夕光明晃晃地照耀着广场上的女人和小孩,小孩在追来追去,女人在看着小孩追来追去。广场边好几圈草木,有落叶的,也有常绿的。在草木的浓密阴影里走了小半圈,侯澈才看到母亲说的"唐记鱼头火锅"。火锅店靠广场这一面全是落地玻璃,从外面望进去,靠窗的一个个包间用毛玻璃隔断,食客的一举一动都清清楚楚。侯澈朝店里打量的时候,店里的人也正朝她打量。这时,一个高挑的女子站起,微笑着朝她挥手。

第八章 广场（中）

书信八

在那短短一年的婚姻里，我得到过久违的安宁和踏实，还试图扮演合格的妻子、合格的母亲。但我似乎都没做到。婚姻是什么？我至今仍然没法回答。你现在结婚了吗？我知道，你不是容易结婚的人，但风也有停下来的时候，人总是会变的。如果你现在结婚了，你觉得婚姻是什么？如果你现在有孩子了，你会怎样做父亲？唉，之前的信里，我是不是说过这些了？我的记忆越来越差了。

那换个话题吧。对了，或许我应该说说婚姻里的欲望。

我和前夫之间，肯定是有欲望的，这没什么不好意思说的。我没再像之前那样小心翼翼，他也说，如果怀孕了，就生下来。经过和小暖的相处，我对生育孩子已经没那么恐慌了，也就听之任之。但我始终没怀上，我都隐隐有些焦灼了。我们做爱变得越来越夸张，有一种孤注一掷、性命相搏的狠劲儿。

一天早上，我们正做爱，忽然，门把手在扭动。是小暖。那时候她还没跟我们睡到一张床上。我在做爱前把门反锁了，她打不

141

开。但无论我们说什么，她仍然使劲儿扭动门把手。我们不得不停下来，他去打开门，看到她赤脚站着，抱着洋娃娃挡在眼前，转动着洋娃娃的脸，用假嗓子说，我来看看你们，我来看看你们。我和前夫之间的欲望，以及造娃行动，戛然而止了。

现在回头想想，你我之所以走到一起，起初会不会只是因为欲望？我们第一次见面，从机场坐地铁出来后，冒着大雨，回到出租房，我们便湿淋淋地抱在一起，不顾一切地做爱。事后，我和你说，我从来没这么夸张地和人做过爱，太多汗水，油脂一般，把身子、被子都烧着了。这样的欲望，真是极致而纯粹。后来，这欲望是怎样一点儿一点儿消失的？我记得，你最后一次来看我，是冬天，我们躺在窄窄的单人床上，各自穿着睡衣，干巴巴地拥抱着，没有接吻。我睡不着。我知道，你也睡不着，你只是装作睡着了。后来，你装得久了，真睡着了，翻身背对着我。我从后面抱住你，仍然没睡着，我在心里喊你的名字，观鱼，观鱼。我想我喊得够响亮了，但你没有回应。

继续往前追溯，我和之前一任男朋友做爱，他每次都沉默不语，甚至听不得我叫床。他觉得叫床的女人必然是淫荡的，不忠的。我和他分手，最主要的原因就是这个。再往前追溯呢？就追溯到我的第一个男人了。

那时候我还在读高中，他是学校的锅炉工，他女儿和我是同学。我经常到锅炉房去找他女儿玩儿。他对我们说话很温柔，像一个父亲那样温柔。他女儿有时候不在，我去了，他也一样温柔。我试探着对他说些过头的话，他也乐于接茬。

终于在某天上晚自习时，我没去教室。在锅炉房里，靠着一面积着煤灰的白墙，我和他干了那事。天哪！我怎么干出这样一件事？我好不容易擦干净血，拍打掉身上的煤灰，逃跑似的离开了。走到锅炉房门口回头看，他正用铁锹从锅炉底铲出带着火星儿的炉灰。

自那以后，我没再去过锅炉房，尽量避免再见到他，也尽量避免见到他女儿。但这次回来，我又见到他了。我们谁也没说起这事，就像这事是我臆想出来的。这次回来，看到这足以成为我父亲的男人正加速衰老，我的内心终归是不平静的。尤其当我知道，他竟然对一个足以成为我母亲的女人保持着热烈的欲望和情意。我曾经恶狠狠地想过，和他女儿说说许多年前的这件事，但我知道，只要说了，我们好不容易接续上的友谊定然会彻底断裂的。

这些事，我从没跟你说过。你若看到这封信，会怎样看我？

侯澈进到包厢，看了一会儿才认出来，刚才朝自己招手的确实是路茗茗。记忆里那个路茗茗，是穿着校服、扎着一根毛糙马尾辫的小姑娘，脸上满是细细碎碎的雀斑，身上时常有一块块煤灰，为此，路茗茗没少受到同学嘲笑。如今的路茗茗，眼睛大，皮肤白，雀斑无处可寻，穿一件白点黑底长袖雪纺衬衫、一条蓝色牛仔裤、一双驼色长筒靴，在她身后的衣架上，还挂着一件驼色风衣。两人紧挨着坐了，手拉着手，侯澈盯着路茗茗看，路茗茗也盯着她看，黑眼珠如水底的黑色鹅卵石，随了水波闪动。

"不认识了吗？看得这么仔细。"路茗茗抿嘴笑了。

"真是不认识了。我们要是在大街上碰到，肯定不敢认了。"侯澈也笑。

"你在上海，我在北京，在大街上碰不到的。"

"北京上海交通那么方便，你也不去找我玩玩儿……"

"那还不是彼此彼此？你也没去找我玩儿嘛。"路茗茗嗔道，转一转眼珠，"不要说让你去北京了，我刚听高老师说，你都三年没回老家了？"

侯澈翻了个白眼，看向母亲，母亲白她一眼。

"来了就两个人说个不停，大人都不管不顾了。"

侯澈忙又站起，朝桌上看了一圈，做出乖巧的样子，微微弯腰，一一问好："赵老师好，孙老师好，杜老师好，张叔好，路……师傅好……"大家刚刚见过，见侯澈如此，都微笑着，有一种自家人般的默契。侯澈看老张，此刻安静自持，想起去楼家大院的路上，老张又哭又笑的样子，想起白天在 KTV，他又唱又跳的样子，侯澈脸上不由得浮上笑意："小张呢？我还以为他会来呢。"

"他要跑出租啊，没你们这样有本事。"老张笑眯眯地朝路茗茗瞥一眼，又说，"不过你们都是年轻人，我让他待会儿来接我，你们也可以聊一聊。"

侯澈不知道该如何接话，坐下后，转头看着路师傅。

"路师傅，你怎样了？听我妈说……你病了？"

"好多了，小澈。"路师傅脸色蜡黄，深深喘了一大口气，对侯澈虚虚地笑一笑，目光似乎有些躲闪，停了停，补充说，"老毛病了，没事儿的。"

沉默了一会儿。见路师傅边上还有三个空座位，侯澈问："妈，还有谁要来？"

"你不会饿了吧？你看人家茗茗，那么瘦，也没说饿。"

"饿不饿跟胖瘦有什么关系嘛！"侯澈做出撒娇的样子，心中却在想，那三个空位，是在等谁呢？这顿饭吃的是什么意思？

大家就着胖瘦问题，热烈讨论起来。有人说年轻人胖一些好啊，那样才有力气奋斗，老年人瘦一些好啊，那样才不会有三高。也有的说，年轻人还是瘦一些好，那样才能精力充沛不会昏昏欲睡，老年人则是胖一些好,那样就算生一场大病,也有底子撑着。双方你一言我一语,互不相让。但这互不相让里,并没带着火药味儿,反倒有一种含蓄的关切。侯澈和路茗茗没加入讨论,而是谈论你在北京怎样、你在上海怎样之类的。侯澈不时瞥一眼那三个座位,到约定的吃饭时间了,仍然空着。众人讨论氛围的热闹,让她隐约感到不过是虚有其表罢了。大家都在遮掩着什么,而且,都知道在遮掩什么,只有她不知道。

一个人风风火火从远处走来。走到包厢门口,听到他小声问服务员,都来了?服务员也小声说,都来了。赵新能起身,朝那人举起一只手,高声喊:"唐总!"大家都转过头去看向他。唐总人高马大,方脸,白净,胡茬泛青,斑白头发齐整地往后梳着,一面往包厢里走,一面摘下大红围巾,又脱下黑色羽绒外套,随手递到身边微微弯着腰的女服务员手中,身上只穿一件白衬衫,下摆塞进黑色西裤里,挽起袖子,露出小臂上鼓鼓的肌肉来。唐总伸出手,隔着桌子和赵新能早早伸过来的手握一握,说一声:"赵老师好啊!"转而满脸堆笑,朝大家双手合十团团作揖,连声说:"不好意思啊,刚才堵车,来晚了。"一面坐下,一面抱怨:"你们说这么个小县城,竟然还会堵车!"又转头对一直跟在身边的服务员说:"怎么只上了一壶茶?女士们都是白开水?像什么话!"服务员唯唯诺诺,出门去了。

得知大家还没点菜,要等他拿主意,唐总又连连说了好几声"不好意思"。唐总征询众人的意见,都说没什么忌讳的,让唐总随便点。唐总也就不再客气,快速翻动着菜单,手指快速指点着,一名男服务员弯着腰,飞速地在小本子上记着什么。唐总抬一下头,笑笑地瞥一眼侯澈:"你是侯澈吧?我早听说你回来了。你们在大城市,老早不这样点菜了吧?我也想与时俱进,可县里老人们多啊,怕他们跟不上。"侯澈笑一笑:"上海也还有不少饭店这样点菜的。"唐总又往菜单上指了指:"不过说不定过阵子,这样点菜又变成新潮的了,现在不都喜欢怀旧吗?不单我们这些老年人喜欢怀旧,你们年轻人也早早就开始怀旧了。"唐总哈哈大笑。侯澈也不置可否地笑一笑。

点完菜后,唐总抬起头望向赵新能:"赵老师,给介绍介绍吧?好多位我还不认识呢。"赵新能咳嗽一声,端起一杯茶,站起身来。唐总也跟着站起,大家就都一起站起,举着茶杯,听赵新能说话:"想必大家都知道了,这位就是唐记鱼头火锅店的唐总,唐总的店面可不止这一家哦,在全省全国都有好多家分店了,很快就要在香港上市了。不过,不管到了哪儿,唐总都是我们旧城人,唐总是最有家乡情怀的……"赵新能一只手比画着,讲课似的还要讲下去,唐总按住他的那只手,笑着说:"好了好了,那都还是没影儿的事。是要你介绍大家,就别在这儿帮我吹牛了。有高老师在这儿呢,我这点儿家当……"唐总抿着嘴笑,一副欲言又止的样子。赵新能也笑一笑,这才依次将众人介绍给唐总。

这真是个漫长的过程,被介绍到的人笑着,赵新能笑着,唐总也笑着。侯澈端着茶杯,笑也不是,不笑也不是,不时低头抿一口茶水,好化解这尴尬。等介绍到自己时,侯澈杯里的茶水差不多已经喝完了。

"我一眼就认出你了。"唐总笑一笑,"你和你爸真像。"话刚出口,忙低一下头,连说:"不好意思,我今天真是……侯澈现在是大姑娘了。"说着和侯澈碰一碰杯,又和侯澈母亲碰一碰杯:"高老师,提前祝你们母女俩春节快乐啊。"

侯澈母亲举着杯子,微微笑着,没说一句话。

总算介绍完了,众人重新落座。侯澈暗暗吐一口长气,暗暗琢磨刚才唐总的话,似无意似有意,连续两次,都只说半截,也不知是什么意思。

"你们都是文化人啊。"唐总笑哈哈地说,"我这辈子没读多少书,但最敬重文化人了。"说着又哈哈笑起来。众人陪着干笑两声。

唐总看看左手边空着的两把圈椅,转头看看右手边的赵新能。"怎么,孙子父子俩还没来?"唐总说着,快速瞥一眼赵新能右手边的杜霞,"他们父子俩呢?"

"我问过,他们不一定能来吧……"杜霞淡淡地说。

"那怎么行? 孙子和我说好的。"唐总掏出手机来,一面拨打电话,一面起身,走到火锅店门边,仍听见唐总大声说,"怎么呢孙子,这会儿还不来? 我们可都等着呢! 大男人别磨磨蹭蹭的啊,有什么问题不能当面解决的?"

侯澈明白过来,这顿饭吃的是什么意思了。她偷偷看母亲身边的杜霞,看杜霞身边的路师傅,再看看自己身边的路茗茗,一个个的神色都是木然的,而这木然里,不知潜藏着怎样的风暴。

侯澈转身去看唐总,唐总还在打电话,走到火锅店外的林荫小道上去了。透过落地玻璃窗,看到外面枝叶扶疏的林荫小道,林荫小道那边,偌大的广场上,聚起更多人了。广场对面马路边,一排排新建的高楼鳞次栉比,楼上灯火通明。高楼后面,遥远的天边,是看起来矮矮的山峦。山峦上也有千家万户,此刻,也都亮着点点灯光,闪闪烁烁,繁星一般。山峦之上,是冬日的晴空,淡淡的几抹云,不知是在聚拢呢还是消散。

火锅非常大,咕嘟咕嘟沸腾着,一半乳白,一半鲜红。两边各有一只硕大的鲤鱼头。唐总介绍:"别的鱼头火锅店,选用的鱼头一般是鲢鱼,也有用草鱼的,而我们唐记火锅店特意选用我们旧城河的鲤鱼。这河水源自青藏高原上的冰雪融水,水温低,鱼长得慢。而鲤鱼本就长得很慢,能在冷水里长到这么大,更是不容易……"侯澈心想,这说法对吗？就算对，青藏高原离旧城得多远啊。又想，旧城河里能有多少这么大的鲤鱼啊？经得住每天这么吃？

店里起初是有些冷的，火锅煮开，顿时暖热起来，人人鼻尖沁出细汗，额头汗津津一片。在唐总满含期待的注视下，大家纷纷伸出筷子。侯澈揪一块鱼脸肉塞进嘴里，味道确实不错，又接连揪了几块。回到县城这么久，这是侯澈吃得最舒服的一顿了，感觉浑身的毛孔都在打开，都在呼吸着火锅中散发出来的肉香。这会儿想起赵飞飞把大鱼钓起来又放掉，侯澈是真觉得可惜了。

"服务员拿来这几种饮料，女士们想喝什么随便啊。"唐总朝服务员刚端上来的饮料瞥了一眼，又说，"老哥们是想喝白的呢，还是啤的？"

"凭什么女人就要喝饮料？我也要喝酒。"路茗茗说。自从唐总进来后，路茗茗就阴着脸，这还是她第一次出声。

"有气概！"唐总转过脸来，笑笑地看着路茗茗，"茗茗刚回来，今天也算给你接风洗尘了。那茗茗你说，你想喝什么酒？你喝什么，我们几个老哥儿就陪你喝什么。大家觉得怎样？"唐总的目光在众人脸上扫一圈。

"我没意见！"老张笑呵呵地说，"喝什么不是醉啊？！"

大家都笑，饶有兴味地看着他亮堂堂的光头。光头上浮着一层汗水，恰如一面镜子，火锅投影其上，便如老张顶着一口热气腾腾的火锅。老张不知道大家笑什么，也跟着呵呵笑，大家就笑得更欢了。

"一个女孩子，喝什么酒？"路师傅抬起眼，瞥路茗茗一眼。

"谁规定女的就不能喝酒？"路茗茗斜觑着路师傅。

"不争论，不争论！"唐总微笑着打圆场，"我们火锅店里啊，酒多得是，各种白的，各种啤的，想喝什么喝什么。今天大家伙高兴，不单为茗茗接风，还为路师傅出院庆贺，还要为……"唐总微微一笑，不再说下去,转头喊来一名男服务员,不多时,搬上一箱啤酒,又拿来两瓶白酒。

"我要喝红酒!"路茗茗冷冷地说。

"没问题,那就再来一瓶红酒。"唐总转身对站在身后的女服务员吩咐几句,不多时,女服务员拿来一瓶红酒、醒酒器和高脚杯。

"不用,我直接吹瓶就行。"路茗茗冷冷地说。

"茗茗!"路师傅抬起眼,目光锐利地盯着女儿,"哪有这样喝酒的?!"

服务员看看路茗茗,又看看唐总。唐总抬着手按一按又摆一摆,服务员放下红酒,将醒酒器和高脚杯拿走了。女服务员拿来开瓶器,拧开红酒,放在路茗茗面前。路茗茗也不管众人,攥住酒瓶,往嘴里倾倒,咕嘟咕嘟,喝得太快了,酒从唇边溢出,鲜血似的,红红地挂了两绺。侯澈被路茗茗这突如其来的动作吓到了。她看看旁人,旁人也如她一般,目瞪口呆地盯着路茗茗。好一会儿,整瓶红酒喝下去得有三分之一了,路茗茗才调转酒瓶,将酒瓶重重蹾在桌上。

"这像什么话?真是……越来越不像话了!……"路师傅声音颤抖着,猛地咳嗽几声。坐路师傅边上的杜霞慌忙伸出手,轻轻拍一拍他的后背,低声说:"你刚出院,别生这么大气啊。随她吧……"或许是一时情急,杜霞这动作,让路师傅都有些意外。路师傅下意识地让一让,杜霞立马意识到不对了,但那拍出去的手已收不回来了,索性不掩饰了。而路师傅咳嗽得更厉害了,似乎也没人再注意杜霞是不是有什么不妥了。许久,路师傅总算平息下来,呼哧呼哧喘气。

"瞧瞧,是谁越来越不像话了?"路茗茗斜眼瞅着父亲和杜霞,"当着这么多人的面呢,以为自己是谈恋爱的年轻人,还是老夫老妻?也不知道害臊!"

"路茗茗!你怎么能这么说话呢?!"赵新能厉声道。赵新能在学生心目中,一向是很严厉的。他虽没当过路茗茗的班主任,但教过路茗茗历史。

"我怎么说话? 我还能怎么说话?!"路茗茗嘴上这么说,语调却软下去了。

"闺女啊……"老张喝的是白酒,此时已有几分醉意了,涨红着脸,大着舌头说,"你刚回来啊,怎么跟你爸生这么大气呢。人活一世,都不容易,不要生气,不要……生气。你不是喜欢喝酒吗? 张叔跟你喝。"

老张说这些话,始终笑眯眯的,有着酒醉之人特有的迷糊和温软。路茗茗看老张一眼,不知怎么被什么触动了,忽然头一扭,默默地流下泪来了。老张不禁一愣。侯澈从母亲面前抓过卫生纸,抽出两张递给路茗茗。路茗茗接过去,擦了擦眼泪,又堵住鼻孔,大声擤鼻涕。

"闺女啊,不哭,张叔跟你喝酒哇。"老张倒满面前的酒杯。那酒杯比较大,满杯至少得有一两。老张身子微微摇晃,大着舌头说:"张叔不会欺负你,你喝一口,张叔喝一杯。不管你喝多大一口,张叔都喝满满一杯……"老张举起酒杯,咕咚一声干了。那"咕咚"一声,仿若月亮掉进深井里。

路茗茗右手摩挲着红酒瓶,似乎有点儿不好意思再举起酒瓶喝了,可也不好意思再说要酒杯。唐总朝侍立在旁的女服务员招一招手,服务员会意,很快拿来一只高脚杯,微微俯下身倒了一些红酒在酒杯里。"谢谢。"路茗茗小声说。服务员刚离开,路茗茗抓过酒瓶,又往杯里倒进一些酒,直到杯体三分之一处。路茗茗也不站起,自顾自端过酒杯,一饮而尽。

老张朝路茗茗竖起大拇指,又低头往自己的杯子里倒酒:"我们再喝一杯。"

高红抓住老张握酒杯的手,硬生生把他按在圈椅上:"待会儿再喝,哪有这样连续喝的？茗茗刚回来，你要把她灌醉才高兴啊？"

"张叔，我敬您一杯！我们还是头一回见面啊，怎么感觉之前在哪儿见过？"路茗茗往酒杯里倒进小半杯酒，站起来，端起酒杯伸向老张。

"你看你看，是闺女要跟我喝。"老张瞅一眼高红，满脸笑开花，迅速倒满一杯酒，推开圈椅站起，伸手和路茗茗的酒杯碰了碰。两人是面对面坐的，火锅冉冉的热气在两人之间升起，撞到两人碰在一起的酒杯，一朵云似的散开。侯澈看看路茗茗，又看看老张，两人的脸上仿佛都洋溢着欢乐，而这欢乐，更让她生出担忧来，生怕路茗茗会做出什么出格的事。

老张一如既往，猛地一仰头，一杯酒就没了。路茗茗喝了一口，又喝了一口，酒杯仿佛陡然变大了，红红的酒浆在杯里荡来荡去，始终没见底。

"喝不下去，就别喝了。"路师傅一直盯着路茗茗手中的酒杯。

"谁说我喝不下去？"路茗茗瞅一眼路师傅，摇一摇手中的酒杯，将酒杯贴住下嘴唇，仰起头，让酒慢慢流进嘴里。又一次，嘴唇边流下两绺红红的酒。好一会儿，酒总算全部喝进去了。路茗茗放下酒杯，咬着嘴唇，脸上神色颇为难看。侯澈知道，路茗茗一定是喝不下去了，只是硬撑着把酒含在嘴里，拿过一张湿毛巾，想着要不要递给她，让她把酒吐在毛巾里，又想着，那样看起来也太可怕了，红酒吐在白毛巾里，不知道的人还以为是吐血呢。

"茗茗，没事吧？"侯澈用手肘拐一拐路茗茗，小声问道。

"没事。"好一会儿，路茗茗硬生生咽下红酒，转过脸来，淡淡地笑着。

忽然，路茗茗猛地扭转身子，伸手捂住嘴巴，起身往外跑，仓促之间，只能就近往门口跑。刚跑出门没几步，路茗茗嘴里的东西，就朝一棵柏树底下喷出去。侯澈慌忙跟出去,看到路茗茗正一手撑住树,弯着腰连连呕吐,路灯光直直照着那一大摊红稠的秽物。侯澈轻轻拍着路茗茗的后背,路茗茗摆一摆手。过了一阵,没什么东西可吐了,路茗茗仍在干呕。

"我想我妈了……"路茗茗哽咽着。

"没事了,没事了……"侯澈继续轻拍着路茗茗的后背,重复着安慰的话。什么没事了呢? 其实她并不知道。

"我想我妈了……"路茗茗仍是那句话。

侯澈知道,火锅店里的人,这会儿说不定正隔着落地玻璃看着她们呢。这大概是火锅店如此设计的一大失误,这么盯着外面呕吐的人,还能吃得下吗? 如此一想,侯澈不觉芒刺在背,还好不是自己在吐啊。稍等了一会儿,侯澈劝道:"茗茗,你爸也不容易,他今天才出院啊,听我妈说,他病得挺严重的。有什么事,以后再说嘛。何必一定要在今晚呢……"

"以后再说? 你没看出来吗? 他们今晚约在这儿吃火锅,一会儿说为我接风,一会儿说庆祝我爸出院,是要逼着我同意我爸和杜霞在一起啊。你也看到了,还有两个人没来,那两人是谁? 是杜霞老公和她儿子,现在就等着他们来了,双方同意了,他俩就好在一起了。没见过通奸还这么光明正大的……"路茗茗咬牙切齿,"以前好多熟人都说,我爸我妈如何如何恩爱,可我妈才死多久? 也就两年,他们就急着结婚了。我都怀疑,我妈躺在病床上时,他俩就勾搭成奸了! 那时候,杜霞经常去医院看我妈,她是去看我妈什么时候死吧? 我妈还和我说,患难见真情啊,杜老师这人真不错,两家人平时也没多少来往,想不到自己病了,最常到医院看她的,竟会是杜老师……天哪,想想这些,我就……"

路茗茗直起身子,满眼泪水地看着侯澈。侯澈看着,心中不免有些凄然。"茗茗,哪有你想的那么夸张?你爸你妈以前是很恩爱啊,我小时候也这么觉得。那时候,我经常去锅炉房找你玩儿,好多次看到你们一家人说说笑笑。你不知道,那时候我多羡慕你啊,我连我爸长什么样都不记得了,家里连他的照片都找不到一张……"侯澈嘴上这么说,心里想的却是很多年前锅炉房里的那一幕。假如此时告诉路茗茗这事,路茗茗会有怎样的反应?她深觉这一刻的自己太邪恶了。她必须紧紧闭住嘴巴,才能拦住那些抓着喉咙想要往外爬的一串串字词。

或许是被这一番话安慰到了,路茗茗沉默着,慢慢地止住哽咽了。路茗茗抓住一根柏树枝,直起身来,仰起脸,望着县城上方的夜空。侯澈也跟着仰起脸看。县城灯光炫目,就连夜空也被照亮了,星星消隐得只剩下零零落落的几颗。

侯澈和路茗茗手拉手回到火锅店,发现一直空着的两把圈椅只剩一把了,那剩下的另一把上面坐了和她们一般年纪的年轻人,寸头,圆脸,瘦削。见她们进来,翻起一双白多黑少的眼睛瞅着她们。

唐总目光关切地瞅着路茗茗:"茗茗,没事吧?"路茗茗笑一笑,说:"没事。"唐总脸上的表情放松下来:"没事就好,不然在我店里喝坏了,那我的罪过大了。"路师傅冷冷地看着路茗茗:"让你逞能,说了少喝点儿,非要喝。"杜霞用手肘拐了拐路师傅:"你这是怎么了?少说两句吧。"路师傅或许也意识到自己的话太过生硬了,低下头,不说话了。老张端起酒杯,一脸懊恼的神情:"怪我,怪我,是我让闺女喝得太急了,我自罚一杯,啊!"说着飞速朝众人扫视一眼,飞速地将酒倾进嘴里,咕咚一声喝下,龇牙咧嘴地啊了一声。

"老张,你这是找不着喝酒理由了吗?"坐在侯澈母亲边上的孙玉梅瞅老张一眼,转过脸,身体前倾,隔着火锅的袅袅热气,看着路茗茗,转

153

了话题，"茗茗啊，你也在北京，我儿子也在北京，你们平时经常在一起吧?"

"孙老师，我和郁然好久没见面了。上次见面，是前年老乡聚会上……"

"哎呀，你们都在北京，怎么不多聚聚呀。"孙玉梅声音尖厉地说。

"郁然很忙的，"路茗茗笑一笑，"上次老乡聚会，他带了个小姑娘过来，从始至终都没怎么跟我们说话，尽跟那姑娘说话了。"

"哎呀哎呀，他有女朋友?!"孙玉梅的声音更尖厉了，"我问他有没有女朋友，他还说没有。臭小子，故意气我啊!"

"他倒没说那是他女朋友。"路茗茗说。

"那不是女朋友，还能是什么?"孙玉梅说。

"那就要你发挥想象了，现在的年轻人啊。"唐总哈哈笑着说。

大家都笑。孙玉梅脸皮涨红，咬牙道："臭小子! 等我回家审他!"

侯澈听路茗茗和孙玉梅这一问一答，感觉到路茗茗语气里冷冷的恶意，心想她这会儿的心思，和自己刚才的心思，或许差不多吧?

忽然，侯澈看到刚进来的那个年轻人搁下筷子，将圈椅往后一推，站起来，看着唐总说："我吃饱了，今晚要没什么事，我走了啊。"

"哪有这么跟长辈说话的?"杜霞瞅着年轻人，嗔怪道。

唐总的笑意仍挂在脸上，他抬手朝杜霞按一按："没事没事，现在的年轻人嘛，哪有那么多讲究。"转过脸来，瞅着那年轻人，又将手往下按一按："你先坐下……"又转过头看着杜霞："杜老师，你儿子叫什么来着?"

"孙石俊。"杜霞答道，又冲儿子喊："阿俊，你还是坐过来，到妈边上。"

孙石俊不吭声，仍然梗着脖子站着。

"你们尽说些闲话，有什么事快说。"

"你先坐下，先坐下。"唐总又朝孙石俊按一按手。

孙石俊闷声坐下，将圈椅拉得嘎啦一声响。

"老赵，还是你先说两句吧？"唐总转向赵新能，对他的称呼不经意间变了，"刚才乱乱的，这局像是开始了，又像是还没开始，你还得再说两句。"

"那我说两句。"赵新能清一清嗓子，"今天这饭局，是我张罗的。一来呢，庆贺路师傅出院；二来呢，给茗茗接风。"赵新能顿一顿，目光在众人脸上扫了一圈，最后落在路茗茗脸上："本来呢，算上我，今晚该有十三个人，我媳妇临时有事来不了，老张的儿子小张没来，还有孙子——不，石俊他爸老孙也没来。这么着，就来了我们十个人。十个人也够了，十全十美啊。我是想啊，大家一起做个见证，化解一下前阵子路师傅和老孙那事儿。大家都是一个地方的人，抬头不见低头见，年纪也都老大不小了，说难听点儿，这辈子说过去也就过去了，想想李青萍，也是我们这般年纪。闹僵了，没意思……"赵新能看向唐总，笑着说："唐总可是个大忙人，我今晚之所以请唐总过来，一呢这儿是他的地盘；二呢，我们和老孙都不熟，怕他不愿意来，就算他来了，也觉得我们说话会偏袒路师傅，而唐总恰好和老孙挺熟。"停了一会儿，说："就这样吧，接下来，唐总说两句？"

"怎么，这就说完了？"唐总笑一笑，"好吧，老赵偷懒，我只能多说两句。"唐总拉一下圈椅，做出一副正式讲话的样子："老孙以前跟我做过事，后来嘛，一些乱七八糟的原因，我们没在一起了。说实在的，最近这几年，我们联系不多，不过他见到我，还是会喊一声大哥的。所以，我也就答应老赵，来做这个和事佬。老孙和路师傅的事情，在老赵找我前，我就听说一些了。县城就巴掌大小，随便出个什么事儿，一阵风就传遍了。刚才老赵说,大家抬头不见低头见,其实,就算不见,对方有个什么事情,不经意间也会听见。所以,在这县城生活,大家还是要以和为贵。"唐总停下来,看向左手边的孙石俊:"小孙,我们是头一回碰面吧?不过我是知道你的,你在城北 KTV 做事?"

孙石俊岔开两腿坐着,点一点头,嗯了一声。

"你们老板是小东山吧?"唐总不等孙石俊回答,笑着说,"小东山好多年前也跟过我,后来自立门户了,做过好多事,头两年才弄的城北 KTV。这小子不成器,把个 KTV 弄得乌烟瘴气。前几天见到我,竟然还好意思约我去唱歌……"

孙石俊听了,慢慢收拢两腿,慢慢低下头来。

"小孙,你看,这县城是不是像我们刚才说的,转个弯就是熟人?所以,什么事情都别弄得太难看了。"唐总看着孙石俊,停了一会儿又说,"小孙你也大了,也有喜欢的人了。你和小李雪的事情,我也听过一些。只要你们真的彼此喜欢,小李雪她爸妈迟早会同意的。你要不相信,过两天再去她家看看。"

孙石俊闻听此言,白多黑少的眼睛睁得大大地瞅着唐总。

"我刚才说了嘛,县城巴掌大的地方……"唐总笑一笑,仍看着孙石俊,温声说,"你看,感情这事儿,如果动真格了,旁人再怎样阻挡也阻挡不了。你妈和路师傅的事,我知道你很难接受,但你换位思考一下,应该也能理解。再说,你爸这些年和你妈相处得怎样,你心里应该有数,对吧?或许是因为你哥的事,你爸心里过不去,有气没处撒,这才拿你妈撒气。但那事儿,怎么也不能怪到你妈头上啊。你说对不对?当然,那是很多年前了,你未必记得……"唐总顿一顿,见孙石俊低头不语,又说:"我直接说了吧,你爸在外面干的那些事,换谁也接受不了。你妈这么多年能熬过来,是因为放心不下你,现在,你大了,你妈想过一过自己的生活,总没错吧？你总不该阻挡吧？当然,你也没阻挡,你妈还是放心不下你,所以,我才把你约出来,和你聊一聊……"

"我没阻挡……只是……"孙石俊刚刚慢慢低了头,此时抬起头来,看唐总一眼,又看杜霞一眼,"只是我来之前,我爸和我说了,他要十万块钱。"

"给他十万块钱?"唐总有些不敢相信似的,"他说给他十万块钱,就同意跟你妈离婚,也不再纠缠你妈和路师傅,是这样吗?"

"我爸是这么说的,他说他只要……路师傅赔他十万块钱。"

"那这好办啊,真这么简单?"唐总豁然雾解的样子。

路师傅皱着眉,连连咂嘴,连连摇头。

"路师傅,你别心疼这十万块钱,"唐总看着路师傅说,"我知道,在县城里十万块钱可是不少啊,可紧一紧手,你还是拿得出来的嘛。破财消灾,花钱能解决的事都不是事。总比这样一直拖着解决不了的好哇……"

侯澈看到,杜霞看着路师傅,眼中泪光盈盈。杜霞蹙一蹙眉,嘴角往上弯一弯,似乎是替路师傅心疼那十万块钱,又似乎是欢喜终于得偿所愿。杜霞六十出头了,但骨架小,身材匀称,梳着清汤挂面头,小小的椭圆脸,皮肤紧致白皙,穿一件白衬衫,望向路师傅的时候,竟有一种小姑娘般的羞涩。这么大年纪了,当一个人喜欢一个人,仍会这样动人,这让侯澈蓦然想起母亲转述的孙玉梅的描述。她心里再次闪过那念头,如果大家知道当年那件事,会有怎样的反应？她赶紧用右手两指掐住左手虎口,将这邪恶的小火苗掐灭了。

"老赵,你看这事儿怎样?"唐总转脸看着赵新能。

"行,我看行。"赵新能想要幽默一下,"十万是不少啊,路师傅要大出血了。可钱出血,总比人出血好吧。"赵新能说完,似乎觉得这话并不幽默，脸上皮笑肉不笑，看看路师傅，又看看杜霞："怎么样？什么时候请我们喝喜酒啊？"

杜霞抿嘴笑一笑，低下头将一绺垂下的头发撩到耳后。

突然，啪！玻璃碎裂声——

路茗茗掂起高脚酒杯，重重搁在桌上，酒杯从握柄最细处断了，圆胖宽大的杯身滚落桌面，绕着当中的火锅滴溜溜转动。不一时，坠落桌下，又是一声，啪！不待唐总招呼，服务员赶紧进来打扫。碎玻璃碴被归拢，扫进塑料畚箕，喊喊喳喳的声音尖锐地切割着每个人的耳朵。令人难堪的沉默如逃不脱的铁屋子，这些玻璃碴，在铁屋子内壁留下许多扭扭曲曲的划痕。

"你们不是经常说，宁拆十座庙，不毁一桩婚吗？"路茗茗斜眼瞅着路师傅。

路师傅低着头，杜霞也低着头，像是一对被老师批评的早恋学生。赵新能抬一下手，想说什么，被唐总按住了手。路茗茗转过脸，斜觑着孙石俊："你刚进来时，我还以为是个硬茬呢，没想到被别人随便几句话一糊弄，就偃旗息鼓了。"

"我爸是这样说的。又不是我老婆，管我什么事……"孙石俊翻着白眼说。

侯澈想笑，又不敢笑，只能装作拿湿巾擦嘴。

"茗茗！"路师傅抬起头来，盯着路茗茗。

路茗茗也盯着路师傅，静待着他说下去。路师傅被女儿的目光一撞，目光即刻温软了，眼中泛动着泪光，竟含了几分求乞的神色。

"茗茗啊，你爸我也是个人，我也有需求啊。你妈不在这么多年了，你就忍心把我一个人撂在这旧城，一年回来看我一次，一两个月给我打一次电话？你有自己的生活，我总也得有自己的生活吧……"

"恶心！竟然当着这么多人的面,说什么……需求!?"路茗茗恶狠狠的,眼中几乎喷出火来,脸颊红红的,不知是因为愤怒的烧灼,还是因为酒精的刺激,"你要有自己的生活,也等一等啊,我妈才死几天?怎么就成这么多年了?我是真替我妈不值啊……"路茗茗眼中也泛动着泪光。

沉默的铁屋子牢牢困住大家,好一阵,才被唐总打破了。

"饭是一口一口吃的,事情是一件一件做的,"唐总不看路茗茗,看一眼身边的赵新能,慢悠悠地说,"今晚这顿饭,我们先解决一个问题,刚才算是解决了。现在谈恋爱分手,听说还有什么分手费?十万块就当是分手费了,我的想法是,这笔钱得交到小孙手上,他结婚得花钱啊。这样老孙也没话说,他要有什么话说,让他找我说。"唐总看一眼孙石俊,又说:"小孙今晚过来,是转达他爸的意思,他既然肯转达,那也就意味着,他是赞成路师傅和杜老师的事情的,刚才小孙也说了,又不是他老婆。"唐总干干地笑了两声,见大家都没笑,又接着说:"当然了,这事情赞不赞成,也由不得他。感情始终是两个人的事,赞不赞成,是这两个人自己决定,旁人哪里说得上话?都说恋爱自由,就是父母、儿女,或者别的什么人,都不该干涉这自由。"

唐总说完,看路茗茗一眼。路茗茗脸上似乎越发红了。所有人都看着她,她的嘴唇颤抖着,沉默了好一会儿,抓过红酒瓶,瓶底只剩一小点酒了。她有些茫然地攥着酒瓶,似乎想要喝掉这些酒,但酒杯刚摔碎了。

这时,老张醉眼蒙眬地看着她,笑呵呵地说:"闺女啊,我们不着急啊,来,喝酒喝酒,和张叔再喝一杯……"

老张端着酒杯,摇摇晃晃起身,探出身去,杯中酒洒出来,滴滴答答落在凝了一层油脂的火锅汤底上。侯澈看到白色油脂被酒砸出一个个小坑,就如结冰的湖面被无数陨石击中了,心想,还好大家都吃饱了。老张端着酒杯的手持续晃动着,好一阵子,路茗茗仍没站起。所有人都在看着她。路茗茗抓过红酒瓶,重重蹾在桌上,若非酒瓶坚牢,已如那高脚酒杯一般碎裂了。

"喝个屁啊喝!恶心!所有人都恶心!"路茗茗咬牙切齿地骂了一句,腾地起身,往后推开圈椅,回头抓过衣架上的驼色风衣。

"路茗茗!你到底要怎样啊?!"路师傅厉声道,紧接着一阵剧烈咳嗽。

"茗茗,茗茗!"杜霞看看路师傅,又望向路茗茗,"你好不容易回来一趟,别这样,我走,我走就是了。"杜霞说着,站起身来,泪水纷纷滚落。

"你坐下,坐下!"路师傅坐着,攥住杜霞的一只手。

侯澈盯着这一双手,两个六十多岁的人紧紧攥在一起的手。杜霞没坐下,捏了捏路师傅的手,另一只手将路师傅的手剥开,推开圈椅,走出包间,出门去了。路师傅起身,想要去追杜霞,看到正从衣架上取外衣的路茗茗,又站住了。很快,路茗茗穿好风衣,旁若无人地转出包间,往门外去了。

路师傅握一握拳头,满面愁苦,看着大家说:"耽搁了大家整整一晚,这事儿闹的,让大家看笑话了。"赵新能连连摆手:"老路,哪里的话,你快去看看吧……"唐总也说:"路师傅,快去吧,别管这儿的事了。"

路师傅点一点头,快步出门去了。

"老赵,你帮埋一下单,我明天把钱给你。"路师傅在包间门口回头说。

"都什么时候了,还管这个?!"赵新能斥道。

三个人走了,包间里刹那间空了。大家都有很多话想说,又不知道从哪儿说起。"现在的年轻人啊……"赵新能叹息一声。"赵老师,唐总,"孙石俊嗫嚅着,"他们都走了,那我也走了吧?"唐总点一点头。赵新能说:"你赶紧去看看你妈。就算她和你爸离婚了,也是你妈。"孙石俊点一点头,出去了。

"我们也走吧。"赵新能倦意十足地说,"想不到路茗茗这么倔,唉,或许是我们操之过急了?只是路师傅那身体,我是怕他撑不了多久了。"赵新能又叹息一声:"唐总,无论如何,今晚真是谢谢你了。"

"老赵,你这说的什么话嘛。"唐总仍然笑笑的,一副见惯大风大浪的样子,"年轻人么,拐不过这个弯儿来,也可以理解。你刚才说,老路的身体?"

"唉,也就那样了……"赵新能说。

"怪不得你要搞这一场,"唐总点一点头,"急是急了点儿,不过当着大家的面,把话挑明了也好,我想路茗茗过些时候,会想通的。我担心的是……"

"担心什么?"赵新能朝唐总倾过身子。

"没什么,应该是我想多了……"唐总笑着,目光在众人脸上扫过,"说好了啊,今天这顿我请,不管是谁,再提埋单的事儿,就太瞧不起我了。"

大伙鱼贯而出。侯澈走在最前面,只觉得冷风扑面,忙裹紧身上的皮外套。刚才没穿外套就出门看路茗茗,怎么没觉得冷呢?大家站在门口道别。老张摇摇晃晃的,不多时,小张开着出租车来了,将他扶上车后,开车走了。赵新能和孙玉梅都说,要去广场跳舞处看看,好些日子没来了。"你们去吧,我就不去了,"高红说,"侯澈还是头一回到广场来,我带她到处走走看看。"侯澈抬着头看天,天上的云比刚才看到的更多了,一朵粉色的云推着另一朵粉色的云。

大家也就各走各路。此时,隔着一排厚障壁似的花木,广场上闹哄哄的音乐不断传过来,红的黄的蓝的灯光在箭镞似的柏树梢扫过来扫过去。"我们先在外围走一走吧。"高红说,"里面太闹了,今晚我有点儿头疼。"

母女俩在树荫底下慢慢走着。才这么几年,县城实在是大变样了,广场这儿几年前还是大片农田呢。围绕着广场,还有一大圈商铺,商铺后是宽阔的环形柏油路,路那边是一片片小高层。小高层里至少百分之八十的房间亮着灯。"哪儿来的这么多人啊?"侯澈问母亲。母亲停下脚步望着那些灯光:"都是异地搬迁来的。现在县城里少说也有十多万人了,要吃饭,要读书,要工作,问题越来越多。说起来,最辛苦的就是小高层里这些住户了,他们大多没什么手艺,只能卖苦力。想要种地吧,地都在老家山里,只能开着车回到山里去种。至于说养牛啊养羊啊,那就更麻烦了……"侯澈默默听母亲讲着,过了一阵,注意到路边多了一条小河,是在花木和围绕广场的步道中间开挖的人工河,大多河段都被闷在地底,只偶尔露出一截。她们不约而同地在河边驻足,河水似乎并不流动,也看不出是清澈还是浑浊,在路灯光的映照下,泛着油腻腻的幽光。

"妈,你在想什么?"侯澈问。

"我在想,是不是该去找杜霞……"母亲说。

"那就去嘛。杜老师刚才那个样子,是挺让人担心。"

"万一这会儿,路师傅正跟她在一起呢?"

"路师傅应该是去追路茗茗了吧?"

"谁知道呢?"母亲有些不耐烦,"哎呀,怎么搞得这么复杂……"

母女俩又一次陷入沉默,继续往前走着。来到一处半明半暗的角落,地上摆着音响,支着话筒,两个年轻人抱着吉他在唱歌,十来个年轻人簇拥着他们,比起跳广场舞那些,氛围多少有些清冷。侯澈心想,原来广场上不仅有老年人哦。母亲心事重重的样子,快步走在前面,侯澈紧跟两步。

侯澈听到什么声音,转眼过去,瞥见路灯光半明半暗处,假山石和几丛灌木之间,晃动着两个人影。男人转头朝这边望,女人将头埋在男人胸口。侯澈看到,母亲下意识地朝两人瞟了一眼,并不停步,反倒加快脚步往前走。侯澈赶紧跟上母亲。母亲走得很快,走出好一段路了,母亲才放慢脚步。

"真是的,县城那么多旅馆……"母亲气喘吁吁的。

侯澈回头看一眼,身后光影驳杂,加之拐了个弯儿,已经看不见什么了。"他们是在做什么?那男的,是我们家边上的老吴头吗?"

"做什么你不懂啊?真是不知丑啊这两人。"

"啊……那真是老吴头?他快有八十岁了吧?"

"八十怎么了?八十了也有手有脚啊。"

"不至于吧……那也太……"侯澈啧啧连声。

"你以为?这又不单是你们年轻人的权利……"

侯澈不再说话,只是啧啧连声。蓦地,她又想起小时候在锅炉房那幕。不知为何,在今晚,这久远的秘密总是一次次浮现心头,跃跃欲试地想要跑出来。

忽然,隔着绿化带那边的广场上,许多人嚷动起来了。

"啊……杀人了!杀人了……""那人吸毒了,神志不清的,都躲开点儿……"尖叫声,叫骂声,奔跑声。"为了一个女人,不值得啊……""你懂什么……"议论声,埋怨声,哭泣声……整个广场如同一口大火锅,将这无数声音煮在一起,咕嘟咕嘟,炖成一锅惊叫的滚沸的汤。

"哎呀!不好了……"母亲跌脚长叹。

高红穿过绿化带,跑进广场,见人群在广场对角,赶紧往人群方向跑。侯澈又害怕,又好奇,紧跟着母亲跑。她们跑过整片广场,穿过纷杂的人群,终于来到人群聚集处。人群里三层外三层,听见一个凄厉的女声:"你们不是打电话了吗?怎么救护车还不来啊?谁有车啊,求求你们了,帮帮我们啊……"又听旁人说:"快来了,快来了,120打了,110也打了……"

侯澈听出来,那是杜霞变得陌生的诡异声音。

"杜霞,路师傅!"高红踮起脚高声喊,又对身边的人喊,"让一让,让一让。"边上的人木木地看着高红,有人认出来:"是高老师啊。"人群渐渐让开。侯澈紧随母亲往里挤,终于,突破人群的屏障,看到一个血人半坐半躺,垂着头,嘴巴一翕一张,不断呕出鲜血,将一件白毛衣,染得红里透黑。侯澈没认出,但知道这是路师傅。路师傅胃部插着一把黄木柄的刀子,随了他的呕吐,刀柄颤悠颤悠。

路师傅是被杜霞抱在怀里的,杜霞数次伸手,似乎想去拔刀子,又不敢。她看看路师傅,又茫然地抬起头来,一双泪眼在人群中找寻着什么,看见高红,泪水涌得更是止不住了,哽咽着,说不出话来。高红在路师傅另一侧蹲下,似乎是要去找路师傅的手,而路师傅的两只手,各各被杜霞的两只手紧紧握着呢。高红伸手想去拔刀子,边上的人一叠声喊:"不要拔,不要拔!"高红只能伸手去堵路师傅身上汨汨往外涌血的伤口,不住声喊:"老路,撑住啊,老路……"路师傅抬了抬眼皮,又更深地垂下头,更多的血从他嘴里呕出。

侯澈站在路师傅对面,像是看一部陈旧的默片,看到他两腿扭曲着,一条腿屈起又放平,半旧的皮鞋蹭着水泥地面。呕出的血泼在衣服上,连同身体里涌出的血一起流到胯下,再汨汨地流到水泥地面上。这新鲜的血液,有了自己的生命,缓慢地蠕动、爬行,径直往侯澈脚下来了。侯澈穿的是一双白色休闲布鞋,就如一只白鸽子,被一条红色的蝮蛇追击。在这默片的陈旧静默里,侯澈听到自己猛地跳开,发出尖利的惊叫。听到惊叫声,路师傅的脑袋如枯干藤蔓上沉重的南瓜,往杜霞怀里歪去,同时,那已失去神采的眼睛,迅速朝她投去一瞥。

第九章　葬礼（下）

书信九

你若偶尔想起我，仍会像过去那样恨得咬牙切齿吗？我发现，再想起你时，我找不到那恨了。我为此释然，又不免失落。连恨都没有了，我们之间还能剩下什么？恨是多么奇怪的感情，就如同爱一样。爱是什么呢？是一个人拥有另一个人的欲望？那恨就是一个人毁灭另一个人的欲望。

无论爱或者恨，本来都是无形的，只有说出来了，才有了形状，就像一棵大树的种子，慢慢从土里发芽，生长。我们是谁先说出"爱"这个字的？我记不得了。但我清楚地记得，是我先说出"恨"这个字的。那时，真是恨不得你去死。"死"这个字，也是我先说出口的。但我知道，真正的死是不容易的。没死过的人，永远没法真正体会死是怎样的。

她决定赴死时，会想些什么？会记恨你或我吗？我辗转打听到，她那时已经结婚了，忽然查出来身体出了挺严重的问题，她之所以跳楼，或许是受不了病痛？或许是婚姻生活不如意？总之，并非因为跟你分手或我的诅咒。如果你知道这些,会有不同的感受吗?对我来说,这多少算是一种安慰,然而,我仍然愧疚。

无论她是因为什么死的,我发短信咒骂她不假。她送噩梦给我,也算公平交易。多少夜晚啊,我甚至不敢入睡,感觉快睡着时,就强迫自己醒来。醒来没一会儿,又忍不住睡去。如此反复,白天黑夜都浑浑噩噩,焦躁不安。

为了逃避噩梦,我还做过一件难以启齿的事。

上一封信里写到过我的第二任男友,其实他应该是我的第一任男友——锅炉房里那件事,就让时间的炉灰把它埋了吧。大概两年前,他忽然联系我,说是听说我在上海,他出差路过,有空一起吃饭。我和他谈恋爱,大概只因我那阵子太无聊了。恋爱时间不长,但他在床上的清规戒律实在让我记忆深刻。

他结婚了,发福了,我几乎没认出他。他和我说了许多他老婆的坏话,我笑得前仰后合。他好几次说,还是你好啊。天色晚了,我们走出饭店时,他说,今晚别走了吧?我看他一眼,腆着肚子的样子有些恶心,我本想拒绝,却说,好啊。那天晚上,他在我身上累得气喘吁吁,像是杀猪的。我则是那头声嘶力竭的被杀的猪。完事后,我问他,还觉得这样淫荡吗?他说,还是你好啊。我说,你他妈的真是犯贱。他只是笑。其实,我才是真他妈的犯贱。

我抱着他沉沉睡去。竟然整夜无梦。很久没得到过这样的安宁了,安宁而空虚。我知道这样下去,我会将他当作祛除噩梦的药丸,就像前夫那样。第二天刚分开,我就把他的手机号拉黑了。

之所以写下这些,是因为我希望过去那个自己真的死了。

但我心存疑虑,一个人真能如实面对全部的自己吗?并且,真有能力将那不堪的自己埋葬吗?一个人更不可能让他者面对全部的自己。一个人完全暴露在另一个人面前——哪怕这人是爱人，也是可怕的。

你若看到这封信，会怎样看我？

县城上空那些粉色的云，柔软，沉重，一朵赶着一朵，一朵推着一朵，散了又聚，聚了又散。云散处，露出半枚昏黄月亮，犹如一只半睁半闭的巨眼，注视着人间正在上演的悲喜剧。广场是人间舞台的一角，喧腾散去，阒寂重临。有人梦游，有人失眠，有人告别，而侯澈和母亲，这天晚上注定是要无眠了。

警察来了，救护车来了。之后繁杂的进程，全被天上那一只半睁半闭的巨眼清清楚楚瞅见了，而侯澈是糊涂的，只觉得自己如一叶小舟，在这人世纷乱扰攘的惊涛骇浪之中，颠簸涌荡，载沉载浮。后来回忆起这一晚，侯澈记得，她和母亲是跟到县人民医院去的，但怎么跟过去的？是坐车？坐谁的车呢？在县医院，赵新能什么时候到的？小张又是什么时候到的？

小张说，他爸并没回家，而是去了另一个酒局，他就在边上守着。酒局上听说这事儿，他爸扔下杯子就要赶过来，然而早已醉得站不稳了，还是他死命按住他爸，说自己过来就行。小张说，他爸又哭，又笑，说什么人生如戏，坐下后，又嚷着要喝酒。侯澈本想说，你也不劝劝你爸，这么个喝法，会出事的。话到嘴边，忍住了。人生如戏，说这些做什么？

赵新能说，人已经走了，让她们母女回家，后面路师傅的葬礼，还需要她们出力。母亲很执拗，非要留下，赵新能有些生气的样子，母亲只好答应离开。

离开县医院前，她跟母亲去卫生间，母亲站在洗手池前一个劲儿洗手。

"哪有男人不为这种事急眼的？听说那杀人的，是让儿子去试探那被杀的，说让他赔十万块钱，就能让他跟自己媳妇儿结婚，结果那男人真就同意了。"两个四十多岁的女人从卫生间门外走过，"我还听说，那杀人的，一边捅刀子一边嚷，你睡我老婆，一年才五万块钱，太便宜你了。"

侯澈本来在洗脸，这时停下动作，仔细听着。

"我还听说，那女的就在边上，竟然想去挡刀子，还跟她老公说，要杀就杀她，是她要跟那男人在一起的。她老公说，我就是要让你好好活着，让你看着自己的姘头怎么死的……哎哟哟，你说这男人狠不狠……""听说他吸毒了，身上可能还有枪，特警都出动了，人没抓到呢。真是的，我们走在大街上，也得小心点儿。""哎呀，你说得我心惊肉跳的……"

声音渐渐远去了。侯澈又洗了几把脸。抬起头来，盯着镜子里那张忽然变得陌生的脸，满脸水珠淋漓，滴滴冰凉。她追寻着每一颗水珠从脸上滚落的声音，摔在洗手台上崩碎的声音，碎裂后汇聚着重新流入下水道的声音。这些声音，无比清晰地在她的耳蜗里流动，最后在大脑皮层的沟壑罅隙间盘绕。忽然，她听到母亲在隔间里剧烈地呕吐。"妈，你没事吧？"她听到自己的声音，石头似的从喉咙里滚出来，砸在水磨石地面。"没事……"母亲有气无力地回答，紧接着，又是一阵剧烈的干呕。然后，是无比响亮的冲水声。

离开县医院后，有辆出租车从她们身边经过。她们身心俱疲，想要打出租车回家，却迟迟没等来车。她们不得不一路走回去。已是午夜时分，一路的树木、石头、建筑，都显得面目可疑。不知何时，侯澈和母亲的手牵到了一起——侯澈已经不记得，上一次和母亲手拉手走路多少年前了。母亲的手不断渗出汗珠,不断微微颤抖。进入县城中心后,灯火渐渐繁密、明亮,她们稍微放下心。灯光下看,母亲头发凌乱,间杂着根根白发。仿佛一夜之间,母亲就变老了。

"不知道杜老师在派出所怎样了。"

母亲脸上木木的,不吭一声。

"刚才我听赵老师说,找到路茗茗了,她已经往县医院赶了。怎么我们没遇上呢?会不会就在刚才路过的那辆车上?"侯澈又说。

母亲仍然不吭一声,不知道在想些什么。

侯澈不再说话,牵着母亲的手往家走。蓦然想起很多年前,母亲去寂照庵接她和弟弟回家,一手牵着弟弟,一手牵着她。她经常看到别的母女牵着手走路的,她和母亲却很少如此。时隔多年,她和母亲的手又一次牵到一起了,但与其说是母亲牵着她,不如说是她牵着母亲。

午夜的县城,路上几乎没什么人了。偶尔经过几家烧烤店,店里倒还热闹着,不知道那些喝酒的人在聊些什么?兴许刚刚的恶性事件,已经做了他们的谈资。好一会儿,浑身发热了,终于走到家门口的巷子。母女俩习惯性地站下,往废墟里看一看,废墟又扩大了。一盏路灯立在那儿,废墟在昏昏的灯光下,袒露着陈年心事。侯澈记得,下午出门时,路口左边还有房子的,如今已荡然无存。小巷左右都是大片废墟,她们站在小巷里,就如站在无所依凭的荒原中。

"把这些房子都推倒了,是要建什么?"侯澈问。

"听说要建一座环形公园,将县城主城区圈在中间。"母亲终于开口。

"那现在怎么说,我们家要拆迁吗?"侯澈再次问道。

"大概不拆了吧?最近听说没钱了,公园规模要缩小……"

"那真是太好了!"侯澈由衷感叹。这消息让这沉重的夜晚变得轻松了一些。

"别人都指望着拆迁拿钱,你不想啊?"母亲扭头看她。

"别人是别人嘛……"侯澈说着,一个从未有过的念头闪现心头:某一天,家里的院子也如楼家大院那般,花草繁盛,芳香四溢。

打开铁门,刚走进院子,又碰见那只黄猫。黄猫并未逃窜,停在淡淡月光下,目光幽幽地瞅着她们。这让她们颇感意外,她们几乎被这目光慑住了,几乎要往后退却了。还是母亲壮着胆子往前走,斥道:"哪儿来的野猫?!"黄猫哀怨似的呜咽几声,跳上石凳,跳上石桌,再跳上老梨树,在树枝上一弹,跃到邻居家的屋脊上去了。母女俩往堂屋走,心照不宣,分头去打开所有的灯。

灯光大亮,房屋和院子像是黑暗忽然呕出来的。

"北京的……"手机铃声突然响起。

侯澈浑身一哆嗦。母亲掏出手机,没再呆呆地盯着屏幕,飞快接了。

"喂,老赵……"母亲的声音有些发颤。

"孙子抓住了,你们放心睡吧。"赵新能的声音里,有倦怠,也有宽慰。

母女俩在堂屋里,各自占住一侧沙发,端直坐着,相对无言。堂屋中间的火盆如一张黑冷的脸。屋里可真冷啊。侯澈起身,去院子里拿木炭。

"北京的金山上……"手机又响了。

"喂,老赵……"母亲按下免提键。

"刚才的消息有误,人不是抓到了,是击毙了……"

侯澈站在院子中间,仿佛当头挨了一闷棍,黑暗和光明,都在她身上。她捏紧拳头，想要咬紧牙齿，牙齿却磕碰得咯咯响。又听到无数声音乱麻麻地在大脑皮层的沟壑间奔突呼啸，始终找不到一条出路。

杜霞离开县公安局，已经是第二天早上了。她站在冬日凉薄的日光底下，看到处明晃晃的，有种大梦初醒的恍惚感。去哪儿呢？一夜之间，和她关系最紧密的两个男人没了。她好像没地方可去了。思来想去，还是决定先回家。家已经很陌生了，此时更显遥远，回家的道路漫长得就像唐僧取经的漫漫长途。

家里早聚着孙家的许多亲戚，见她回来，什么脏话都骂出口了。孙子的几个姐姐挡在院门口，身子不断撞到她身上，不让她进门。杜霞看到低头站在孙家人后面的孙石俊，喊："儿子，儿子！"孙石俊扭过头，翻着白多黑少的眼睛，始终不看她，也不说话。杜霞长得小巧，又折腾了一夜，心力交瘁，一不着防，被撞得跌坐在地。地上又冷又硬，尾骨被地上的碎石撞得针扎般疼。她咬着牙，不吭一声。手撑着地，想要站起，一时竟起不来了。那许多女人，团团围在她身边，她仰起脸，看到一根一根手指指向她，一张一张嘴朝向她，一口一口唾沫射向她。她起初还辩解两句，东躲西藏，渐渐麻木了，不回嘴，也不躲闪，如同一截饱经风雨侵袭的树桩栽在地上，平静地承受着这一切。这一切的侮辱，犹似一场大暴雨，冲刷、洗濯着她芜乱的内心，让她心中宁静，耳清目明。

丈夫的这些姐姐，杜霞是熟悉得不能再熟悉了。丈夫活着时，赌博、吸毒、嫖娼、家暴，她们总是轻飘飘一句，男人都这样，过了大半辈子了，小孩都这么大了，还能怎样？忍一忍就过去了。在她丈夫面前，她们是温暖的小绵羊，此刻在她面前，她们忽然变作凶猛的狮子了。此刻，对她们，她甚至多出一丝感激之情，她们几乎抵消了她对丈夫的愧疚之心。

挣了几挣，杜霞才扶着膝盖站起。她始终不吭声，不还手，女人们也有些无趣了，一个个阴着脸，退后一些，对她怒目而视。她又看了一眼人群后的儿子，看了一眼生活了三十多年的孙家院子，转身慢慢离开了。身后忽然又有骂声如箭簇般射来，显然，她们对她的离去大感意外，纷纷追上来，朝她伸出手。

　　忽然，她头也不回，骤然发力，一路狂奔。那些人的骂声，更密集凶狠地射来。然而，过不多久，那些骂声就如落叶飘拂，只轻微地擦了一下她的耳郭，再也听不见了。很快，她将所有追上来的人都撇得远远的了。

　　她被丈夫拳打脚踢时，经常在脑袋里闪过这念头：如果忽然夺门而出，拔足狂奔，会怎样？她相信，丈夫是追不上她的。尽管如此，逃跑的念头在她脑袋里，始终只如一只蠢蠢欲动的蛋，没法破壳而出。现在，她几乎没怎么思考，心中这颗蛋忽然就孵化了，一只小雏鸟唧唧叫着，迎着风日疯长，迅速展翅翱翔。

　　这时候，已是中午时分。冬日的太阳煌煌然地照着。杜霞一路飞奔，两侧熟悉的房屋在疾速后退。她不记得自己有多少年没这么畅快奔跑过了。退休这几年，她跟着高红他们到广场跳跳舞唱唱歌，再到后来，不时跟路师傅到五金厂附近的山路上散步，这些也算运动，但和奔跑有着本质的区别。奔跑是与生俱来的本能，如此简单、纯粹，只要身体里的血液在流动，脚下的土地在延伸，一个人哪怕没经过任何学习，没有任何目的地，也能奔跑自如。

　　此时此刻，杜霞正是如此。她惊讶于自己身体里仍旧保存着这项古老技能。起初，她与其说是在奔跑，不如说是在逃跑。她往城郊村外跑，跑啊跑，经过房屋、小坡、沟渠、树木，经过她熟悉的大小岔路。好几次遇到认识的人，那些人都停下来看她一眼，眼睛里尽是讶异之色。对方喊一声杜老师,杜霞便点一点头,低低答应一声;若对方什么也不说,杜霞也就缄口不语,只管低着头匆匆跑过。在村里曲曲弯弯的路上奔跑,便如受了一路由眼神施加的曲曲折折的刑罚。渐渐地,她微微喘息着,额头沁出一层汗水,后背和胸口都汗湿了。她已经远远甩掉追击的人群,远远甩掉审判的眼光,也没有任何赶超的目标,没有任何想要抵达的目的地了,渐渐心无旁骛,真正得以进入奔跑之境。

跑啊跑,跑啊跑,渐渐跑到村外,看到一片片无遮无碍的田地。这些田地都是好几年前就征收了的,计划中的房子却不知何时才能盖起来,撂荒了两年,如今又种满庄稼了,满布绿绿的小麦和油菜。有些油菜已经开出细小的黄花,在柔柔的风里轻微地摇晃着。这都是附近农民过来种的,没准能有所收成,没准刚抽穗,刚开花,就给踏平盖上房子了,总之谁也说不准,能种一季是一季,能收一茬是一茬。为此,农民种得很随性,但这些麦苗啊油菜啊长得很认真,压抑不住的内在生命律动,促使它们见风生长,参差不齐地有了气势。此时此刻,庄稼如此茂盛地生长,大地如此丰沛地静寂,更让杜霞感觉心中清朗,天地宽广。再碰到似曾相识的面孔盯着她,她已可以毫不羞愧地昂着头,轻快地跑过去了。这真是久违了的自由。她几乎以为,这将是永恒的。

当她跑到一处十字路口,不得不停住脚步,天大地大,她能往哪儿跑呢?

这烦难的问题,让她感受到了双倍的疲累。她本来想去路师傅家看看的,又知道实在不知道该如何面对路茗茗,再说,路师傅的尸体,仍然在县医院太平间。她自然想到要去废弃的五金厂,那儿有她和路师傅待过两年的"家"。心念及此,她不由得激动起来,现在的县城,只有这地方是属于她的了。可刚往五金厂方向跑了没多远,她又退缩了。说不定孙家有人知道那儿,会去堵她的。她倒不是害怕,只是不想再跟这些人拉拉扯扯。当然,也有害怕的成分,她是害怕看到那小屋里的一切。那是多美好的岁月啊,一夜之间,再也回不来了。

在这片作物繁盛的田地之上,踟蹰良久,只有一个地方可去了。

这漫长奔跑里的所见所闻和心路历程,是她讲给侯澈听的。她像一只反刍的动物,将讲述当作反刍,试图从素朴的草茎里,榨取更多的营养。

侯澈听到有人敲门,以为是母亲回来了。母亲没带钥匙吗? 这么想着,一边往大门走去,一边问:"是哪个?"那人站在门外,并不答话,又敲了敲门。侯澈从门缝往外看,竟是杜霞站在外面,气喘吁吁,脸红扑扑的,黏着几绺汗湿的头发,穿一件草绿色圆领薄毛衣,一件白色薄羽绒搭在臂弯上。杜霞朝她淡淡一笑。侯澈连忙打开门:"杜老师,您怎么来了?"杜霞朝院子里张一张,淡淡一笑:"高老师不在家?"侯澈说:"不在,她一大早就出门了,说是赵老师他们找,要商量什么事吧。"杜霞点一点头。

侯澈将杜霞迎进堂屋,递了湿纸巾给她。因房子背阴,堂屋不像室外能照到太阳,很是阴冷。侯澈去院子里取木炭。杜霞坐在东面的沙发上,用湿巾擦了手和脸,又将湿巾当作扇子,捏在手上扇啊扇着:"侯澈,我一点儿也不冷,你不用忙。"侯澈仍旧取回木炭,将木炭搁进火盆:"我看杜老师满脸汗,一会儿汗干了,人很容易着凉的。"杜霞不答话,过了一会儿,说:"你家这院子真不错啊,那棵老梨树,好像再冷也不会掉光叶子的,总有那么红红的几片叶子,真是好看。"侯澈转头看一看梨树:"是哦,好像是到了最冷的时候,叶子也不会掉光的。我之前倒没怎么注意过。要不是有这棵梨树,我家这院子就太单调了,不像楼家大院,种了那么多花。想起李老师葬礼那天……"侯澈忽然意识到什么,不言语了。杜霞也不言语,仍旧用湿巾往脸上扇风。

火盆里原本还有微弱的火,新的木炭搁上去后,不多一会儿,红红的火苗从内里烧起来了。堂屋内渐渐暖和。侯澈搬来两把小板凳,邀杜霞坐近火盆。杜霞身上的汗已经干了,瑟缩着脑袋抖一抖,似乎真有些冷了。两人隔着火盆,相对而坐,火苗在她们的沉默中间不断上蹿。

"侯澈,不好意思,"杜霞低着头,看着木炭间红红的火,轻声说,"我是没地方可去了,就想着,或许可以到这儿来,来得有点儿突然了……"

"杜老师,你能来这儿,多好啊。"侯澈大包大揽地说,"你想待多久,就待多久,反正家里只我和我妈两个人,空房间挺多。"

杜霞抬起头来,朝侯澈笑一笑。

"杜老师,"隔了一会儿,侯澈小声说,"你别太难过了。"

杜霞两手拢着火,又抬起头来,嘴角往上弯一弯。

侯澈想起来,这次回家后,和杜霞见过好几次,却没说过几句话。对这位学前班老师的模样,侯澈其实已经没多大印象了,只记得她长得小巧秀气,但她做过一件事,让侯澈至今仍会时常想起。

学前班属于旧城中心小学的一部分,并没有独立的校区。母亲是中学老师,中学在小学隔壁,两边的老师们大多彼此熟悉。侯澈的外公外婆过世得早,在家里没人带,母亲托关系,在侯澈不到五岁时就把她送进学前班了。侯澈记得,有一个冬天的下午,同学都走了,她还独自留在学校。因为她不小心踩到一摊泥水,运动鞋脏了,湿了,生怕回家会被母亲骂。杜霞带她到自己的宿舍,烧了一盆炭火,一边让她烘脚,一边帮她把鞋子刷干净并烤干了。许多年后,这成了她能够记起的学前班发生的唯一一件事。在很多艰难的时刻,她时常回想起那小屋,干净、整洁、素雅,更因一盆炭火,温暖无比。

在她小时候,母亲对她和弟弟都异常严厉,轻则罚站,重则打骂,弟弟所受到的惩罚要比她重得多,好多次跪在敲碎的瓦片上,一跪一上午。她凑近问弟弟疼不疼,弟弟就咧着嘴,朝她做鬼脸,说狗才疼。母亲听见了,恶狠狠地说,高近寒你说什么?弟弟低下头不言语。母亲说,那就跪到你像一条狗吧!侯澈不敢再说什么,感觉是自己害了弟弟。弟弟朝她又咧一咧嘴,做个鬼脸。

母亲虽然没让侯澈跪过碎瓦片,可用细竹棍抽她手心的事儿绝不少。母亲总是让她自己伸出手来,自己撸起袖子,她不敢不从,战战兢兢地伸出手来,撸起袖子。母亲又说,手心,手心!她更加战战兢兢地展开拳头。冷不防的,细竹棍呜一声响,狠抽下来,仿佛要将她的手掌一切为二。睁开眼看,虽然手掌还是完整的,却当中高高隆起一条红肉来。那隆起的过程,肉眼可见。这般抽三五下,还能忍受。若抽十多下,侯澈就实在不能忍了,但也不敢缩回手来,仍旧伸着手,只是往后缩着身子。可这有什么用呢?细竹棍一样稳准狠地抽在手掌上。被抽得最多的一次,侯澈记得一只手掌已然承受不住了,只能两只手掌轮替着抽,最终,两只手掌都肿得像圆滚滚的馒头。侯澈哭得嗓子都哑了,嘴里只嘶嘶出气。夜里睡觉,她躺在床上不敢翻身,只能仰面躺着,也不敢将手放进被窝,可即便不放进被窝,在大冷天里,那两只手也热辣辣地疼,好不容易睡着了,不管她梦见跑到哪儿,上山了下地了,仍然浑身都疼。

在这样强烈的对比之下,杜霞那小屋的温暖,杜霞微笑的温煦,变得越来越强烈,越来越美好,侯澈反倒记不得杜霞的具体模样了,连杜霞的名字都忘记了,她被美化成一团云絮一样的光,轻轻地浮在那儿,轻轻地飘动着。现在,也是聚拢在一盆炭火边,这团来自童年的光亮,就坐在自己面前。

"杜老师,你还记得吗?有一次学前班放学了,我把鞋子弄湿了,你带我到你宿舍,让我烤火,还帮我刷干净鞋子……"

"啊?是吗?"杜霞本来盯着自己拢在火苗之上的双手,抬起头来,两眼布满血丝,白皙的脸红彤彤的,几缕短发缭乱地散在额前。

"同学们都走了,我在国旗台边走来走去……"

"不记得了……"杜霞很有些遗憾地说,"我记性越来越差了。"

"我记性也不大好,但这件事我记得很清楚的,这些年我都经常会想起。"侯澈本来想说,那不会是我记错了吧?又感觉如果这么说了,自己多年来关于童年的那一点儿温暖念想,就没了。

杜霞低下头,盯着火苗之上的那一双手。侯澈也低下头,看看杜霞的手,又看看自己的手。一样白皙,纤细,手背上隐隐看得见青筋。隔着三十年的岁月,这类似的两双手,在同一瞬间,从同一堆炭火之上索取着温暖。而且,命运多么神奇,她们竟然都曾向同一个男人索取过自己所需的东西。杜霞向他索取的,应该是婚姻生活里没有的温暖。而她呢?她不由得再次想起锅炉房里发生的那件事。原本早已淡忘的事情,在这次回来见到路师傅后,她又一次次想起。这件事究竟意味着什么呢?她向他索取的,与其说是性爱,不如说是父爱吧。

如果有机会这样和路师傅单独相处,她再提起这件事,他会不会也说,不记得了?如果仅仅只有自己记得,这些陈年旧事,会不会带有某种臆想的,或者说虚构的成分?但这是多么重大的事啊,她相信他不会忘记。她不禁想起昨晚他看向她的最后一个眼神来了。唉,她在心里叹息一声。这个隐秘地将她和杜霞联系在一起的男人,现在正躺在太平间里呢。心念及此,她浑身一凛。

侯澈不由自主地探出手去,右手捏住杜霞的左手,左手捏住杜霞的右手。杜霞抬起眼皮来,看着侯澈,似乎有些意外,却没将手抽回去。慢慢地,杜霞红了眼圈,泪水扑簌簌滚落下来,一大颗一大颗地砸在她们握在一起的手上,也砸在炭火之上,噗噗声响,冒起青烟。不知不觉,侯澈也红了眼圈。

两人沉默着。好一会儿,侯澈才把杜霞的手放下。

"杜老师,我给我妈打个电话吧。"

"你妈这阵子够忙乱的,就别打电话给她了吧。"杜霞笑一笑。

"那怎么行呢,杜老师好不容易来家里。"侯澈说着,从沙发缝隙里掏摸手机。杜霞进屋前,她是半躺在沙发上看电视的,一起身,手机掉沙发缝隙里了。

"侯澈,真不用打了。"杜霞按住侯澈的手,"我又不是什么稀客。这几年你没回家,你不知道,我经常到你家来的。"

侯澈听出杜霞不是说客气话。但母亲不回来,她和杜霞这么干坐着烤火,总不是个事儿。侯澈想说说学前班的事儿,可学前班的事情,她几乎只记得这件了,想说说她回来后经历的这些事,又知道会引得杜霞伤心。杜霞止住眼泪后,只是弓着背,低着头,眼瞅着炭火之上的双手,也不知道在想什么。淡蓝色的火苗忽忽悠悠的,从黧黑的木炭里冒出来,冉冉地上升着,热得让人不敢靠近了。

"我再去拿些火炭。"侯澈说着站起。

"不用了啊,我都热了。"杜霞抬起头,看侯澈的目光有些恍惚。

"我家的木炭多着呢。"侯澈笑着,往院子里去了。

院子里冷风嗖嗖地吹着。侯澈紧走几步,来到木炭那儿,捡了几根长木炭。折返时,又看到那只黄猫。黄猫真是神出鬼没,且明显胆子大多了,跳上屋顶后,还扭头盯着她看。人猫对视了好一会儿,她跺了跺脚,黄猫毫无动静。她用几根指头捏着木炭,回到堂屋里。杜霞仍呆坐着,盯着火盆上的两只手看。

"杜老师还没吃饭吧?"侯澈其实是自己饿了,"我们叫外卖?"

"你饿了吗？我来做吧。"杜霞看着侯澈。

侯澈有些不好意思，在谁来做饭这事儿上，推让了一下，也就同意杜霞做饭了。其实侯澈活得一向有些敷衍，让她做饭，她可能煮一碗面就行了。两人决定做饭后，杜霞才找回了一点儿活气，熟门熟路地找来围裙系上，到厨房去了。家里的厨房还是旧式的，仍需烧木柴。侯澈负责烧火。杜霞也没问侯澈要吃什么，熟门熟路地从杂物间里找来蔬菜、鸡蛋和腊肉。杜霞的脸，被锅里冒起来的水汽一托，朦朦胧胧的，又让侯澈想起记忆里那团温暖无比的光。"够了够了，吃不完的。我们两个人吃不完的。"侯澈说。"再做一道，最后一道了。"杜霞说。

所有的菜摆到桌上，红红绿绿，香气袭人。侯澈更饿了："杜老师，我们赶紧吃吧。"杜霞微微一笑，捏起筷子，端起碗扒了两口饭，咀嚼半天才咽下去。只吃了小半碗饭，杜霞就把碗筷搁下了。

"以前在五金厂，多半是你路叔做菜，我做菜还是跟他学的。"杜霞说。

侯澈从碗里抬起头来望着杜霞。杜霞没说"路师傅"，说的是"路叔"，其实侯澈从来没喊过他"路叔"，当着大家的面，她像所有人那样，喊他"路师傅"，而他们单独在一起的时候，她则什么也不喊，他成了没有名字的人。这么一想，他好像真没名字，她都不知道他叫什么名字，也从没听人喊过他的名字，大家总是"路师傅""路师傅"地叫着，仿佛他一辈子都是锅炉房里的烧火师傅。

"他每天都会做很多道菜，色香味俱全，我饭量小，他又有胃溃疡，其实吃不下多少东西。可他宁愿把量做少一些，仍然要费手费脚地做很多道。他常说，连吃的热情都没有了，哪里还有活的热情？……"杜霞就此打开话匣子，向侯澈讲述她和路师傅的故事，她的语调是平静的，仿佛这些事已经遥不可及了。饭后，侯澈想要洗碗，杜霞不让。侯澈只能靠在门边，看着她站在水池前洗碗，一边洗碗，她一边讲述："那时候，洗碗都是我的事，他总觉得过意不去，不时跟我说句话，或者从后面抱一抱我。在一起这些年，一直这样……"

等母亲回来，看到她们坐在堂屋里促膝聊天，很是有些吃惊。

"杜霞，你怎么在这儿啊？我们到处找你呢。"

"我手机没电了，难得有这大半日清闲。"杜霞低头笑笑。

"你这人真是的……哎，不过现在没什么事了。"

三人沉默着，母亲欲言又止，只是不住地叹气。

"时间不早了，我走了啊。"杜霞忽然穿上白色羽绒服，疾步往院子里走。

"你去哪儿啊？"母亲皱着眉头追出来。

杜霞站住了，低下头，不说话。

"别走了，这两天乱哄哄的，你去哪儿我都不放心。"高红站在屋檐下，望着院子里的老梨树，梨树梢头那几片残存的鲜红叶子颤动着，"干脆，你在这儿住上一阵吧。高近寒今年过年大概是不回来了，你就住他房间。"

"那好吧，我其实都不知道能去哪儿了。"杜霞眼中滚动着泪水。

"哎呀，那太好了，有杜老师在，家里热闹多了！"侯澈雀跃着，她是发自内心地高兴，也想让这情绪感染杜霞。

连续几天，侯澈都没出门，一直和杜霞待在家里做饭，看电视，聊天，聊了各自的很多生活。杜霞说："我们这代人真是羡慕你们年轻人啊，能到外面去，去过那么多地方，见过那么多生活，不像我们，一辈子就窝在这小县城了。"侯澈顺势和杜霞说起自己这些年来的生活，从黄河边的大学生活讲起，再讲到去深圳，去上海，讲到毕业租房，讲到工作。杜霞叹一口气："看来你们在外面也不容易。"侯澈就笑："在哪儿生活都不容易，不过么，生活就这样吧，有时是过度焦虑。"想了想又说："县城生活也被人说得很夸张啊，我看过一个报道，说县城除了打麻将和性生活，再没别的了。"话刚出口，侯澈又觉得和曾经的老师说这样的话不妥。杜霞听了，只是笑一笑。有好几次，侯澈想要说一说自己的恋爱、分手、结婚和离婚的事，也说一说那张照片后的故事，但她始终开不了口。杜霞似乎看得出她有什么事想说，但侯澈不说，她也不问。

因为路师傅的葬礼，高红连续好几天早出晚归。路茗茗和楼春雨一样是独生子女，一样是长期在外地生活的，在老家都不认识什么人了，要让他们在老家替亲人操办一场葬礼，无疑是巨大的挑战。路茗茗和侯澈虽然交好，但只是同级不同班的同学，侯澈自然没理由约同班同学去给路茗茗帮忙，去帮忙的只能是"桑榆故事"团队里的人。路师傅平时为人良善，又是这样的死法，大多人都挺同情他，也愿意去帮忙。鉴于上次楼春雨家出现过的情况，高红提醒赵新能："说不定孙家也会来闹事的。"赵新能说："孙子把路师傅杀了，他们还有什么理由来闹？"高红说："你想要理由？那随便找找就有无数理由。"赵新能找到唐总，唐总找到小东山，让小东山跟孙石俊打了招呼。唐总说："其实这件事，就算不打招呼，我想他们也不会来闹吧？"赵新能说："不怕一万，就怕万一啊。"唐总叹息："孙石俊这孩子，也挺可怜的，看他的本质其实不坏。孙子这人吧，可恨是真可恨，其实也有可怜之处，要不是当年孙石俊他哥那么突然地死了，他也不至于性情大变，越来越胡闹。"两人不免叹息一回。

路师傅和孙子的尸体都很快被家人领回家了，是在同一时间举行的葬礼。两家人都住在城郊，离得并不远，这家的锣鼓，那家的炮声，在远处听来，已混在一起分不清彼此。两家人还有些共同的亲友，这些人往往早上在这一家吃饭，晚上到另一家吃饭。两家人的悲伤是很不一样的，所承受的评说，也很不一样。只有一样是一致的，就是对杜霞的态度。路家人认为，因为杜霞，路师傅才会惨死；孙家人认为，因为杜霞，孙子才会去杀人，才会被警察击毙。而这个被两家人都视作眼中钉的人，竟然凭空消失了一般，更是让许多人恨得牙痒痒。

这些事情，是杜霞上楼睡觉后，母亲才跟侯澈讲的，语气里有着难以掩饰的焦虑："杜霞以后怎么办呢？"

出殡这天，杜霞一大早起来，洗漱好后，在堂屋生了一盆旺火。杜霞坐一会儿，站一会儿，不时望望外面的天。天上灰蒙蒙的，像是要下雪了，又一直没下。侯澈知道，杜霞有什么事想说。但杜霞不说，她也不问。三个人在堂屋火盆边坐了一会儿，母亲起身要走，杜霞也赶紧起身。

"高老师，我和你去。"杜霞搓着两手。

"去哪儿？"母亲看着杜霞，"我要去路师傅家，你去，怕不适合？"

"我也知道不合适。"杜霞沉默了一会儿，眼中闪着泪花，"真是怪我，要不是我老催着，说不定过两年自然就离婚了。其实他老早就在外面有人了，而且都换好几个了。以前他就想跟我离婚，我不愿意。后来，他不知道从哪儿听说我和老路的事，我要跟他离婚，他又不愿意了……"

"唉，事情都这样了……"母亲叹息一声，"不说这些了。"

"我想，我还是去看一眼吧。"

"能看什么？人早火化了，就是一盒子灰……"

杜霞似乎并不知道路师傅已经火化了，眼睛直直地看着高红。

"孙子也火化了，也是今天下葬，你们毕竟夫妻那么多年，你要不要回去？如果不回去，单去路师傅家，肯定是行不通的。可你要是两家都去,那也行不通啊。再说,现在恐怕你要去任何一家,都不容易进门……"

杜霞怔怔地站着,搓着两手。

"干脆,都别去了。人都死了,火化了,去不去都那样。有什么,放在心里就行了。"母亲往大门走去,"我走了,事情弄完就回来。"

"高老师……"杜霞喊了一声。母亲并没停下。

母亲走了,铁门咣当一声关上,杜霞像是被吓得抖了一下。杜霞站在屋檐下,微微仰起头瞅着天,侯澈也抬起头去看天。天阴沉着,似乎是要下雪了。

这一日简直度日如年。杜霞不时起身走出堂屋,看看阴沉沉的天,一句话也不说,静静地听着什么。院门外村道上有人走过,大声说着话。偶尔,也会听到那缥缈的锣鼓声、鞭炮声。时间渐渐到了下午,冬日如此寂静,忽然,一日里最为响亮、集中的鞭炮声、锣鼓声传来。杜霞猛地站起,走到屋檐下,怔怔地立着,嘴里喃喃说着什么。侯澈在火盆边坐着,听不见她说什么。

天阴沉着,雪仍旧没有落下来。

母亲至晚方归,瘫坐在沙发上,很疲累的样子,什么话也没说。杜霞明显想问她一些什么,但几次想要开口,又硬生生忍住了。吃过晚饭后,洗漱完毕,三人围着火盆烤火。好一阵子,母亲才慢腾腾地说:"今天都挺顺利的,孙家的人没来闹事。'桑榆故事'的人去了十多个,虽然累得够呛,总归把事情办得体体面面,让老路入土为安了……"母亲盯着火盆里红红的炭火,没再言语。侯澈看到杜霞也盯着炭火,嘴唇颤动着,迟迟不语。

夜里睡下,到处都很安静。是太安静了。那只黄猫又来了,喵呜喵呜的声音,搅得人心里不安稳。但很快,又没了声息。

侯澈没睡着,起身打开窗看,雪终于稀稀拉拉地落下来了。

次日开门,薄薄一层雪铺满院子。偶尔有一两只鸟飞来,停在老梨树疏朗的枝丫上,叽叽喳喳叫。地上一行梅花似的琐碎足迹,应该是那只黄猫留下的。

九点多钟了,杜霞才下楼,久久站在屋檐下,呆看这满院落雪。

侯澈听母亲问过杜霞,有没有跟孙石俊联系。杜霞听了,低头叹息:"他不让我回去。"母亲便不再问。又过几日,过年的气氛更浓了,远远近近听到鞭炮声。"别胡思乱想了,你就留在这儿过年吧,过完年该怎样再说。"母亲和杜霞围着火盆相对而坐。杜霞眼中慢慢浮起一层泪光,慢慢低下头。

过了几天,到年三十了。昨晚,高红和杜霞、侯澈商量好了,三人今天要一起去街上采办年货的。一大早,听到门口汽车喇叭响,侯澈匆匆去开门,是小张。小张从出租车后备厢拎出活鸡、活鱼、五花肉、蒜苗、白菜、苹果等吃的,以及三封鞭炮、几根大香,一一交给侯澈。侯澈哪里拿得过来,连忙喊母亲。母亲和杜霞都出来了,见到如此丰盛的年货,也都大为吃惊。

"小张,这怎么回事?你爸让你拿来的?"母亲接过一条装在塑料袋子里的中华鲟,塑料袋鼓鼓的,一半水一半空气,至少七八斤重的中华鲟悠然地游动着。小张抹一把脸上的汗,笑道:"我爸又喝酒去了,他才想不起来这些事。""那你说,是谁让你拿来的?"母亲嚷起来:"你不说,我可不敢要啊。"小张挠一挠头,做出为难的样子:"高老师,他还真不让我说。""那你要是不说,高老师真不会要这些东西。"母亲坚持道。"哎,是赵新能老师嘛。他说,你们家今年人多,怕你们没空出门买东西,让我捎过来的。怕你不要,才不让我说。"小张呵呵笑。"赵新能啊?这人真是,搞得这么神神秘秘的。"母亲皱一皱眉,似乎不大相信,却也不再问,和大家将东西搬进屋去。

小张走后,母亲打电话给赵新能,果然是赵新能送来的。"赵老师怎么这么客气啊?那真是谢谢你了。"赵新能在电话那边哈哈笑。挂了电话,母亲呆着。侯澈看了看她:"妈,怎么了?有什么问题吗?"母亲说:"没问题。""赵老师倒真是客气啊。以前读书时,我怎么没发现。"侯澈笑。母亲也笑了一声。

午饭过后,大家筹划这些物资如何安排,算来算去,发现还少了一些东西。

"家里好几年没贴过对联了,今年要贴一贴,也应应景。"母亲说,"今天街上热闹,虽然不用买多少年货了,我们还是出门走走,买副对联。"

昨晚杜霞答应要一起出门的,此时却有些犹豫了。侯澈知道,她是怕路上被人认出来,于是找来一顶靛青渔夫帽,又找来一条淡灰色棉布围巾。戴上帽子、裹上围巾后,杜霞本就很小的脸,被团团簇拥着,只露出眼睛来。

"这小姑娘是谁啊?"侯澈笑着说。

"说话没大没小的。"母亲说。

杜霞眼睛里难得透出笑意。

空气清新,走到巷口,又见老房子拆掉一大片,两辆黄色挖土机悬着吊臂静静地停在废墟中间。四面空旷得让人心里没着落。三人停下看一会儿,就那些熟悉的老房子的消失,发了几句感慨。走出巷口不远,看到好几个卖对联、门神、灯笼的小摊,高红让杜霞挑几副对联,杜霞说:"高老师是语文老师啊,对联得你来挑。""这时候还管什么语文不语文的,挑喜庆吉利的就行。"杜霞不言语,看来看去,似乎一对也没看上,最后还是高红挑选了几对。买完对联要走了,杜霞看着大灯笼发呆,母亲便将灯笼买下来,而且买了两对:"一对挂在大门口,一对挂在屋檐下。"侯澈又挑选了几只拳头大的小灯笼。"这是要挂哪儿呢?"杜霞问。"回去你们就知道了。"侯澈笑嘻嘻地说。

几人手中各各拿着东西,继续在街上逛荡。街上日光耀眼,到处是面带喜色的人,到处是簇新明艳的颜色。不时碰到熟人,站下和高红说话,高红应付两句,那些人不免拿眼看包裹严实的杜霞,杜霞眼光闪烁,别过头去,看的人不看了,心里却明白了似的。又走了一段,杜霞无论如何不肯走了,大家只好打道回府。回到家里,杜霞摘下帽子,摘下围巾,脸上看不出什么,自顾自回屋去了,等到下午,要做晚饭了,她才下楼,到厨房给高红打下手。

两人做了一大桌好菜。侯澈不断将菜端到堂屋,不断发出由衷的惊呼。"哎呀呀,今晚有口福了,真是恨不得多长两个胃啊。""你倒是不像那些年轻人,成天想着减肥。"杜霞笑。"瞧她这副瘦猴似的样子,胸上屁股上二两肉都没有,还减什么肥啊?"母亲说。杜霞哈哈哈笑。侯澈朝母亲翻了个白眼:"我这叫充分享受美食自由。"三人嘻嘻哈哈,一面看电视,一面吃着,可惜都吃不下多少。搁下筷子,都不愿意将菜撤下,似乎只要菜还摆在桌上,热闹仍就属于她们。

电视里不时传出热闹的《春节序曲》,就在这欢快的背景音里,三人收拾好碗筷,擦一擦手,围着火盆坐下,春晚刚刚开始。时间渐渐晚了,母亲和杜霞年纪大了,都有些坐不住,都半躺半靠在沙发上。不多时,侯澈听到低低的鼾声,发现是杜霞睡着了,想要喊她,母亲摆手制止:"让她睡吧,这些天,她经常整夜整夜不睡觉。""妈,你怎么知道?"侯澈看着母亲。"又不是所有人都像你一样,睡得像一头猪。"母亲这话听起来尖刻,却隐约有一层宠溺。侯澈想起刚回家那晚,自己身上盖的被子,看来是母亲所为无疑了。母亲不会知道,自己已经被噩梦困扰了好几年,她笑了笑,什么都没说。

春晚零点倒计时了,主持人们还没喊完。忽然,屋外到处鞭炮声大作,杜霞啊了一声,惊醒过来,坐在沙发上,看看高红,又看看侯澈,神色恍惚,仿佛不知身在何处,不知今夕何夕。

大年初一,在大门口和屋檐下挂好大红灯笼,侯澈慢慢爬上梨树,将昨天挑选的几只小灯笼挂在光秃秃的枝丫上,在最后几片鲜红叶片的衬托下,这几只小灯笼,仿若几只新生的梨子。杜霞生怕她掉下来,一直站在树下,伸手抓住她的小腿。母亲在屋檐下站着,微笑着,望着她们。

鞭炮声已经响了一上午。家里有三封鞭炮,还一封未放。母亲和杜霞极力怂恿,侯澈终于鼓足勇气,拆了一封鞭炮挂在梨树上,用香火点燃。点了三次才点着,她慌忙抱头鼠窜,躲到堂屋门后。看着鞭炮在院子中炸响,红红的碎屑铺满灰黑、皲裂的水泥地面,侯澈感觉到,真是过年了。

母亲在院子里接到弟弟打的电话。侯澈很久没和弟弟联系过了,母亲和弟弟似乎也不怎么联系。只听见母亲说:"不说了,你照顾好自己就行,鞭炮声太吵了。"侯澈掏出手机,给弟弟发了一条微信:新年快乐啊。弟弟很快回复:新年快乐啊。侯澈回复:今年不回来了?工作还好吧?许久,弟弟回复:不回了,挺好的,你们多保重。她想再说点儿什么,找不到话了。

从除夕下午开始,侯澈手机里信息不断,看得出大多是些复制粘贴的群发信息,即便如此,她每一条都回复了。待到中午,收到一条微信,是楼春雨的。

楼春雨回省城后,和侯澈一直有联系,起先是反复感谢侯澈帮忙,后来渐渐说些别的,渐渐地,每晚开始道一声晚安,有时很晚了,他还会问一声,睡了吗?侯澈心中若有所动。最近有过几次,侯澈也会发信息问他,你在做什么?楼春雨回复,在哪儿做什么什么,然后反问,那你在做什么?

杜霞到家里来后,侯澈每日和杜霞说话,和楼春雨联系得少了,意识到这一点后,她挺想看看,自己不联系他会怎样。或许是感觉到了侯澈的冷淡,楼春雨的信息渐渐也少了,两人已好几日没联系了。

楼春雨问县里过年怎样,侯澈将昨天上街拍的照片发给他。楼春雨回复:还是老家热闹啊。侯澈回复:省城不是更热闹?楼春雨回复:一到过年,人都回老家了,哪里热闹。侯澈回复:那你回吗?刚发过去,又将信息撤回了。楼春雨明显看到了,回复说:清明节再说吧,家里的债务,到时应该可以清了。侯澈回复:这么快?哪儿来的钱。刚发过去,觉得不妥,急忙给撤回了,但楼春雨无疑一直盯着手机,立马回复:我以前跟你说过的,处理了我那公司,还把结婚前自己买的一套小房子卖了,这房子买了七八年了,价格几乎翻了一倍,差不多够还债了。侯澈发自内心的高兴,回复:恭喜恭喜。心里却想,这听起来真有些穷途末路的意味了。侯澈又发一条信息:那你家里的院子呢?楼春雨回复:这院子算是保住了,我想可以在里面做些事情的。侯澈心想,能做什么呢?总不能像老张说的那样,每日在花间喝酒吧?还没回复,楼春雨又发一条过来:话说你在上海这么多年,攒下不少钱吧?侯澈心中猛地一跳,心想楼春雨什么意思?不会是要跟自己借钱吧?实话实说还是敷衍两句?正犹豫着,楼春雨又发一条信息过来:哈哈哈哈,别害怕啊,我不是要跟你借钱啊,我就是好奇而已。侯澈有些不好意思,回复道:我不是这个意思嘛,刚才我妈喊我,我出去了一会儿。我毕业后好多年都是月光族,这两年才攒了一些,总共也就二十多万。消息发出去,松一口气,又有些忐忑。楼春雨回复:那还真不容易。还以为你在上海,怎么说也得攒了上百万呢。侯澈有些不高兴,回复道:我又不是你这样的大老板。楼春雨似乎意识到侯澈的不快,回复道:世上哪有我这样一穷二白的大老板哦。真要是那大老板,我妈死了,我还能被人逼成那样?要不是你们帮忙,我都不知道该怎么办了。看楼春雨如此说,侯澈又有些不忍,回复道:人一辈子总有起起伏伏,没什么的。

两人你一言我一语,断断续续聊了一天。夜深了,侯澈问一句:你不陪你媳妇吗? 这消息一发出,感觉不妥,却没撤回。过了一会儿,楼春雨回复:她家离得不远,带小孩儿回家去了。侯澈便不再问。

这沉默的时刻,让侯澈不安,又让她兴奋。

过年这几天,无非是吃吃睡睡。侯澈睡得安稳,杜霞似乎也睡得好了,每天的精神状态看起来都不错,还变着法儿做菜。杜霞真是做得一手好菜,到后来,侯澈和母亲都只能给她打下手了。侯澈由衷地说:"杜老师要不就住我们家里别走了,这几天的伙食赶上五星级餐厅的了。"母亲瞅她一眼,嗔怪道:"你以为杜老师是你的免费保姆啊?"杜霞无声地笑。

转眼初四了,早上醒来,侯澈抓过手机,见高中微信群里许多条未读信息,竟然在说买花圈的事儿,还有好多同学感叹,想不到! 想不到! 侯澈一惊,赶紧往上翻,很快确认了,有同学过世了,竟然是班长赵飞飞!

侯澈猛地坐起,手颤抖着,继续往前翻。哪里能够相信呢,年三十那天她还收到了赵飞飞的信息,说好多同学回来了,约着年后要聚一聚,让侯澈等消息。哪里想到,现在等来的是这消息! 侯澈继续往前翻,终于翻到第一条信息,是两个多小时前小文发的。小文说,和班长去旧城河夜钓,班长下到河里没回来,蓝天救援队来了,可惜没能救回班长。

侯澈仍然不敢相信,往下翻,很多人问小文究竟怎么回事。小文回复,说是班长钓到一条大鱼,费了好大力气没拉上来,一不小心,鱼竿被大鱼拽走了。班长不甘心,游进河里去追,不一会儿,就没影了。小文说,虽说是枯水期,但河中间有些地方水很深,夜色又深,边上一起夜钓的人都不敢贸然下水,后来,还是找的蓝天救援队,隔了六七个小时,直到早上,才把人捞上来。

侯澈放下手机,发了一会儿呆,慌忙起床,和母亲,和杜霞说了。

"最近这是怎么了?"母亲失神地瞅着侯澈,"又没一个,还这么年轻……"

"是侯澈的同学? 那才三十五六啊。"杜霞说。

"你不知道他?"母亲皱眉道,"他妈妈参加过'桑榆故事'的,后来说家里走不开,渐渐不来了。听说是她女儿离婚,带着孩子回来了,她要帮女儿照顾孩子。侯澈这同学,前两年才结婚,不知道现在有没有一儿半女呢……"

"他和我说,他本来在市里开饭店和做水果生意的,如今他媳妇怀孕五六个月了吧? 他为了照顾媳妇,才回到县里的。他以前经常去钓鱼的,回到县里后,虽然很忙,但每个星期仍会去钓鱼一两次。前阵子,他和我们班一个同学去夜钓,钓到一条三十三斤重的鲤鱼,拍完照就放生了……"侯澈不说了,想起小文发在群里那张照片,赵飞飞抱着大鱼,笑得眯缝着眼,露出一口白牙。

"唉,他这媳妇怎么办呢? 他妹妹离婚了,他又走了,他媳妇要是把孩子生下来,以后的日子肯定更难了。不生吧,他家到这儿就算是断了……"

侯澈心说,什么断不断的,嘴上却说:"我得去他家一趟。"

赵飞飞家在城中村里,离城郊的古楼村并不算远,但侯澈从未去过。侯澈在群里说要过去,从北京回来的同学蒋澄、宋青青也说要去,她俩和侯澈关系不错,只不过她俩都在北京,而侯澈在上海,毕业多年,只见过三五次。侯澈和她们私聊,她们说,是年三十一起回来的,过两天一起回北京。侯澈约她们到县城广场边汇合。蒋澄说,不用了,我们这儿有车,现在去接你吧。侯澈走到归仁巷口,一辆出租车停在那儿了,蒋澄和宋青青坐后座,侯澈打开副驾驶门坐进去。

"啊,怎么到处是你呀?"侯澈看着小张发亮的光头,惊讶极了,"整个旧城县,难道只有你一个出租车司机吗?!"

"怎么不能是我啊?"小张得意地笑。

"龙蛋是我表弟呀,你们认识?"蒋澄说。

"最近太认识了!"侯澈感叹,"这县城还真是转个弯就是熟人啊。"

几人感叹一番,走不多时,小张停下车来,说是到了。侯澈看看这一处地方,离旧城中学后门不远,不知道多少次路过,只是从没走进来过。这一片比自家所住的古楼村要拥挤得多,小张只得把车子停在巷子口。几个人走进去,一路上看到四五个人,听他们交谈,也是往赵飞飞家里去的。走不多时,看到一棵大青树,巨大的树冠遮住路口,树干疙疙瘩瘩,看起来已有百年以上寿岁。树底一户人家,大理石门柱很是高大,金色大铁门敞开着,人进人出,闹哄哄地传出哭声、说话声、切菜声、铙钹声。侯澈就知道这是赵飞飞家了。

几个人一进门,迎面撞上一个男人,抬眼一看,是小文。

"你们怎么才来啊?"小文声音嘶哑,眼眶泛红。

小文似乎比上次见到的黑了、瘦了,眼泡浮肿,嘴唇干裂,声音嘶哑。侯澈看他这副模样,猜他大概一夜没睡,朝他身后看看,说:"班长呢? 我们去看看。"小文刚憋回去的泪水又涌上来了,回头看看堂屋里刚搭起的灵堂,转过头来:"还是别看了,已经安棺了。""怎么这么快? 不是应该明晚安棺吗?""人都没个样子了……"小文说着,垂下头来,终究没忍住泪水。侯澈一怔,也感到鼻酸。

"你这忙忙叨叨地是要去哪儿?"侯澈忽然想起来问。

"班长他妈和他媳妇都哭晕过去了,他妹妹陪着到医院挂水去了,我去看看……不,不是我去,是我要找人去……"小文有些语无伦次。

"我们去吧。"蒋澄说,"我让龙蛋送我们过去。"

"那你们去吧,这边说不定还有什么事。"侯澈朝灵堂那边看一看。

蒋澄、宋青青和小张出门后,小文又忙别的去了。

侯澈到灵堂前上香,磕头,心里想哭,却哭不出来。香烟袅袅,在她眼前升起。燃烧的黄色纸钱卷曲着,在最后的时刻,仿佛展露出一张诡异的图画。这怎么可能是真的? 她不由得想起刚回来那几天,赵飞飞送外卖时,自己没认出来,赵飞飞带领着同学们操持李青萍的葬礼,一起帮忙抬棺,在麦田边的坟地上,同学们跪作一圈,相互磕头。一桩桩一件件,这些事情仍历历在目,转眼间,同学们却跪在赵飞飞灵前磕头了。这怎么可能是真的呢?

院子里还有一二十个同学,有的是刚从外地回来的,有的是留在县城的,大多都带着丈夫或妻子和孩子。乡村的、县城的和大城市回来的孩子们很快熟络了,在宽敞的院子里跑来跑去耍闹,不时被女同学或男同学的媳妇骂几句。骂完安静一会儿,又吵闹起来,让本应该肃穆的灵堂变得热闹了。

有几个女同学在择菜,侯澈坐到她们边上,也帮着择菜。她不时朝灵堂瞥一眼,看到黑漆红唇的棺材的一角。侯澈想起小文那句话,"人都没个样子了",为什么呢？是被水浸泡的？还是被鱼啃咬的？她不敢想,又忍不住去想。她起身,独自到棺材边站了一会儿,手放在棺盖上,是冷的,硬的。她告诉自己,赵飞飞就躺在里面。终究确信,这突如其来的死亡事件是真的了。短短两个月,她便经历了四个人的死,不,连同回来路上看到的,是五个了。

她不忍再想,转脸望向屋外,似乎想让日光带给自己一些亮色。

天气晴好。除夕那天立春后,天气一天比一天暖和了,大青树的枝丫上已冒出一菁葵一菁葵的芽苞,被日光放大后,投影在院子里刚搭起来的黑白条纹布棚上,随了风的吹拂,嘈嘈切切,窃窃私语,全然不理会布棚底下的人间悲哭。

第十章　广场（下）

书信十

回到县城这些日子，我走过很多街道，从未遇见一只邮筒。我忽然意识到，我潜意识里是想要寄出这些信吗？我仍然记得你老家地址的。当初写下这些信时，我明明认定，它们是不会被寄出的。但不被寄出的信，还能算作信吗？一封信的完成，应该包括"书写""寄送"和"阅读"三道程序。或许，还应该加上"遗忘"这道程序。就像绝大部分事情最终会被遗忘，这世界上出现过那么多信，绝大部分也是会被遗忘的。如果终究会被遗忘，有没有被阅读、被寄送，也就无关紧要了吧？甚至包括有没有被写下，都是无关紧要的。

既如此，发生过的事和没发生过的事，有过的爱和没有过的爱，活过的人和没活过的人，又有什么区别？

总还是有些区别的吧？只是我说不清楚。

哪怕没想着寄出，我仍旧是要写下来的。写下来的时候，我始终是想着要寄出的。如果不这样，那我写下的信就是虚伪的。只有这么想了，写这些信时候的纠结、回避和坦然，才是真诚的。哈哈哈，这些话挺绕的吧？但我想你应该明白。

你看，我又能跟你说笑了。还记得我们刚认识时，我曾取笑过你的名字，卢观鱼，你是站在陆地上观看一条鱼吗？现在，你真的变成一条鱼了，正从我的手里挣脱，游到茫茫大江里去了——我有个中学同学，他钓起过一条大鱼，把它像孩子似的抱在怀里，拍照留念后，又把它放回河里。后来，他却因为追踪另一条大鱼，丢了性命。你说，他到底想不想拥有一条大鱼？

和他一起去夜钓的同学说，那天晚上，星光熠熠，水面上星光闪亮如烂银，他的脑袋在波光里浮现，又在波光里消失，不多久，再也看不见了。我想，也许在那一刻，他已经蜕变了，自由了，魂灵从身体里出走，随那条大鱼去远了。打捞上来的尸体，只不过是他扔掉的一件旧衣服。

我想像他那样。我想走到新的世界里去。

"一个人消失在人海，一个人自尽于人海。"——我最近随意翻了翻书架上那些中学时代看过的书，《撒哈拉的故事》里三毛和荷西的爱情再没让我羡慕，但我羡慕很多年前尚未成年的我。那时的我，用蓝色圆珠笔在这句话底下重重地画出两条线。我盯着那两条仿佛耗尽浑身力气的笨拙线条，怅然许久。

对了，不知为何，我已经很久没做那噩梦了。我最近睡得挺好，醒来前做了一个崭新的梦，就如品尝到人间从未有过的奇异水果，醒后仍然唇齿留香：我梦见漫天星斗辉映，自己变成一条大鱼，从星座的缝隙间穿过去。

A面 "兀傲的伊利昂被焚后，他离开特洛亚，到他方逃躲。"

月光紧贴水面，水面恍若牛乳，翻卷起层层稠腻腻的波浪，再一细看，那涌起的波浪都是一条条的鱼脊。鱼脊越来越大，从身边匆匆滑过，纷乱乱涌向前去。侯澈看见一条金色鲤鱼，想要抓住它，也跟着向前去，那鱼却柔顺无比，丝绸一般从指缝间滑过去了。她越着急，越觉得两手使不上力，只顾拼命往前游，不多时，身边尽是大鱼，且全是金色鲤鱼，侯澈忽觉得自己不断下沉，下意识地伸手抓住浮在水面的鱼，鱼却随她沉下去，在这一瞬间，她瞥见岸上站着一个人。

隔着激烈晃动的水光，那人的身影犹如铁片般波动，她认出那是弟弟高近寒。弟弟还是小时候的样子，圆圆的脑袋，短短的头发。弟弟喊她，姐姐！姐姐！她想答应，声音却拥挤在喉咙里发不出来，而弟弟渐渐离得远了……情急之下，她忘记了下沉，往前追去，发现自己也变成一条大鱼了。她还不大能适应这新的身份，笨拙而无力地游动着，漫天星斗浮动在水面，浮萍一般围绕着她。她摆动崭新的背鳍拨动它们，它们无声地散开又聚拢，用无尽的温柔包裹着她。

在这温柔而又虚空的情境里醒来，唇间有些莫名的甜，心头有些怅然若失。

怎么会梦见弟弟呢？弟弟刚考上大学时，他们联系挺多，后来有过几次争执，有时在电话里，有时在现实里，或许并非因为这几句争执，总之联系渐渐少了。想起这几天见到蒋澄和宋青青，她们曾经是她最要好的姐妹，因为是同班，她们仨在一起的时间自然要远超她和路茗茗在一起的，在班里经常同出同进，分享过许多各自的小秘密。不知是谁最先发明的，喊她们"东方三侠"。她们对这一绰号很称心。然而，上大学后，见面机会很少，只假期回旧城时偶尔聚一聚，就连她到北京去，也没找过她们。渐渐地，"东方三侠"相忘于江湖了。这次久别重逢，原以为会相谈甚欢，不想直至赵飞飞的葬礼结束，三人只不冷不热地聊过几句，最亲密的时候，就数从侯澈家到赵飞飞家的路上了。俩人回北京，和她也只在手机上道别。到北京找我们玩儿啊，她们都说。她以为她们在北京经常在一起的，分别问了两人，才知道两人竟有两年多没碰面了，之所以会一起回来，是在机场偶遇的。之所以一起走，是两人偶遇后才协调的。这更让她生出一层感慨。回想着三人读中学时候的种种，想象着自己摸黑走出家门到学校去，想着想着又睡着了，醒来后，已近中午时分。在床上又磨蹭了一会儿才起。

"今天路茗茗约你去找杜霞?"母亲站在堂屋边喊她，"你早点儿去，去路茗茗家坐坐。你们以前关系不错，路师傅对你也不错，你也该去看看。"

"我知道了。"侯澈洗漱好后，来到堂屋，在母亲对面坐下。

"妈，我弟去年过年回来了吗?"侯澈装作很随意地提了一句。

"你们都在上海啊，你连他有没有回来过年都问我? 你怎么不直接问他?"

"我和他很久没好好聊过了，上海很大的，又那么多人……"

母亲沉默了一会儿，扒了两口饭，才慢慢说:"有一回我打电话给他，打了两次，他都按掉了，我想他不会有什么事吧? 就接二连三打电话过去。打了三四次，他才接，问我什么事。我说没事，就是忽然想打个电话给他。他说，没事这么着急干吗? 没说几句，我就挂了电话。我听得出来，他是不高兴了。后来，我再没主动打过电话给他。他给我打电话也越来越少了，打过来也不知道说什么。大年初一他打电话回来，到处放炮，听不清声音，也没说几句话。后来忙忙叨叨的，转眼一个月了,直到前几天,我想起这事,没忍住还是打电话过去,想问问他在上海过年怎样,结果,说是不在服务区……"

"啊?不在服务区?!怎么会?!"侯澈翻出手机,找到弟弟的号码,拨过去,果然。"你所拨打的电话不在服务区……"这句话反反复复刺进耳中。

她和母亲面面相觑。母亲眼中有些异样的神色。

"以前也有过这样的情形,我都习惯了……"

侯澈去翻弟弟的朋友圈,发的很少,最后一条是半个多月前发的,配图是一张照片,搬空的出租屋里,桌上放着一只背包。配文是四个字:新的一天。

"新的一天。什么意思?"

"谁知道呢?"母亲神色凄然,"他大概是不想回来了吧?他要想回来,总会回来的。不想回来,我联系他又有什么用?你们都大了,我管不了了。"

"但愿他别出什么事。这么长时间了……"

"真要出事了,这么久还没人找我们啊?别瞎想哦。他本事大着呢,你想想他小时候,什么胆大包天的事做不出来?"母亲抬头瞥侯澈一眼,话里有话地说,"你们姐弟俩,本事都大着呢!回想起来,前阵子他给我打电话,我有些话说重了。算了,是我年纪大了,不说这些了。"

侯澈脸上热热的,不说话了。

吃过中饭,侯澈出门往路茗茗家走。走到巷子口,巷口两侧的老房子,都已拆了几十间。左看看,右看看,熟悉而又陌生。废墟里没再停着挖掘机,地也平整过了,仿佛一大片荒漠。在春日阳光的映照下,每一片土块都是新鲜的红色。这是不打算再拆了吧?不由得想起母亲说过要建环形公园的事。

路茗茗家在县城边缘一处老旧家属区。进小区后,眼前一片空旷地,右手边是七八栋高楼。无论房屋高低,窗户几乎都装着防盗栏。一楼人家,防盗栏内多摆着花盆,无非是君子兰、仙客来、发财树之类。走着走着,猛然听见谁喊:"早上好,早上好!"四周看看,声音来自窗内一只八哥。八哥扭头瞅着她,橙黄色虹膜内漆黑的小眼珠射出黑暗之光。她对八哥说:"早上好啊。"八哥又喊:"早上好! 早上好!"她不觉走近了,看到八哥在防盗栏后的竹编圆笼内蹿上跳下。日光从防盗栏间射进去,将一根一根淡淡的阴影描在屋内的沙发上、桌子上、地板上。在沙发一角,半明半暗的地方,黑漆漆的有一团什么东西。侯澈刚凑近看,那团东西缓缓转动,吓得侯澈身子后仰。

"都下午了还早上好!"院子尽头背对侯澈坐着的人转过头来。春日正好,日光照在那人脸上,身上,侯澈几乎看不出是谁。声音却分明是路茗茗的。侯澈朝她走去。走近了看,路茗茗坐在小竹凳上,手里拿着小铁铲子,正莳弄花草:"这蠢八哥,说来说去,就会一句'早上好',你就是晚上来了,它也只会说'早上好'。"侯澈说:"是你家的?"路茗茗仍低头摆弄手中的花草:"我哪里还有工夫养什么八哥? 我家这么多花草,就够我忙的了。那是初奶奶家养的。这些花草,也是初奶奶跟我说,天暖和了,得从屋里搬出来了,有些还得换盆。我都折腾大半天了……"侯澈看到眼前大片花草,大多是多肉植物,高高矮矮,绿扑扑肥嘟嘟。有一盆长得最大的,叶片展开如肥大的猪耳朵,开出的是一嘟噜一嘟噜小铃铛似的粉色花朵,若不细看,还以为是塑胶做的。

"都是你爸种的?"侯澈说。

"是啊,这方面我和我爸一点儿也不像。"路茗茗若有所思,站起身来,扭一扭肩膀,"我在北京租的房子,有个小阳台,原本堆满杂物,我清理出来后,也种了一些绿植,也有同样品种的多肉。可要么种不多久就变黑了,化水了,要么永远那么半死不活地趴着,哪可能种到这么大?更多的绿植,从小贩那儿买回来,放不了几天,就死了。这些年,也不知道在这上面花过多少冤枉钱。"

"那是气候问题吧? 北京的气候哪比得上我们这儿的。你能种成这样,算是很不错了。我在上海,应该说气候比北京好吧? 我种过一盆吊兰,路边流动小车上买的,水培的,我不时想着添水加料,渐渐抽出好多花茎,有一次施肥,我手抖,肥料全倒进去了,不几天,整盆都枯黄了。"

"那真是一人吃饱,全家不饿了。"路茗茗有些莫名地笑起来,侯澈也笑。

"反倒是一盆绿萝,没怎么管,却长得挺好,那是我偶然在路边捡的,大概是谁家不想种了扔掉的吧? 我捡回去,换到闲置的吊兰盆里,也没怎么管,越长越肥壮……"侯澈几乎忘记这绿萝了,此时想起,不禁为它的现状担忧。

"这些东西怎么办呢?"路茗茗轻轻地踢了踢花盆。

"你刚才不是说什么初奶奶,请她帮忙照顾一下?"

"唉,那怎么好意思。"路茗茗叹一口气,"等我进屋洗一下手,这就走了。"

"你真要去找杜老师啊?"侯澈停了停,"我觉得挺尴尬的。"

"不去,那我约你来干吗? 我都不尴尬,你尴尬什么?"

路茗茗伸着两只泥手走进一处门洞,站在一楼右边门前,用手肘撩开塑料珍珠帘子,回头看着侯澈,嗔道:"发什么呆呢? 开一下门呀,钥匙就在门上插着。"侯澈笑笑,一手挡住塑料珍珠帘子,一手拧动钥匙,推开门。两人走进去,塑料珍珠帘子在她们身后落下来,哗啦哗啦,好似一场爽利的冰雹。客厅不大,布置得整洁温馨。"随便坐啊,我一会儿就好。"路茗茗说。侯澈坐在铺着白色针织坐垫的沙发上,不一会儿,听到卫生间里传来哗哗的水声。

"哎,茗茗,你刚才说那八哥是初奶奶家的,刚才我站在窗边看见她家里好像有什么东西在动啊,吓了我一跳。"

"你说什么?"路茗茗打开卫生间门,探出湿漉漉的脑袋来。

侯澈走到卫生间门口,倚着门框,看到路茗茗站在洗手池前,低着腰在洗头,只穿着黑色文胸,反衬出大块白皙的后背。

"刚发现头发里都是花盆扬起的灰土,你等等,我洗一下啊。"

"茗茗,你还不结婚吗?"侯澈悠悠地说。

"哈?"路茗茗被流到嘴角的洗发水呛了一口,两手攥着水淋淋的头发,转头看侯澈,"我爸以前经常问我,后来不问了。你怎么跟我爸似的。"

"你爸跟我妈一样啊。我以前也经常被我妈问,现在她也不问了。不过,我和你不一样,我结过一次了,虽然又离了,但总算是交差了呀。"侯澈笑。回到老家这些日子,极少有人问她为什么刚结婚又离婚,但她看得出,谈到这类话题时,大家小心翼翼的样子。这样的小心翼翼,反倒让她不自在。

"哈哈哈哈……你这算什么交差?"路茗茗笑得身子发颤,身上不见一丝赘肉,直起身时,隐约可见腹部的马甲线,显见是经常健身的。

侯澈不由得反观自身,胸上屁股上虽然没肉,小腹却已经有赘肉了,很快就没法美食自由了。"唉,不说这事了……"侯澈生怕路茗茗追问,忙回到原先的问题,"我刚才说,我站窗外往初奶奶家里看了一眼,沙发上有什么东西在动啊。"

"嘻!那是春春。是人,不是什么东西。"路茗茗拧干头发,拿毛巾擦着。"初春和我们同岁，如果不是因为脑瘫，她肯定和我们成同学了。我刚说的初奶奶就是她奶奶，初奶奶有两个女儿，一个儿子。初奶奶跟着小儿子过。小儿子结婚两年后，媳妇生下初春，过了几个月才发现不对劲儿，去好多医院检查过，最后确诊是脑瘫，一辈子没得治。后来，初春两岁多时，她爸被车撞了，走路一瘸一拐的，又过一年多，她妈跟外方人跑了。大概前年年前吧？她爸夜里喝酒回来，被酒驾的小年轻撞河里淹死了。邻居们都感叹，初春爸爸这都什么命啊，一辈子竟然被车撞两次，却又不是撞死的。又都感叹，他也算死得值了，那小年轻家里赔了初奶奶一大笔钱，有大几十万吧，初春爸爸要是活着，一辈子也赚不到这么多钱……"路茗茗用吹风机吹干头发后，换了一条咖啡色连衣裙，外套一件薄荷绿碎花针织衫。站在客厅里，春日午后朦胧的日光笼在她身上，仿佛是她自身散发着一层毛茸茸的光晕，让人眼前一亮。

"说起来，和春春有关的一件事，很长时间里我还挺介意的，大家不都喊我茗茗吗？听说是我爸最先喊初春'春春'的，还说听起来就像两姐妹。我小时候很烦这个，说我才不要跟她做姐妹，叫她'蠢蠢'还差不多。那时候都说她活不到成年的，我也暗暗巴望着她早点儿死，哪里想到，她到现在还活着……"

"那初奶奶多大年纪了啊？"侯澈不忍再听，打断路茗茗的话。

"再过几个月就要七十了，她总说自己是新中国同龄人。"

"那等她百年以后，春春怎么办呢？"

"未必等得到那天吧？想那么远干吗。"

"我从来没见过脑瘫的人。倒是记得小时候听人说，你们这边有个大头娃娃，只能坐在床上，脑子比身子还大……"

"说的就是春春吧？外面瞎传的，什么大头娃娃，她的头可不大。"路茗茗关上门，站在门洞里，看着走道外面的侯澈，忽然说，"你这么感兴趣，那我带你去看看，走，走，去看一眼，不知道初奶奶在不在。"

"啊？这不好吧？怎么说得像去动物园似的。"

"哎哎，不会，你别大惊小怪就行。春春可喜欢有人去看她了……"

走过两栋楼，站在一楼门洞幽暗的光里，路茗茗敲了两下左边那户人家的门："初奶奶在家吗？"还没等到人应声，隔着门都听到那只八哥大声嚷："在家！在家！在家！"很快听到脚步声，房门打开，头发花白、五短身材的初奶奶眼睛眯着，张了张外面，忽地满脸堆笑："茗茗哎！是你啊，你看我，早上才和你说话来着，你换一身衣裳，我就认不出来了！"一手拉了路茗茗的手进门。路茗茗指一指侯澈："初奶奶，这是我同学，刚从上海回来。"初奶奶脸上堆起笑，连声喊侯澈："快进来！快进来！看看你们，都这么出息。"

初奶奶撩起半旧的布帘，侯澈刚跨进门，一股淡淡的尿骚味儿扑面而来。又听见那只八哥扑腾着翅膀在嚷："请进！请进！"侯澈看看屋里，沙发上扔着些杂七杂八的东西。在这些杂物的尽头，一小堆东西动了动，侯澈定睛细看，那真是一个裹在黑色羽绒服里的人啊！

"春春，到轮椅上坐会儿吗？来客人了……"初奶奶走到沙发前。

"不用麻烦了，初奶奶，我们站站就走。"路茗茗说。

"哎呀，来了就坐会儿啊，忙什么？我去给你们洗几个苹果。"

"不用不用，初奶奶，我就是带我同学来看看……"路茗茗话刚出口，似乎觉得不妥，停了一会儿才说，"看看春春有什么需要的。"

"不需要不需要，我们什么都好，国家关心，政府关心，你不见我们，每个月低保吃着呢，国家还给送来轮椅！"初奶奶满脸堆笑，声音洪亮，似乎并不介意刚才路茗茗的话，"要真说有什么需要的啊，就是你们多来走走看看，和春春聊聊天，你们都是从大地方回来的，她可想听外面的事了。"

她们说话时,初春努力挺了挺身子,用手指蜷曲的双手将羽绒服往下蹭了蹭,嘴里发出呜噜呜噜的声音。侯澈走到她面前,蹲下身子,握住她的一只手。她的手指在侯澈手心里僵硬地动了一动。

"刚才进门时说过了,我是从上海来的。"侯澈微笑着说。

"哎哟,你听得懂春春说什么?"路茗茗说。

"这有什么奇怪的? 我们家春春这两年一直在练习,说话比以前清楚多了,"初奶奶也蹲在初春面前,拉住她的另一只手,看着侯澈说,"是听得懂的,对吧?"

"听得懂的,春春说慢一些,不着急,都听得懂的……"

初春显出很兴奋的样子,急急地说着什么,一溜口水从她歪斜的嘴角流出。

"春春,我和茗茗今天有事,得先走了,改天我来看你呀,你奶奶说你想听外面的事,到时我讲给你听。"侯澈将初春的手放在羽绒服上。

两人走到门口了,初奶奶追上来,拉住侯澈的手:"哎,小姑娘,你要记得来啊,奶奶可是记得的,春春也会记得的,开不得玩笑啊。"侯澈说:"记得记得,我过几天就来。""那奶奶就在家等着了。哎呀,今天是什么日子啊,活菩萨下凡了!"说着转过头看着路茗茗,抓住她一只手摇晃着,"谢谢茗茗啊,要不是你把这小姑娘带来,别人还不相信春春说得清话呢! 怪不得你爸说,你们俩像姐妹呢,你看这不……"忽然,初奶奶神色黯然,抹了一下眼角,不知是因为刚才这事,还是因为忽然想起过世的路师傅。

经过窗口时,又听得那只八哥扑腾着翅膀,站在午后的春光里,冲她们喊:"记得! 记得! 记得!"侯澈回头看,初奶奶仍站在门洞口,一个劲儿抹着眼角。见她回头,伸出手挥一挥。她也伸出手挥一挥。

"真是奇了怪了,你真听得懂春春说什么?"走出小区了,路茗茗再次问道。"真听得懂啊,她就是吐字不清,但不至于听不懂吧?"侯澈说。"那真是奇了怪,我从小认识她,真是完全听不懂她在说什么。"路茗茗停了一下,又说,"你真要来看她?""真要来啊,这又不是多麻烦的事,再说,你刚才不是为家里那些花草没人照应发愁吗,我过去了,还可以帮着浇浇水,不过,要是浇死了,可别怪我辣手摧花哟。""哎呀呀!那我把家里钥匙给你!今天是什么日子啊,活菩萨下凡了!"路茗茗学着初奶奶的腔调,大笑着说。

两人说说笑笑,走出县城大路后,走了好一段坑坑洼洼的土路,才找到县城边上废弃的五金厂。边上大多地方拆迁了,五金厂就如孤岛一般,凸显于荒草和荆棘丛中。路茗茗怅然道:"我小时候经常来这儿的啊,都变了。"

杜霞站在五金厂门边一株繁花似锦的桃树下。桃树有杜霞两人高,伞状的树冠如一朵粉红的云遮在她头顶。若不是老早看到她朝这边挥手,侯澈还以为树下站着的是一个年轻姑娘呢。两人走近了,侯澈喊:"杜老师。"路茗茗也小声喊:"杜老师。"杜霞淡淡一笑:"进去吧,走这么远的路累了吧?"杜霞径自走在前面,也不回头:"走路小心点儿啊你们,路上还有些废铁屑,五金厂废弃后留下的,很容易划伤脚的。清理过好多回了,总弄不干净。不晓得是不是野猫打架翻出来的……"侯澈偷看路茗茗,路茗茗微微蹙眉,仔细看着脚下。

"杜老师,我看这儿还挺荒的。你干吗非要住到这儿吗?我觉得你就住我家里得了。"侯澈说。杜霞是元宵前两天执意离开侯澈家到这儿来的。

"那还是不方便嘛,"杜霞回头看一眼侯澈,"那终究是你们家,我也不是没有地方可去。本来这两年我就经常住这儿的,那几天之所以住你家……"杜霞跳过一处小水坑,没再说下去。

这儿仿佛被世界抛弃了。屋顶瓦楞倾斜,山墙倾倒,墙体损毁处生长着灌木。空地上到处堆满锈蚀的钢筋、铁条,更惹眼的,是切割成不规则形状的一堆堆铁屑,即便生锈了,边缘处也闪耀着锐利的光芒,似乎多看一眼,目光就会被切割开。铁屑堆上攀附着芜乱的牵牛花藤蔓,干枯细弱,刚刚稀稀落落地冒出一些小小的柔嫩绿叶。可以想见,几个月后花开,这儿将是另一副景致。

这一大片荒地之外,是许多塔吊,每一处塔吊底下,都有正在盖的新房。

两人跟随杜霞,沿着废墟中的小路一直往前走,爬上小山坡,进到一间看上去还算坚牢的房屋,上到二楼。过道幽暗、狭窄,堆着许多杂物。"小心点儿脚下。"杜霞回过头来说。初春午后的日光,从杜霞两侧毛茸茸地透过来。

在一扇门前,杜霞站住,打开房门。

"小澈,你们进来吧。"杜霞对侯澈的称呼悄悄变了。

"茗茗,你看看,你爸的东西,都在这儿了。你和我说了以后,我都整理出来了,几件衣服,几双鞋,几盆花,你爸喜欢种花,这些花都是他种的,都归置在窗台上了。哦,还有这一大摞杂志,虽然都很旧了,你爸没事经常翻看的。所有这些,你要想带走,就都带走吧……其实,就算你不跟我说,我本来也想跟你说的,只是怕你多心……"

路茗茗站在房门口,眼睛转来转去地看屋内。侯澈也往里看,一张床,一只床头柜,一张梳妆台,一面小圆桌,两把椅子,一套沙发,墙角还有一个衣柜,老旧的木地板红漆剥落,但打扫得纤尘不染。日光从窗户的毛玻璃透进来,让小屋里的一切恍若梦境。这儿比侯澈想象中的更小,也更整洁、温馨。

"进来呀,怎么不进来?"杜霞淡淡地笑着。

先是路茗茗走进去,侯澈跟着走进去。

"不要踩那儿!"杜霞忽然喊道。

路茗茗吓一跳,连忙跳开,动作笨拙地撞到侯澈身上。侯澈也慌忙让开,讶异地看着杜霞。杜霞脸上紧张的神色慢慢松弛下来。

"不好意思,那儿不能踩……那儿是……"

侯澈和路茗茗站着,不敢动了,都低下头看。在沙发前,那一块不规则的暗斑,此时刚好被窗口透进来的日光照耀着。

"我想起来了,我妈说过,那次闹起来,路师傅因为胃溃疡太严重,吐血了,这不会就是……"侯澈盯着暗斑,不由得想象着那日的情形。

"我擦洗过几次,血浸进木头里,洗不掉了……"杜霞盯着血斑说。

"我爸胃溃疡很严重?"路茗茗盯着那块血斑,慢慢蹲下身来,"我从来没听他说起过他有这病……"路茗茗伸出手,午后的日光照在她的手上,手的影子落在血斑上。她似乎想要伸手碰一碰这乌暗的血斑,又似乎不敢。小屋里一点儿声音也没有,只听得到日光走动的沙沙声,从路师傅的血斑移到路茗茗手背上,又从路茗茗的手背上,移到路师傅的血斑上。好一会儿,路茗茗就这么蹲着,侯澈和杜霞站在她身后。日光轻巧而温暖的脚步,踩在她身上,也一样踩在她们身上。

"不好意思,刚才吓着你们了吧? 你们坐吧,昨天刚清洗过沙发套,都很干净的。"杜霞说着,又伸手在沙发上扫了一扫。

侯澈先在沙发上坐了,路茗茗也挨着那块血斑在沙发上坐了。杜霞坐在俩人对面的椅子上。三人相对,一时无言。侯澈侧身看沙发边黄漆小板凳上放着的一大摞杂志,叠得整整齐齐,翻了翻,有《读者》《知音》《青年文摘》,还有《故事会》。大多是上世纪九十年代的,只有十来本是本世纪初的。在《读者》和《知音》的书脊之间,她看到一处凹陷,她抬起上面的杂志，伸手进去将那小书抽出来，竟然是《儿童看图读古诗》。

"这书怎么在这儿?"侯澈惊叹道，翻了翻，当然不是自己那本，比自己的要显得新一些，再看封底，出版时间倒是一致的，她将书朝路茗茗扬了扬，"哎，这书是你的？我刚一看，还以为是我的呢。"

"这是小学时候，我爸给我买的课外书哎。"路茗茗接过书，摩挲着封面，"这些年我完全不读书了，倒是经常想起这本书，回来时找过几次没找到，还以为弄丢了。想不到被我爸带到这儿来了。早知道，我问他一声……"

"我小学时候，我妈也给我买了这书。这次刚回来时，我还看过这书呢。"侯澈又将书拿过来，难以置信似的翻看着，"小时候，我可喜欢这书了，我妈逼着我背上面的诗，我背不下来，还会被惩罚。即便这样，我还是很喜欢这书，因为每一首诗都配着一幅彩色的画，我给每一幅图画都编了好多故事，就像是自己真经历过那些事，在不同朝代活了好多辈子。"

"我爸倒是从来没逼着我背过诗，"路茗茗又从侯澈手上拿过书，随意翻看着，"这些诗我都没读完，我也喜欢这些画，但没编什么故事，我总想，以后要是能去这些地方就好了。我还以为，这些地方是真实存在的呢……"

"唉，我还以为，这本书全世界就独独只有我那一本呢……"侯澈又将书从路茗茗手上拿过来，摩挲着，翻看着。封面背后，杜甫的绝句刚好契合此时的季节。"你瞧这第一首诗，才四句，那时候我背了好多天才背下来。迟日江山丽，春风花草香。泥融飞燕子，沙暖睡鸳鸯。小时候，我不知道鸳鸯是什么，又不敢问我妈，看图画上的，我还以为是小鸭子……"

路茗茗再次从侯澈手上拿过书，翻看着，摩挲着，沉默着。

杜霞一直坐在对面椅子上，两手交叠，搁在膝盖上，仿佛是受训的小学生。她有些尴尬地看着她们，终于等到她们不说话了，这才开口。

"茗茗，对不起，我没想到会这样……"杜霞她说完这句话，朝窗户那边迅速转过脸，哽咽着。太阳西斜了，日光斜斜地打在杜霞侧脸上。

"小时候，我经常到这儿玩的，那时候，这一间宿舍是好几个人住的。我好几次想要留下来住一夜，我爸从来不答应。"过了一会儿，路茗茗岔开话题，四处看来看去，"这儿藏着我好多东西。我喜欢搜集各种小东西，水果糖纸啊，香烟壳里的锡箔纸啊，旁边汽车修理厂的废灯泡啊，刚切割出来的一圈一圈的废铁屑啊，都被我当成宝贝。我妈不让我带回家，我就偷偷藏在我爸这儿……"路茗茗的目光虚虚的，目光里仿佛流动着逝去的时光。

杜霞转过脸来，两手捂住脸，肩膀颤动着。

"杜老师……"路茗茗喊了一声。

侯澈两手绞扭着，感觉自己在这儿是多余的，又不好离开，起身走到杜霞边，递给她一张纸巾。杜霞沉默着，接了。侯澈趁势走到窗边，从窗口探出头去。风呼呼地吹来，仿佛夹带着桃花和柳枝的气息，冷冽里有一层清醒。小屋在山坡最高处，望出去，是一片废墟似的五金厂，废墟之外，是一栋栋崭新的楼房和正在盖的楼房。越过这些楼房，看得到好多个公园，公园附近，正是旧城广场。太阳还没落山，那儿还没什么人，只是泛着一片空旷的光。县城边缘，隐约可见古楼村，那拆掉的地方，是一长条鲜亮的伤疤，边上一处一处屋脊隆起正如乌黑的鱼脊，屋脊连绵，是迎着夕光，游向远方的鱼群。

"我真不带走了，我能带哪儿去呢？"路茗茗说，"我还有个想法，是我想了好多个晚上的，不知道杜老师会不会同意。"

侯澈回头看到,杜霞只挪动了一下身子,并未言语。

"我前阵子,想着把家里房子卖了,找过中介,到现在也没一个人来问过。后来问了几个人才知道,这两年,县城里的房子不好卖的。"路茗茗停了停,"我想,房子也不知道什么时候能卖掉,房前院子里,我爸又种了那么多花,等我一走,那些花就没人料理了,刚才来的路上,侯澈说她可以过去帮忙浇水,但毕竟离得不近,她也不能为了浇水总过去。我想啊,我回北京后,要不杜老师住到我家里吧,就当帮我照看照看我爸种的那些花草……"

"不,不,不……"杜霞没等路茗茗说完,连连摆手,"那怎么行? 我住进去算怎么回事? 等你一走,更不知道有多少人说闲话……"

"管他们说什么呢。这些天我想了很多……"路茗茗沉吟道,"再说,这儿也没法久住啊,指不定哪天就拆迁了,到时怎么办呢?"

"这儿是要开发房地产的。哦,就是那开唐记鱼头火锅店的唐总买的这块地皮,他和赵新能老师熟悉,你爸和赵老师说了,赵老师找的他,是他答应我们住这儿的。我问过他,这儿还得好几年才拆,我可以一直住下去。"

"就算这样,这儿也太荒凉了……"路茗茗叹一口气,"再说,万一孙家找到这儿来,邻居都没有,你岂不是叫天天不应叫地地不灵?"

来的路上,侯澈没听路茗茗说过这事儿,还以为是让她帮着到这儿取路师傅的东西呢。这时候,侯澈更不好掺和,只能继续趴在窗口,站得久了,身子往下趴了趴,窗口平台上,好几盆多肉植物,肉嘟嘟的叶片碰触着侯澈的下巴。她不愿偷听她们具体说些什么,偶尔仍有一两句话撞进耳朵里。

"茗茗,你放心,我会不时到你家那儿看一看的。只要我还活着,你爸种的那些花,我一定会照顾好的,该浇水浇水,该施肥施肥,你不用担心……"

侯澈回头看杜霞，一种异样的感觉浮上心头，她何必说"只要我还活着呢"？

"茗茗，你爸这些东西，你真是一件都不带走啊？"杜霞眼巴巴地看着路茗茗，有些不解，又有些期待。

"要不，我把这摞书带走吧？"路茗茗指了指沙发边的杂志。

"那太好了！"杜霞高兴起来，"你爸很喜欢这些书的。"

两人告别出门，各抱着一摞旧杂志。回头看了几次，见杜霞一直倚在门边。两人逆着夕光走，下楼后，走在小山坡上，回头看看，杜霞又站在窗口朝她们挥手。从外面望去，窗口四周的墙壁，石灰剥落，露出青砖，窗口上方的瓦楞年久失修了，如波浪般起起伏伏。暮色沉沉，不时有枯叶似的鸟儿落在屋顶。

侯澈和路茗茗各自抱着几十本杂志，默默地走着。暮光笼罩着四周的废墟，让一切都变得温柔，虚幻。两人喘息着，做梦一般走到五金厂门口，一路走着，听见各自的喘息声越来越重了。"这些杂志真沉啊。"终于，路茗茗叹道，停下来，矮下身子，支起一条腿，将杂志搁在膝盖上。

侯澈也停下来，学着她将杂志搁在膝盖上。气喘吁吁，笑起来："你约我一起来这儿，原来就为了拿这些杂志啊？"

路茗茗干脆将一摞杂志搁在地上，叉着腰，气喘吁吁地说："我这次来，其实只是想看看我爸这两年住过的地方，顺便跟杜霞说一声对不起。唉，你看我们待了这么久，我终究是没说出口，反倒是她对我说了。"

"对不起这话，真是太难说出口了。"沉默了一会儿，侯澈说，"不过这件事,你当初那样,我能理解。我想杜霞也能理解的。再说……"

"唉,不说了……"路茗茗叹一口气。

两人沉默着,喘息着。

"那你怎么想起来拿这么一大摞杂志啊?还净挑重的拿。"侯澈笑道。

"我是觉得,如果我不带走一些什么,杜霞可能会觉得……会觉得我对我爸没感情吧。唉,我也说不上来,我就觉得,她问了几遍,那总得带点儿什么走吧。哪里想到,这些杂志这么重,早知道,就光带走这本《儿童看图读古诗》了。"

"那没办法了,带都带出来了,总不能送回去吧?"

"要不……我想想……"路茗茗挠着额头。

"总不能扔了吧?这些都是你爸的遗物啊。"侯澈喘了一大口气,"还是慢慢往家搬吧。等到了大路上,打到出租车,就方便了。"

"县城里打出租车哪里那么容易?你以为在大城市啊。我这几天试过用手机打出租车,等了好久也不见有人接单。"

"那怎么办呢。"侯澈也将杂志搁在地上,轻轻地用脚尖踢了踢。

"有了,我们先把杂志搬到门口去。"

"这算什么主意吗?"侯澈没好气地说,"难不成搬到门口就不用搬了?"

侯澈抱起杂志,随着路茗茗走到五金厂门口。渐渐地,夜色笼罩下来了,远远望去,县城主城区上空浮动着团团粉色的云。此处荒僻,四野空旷,边上没有一户人家。侯澈心想,幸好是两个人,不然还真有些让人害怕。

"哎哟哟,把杂志都扔这儿吧。"路茗茗走到门口桃树边,如释重负,将手上的杂志一股脑儿扔在地上,只从中捡起那本古诗选。

"怎么？扔这儿不带走了？"侯澈也将杂志扔地上。

"那不行，杜霞哪天出来看见就不好了。"

"那还是要搬回家去啊？"侯澈擦一擦额头的汗水。

"杜霞不是说嘛，我爸很喜欢这些杂志的。"路茗茗停了一会儿，"记得小时候，我爸就经常买杂志看，后来五金厂倒闭，他渐渐没再买了，原来他一直把这些旧杂志存着。既然这样，烧了吧，就当是烧给他了。"

"行吧，只要你觉得合适。只是，没火啊。"

路茗茗将那本古诗集递给侯澈，提起连衣裙下摆后蹲下，拈起一本杂志，抖了抖，从侧兜摸出一只打火机来，将杂志点着了。杂志纸张陈旧而干燥，很快在她手里燃成一团。她将火团扔在一边，不断捡起杂志扔进火里。

"你怎么还带着打火机？"侯澈斜眼瞅着路茗茗。

路茗茗不说话，脸上浮现似有若无的笑，盯着火光，叹了一口气。

"哎哎，往那边扔一点儿，别烧着桃树了。"侯澈忙将那团火往边上踢了踢。

侯澈将古诗集放在一边，也蹲下来，和路茗茗一起捡了杂志扔进火里。有时候扔得快了，火苗不免被压下去，她们就等一等，等火苗慢慢壮大了，再将杂志一页一页撕了扔进去。如此一来，火光比刚才旺盛多了。蹲久了，双腿发麻，遂各各拿了杂志起身，继续撕了杂志往火堆里扔。火光熊熊，她们浑身暖热，投到五金厂墙上的身影摇摇曳曳。侯澈看到，路茗茗脸上浮动着火光，如桃花般灿烂。边上的一树桃花，则恍如一朵蓬松的红云。

不时吹来一阵风，将火苗吹得群魔乱舞，将桃树吹得款款摆动。一些桃花，不知是因为风，还是因为火，或者是本就到了告别的时间，纷纷飘落，落在她们头发上、脸颊上和衣服上，而落在火焰上方的，迟迟不落下,被热气鼓荡着,悬浮着。火势稍弱,花瓣才轻轻落下,钻入火焰的深处,不过片刻,便消弭无踪了。

"你说这地方荒成这样,杜霞独自住这儿,你爸又刚过世,她不害怕?"

"这有什么好怕的?"路茗茗瞅一眼侯澈。

虽如此说,这几句话仍然引来一些变化。周围的山影、树林、荒地,以及废弃的建筑,各各显出不一样的面目来了。

"你瞧,那是什么?"侯澈惊叫,指指路茗茗身后。

路茗茗慌忙回头,身后不远处,一棵看不清是什么种类的树被风吹动着。"一棵树嘛! 你再吓唬人!"路茗茗恨恨地道。

"看吧,你也害怕的吧?"侯澈笑着说,"别害怕别害怕,有我呢!"

"哪个害怕了? 明明是你自己害怕。"路茗茗又瞅一眼侯澈。

暗夜里,似乎有不能明确的东西在慢慢朝她们靠近。但因为彼此这几句话,侯澈感觉到,她们真的强大起来了。远处小树林里,一只猫头鹰咕咕咕叫;近处有一条河,持续的蛙鸣响亮得犹如鼓声;书页被火焰吞噬,慢慢变黑,慢慢卷曲,发出几乎听不见的声音;花瓣钻入火中,发出的声音更是渺茫得如同一片雪花落进荒原。她们细细地谛听,默默地盯着,看得久了,眼球都被烤得发烫。抬起头来,眨一眨眼,只见一弯蛾眉月升得高高的,如一瓣清亮的花瓣,而漫天繁星,是花瓣边上颤动着的清凉雨滴。高天,野地,这一树桃花,和这一片火光,犹如无形的臂弯,轻轻地将她们拢在一起。

半个多小时,她们才将杂志烧完。四周重又暗下来,天空仿佛变得更加高远,远近的蛙鸣仿佛变得更加响亮。火光越来越暗,渐渐地,完全灭尽了。她们鼻子里充斥着纸张燃烧的焦味,恋恋不舍地看了一阵,仿佛在等待死灰复燃。

"爸,你要是真的在天有灵,有这些杂志看,也不无聊了。"停了一会儿,路茗茗在黑暗里对侯澈说,"我爸啊,没什么文化,但他还挺喜欢看书,看过的故事就能讲出来。有时候他讲给我听,我其实不怎么想听的,小时候不好意思拒绝,长大后就不想装了,总是一副心不在焉的样子,他笑一笑,不给我讲了。我小时候经常去锅炉房,在那儿玩儿,也在那儿写作业。用过的废纸,随手就塞进锅炉里。我爸看到了,总是说什么敬惜字纸啊,百年无废纸啊。或许正是因为没多少文化,他才会这样说吧。我怎么也算是比他有文化吧? 但除了应付考试,我对书,翻都懒得翻。这方面,我和我爸也是一点儿都不像……"

似有隐隐的啜泣声,很快被滚沸的蛙鸣盖过去了。

这些事情,是侯澈所不知道的。锅炉房里那幕再次闪现,因为路茗茗的讲述,那掩盖血迹的炉灰有了别样的意味。

她们手脚轻松,心里也轻松,松快地往县城中心人多处走。又过半个多小时,渐渐听见人声,走到广场附近了。"去广场看看吧?"侯澈提议。路茗茗站着,想了一下,跟着去了。来到广场边,侯澈才想起,或许不该提议来广场的。

男人女人,老人小孩,把偌大的广场填得满满当当的。有唱歌的,有跳舞的,有溜旱冰的,还有追来闹去的。灯光闪烁,音乐起伏。两人在广场边缘走。

"侯澈,你什么时候回上海呢?"路茗茗问。

"还没确定呢。你什么时候回北京?"侯澈问。

"明天一早就走。"路茗茗说。

"那下次什么时候回来呢? 清明节?"侯澈问。

音乐太响了,不同的队伍在广场上,随着各自的音乐唱歌跳舞。这边《小苹果》，那边《最炫民族风》，还有一支队伍，播的是《北京的金山上》，"多么温暖，多么慈祥，把翻身农奴的心儿照亮，我们迈步走在，社会主义幸福的大道上……"侯澈想，这会不会是母亲所属的队伍？这些人中，有几个去过北京呢？胡乱想着这些，以致没听见路茗茗说些什么。

"茗茗，你说什么？"侯澈回过神来，大声喊。

"我说，以后有机会再聚。"路茗茗也大声喊。

侯澈看着路茗茗，心想马上就是清明了，这头一年清明，你总要回来的吧？路茗茗转过脸去了，专注地望着广场上的人群，脸上带着淡淡笑意。红的、蓝的、绿的霓虹灯光旋转在她侧脸上，恍若小小的漩涡。见一瓣桃花潜在她的鬓发间，侯澈下意识地伸过手去摘了。她转过脸来，怔怔地看着侯澈，眼里储满泪水。

B面 "你呢，怎么还重返痛苦的地方？"

清明节头三天，路茗茗仍没回来，楼春雨回来了。发微信给侯澈，说第二天要在家里开两大桌，约的不只当初给他帮忙的同学，也有些没帮忙的同学，在他的力邀之下，说要到楼家大院看花喝酒。侯澈看到消息，问：之前不是约过大家了吗？楼春雨回复：这次不一样。我回来这几天，把我妈欠下的债都清了。事情闹得那样大，好多同学都知道我妈欠钱的事，我知道大家不好问我，但我得给大家一个交代。侯澈还没想出怎么回复，楼春雨又发来一条：这样以后同学见到我，就不会怕我借钱了。这话让侯澈想起过年时楼春雨问自己攒下多少钱的事儿，不由得有些不好意思，却也不好挑明了说。

哎，那我约一个人一起过来好吗？侯澈发信息过去。楼春雨回复，当然可以啊。男朋友啊？侯澈回复了个翻白眼的表情，又回复道：女的！但她没跟楼春雨言明，她想约着一起去的是初春。

侯澈去过初春家好几次了，初奶奶对她很热情，初春和她也聊得很投机。初春并不像她想象的那样什么都不知道，她每日里看电视，还能用嘴叼着一支铅笔，靠着铅笔头的摩擦力，一页一页翻书看。看的书基本是文学类的，最常见的《钢铁是怎样炼成的》《约翰·克里斯朵夫》《假如给我三天光明》《简·爱》《童年》《在人间》《我的大学》等等，还有不少中学语文课本和课外读本。初奶奶说："别人是吃百家饭，我们家春春是读百家书。这些书都是别人不用后送来的，就让春春识几个字，也消磨消磨时间。你这样的大学生，肯定是看不上咯。"

侯澈脸上潮热，她常被朋友视为文艺青年，其实只不过穿衣打扮显得"文艺"罢了，这些看似常见的书，她大多只知其名。有一次初春新得了厚厚一大套书，见她来了，两眼放光，将书推给她。是但丁的《神曲》。这当然是她知道的书，当然也是她从未读过的书。初春嘴里呜噜呜噜的，问她能不能读给自己听。她经常给初春读书的，翻开《地狱篇》，从头开始读：

> 我在人生旅程的半途醒转/发觉置身于一个黑林里面/林中正确的道路消失中断/啊，那黑林，真是描述维艰！/那黑林，荒凉、芜秽，而又浓密/回想起来也会震栗色变……/广阔的荒漠中，我见他向我走近/就大声呼喊："不管你是真人/还是魅影，我都求你哀悯！"来者说："我不是人；那是我前身……/我在凡间是个诗人，歌颂过/安基塞斯正直的儿子。兀傲的伊利昂/被焚后，他离开特洛亚，到他方逃躲/你呢，怎么还重返痛苦的地方？……"

侯澈大为震惊，这些从未读过的诗行，竟有似曾相识之感。依稀回想起几个月前在火车上做的梦，她亦是在地狱里寻路的人啊，只是，谁才是那为她指引方向的维吉尔呢？她脑袋里思想着这些，嘴上仍一句一句往下念，直到初春呜噜呜噜地打断她，她才回过神来。初春说，这些话是什么意思？我听不大懂。侯澈微微一笑，坦然地说，我其实也不大懂，春春慢慢看吧。春春呜噜呜噜，怎么可能呢？侯澈莞尔，这有什么不可能的？哪有什么都懂的人呢？这书我也没看过的，等春春看完了借我看看啊。初春脸色微红，努力地点一点头。

还好初春很少和她谈论书，更喜欢问她黄河是怎样的，长江是怎样的，长城又是怎样的……这些都是她去过的，她就细细地跟春春讲。杜霞住在家里那些日子，她也跟杜霞讲过外面的事情，但远远不如跟春春讲得仔细。在日复一日的讲述里，她重返北京、上海、香港、泰山、黄山、东海之滨、那拉提草原、武威城外的大漠……就如同重新活了一遍。

我第一次见到黄河，是大学快毕业时——侯澈握着初春的一只手，慢悠悠地开始讲述，脑海里开始浮现那年和卢观鱼去宁夏黄河大桥边的情形——那天我吃完饭，天色不早了，饭店老板劝我别去了，说小姑娘独自一个人不安全。我想了想还是去了，走到黄河边，黄河水是真黄啊，就那么不慌不忙地流着，太阳快落了，河面金灿灿的。我从桥边的荒坡走下去，杂草一人来高，眼看快走出草丛了，一条碧绿色小蛇钻出来，在黄沙地上爬行。我吓了一跳，镇定下来看时，那小蛇可真好看，在细沙上留下的痕迹也特别好看。等它爬走了，我才走到黄河边，捧起水喝了一大口。我以为会满嘴沙子呢，其实喝到嘴里，只是有一点儿泥沙味罢了。这时候，听得隆隆声响，不一会儿，西边的黄河大桥震动着，一辆绿皮火车开过来了。那铁桥颤动着，往整条河面筛落细细的沙子，跟下雪一样。太阳刚好落到桥面和河面间，远远望去，鸡蛋黄似的，越来越朦胧艳丽了。

讲到小蛇时，初春惊得翻眼咧嘴；讲到后来，初春听得嘴角流下涎水。就连初奶奶路过，也听得握着两只鸡蛋，久久立在边上。

我第一次见到长江，是在这之后不久——侯澈仍是慢悠悠的语气，她脑海里开始浮现很多年前去上海找还在念书的卢观鱼，好一通折腾，两人来到长江入海口——忽然回过神来，看到初春正盯着自己，她接着讲：我仍然是一个人出门旅游，到了长江边，才发现，长江太宽了，要不是别人说，我还以为那就是海了。江面上好多船，江心还有崇明岛、横沙岛，上面住着好多人。我去到崇明岛东滩，以为能看到真正的海了，哪里想到，看到的是一眼望不到头的芦苇荡。还好芦苇荡也挺有趣，我在栈桥上走啊走，看到好多动物，比如有一种长着翅膀的小鱼，能在泥地上飞，叫作弹涂鱼……初春脸上露出惊异的表情。

初春再要侯澈讲讲长城，初奶奶端着一盘西红柿炒蛋出来了，满脸堆笑说，不讲了不讲了，让姐姐也歇一口气，吃一口饭啊。侯澈只比初春大两个月，初奶奶却姐姐、姐姐地喊她，初春也跟着囫囵地喊姐姐、姐姐。吃饭时候，初奶奶一个劲儿劝侯澈多吃菜。侯澈心中五味杂陈，她其实不大想留在初春家吃饭的，因为初春吃饭时，几乎得将脸贴到桌上，拼尽全力，才能用两只手对付一块鸡蛋、一片青菜，吃东西时，嘴里呜噜呜噜，像是吞咽生肉的小兽。如此艰难，侯澈实在不忍心看。但她又怕拒绝多了，会伤了初春和初奶奶的心。

吃过饭，她经常会推着初春出门，在院子里走一走，然后将初春推到路师傅家门口停下，让她看着自己一趟一趟地从路师傅家里接了自来水去院子里浇花。起初，初奶奶总是不远不近地守在边上，笑笑地看着她们。后来有几次，侯澈发现初奶奶不见了，推初春回屋，才看到初奶奶歪在沙发上，沉沉地睡着了。

有一天中午,侯澈去初春家,见房门虚掩着,她撩起帘子走进去,看到初奶奶在沙发上睡着了,初春歪在沙发拐角处翻书。八哥刚要出声,侯澈竖起一根指头,嘘了一声,八哥便噤声了。侯澈走近,看到那是一本页角翻得卷起的高中语文课本。初春看得入迷,竟没发觉她走近。好一会儿,初春仍没翻动一页。她轻轻咳嗽了一声,初春歪过脑袋,眼睛斜斜地瞅向她,右手蜷曲的手指指一指页面。侯澈靠近,蹲下身子,翻了翻那篇文章,是史铁生的《我与地坛》,又翻到初春看的那一页,初春歪着脑袋,手指在最后那几行字上努力却无力地划拉着:

当然,那不是我/但是,那不是我吗?/宇宙以其不息的欲望将一个歌舞炼成永恒。这欲望有怎样一个人间的姓名。大可忽略不计。

这课文是侯澈读高中时学过的,如今是忘得差不多了。初春涨红着脸,奋力挥动着那只不受控的手,在胸口一下一下擂着,嘴里呜噜呜噜着。侯澈安慰道,春春,我知道了,你别激动。我明白你的意思,你不用说,我也明白的。这时候,初奶奶醒了,看到初春这样子,也有些着急,说你们在说什么呢?侯澈撒谎道,没什么的,我说起自己和春春同岁,春春本该和我做同学的。初奶奶哦了一声,摇一摇头,这傻孩子,又犯傻了。侯澈说,我们同学经常聚的,下次我带春春去吧。初奶奶眼中闪亮,大喜过望,说那等你们下次聚啊,带春春去见见大家,她就算你们班的编外同学了!侯澈心想,"编外同学"这词也不知初奶奶从哪儿学来的。初春从刚才的激越情绪里出来了,仰着头,目光里满是期待。

过后不久,侯澈有些后悔,不知道同学们能否接受春春这样一个人。如今楼春雨约了，正好，一来去的人多，可以照顾初春；二来可以考验一下楼春雨——她想起，赵飞飞也曾"考验"过自己。

侯澈跟小文、小张说了这事，两人都说，只要初奶奶同意，他们没什么不能接受的。这天下午，侯澈出得家门，走了不多远，和小文会合了，两人一起往初春家走。"今晚要喝酒，不然我就自己开车来了。"小文说。"喝酒不开车，开车不喝酒，好男人。"侯澈伸出大拇指夸赞道。小文呵呵笑。小文穿一件短袖白衬衫，露出肌肉结实的小臂。几月不见，小文定经历了什么，脸上的线条刚硬许多，脸颊上布满粗黑的胡须。"你竟然是络腮胡啊？"侯澈笑。小文不好意思地摸一摸自己的胡子，笑道："这阵子忘记刮胡子，我也才发现自己竟然是络腮胡。"

两人说着闲话，沿着穿城而过的旧城河边走。河边草色青青，绿色浮萍和开着紫花的水葫芦间，游弋着一群群白的灰的鸭子，不时嘎嘎叫两声，不时把头插进水里，竖起身子，朝空中踢着鲜红的脚蹼。走不多远，出得县城，眼前到处是灰绿色的麦田，下午的日光在每一根金色麦芒上闪耀。记得在楼春雨家的坟山上，看到麦苗已经很高了，坝区的节气晚，四五个月过去了，这儿的麦子刚要成熟。

饱满的麦穗挤满大地，田埂都看不见了。一阵阵风吹过，麦穗们齐刷刷地俯仰，声音仿佛金子漏过筛子。许多燕子犹如纷乱的黑色落叶，忽高忽低地飞掠，仔细一看，麦穗之间到处飞舞着白色的蛱蝶，犹似麦田在眨动无数小眼睛。再往前走，有几块麦地黄熟了，还有一块，正在收割。红色收割机慢腾腾地在麦地里行进。田埂上站着两个人在看。隔着旧城河，他们也站下来看。麦子收割后，裸露的土地随即被犁铧翻耕了，一垄一垄泥土就如翻了个身的懒汉，露出黧黑而光亮的胳膊。不少燕子在高低飞掠，还有白鹡鸰、麻雀等也在飞来飞去，更有一群白鹭，伸着颀长的细腿,慢悠悠地踱步。

侯澈的内心得到莫大抚慰。她想起中学时候去帮农民收割麦子,想起小时候背的《儿童看图读古诗》里那首诗:"田家少闲月,五月人倍忙。夜来南风起,小麦覆陇黄。"这古典的诗意,和眼前的场景何其契合……她想着这些,但什么都没说。他们静静地看了一阵,继续在村里走。一辆出租车停下车,摇下车窗,探出亮晃晃的光脑袋来,嘴上也如小文一般长着一圈粗黑胡须,腮帮上也长满了,乍一看,感觉他的脑袋是颠倒过来搁在肩膀上的。

"你俩怎么都草长莺飞了?"侯澈笑。

"草可以乱长,莺不能乱飞啊。"小张两手扶着方向盘,笑着说。

小文呆一呆,大笑起来。

"笑什么? 什么意思?"侯澈一脸懵懂。稍等,反应过来,也笑起来。"什么虎狼之词?! 注意影响啊,还有女生在车上呢!"

车子在村道上开过去,两侧的麦穗几乎要从田里漫溢出来,覆盖住狭窄的村道。他们打开车窗,让裹挟着馥郁阳光气息的麦浪一浪一浪涌来,将一浪一浪的麦香灌进车内。他们仿佛不是坐车前行,而是坐在麦香蒸腾的云朵上飘移。

来到小区门口,小文才想起,头一回来,不该空手的。"别操那心了,"小张说,"我早备好了。"下车后,小张从后备厢拿出几箱牛奶、水果交到两人手里。三人提着东西进去,初奶奶已经用轮椅推着初春在院子里等着了。

"哎哟哟,这是干什么?"初奶奶有些夸张地嚷道,"你们带春春出门见世面,该我谢你们才是,我再拿了这些东西,真是老脸都不要了。"

大家忙说着各种客气话,好说歹说,初奶奶才接过东西,搁在自家门洞边。回过头来,初奶奶将初春推到车子边,和侯澈一起将她抱上车后座。小张将轮椅折叠了塞进后备厢。初春说,她还是头一回坐轿车。侯澈怕她坐不稳,让她坐在中间,自己和小文左右护着。初春的身子净往自己这边倾,侯澈左手环抱着她,手指轻轻拍着。初奶奶把着侯澈这边的车窗,千叮咛万嘱咐,说着说着,想起这些话不知道跟侯澈说过多少遍了,笑笑地住了口。"初奶奶放心,我既然带春春出去,肯定会很小心的。等时候差不多了,我们就送她回来。再说,要是想起什么要交代,你还可以打我手机嘛。实在不放心,您还是跟我们一起去?"初奶奶自然不肯,"你们小孩子的事,我不好掺和的。要是在以前啊,斤把白酒对我来说那是毛毛雨,我要去了,还不把你们这些小家伙放翻喽?"大家都笑。

车子开出去,初春费力地举着手臂朝小跑着追上来的初奶奶挥手。"要停车吗?"小张问。"没事的,往前开吧。真有事,她会打我电话的。"侯澈说。车子转了个弯儿,看不见初奶奶了,侯澈的一颗心才放下来,不多久,又悬起来,心想,今晚可千万别出什么岔子啊。

初春整个身子欹在侯澈怀里,瞅着车窗外,大地平坦,麦浪无尽,一切对她来说都是新鲜的。她嘴里呜噜呜噜着,奋力地表达着,侯澈拍一拍她的手背,微笑着不说话。车子从麦穗夹峙的村道一直往古楼村开,所有人都心情轻快,仿佛那热风里浮荡的气球。到村口停下车,小张打开后备厢,先是搬出轮椅打开,再拎出几箱零食、啤酒来,分给各人一件,还往轮椅边放了一件。

"龙蛋这后备厢真是百宝箱啊,我看看还藏着什么。"小文笑着去看后备厢。"没了没了,现在真的没了。"小张笑着,故作慌张地关上后备厢。大家都笑。侯澈下车后,将初春抱出来扶到轮椅上。

忽然想起什么,侯澈哎呀一声:"楼春雨约我们来吃饭,那谁做饭呢? 总不会是他一个人做饭给我们吃吧?"小文看着侯澈,笑一笑说:

"你还操心这个？他既然请客了，自有办法。"侯澈说："听你这话，你知道？"小文说："那是当然，昨晚他打电话问我了，我跟他说，现在的县城啊，叫外卖很方便的，推荐他叫了唐记鱼头火锅店的肉菜和锅底，他再搞点儿绿叶菜就行。"

侯澈低头不语，想到楼春雨竟然不问自己而是问小文，不由得泛起一丝醋意，转而又想，小文是男人啊，这怎么也会吃醋？再说，小文因为待在县城，所以楼春雨问他，不是理所当然吗？不禁哑然失笑。"你笑什么？"小文说。侯澈看看小文，又笑一笑，脸上发热。

三人拎着东西，用轮椅推着初春，走到楼家大院门口，听得里面喧嚷，看来已有许多同学到了。刚进门，大家看到轮椅里的初春，都簇拥过来，喊喊喳喳。侯澈给大家约略介绍了一下。有两位女同学蹲下去，各握住初春一只手。不知道谁告诉楼春雨的，他从厨房方向忙忙地走出来，嚷着："听说还来了位编外同学？那今晚得加菜了啊！"侯澈看到，楼春雨打扮休闲，穿一双八成新的运动鞋、一条蓝色破洞牛仔裤、一件灰条纹衬衫，挤进人群，看到歪瘫在轮椅上的初春，眼神里似乎有一瞬间的波动，但很快稳定下来了，蹲在轮椅前，轻轻地和她握一握手："春春，欢迎你啊，你到这儿，就像在自己家一样，不要拘束。想去哪儿逛逛，想吃什么，就跟侯澈她们说。"说到吃的，大家都嚷着饿了。楼春雨连忙起身，让大家招呼好初春，自己和两位女同学到后院去了。

侯澈和几个女同学陪在初春身边，推着她在院子里走。院子里日光明艳，花香浮动。那几十株一人多高的山茶花开得更盛了，它们的根茎仿佛有无穷的力量，源源不断地从土地深处汲取营养，运送至枝叶尽头，积聚，再积聚，忽地从枝叶间涌出，啵一声响，绽开一大朵一大朵粉的白的花朵。女同学们簇拥着春春在花间拍照，就连几个男生也有拍照的。慢慢走到山茶花尽头，果然，侯澈在葬礼那日所见的裸地上看见，一丛丛叶片宽展鲜绿的牡丹抽拔出来，开出拳头般大小的花朵。众人的眼球被这花朵的拳头击中了，惊呼连连。除此之外，上次来时没发现的韭兰也抽出修长的绿叶来了，在花丛低处，开出无数铃铛状的粉红花朵。再加上常绿的松树、柏树、竹子等等，生长得越发青翠蓬勃，原本宽大的院子变得拥挤了。他们蹑手蹑脚地在其间走动，仿佛害怕冲撞了哪位花神。

侯澈看看牡丹，又看看初春，初春脸色红红的，面上平静的时候，还挺好看的。只是这样静下来的时候太短暂了。春春目光斜斜地盯着牡丹花丛底下，那儿是一些萎谢的花瓣。侯澈心中一动，捡了两片递给她，春春脸上展开笑容，努力用几根指头紧紧攥住花瓣，硕大的花瓣就如一张被揉皱的痛苦的脸。

院子中间摆起两张相连的方桌，桌上各支一口炭火锅，咕嘟咕嘟煮得滚热了。不多一会儿，几位女同学从厨房出来，手里端着几大盆鲜绿菜蔬。楼春雨走在后面，手上各拎着一瓶还没启封的白酒，在他身后，小张抱着一箱啤酒："白的啤的随意啊，饮料也有哦。今晚这锅底和鱼肉都是唐记鱼头火锅买的，只有蔬菜是菜市场买的，我们几个切的，所以这火锅要是味道不好，可怪不得我们。"

大家兴奋着，有的看炭火的大小，有的看火锅中间的烟囱腾起团团火星儿，有人开酒倒酒，有人分发筷子和碗，有人往火锅里拨肉拨菜，有人挪动椅子，有人找来碎石块垫桌脚，有人弄调料，有人说这芫荽怎么不香啊，有人搓着手问熟了吗熟了吗，有人说可以了可以了不怎么熟也可以吃的，有人往嘴里放了一片鱼肉烫得舌头打滚……过了一会儿，这热闹的气氛渐渐平息了一些，楼春雨举着酒杯站起，大家都安静下来，看着他。

"这杯酒，我不说，大家也应该知道我要敬谁。"楼春雨语调沉郁，慢慢地说，"我不是要敬我妈，我妈不喝酒，我昨晚到家，已经给她上过香了。这杯酒，我是要敬班长赵飞飞，不，是我和我妈要一起敬他，如果不是他……"楼春雨哽咽着，举着酒杯的手停在半空，好一阵儿，仍没法说下去，用另一只手擦了一下眼睛："不好意思，我从来没这样过……"

小文坐在楼春雨边上，端着白酒起身，拍一拍他的肩膀。

"敬飞姐！"小文笑着说。

"敬飞姐！敬飞姐！"大家附和。有人笑着，有人偷偷抹眼角。

"飞姐要是看到我们吃这么大的鲤鱼啊，才不喝我们敬的这杯酒。"小文坐下来，从火锅里搛了一块鲤鱼肉在料碗里蘸了蘸，塞进嘴里。

"你真是的！这都嬉皮笑脸，看以后谁跟你去钓鱼。"有女生嗔道。

气氛渐渐轻松活泛了。落日西斜，火锅鼎沸，酒酣耳热，四周的山茶花、牡丹花，还有地上的大片粉红韭兰，在他们周围静静地发出声息。树梢微动，花影轻移，春日的光影在他们的笑谑里添进一份静默。

侯澈盯着火锅，有些走神了。她和前男友卢观鱼曾经无数次面对面坐在这样一只炭火锅边，吃的不是鱼头火锅，是热气羊肉。吃火锅时，他们总有很多话说，偶尔沉默，她便盯着火锅当中的烟囱看，烟囱之上灼热的空气袅袅上升，不时发出噼啪一声细响。卢观鱼抬头瞅着她，问她看什么。她看到伴随着声响，烟囱口腾起的火星儿凌乱地散开，消失在卢观鱼四周，卢观鱼仿佛从黑暗里凸显出来了。她笑一笑，什么也没说。她和前夫、前夫的女儿也一起吃过两次火锅，只是那火锅是电动的，再看不到火星儿。不管是怎样的火锅，总是能让气氛热络起来，但这热络就如那腾起的火星儿，特别容易消散。消散后，是更冷寂的黑暗。

往火锅里添过几次木炭后，渐渐都喝得有些多了。有人不免又提起赵飞飞,小文低下头来,又斟满白酒:"喝酒喝酒!"众人都举起杯子,女生中也有人举起啤酒杯,还有女生在劝初春尝喝酒。"尝一尝,人活一辈子,什么都要尝一尝的。"侯澈连忙拦下了,嗔道:"你们俩没喝多吧?"初春却盯着啤酒,眼中露出渴望的神色。"你想尝吗?"侯澈问。春春使劲儿点一点头。侯澈有点儿没主意,初奶奶从没交代过,春春能不能喝酒。"春春,你等一等啊,我查查看,你能不能喝酒。"春春瞅着她,眼里的小火苗摇曳着。侯澈在手机上查了半天脑瘫患者能不能喝酒,大部分说不能,也有一些说可以喝一点儿的。她想,既然如此,那是可以尝一尝的。她蹲下身,握着一罐啤酒,盯着初春的眼睛:"春春,你真想尝?喝酒可能对你不大好的。"初春呜噜呜噜说了一阵,说老早就在电视上看到人喝酒了,也在好多书上看到人写酒。侯澈找来一双干净的筷子,伸进易拉罐里搅了搅,挨到春春嘴唇上,春春伸出舌头舔了舔,眼中脸上,瞬间变换了不知多少表情。旁边的女生嚷起来:"这算怎么回事嘛!春春那么想喝,就让她喝一罐啊。"侯澈白她们一眼,却也觉得有理,将啤酒端起来送到初春嘴边,初春伸着嘴唇,慢慢地,竟然将一罐三百多毫升的啤酒都喝尽了,脸上荡漾起一层红晕。

"侯澈,你也喝点儿啤酒吧。"小文举起酒杯喊道,"我和班长去钓鱼,他好几次说起你……""对,喝点儿喝点儿。"楼春雨起哄,端起酒杯要跟侯澈碰。侯澈举着易拉罐,跟他碰了一下,没等大家再劝,仰起脖子,将一罐啤酒喝光了。

楼春雨将酒杯斟满,再度站起身来。

"现在,我要向大家宣布,我无债一身轻了。"

"敬无债一身轻!"小文喊。

"敬无债一身轻!"大家跟着喊,都举起杯子。

"那你以后怎么打算?"小文说。

"我离婚了,儿子归前妻,我净身出户,以后回县城,不走了。"楼春雨脸上是很轻松的表情,快速瞥了一眼侯澈,"绕了一大圈,还是回来了。"

"回来好啊,"小文说,"你家这么大的院子,小心打土豪啊……"

众人都笑,春春也跟着呵呵笑。

然而没过多久,忽见小文一边喝酒一边落泪。楼春雨劝解几次,看劝不住,自己也落下泪来。楼春雨和小文,抱着哭成泪人似的。众人苦劝不住,有些尴尬地看着,想起两人这久以来的遭际,又都觉得鼻酸,也就任由他们哭去了。

此时暮色沉沉,花影横斜,每个人的影子清晰地拓印在沁凉的青石板地面。侯澈想起葬礼那些天这儿的情形,心中生出种种感触。抬起头来,看到两三只蝙蝠往院子上方忽高忽低地飞,不知道是否仍是葬礼那几天见到的。

不多时,酒都喝光了,大家还想再喝。这时候,楼春雨和小文都已止住哭声,脸上丝毫看不出泪痕,就如从未哭过一样。小文大声提议:"到广场边的驿站酒吧,再喝几杯怎样?这次我请客!"大家都说好。

"对,不然吵到李老师,她要怪我们的。明天就清明了啊。"侯澈附和道。

"这倒没关系,我就是要约大家来热闹热闹,我妈很喜欢热闹的,你们不知道,她一个人在家,经常把家里那古董级的 DVD 打开,一个人大声唱歌呢。"楼春雨脸上洋溢着光彩,端着酒杯,大着舌头,微笑着说。

小文过去揽住楼春雨肩膀:"走吧,走吧,换个地儿重新开始。"

小张自始至终没喝酒,自然是担当起运输任务。但他的一辆车不够,就有女生打电话找丈夫来接大家。侯澈提出要先送初春回去,春春一直脸红红地睁大眼睛,看大戏似的看大家哭哭笑笑,听侯澈说要送她回去,眼中神色瞬间暗淡了。

"我明天再去找你玩儿,好不好?你记着这些人,说不定他们以后也会去找你玩儿的。"侯澈蹲下身,握着初春的一只手,温声说道。大家齐声道:"一定!一定!春春是我们的编外同学嘛。"侯澈心想,这话以后虽然未必作数,但此时这般说,对初春也算是很大的安慰,笑道:"你们呀,就像春春家那只八哥。"小文举起酒杯,嚷道:"我们敬春春一杯,怎么样?"楼春雨举起酒杯附和。大家也都举起酒杯:"敬春春!敬春春!"

楼春雨、小文、侯澈和初春,都坐小张的车。侯澈将初春抱上后座,楼春雨将轮椅折叠了,放进后备厢。侯澈事后想来,或许小文早看出一些什么,非要坐副驾驶座,让侯澈和楼春雨坐后排,初春坐中间,说是让他们扶着初春。

"龙蛋,带我们去广场兜一圈吧。"侯澈说。"好嘞!"龙蛋高声应道。车子开出去,不多久,到了县城广场。广场上霓虹绚丽,歌舞正盛。侯澈将初春拉到自己身上,半躺半坐,让她的脸贴近车窗。侯澈摇下车窗,那些闪烁的霓虹,便映在她脸上。她的脸不由自主地抽动着,好一阵子,慢慢平息下来,眼神里有光闪烁。侯澈不知道她在想什么,想和她说说话,又不知道该说什么。

"就这样,我走向了人间。高……高尔基说的。我也算来过了人间。"初春脸色绯红,吐出的每一个字都被她咬得生疼。

侯澈拍一拍初春的后背,不知道该说什么。

"姐姐,我今晚特别特别开心。"初春努力控制着面部表情,呜噜呜噜地说,"谢谢你,我就是现在立马死了,都值了。"

"哎,春春,你别这样说。"

"春春说什么呢?"楼春雨似乎酒醒了,或许本就没醉。

"春春，该我谢谢你。"侯澈握了握她的手。

过了一阵子，车子离开广场，慢慢深入城郊的黑暗。初春像是睡着了，身子软软地滑下去，脑袋歪在侯澈胸口，脸上漾着淡淡笑意。侯澈右手扶着初春的肩膀，左手从初春和座椅后背之间穿过去，两只手将摇摇晃晃的初春圈在中间。过了一会儿，一只手从那边伸过来了，悄然覆在她的左手背上。侯澈瞪了楼春雨一眼，过了好一会儿，楼春雨才将手缩回去。

到初春家小区门口，车灯尽头，站着一个人，是初奶奶。侯澈下车后，矮身抱出仍在熟睡的初春。初春又瘦又小，像是十多岁的孩子。初奶奶赶紧接住春春，压低声音，对一起来的几个人千恩万谢。大家也都压低声音，说着客气话，不顾初奶奶劝阻，帮着提了轮椅，一直将她们送回屋去。初奶奶将初春放在沙发上，忙忙拿了苹果塞到他们手里，他们推却着，一溜烟跑出门了。侯澈落在后面，又推却了半天，直到答应第二天再来，初奶奶才放下手中的苹果让她离开。

走出门洞，侯澈看到，楼春雨站在防盗窗透出的昏暗灯光里，一根根淡淡的防盗窗的影子印在他身上。楼春雨朝她伸出手，她自然而然地伸出手去。快走到小区门口，两人才松开手。两人仍坐后座，正襟危坐一会儿，楼春雨又去握她的手，她看一眼前面聊得正欢的小张和小文，将楼春雨的手从自己手上剥掉了。过了一会儿，楼春雨靠在车座上，歪着脑袋，发出均匀的鼾声。侯澈在黑暗里伸出右手找到他的左手，轻轻地握住了。又过了一会儿，她放开手，往上摸索，慢慢摸到他的肩膀，摸到他坚硬的胡茬，再往上，摸到他的左耳。他往边上躲了一下，不动了，任由她摸索。她的食指和拇指停留在他的左耳垂那儿，那儿早结痂了，痂皮早脱落了，只剩下一个小小的肉瘤，鼓鼓的，硬硬的，仿佛石榴花苞。好一会儿，她的手指才离开那儿，重新回到他的手上，和他的手握住了。到得广场边的驿站酒吧，车一停下，楼春雨就醒了，直起身子来，捏一捏侯澈的手。侯澈有些怀疑，楼春雨刚才是不是装睡的。

大家陆续到来，又点了啤酒接着喝。酒吧中央有小舞台，县里的乐队正在表演，吉他、贝斯、架子鼓一应俱全。侯澈随口问："这乐队叫什么名字?"小文说："以前取过一个英文名字，最近改了，叫'东隅乐队'"。侯澈笑一笑，想起母亲那团队"桑榆故事"，和这乐队算是遥相呼应了。

小文、小张和乐队的人似乎都挺熟悉，乐队里有人喊两人上台一起唱歌。唱的是 Beyond 的老歌，《光辉岁月》后是《海阔天空》，再后面是《大地》，"钟声响起归家的讯号，在他生命里，仿佛带点唏嘘……""今天我，寒夜里看雪飘过，怀着冷却了的心窝漂远方，风雨里追赶，雾里分不清影踪。天空海阔你与我，可会变……""在那些苍翠的路上，历遍了多少创伤，在那张苍老的面上，亦记载了风霜，秋风秋雨的度日，是青春少年时，逼不得已的话别，没说再见，回望昨日在异乡那门前……"这些旋律曾经回荡在他们遥远的中学时代。舞台上，小张光溜溜的脑袋被灯光映得锃亮，小文满脸红光，微笑着却又流下泪来了，两人竟将这些粤语歌唱得像模像样，热烈而又温柔，克制而又深情。台下很多喝酒的人，都举着酒杯，跟着轻声哼唱。

没想到在这小县城会有这样的乐队——刹那间，侯澈忽然想起，曾经和母亲在广场边见过这乐队的，对的，就是在那遥远而血腥的夜晚。

就在这一瞬间，一件几近遗忘的往事浮现出来。

那是在高考前夕的自习课上，班主任赵新能在教室里走了几圈，看大家鸦雀无声，都在看书做习题，赵新能忽然说，有没有人想唱歌?谁想唱歌，站起来给大家唱首歌。大家都笑，这太不符合赵新能的风格了，或许是他想让大家放松放松吧?然而，人人埋首在桌上小山似的参考资料中,没人抬起头来。不知道是不是小文朝他看了一眼,他忽然就指了指墙角的小文,说李云文,看你闲着没事干,那给大家唱首歌吧。众人刷地转过头去,小文立马将踩在板凳上的脚放下去,脸上的笑容瞬时收敛,低下头来。赵新能朝他走去,微笑着说,起来起来,给大家唱首歌,赵老师还没听过你唱歌呢,再过两个月就没机会听了,你们有没有听过李云文唱歌?大家起哄,没听过。又问,你们想不想听,大家都喊,想听!其实谁都不知道小文唱歌怎样,但这样的事,只要不发生在自己身上,就是非常快乐的。小文垂着头,满脸通红,又挨了一会儿,站起身来,拉一拉身上的衣服。大家都笑笑地看着他,他低头左右看看,小声说,我给大家唱首粤语歌。赵新能打断他说,大点儿声音,我听不见。小文稍微提高了声音,说我给大家唱一首歌,伍佰的《世界第一等》。有人叫好,有人稀稀拉拉鼓掌。

小文清清嗓子,开始唱:"人生的风景,亲像大海的风涌,有时猛有时平,亲爱朋友你着小心,人生的环境,乞食嘛会出头天,莫怨天莫尤人,命顺命歹拢是一生……"小文忽然停下,咳嗽两声,说不好意思,起高了。大家轰一声笑,赵新能一只手往下按一按,说好了好了。小文却出乎意料地坚持,说赵老师,我重新唱。赵新能示意他坐下,小文仍自顾自从头唱起来:"人生的风景,亲像大海的风涌……"唱到后来,仍然有些唱不上去,但他梗着脖子,硬生生喊上去了:"一杯酒两角银,三不五时嘛来凑阵,若要讲博感情,我是世界第一等……"

侯澈记起来,小文唱到后来,走调严重,声嘶力竭了,赵新能将手按在他肩上,想让他坐下,他不听,怀着一腔孤勇,破罐破摔地将这首歌喷射出来。同学们无不笑得前仰后合,更有甚者,情不自禁地将桌子拍得砰砰响。此时,侯澈甚至能够记起,小文唱至最后,踮着脚,昂着头,眼中含泪。

想想那时候的小文，现在正站在舞台上用粤语唱歌，声音几乎能够乱真，且挥洒自如，放荡不羁，仿佛是另有魂灵附体。这中间一定发生过很多事，很多侯澈不了解的事。记得这次回来刚见到的小文是沉默寡言的，她还想，中学时代调皮捣蛋的小文怎么完全变了。赵飞飞过世后，小文似乎又变回过去的样子了，却又有些不一样。哪儿不一样呢？侯澈说不清楚。

一曲歌毕，舞台下的卡座里，一位姑娘举起一只手朝他尖叫："旧城黄家驹！旧城黄家驹！"小文笑一笑，从落地支架上取下麦克风，又唱了两首歌，喘息着，停住了，清一清嗓子："今晚，我们有两位客人，他们都是我的同学，我们班里最优秀的同学之二，他俩一位从上海回来，一位从省城回来，让我们听听这些外面的声音。我相信，兜兜转转走了一圈后，再回到我们这小县城，他们的歌声里一定会有一些不一样的东西！"小文笑着，朝侯澈递出麦克风。

侯澈惊得嘴巴张着半天合不拢。边上的人都在起哄，两人都往后缩。避无可避，侯澈站起来问乐队："你们会唱《香港的故事》片尾曲么？"乐队的人都一脸懵懂的表情。侯澈说："是这样唱的，'一声声，一滴滴……'"唱了两句，众人脸上仍然是懵懂的，小文喊："那你上台来清唱吧！"侯澈笑："清唱我可不敢。"停了一时，又说："那你们总会唱《千千阙歌》吧？"乐队的人都说："这当然会。"侯澈笑了："这个其实我不会，粤语歌哎，我只会哼哼。"大家都笑起来。小文说："那你就上台哼哼吧，乐队给你伴奏，我给你伴唱。"大家又笑。

侯澈红着脸，真跳上舞台，接过小文递过来的麦克风，随着伴奏囫囵地唱着，小文不时看她一眼，唱得很认真，后来，连同小张，连同在场的好多人，都跟着一起唱："来日纵使千千阙歌，飘于远方我路上，来日纵使千千晚星，亮过今晚月亮，都比不起这宵美丽，都洗不清今晚我所想,因不知哪天再共你唱……"侯澈看到,楼春雨坐在台下,嘴巴微微翕动,也不知道他有没有唱出声。

唱完了,好几个人大声喊:"再来一首!再来一首!"

这时候,恰好手机铃声响了,是远在上海的房东打来的。侯澈笑着朝大家摇一摇手机,在一片嘘声中离开酒吧,走到门口路上,看到对方打过好几次电话了。把电话回拨过去,房东有些不高兴:"你明年还要不要租房了?""我记得,我的房租交了半年的。"侯澈有些糊涂了。"是交了半年,但现在四月份了,五月份房租就到期了。你要是不租了,我得着手找下家了,你要是没空回来,你屋里的东西,也得给你寄回去吧?"侯澈听了,不言语。侯澈工作这么些年,换过好几处房子,现房东是她遇到的最好的了,平时从不打搅她,冰箱啊热水器啊马桶啊坏了,和他一说,他立马会找人维修。唯一的不好,就是房租一交就得半年,差不多要两万。"再等等行吗?"侯澈说,"我找合租的小姑娘商量一下。"没想到,房东说:"那你和她商量商量吧,我也正找她,怎么都联系不上了。你要是商量好了,下周内给我回句话吧。"房东挂断电话。侯澈呆了一时,想起回来这么久了,也没和小冷联系过,把电话拨过去,竟然是空号。再看小冷的微信,已经只剩一条横线,好似停止的心跳。侯澈一时没了主意。

在她身后的酒吧里,没人知道她正面临的艰难抉择。不断有音乐传来,唱的仍是粤语老歌,从刘德华的《一起走过的日子》,到陈慧娴的《人生何处不相逢》、谭咏麟的《水中花》,再到陈百强的《偏偏喜欢你》、邓丽君的《漫步人生路》,"如何面对,曾一起走过的日子,现在剩下我独行,如何让心声——讲你知。从来无人明白我,唯一你给我好日子。有你有我有情有生有死有义,多少风波都愿闯,只因彼此不死的目光……缘分随风飘荡,缘尽此生也守望,你我在凝望那一刹,心中有泪飘降,纵是告别也交出真心意，默默承受际遇，某月某日也许再可跟你，共聚重拾往事……如倒映水中的鲜花，只可看看未能摘去，如飘于风中的花香，虚虚渺渺淡然逝去，然而让我见着你，不想多次去躲避，风风雨雨我都不畏惧，但求共醉……旧日情如醉此际怕再追，偏偏痴心想见你。为何我心分秒想着过去，为何你一点都不记起，情义已失去恩爱都失去，我却为何偏偏喜欢你……愉快悲哀在身边转又转，风中赏雪，雾里赏花，快乐回旋。毋用计较，快欣赏身边美丽每一天，还愿确信美景良辰在脚边……"

她一只耳朵听电话，一只耳朵听着这些无比熟悉的、深深印刻在青春岁月里的旋律，等挂了电话，她下意识地开始辨识着这些歌词，就像辨识着旧时岁月，一句一句歌词从模糊到清晰，就如旧时岁月重现，一帧一帧画面浮现在心头。

忽然，她想起遥远的上海出租屋里那盆绿萝，像是想起一个久违的亲人。它曾以强悍的生命力，陪同自己走过许多灰暗的日子。临走那天，她特意用酒精湿巾擦拭过它一片片油绿的革质叶片。回到老家半年，她几乎把它忘记了。不知道现在它是否还活着？想起刚回来那天带回的白玫瑰，只一个多星期便枯萎了。她禁不住担心，又想，也只能各安天命了。抬起头看天，天是幽暗而明亮的，一朵温软蓬松的粉色云朵飘过来，停在头顶，不走了。慢慢地，侯澈眼中涌出泪来了。她没伸手去擦拭，只是静静地站着，等着，等着这柔软、忧伤的时刻过去。

回到酒吧，看到小文他们站在台上，脸色通红，汗水盈盈，眼睛闪亮，挥动着高高卷起袖子的栗色手臂。现在唱的又是 Beyond 的歌，"谁人定我去或留，定我心中的宇宙，只要靠两手，向理想挥手……"侯澈被这氛围感染，脸上露出笑意，仿佛刚才的踌躇是毫无必要的，仿佛刚才的软弱是完全可笑的。

坐了一会儿，看大家越喝越高，丝毫没要结束的意思了，侯澈想起母亲独自在家，悄悄起身往店外走。楼春雨醉醺醺地跟上来了，说要送她，她推辞了两次，也就答应了。刚走出门，小张也跟上来了。

　　"我开车送你们吧。"小张笑呵呵地说。

　　侯澈看一眼楼春雨，楼春雨没说话。

　　"那把我送到归仁巷口就行。"侯澈说。

　　"你呢?"小张问楼春雨。

　　"我? 先送侯澈，再说吧。"楼春雨大着舌头说。

　　这次，楼春雨坐副驾驶座，侯澈一个人坐在后座。小张启动出租车，车子开出去，眼看要转往古楼村那边，侯澈忽然说:"小张，再开车绕广场走一圈吧。"

　　"再绕一圈广场?"小张不解。

　　"我想再看一看这广场，来了好多次，都没好好看一看。"

　　"侯澈……今晚……对这广场上……瘾了。"楼春雨应该是真醉了。

　　"好嘞。"小张调转车头，车子慢悠悠地绕着广场走。

　　此时，下弦月快落了，广场上仍然有不少人，音乐依旧闹热。广场正中，一堆篝火烧得正旺，细细碎碎的火星儿在歌声中飘荡着，越升越高，最后融在黑暗里了。侯澈看到，副驾驶座的玻璃窗上，映出楼春雨的脸，楼春雨也正盯着车窗看。他们的目光，在无尽的黑暗里，如两只蜗牛的触角，轻轻地碰了一下。

　　小张开车绕广场三圈，才转去古楼村。侯澈在巷口下车，小张打开远光灯，为侯澈照亮。许久，走到灯光尽头，侯澈才听到身后出租车离开的声音。

　　钥匙转动，推开大门，走进去，昏暗院子里，只堂屋玻璃窗透出淡淡的光亮。她以为自己脚步很轻了，还是惊动了母亲。堂屋门打开，母亲站在光亮里望向侯澈。侯澈朝那光亮走去。此时，这光亮是这等安静而温暖。

"把初春送回去了？"母亲说。

"早送回去了，都很好。妈还在为这事担心啊？"侯澈说。

"怎么能不担心？你胆子也太大了，她那样子，万一出点儿事怎么办？你是不知深浅，不知道初奶奶有多厉害。她年轻时候，曾经把一个计生干部追了半条街，硬是把小刀扎到那人腿上才罢休。牢房都进过的人啊……"

自从知道她去看初春后，这些话母亲不知说过多少遍了。她不知道该不该信。虽隐隐觉得，母亲说的或许是真的，又无论如何没法把这些事情安放到笑容可掬的初奶奶身上。她本想对母亲说说，今晚初春过得如何开心，忽想起初春喝酒的事，又隐隐有些不安。最终，她什么都没说。

忽然，那只多日不见的黄猫从煤堆那边跑过来，在侯澈和母亲之间半明半暗的地方穿过，蹲踞在石桌上，回过头来，喵呜几声。

"哎呀，这野老猫！怎么又来了？"母亲骂了一声。

这时，从同一方向，忽地跑出一只小黄猫。

不多时，从同样的方向，又钻出一只小黄猫，沿着同样的轨迹跑过。两只小黄猫跳了好几次，终于跳上石桌。或许是因为这院子背阴，梨花此时方开至大盛。老猫跳上缀满花朵的梨树，树枝颤动，雪白梨花纷纷扬扬，制造一场重返的雪。两只小黄猫穿过梨花乱雪，艰难地跟上。老猫跃上屋顶，两只小黄猫顿了一顿，喵呜几声，学着老猫的样子，弓起腰背，也一一跃过去了。

"哎呀，怪不得，"母亲叹息似的喊了一声，"这野老猫在这生儿育女了啊。"

"我们怎么从来没听见小猫叫呢?"侯澈看着母亲。

侯澈走到母亲身边,一起站在灯光底下,长久地望着它们。淡淡月光之下,一大两小三只黄猫黑黑的身影在屋脊之上走成一条直线。它们牵扯着侯澈和母亲的目光,驮着她们身上无法言说的一小部分。不多时,黄猫们消失在无边的黑暗里。一种无法弥补的丧失感在侯澈心间升起,她想,它们是再也不会回来了。

蓦地想起,小时候和弟弟离开小山坡上的寂照庵时,夕阳西下,高大葳蕤的菩提树绿荫匝地,青绿琉璃瓦间,瓦松开着红色喇叭状小花,一老一少两位师太站在门口目送他们母子三人离去。母亲说过,年长的师太过世了,那年轻的师太呢?不知她现在会站在这世界的哪道门边?走在这世界的哪个路口?刚回来时,她还想去看看那棵菩提树还在不在,后来,竟然将这事全忘了。

"妈,你说……"侯澈想了想,摇一摇头,"没什么……"

母亲扭头深深地看了她一眼,什么也没说。

嚼铁屑

第❷部
大河

甫跃辉 著

江苏凤凰文艺出版社
JIANGSU PHOENIX LITERATURE AND
ART PUBLISHING

第一章　古镇

短信十三条

小冬，整理旧物时，我想起你。

想起你过去经常给我发短信。七十个字一条短信，你发来的每条短信大多是七八条甚至十来条的量。有一次，我问你，你发短信不要钱吗？你又发来几百字。

我记得，我只回复了"哈哈哈"三个字。你再回复我，难得简短：是不是对我无语了？我回复，一角钱一条短信，很贵的。

你肯定想不到，现在几乎没人发短信了。短信贵不贵，没人关心了——以前我们还很关心长途漫游费，现在也没多少人关心了，因为打电话的人越来越少。

时代变化之快，远超我们的想象。

这一切皆因互联网发达了。然而今年年初，我所在的互联网公司好几个月只发基本工资了。主管多次诉说公司如何困难，似乎希望有人主动离职。

然而加班并不少。一位女同事，甚至在加班后回家的路上晕倒，死掉了。除开各种报告、数字，我想得最多的就是床。只要能躺下，这世界仍然是美好的。

在互联网公司里流传着一种说法，三十五岁是一道分水岭，大多数人都翻不过去。我今年三十六了，已经比大多数人坚持得久了。是时候离开了。

我暂时没再找工作，况且我这年纪，工作也不好找。我手里有这些年攒下的一笔钱，俭省一些，两三年内是不愁吃喝的。

我想着省一些房租，决定搬离租住多年的市区老洋房，到远郊找了一处农民房，租金每月一千五，不到现在的三分之一。东西打包好了，明天，我就搬家了。

躺在这空荡荡的屋子，我想找个人说说话，翻遍手机通讯录，上千个名字，竟没有一个可以说话的。我忽然看到你的名字，我都忘了，竟还存着你的号码！

我给你发短信吧，即便你再不会回复。我还记得你的短信铃声，这几条短信发过去，我仿佛听到那铃声响起了，你伸手抓过手机，这些文字便在黑暗里显现。

或许，应该反过来说，正因为你再不会回复了，我才可以肆无忌惮地发短信给你。死者，无疑是全世界最有耐心的倾听者。

"酒房到了。"搬家师傅说。卢观鱼在副驾驶上半躺着身子，睡意蒙眬，摘了眼镜，揉一揉眼睛，直起身子往车窗外望去，只见午后日光耀眼，房屋鳞次栉比，一条大河挨着房屋奔涌而至，水汽朦胧，如梦似幻。哦，这就是酒房镇了！

酒房这地方，卢观鱼别说去过，以前连听都没听过。在上海生活十多年，其实很多地方他都没听过，更没去过。那日闲来无事，他在手机上看地图,放大,缩小,缩小,放大,忽然在远郊看到这地名。"酒房",说出这两个字,仿佛尝到一股醇厚的酒味。放大地图看,一条大河从小镇中间穿过,河的名字,就叫作"酒房河"。不知道是先有河名,还是先有镇名,也不知道这儿是不是盛产酒。沿着酒房河的流向看,不多远就汇入长江了。再看镇上,还有古寺古塔,寺名"生生古寺",塔名"生生古塔"。他想象了一下这地方,古色古香,物阜人丰,水光潋滟,酒香四溢,不由得心动了。

他找到酒房镇房产中介,看了好几处房子的资料,一眼看中一户农家院子。价格比镇上便宜将近一半,看贴出来的照片,房间里床铺、衣柜、书架、桌椅一应俱全,房子是两层的砖木结构,白墙黑瓦,有一片小院子,青石板铺地,雪白院墙干净,墙边两棵高过院墙的繁茂柚子树,树上挂满灯笼似的胖大柚子。虽说离镇上有些距离,但自己并不上班,不用到镇上搭乘公交,远近也就无所谓了。当然,房东有些要求,租客得是三十多岁的单身男人,大学本科以上毕业,若符合这两个要求的,还要在电话里跟他们聊一聊。这样的要求,也没什么特别的。这反倒让卢观鱼有些迟疑,条件这般好,怎么可能一直等着他来租?

卢观鱼问中介这房子的具体情形,中介才二十出头,很自来熟地喊他哥,说哥我跟你说实话啊,你看中的这地方是有些不一样,房东的那些要求虽然不算多特别,但符合条件的人跟他们聊过后,符合他们要求的却很少。卢观鱼说,他们? 中介嘎嘎嘎笑,说哥你放心,房东是一对老夫妇,不会劫色的,又说,据我所知啊,也有四五位租客租下过房子,但不知道怎么回事,都没住满三个月,就匆匆搬走了,有一个甚至只住了半个多月。他们为什么搬走,我也很想知道原因。卢观鱼犹豫了一下,说,那我打电话跟他们聊聊吧。

电话打过去,接电话的是女房东,说话很温和,喊卢观鱼小弟,先是问卢观鱼几岁,又问是哪个大学毕业的,最后,问叫什么名字。卢观鱼一一回答了。女房东有些意外似的,说你姓哪个卢?卢观鱼说,卢俊义的卢。女房东不言语了,似乎捂住电话后,转身和边上的人商量什么,过了一会儿,似乎有些声音颤抖地问,你什么时候能来?卢观鱼有些错愕,说这就可以了?女房东明显有些激动,称呼也变了,说小卢,你定下哪天能来,提前告诉我们,我们先把家打扫一下。卢观鱼说,我这边租的房子还有个把星期才到期,我收拾一下东西,下个月月初过来,可以吧?女房东连声说,可以可以,就这样定了!又笑着说,小卢啊,我也姓卢,我丈夫也姓卢,你就喊我们卢阿姨卢叔叔好了。

不知道这对姓卢的夫妇是怎样的人?电话里给他的感觉是很好的。但为什么之前那些房客都住不长久呢?他胡乱想着,车底颠簸了一下。

此时卡车正驶上一座桥,桥边立着一块大石,篆刻三个大字:"酒房桥"。大河在桥底缓缓流淌,河面几乎与两岸相平,波光粼粼,一艘铁驳船逆着午后的日光驶来,在船尾留下一长条闪亮的尾巴。卢观鱼想起来,以前看过一篇小说,讲这样大河的桥上,常会有小孩儿趴在桥栏上,等着船从桥下经过,就往船上吐唾沫,甚至尿尿。船上的人仰起头,骂骂咧咧,又无可奈何。这桥上却不见小孩趴在桥栏上,只看见来来往往的车辆和行人。大河两侧,北面多农田,南面多是低矮的房屋,远处则有许多正在建造的一二十层的高楼,很多塔吊如沉默的巨人立在边上。还有很多被围墙圈起来的地块,地块内长着大片醒目的加拿大一枝黄花。

不多时,驶下大桥,开进小镇。小镇入口处立着一道崭新的牌坊。牌坊上从右到左写着几个大字:"酒房古镇"。"镇"字后还有两行小字,没看分明,车就开过去了。小镇临街的房屋,多是矮矮的两层仿古瓦屋,二楼开着窗户,不时伸出几根晾衣架,有女人出现在窗口,俯身收衣服。红的绿的黄的衣服,在日光里卷动。目光往上移,黑灰色瓦屋顶上,一道道瓦楞间生长着灰扑扑的瓦松,长得高的,开着喇叭状的粉嫩橘色小花,还生长着<u>一丛丛</u>枝干纤细、绿叶蓬勃,开紫色小花、结紫色小果的土人参。这两种植物,都是卢观鱼从小见惯的。如今见了,对这小镇平添一份亲近感。

小镇上到处是饭店,有湘菜馆、川菜馆、新疆菜馆、麻辣烫店、鸭血粉丝店、沙县小吃、兰州拉面、烧烤店、包子店,还有好几家热气羊肉店。卢观鱼想着,好几年没吃过热气羊肉了,待会儿安顿好后,就来吃上一顿。此时,快要吃晚饭了,到处人群扰攘。在饭店旁侧,还有一处很大的农贸市场,市场外临街处,支着许多小摊,整齐排列着萝卜、白菜、鸡蛋,有人杀鸡,有人杀鱼,还有几处水果摊,店主站在门前削一根长长的红皮甘蔗,几个小孩在边上跑来跑去。

车子走走停停,好一阵子,离开人烟繁盛的小镇,继续往酒房河上游走,低矮的房舍渐渐少了,围着蓝色或绿色防护网的在建高楼渐渐多了,再走一阵,越发荒凉,眼前出现一个荒颓的小村落。大路边一条小河,或许是酒房河的支流吧? 沿着小河又走了一段,车从一座小桥拐进小村,在一棵高大的枫杨树下停了。

"按导航走,就是这儿了。"司机有些疑惑地瞅着卢观鱼,"没走错吧?"

"应该不会错吧? 我也是头一回来。"卢观鱼朝车窗外打量。

"哎,是小卢吧?"一个六十多岁的女人从树后现身,响亮地喊了一声。

"没错,是这儿。"卢观鱼朝搬家师傅笑笑。

"我们等你好一阵了,你卢叔还说让我发短信问问你,是不是今天来不成了。我说，说好的，怎么会来不成呢。"女人上上下下打量卢观鱼。

"您是卢阿姨？"卢观鱼看到，站在眼前的妇人，胖胖的，脸色蜡黄，短发花白，比自己矮近一个头，穿一件蓝毛衣，戴大红碎花袖套，双手粗糙，皲裂处黑黑的，积存着洗不干净的老泥。

卢阿姨点一点头，仍看着卢观鱼，看得他都有些不好意思了。

"小伙子瘦瘦高高，还戴副黑框眼镜，蛮文气的哟。"卢阿姨点评道，笑一笑，回头喊，"老卢，你躲着干吗？又不是新姑娘。"

老卢慢悠悠地从枫杨树后转出来。老卢穿一件蓝布大褂，又瘦又高，肩膀凸起来，脖颈往前探出，一张长脸犹如干瘪的丝瓜。丝瓜上两只眼睛，是嵌在上面的两粒灰石子，目光冷冷的，看得卢观鱼脸上硬生生地疼。

"卢叔好，卢阿姨好。"卢观鱼说着，下意识地扶了扶眼镜。

老卢不动声色地略微点一点头，卢阿姨早满脸堆笑了。

"怎么着，这车就停这儿吗？"搬家师傅从驾驶室探出脑袋，冲他们喊。

"再往后倒一倒吧。"

老卢退到枫杨树底下，指挥起师傅。

"好了，好了，就这样！"老卢说。

搬家师傅从驾驶室跳下来，打开车厢门，砰一声，一大团绿绿的东西撑出来。房东夫妇站在车厢边，吓得猛往后退了两步。搬家师傅笑起来。"我就说吧，这个谁见了都要被吓一跳的。"房东夫妇定一定神，重又走近，才看清那是一大蓬竹子样的植物。"这是什么呀？"卢阿姨说。"鱼尾葵。"卢观鱼有些不好意思地说，"我毕业那年租房子后开始种的，没想到越长越大……""我还是头一回见到这种树，好看是好看，就是太大了,你怎么放在房子里啊?"卢阿姨笑。"是很麻烦啊,所以我租房子,一直得找朝南的,可以把鱼尾葵放在晒得到太阳的窗边,只是一般朝南的房间都比较贵。"卢观鱼在老卢和搬家师傅的帮忙下,哼哧哼哧地将斜靠在车厢里的鱼尾葵搬出来,立在地上,叶梢远远高过货车顶。

车厢里剩下的东西不算多,无非是一些衣服、鞋子、洗漱用具,还有七八箱书。搬家师傅结算了钱,开上车子走了。

卢观鱼站在一堆杂乱的物件中间,一时束手无策。

"小卢,我们帮你一起搬进去吧。"卢阿姨说。

"你们帮我一起搬? 那多不好意思。"卢观鱼有些不敢相信。

"这么多东西,你一个人得搬到什么时候?"卢阿姨说,"三个人,一个搬几样,不多时候就搬完了。"

卢观鱼不再客气,和房东夫妇一起搬动行李。那一大盆鱼尾葵,是他和老卢一起搬的,两人抓住盆沿,将盆身侧着,慢慢往院子里滚动。卢观鱼问:"这鱼尾葵,能放在院子里吗?"老卢不说话。卢阿姨说:"当然可以啊,放院子里多好看。"卢观鱼和老卢在靠近院门处,将鱼尾葵挨着院墙放下。卢观鱼退后几步,看鱼尾葵蓬蓬勃勃,绿绿的一大盆,小小的院落,霎时变得更加充盈了。

卢观鱼接着和老卢一起搬书,书都装在纸箱里,纸箱不大,但很是沉重,搬完了,两人都气喘吁吁。卢观鱼满脸是汗,老卢却不怎么流汗,只大大喘息几口,便平复了。卢观鱼有些不好意思,不停地用袖口擦汗,嘴里不断说着感谢的话。歇了一会儿,再到门口,看见东西已经不剩多少了。卢观鱼拎着洗脸、洗脚的两只塑料盆进院子,差点儿和卢阿姨撞了满怀。卢阿姨一面夺过他手中的盆,一面说:"我来我来,小卢,楼上房间,阿姨昨天又给你打扫了一遍,闲置的时间久了,难免有些灰尘。"卢观鱼把两只盆交给卢阿姨,转回去拿了一盏红色台灯。进院后,看到卢阿姨站在二楼过道,朝下探出身子,笑着:"小卢,上来上来。"卢观鱼拎着灯,往楼上走了没几步,听到身后脚步声,是老卢抱着一箱鞋子上来了。卢观鱼转身想去接,老卢执意不让。

"小卢,你看这房间怎么样? 两个月前,我们刚找人装修过,连水磨石地板都敲掉,换成木地板了。"卢阿姨站在屋门口说。

"比照片里看起来好,也比我原先住的好多了。"卢观鱼站在卢阿姨身边,看到屋子虽不大,却装修得很精当,有卫生间,有洗澡间,像是酒店的房间,只是气味不大好,隐约浮动着长久没人居住的霉味儿。

"小卢,洗手间里的东西,牙刷啊,肥皂啊,毛巾啊,水杯啊,都是新买的,床单、枕巾、被罩等等,也是新的。你用自己的也行,用我买的这些也行。洗澡间里二十四小时都有热水……"卢阿姨到处指点着。卢观鱼跟在后面看,到处都很整洁,简直过于整洁了。

"你少说两句吧,让小卢自己看,他又不是小孩子了。"老卢站在门口说。

卢阿姨又交代几句,转过头来,有些尴尬地看着老卢。

"我们下去吧,"老卢转身往楼下了,"东西搬完了,让小卢自己整理吧。"

"这么多东西,小卢一个人要整理到什么时候? 我帮着小卢弄一下吧。"卢阿姨手上拿着抹布,在已经很干净的书桌上擦着。

"哎呀,年轻人要有自己的空间,你别管那么多了。"

"卢阿姨,我自己弄吧,你别忙活了。"卢观鱼也说。

老卢往楼下走了。卢阿姨看看卢观鱼:"那好吧,小卢,你要有什么需要的,就跟阿姨说啊,千万别客气。"说完,有些恋恋不舍地出门。

卢观鱼听着他们一步步下楼,走到院子里,喊喊喳喳地小声说着什么。他走出房间,站在过道上,挨着水泥栏杆,朝他们喊:"卢阿姨,卢叔,谢谢你们啊。"卢阿姨抬起头望着他,笑着说:"小卢,你忙你的,别管我们。"卢观鱼笑一笑,退回屋内,想了想,将房门关上了。

舒一口气,仰面倒在床上。床垫很厚,把他往上弹了弹,散发着簇新的气味。他带来的床单,搬家前几天刚洗晒过,看来是没必要铺上了。房东夫妇如此热情,让他意外,更让他困惑,这么热情的房东,为什么之前的租客要纷纷离开?

刚才,他观察过,院子里正房坐西朝东,厢房坐南朝北,厢房两间,一间辟作厨房,一间辟作杂物间;正房上下两层,一层三间房。卢观鱼住的是楼上当中那间,最靠里一间用一把钥匙锁着,边上靠近楼梯一间,倒没用钥匙锁着,路过时朝里瞥了一眼,杂乱地摆放着木箱、锄头等,显然没人住。这楼下的几间房,老式黑铁门扣扣着,大概也是没人住的。这么多间房,怎么只辟出自己住的这一间出租呢?之前问过中介,房东夫妇是不在这儿住的。这岂不是太浪费了?

不过只想了一会儿,懒得想了。他躺着,感觉整个人松弛下来了。这阵子,从公司辞职,收拾家当,联系租房,找搬家公司,到今天终于成行,卢观鱼忙得晕头转向。现在,终于可以歇一歇了。

后窗窗帘半拉开着,午后的日光灌进来,水一般涌荡在屋内。木纹地板上明晃晃一片日光。他摘掉眼镜,静静地,感觉到日光在地上沙沙沙移动着,也在他的眼皮上沙沙沙移动着。他被这一刻的寂静完全包裹着。身下的被子有一股香皂混合着日光的清新气息。他闭上眼睛,想象着是陷在一团柔软的白云里。云在天上缓慢地飘动,明亮,温暖,不知道要飘向哪儿。

好一会儿,卢观鱼起身,戴上眼镜,拉开后窗窗帘往外望。窗外竟是大片白杨林，士兵般整齐划一，都是碗口粗细。白杨林外有大片围起来的空地，空地上有分割成一小块一小块的绿色蛋糕般的菜地。卢观鱼想，这空地应该已经征收了吧？菜地应该是附近村民开垦的。空地尽头，是一大排在建的高楼，都被绿色防护网包裹着，比高楼更高的塔吊伸着长长的黄色吊臂，仿佛紧紧攥住太阳，然而，慢慢地，终于攥不住，吊臂一松手，太阳落下去了。

余晖照亮所有目之所及的房舍、田亩和草木，所有草木的细枝末节都在余晖的映照之下闪闪发亮。亮得更晃眼的是空地南面的一条大河。河面波光粼粼，有铁驳船驶过，看起来几乎没入水中，那小小的船顶，在波光里如一叶漂浮的灰暗树叶。波光尽头，和那些正在盖的建筑相接近的地方，有一座桥，桥上不时有车经过，一辆一辆车顶，亮闪闪的，如一面一面移动的小镜子。

咩咩几声，是羊叫。卢观鱼收回目光，四处看看，竟然就在眼皮底下，墙根不远处，立着一只羊。一只白山羊，脑袋上两只尖尖的角，耳朵晃一晃，又晃一晃。卢观鱼盯着山羊看，山羊似有所感，过了一会儿，也抬起头来看了卢观鱼一眼。卢观鱼在它的眼睛里，看到无尽温驯的神色。

白杨林稠密，日光难以透进去，林中土地几乎是赤裸的。在白杨林和卢观鱼所租的房舍之间，还有一截空地，空地上杂草繁盛。俯下身去，睁大眼睛看，大约可以辨别出酢浆草、龙葵、苘麻、鼠曲草、车前草、蒲公英、马齿苋、苦苣才、艾蒿等等，当然，少不了也有那高高挑出黄色花束的加拿大一枝黄花。卢观鱼记得在某本书上看过，这是入侵物种，想不到在小镇上随处可见。卢观鱼低头看羊吃草，夕阳笼罩，绿茵茵的草地上，一只专心致志吃草的白山羊，真是好看。看了许久，不由得心生疑问，怎么没人看管呢？这羊怎么不跑？再低头细看，羊脖子上系着一根细绳,绳子的另一端系在白杨树的主干上呢。羊走远一些,后脚被绳子轻轻一绊,羊又往回缩一缩,咩咩几声。

一阵风吹来,唰啦啦响。羊身后的大片白杨林挥动着叶片。一只只闪亮的手掌,仿佛即将让白杨树内心的秘密暴露无遗。风在持续吹拂,白杨树林南边,那条蜿蜒宽展的酒房河,在暮色里泛起阵阵涟漪,无数闪动的光仿若无数游动的鱼。

这一切让卢观鱼内心空落而又熨帖。

"小卢,快下来吃饭吧。"楼下卢阿姨喊。

卢观鱼打开门,站在过道,朝院子里看。卢阿姨端着一盆饭,仰着笑脸,朝他招手。卢观鱼一时有些反应不过来,心中转过几个念头,怎么房东还给自己做饭吃? 又想,这饭是不是要钱的? 刚才路过小镇,还想着要去热气羊肉店吃一顿,喝点儿酒呢。卢观鱼关上房门,下楼到院子里,看到房东夫妇正往一楼堂屋运送菜肴。卢观鱼忙从老卢手里接过装满菜肴的托盘,老卢转身回厨房去,卢阿姨端着碗筷出来了,笑着说:"没东西了,没东西了。"

此时,落日余晖将正房投影在院子中,影子慢慢往前移动,慢慢往上升起,大水般没过院墙边鱼尾葵和柚子树的立足之处。

"小卢,快进来呀,看什么呢?"卢阿姨已抢先进到堂屋,冲屋外的卢观鱼喊。卢观鱼端着托盘跨进堂屋,看见迎面的白墙上孤零零地贴着一张观音像,观音像前一张黑色长供桌,桌上放着两盏颜色艳丽的、碗口大小的莲花状蜡烛,黑黑的灯芯倒向一边。供桌前是一张赭红方桌,桌上摆满碗盏。

"这也太丰盛了! 我怎么好意思……"卢观鱼放下托盘后说。

"小卢不要客气,你能租到这儿,就是我们的缘分。"卢阿姨坐在下首,站起来指着老卢对面的椅子,"快坐,快坐。"

"我哪能坐那儿,卢阿姨您坐。"

"家里面很随便的,小卢不要客气,我还要端菜端饭,坐那儿不方便。"

卢观鱼推脱不过,和老卢相对坐了。卢观鱼看面前桌上,一盘红烧肉,一盘响油鳝丝,一盘韭菜炒鸡蛋,一盘笋干炒肉,一盘皮蛋豆腐,一盘梅豆炒肉丝,还有一砂锅炖土鸡,土鸡里炖了人参,汤色明黄,浮着几截小葱,香气扑鼻,冒着腾腾热气。卢观鱼看着,更觉腹中饥饿,不由得暗暗咽口水。

"小卢,动筷子,动筷子。"卢阿姨笑笑地看着卢观鱼。

"也不喝点儿酒,怎么动筷子?"老卢抬起眼皮,瞅着妻子。

"你今天能喝?"卢阿姨看着老卢。

"今天小卢刚来,给他接风,喝点儿。"老卢淡淡地说。

"那好,"卢阿姨笑一笑,"那几壶黄酒,我给拿到厨房当料酒了,我这就去拿来。"说着站起身,步子轻快地出门,朝厨房去了。

卢观鱼看到,卢阿姨有些臃肿的背影转过堂屋口后,院子里的阴影又升高了一些,如果院墙边那几棵树是人,那阴影已经没到他们的膝盖了。看着看着,那几棵树仿佛要蹚过阴影的大水,朝自己走来,也要坐到他们身边,共赴这一场有些莫名的宴饮。然而,好一阵子,那几棵树只是不动。卢阿姨也迟迟不见回来,卢观鱼只好收回视线,看看眼前琳琅满目的菜肴,又看看老卢。老卢低着眉眼,不看他,也没看菜蔬,目光呆呆地,不知在想什么。

"都等急了吧?"卢阿姨拎着两只陶罐进来,胖乎乎的蜡黄色脸上浮满笑意,"我记得厨房还有一大坛黄酒的,找来找去找不见,难不成全被我当料酒用了? 先喝这两壶吧。要是不够,我待会儿出去买……"

"够了，够了。"卢观鱼说着，接过两罐酒。是淡绿色陶罐，面上有"酒房河"三个凸起的大字。掂一掂分量，每壶应该是一斤装的。

卢阿姨又拿出三只瓦蓝色土陶杯，倒热水洗过："既然你卢叔说了，今天你刚搬过来，要给你接风，那我也喝一杯，凑凑热闹。"卢阿姨说着，将三只洗净的土陶杯放在桌上："小卢，我来倒酒。"

"我来，我来。"卢观鱼端着酒壶，往三只土陶杯里倒满酒。

"你确定能喝一点儿?"老卢端起酒杯，瞅着妻子。

"你都能喝，我怎么就不能喝了?"卢阿姨说，"放心，我就喝一杯。"

"卢叔，卢阿姨，你们是不能喝酒吗?"卢观鱼看看两人，"不能喝就不喝了，不用勉强啊，我就自己喝一点儿。"

"喝点儿，喝点儿。"老卢朝卢观鱼举一举酒杯，"我好久没喝酒了。你卢阿姨更是，我都记不得她上一次喝酒是什么时候。"

"那我敬卢叔和卢阿姨一杯。"卢观鱼端起酒杯，朝两人举一举，一仰脖子，将一杯黄酒尽数倒入口中，在嘴里含了一会儿，舌头慢慢转动着，慢慢咽下去。

老卢约莫喝掉小半杯酒，便将酒杯放下了。再看卢阿姨，只是抿一抿嘴唇，便即放下了。"快吃菜，快吃菜!"卢阿姨催促卢观鱼。卢观鱼瞥见，卢阿姨眼中似乎浮起一层泪光，老卢瞅妻子一眼，妻子低下头，快速地用手背擦了一下眼角。这是为什么？卢观鱼不由得纳闷，又不好问，只顾低头吃菜。

"这些菜都是……"卢阿姨说。

"你又来了!"老卢皱眉说。

"都是我最拿手的嘛，这有什么不能说的?"卢阿姨笑一笑，拿起汤勺盛一大碗鸡汤放在卢观鱼面前，"这鸡汤，从中午就开始熬了，小卢你尝尝。"

卢观鱼想起,刚进这院子,是闻到一股鸡汤味儿的。他端起碗来,不避温热,浅浅地喝了两口,真是鲜美异常,吹一吹汤面,又接连喝了好几口。卢阿姨看着他喝下大半碗,满脸堆笑,又舀了一勺汤往卢观鱼碗里加,卢观鱼两手遮住碗口,连声说:"够了,够了,等我先喝完啊。"卢阿姨坚持着:"多喝点儿,多喝点儿。"卢观鱼只好放开手,任由她将鸡汤倒进碗里。

"你让小卢自己来吧,年轻人不喜欢别人加汤夹菜的。"老卢又皱眉说。

"好了,好了。小卢自己来啊,就像在自己家一样,不要客气,不然你卢叔又要说我了。"卢阿姨讪讪地放下汤勺。

卢观鱼笑一笑,心中虽然着实不解为什么两位房东会如此热情,却又觉得,自己何必要问为什么呢?或许只是性格使然吧。渐渐放下戒心,朝老卢频频举杯。总是他喝一杯,老卢喝半杯,卢阿姨每次也要参与进来,却只是抿一抿嘴唇。

卢阿姨一直在问卢观鱼各种问题,是哪儿的人啊,家里都有谁啊,为什么来到上海啊,在哪儿读的大学啊,毕业后在哪儿工作啊,有没有上海户口啊。卢观鱼起初是一一如实作答的,后来想起中介说的话,多了个心眼,想着何必要实话实说呢?后面回答的,就有些半真半假。但他告诉卢阿姨,自己是上海户口时,确实是真话。卢阿姨一听,脸上立马绽开笑意:"不容易的,外地人能有上海户口。"对卢观鱼似乎更热情了。待到卢观鱼说:"辞职了,想先休息一阵,想想以后做什么。"卢阿姨又表现出很切身的忧虑:"年轻人啊,还是要有份安稳工作的。休息几天是可以,过阵子还是要好好找份工作,总不能坐吃山空啊。"卢观鱼还没说什么,老卢制止道:"年轻人嘛,有自己的打算,我们就别乱操心了。"卢观鱼挠一挠头说:"其实,我也不算年轻了,再过几年就四十了。"

卢阿姨笑："四十岁算什么？男人四十一枝花,更何况你还没四十呢。"卢观鱼不说什么,她又笑一笑,问起卢观鱼有没有女朋友,打算什么时候结婚。卢观鱼说："以前有的。"卢阿姨立马说："那不行的,你刚才也说,年龄不小了哇,也该成家了。人嘛,总要成家的。"不等卢观鱼说什么,老卢又有些不耐烦地打断她的话："哎呀,怎么又说起这些?一说起这些,你就没完没了了。"卢阿姨倒也不恼,呵呵笑着："说这些怎么了?小卢一表人才,他要是没女朋友,我以后好替他留意留意呀。小卢,你说是不是?"卢观鱼只是笑一笑,举起酒杯和老卢喝酒。

不多时,两罐黄酒都喝光了。卢观鱼举起酒杯摇一摇,笑道："没了。"

"还想喝吗?我去买!"卢阿姨说着就要站起。

"不了不了,刚刚好啊。"卢观鱼拉住卢阿姨的袖子。

"今天难得高兴,让你卢阿姨去买吧,卖酒的地方不远的。"

"真不喝了,卢阿姨别忙活了。我就随口一说,再喝啊,我就要醉了。"卢观鱼小孩子似的,拉着卢阿姨的袖子不放。

房东两人看卢观鱼很坚决的样子,也就不再坚持。

"小卢,那我把杯里的酒干了。你刚来,也早点儿休息。"老卢举起酒杯。

卢观鱼也举起空酒杯,和老卢碰了一下,又和卢阿姨碰了一下。

此时,天还没黑,卢观鱼看了一眼院子里的树,房舍的阴影已经升得很高,鱼尾葵和柚子树,都只剩下一个尖尖儿沐在昏黄的日光里,眼看就要全部沉入阴影的洪水里了,它们无声的呼救,没人听见。或许是因为背光,卢阿姨早早打开顶灯,灯是圆形的节能灯,圆月似的,散发着淡淡白光,垂直照着三只碰在一起的酒杯,杯中黄酒微微漾动,照见三个人影。

三人将剩菜、碗筷等搬回厨房后,卢观鱼再要伸手,卢阿姨不让了,"你去堂屋歇着吧,和你卢叔聊聊天。"卢观鱼回到堂屋,在老卢对面的椅子上坐了会儿,老人低头一根接一根抽烟,卢观鱼找不到话说,沉默了好一阵,他站起来说:"卢叔,我到院子里看看。"走出院子,也没什么可看的。走到院墙边的柚子树下,抬头往上看。绿绿的繁密叶片间,一个个酒坛子大小的柚子,仿佛一个个巨大的星球,静静地悬着。卢观鱼久久看着,天色在柚子星球后的天上,渐渐暗去。

　　"小卢,今晚很多菜都没怎么动,剩菜都放厨房冰箱里了,明天你要是想吃,还可以继续吃,要是不想吃了,往门口垃圾桶里一倒就行,村里每天都会有人按时来收垃圾的。另外,这是你房间的钥匙,我们一把没留,这是大门钥匙,我们留了一把。你放心,我们虽然还有大门钥匙,不会来打扰你的。这儿也没别的租客,你一个人安心住吧,要是有什么事,随时打电话给我或者你卢叔……"卢阿姨将两把圈在一起的钥匙交到卢观鱼手中,絮絮地叮嘱着。

　　"好了,好了,小卢又不是小孩子了……"老卢说。

　　"是啊,我都快四十的人了。"卢观鱼笑。

　　"在我眼里啊,没结婚,没小孩,那就还是小孩子。"卢阿姨断然道。

　　"卢阿姨,卢叔,真是太谢谢你们了……"卢观鱼岔开话题,"你们放心,房租我每个月月初都会打到你们卡里的。"

　　"我们放心。"卢阿姨笑一笑,嘴角牵动,却没再说什么。

　　"走吧,"老卢淡淡地说。

　　两人走出院子,从门口枫杨树底下的一大丛金银花丛边,推出一辆老旧的蓝漆剥落的三轮车。卢观鱼之前竟然没看到这一辆车。老卢偏腿上车,卢阿姨撅起屁股,有些笨拙地爬上三轮车,背对老卢坐下,笑笑地看着他。

"小卢,我们走了啊。"卢阿姨说着,朝他挥一挥手。

三轮车铃铛丁零零响了几声,算是老卢和他打过招呼了。老卢弓起脊背,将三轮车骑出去。过桥,右拐,一直往东。卢阿姨又朝他挥一挥手。三轮车越走越远,钻进村子,村子那边,也有一片正在盖的高楼。卢观鱼想起卢阿姨说过,他们住在那几排高楼后面的拆迁小区。又过一会儿,三轮车穿出阴影,追上落日余晖了。仿佛一滴冷水,融入煊赫的火光里。

第二章　小店

短信十一条

有一年,我回老家,下车后还有一段路要走。那是凌晨三点,你不时发来长长的短信。我一边看短信,一边走在小路上,像是有你结伴同行。

现在我生活的地方,也有一条小路,暗夜里,我经常一个人走在路上。

现在除了银行和骗子,没人给我发短信了。

其实,又岂止是没人给我发短信,是越来越没人和我说话了。我也很少跟人说话。生活一览无余,能有什么可说的呢?

我又能跟你说些什么? 或许,我们可以说说"死"这件事。

死是什么? 我很小就想这事儿,想来想去,像是撞在一堵墙上。

那些相信鬼神的人,是有福的,已经有现实的答案给他们了。他们只管生活,孝敬父母,养儿育女,行善积德,自有美好的天堂和来世等着他们。

可是我所受的教育，渐渐让我不相信这些了。我知道，死是必然的，而且，我认定人死后将一无所有。没有灵魂，不会托生，也没一个上帝等着。

可是，如果真是这样，那死后是怎样？"我"究竟是怎样成形的，怎样开始产生自以为属于自己的思想的？又是怎样消失的？小冬，你现在知道答案了吗？

我一直觉得那件事是假的。但那张照片里的人，分明是你。你歪着头，攥紧拳头。我没法想象，你在下坠的过程里，心里会想些什么。

你看到灵魂了吗？若真有灵魂，但愿你能显形，告诉我死的秘密。如果你只是沉默着，那便是没有灵魂的吧？如果死是彻底的空无，那生又有什么意义？

暮色沉沉，气温渐降，小小的院子里只剩卢观鱼一人了。想不到一千五百块钱，租下的不是一间房，而是一整个院子。到上海十多年了，这是他想都不敢想的事，估计跟谁说，谁都不敢相信。他关上锈蚀的铁门，从里面闩上。慢慢走到鱼尾葵边，看了一会儿，又走到两棵柚子树中间，抬头看，月亮浮现在枝叶间了。忽觉身上一阵发冷，两手环抱，又站了一会儿，关了楼下堂屋的灯，趁着月光，上楼去了。站在房门口的过道上看，脚下的院子月色迷蒙，鱼尾葵和柚子树像是黑黢黢立着的三个人。树后矮墙那面是许多田亩，昏暗里看不出种着什么，再往远处去，村里的房子高矮错落，偶尔有些亮着灯光。灯光反倒衬得村子愈发昏暗，仿佛灯光下并没有人。不时有风吹来，凉飕飕的，他又抱一抱手臂，转身进屋了。

揿亮顶灯，恍若一轮完整的月亮浮现在头顶。

和衣倒在床上,摘了眼镜扔在一边,想着躺一会儿,再起床收拾那几箱书。闭上眼睛,胡乱想着什么,又似乎什么都没想。朦朦胧胧,像是走在一片水边,到处的光都明晃晃的,湿淋淋的。越走越远,自己知道是在梦中,越发放肆了,想要走到河面去。河面有冰,和日光一样明晃晃的。他走一步,那冰往前延伸一步。往河的腹心走,冰层亦在脚下延伸,对岸却越来越远了。他有些焦急,想要快些走过去,但不管他走多快,对岸仍然越来越远了。他有些担心冰层太薄,心念甫动,四处传来冰层坼裂声,慌乱中想要奔跑,忽然脚下塌陷,坠入河中,陷在浊水污泥里,想要挣扎出去,反倒越陷越深……猛然惊醒过来,浑身大汗淋漓。

咩咩……咩……几声羊叫从西窗外传来。

莫非吃晚饭前见到的那只羊还在?卢观鱼在梦的余绪里又躺了一会儿,翻身起床,戴上眼镜,酒劲儿上来了,浑身如一团软软的轻飘飘的棉花。走到窗边,窗户没关,窗帘被风撩动,一次次卷到脸上。他探身出去,果然看见昏暗的草地上,朦朦胧胧的月光里,立着一只山羊。

小时候到村里人家玩儿,卢观鱼是见过人家养羊的,但只是匆匆一见,对羊的习性并不了解,羊能在野地里过夜吗?不怕风吹雨淋吗?卢观鱼想,既然羊的主人没把羊牵回家去,毫无疑问,羊是可以在野地里过夜的。至于羊怕不怕风吹雨淋,那估计是只有羊自己才知道了。卢观鱼盯着羊看,羊似乎也知道有人在盯着自己看,羊往前走了几步,必定是又被绳子绊住了,咩咩几声,不再动弹了。

看了一会儿羊,往远处望去。远处黑沉沉一片,只桥边塔吊上亮着一盏明亮的灯。再看南边的河面,一样黑沉沉的。他想看一条船经过,等了许久,河面仍是暗的,如铁板一块。冷风阵阵吹来,草地上的羊又咩咩叫唤了几声。

关上窗户,一时睡不着了。摘了眼镜,看看手机,并没新的信息。

就想着,把那几箱书整理好吧。床边立着一排书架,都是空的,虚位以待的样子。卢观鱼拆开纸箱,取出书本,擦拭掉封面封底的积灰,再放上书架。这些书,最早买来的十多年了,一直随着卢观鱼在这座城市辗转,有些书里画了不少横线,边上还有标注,更多的书仅仅只是翻过,每一页都是簇新的。

重新将这些书摆放到书架上时,翻了翻其中几本。柏拉图的《理想国》是他认真看过的,还写过读书笔记,但他几乎记不得《理想国》讲的是什么了,看到"洞喻",心想自己现在置身在这一片荒芜的城郊村落,被四面在建的高楼包围,不正如洞中之人吗?歌德的《浮士德》,也是认真看过的,如今只约略记得浮士德和魔鬼梅菲斯特做交易,胡乱翻几页,看到浮士德说:

> 一条溪流化为几条溪流沛然奔腾而下,又加倍地从峡谷流了回来,形成了一条大河,抛出了弧形的水花;突然间他流到平坦的岩面,向四面八方潺流着,飞溅着,一级一级向山谷冲撞。英勇大胆的堵塞又有何助?巨浪滔天会把它们冲走。面临澎湃的水势,我也同时感到浑身颤抖。

而梅菲斯特说:

> 对这种虚构的水势,我怎么一无所见;看来只有肉眼凡胎才会受骗,这件怪事倒使我兴味盎然。他们横冲直撞,乱成一团:那些傻瓜们以为自己快要淹死,尽管他们自由地喘息在坚固的土地上,以可笑地游泳姿势跑跑颠颠……

忽然，传来长长一声汽笛声。卢观鱼扔下书，走到窗边，看到远处河面，一艘铁驳船正从上游朝桥洞驶来。塔吊上那盏灯明晃晃地亮着，铁驳船头的灯昏暗暗地亮着。是塔吊上的灯在送别铁驳船上的灯，也是铁驳船上的灯在告别塔吊上的灯。不多时，铁驳船穿过桥洞了，又传来长长一声汽笛。窗外草地上那只羊咩咩几声，仿佛也是对汽笛声的回应，或者告别。

回到书架前，继续坐在纸箱上翻书。又翻到一本之前认真看过的，弗洛伊德的《梦的解析》。大学时候，经常有装满书的三轮车出现在学校外的小路边，总有几个人围着三轮车挑书。他也曾凑上去过很多次，《梦的解析》就是收获之一。刚翻开书，一张书签掉出来，是大一时候学校活动的一张宣传卡片，是关于首个"世界预防自杀日"的，时间是2003年9月10日，他刚进入大学没几天。他完全忘记参加过这样的活动了。他捏着这张卡片，陷入一阵沉思。好一阵儿，从沉思里抽身而出，从头到尾翻了一遍书，想找到刚才做的梦该如何解析，看来看去，最合理的解释，或许那梦是来自"肉体刺激"？"睡眠中的刺激必须与那些我们所熟悉的日间经验遗留下来的心灵剩余产物结合而成一种'愿望的达成'"。那么，是冷风吹动，自己感觉冷了，这才有跋涉冰河的梦境？那什么是自己"愿望的达成"呢？自己是想像梦里那样，走到河对岸去吗？他没这么想过，但经这么一分析，还真想到河对岸去看看。他再度走到西窗边，隔着窗玻璃，往河那边眺望，河面暗沉，河对面的灯光稀稀落落的。

蓦地想起上大学时读过一首写河流的诗，刚读到时，像是被闪电击中了。那诗是谁写的？叫什么名字？有些什么句子？他全然想不起来了，但那种古老的、明亮的感觉，仿佛一颗埋在他血脉里的种子，此时此刻，这种感觉脱离具体的语词萌发出来了。然而，通过手机查来查去，他始终都没找到那是一首怎样的诗。或许，并不存在那样一首诗？直到后半夜，远远地听得一两声鸡鸣了，他才心有不甘地放弃找寻，去洗漱了，脱衣睡下。

待到醒来，屋内明亮，是日光透过东窗照进来了。昨晚只顾着西窗，忘记拉严东窗窗帘了。铁驳船的一两声汽笛声，拖长着调子在遥远的河面回荡。不用起身去看，他也知道，此时一整条大河就犹如光滑的缎带，水气氤氲，波光粼粼。他避开日光，又在床上躺了一会儿，看看手机，再翻翻书。忽然，一道明亮的闪电击中他，他忽然想起昨晚苦苦寻觅的那首诗的名字来了，忙用手机搜寻，果然是《黑人谈河流》，作者是美国诗人兰斯顿·休斯。他饿极了一般匆匆读了一遍，再老牛反刍一般慢腾腾地读了一遍：

我了解河流：/我了解像世界一样的古老的河流/比人类血管中流动的血液更古老的河流/我的灵魂变得像河流一般深邃/晨曦中我在幼发拉底河沐浴/在刚果河畔我盖了一间茅舍/河水潺潺催我入眠/我眺望尼罗河，在河畔建造了金字塔/当林肯去新奥尔良时/我听到密西西比河的歌声/我瞧见它那浑浊的胸膛/在夕阳下闪耀的金光/我了解河流：/古老的黝黑的河流/我的灵魂变得像河流一般深邃。

他深信，这世界上所有的河流都是同一条。

直到近十二点，卢观鱼才起床，下楼到厨房，将昨日的剩菜剩饭热一下，胡乱吃了几口，将脏碗筷扔在水池中，想着到晚上一并再洗。又在院子里站一站，他带来的鱼尾葵没什么可看的，养了十多年了，太熟悉了。它之前一直都被放在朝南的窗边,每天只能沐浴到斜射进来的日光。如今竟能被安放在院子里,日光充足,风雨也充足,相信不久就能越长越茂盛的。现在他最喜欢看的,还数那两棵结满果实的柚子树。秋日明艳,那一颗颗绿色灯笼似的柚子,仿佛散出冷凝的绿光。他盯着看了半天。到处都是静的,只偶尔听到远处工地上的打桩声。

没事可做,也没地方可去。他仍回楼上屋里。

搬来的书昨晚整理完了,在椅子上坐了一会儿,胡乱翻了翻书。又找出电视遥控器,想要打开电视看看。遥控器有两个,一个是管电视机的,一个是管机顶盒的,鼓捣半天,那电视画面就是停滞着不为所动。他本想打电话问房东夫妇,又忍住了。房东夫妇那么热情,总让他有些不自在。算了,电视也没什么可看的,本就很多年不看电视了。

想起那只羊。走到西窗边,拉开窗帘,推开玻璃窗,低头一看,草地上空空如也。羊不会是跑了吧? 不对,有绳子拴着。那是被它的主人牵走了? 什么时候牵走的呢? 有些地方的草偃伏了,还有些酢浆草被踩烂了,再仔细看看,草间还有一片黑黑的羊粪。看了半晌,了无头绪,不免心中怅然。

仍旧躺在床上,不戴眼镜地看书,看手机,没人找他说话,只有前主管发来一条信息,问他有没有想过回公司? 说他对有些话多心了,并没有想要辞掉他的意思。他想了想,只回复了两个字:"谢谢。"以为主管还会再发过来什么,等了半天,音讯全无。卢观鱼想,看来主管不过客气客气。又想,是自己把自己看得太重了,公司本就想着裁员,裁谁不是裁? 难不成离开自己,公司还不活了? 反过来也一样,离开公司,自己难道就不活了? 这么想着,豁然开朗了。

不知不觉,又睡着了。睡梦中,只觉得浑身发热,一团红光在眼前晃动。醒过来,睁眼看看,又闭上眼。落日悬在西边那排在建高楼的顶上了，夕光直直射来，滚烫的薄铁片般搁在脸上，让人难以睁眼。慢慢适应过来，再睁开眼往窗外望去。到处都是红的，红的落日，红的落霞，远方的那条河涌动的尽是红的波光。慢慢地，觉得自己置身的屋子也是红的。

在这盛大的光明里，卢观鱼看看书，看看手机，又闭上眼睡一会儿，醒来竟已是九点多钟，只听得肚腹中鼓声如雷，想要下楼去弄点儿吃的。等从卫生间出来，又不想下楼了。想着索性不吃饭了，这几年有些发福了，不吃一两顿饭，还能减肥呢。这么想着，又躺回床上，继续看手机看书，当然，看手机的时间远超过看书的时间，各种新闻，各种视频，看过则忘。如此又过一夜，夜中隐约听到河面传来汽笛声，仿佛是真实的，又仿佛只是来自梦中。

再次醒来，是中午十二点半了。纠结半天，终于起床，洗漱后下楼，到厨房将剩下的饭菜稍微热一热，一扫而光。水池里的脏碗筷堆得满满当当的。他不得不挣扎着将所有碗筷洗了。这些生活里难以回避的废弃物和油腻，让他不耐又无奈。终于洗完，将水池擦洗干净，已是下午三点半。

卢观鱼来到院中，在柚子树下站了一会儿。闲来无事，数了数两棵树上的柚子，第一遍数得三十，第二遍数得三十三，再数一遍，是三十五，耐着性子，又数了两遍，都是三十五。看来确实是三十五了，和他的年龄一般。三十五只柚子在两棵树上绿着，每一只都被沉默撑得圆滚滚的。卢观鱼很想摘一只下来，又想，还是等一等吧，等它们变黄了再说。

站了不多一会儿，卢观鱼回到楼上房间。这次，将东西两面的窗户都关严实了，窗帘也都拉上了。仍如头几日，躺在床上看书，看手机，后来实在无聊，又找出电视机遥控器来鼓捣，弄了许久，电视终于打开了，一个个频道调下去，不多时便将上百个频道浏览一遍。最后，选定了一个冒险节目，先是在撒哈拉沙漠，后来又在亚马逊丛林，都是他这辈子不可能前往的地方。不知何时，他在电视放出的幽光里睡着了，不知睡了多久，听到河上传来汽笛声，醒来看到电视里那人仍在冒险，已经到南极了，一群企鹅正从遥远的南极摇摇摆摆地朝他走来。

这世界多么大，又多么小。大到他知道很多地方自己这辈子都去不了了，小到所有这些地方都可以收纳在一台小小的电视机里。

肚中又鼓声如雷了。可惜再没什么可吃的。打开手机查看外卖软件，发现竟然没有往这儿送的，而且导航上这片地方显示得很粗略。想起来这地方是拆迁区，周围到处是荒地，自己租住的说不定是钉子户家。这大概就是之前那些租客匆忙搬走的原因吧？这么一想，感觉自己是被放逐了。转而又想，自己不是挺想这样的么？住在这样的地方刚刚好，更何况这儿条件还挺不错。思来想去，继续看电视，看电视里的人满世界冒险，冒险归冒险，他们可没饿肚子，这更加让他觉得饥饿难耐。心想着，只要天一亮，就到镇上去，热热地吃一顿热气羊肉。

不知不觉，又睡着了，待到醒来，又是十二点多了。然而，他并没立即起床。他听着肚子咕噜咕噜叫唤，在床上躺到下午五点多钟，才挣扎着起床，洗漱过后，拿了钥匙下楼，终于拉开门闩，打开锈迹斑斑的铁门。

这是到这儿的第几天了？卢观鱼记不得了。

披着暮光，想着那日的来路，卢观鱼往镇上走。脚步有些发虚，脑袋有些沉重，目光有些模糊，目之所见，都被夕阳涂上了一层昏黄的光。那天是坐车进到村里来的，所有的建筑、植物、田地，不过匆匆扫了一眼，现在，他看着自己的身影如一条短短的河流，不断往前流动着，流到路边衰残的荷叶上，流到收割后的稻田上。他追着影子，越走越快，不多时，后背汗湿，咻咻喘气。偶尔有几个在菜地里浇水的老人直起身子，默默地瞅着他。那晚吃饭时，听卢阿姨说过，这村里还住着很多老住户。卢观鱼不理会他们，径自走出村子，又走了一段路，路边渐渐热闹起来，是到酒房镇上了。

那天坐搬家公司的车经过，他已见识过酒房镇的热闹。此时走在路上看，发现比那日匆匆一眼看到的还要热闹，有好几家大酒店，好多家小旅馆，还有大小超市、菜市场、服装店、裁缝店、课外辅导机构、理发店、按摩店、茶叶店、咖啡店、烟酒店、鲜花店、药店、寿衣店、建材店、手机店、手机维修店、水果店、自行车店、家具店、家用电器店、瓷砖店、新华书店、干洗店、熟食店、废品收购站……生活的角角落落，呈现在几条街上，有的店铺前热闹，有的店铺前冷清，这热闹和冷清，构成了完备的人世间。

此时正是饭点，最热闹的当属饭店。卢观鱼一路注意着热气羊肉店，有的装饰豪奢，有的装饰精致，无论怎样的，站在门外往里看，都只见热气腾腾，人影幢幢。好几家热气羊肉店门口，还有人排队，都穿着羽绒服，站在越来越冷清的暮色里说着闲话。卢观鱼有些踌躇，心想有人排队的，那应该是味道不错，可他并不想排队；若门庭冷清，可见味道不怎样，他又不敢贸然进门。这么矛盾着，一路走下去，不知不觉，灯光有些稀稀落落的，见前面不远处即是大河了。心想不如干脆再走几步，到河边去看看。走到酒房桥边，往河上游望去，隐隐几点灯火。到得近前，果然是几家小饭店，其中竟也有一家热气羊肉店。

门面不大，门口没围着一堆人。卢观鱼站在门口打量，店里六七张方桌，都只配四把椅子。还有两张桌边没人，那坐了人的，都围着一只热气腾腾的炭火锅。站了不多一会儿，两个中年男人从身后擦身而过，掀开沉沉垂着的透明塑料门帘走进去,刹那间,一股热气扑面而来,在他的眼镜上蒙上一层水雾。

"老伯,今天生意好吗。"其中一个男人朝厨房那边喊。

一位六十多岁的高个儿老人,方脸阔口,大耳浓眉,朝男人走来。那跨步的样子,让人觉得他快要撑不住肥重的躯体了。老人穿一件短袖 T 恤,T 恤胸口竟有几个破洞,手上攥着一条灰色湿毛巾,交替擦着两只粗壮的小臂。

"来了? 里面坐啊。今晚想吃点儿什么?"

"老伯,我出门这几天,净想着你的炒羊肝了。"

"我还以为你说净想着老伯呢……"另一个男人嘻嘻笑。

"我就是想你,也不会想老伯啊。"

"去你的吧,说得我起鸡皮疙瘩了。"

"好,好,你们先坐,炒羊肝很快就来。"老人笑着说。

老人刚转身,又回过头来,看到门外立着的卢观鱼。

"小伙子,想吃点儿什么?"老人笑眯眯地说,"头一回来这儿吧?"

卢观鱼下意识地扭头往两边看看,身边没人,又回头看一眼身后,小路那边,河面黢黑,倒映着路边小店的几星灯火。他回头往店里看,那两人进去占了一张桌子,只剩靠门边的最后一张桌子了。他从老人撩起的门帘底下钻进去。心想,靠门边也好,扭头就可以看到河。坐了一会儿,眼镜上的水雾散了,看看菜单,要了一只小火锅,点了三份羊肉卷,还学着那两人的样子,点了一盘大葱炒羊肝。

"就你一个人?"老人立在卢观鱼身边,用湿毛巾交替擦拭着两手。

"就我一个人。"卢观鱼看老人一眼。老人明亮宽大的额头上汗涔涔的,稀疏的花白头发从耳边撩到头顶,眼看就要垮塌下来。

"好嘞!"老人高声喊,又低声补了一句,"不要酒吗?"

"有本地产的吗?"卢观鱼想起几天前喝的黄酒。

"你不知道'酒房河'? 那就是我们这儿产的。"

"哦哦,你是说那种叫'酒房河'的黄酒? 前两天我刚喝过,那先来一瓶吧。"卢观鱼这时候才反应过来,那天酒瓶上看到的"酒房河"三字,不只是地名,也是酒名。原来酒房镇真产酒,酒是一条河,一条河都是酒。

"好嘞!"老人高声喊着,转身往厨房去了。

卢观鱼的目光随着老人移动,老人是往自己身后去了,那儿就是厨房,厨房与店面一墙之隔,下部是墙,上部是玻璃挡板,老人在厨房内的一举一动都看得清清楚楚。厨房临河的一面上部也是玻璃挡板,老人面对着大河,独自一人在忙活。再看店里,大家都三五人一桌,忙着吃羊肉、喝酒,只有他是独自一人。

"老伯,老伯……"先前进门的那两个中年男人喊,"炒羊肝好了没?"

"好了,好了!"老人拖长声音,从厨房转出来,手上搭着湿毛巾,肘弯内夹着一黑釉土陶坛黄酒,两手各托一盘炒羊肝,先到中年男人那桌放下一盘,转到卢观鱼这边,再往桌上放下另一盘炒羊肝,然后从肘弯里取下黄酒搁在桌上。

"小伙子,尝一尝,这炒羊肝味道怎样?"

卢观鱼揼了一块羊肝和一些葱段,塞进嘴里嚼了嚼,口颊生香,羊油敷在嘴唇,生出一种轻暖之感,连连说道:"好吃,好吃。"老人听了,笑得咧开满是坏牙的嘴巴,用湿毛巾交替擦着两只手。

"这酒不错,你尝一尝,酿酒师傅是我几十年的老朋友了,他的手艺在酒房镇绝对是这个——"老人说着竖起大拇指。

黑釉土陶坛表面贴着一张菱形的红纸,印着"酒房河"三个饱满淋漓的黑色大字。用来喝酒的不是杯子,而是黑釉土陶碗。卢观鱼倒一些黄酒在碗里,灯下端详,心想,玉碗盛来琥珀光,这虽不是玉碗,盛来也有琥珀之光。卢观鱼不是懂酒之人,端起碗来,慢慢喝了一口,想象这是酒房河的一条细小支流,正汩汩流入他狭窄的喉咙,进入他幽深的肚腹,这么一想,觉得很有些诗意。抬头看到老人期待的眼神,装出一副懂酒的样子,连连说:"好喝,好喝!"事实上,也确实好喝,比那日房东卢阿姨拿来的那两罐要好喝很多。老人又一次笑得咧开满是坏牙的嘴,用湿毛巾交替擦着两只手。

"这一坛是两斤装的,你慢慢喝啊。"老人的手指在桌上敲了敲。

老人离开后,卢观鱼慢悠悠地喝酒,吃炒羊肝,在炭火锅里涮羊肉吃。火星儿从火锅当中的烟囱腾起,四散开来,消散在黑暗里。他仿佛看见过年时节的烟花,静默而灿烂。看一会儿,再往右手边玻璃窗外望去,小路边的河坡上长满青草,坡下的河面幽暗,从对岸隐约的几点灯火,可以判断出河面很宽广。偶尔听见一两声夜鹭的啼鸣,许久,听到马达声,是一艘铁驳船慢腾腾地驶过。

不多时,喝光了酒,又叫了一壶。老人送上酒来,顺势在对面侧身坐了。

"小伙子,你怎么一个人喝这么多酒啊? 这酒有后劲儿的,不能大意啊。"老人用湿毛巾交替擦着两只手。

卢观鱼感觉脑袋有些晕晕的了,眼睛热热的,看什么都觉得很明亮,心中又有很多话想说,只是不知道跟谁说好。"要一起喝一碗吗?"卢观鱼笑,"他们怎么无论年纪大小,都喊你老伯、老伯的?"

"我姓'薄'嘛,又虚长几岁,他们自然都喊我老薄。"

"原来是这个'老薄'啊,怪不得……"卢观鱼想了一下,越发感觉自己有些醉了,"看你忙了一晚了,我们喝一碗吧,老薄。"

"我拿只碗来。"老薄说着,两只宽大的手掌撑住两腿,喘着粗气站起,拿过一只土陶碗,慢慢坐下,自己倒满酒:"我喝不了多少的。"

卢观鱼微微笑着,和他碰一碰碗边,一口喝光了。

"老薄,店里就你一个人?"

"就我一个人。忙是忙一些,倒也自在……"

"老薄,你知道《许三观卖血记》吗?"卢观鱼打了个酒嗝,看着老薄,"这是一本小说,作者是当代著名作家余华,张艺谋拍的《活着》,也是他的小说。"卢观鱼夹一块炒羊肝嚼着,满嘴冒出油来。

"卖血什么的没读过。活着嘛,"老薄摇一摇头,"我倒是活几十年了。"

"不是你说的这活着,我说的《活着》是一部电影,也是一部小说。小说《许三观卖血记》里有个细节,"停了一会儿,卢观鱼咽下炒羊肝,"小说主人公卖血养家,每次卖血后,都会到小饭馆里,要一盘炒猪肝,要二两温过的黄酒,慢慢儿吃喝,就像我现在这样。不过,我还没沦落到卖血的地步。"卢观鱼笑一笑。

"我不读书好多年了,"老薄长叹一声,又摇一摇头,眼睛里有一点儿闪亮,"年轻时候,我还挺喜欢读书的,只是那时候难得找到书……"

老薄似乎正要说起往事,有一桌忽然喊着要加菜。"小伙子,你少喝点儿,我先忙了。"老薄气喘吁吁地站起,用湿毛巾擦一擦手,又擦一擦脸。卢观鱼看看店里,竟然只剩下两个中年男人那一桌了,加菜的正是他们。

继续自斟自饮。起初确实是饿了,烫了三盘羊肉卷后,又加两盘,还吃了大半盘炒羊肝,现在已经很饱了,只是内心的饥饿感仍然没消失。他靠在隔墙上,偶尔往右边河面望去,偶尔看见驶过一艘铁驳船,偶尔听见夜鹭嘎嘎嘎的啼鸣,想从黑暗里分辨出它们的身影,却只看见昏暗河面上闪动着的淡淡灯光。

老薄站在那俩男人身边聊了一会儿，三人不时哈哈大笑。过不多时，他俩也埋单走了。出门前，往卢观鱼这儿瞟了一眼，脸上似笑非笑。卢观鱼低下头继续喝酒，吃净了白瓷盘里的最后几片炒羊肝。老薄慢慢收拾碗盏，端着碗盏慢慢往厨房走。老薄不说话，卢观鱼也不说话。不多时，厨房传来流水声。

"老薄，你要打烊了吧？"卢观鱼朝厨房喊。

"你只管吃，要加菜就给你加，只是酒不能再加了。"老薄在厨房说。

卢观鱼心想，这话在哪儿听过？细细一想，笑出声来。

"老薄，不要担心，我住得很近的，路上又没老虎。"

"你说什么？"老薄从厨房走出来。

"没什么，没什么。"卢观鱼笑一笑，将坛子里的最后一点儿酒倒在碗里，举着碗，微微晃动着，"不过确实挺晚了。老薄，再给我三份炒羊肝吧，嗯……再给我三碗米饭，两坛两斤装的黄酒，我打包带走。"

很快，听到厨房里的炒菜声。过了一会儿，老薄从厨房出来，将两只挺大的塑料手提袋交给卢观鱼，一只手提袋里装着打包好的炒羊肝和米饭，另一只手提袋里装着两坛黄酒。老薄喘着粗气，用湿毛巾擦着汗，问道："小伙子，你住在附近？以前没见过你啊。"

"我刚搬来，住得离镇子不远，一个农家小院，边上一大片白杨林和菜地。"

"你是住在老卢家吧？"老薄又侧身坐在卢观鱼对面椅子上。

"你认识他们？他们两口子都姓卢。"

"唉……"老薄叹息一声。

"怎么呢？"卢观鱼看到老薄低下头去。

"没什么，没什么。小伙子，你运气不错，他俩都是好人啊。"

"他们是很好，对人真是太热情了……"卢观鱼笑。

老薄又叹一口气。卢观鱼看老薄一眼，也不再问。

"老薄，问一句，从你这儿回去，有近路吗？"

"近路啊？"老薄想一想，"有是有，出门往右，沿着河边走，走到一座旧桥边右拐，沿着高楼间的大路走，走不多远，到下一处大路口，再右拐，一直往前走就能到你住处了。记住了，右拐三次就行。只是你喝酒了，那儿又……"

"这一路上有路灯吗？"卢观鱼打断老薄的话。

"只旧桥那儿有，只是……只是这么晚了，路上没什么人，你还是从镇上走比较好，路虽然绕一些，但也热闹些。"老薄有些心事重重的样子。

"没事儿，我没喝多的，我刚好到河边走走。"卢观鱼拎了手提袋，走出热气羊肉店，回头看店门上方的红色霓虹店招牌，写的是"老薄热气羊肉店"，进店前竟没注意。他往右边拐去。沿着河边小路走了一段，回过头看，老薄仍站在小店门口，攥着湿毛巾，交替擦着手臂。卢观鱼放下装酒的袋子，腾出一只手朝老薄挥一挥，老薄便举起毛巾，朝他挥一挥。

夜风带着水腥味儿，不断从河面吹来，让卢观鱼陡然觉得，秋天深了。

他一手拎着一只沉甸甸的塑料手提袋，走一走，停一停，不多时，身上冒了一层细汗，酒已醒了大半。只要听到夜鹭鸣叫，他便停下脚步，往河面上方搜寻，偶尔能依稀辨出翅膀的一点儿影子。路边虽没灯火，但走了一会儿，便觉出月光清亮，灰白色的水泥路面在眼前清清楚楚地延伸着。走了半个多小时，看见一盏大灯放射着耀眼白光，高高地悬在塔吊上。灯下不远处，一座旧桥横跨江面。这不就是自己从西窗远远望见的那座桥吗？

是一座水泥平板桥，看上去比搬家进酒房镇时经过的那座桥陈旧很多。桥上立着几盏路灯，昏昏地照见窄窄的水泥桥面，许多地段的桥面破损了，桥面两侧的栏杆绿漆斑驳，露出锈蚀的铁管。靠在桥栏上，往大河上下望去，河水像是从无尽的远方来，又要到无尽的远方去。桥面离河面得有七八米远，俯身看得久了，让人目眩、害怕，却又莫名地有种想要往下跳的冲动。

卢观鱼忙缩回身子。看到河对岸，在一片黢黑的田地外，灯火繁盛，勾勒出鳞次栉比的屋顶和道路，应该是一处集镇。想走过去看看，走了几步，猛然看见桥西侧的路灯下立着一个人，啊了一声。定一定神，再看，那人立在桥面往河面凸出处，近乎和路灯杆合二为一。是个短头发的小个子姑娘，听到他走近，转过脸来，眼睛眯缝着，锐利地瞅着他。卢观鱼又吓了一跳。

小姑娘看上去二十出头，穿一件红色套头长袖卫衣，衣服帽子耷拉在肩后，戴一顶红色棒球帽，帽檐转在脑后，长发黝黑，瀑布一般在两侧脸颊垂下。红色与黑色，衬得她本就白皙的脸色越发白皙。脸上五官精致，细眉细眼的，猩红嘴唇蠕动着，发出咔嚓咔嚓的金属声，鲜红的汁液正不断从她嘴角涌出。

卢观鱼吓得后退两步，心跳停了几拍，手提袋差点儿掉到地上。

274

第三章 大河

短信八条

若是在睡梦中无知无觉地过世,对这人来说,死了和活着,会不会毫无区别?

一个人是生是死,对别人来说,很多时候也是毫无区别的。

如果别人不认识他,那他不曾生过。如果认识他,知道他死了,他确实就死了;不知道他死了,他就可以一直在别人心里不咸不淡地活下去,直到那人也死了。

所以,如果我不知道你死了,那你其实一直是活着的。

在得知你的死讯前,我们已经很久没联系了,是那张突兀而惨烈的照片,将我们断绝的联系重新接续上了。一种浓墨重彩的关联,忽然紧紧攥住了我们。

一个人活着,会不断认识"新人",也会不断失去认识的"旧人"。那些旧人,没有一声告别,不知不觉消失了,对自己来说,和死了又有什么区别?

但如果忽然知道他们死了,那又是有区别的。

一个人死了，不是句号，是省略号。这省略号就像一根麻绳，会绑住一些还活着的人，有的绑一阵子就松开了，有的则会绑一辈子。

此刻，夜色深沉，风穿过不远处的在建楼群，狼群似的，呜呜连声。卢观鱼硬生生压住嗓子眼里那一声惊叫，心中无数念头闪过，他是不信鬼神的，相信一定是自己看花眼了，女孩儿嘴角流出的不可能是血，估计是番茄汁之类的东西。卢观鱼装作很镇定的样子，搭讪道："这么晚了，你在这儿做什么呢？"

小姑娘不说话，转过脸去，望着不断涌来的河水，嘴巴继续嚼动着。咔嚓咔嚓，是金属相互摩擦的声音，切割着她嘴唇内部的黑暗，也切割着卢观鱼的耳朵。然而小姑娘神态自若，仿佛是在品尝极鲜美的果实，红红的汁液，淋淋漓漓，不断从她的嘴角涌出。隐隐的血腥味儿飘到卢观鱼的鼻尖。莫非这真是血？他禁不住心头的战栗，想再说一句什么。刚哎了一声，忽然，毫无征兆的，小姑娘扭头瞥他一眼，两手撑住护栏，身子往上一蹿，整个人腾起，转眼间挂在护栏外，放开一只手，停了两秒钟，又放开一只手。

砰！一声巨响——

"啊！"压在卢观鱼喉头的那一声呼喊，猛地窜出。

呆愣了一瞬间，俯身往桥底看，桥上的每一盏路灯都只能照亮很小的一片水域，卢观鱼看到，她的脑袋浮起、沉下，那举起的手，仿佛做出告别的姿势。连一声呼救都没有，很快，她消失不见了。路灯依然无动于衷地照亮着那一小片水域，漩涡无声地翻滚着。夜是如此安静。

桥上只有他一个人，只有塔吊上那盏巨眼般的灯，对这一切洞若观火。"有人吗？有人吗?！有人掉水里了！"知道没人，卢观鱼仍旧高声呼喊。喊声消失在旷野,没激起一点儿回声。"救人啊!救人啊!"卢观鱼又喊,带着哭腔。

——后来回想,有一瞬间,卢观鱼确实想过跳下河去救人,可他仍旧拎着两手提袋东西,上身趴在栏杆上低头看,看到桥那么高,又不知河水深浅,害怕了,犹豫了。这让他羞愧无比。很小的时候,他就在镇子外的大河里扑腾,无师自通地学会游泳。上大学后,体育课不再什么都要学,只需从各类项目中选一项,连续三个学期,他选的都是游泳课。体育老师批评他游泳姿势不标准,可不管标准不标准,他在全班游泳比赛中,总是名列第一,体育老师没办法,只能给他 A。同学们开玩笑说,他待在水里肯定比待在陆地上活得久。可他这样好的水性,在猝然遇到有人落水时,竟不敢跳下去救人?!

又喊了几声,没有任何回应。卢观鱼跑向桥东侧,往下游望去,只看见大水缓慢地流动着。酒房河是自西向东汇入长江的,这姑娘会一直漂到长江里去吗?一两只夜鹭飞过,嘎嘎叫唤几声,让他心惊肉跳。夜幕之下,四野之中,大河滔滔,孤桥横跨,似乎世间只有他一个人。

心中慌乱,不知如何是好,只觉得,不能就这样一走了之。卢观鱼用左手拎上两袋东西,右手打开手机电筒,走下桥来,沿来路回去。刚才走得慢悠悠的,现在却是一路小跑。一边跑一边用手机电筒微弱的光照向河面。河面除了偶尔漂过一些枯枝败叶,再无别的。河坡上很多青苔,他不敢走下去。"有人吗?有人吗?"他朝河里喊。回应他的是舒缓的水声。不多时,他又回到老薄的热气羊肉店,店门关了,店内黢黑一片。边上几家小店,也都关门了。他仍不放弃,又跑了一段路,一边跑一边喊:"有人吗?有人吗?"忽然想,自己是期望那姑娘答应自己吗?那该喊什么?喊救命?但怎么救呢?那姑娘全没踪影了。

来到小镇街道和大河交叉处,眼前是那日搬家时经过的桥。桥上没人,街上也没人了,只是灯火依旧明亮。桥上也有许多灯,和刚才那座桥上全然不同。卢观鱼走到桥中间,望向桥底。河水滔滔,吞没一切。水往东流,不远处,有一座高塔,层层塔檐,亮着一条条黄色装饰灯。塔下还有一片金色的建筑,飞檐翘角,也都亮着一条条黄色装饰灯。这就是地图上看到过的古寺古塔吧?

到处都很安宁,祥和。像是刚才什么事都没发生过。真有那么一个人掉进河里了吗?他有些怀疑自己了。莫非真有鬼?不觉后背发凉,回转身看,只有路灯静静地亮着。他在桥上坐了一会儿,茫茫然盯着水面,许久,决定仍旧走来时的路回去。街上没几家店营业了,到处冷冷清清,不再是黄昏时那个人间了。

走出街道,转入村子,一直走啊走,走到浑身汗湿,冷风一吹,后背发凉。理智告诉他,刚才在旧桥上所见,绝不是鬼,而是活生生的人,只不过,此时此刻,那人应该不在这人间了。回到熟悉的小院,卢观鱼将手中打包的饭菜放进厨房冰箱,将两坛酒取出,放在饭桌上,关掉灯,来到院中的柚子树下站了站。月光淡漠,照见那些星球般悬着的柚子。这不再是他熟悉的那个人间了。

回到房间,身上的汗干了,卢观鱼忽然觉出冷来,牙关紧咬,仍浑身瑟瑟发抖,忙将空调开到二十六度。手脚酸软,疲累极了,倒在床上,好一会儿,猛然想起,应该报警啊!转而又想,先上网查查,见人落水后应该打哪个电话。有的说,要先打 119 下水救人,然后打 120,将救上来的人送医。如果落水者是被人推下去的,还需要打 110。这么说来,他应该打 119?看手机上的时间,已经过去将近两小时了,人还有得救吗?他在床上坐起,呆了半晌。

冲澡时,卢观鱼站在花洒底下,闭着眼睛,想象自己正置身大河之中随波逐流。夜色浓重,月光淡漠,还有一些星星浮在大河尽头。这么一直漂下去,漂到长江,再漂到海上,要多长时间?这些想象让他的内心得到莫名的安慰。过了一会儿,又觉得自己这么想,实在是浪漫过头了。河水冰凉,到处漩涡,不知有多深,只要掉进去了,不须多时,人便会沉入河底,哪里能漂那么远呢?是啊,他今天竟然还一路小跑着顺水去找,或许那姑娘就一直在大桥附近。说不定她沉下去一会儿又浮上来朝自己求救了。这么想着,更增一层后悔。唉,怎么搞的!难道就这么算了?那是活生生一个人啊!就这样什么都不做了?但他能做什么?如果此时打119,说自己两个小时前看到一个人落水了。那对方问自己,为什么不立马打电话,自己怎么说?说自己没想起来?这话谁信呢?如果没人信,那到时就不是119跟自己对话,得是110跟自己对话了,那自己该如何辩解?警方会认定是自己把人推下去的吧?这么想着,他有些犹疑了,是自己把那姑娘推下去的吗?他惊得张口结舌,分明看到当时站在桥上的自己,放下酒菜,伸出手去,朝俯瞰河面的姑娘推了一把,忽又心生后悔,追了一路……啊,不能再想了!

但他眼前仍浮现出女孩儿跳下去时的表情,似乎有些不屑,更多的是决绝。进而又浮现出女孩儿那不断从嘴角涌出的血。对,那确实是血。只是不能确定,女孩儿嘴里咀嚼的是什么?那咔嚓咔嚓的金属声,再次切割着他的思绪。

许久,他从洗澡间出来。躺在床上,更觉疲累了。不单是今晚的,过去生活的一些画面,都在脑中浮现,浮现又消失。许久,终于在各种纷至沓来的想象中昏昏然睡去,几次醒来,知道是在梦中,又再次睡过去,恍惚间,发现自己仍坐在热气羊肉火锅店,正要吃肉,听见河面水声响动,往河面望去,一只白山羊从水里钻出来,一步一步爬上青苔遍布的河坡,一直走到店前,浑身披着水光,抖一抖湿淋淋的毛发,冲着自己咩咩叫唤。

醒过来了,盯着明亮的天花板,山羊的叫唤不时传来:咩咩……咩咩咩……仿佛来自遥远的梦中。卢观鱼闭上眼,感觉自己置身梦境和现实之间的山谷。起身走到西窗边,往下望去,白杨林的草地上,一只白山羊站在秋日的晨光里——它什么时候回来的?他竟然毫无知觉。听到他开窗,山羊抬起头来,摇一摇脑袋,眼睛湿漉漉地盯着他。

一夜过去了,他什么电话也没打一个。面对山羊纯澈的目光,他更清楚地看到,自己魂灵里野兽般的怯懦和冷血。

又回到几天前的状态了。从早到晚在床上躺着,看书,看电视,看手机,睡了醒,醒了睡,没白天没黑夜的。饿了,就到楼下厨房里热一热饭菜,打开一坛黄酒,慢慢吃喝足了,再将剩下的饭菜放回冰箱,将酒坛的塞子塞上,脏了的碗筷扔进水池,想着日后再洗。关上厨房门,到院子里看看那蓬鱼尾葵,看看那两棵柚子树,许多天过去了,似乎都没什么变化。

最喜欢的,还是站在柚子树下,仰着头看那些浑圆、沉重的柚子。这天,忽然发现,柚子似乎变黄了。柚子是怎样变黄的?他记得刚来那几天,柚子绿得像是用绿漆刷过的,在一层一层绿叶中几乎显不出来。现在,不用靠近,只站在厨房门口,就能看见一个个绿中泛黄的柚子了。风不知从何而起,吹到树上,叶子手掌似的拂动着,连柚子们也轻轻地碰撞着。这场景让他看得入迷,短暂地忘记了那晚看见的那姑娘,忘记了自责和懊悔。

同样能让他忘记这些的,是西窗外那只山羊。时不时地,山羊低低地叫唤,咩咩咩……咩咩咩咩……他趴在窗口往下看,山羊静静地站着,偶尔摇一摇脑袋,大大的耳朵甩来甩去。秋天的日光,在山羊身上浑然一团,白、亮、轻柔。有时候,碰巧看到山羊吃草,听到草被羊嘴咬住,噌一声,从地上拔起,草茎断裂处,仿佛看得见草汁喷溅。草茎横在羊嘴两边,一上一下,一上一下,咯吱咯吱,咯吱咯吱。他一动不动地趴着,看得兴味盎然,觉得那草肥美多汁,清口净心,也想像羊那样,趴在地上啃上几口。

可只要一抬头,他就能看到远处的酒房河,还能隐约看到河上那座旧桥。几天前,这只是一条普通的河,一座普通的桥,现在,它们是如此紧密地连接着他,拷问着他。他怔怔地看着,河面的闪光,桥上偶尔开过的车,偶尔走过的人,都在他眼里。秋日阳光明艳,到处明晃晃的,眼前的杨树林层层叠叠,层层叠叠的叶子,层层叠叠的日光,不断往河边涌去。

到处都是悄无声息的。时间久了,他再次怀疑,那晚上的事并未发生过,或许只是自己喝多了,臆想出来的? 很可能是他走到桥上时,看四面无人,心中胆怯,想象出那么一个人来。如果真有人跳河死了,这周围的村子还不议论纷纷? 村子是最藏不住秘密的。转而又想,自己又没在村里生活,怎么知道村里人有没有议论纷纷? 不如给卢阿姨打电话问问? 刚想拨出电话,又忍住了。他们和自己只不过刚刚相识,该怎么和他们说起这样的事呢? 转而又想着,即便真有人跳河死了,说不定也没人议论。一个人的生死,对别人并没那么重要。

如果说知行合一,那么,自己也没多在意旁人的生死。以前,他看过多少下水救人的新闻啊,每次看到都会想,这有什么难的? 这么小一件事都值得宣传? 真让他碰到了,他竟然退缩了。与其说自己怯懦,不如说自己冷血,是刽子手……这些念头犹如猎狗,一个紧接一个追上来,让他在头脑的层叠山河里疲于奔命。

夜色降临后,他躺在床上,打开电视听着,在手机上继续浏览新闻。自那晚回来后,他就在搜索引擎里查找"酒房河、女性、溺水"这类字眼,查到的新闻很少,有一条是四五年前的,酒房河漂起大量死鱼,是因为一家造纸厂偷偷往河里排放未达标的污水;还有一条,是两三年前的,说酒房河边的各种小工厂经过彻底治理,水质越来越好,近来对河水的生物毒性、pH 值溶解率、挥发性有机溶解物等多项指标进行检测,都在正常数值内;还有一条是几个月前的,说酒房河边又出现大量死鱼,环境监察支队队长说,在排查过程中,有酒房河附近多名居民反映,夜间曾有人划着小船到河上电击捕鱼。这条新闻还有后续,原来酒房河出现死鱼,确实是因为捕鱼,却并非因为电击捕鱼,而是有人下药捕鱼。

这些新闻反复看过多次了,今晚再刷新搜索引擎,一条新的有关酒房河的新闻忽然跳了出来。"女子夜间跳河轻生,漂流八十多公里奇迹生还!"卢观鱼心跳加速,连忙点开新闻,快速浏览一遍,天哪!那女孩没死!又重头细读一遍,报道里说,女子因情绪低落,深夜跳桥,漂到下游后,生生寺的僧人们听到落水者的呼救声,出动僧人救援队,却因为水势太大,河面漂浮物太多,又是夜间,直到第二天早上六点多,追到长江水域,才得以靠近,将女子从浮木上救起。报道里说,女子二十二岁,刚被救上来时,打着哭腔问,这是哪儿? 等确认获救后,立马破涕为笑了。女子说,自己落水后很快后悔了,恰好抓住一段漂浮的朽木,努力让自己仰着头,持续不断地呼救。女孩一再对救助的僧人们表示感谢,并说再也不会轻生了。僧人们为确保女子身体无恙,将她送往生生寺附近的酒房镇卫生服务中心就医,经检查,女子身体并无大碍。

新闻后面,还讲了女子跳河的原因。说是女子母亲病逝,又和男友分手了,所以心情很糟,和朋友去唱歌喝酒,想要解脱出来,不想朋友点的都是情歌,越唱越难过,离开 KTV 后,在酒精的作用下,女子决定去跳河。女子说,跳河前,还发了一条朋友圈,向家人和朋友告别。然后,她很快关掉手机,把证件和手机都放在桥边,心想捡到手机的人,或许还可以接着用,至于为什么把证件也放在桥边,她说是怕自己被捞上来后,别人辨认不出来……卢观鱼想,那晚竟没注意到地上有东西,真是太大意了。

在这条新闻底下,还有多条相关链接,有一篇是访谈。记者只偶尔提问一句,基本是那姑娘自己在讲述落水后的经历:

"跳下去后,发现河水真凉啊,我立马后悔了,心想'死定了死定了'。只几秒钟,我很快就沉到水底了,开始呛水,呼吸不上来。呛水后,我感觉脑子清醒了,这个时候我就没再呼吸,开始憋气。大概一个星期前,我看过一条溺水自救的短视频,说如果溺水了,千万不要慌得四肢乱动,不然容易抽筋,也不要着急呼救,保持脸朝上,脚往上抬,人就能浮起来。我基本算是不会游泳,只能不换气地在水里划几下。按照视频里教的,我竟然真浮起来了,漂了十多分钟后,抓到一根竹竿,我紧紧抱住它,尝试着往岸边划水。但河水特别急,总是一次次把我卷回河心。渐渐地,筋疲力尽了,我抱着竹竿想,干脆放弃吧。之后,我又抱着竹竿漂了一个多小时吧,黑暗里看见漂来一根很大的浮木。我摸索着爬上去后,抱着竹竿蹲着,蹲了好一阵儿,总算缓过一口气了,我这才开始呼救。

"当时是夜里,我只要看见两岸有光就会喊。喊了四五个小时,隐隐看见上游有一艘小船追来,隐隐听到船上有人喊,我想小船是来救我的吧?但它总是近了近了,又远了。很快,小船上的灯光彻底看不见了。我想,是我想错了,那不可能是来救我的。后来,我还遇到一艘停靠在岸边的大货船。那大货船灯塔的灯光照向我,却没看见我。我有些绝望了。天已经有一点点泛白。江边的大船越来越多,但没人看见我。我知道,再往前漂,就到海上了。我已经不抱希望,我想,死定了,随便江水把我带到哪儿去吧。

"漂流的这几个小时里，下了好几场大雨，还一直在刮风。我特别冷，全身发抖，牙齿打战，胃有点着凉了，吐过两次。我嗓子喊哑了，就拼命咽口水润嗓子，又接着喊救命。漂浮的六个多小时里，我一直都很清醒。除了呛水，我还遇到好多次漩涡，被一些漂浮物划伤了。天快亮时，我还看见两条水蛇爬在木头上，我真是害怕极了，想用手上的竹竿赶走它们，转而又想，这木头也不是我的，我能爬上来活命，它们自然也能。

"过了一阵儿，我又看到身后的灯光了，还是那艘小船！它一直跟着我！我看到船上穿着救生衣的大和尚们了，我激动得连忙起身，差点儿又掉水里。我挥舞竹竿，拼命呼叫。我听到有人喊：'就是那儿吗？'我说：'是我，快救救我。'他们说：'小妹不要着急，不要慌，我们一定会救你。'这时，天更亮了，小船终于靠近了，大和尚们把我拉到船上，给我披上一件黑色的大外套，一个个低头看着我笑。我瘫坐在船舱里，看着他们满脸汗水，又哭又笑。我想，我这运气真是太好了，我平时也不拜佛啊，竟然被大和尚们救了。

"被救后，我第一时间借大和尚们的电话给我爸打过去。我跳河后，他看到我发的朋友圈了，一直在等我消息。我爸来接我回家时，我抱着他说对不起。他安慰我说：'人没事就好。'我现在状态挺好的，只是喉咙还有点儿哑。我还挺佩服当时冷静的自己的，当然，我更佩服追了我一整夜的生生寺的师父们……"

连续点开好多条相关链接，各条新闻侧重点略有不同，时间、地点、人物都对得上，卢观鱼确定，这是真的。悬了多少天的心，终于放下来了。内心的阴霾瞬间一扫而光。一个人决定去死，是怎样的心态？一个人大难不死，又是怎样的心态？一个人大难不死后如此坦然地谈论求生的过程，又是怎样的心态？卢观鱼难以想象，如果是自己经历这些会怎样？

在这些报道里，他注意到一个细节，说小姑娘获救后，才发现嘴里尽是伤口。记者问她，嘴里的伤是怎么回事？她说，那天喝完酒，喝麻了，路过一处小店，印象中好像是卖建材的，有一老一少两个男人蹲在门口做电焊，她醉醺醺的，站在边上，盯着那电焊激起的火光看。那明亮的光，让她流下泪来。她扭过头去，就在这时，看到小店角落里堆着什么雪白的东西。问那两个人，那是什么？那两人停下电焊的工作，笑笑地看着她。年长的说，是好吃的。她正觉口渴难耐，看到那雪白雪白的一堆，冰凉透彻，心想应该很好吃。再看看那两人，仍然笑笑地看着她，她说我能吃吗？年长的说，你想吃就吃啊。年轻的笑出声来。她果断抓了一团，塞进嘴里，咀嚼起来。嘎吱嘎吱，她觉得舌头触到冰凉坚硬的东西。那两人眼睛直直地盯着她，露出诡异的表情。她捧着那团东西，继续走，继续嚼，有咸鲜的液体涌出来，以为吃的是小番茄之类。落水后没多久，她清醒过来了，嘴里那团铁屑早已不见，她也忘记这事了，并不觉得嘴巴有什么问题。直到获救后，才慢慢觉出，嘴里疼得不行，从牙缝抠出一些东西，竟是雪白铁屑，她这才慢慢回想起落水之前做过的这件事。到医院后，她张开嘴照镜子，内颊、上颚和舌头血肉模糊，犹如一只溃烂的西红柿。

她最后的这段描述，仿佛将画面直接呈现在卢观鱼面前。他将这溃烂的嘴巴和旧桥上看见的那张脸慢慢拼贴在一起，直至这张脸粘贴到自己脸上。

不知不觉睡去了，这一夜真是夜长梦多。很多梦如用水写在石头上的字，被太阳一照，很快淡去了。只记得一个情节，他在和什么人争辩，越着急越觉得舌头如一团肉球，在嘴里滚来滚去，嘴巴里塞满铁屑，铁屑不是雪白的,是灰黑的。他看见,一团柔软的鲜红肉球,在遍布尖锐灰黑铁屑的山洞里左冲右突,竭力想要找到一条出路,说出的是无人懂得的鲜血淋漓的语言。渐渐地,肉球和他,分离为二,两不相干,就连他自己亦不懂得那肉球想要表达什么。肉球被拘禁在山洞里,而他被拘禁在梦里。这梦和山洞皆如克莱因瓶,他好几次以为自己醒了,却只是深入更深一层的梦里,在更深的梦里,他又一次从山洞的外部,经过旋转的通道进入洞底,却发现自己仍在进入原先的山洞,山洞是自己的嘴巴,嘴巴里涌动着血淋淋的沉默,潮涌般即将淹没他。

他战栗着醒来,听到院墙外那只山羊偶尔咩咩叫唤,它是醒了一夜吗？卢观鱼想,羊会不会睡觉？会不会做梦？会梦见什么？这么想着,卢观鱼朦朦胧胧地,看到那只羊就站在床边,睁着湿漉漉的大眼睛,盯着自己的脸,盯得自己脸上仿佛正长出青草来。他想这肯定还是在做梦。羊又走近一些,伸出红红的舌头——他有一瞬间想,羊的舌头是红色的吗？——湿漉漉地舔着他的脸,一下,又一下。脸上凉冰冰的,想要躲开,却不能够。好不容易抬起头来,伸手拂拭,那舌头凉冰冰地又一下一下舔着手心。挣扎着,终于睁开眼睛,原来是后窗没关好,风吹动窗帘,一下一下撩到脸上、身上。

他抓过枕边的《梦的解析》,翻看了半天,也没明白这样的梦意味着什么。或许仅仅只是现实照进梦境？还不如找本《周公解梦》看看呢。心念及此,不觉好笑,自己怎么会想着"解梦"？

又躺了一会儿,再睡不着。洗漱后下楼,到厨房把饭菜热了,饭吃完了,炒羊肝也吃完了。洗过碗筷后,把厨房清理了一遍,这还是租到这儿后的头一回。离开厨房,到柚子树下看柚子,柚子似乎更黄了一些,数了数,仍是三十五只。太阳已移至中天偏西处,被树叶簇拥着,是第三十六只炫目的柚子。

上楼又查了相关新闻，不过大同小异。那姑娘的形象在反复的勾勒中，更加清晰。在她的对比之下，自己那晚的紧张无措，这几日的颓靡，实在让人惭愧。

从西窗往远处眺望，一条大河泛着橘色的波光，无声，平静，沉缓地流动，让周围的一切变得轻盈起来了。

卢观鱼打算晚上再去老薄热气羊肉店，好好要几个菜，好好喝几碗酒，还想着，要跟老薄也喝一碗。虽然刚刚认识，说过不多几句话，如今想起老薄，竟有几分亲切感。看看天色还早，就又拿了本书歪在床上，不知不觉睡过去了。梦中听得手机铃声响起，还以为是在梦里，又等了一等，确实是手机铃声。已经很长时间没人给他打电话了。会是谁呢？摸到手机，瞥了一眼，"房东卢"，是房东卢阿姨。半梦半醒地想，房租还不到期啊，付三押一，这还没住够一个月呢。接了电话，卢阿姨的声音很响亮地冲出来。

"小卢啊，你还好吧？""卢阿姨，我挺好的。""小卢，我们给你带点儿菜过来。""不用啊，卢阿姨，我自己叫外卖，或者到镇上吃就行。""哪能天天这样呢？你就别客气了。""卢阿姨，我真不是客气……"

话音未落，听得手机那边铁门吭吭响。

"小卢，小卢，快开开门。"

卢观鱼这才意识到，那很响亮的吭吭声有一部分是从楼下传来的。

落日余晖从西窗斜射进来，照亮床的一角。卢观鱼掀开被子，赶紧下床。打开房门，站在走道上，越过大门，看到大门外枫杨树下停着那辆老旧的蓝色三轮车，人却看不到。噔噔噔下楼，拉开门闩，先看到戴着花袖套、拎着两大包东西的卢阿姨，接着看到卢阿姨身后穿着蓝布大褂的老卢，老卢同样拎着两大包东西。

"卢阿姨，卢叔，你们怎么来了？"卢阿姨看一眼卢观鱼的头发，笑呵呵地从他旁边挤进门来，"小卢，你这是刚起床吧?"卢观鱼不好意思地笑笑。"我一看你这鸡窝似的脑袋，就知道你刚起床。现在的年轻人啊。""卢阿姨，我可不年轻了。"卢观鱼挠着头笑着说。卢阿姨拎着那两包东西，径直进到厨房，"哎哟"一声。"小卢，你倒是把厨房打理得很干净嘛……就是垃圾桶都满了，也没往外扔。还好天冷了，不然会臭的。""你少说两句嘛，小卢是大人了，我们把房子租给他，他爱怎样怎样，你管那么多干什么。"老卢站在厨房门口，看着妻子在厨房里忙碌，不紧不慢地说。"我没管嘛，我就想小卢过得清清爽爽的。""你知道别人什么想法? 别总拿自己的想法强加给别人。""你这人啊，什么事到你嘴里，怎么就变味了呢?""我说的是事实嘛。我们是房东，小卢是租客，我们怎么能干涉他的生活?"老卢仍然慢悠悠地说。"我就那么随便说一句话，怎么就成'干涉'了呢?"卢阿姨盯着老卢。老卢不说话了。过了一会儿，卢阿姨又说:"好了，好了，我明白你的意思。我知道的。"老卢仍不说话。卢阿姨也不说话了，将厨房里的拖把啊砧板啊冰箱门啊弄得咚咚响。

卢观鱼也不知说什么好，不好离开，就走到柚子树下，抬起头数柚子，数来数去，三十五个。听到脚步声，转回头看，是老卢走过来了。老卢那脸，窄而长，满脸刀刻似的皱纹，人又寡言，整个人看上去很严肃。刚刚看两人在厨房斗嘴，卢观鱼发现了一个小细节，老卢有时候会在开口说话前快速眨动一下眼睛。这时候的老卢，仿佛在重重防护中打开了一道口子，让外人得以稍微窥见他的内心。当他朝卢观鱼走过来，又一次快速眨动眼睛。卢观鱼意识到，他想说点儿什么。

"唉……"老卢叹一口气，站得离卢观鱼不远不近的，也盯着柚子树。

"卢叔怎么了?"卢观鱼转过脸看一眼老卢。

"没什么。"许久,老卢才说。又过了一会儿,他看着卢观鱼说:"小卢,你有什么事吗?有事就忙你的事去,我们今晚不在这儿吃饭的。"

"我看卢阿姨带来不少腌腊,还以为你们要在这儿吃饭呢。"

"我不让她来的,她非要来,说是家里做的腌腊吃不完,又说再过几个月就过年了,没有腌腊不像过年。总之,她在家里总念叨你……"老卢止住话头,停了停,又说,"你卢阿姨啊,这辈子就是操心的命,她非要给你拿些腌腊过来,说顺手再给你做些饭菜放冰箱里……"卢观鱼想要去厨房,被老卢拉住了:"小卢,你让她忙去吧,不然她不舒服的。你放心,你租了这房子,这儿就归你支配了,我们不会经常来搅扰你的。"

老卢一下子说到卢观鱼心里去了,他倒有些不好意思了。

"哪里是什么搅扰嘛,我是不好意思,你们太热情了。"卢观鱼提高声音朝厨房喊,"卢阿姨,你别做太多菜啊,我一个人吃不掉多少的。"

"小卢,你别管,你别管,和你卢叔聊聊天……"夹杂在切菜的声音中间,卢阿姨的声音传出来。

老卢沉默着,抬头看柚子树,仿佛也在数树上的柚子。

"这两棵柚子结得好多啊。"卢观鱼也盯着那些柚子。

"这算结得少的了。"老卢淡淡叹一口气,"头几年,那才结得多,两棵加起来不会少于一百个。这些年不知道怎么回事,结得越来越少了。再过些日子,让它们再黄一黄,你就可以摘下来吃了。"

"我可以摘?"卢观鱼惊喜地看着老卢。

"你把这儿租下来了,租下的不光是房子,还包括这两棵柚子,你当然可以摘。只是再等等吧,等熟了,这些柚子甜得很,比市场上卖的都甜。"

"那太好了。"卢观鱼微笑着,像是要找补什么,"等这些柚子可以摘了,您和卢阿姨要来啊,我一个人哪里吃得完这么多……"

老卢沉默着，望着树上的柚子。卢观鱼也望着那些柚子。

　　柚子树的树冠是自足的小宇宙，那些柚子是悬浮的星球，在黄昏朦胧的光里，一个个淡黄着，寂静着。这一刻仿佛正分享着"永恒"的一部分。卢观鱼听得到柚子们彼此轻轻碰撞的声音，听得到它们内部的汁水正在缓慢而有力地流动，变得越来越饱满、丰赡的声音；同时，听得到后院那只山羊咩咩地叫唤，草茎被羊的牙齿切断的声音，草汁迸溅的声音；听得到远处大河流动的声音，铁驳船的马达突突突响，船头划开水面的声音；听得到远处正在建造的高楼上，工人们将一块砖头垒在另一块砖头之上的声音，塔吊在秋风里轻轻晃动的声音；还听到酒房镇上的人们在说话，走来走去的声音；甚至听得到秋风吹动那许许多多杨树叶子的沙沙声，杨树林边的草在风中偃伏的声音……这么多声音纷纷杂杂，循着各自的轨道，彼此互相呼应，互不干扰。

　　这一刻，卢观鱼莫名地感觉，和老卢的关系挨近了很多。他甚至想和老卢说一说看见那姑娘跳河的事。一阵风吹来，一棵柚子树喇啦啦响，另一棵柚子树也喇啦啦响，仿佛是声响催动着声响。风吹到他身上，他什么都没说。

第四章　纷争

短信六条

小冬，这些年来，你的死是一根坚硬的刺，梗在我的喉咙，吐不出来，也咽不下去。我整夜整夜想，你在决定去死时，会想些什么？

当我走到高处的边缘，这念头总会冒出来：是怎样的力量，促使你这样一个总说自己恐高的人从楼顶往前跨出一步？

你决定去死，一定是经过深思熟虑的吧？现在我也知道，很多人可能因为别人一句无心的话，或者只是喝了一场酒，情绪低落，就能跨出那一步。

当然，我也知道，对很多人来说，死是不由他们决定的。忽然，死就像一个许久不见的老朋友，出现在他们面前了。

之所以有这些感慨，是因为我最近病了。在医院里，不时会听到声嘶力竭的哭声，哭声过后，夜更静了。寂静里，死亡的余音袅袅不绝。

疾病让人变得虚弱，也让人看到之前看不到的一些东西。当我以病人的身份坐在街角，我发现，这世界呈现出从未有过的面目来了。

听到一声脆响，卢观鱼跑到厨房门口，看见卢阿姨正蹲在地上，背对着自己捡拾碎碗。"卢阿姨，没事吧？"卢观鱼走进厨房，厨房里没开灯，又背光，他一时什么都看不清。"没事没事，"卢阿姨说，"你出去和你卢叔再聊会儿，我马上就好。"卢观鱼见也帮不上什么忙，只好退出来。

　　"卢阿姨，您做这么多菜，我哪里吃得完？您别弄了啊。"卢观鱼站在厨房门边，对重新拿起锅铲的卢阿姨说。"哪里多嘛，就几个炒菜。这些都是能放的，你吃不完就放冰箱里，能吃好多天。"卢阿姨说着，放下锅铲，扭头看着站在厨房门口的卢观鱼，"不过啊小卢，你也要学着做菜啊，镇上好几个菜市场，离这儿都不算远，村里也有人卖菜，随便买点儿炒几个小菜，很方便的。"

　　抽油烟机似乎不怎么好使了，厨房里烟雾缭绕，夕光从窗户透进来，在烟雾里劈开几条明亮的道路。这场景多么熟悉，是小时候经常见到的。卢观鱼不禁有几分感动。过了好一阵儿，总算做完菜，卢阿姨把锅、砧板和菜刀都洗了。"卢阿姨，您放着吧，我来洗啊。"卢观鱼说。卢阿姨自然不会停手："顺手的事，哪里还用再沾一个人的手？小卢，你别太客气，我和你卢叔就是路过，刚好进来看看，顺手给你做几个菜……"卢阿姨说着，转头朝卢观鱼笑一笑。

　　"我准备这两天就去买菜了，刚弄清楚菜市场的位置。这阵子嘛，我都是在镇上吃的。"卢观鱼随口扯谎道。不想卢阿姨转过头来，笑笑地看着他："说说看，都去镇上哪儿吃了？酒房镇我住大半辈子了，别的不说，大大小小的饭店没有哪家是我不熟悉的。""是吗？我还不熟悉呢，我就瞎逛逛，随便进了一家店。"卢观鱼看卢阿姨很期待地看着自己，就说，"那家店离镇中心有些远了，在酒房河边，叫作'老薄热气羊肉店'，卢阿姨知道吧？"

"你怎么去他那儿?"半晌,卢阿姨瞅着卢观鱼,"那是个坏人啊!"

"卢阿姨说谁? 你说老薄热气羊肉店的老板?"

"什么老板?!"卢阿姨放下洗好的厨具,用围裙擦着两只水淋淋的、红萝卜似的手,走到卢观鱼跟前,"就开那么个小破店,他也能叫作老板?"

卢观鱼不知道卢阿姨为什么忽然这么激动,往后退了几步,站到院子里。

"这种坏人……小卢你要离他远点儿,不要跟他来往。"

"我没和他来往,只是到那儿吃饭,聊过几句。"

"他那人最会笼络人心了。你去吃饭就吃饭,和他聊什么? 你们又不认识。这种坏人,理都不要理他……"卢阿姨眼里几欲喷出火来。

听卢阿姨越说越严厉,仿佛自己做错什么事似的,心里倒有些不舒服了,心想我刚来这儿,别人开店,我去吃饭,哪管得了那么多?

"哎呀,你又来了。什么坏人不坏人的? 说得那么难听。"老卢皱着眉说,"再说,小卢刚来,哪里知道什么? 你管那么多干吗? 小卢爱去哪儿去哪儿。"

老卢一下子说中卢观鱼所想,卢观鱼又有点儿不好意思,想着说什么缓解一下,话还没出口,又听卢阿姨爆炸似的说出一连串话来。

"这说的什么话? 明明知道那是什么地方,明明知道那是什么人,还任由小卢送上门去? 你还嫌那人害人不够?"

"唉,你就少说两句吧……"老卢更紧地拧着眉头,"天天背后说人坏话,别人听了,不会真觉得他是坏人,只会觉得你脑子有毛病。"

"我脑子有毛病?"卢阿姨冷笑一声,"我从来不在背后说他坏话,这镇上的人,我当着哪个的面都是这么说,那就是不折不扣的坏人! 至于别人怎么看我怎么说我,我管不着,也不想管,但我到哪儿都是这么说……"

"唉,算了算了,少说两句吧。让小卢看了笑话……"老卢低头说。

"小卢又不是外人,笑话什么?"卢阿姨定睛看着卢观鱼,"小卢,酒房镇不大,但什么人都有,好人坏人都不少,你可得睁大眼睛,别被一些人糊弄了。"

卢观鱼听出来,老卢夫妇必定是和老薄有什么过节,又不想细究。自己只是租客而已,管那么多做什么? 只是笑一笑,不说什么。

"有些人啊,当面把话说得多好听,背地里不知道干些什么龌龊事! 人能坏到什么程度,真不是你想得到的! ……"卢阿姨越说越咬牙切齿。

卢观鱼有些尴尬,心想这得多大仇怨,才会这么提起来就止不住。隐约想起来,那晚老薄问自己住在哪儿,自己只说住在一处农家小院,边上还有白杨树林和菜地,老薄即说出自己是住在老卢家。可见他们是很相熟的。还想起来,那晚老薄好像说,老卢两口子是好人啊,怎么卢阿姨说起老薄,竟一口一个坏人呢? 想要开口问,又立马想起,自己只是租客,不得不再次压制住好奇心。

忽然发现,卢阿姨脚面前的地上,一片湿漉漉的红色。抬起头看,卢阿姨两只手握在胸前,右手食指微微翘着,正啪嗒啪嗒往下滴血。而卢阿姨仍在咒骂老薄,全然没注意到手上在流血似的。

"卢阿姨,您的手!"卢观鱼叫起来。

卢阿姨低头看到食指正往外涌血:"没事,没事,刚才捡碎碗时不小心划伤的。有些事情,还是要跟你说说……"说着将流血的手指塞进嘴里呷巴着。

"哎呀,伤这么严重,去医院看一下吧。"卢观鱼截断卢阿姨的话头,想起在网上看过,唾沫中有很多细菌,是不能将受伤的手指塞嘴里的。

"这么点儿小伤,哪里用得着去医院?"卢阿姨将手指抽出,才说一句话,手指上的血又涌出,只好再次将手指塞进嘴里。

"还是去医院看看吧。"老卢走近几步,歪着头盯着妻子的嘴巴。血流得不少,没来得及咽下的血,从嘴角流出,看上去有些瘆人。"我们走吧,给小卢的菜弄好了,就别在这儿说这些了,小卢不知道那些事,也没必要知道那些事,小卢和谁交往,是他的自由。你不要说话,先听我把话说完,就算你说得对,那刚才已经也算是提醒过小卢了,小卢是大人了,是好是坏,他会有自己的判断,你不要总把自己的想法强加给别人嘛……"老卢慢悠悠地,说了一长串。卢阿姨瞅着他,几次想要说话,都被阻止了。

"呸!"卢阿姨猛地抽出手指,朝地上吐出一大口血水。

"你就是这样!什么时候都要装出很公道的样子,其实不知不觉的,你有没有发现,什么事情你都是站在别人的位置上帮着别人说话?既然这样,你干脆和别人过得了!"卢阿姨怒视老卢,眼中真要喷出火来了。

"唉……小卢什么都不知道,我们到底在他面前吵什么啊?"老卢叹息。

卢阿姨看看小卢,不再说什么了。又下意识地将手指塞进嘴里吮了吮,吐出一口血水来,到厨房拿来扫帚,低头清扫地上的血迹。院子里安静极了,只听到扫帚扫在青石板地面唰啦唰啦的声音。"你的手弄伤了,我来扫吧。"老卢想从卢阿姨手中拿过扫帚,卢阿姨一扭身子,用肩膀撞开老卢的手,继续拿着扫帚,一下一下打扫地上的血迹。老卢让开一边,又叹息一声,继续抬起头盯着那树上的柚子。太阳就要落山了,漫天云霞,血块似的堆叠在天上。渐渐地,卢观鱼听到卢阿姨低低的啜泣声。

落日悬在远处的楼群间。蓝色三轮车慢慢离远了。老卢弓着背蹬车，很吃力的样子。卢阿姨坐在三轮车厢内，朝卢观鱼挥一挥手。卢观鱼也朝她挥一挥手。很快，三轮车钻进东边村落，看不见了。起初，卢观鱼是不想房东夫妇留下吃饭的。此时，又觉得自己太不近人情。转念一想，老卢他们没留下，并不是因为他没挽留，他后来挽留了，老卢只是反复说，不能再打扰他。卢阿姨似乎是想留下的，无奈老卢反复如此说，也只能跟着走了。

也许，刚才只要自己说再也不去老薄热气羊肉店了，卢阿姨就会好受一些吧？卢阿姨也一定期待着自己会这么说。可自己就是什么都没说。刚才想的是，凭什么自己要这么莫名其妙被房东的喜好控制？就像老卢说的，自己就该爱去哪儿去哪儿。现在老卢夫妇走了，又觉得，自己是太执拗了，刚才胡乱应允一句，有什么要紧呢？进而又想，胡乱应允之后呢？自己再去，说不定会被他们知道的。这么想着，感觉自己的一举一动都被房东夫妇监视在眼里，多少有些不舒服。

这么想东想西的，卢观鱼不觉在枫杨树下站得久了。太阳彻底落下去了，一些鸟儿归来，在庞大的树冠上叽叽喳喳。抬起头望上去，树冠离地得有七八米高，只能隐约看见无数晃动的树枝。

回到院子，关上大铁门，院子陡然安静下来了。寒风吹动，柚子树梢和鱼尾葵晃动着，影子在院子里静静地扫来扫去。

进到厨房，打开顶灯。桌上摆了四五个菜，再看灶台上，一口锅里还热着三个菜，有肉菜，也有蔬菜，边上一口砂锅，锅里热着鸡汤，一层黄黄的热油浮在上面。原木砧板上搁着切好的小葱和小米辣，卢观鱼撮了一些扔进鸡汤，一片油黄间，鲜绿艳红，鲜亮夺目。再打开电饭锅，大半锅白米饭热腾腾的，透着浓浓的米香。这么多饭菜，够吃好多天的。他将桌上冷了的几个菜都放进冰箱,将锅里热着的几个菜端出来放到桌上,一碗油焖鳝段,一条清蒸鲈鱼,外加一盘菜花炒肉。又将整只砂锅放到桌上,先舀了一碗鸡汤,连喝了几口,真是鲜美无比,顿时浑身暖洋洋的。可惜从老薄店里带回来的那两坛黄酒都喝完了,不然,此时再喝上一口黄酒,那真是太完美了。

卢观鱼喝完两碗鸡汤,掰下一只鸡腿啃了,又吃一些菜,吃一碗米饭,只吃得肚皮浑圆了,才起身收拾饭菜放进冰箱,将碗筷洗了。走出厨房,夜风一吹,浑身舒泰。本来今晚打算去老薄热气羊肉店的,现在是不必去了。几天过后呢?这镇上那么多饭店,热气羊肉店也有不少,他本来不会单盯着这么一家,可经过今晚这一场争执,他反倒很想再去看看,老薄究竟是怎样一个人了。

在院子里站了一会儿,看看自己带来的鱼尾葵,并没什么变化。仍站在柚子树下,数了一会儿柚子,一、二、三……一直数到三十五,忽地觉得这么数下来,就如同数着自己来到这世界上的三十五年。天完全黑下来了,远处塔吊上那一盏高高的灯明晃晃的。回到楼上,冲了热水澡,上床,翻书,看电视。不知不觉,睡去了,睡梦里走在一条小时候经常走的一条田埂上。但田埂不是小时候的样子了,他告诉自己,这是因为周围改变了,原本的农田都盖起新房了。田埂上杂草丰茂,绿草茵茵,散落着繁星似的小白花。田埂边一条小沟渠,在一处水口子处,看到几条鲫鱼被激流冲晕了,泛着肚皮浮在水面,又走一段路,沟渠里的水变清了,一条小小的鲫鱼在游动,他顺手给捞上来装在塑料袋里。不知何时,身边多了一位童年的小伙伴,跟他说别捞那小鱼啊,让它在水沟里自由自在的多好。他说,不把它捞上来,它会被大水冲晕的。小伙伴说,你看它好好的,什么时候被大水冲晕了?要晕早就晕了。他说,那是大水还没流到这儿。两人由此争执起来。梦里特别着急,总觉得自己口齿不清，而对方口齿灵便，一句一句把自己说得心中瞀乱。

　　急得醒了，嘴巴还在一张一张，浑身大汗淋漓，听到自己嘴里发出怪异的啊啊声，而窗外不时传来咩咩声。原来这一整夜，他都在和窗外的羊争论。

　　拉开西边窗帘往外望，才知昨夜落雨了。原来是因为淋雨了，山羊才会叫得这般急切。此时雨过天晴，天空刚刚被水洗过，蓝得格外明净。白杨树叶在晨风里细细翻腾，闪耀着明艳的日光。地面草尖上也凝着水珠，散落了一地碎银似的。太阳刚刚升起没多高，将房屋的影子厚重地涂抹在草地上。那只山羊，立在大块影子和大块光明之间，低头吃草，头便沉在影子里，抬起头来，那咩咩声便如影子的渊薮里浮上来的几根草茎，在浩大的日光中忽忽悠悠上升。

　　洗漱后，下楼，出门，想转到后院去看看。此时，日光正从东方照射过来，刚好照在菜地上。卢观鱼于是往东走，一路上可以晒晒太阳。路上杂草缭乱，草叶上凝着许多水珠，哪怕轻轻走过，水珠也扑簌簌打在裤子上。不多时，便觉得裤腿被濡湿了。走走停停，看看身边延伸出去的大片菜地，种着上海青、红薯、辣椒等，每一种作物都闪烁着水光。

　　转到院子西边，沿着白杨树林走了一段路。山羊听到脚步声，转回头来，咩咩两声，有些警惕地盯着他。他站了一会儿，又走近一些。山羊咩咩叫唤。他再走近几步，念念有词："不要害怕，我不是坏人，我不会害你的。"山羊仍咩咩叫唤，不知是说自己听懂了，还是说没听懂。卢观鱼慢慢走到近前，试探着伸出手，想要抚摸一下山羊的脑袋，山羊往后退却两步，眼睛水汪汪地瞅着他。

　　环顾左右，卢观鱼几乎看不到什么青草了，倒是看到不远处有一片加拿大一枝黄花开得正好，走过去薅了两把，回到山羊面前蹲下，伸出手去。山羊扭过头，而他仍坚持将黄色的花束凑到它嘴边，好一阵儿，兴许是饿坏了，山羊试探着，转过头来，张嘴咬住花束，停了停，似乎适应了这味道。他猛然感觉到一股强大的力量从花束那端传来，不由得松开手，长长的加拿大一枝黄花便迅速地脱离了他的掌握，被山羊嚼在嘴里，一上一下、一上一下地抖动。嚓嚓嚓，嚓嚓嚓，是山羊牙齿磨碎花束的声音，加拿大一枝黄花汁水淋漓，香甜可口，卢观鱼也想尝一尝手中的加拿大一枝黄花了。山羊吃完，不等他抬手，毫不客气地低下头，吃起他另一只手攥着的加拿大一枝黄花。嚓嚓嚓，嚓嚓嚓，这声音细腻、饱满、坚韧。

忽然，他从山羊嘴边拽出一枝加拿大一枝黄花，塞进嘴里，学着山羊的模样，嚓嚓嚓咀嚼着，花束清新，苦涩，在口腔里恣意绽放。他忍耐着，认真体味着这味道，最终，慢慢将一团咀嚼得没有滋味的渣滓吞下去了，喉咙就如被一只小猫狠狠挠了一把。

山羊一边吞吃花束，一边盯着蹲在自己面前吃着花束的卢观鱼，目光平静，仿佛他就是自己的同类。这两根加拿大一枝黄花的味道，让卢观鱼觉得，他和山羊之间有了不一样的联系。

加拿大一枝黄花被山羊吃完了。卢观鱼想，羊为什么不到加拿大一枝黄花那儿去呢？很快想到，肯定是被绳子拽住了。他低头在地上找寻，找到那根沾满草汁的绳子，解开拴缚在白杨树上的那头，牵着山羊往那片黄色的花束走去。山羊倒也不抗拒，乖顺地跟着他走。有一瞬间，卢观鱼想，可以不用将绳子拴在白杨树上嘛，那这只山羊岂不是自由了？转而又想，这山羊肯定是附近哪户人家的，自己这样私自放走，实在不妥，只得仍将绳子一端拴缚在一棵树上。

山羊埋头拽着花束吃，嚓嚓嚓，嚓嚓嚓，这声音真是让卢观鱼听得入迷了。

"羊啊羊，你看我对你好不好？"卢观鱼蹲下，平视着山羊的眼睛。

嚓嚓嚓，嚓嚓嚓，山羊只顾低头吞吃花束，不理会他。

"羊啊羊，你说，我是好人还是坏人呢？你觉得我是好人，就叫一声；觉得我是坏人，就一声不吭。"

嚓嚓嚓，嚓嚓嚓，山羊仍旧不理会他。

羊大概饿坏了，此时忙着吃花，不肯叫唤了。卢观鱼想，那就换一换吧，于是又说："羊啊羊，你觉得我是好人，就一声不吭；觉得我是坏人，就叫一声。"

咩咩咩，山羊抬起头叫唤，湿漉漉的大眼睛盯着卢观鱼。

"你个小没良心的！"卢观鱼大笑，起身轻轻踢一踢山羊鼓起来的肚子。

他看着山羊发呆，心想，这"好"和"坏"，都是内心的度量，不是能从外表看出来的。外表只能看出是否四肢健全，是否五官端正，是否神色健朗。但这内心的好坏，似乎只是人的专属？羊有内心吗？如果从内心去判断，一只羊怎样算好怎样算坏？他莫名地觉得，一只羊的内心应该是素净而平和的，不由得伸出手去，摸一摸山羊脑袋上那两只尖尖的角，山羊也不抗拒，任由他触摸。羊角凉凉的、硬硬的，仿佛有小小的生命在里面萌动。

不时吹来一阵风，白杨树的叶片扇动着小手掌，积存的雨水纷纷落下。卢观鱼起初以为又落雨了。抬起头来，看见天空蔚蓝，太阳鲜红，万物的影子在地上清晰可辨。他没有逃避，默默经受着这陈旧的雨水冲刷。随着风的吹拂，雨点向远处去了，落在地上，远远地传来一阵唰唰声。

头顶湿了，衣服的上半截湿了，因为刚才在地上蹲久了，裤子也大半湿了。又一阵风来，卢观鱼感觉到凉意了，连续打了几个喷嚏，猛地一阵颤抖。山羊似乎感觉不到丝毫寒意，仍旧低头吃花。

"我走啦，改天再来看你。"卢观鱼又轻轻地踢了踢山羊鼓鼓的肚子。

又连连打了几个喷嚏，咳嗽几声，回到院中，因为太阳光被房子遮挡了，更觉寒冷。上楼进屋后，喝了几口水，才将嘴里加拿大一枝黄花的味儿冲淡。钻回被窝里，不觉睡去，不知多久，在一阵剧烈的咳嗽中醒来，等咳嗽平复了，又再次睡去。如此反复多次，彻底醒来是下午五点多了。浑身难受，又说不清楚是哪儿难受。挣扎着坐起，腹中饥饿，起身下楼，热了一些饭菜，略微吃了几口，碗也懒得洗了，仍旧堆进水池里，想着等碗用完了再一并洗。

上楼后，看到一弯月亮悬在西边，一天就要过去了。洗过热水澡，觉得更没力气，又躺床上。咳嗽仍然不止，过了许久才迷迷糊糊睡着，水面就如一片薄冰，不断被咳嗽震裂。等到半夜醒来，浑身湿透，连被子都浸湿了。摸一摸额头，烫得厉害，或许是重感冒吧？起身找了一袋板蓝根喝了。次日清早醒来，感觉好了一些，起身到楼下，将昨晚热过的那份饭菜又热了一遍，强迫自己慢慢吃尽了，额头渗出密密的汗珠。饭后照例将碗放到水池，带上厨房门，走到柚子树下。站了一会儿，风疾速吹来，他看着树上战栗的叶子和果实，仿佛在凝视暴风雨之中的大海。忽然就觉得，得去医院一趟了。

前两天在新闻里看到过的社区卫生服务中心距离不远，用手机软件叫车，却迟迟没人接单。他决定步行过去。慢慢地，离开村子，来到镇上。到了才发现，卫生服务中心就在酒房桥北端不远处，那日搬家来时曾经路过的。

这卫生服务中心，比卢观鱼老家镇上的卫生所大不了多少。很多大人抱着小孩在路上走来走去。他后来才知道，镇上的学龄前小孩都到这儿打疫苗,打疫苗要排队,打完疫苗后要观察,这才导致院子里到处是抱着孩子走来走去的人。他到主楼去,预检,挂号,排队,坐在医生面前。很快,医生得出结论,他得的是肺炎,不是感冒。他有些吃惊,心想得打针了。头上只有一缕头发从左到右做伸展运动的中年男医生却说:"得住院的。"他不愿住院,医生吓唬他:"别这么犟,你这病有点儿严重了,知道吗?不能再折腾了。"他仍然不肯。医生放弃了,正打算给他开药,摇一摇头,头上那缕头发微微飘起:"你这人!有人想住院还不一定有床位呢,你倒好,跟我求着你似的。""我离这么近,住什么院嘛。""你这病这两天会加重的,住院的话,打针什么的方便,困了你就睡一觉,等病情好些了,你就回家睡嘛。"他忽然一阵剧烈咳嗽,答应了。

打留置针时,瘦高的女护士连续扎了几针,都没扎中血管。卢观鱼小时候很怕打针的,此时却强迫自己盯着看,极力把那疼痛想成是与己无关的。他看着手背上的血管被挑来挑去,疼得龇牙咧嘴,始终不吭声,护士满头大汗,连声说抱歉。他实在有些疼不过,才说:"要不,让护士长来一下?"不一会儿,护士长过来了,矮矮胖胖,年纪并不大,拍拍他手背,一针就扎中了。

病房里都是肺炎病人,三张床里他睡中间那张。右手边病床靠窗,床上没人。左手边病床上躺着一位满头银发的老先生,长得很像文学大师巴金。病床正对面墙边一把小椅子上,坐着位中年妇女,应该是老人的家属。卢观鱼支起枕头,半靠在床上,等着护士来打针。中年妇女一眼一眼打量他,他看过去,两人目光碰到,女人笑着说:"你独自一个人来住院?"卢观鱼说:"是一个人,我又没病得多重……"话没说完,一阵猛烈的咳嗽。女人起身:"小伙子,吃个苹果吧,压一压。"他接过了,却没吃,咳嗽让他感觉胸腔内养着一匹嘶鸣的野马。

刚才那位瘦高的小护士推着小车进来了,麻利地操作着。吊水瓶在头顶晃荡,午后的日光在瓶身表面如银箔闪烁,他想象着自己置身水底,看着头顶晃动的波光。小护士朝他俯身,将针头扎入留置针。他看到护士胸牌上的名字,念出来:"王大亭。"小护士脸上一热:"刚才不好意思啊。"他笑一笑:"这名字挺别致啊。跟王大锤什么关系?"小护士白他一眼,直起身来,捏一捏滴壶,调整好流速调节器。"速度太慢了吧?"他说。小护士又翻了他一眼,叮嘱道:"你自己不要乱调速度啊。"他本想再说笑两句,却报之以一阵剧烈咳嗽。

"大亭,你帮我们问问医生,什么时候可以出院啊?"那位阿姨说。

"李阿姨,我帮你问过了,大概下午吧? 现在还得巩固一下,你别着急。"大亭看一眼边上空着的床铺,"李阿姨,大师还没回来?"

"应该快了吧? 每天差不多都是这时候。"李阿姨说。

"大亭! 大亭!"走道里有谁在喊。

大亭答应着,小跑着出去了。

病房里安静极了,药水慢慢滴下,药水仿佛是从虚空滴入自己的脑袋。右边床上的老先生半躺着在看报纸,偶尔听他翻动一下。卢观鱼不时咳嗽一阵,每次都扯得胸口疼痛。不知不觉,睡过去了。病房内外远远近近的声音,朦朦胧胧传来。李阿姨挪动椅子起身:"大师,您来啦。"卢观鱼睁开眼,看见一位穿黄色僧衣的矮胖和尚,对着李阿姨双手合十,微微躬身。卢观鱼才明白,刚才他们谈论的"大师",真的是"大师"。见卢观鱼看着他,大师一样朝他双手合十,微微躬身。卢观鱼一时没反应过来,一句话没说出口。

大师脱去鞋子,盘腿坐在床上。不一时,大亭推着小车进来了。"大师来了?"大亭说。大师微微躬身:"有劳了。"大亭默默将针头扎进留置针里,推着小车出去了。卢观鱼心中万分好奇,心想,这是什么大师? 说不定是哪儿来的假和尚。他在街上见过不少假和尚,迎面撞见,假和尚朝他怀里塞福袋之类的东西,他总是慌忙逃开。现在他看这不知道从哪儿来的大师,心里立马有了几分反感,他偷偷看大师,大师只是垂着头,闭着眼睛,沉默着。

待卢观鱼再次听到吵嚷声,从睡梦中醒来,大师已经不见了。吵嚷声来自几位医生和护士,他们从门外挤进来。"快拉他出来!""你是要命还是要干净?!""快! 快!"右手边床上那位老先生,裤子褪到大腿,被几人从卫生间拽出来,扶到床上。医生护士将他团团围住,有人拿了痰盂给他,他俯身嗷嗷吐,吐出的都是血。李阿姨站在外围,想要靠近,却完全挤不进去。

"怎么了这是?"卢观鱼问李阿姨。

"不知道呀,忽然就这样了,刚刚还好好的,都要出院了,忽然在厕所里吐血了。九十八的人了……"李阿姨皱着眉头,连连搓手。

老先生不会挺不过去吧? 卢观鱼想。这才刚到病房第一天,就要见证生死了? 想不到,过了一阵,老先生平复下来了,只是嚷着要清理身子。李阿姨不断安慰他,说等针水打完就扶他去卫生间。

"我都被你们搞脏了!"老先生不断嘟囔。

"医生说,今天没法出院了,再观察两天吧。"大亭说。

"唉……能平平安安就好,辛苦你们了。"李阿姨连连道谢。

看来,死也不是那么容易的。老先生眼看不行了,都能好起来,更何况年轻的自己呢? 然而,这晚他烧得更厉害了,挨到后半夜,仍高烧不退,大亭递给他一颗药,让他塞进肛门。他有些不好意思,大亭倒是见惯风浪的样子。大亭离开后,他将被子盖在身上,歪过身子,自己将药塞进肛门里了。此后连续两天,病势越来越重。一到夜里就昏昏沉沉,白天倒不怎么烧,却又咳嗽不止,只要一咳,胸腔的骨头都在痛。他已经没力气跟大亭开玩笑了,就连出门打热水打饭都是李阿姨代劳。

"小伙子,你就没个亲戚朋友过来照顾一下?"李阿姨眼神里充满同情。他笑一笑,没力气回答。

有天夜里,他听到楼上忽然爆发出一阵哭声。他迷迷糊糊醒过来,病房里明亮如白昼,左右看看,老先生睡着了,李阿姨占了大师的床位,鼾声大作。哭声不止歇,间杂着一阵呼喊。许久,哭声渐渐远了。这是有病人过世了?

有一天,天快亮了,又听到撕心裂肺的哀哭,还听到叮叮咚咚的铙钹钟磬声、和尚们的念经声。他想,这是又一位病人过世了?

自己再这样一夜夜高烧下去,会不会也……他不敢想了,虽然这几年一直对生死之事念兹在兹,但真切的死亡猝然来到面前,他还是惊惶的。更何况,是在这样一个陌生的地方,一个亲友都不在身边的情况之下。如果他就此死了,那真是连为他哀哭一声的人都没有。想到这儿,他抓过手机,想要联系什么人,思来想去,没想到能有谁是可以在这样的情况下联系的。

又烧了一夜,刚有些清醒,隐约听到寺院里的钟声。

"是生生寺的钟声,开静了。"李阿姨像是在对他说话,又像是自言自语。他沉默不语,盯着白色的天花板,像是盯着一块徐徐降下的裹尸布。

过不多时,医生进门,告诉他血液化验结果出来了,有了具体针对他这类肺炎的药水。医生说,他得的是一种很罕见的肺炎,所以前两天的广谱用药作用不大。晚上,他果然没再发高烧。第二天,已经感觉好多了。

"小伙子今天看着气色不错!"李阿姨说,"我们老爷子今天要出院了!"

"恭喜恭喜! 这两天真是麻烦李阿姨了。"

"看你好起来，我就放心了。"李阿姨语气里都透着欢喜。

卢观鱼笑一笑，内心轻盈，感觉到一种难以言表的重返人间的快乐。

中午时分，大师又来了。从他和大亭的谈话中，卢观鱼知道，大师也是今天出院。这几天，大师总是每天中午来打针，每次都是闭着眼睛，盘腿坐着。几天下来，卢观鱼听他说过的话拢共不到十句。他身上散发着一种静穆的东西，慢慢地改变着卢观鱼。卢观鱼心想，兴许他不是街上的那种假和尚，而是真正修行的？至少，这几天下来，他没说过要给自己算命看相。

卢观鱼看着大师盘腿坐在床上打吊针，午后的太阳慢慢往他身上移。

过了一会儿，针水打完，大亭进来，将大师手背上的留置针拔掉了。

"大师，今天您可以出院了。"

"谢谢，有劳了。"大师朝大亭微微躬身。

卢观鱼一直偷偷看他们。大亭离开后，大师仍盘腿坐在床上，目光平静地转向他，问道："您有什么要问我的吗？"

"啊，我只是好奇……"卢观鱼愣了一下，仓促道，"出家人，也会生病？"

"原来你是想问这个。人吃五谷杂粮，哪有不生病的呢？"大和尚微微一笑，低眉静默了一会儿，用手抹了抹裤腿上的皱褶，抬起眼看着卢观鱼，"这阵子，我刚好在读倓虚法师的《影尘回忆录》，其中写到几件有关生病的小事。话说那年暑假考试结束后，道同学成绩很好，但累得生病了。道同学像你这样，也是三十多岁，得的也是肺炎。他生怕自己无人照料，挨不过去。岫松师让他住到自己的寮房，照应他吃饭喝水煎药。晚间谛老去看他,他咋咋呼呼地喊,要谛老救他。谛老说:'不要说闲话,好好提起正念来念佛,出家人若能了脱生死,死不足虑,省得在这个污浊恶世受苦,你如果没力气念的话,可以在心里默念,死后一定能往生。'道同学只是一味抱怨,说自己没力气念佛求往生了。倓虚法师去看他,说那你就诚心念观世音菩萨圣号,但求多活几年以满弘法之愿。后来道同学病好了,深更半夜的,请岫松师煮稀粥来喝,却因岫松师没按他的嘱咐洗四遍手,只洗了两遍,一边喝粥还一边掉泪……"大和尚微微笑起来,仿佛他是倓虚法师他们同僚的,耳闻目睹这一切。

"第二年,因为有人散布谣言,说观宗寺原先住十方人,如今改成子孙庙了。谛老着急上火,口歪眼斜,中风了。倓虚法师是懂医道的,给谛老开药服下后,谛老好了很多。但因谛老年纪大了,倓虚法师不敢用猛药,过些时候,谛老的病还是更重了。这时候,道同学的病全好了,换作他来看谛老。他对谛老说:'老法师,你不是会修三支三观吗?病是假的,你老可以修假观呀!'谛老在床上坐着不说话,翻翻眼皮看看他,说:'哼!观是假的,疼是真的呀!'说完对他笑了笑。"大和尚说完,也对卢观鱼笑了笑。

大和尚走后,那空置的床上,仿佛还有什么存留着。

"小伙子,想不到啊,你和大师很熟哇?"李阿姨拎着水壶从外面回来。

"我不认识他啊,他是?"

"你不认识他?他是生生寺的明了大和尚哎,方丈明空大和尚的师兄。我看他跟你聊那么多,还以为你们认识呢。他一向话很少的……"

卢观鱼看到窗外透进来的那片日光,移到大和尚坐过的地方,如水一般汇聚在那微微凹陷处。隐隐地,他又听到寺院里的钟声。

第二天,卢观鱼办过出院手续,想要去找大亭告别,没找见她。想起前两天厚着脸皮问大亭要了几次微信,终于加上了,遂给她发了一条信息以示感谢。许久,大亭才回复:恭喜康复! 保重哦。

又过两日,身体恢复差不多了,只是懒得动。每天醒后,总要躺很久,看手机,看电视,饿得不行了,才起床洗漱,下楼热一些饭菜吃。这些冷藏多日的饭菜,吃起来虽然稍微有些味道不正,却也管不得那么多了。

这天中午,他正坐在厨房小桌子边吃饭,忽听得大门咣咣响。"小卢! 小卢! 你回来了?"是卢阿姨的声音。卢观鱼放下碗筷,心中有些气闷,仰头长长吐一口气。这几日,卢阿姨给他打过好几次电话,他都没接,卢阿姨的过分热情让他实在有些吃不消。卢阿姨又给他发短信,问他在哪儿,他回复说自己回老家了。问他什么时候回,他随口说过阵子就回。也许是因为在病中,他对卢阿姨如此追问行踪,颇有些不耐烦。卢阿姨是担心自己去找老薄吧? 这不是把自己当小孩子一样管着吗? 这时听到卢阿姨急切拍门,他更是烦躁,心中鼓着一股气。

刚拉开门闩,卢阿姨手上拎着两大兜东西挤进门来。老卢站在她身后,手上也拎着两大兜东西,瞥了一眼,都是鸡鸭鱼肉之类。

"卢阿姨,你们怎么又拿这么多东西过来啊? 我付给你们的房租,还不够你们买这些东西的钱呢!"卢观鱼想挡一下,很快被挤到一边了。

"小卢啊,你这话说得!"卢阿姨瞅一眼卢观鱼,退开几步,上上下下打量着他,"小卢啊,还记得阿姨以前跟你说过,你租住到这儿,又姓卢,老卢和我都姓卢,这是多大的缘分?! 哪里想到你总是这么客气。这几天我打电话给你,你一直不接,我就觉得出什么问题了,后来你说回老家了,我还以为是真的。哪里想到,你竟然是生病住院了! 要不是早上遇到李桂芬,我都不会知道。我问她这阵子去哪儿了,她说带老爷子去住院了,碰到生生寺的明了大师也去住院,说有个小伙子竟然能跟大师聊了半天,还说这小伙子就跟我一个姓。再听她一描述,那不就是你吗?! 我随口问了一句,竟然问出这么大一件事来。你说说,这是不是无巧不成书? 李桂芬和我很熟的,我们以前一起卖菜……"

卢阿姨不停歇地说了一大通,好一阵子,卢观鱼才插上话:"我这不是全好了吗? 又不是什么大病,再说,我在医院也没住几天。"

"肺炎啊,可大可小的! 我听李桂芬说,你有几天很凶险的,身边一个人没有,亏得她帮你打水打饭。哎,你说说你,怎么这么客气,都什么时候了? 你就那样硬撑着,不跟我和你卢叔说一声……"卢阿姨说着说着,竟落下泪来。

感动,又尴尬,卢观鱼重复道:"你看看我,真是全好了嘛。"

"哎呀,你怎么还吃这些菜?"卢阿姨拎东西进厨房,嚷起来,"这都多少天了? 都有味儿了啊,你现在病刚刚好,怎么这样马虎?!"

他知道说什么也没用,只能任由卢阿姨絮叨,任由她将没吃完的饭菜通通扔掉,又系上围裙,乒乒乓乓开始做菜。等饭菜做好,都下午了。吸取上次的教训,卢观鱼竭力邀请老卢夫妇留下来一起吃饭,笑着说:"这么一大堆饭菜,我一个人也吃不完啊! 吃不完,我岂不是又得吃好多天的剩菜?"

"小卢,你放心,这次我没做那么多,有些菜是能放的。你自己吃两三天,就吃完了。"卢阿姨洗完铁锅和砧板,在围裙上擦着湿淋淋的手,拎了两大袋垃圾,往大门外走,"老卢说,你这次生病了也不告诉我们,可能是觉得我们管太多了,怕告诉我们了,我们又去医院把你管起来……"

"哎呀,你怎么说这些?!"老卢总算开口了,转头看着卢观鱼,"小卢啊,人难免有七灾八难,这次的事情过了,以后啊,万一再碰到这样的事，你还是要告诉我们一声。人和人活，能帮的，彼此都会帮一把，你不要多想。"

他脸上烧热，苦留不住，只能任由他们离去。老卢微驼着背蹬三轮车，卢阿姨歪坐在车厢内朝卢观鱼挥手："小卢，你别站在风里了，快回去吧，回去好好歇着，这几天要有什么事，随时联系我们啊。"

他答应着，站在枫杨树下朝他们挥手。已是午后时分，树冠筛下碎银般的光点落在他身上。回到院里，拴上铁门，到厨房趁热吃了一大碗西红柿炒鸡蛋，又吃了几只南翔小笼包，腹中饱暖，很是满足。洗了碗筷，到柚子树下站站，看天色晴朗，日光明亮，风似有若无地吹着，柚子和柚子轻轻地碰触。

万事万物各安其位，各有道理。大病初愈，才发现人间如此美好。

上楼后，犹如病前一样，躺在床上，看电视，看手机，偶尔也看书，不知不觉睡去，等醒来又接着看手机，看电视，偶尔看一眼书，等到饿了，再下楼吃饭。这样的日子，曾经让他从内到外感到松弛，如今，更让他感到珍贵。这是活着才能享受到的悠闲惬意啊。可时间长了，又有些无聊。他想过把书架上的书都看一遍，这宏愿没几天就被抛掷一旁了，就连枕边的《梦的解析》，也只是随便翻了翻，想要从头读起，读了没几页又去抓手机了。

每天早上醒来，卢观鱼都想着，这是新的一天，到了晚上，又无比沮丧地发现，这不过跟昨天一样，是旧的一天。

这天昏睡了一觉，直至午后方醒，仍旧躺在床上刷手机，好一阵子，忽然意识到，有些不对劲。怎么没听见羊的咩咩声呢？起身拉开窗帘往下看，草地上空空如也。卢观鱼若有所失，趴在窗口看了半天。秋风吹拂，比之几天前更凉了。大片杨树林被风吹拂得波浪似的涌动着叶片，一层一层涌向远处的河面。

下楼将最后一点儿饭菜热一热，坐在厨房小桌边吃了。看着残羹冷炙，再看看自己一人独坐，不免觉得萧索。吃完饭，习惯性地走到柚子树下，忽然发现，地上掉了一只柚子，半黄半绿，远没市场上卖的大。捡起来，掂了掂，不过两斤左右。放到鼻子前嗅一嗅，清香扑鼻。不知道好不好吃？这么想着，将手指硬插进柚子皮内，使劲儿剥开，皮很厚，芯子不过拳头大小，紧紧地团在一起，使劲儿剥出一瓣，塞进嘴里咀嚼，酸，苦，水分不足，丝毫不像房东夫妇说的那样好吃。这是因为还没熟透吧？卢观鱼将没吃完的柚子肉扔在树脚，将柚子皮带上楼，放在电视机前，关门闭窗，屋内即刻清香萦绕。

那只羊仍没回来。是什么时候被人牵走的？都怪自己睡得太死了。

和衣躺到床上，盯着天花板看了一会儿，夕光从窗帘上方的缝隙透进来，一条一条的，在缓慢地移动，仿佛表盘上的指针。闭上眼静静地听，仿佛可以听到时间一分一秒过去。到处是虚空的声音。卢观鱼决定起身，到镇上看看。

第五章　欢宴

短信九条

我原本想先歇一阵，再重新工作。现在歇够了，却不知道该做什么了。

之前那样日日忙碌只为换几两碎银子的日子，固然没多少意义，如今这样整日清闲无事，连几两碎银子都换不来的日子，又能有多少意义？

就在完全没头绪的时候，想不到一个小店会改变我的生活轨迹，我更不会想到，这次意料之外的改变，会让我更理解生死。

当然是要先理解"生"，才能理解"死"。

死亡是默不作声的，它从来不解释自己，也不害怕被误解。

活着则是充满喧哗与骚动的，每个人都忙着解释自己，生怕自己被误解。

我刚才说的"生"，还不止于"活着"，还包括我是怎么成为"我"的。

我几乎记不得三岁前的事情了，而且我发现，随着年龄的增长，童年的记忆正在飞速淡去。思想最早是什么时候诞生的？如果我能找回三岁前的记忆就好了。

受精卵有思想吗？胎儿有思想吗？如果有，那时候的我是不是知道，这个"我"是怎样从虚无里诞生的？

来到镇上，正是热闹的时候。尤其那大大小小的许多饭店，一家家宾客盈门。有好多家饭店，店招上写着"农家菜"或"农家乐"的字样，沿街的墙上，挂着大串红灯笼，还挂着大串红辣椒、黄玉米、白大蒜。随意走进一家，迎面即点菜处，玻璃柜里装着一道道塑料做的样菜，荤菜有大闸蟹、蹄髈、红烧肉、黄鳝、泥鳅、鲈鱼、河豚、烤鸭、烧鸡等等，素菜有芋艿、土豆、山药、南瓜、冬瓜、茨菰、荸荠、蒜苗、豌豆、豆苗、蚕豆、莴笋、青菜、白菜、空心菜、菜花等等，小吃有粽子、年糕、馒头、包子、蒸饺、生煎等等。即便知道它们是塑料的，卢观鱼仍为这极为丰富的物质所震惊。在这些模型边上，还有坛坛罐罐的酒，这些可都是真的了，从各色白酒到各色黄酒、米酒，真可说是琳琅满目，蔚为大观。大病初愈，再看到这一切，更感觉到一种盛大的美感。

往左手边看，是一大溜灶台，几位戴白色厨师高帽的人置身其后，隐身在一团团不断升腾缭绕的水雾里。炒菜声、吆喝声、说笑声，此起彼伏，从不断绝。右手边是一张张敦实的原色木桌木椅，老少男女围拢在桌子边，几个小孩手里拽着红气球绿气球跑来跑去；右前方靠墙处有一溜儿用青砖隔开的包间，包间无门，挂一块青布帘子，上面印着红色店名，不时有人掀开帘子朝外面喊："服务员，服务员！"服务员便小跑着循声过去。

不知何时，身边站了一个穿黑西装的女人，一手捏着小本子，一手握着圆珠笔，微微弯着腰问："先生，要点些什么菜？"卢观鱼被唬了一跳,忙说:"不点什么,不点什么……"那人有些愕然地瞅着他,他忙改口:"哦,我再看看,再看看……"恰好这时一对男女也站在玻璃柜台前看菜,对女人喊:"服务员,点菜!"他松一口气,趁机出门走在街上。

到处是人,到处是声音。卢观鱼有些茫然地走着,走着走着,眼前是酒房桥了,桥下的河水缓慢而浩大地流动,只有静静地听才能听到那汩汩的水声。一旦听到了,那鼎沸的市声、焦灼的汽车喇叭声、急促的铁驳船的马达声,转瞬间就变得遥远了。天地间只剩下水声,平缓,持久,仿佛宽展的丝绸幕布。偶尔飞过一只夜鹭,尖锐的叫声如刀子划过。

站在桥上往东望去,一塔,一寺,就在不远处,由一串串装饰灯勾勒出轮廓。他现在知道,这确实就是生生古寺和生生古塔,虽然它们看上去都很新。看来这个"古"字,并不是指的建筑物,只是指的源头了。想起在酒房镇社区卫生服务中心打吊针时,他听过钟声,原本想着,等病好了去寺里看看的,最近全忘了。以后再去吧,现在得先填饱肚子。可是,去哪儿填饱肚子呢?

往酒房河上游望去,河岸边隐隐几点灯光,其中一盏是老薄热气羊肉店的。那胖大的身躯,方脸阔口,大耳浓眉,稀疏的花白头发,手臂上搭一条湿毛巾的样子,浮现在眼前了;同时浮现在眼前的,还有卢阿姨几欲喷出火来的双眼。他站在河边,头脑里这两个念头在疯狂角力。他原本不是能够断然做出决定的人,但大病初愈,这性情似乎有了显见的改变。

过了不多一会儿,他毅然沿着河岸朝那几点灯火走去。

走到老薄热气羊肉店,浑身热起来了,驻足店前,抬头看了看店招,掀起沉沉垂着的塑料帘子,进到屋里,四面看看,还剩三张桌子,仍习惯性地挑选上次靠门边的,背靠厨房隔板坐了,脱下外套,搭在椅背。

"小伙子,来了？好多天没见你了。"老薄微微弓着腰,站在卢观鱼身边,仍用一条灰色湿毛巾交替擦着两手。

"还和上次一样,一只小火锅……"卢观鱼还没说完,老薄笑呵呵接口道:"羊肉卷三份,炒羊肝一盘,外加一坛两斤装的酒房河?"

卢观鱼有些惊讶地看一眼老薄。

"好嘞,这就来。"老薄转身往厨房去了。

看着老薄高大宽厚的背影,卢观鱼不禁琢磨着卢阿姨的那番话。

门帘掀起,进来两个中年人和两个年轻人,都是一样的装束,蓝色工装上还印着一点一点的石灰印子。四人在卢观鱼斜对面的空桌边大刺刺地坐了,大声大气地喊:"老薄,老薄!"老薄从厨房端着小火锅出来,将火锅放在卢观鱼面前的桌上,转脸看到那四人,笑呵呵地说:"怎么,拿到工钱了?"

"哈哈哈,看吧？我就说老薄肯定会这么说!"一位眼角有红色胎记的年轻人颇为得意地对另三人说。"上次为工钱的事,让老薄看笑话啦! 你们看,让他记到现在。"说这话的是一位中年男人,留着寸发,脑袋圆溜溜,黑漆漆,黑陶做的古埙般。"看什么笑话? 我还找不到人给我发工钱呢。"老薄笑着说。"老薄,你就说笑吧,你这店日进斗金,自己做老板,女儿在美国,天底下就数你过得滋润了。"一位脸瘦长如马的中年男人说。"你们是不知道,弄这么个小店面,要操多少心。"老薄仍旧笑呵呵的。"老薄,什么时候你那洋女婿回来啊? 也让我们见见,我这辈子,还没跟外国人说过话呢。""你还想跟外国人说话? 人家说什么你能听懂? 你说什么人家能听懂?""听不懂就不会比画吗?"

等他们稍停,老薄才说:"怎样? 这次加俩菜吧? 庆祝庆祝。""要加! 要加!"一个年轻人满脑袋乱糟糟的黄发,右脚支在椅子横档上,手扶膝盖晃荡着,伸手在虚空中指点着,"羊肉来十份,炒羊肝来两份,嗯,再来一份羊蝎子。哎呀，这羊蝎子我想好久了，好几次看到别人吃，总不见老大点，这次能点了吧?"那被呼作"老大"的古埙般的中年男人，在桌下抬起脚来，狠狠踢在年轻人脚上，年轻人不防，脚往下跌，脸猛地趴到桌面。众人大笑起来。

"老薄，就先这样上。"老大抬头对老薄说。老薄正要转身，他又说:"上次那种本地黄酒，叫什么来着? 哦，对，叫'酒房河'的，先来四坛。"

"才拿到一年的工钱，还差两年的呢，老大就高兴成这样了?"马脸男人笑。"老板不是说了嘛，再有两三个月，就把全部工钱结了，让我们回家过年，我算了一下，三年的工钱全拿到手的话，可是不少啊。"黄发年轻人在桌下放好右脚，却又不安分地抖动着，"因为没拿到工钱，我都快三年没回家了，今年总算可以回家过年了。""看把你高兴的! 这么着急回家过年做什么?""再不赶紧回家啊，黄毛那相好的，就要成别人老婆了!"红胎记年轻人说。

大家又都笑起来。笑完了，黄毛愤愤地说:"你们好意思空手回家啊? 反正我是不好意思。"大家又笑一阵。老大说:"放心放心，老板这次说的确确实实的，你们不也听到了? 人家那么大的老板，我总不能说，你写个字据，签字画押吧? 老板那么多工程，手底下那么多人，不差我们四个的。"红胎记年轻人拍拍坐在身边的黄毛，故作严肃地说:"怎样? 这次回去要当新郎官了吧? 话说在前头，得好好请我们喝几顿酒啊。""那还用说?"黄毛说，"只要你们准备好随礼的大红包。"几人又笑。"哎呀，你这抠门的货! 不如今晚这顿你请吧?"红胎记说。"凭什么我请? 我今天又不结婚。"黄毛满脸涨红。"别逗黄毛了，"老大说，"今晚说好的，我请，大家就别推来推去的了，不然又让老薄看笑话。"老大说完，另外三个人都嘻嘻笑，并没推让的意思。

不多时，老薄耍杂技似的，端着一堆东西从厨房出来了，给卢观鱼面前的火锅放进烧红的木炭，再将卢观鱼要的酒和菜都端上来。来不及和卢观鱼说两句话，又转身回去了。不多时，拿来四坛黄酒放到老大那桌，放下一碟油炸花生米，一碟糟毛豆："这几样是送的啊，你们先喝着。"

"老薄，你慢慢弄，我们今晚有的是时间。"老大说。"今晚我们要让老大出血了。"红胎记有些兴奋地说。几个人嘻嘻哈哈，将黄酒倒在土陶碗里，频频碰碗。不多时，老薄又端着一堆东西出来，很快将四人眼前的桌面布满了。"菜上齐了，有什么需要的，再喊我啊。"老薄转身要走，被老大拉住，"老薄，老薄，喝一碗再走。""对，老薄，跟我们喝一碗。"马脸中年人说。"黄毛，你也不敬老薄一杯？"老大说。"是啊，这可是你的救命恩人，就是敬三杯也应该。"红胎记说。老大瞅一眼红胎记，示意他闭嘴。黄毛有些不高兴了，嚷起来："我还不是为我们大家？你怎么不说你害怕不敢跳？现在还来笑话我。""没笑你，没笑你，"老大说，"我们都来敬老薄一碗酒。"几个人都站起，端着酒碗看着老薄。

老薄找来一只碗，倒满酒，乐呵呵地和几人碰杯。

"过去的事就不提了。你们吃好，喝好，要什么就喊我。"

"老薄，你先忙，别管我们。"老大说。

几人重新坐定，又往土陶碗里倒满酒。

卢观鱼下意识地听着他们说话，自己也倒满酒，喝了一碗，吃了一些羊肉，吃了几筷子炒羊肝，无论是葱段还是羊肝，都异常鲜美。这几年公司体检，卢观鱼的体检报告总显示胆固醇偏高，医生叮嘱要少吃动物内脏，此时也顾不得了。不多时，吃掉半碗米饭、一份羊肉、小半盘羊肝，又喝掉半壶黄酒，浑身暖热，手上的动作不由得慢了，又饶有兴味地听斜对面那桌说笑。

四人中，数黄毛声量最高，总是一副急赤白脸的样子。"那时候，是你们怕要不回来工钱，我才想出这办法。你们也没说不行啊。"黄毛很着急的样子。"我们也没说可行啊?"马脸中年人说,"哪晓得你早上才说,下午就去跳了。""那阵子,我们要钱要钱,要多少天了? 连老板的面都见不到。我是看着老大急得都瘦了,这才觉得再不能等了。"黄毛说着,抬起头看着老大,老大微微笑着,不说话。"看你这马屁拍的……"红胎记撇一撇嘴。"这要是拍马屁,你拍一个看看?"黄毛愤愤地说,"那天我可是约好和你一起去桥上的,你说你也跳,你跳了吗? 一会儿说桥太高,你恐高;一会儿说水太冷,你怕冷;后来见垃圾漂过来,你又说,你怕脏……说来说去,你就是不想跳。后来还不是我一个人跳了? 你倒好,现在还来说风凉话。""那你跳下去,还不是我喊人救你?"红胎记嘟囔。"那是你吓到了,别以为我不知道……再说,你就动动嘴,也没见你跳进河里救我啊? 要不是老薄跳进河里救我,我早去见阎王了。"黄毛仍一副愤愤的样子。"那我不喊救命,老薄也听不到嘛……"红胎记笑一笑,"不说了不说了,算你立一大功了行不? 可惜啊,黄毛那一跳,老板才安慰性地给了黄毛五千块钱。"

"那不能这样算账。"老大悠悠地说,带着总结的意思,"黄毛是太着急了,我也没想到他说跳就跳,不要说你不敢跟着跳,我也不敢哇! 我从小就是旱鸭子。黄毛那一跳,他自己得了五千块钱是小事,重要的是,现在老板总算结给我们第一年的工钱了,而且答应年底就结给我们剩下两年的工钱。"

"老大,你说我都跳河了,老板竟然都没把工钱全结给我们,我总不放心……"黄毛说。老大瞥黄毛一眼:"你疑心病又犯了。老板也说了,他现在是真没那么多钱嘛,你就是淹死了,他也没办法……""你说这么大的老板,还差我们这么几个钱?"红胎记说。"家家有本难念的经啊。"许久没说话的马脸中年人说。"你真是杨白劳帮着黄世仁操闲心……"

红胎记说。

几人最初还压低着声音说话,后来酒渐渐多了,说话声音越来越响亮。旁边几桌,有人不时投去嫌恶的目光。卢观鱼看到,老薄走到一桌一桌客人面前,低声说:"大家担待一些,他们今晚难得高兴,多喝了几碗酒。"客人们听了,不好再发作,只好匆匆埋单走了。老薄送他们到门口,不断微微躬身:"不好意思,不好意思,改天再来啊,到时我陪着喝一碗。"

刚过十点,店里一下子空旷了。那四人说话声更响亮了。有的脱掉外衣,有的解开衣扣,有的卷起袖子,几人又干了一大碗酒。似乎是老大起头的,开始小声地唱:"起来,饥寒交迫的奴隶!起来,全世界受苦的人!"老薄正收拾桌上的杯盘碗盏,直起身来,用湿毛巾擦着两手,附和着唱道:"满腔的热血已经沸腾,要为真理而斗争!旧世界打个落花流水,奴隶们起来起来!"马脸中年人也跟着唱:"不要说我们一无所有,我们要做天下的主人!这是最后的斗争,团结起来到明天!英特纳雄耐尔就一定要实现。"红胎记也加入进来了:"这是最后的斗争,团结起来到明天!英特纳雄耐尔就一定要实现。"黄毛坐在边上,满脸烧红,不知是因为酒,因为歌,还是因为别的什么。众人唱着唱着,或挥着筷子,或扬着酒碗,都站起来了,你看着我,我看着你,完全沉浸其中。老大身子前仰后合,目光一次次投向黄毛,伸着手不断往上抬,示意他站起来。黄毛小声嘀咕:"我不会唱……"老大继续伸手往上抬。黄毛不得不站起来了,细弱的嗓音加入到滚滚洪流中去:"从来就没有什么救世主,也不靠神仙皇帝!要创造人类的幸福,全靠我们自己。我们要夺回劳动果实,让思想冲破牢笼。快把那炉火烧得通红,趁热打铁才能成功……"

卢观鱼起初觉得突兀,觉得尴尬,但随着歌声一点一点从涓涓细流变成宽阔大河,再变成汹涌洪流,他只觉得浑身炽热,从未体验过的热血在身上奔流,那些唱词在喉咙里火焰一般燃烧着。这五个人,建筑工地的农民工和小餐馆老板,兄弟般彼此注视着,扯着嗓子高唱,仿佛他们本身就是一首歌。

"英特纳雄耐尔一定要实现!英特纳雄耐尔一定要实现!"

歌声戛然而止。停了一瞬,不知是谁先笑出声来,哈哈哈,哈哈哈哈,笑声在这小小的热气羊肉店里回响着。老大嚷道:"老薄,你看,你今天又教会一个。这《国际歌》唱起来可真带劲儿。"老薄笑一笑,不言语。几人重新坐下吃喝,老薄继续收拾客人的残羹冷炙。五人似乎对此习以为常了。反倒是始终置身事外的卢观鱼久久不能平复心绪。

本想找机会问一问,老薄和老卢夫妇有什么矛盾,转而又想,不是说不想介入这些事情吗?何必自寻烦恼。看老薄对谁都笑呵呵的,又想,这是诚恳善意的呢,还是虚与委蛇?但老薄是店老板啊,对客人笑有什么奇怪的?这些转来转去的念头,老薄自然是想不到的,看他盯着自己,老薄又朝他笑一笑。

老薄刚收拾完桌子,用湿毛巾擦手,听黄毛醉醺醺地喊:"老薄!我再敬你一杯。"老薄找来一只碗,用手指擦一擦碗底,接过黄毛递来的一壶酒。老大摇摇晃晃想站起,大着舌头说:"老薄,我来倒。"老薄在他肩膀上一按:"我自己来。"卢观鱼头一次注意到,老薄倒酒的手是抖的,黄酒淋淋沥沥地洒在桌面。

"年纪大了,我只能再喝这一碗了。"老薄端起酒碗。

几人也端着酒碗,摇摇晃晃地站起,椅子摩擦地面,吱吱啦啦响。酒碗在他们手中,似有千钧重量,偏来歪去,不时泼出一些酒来。老大想说什么,连连张了几次嘴巴,仍然没说出口。"不说了,天不早了,喝了这碗酒,你们快回吧。等你们拿到全部工钱,再到这儿喝一场。喝完你们刚好回家过年。"老大的脸又黑又红,笑着说:"一定一定。"老薄端着酒的碗微微发颤,说:"到时我多陪你们喝几碗。"老大在桌下踢了踢黄毛,大着舌头说:"黄毛,和老薄碰一下啊。"

黄毛醒过神似的,将手中的酒碗撞一下老薄手中的酒碗,这碗那碗的酒荡来荡去。"老薄,谢谢你啊,"黄毛大着舌头说,"要是没有你,我真就活不到现在了。""谢什么?不管是哪个看到了,都会救你的。只是啊……"老薄将手中的酒碗轻轻碰撞一下黄毛手中的酒碗,酒又荡来荡去的。老薄笑了一下,接着说:"只是以后可别再干这样的事了。你们不知道这酒房河的凶险,真要把小命丢了,你说多亏?就是老板把工钱结了,再给你爸妈一笔抚恤金,那你也活不过来啊。哪里还能这么站着跟老薄喝一碗酒?"老薄笑眯眯的,又将酒碗和黄毛手中的碰了碰。"老薄放心,我下次再跳,肯定不会……脚抽筋了……"黄毛说完,先自笑起来,大家也都笑。"我是认真的,我年纪大了,再下水救人,太吃力了,但愿你是我救的最后一个了。""是哦是哦,我还记得,起初黄毛去搂老薄的脖子,两个人一下子沉到水里,把我吓得啊……"红胎记说话口齿灵便,似乎没喝多。"那是正常的,谁落水了都这样,出于本能,碰到什么都会牢牢抓住……"老薄又将手中的碗和黄毛手中的碰了碰。

卢观鱼看着都着急,心想,再这么碰来碰去的,碗里的酒怕是都要泼没了?好在这时马脸中年人嚷起来:"喝酒,喝酒!现在不是拿到钱了?还说这些做什么?!活得好好的,哪个会跳河?""是的,喝酒,喝酒!"老大也嚷起来。五人举着五只碗,乒乒乓乓地撞在一起,更多的酒从碗里泼洒出去,彼此混成一体。喝完了,一个个颓唐地坐下,唯老薄站着。

"今天就这样,酒是不能再喝了。说好了,等你们拿到全部工钱,再到这儿来好好喝一顿。到时酒钱算我的。"

"老薄，这可是你说的哦。"红胎记眼睛亮亮地盯着老薄，"那我们到时候，就只喝酒，不吃菜。"说着哈哈大笑起来。

"还说我抠？你怎么……这么抠？只喝酒……"黄毛大着舌头说。

几人说笑着起身，彼此搀扶着，走到店外，等着老大结账。老大仍是用现金付的钱，老薄说零头那二十多块钱不要了，老大也没推让，从别在腰间的黑皮夹子里一张一张捻出红红的百元大钞递给老薄。老薄接了，一只手抓住老大的手肘，怕老大摔倒似的，搀着老大走到店外。几人被冷风一吹，似乎酒醒了一些，嘻嘻哈哈地又和老薄说了一些什么，最后，喧嚷着往右拐，朝旧桥方向去了。卢观鱼想，他们的工地，就是从西窗望出去看到的那些在建楼房吗？

老薄在店门前站了一会儿，不时举起手朝他们挥一挥。隔着玻璃窗，卢观鱼看到，店里的灯光昏昏地打在老薄身上，也浮动在河坡下幽暗的河面上。

老薄回到店里，或许是被冷风吹的，弯下腰，蒙住嘴，接连打出几个喷嚏。站起身来，揉一揉肥大的鼻头，又用搭在小臂上的毛巾擦了擦手，这才踱步到卢观鱼对面："小伙子，还不走啊？看你的样子，是有什么事？"卢观鱼站起身来，说："老薄，你忙了一晚了，坐下来我们喝点儿吧。"老薄慢慢坐下，咻咻喘息。卢观鱼找来一只干净的酒碗，倒满黄酒，递给老薄。老薄接过酒，放在面前，瞅着卢观鱼，卢观鱼举起酒碗："我们喝一碗。"老薄也举起酒碗，酒碗和酒碗轻轻一碰："我喝不了了，年纪大了。"卢观鱼不说什么，自己慢慢把酒喝了，老薄只是将酒碗放在唇边沾一沾，重新放下。

"小伙子，我知道你想说什么。"老薄莫测高深地笑一笑。

"你知道？你怎么会知道？"卢观鱼一脸愕然。

"你和老卢夫妇说过，你来过我这儿了？"老薄脸上仍是莫测高深的笑。

卢观鱼望着老薄，嘴巴一时闭不上了。

"那天晚上你来，说起你住的地方，我一下子就猜到你是住在老卢家，你不觉得奇怪吗？"老薄的目光里藏着狡黠。

卢观鱼不说话，感觉自己不知不觉掉入了一个陷阱里。

"那天我还以为，是老卢夫妇和你说起我，你才到我这儿来的呢。现在看来不是。再一想，他们也不会和你说起我。"老薄顿一顿，又说，"我老早听人说起，又有人租住到他们那房子了，心想，不知道这新来的租客能住多久，没过几天，你就自己撞上来了。这也真是缘分啊。"

"他们那房子是有什么问题吗？"卢观鱼莫名地有些不安，"我听中介说过，之前有过几个租客，都没住多久就搬走了。但我搬过来后，感觉什么都挺好的啊。老卢夫妇挺热情的，房子设施好，环境也好，租金还那么便宜……"

"那房子没什么问题，你放心住好了。"老薄用毛巾擦一擦手和脸。"他们那村子，老早被房地产商相中了，好多人家的拆迁款都拿了，在酒房镇新区买房子搬走了，只剩下几家钉子户，想着能要更多钱，一直还没搬。哪里想到，房地产商跑路了，那块地皮前后换过几道手，拆迁的事就耽搁下来了。我原以为老卢家肯定是钉子户之一，后来听说，他家倒不是。只是如今没人来拆房子了，把房子便宜租出去，总比闲着好。"

"原来是这样，"卢观鱼说，"我倒不在乎这些，房子可以住人就行。"

"对了，你怎么会和他们说起我？那晚忘记跟你说了，你以后最好还是别在他们面前提起我。"老薄端起酒碗来，抿了一小口，放下碗后看着卢观鱼。

"那天他们忽然过来,给我做了好多菜,问起我这几天在哪儿吃的饭,我随口说起到您这儿,他们一下子……"

"一下子就很恼火,说我是坏人?"老薄瞅着卢观鱼。

"你怎么知道?"卢观鱼话刚出口,又有些后悔,他不该介入这些事的。

"没什么,没什么,"老薄大笑,叹一口气,"他们一直这么说我的,不管当面还是背后。好多年了,我也习惯了。"

低头倒一碗酒,端起来,抿了几口,卢观鱼硬生生把话憋回去了。

"不说了,好多年前的事了。"老薄叹一口气,转过身,连打几个喷嚏。

沉默弥漫在两人之间。

"干一碗?"卢观鱼说。

老薄端起酒碗,和卢观鱼的酒碗碰了碰,仰头慢慢将酒喝尽了。

"再喝一碗?"卢观鱼说。

"真不能喝了,不能跟年轻人比了。"老薄说完,挂着膝盖站起,开始收拾那四人留下的碗盏,嘴里数着数,"这四个人,一晚上喝掉八坛黄酒啊,一坛两斤,算下来每个人得喝掉四斤,明天不醉才怪。"转而又对卢观鱼说:"你只管喝,还不到十一点,按你们年轻人的习惯,这会儿夜生活刚开始。"

卢观鱼看自己面前也有两只酒坛了,将最后一点酒倒在碗里后,又跟老薄要了一坛。老薄瞅一眼卢观鱼,不说什么,不多时拿来一坛酒,搁在卢观鱼面前,叹一口气:"年轻就是好啊。"

"老薄,你怎么总叹气?"卢观鱼笑。

老薄俯下身扫地,又叹息一声。

"对了,老薄,我今天听你们聊天,你还救过那个叫黄毛的啊?"

"好几个月前的事了。"老薄头也不抬,只顾唰啦唰啦地扫地,"你是不知道啊,那次下河,差点儿要了我这条老命。人都只有一条命,怎么就那么着急呢?连死都不怕,还怕什么?拿不到工钱就去跳河?"老薄摇一摇头。

"哎,你还说呢,我上次从这儿离开后,也碰到了类似的事……"卢观鱼回想了一下那晚的情形,"我按你说的路线,往酒房河上游走,走到旧桥那儿,正要往右拐,又想到桥上去看看。想不到走上桥没几步,忽然看到一个二十多岁的姑娘,穿着红衣服,披着长头发,紧挨着路灯杆站着,嘴里嚼着什么,咔嚓咔嚓响,有红红的血一样的东西从嘴角流出来。我真是给吓到了,刚定下心,突然间,她就翻过桥栏,跳下去了……"

"哎呀!那后来呢?"老薄直起身子,手里拎着扫帚,瞪着卢观鱼。

"我这辈子头一回碰到这样的事啊,肯定慌得不行。我虽然会游泳,但桥面离河面那么远,况且酒房河看起来很深,我不敢贸然跳下去……"卢观鱼喝了一口酒,"但也不能就那么看着那姑娘淹死啊,我趴在桥栏上看,什么都看不到,想着她是不是顺水往下漂走了,就沿着河边一路往下游跑,跑到您这儿,店里关门了。一直跑到街边的酒房桥,都没见到那姑娘,也没见到任何一个人……"

"你不跳下去,是对的。这酒房河,可不简单。表面看着没什么,其实暗流汹涌。"老薄叹息一声,"只是可惜那小姑娘了,年纪轻轻,何必呢?"

"是啊,我也想不通,那么年轻,能有什么必须去死的事。"卢观鱼说到这儿,想起往事,又低头喝了一口酒,"看着一个人在面前死了,心里实在不是滋味。我自责了好多天,后来,真是想不到,你肯定也想不到,我看到新闻,那姑娘竟然没死,她快漂到长江上时,被人救上来了!"

"还有这种事？"老薄放下扫帚，又侧身坐到卢观鱼对面，"我在这河边四十多年了，还是头一回听说这样的事。"

卢观鱼掏出手机，找到其中一篇访谈，打开给老薄看。

老薄去里屋找出老花镜戴上，捏着手机看了半天，一面看一面感叹："命大，这小姑娘真是命大，我在酒房河边四十多年了……"卢观鱼伸手想要拿回手机，老薄仍攥着不放："我说是谁救的呢，是生生寺的救援队啊，怪不得怪不得，如果不是他们这么紧追不舍，这小姑娘就悬了……"

无事可做，卢观鱼的目光在店里扫过来扫过去。回头看到店面最靠里的墙上，挂着两面锦旗，其中一面写的是常见的"拾金不昧，助人为乐"，还有一面写的却是少见，"感谢河边人老薄"，一句没头没尾的话，让人好奇背后的故事。卢观鱼随口问道："老薄，你那锦旗什么意思呢？'河边人老薄'，像是你一直守着这条大河似的。"老薄将手机还给卢观鱼，盯着他看了一时，说："你真想知道？听你讲了那小姑娘的事，那我也给你讲讲我的故事吧，刚好今晚客人走得早……"

看老薄用毛巾擦了擦手，又擦了擦脸，直一直身子。卢观鱼莫名觉得，老薄身上散发出一种奇异的光辉。店外的河面黑黢黢的，而在这小小的热气羊肉店内，一盏吸顶灯明亮如月，默默注视着他们这一老一少。

第六章　往事（上）

短信九条

小冬，我没想到，这世界上会有这么多不想活的人。

走在大街上，看着迎面走来的一个个人，我很想问问他们，他们会想一想，活着是怎么回事吗？为什么活完昨天，活完今天，还要继续活完明天？

活着，对大多数人来说，只是出于惯性吧。

我们不是害怕死，只是害怕改变罢了。

绝大多数人，都希望"死"晚一点儿到来，甚至永远别来。但也有一些人，希望它提前到来。单单在我身边这条河上，就有很多这样的人。

前阵子，我见到一个人在我面前跳河。我没跳下去救她，只是追了一段路。虽然有人说，我不跳下去是对的，但我仍然觉得惭愧。

我想去做一件事，不说别的，至少可以减轻心中的惭愧感。

想起我们一起去山里的小水库游泳。土山赭红，水面蔚蓝，我们像是在无限的自由里游来游去。日光无穷无尽，生命无穷无尽。

　　那时候我们不会想到，你也会成为这世间不想活的人之一。

　　"我来到酒房河边，是快有半个世纪了。"老薄慢悠悠地说着，给自己倒了小半碗黄酒，抿了一小口，端着碗搁在半空。圆形吸顶灯恍若一轮圆月，落影在碗中。卢观鱼盯着这酒，似乎这酒里藏着老薄往事的秘辛。

　　"我今年快七十了，二十出头时，从老家甘肃凉州来到这儿。甘肃狭长，各地差异很大。我家在沙漠边缘的一个小村子里，土地平展，气候干燥，饮水金贵。村外有好几个堡垒似的土堆，很多年后，我才知道那是明朝留下的长城墩子。老人们说，唐僧去西天取经途中，在我们那儿待过一个多月。小时候，我想唐僧有没有留下什么东西呢？我到处找过，当然什么都没找到。

　　"我小时候经常到沙漠里玩儿，看一座一座沙丘连绵起伏，延伸到天边，觉得自己特别渺小，那些沙丘是一个个巨大的浪头，转眼就会涌过来把我给湮没了。听说夏天走进沙漠的人，要想走出来，会挖个坑，把脸埋进去吸一吸湿气。不过我从来没深入过沙漠，我喜欢爬上沙漠边缘的一座又一座沙丘，到处看来看去。沙漠另一边，祁连山顶上白白一条线，那是几乎常年不化的雪。近处的黄沙之上，长着很多植物，有沙蓬、红柳，有可以做凉粉的沙米，还有很好吃的沙枣。我喜欢沙枣，虽然很干，几乎没什么水分，但在那个年代，那真是人间美味。

　　"在这样的地方，仍然不时能见到动物，我见过兔子，见过狐狸，想要去追，从没追上过。我还见过不少动物的尸骨，白白的，残存一点儿皮毛，突兀地出现在沙丘底下。我认不出那是什么，也不知道它们是自己死掉的，还是被别的动物猎杀的。见得最多的是一种爬得飞快的黑黑的小虫，我们叫它喳喳虫，大概是因为它在沙子上爬动时会发出喳喳声吧！有句俗语，'喳喳虫，哭妈妈——两眼抹黑'。离开老家后，我时常想起这种小虫，想起这句俗语。"

老薄说完这一长段话，抿了一口黄酒。两人之间的火锅底下还燃着木炭，火锅里仍然咕嘟咕嘟煮沸着，热气冉冉升起，让老薄的方脸显出几分虚幻，几分温柔。卢观鱼用筷子在火锅内打捞半天，只捞起几片煮得软塌的白菜叶。老薄看着火锅，沉默了一时，继续从过去的时间里打捞出往事：

"刚才说的这些日子，真好啊。可惜很快就一去不回了。我读完初中就碰上'文革'，书读不成了。开始不久，县里就分出各种派别。有一回，我去赶街。忽然间，人群乱乱地推搡着，到处嚷起来，说是'八一五'和'地总'火并，我本来在一处小摊前蹲着，忽然被挤得人仰马翻，只看见乱麻麻的脚踏过来。好不容易爬起，跑到边上一株大柳树下，才觉得浑身上下火烧火燎地疼。我摸了摸身上，谢天谢地，没有伤到骨头，只是筋肉被踩伤了，还有几处破了皮。我坐着喘了好一会儿，好像听到远处炮楼上发出轻型冲锋枪的声音，我不敢再动，继续躲在大柳树下。好一阵子，人群渐渐平息了，又有走来的人说，哪里是什么武斗哦，大惊小怪，立马就有人拉住问，那刚才怎么回事？那人很不屑地说，那是街子口两头老黄牛打架，少见多怪啊！大家都松一口气。不多时，街上一切如常了。我有点儿奇怪，我刚才听到的枪声是怎么回事？莫非是我产生幻觉了？歇够了，我到大柳树后的一户人家要了一瓢凉水喝了，一瘸一拐地沿着河边往下游走。

"到后来，即便各派'大联合'了，各种武斗仍然很多。我家里几代贫农，受冲击不大，只是日子过得苦，每天都削尖脑袋想找一口吃的。我因为识字了，一旦混饱肚子，还想找些书来读，但周围读书人很少，找书比找吃的还难。吃的吧，虽然不知道下一顿在哪儿，但我年轻，能折腾，又抗饿，总能找到点儿东西糊弄肚皮。书却是没有就没有。我还是想尽办法找，如果每天只是填饱肚皮，我觉得自己活得就像畜生一样，一天天苦熬下去，只不过是等着脖子上来一刀罢了。"

老薄长长叹息一声，似乎有什么不好诉说的。卢观鱼听着，看到老薄端起酒碗，手上微微颤抖，酒碗里仿佛是一片小小的湖，湖面荡开一圈圈细细的涟漪。老薄深深地喝了一大口，闭紧嘴巴，慢慢咽下去了。

"那你杀过人吗？"卢观鱼说，"或者……"

"你说什么？"老薄瞅着卢观鱼，眼睑下的肉跳了几下，"不，我没有。我只是……不，我其实只是看过，真的，但这件事……我从来没跟人讲过……"

卢观鱼很想再说两句什么，又怕说了什么，老薄就不往下讲了。

"其实也没什么，这么多年了，我应该讲出来的。有一天，我混在造反派里去抄家。那户人家门口的大柳树下，一位戴玳瑁边眼镜的老头拄着拐杖，坐着喘大气，几次想要起身却起不来。一对年轻夫妇一直跟着我们。男人阻挡我们打砸东西，为此挨了我们好几脚。但他家实在没什么东西可抄了，看得出早有人捷足先登了。有人将窗台上的两只茶杯塞进裤兜，没拿到茶杯的人骂骂咧咧的。后来不知道是谁注意到的，那年轻女人始终坐在卧室床边，从门洞望向外面。我们折回去，打量着被许多只手翻检过的卧室。女人腰背挺直，两手揪着衣服下摆，嘴唇哆嗦着，眼看要哭了。领头的经验丰富，立马让她站起来，她不肯，我们中两三个男女冲上去，拽脚拽手拽头发。她嘶喊着，两手仍然想要护着床板。我们都知道有问题了，使大力气将她拽下地来。这时候，床板脱了，夹层落下两册旧书。她立即抓过书。我们上去抢，抢不到，把她推倒在地，她就像护籽的大虾一般紧紧攥着书抱在怀里，无论边上的人如何叫骂踢打,她始终不松手。有人跑到屋外,返回时手上多了从大柳树上折下的枝条,枝条纷纷朝女人身上飞舞。女人的衣服绽开一条大口子,她照旧蜷曲着,一声不吭。围在她边上的人似乎更兴奋了,更快地挥动着柳枝,柳枝的外皮都绽开了,像是一截一截细细的白骨。地上的人仍旧一声不吭,蜷曲如一只煮熟了的鲜红大虾。空气里混杂着苦涩气味和甜腥味……"

卢观鱼发现,老薄讲这些时,似乎仍然带着玩味的、赞赏的兴味,眼睛里闪动着异样的光彩。但很快,他眼中的光彩黯淡了。

"最后,他们从她怀里拽出那两本残破的书,其中一本,已经被揉烂了。还有一本,也已经湿透大半。他们将两册影印的书拿在手里,翻了翻。领头的似乎大为失望,说还以为里面藏着金叶子呢!另一个人翻了翻书,惊叫道,这是《金瓶梅》哎!领头的说,金什么?哪有啊?!又将书翻了翻,书页被黏住了,很难翻开。那人说,我说的是这书的名字,这是黄书啊,大毒草!他们眼中放光,又踢了那女的几脚,将地上那本揉成团的书捡起。我当时很想看看那两本书。急中生智,我忽然说,这哪里是什么大毒草?毛主席说过,'没有《金瓶梅》,就写不出《红楼梦》。'他们愣了一下,我从他们手中将书夺过来了。这时候,有人惊叫起来,她死了!大家一惊,都往外撤。我看到女人蜷缩着坐在卧室门外一角,头发凌乱,浑身是伤,眼神呆滞地盯着地面。我们走到屋外,那老头端坐着,闭着眼睛,神色如常。有人喊了老头几声,老头毫无反应,走过去探了探鼻息,吓了一跳,他竟然也死了。知了在叫,它们什么都看在眼里。我们不敢停留,悄没声地离开了。我一路上都在想,刚才那女的,真死了?她为什么如此舍命保护这两册《金瓶梅》呢?可惜这问题再也无人知晓答案了。"

"你问那两册《金瓶梅》怎样了?那天,我们跑到城外大桥头时,因为几句口角,我和领头的打了一架。领头的又把我怀里的那两册书抢走,几把撕碎,扔到桥下河里了。我趴在桥栏上,看着血色的纸页在河面上漂了一会儿,大部分很快沉下去了,还有一些漂远了。我离开队伍,沿河追上去,当然一无所获。就这样,我又变成孤魂野鬼了,继续想办法混饱肚子,想办法在吃饱后找书看。"

"找到的多是马列著作,现在的年轻人,怕是不读这些了?除开'毛选''老三篇',还有马克思的《路易·波拿巴的雾月十八日》啊,恩格斯的《路德维希·费尔巴哈和德国古典哲学的终结》啊,列宁的《哲学笔记》啊,考茨基的《历史唯物主义》啊。当然了,我还看过好些别的,《金光大道》啊,《林海雪原》啊,还有手抄本,《一只绣花鞋》啊,《龙飞三下江南》啊,《绿色尸体》啊,《少女之心》啊,《远东之花》啊,《第二次握手》啊——这些书的内容,现在是记不得多少了,只这些书名,烙印在脑子里。

"说起来,还有一次,在城郊一户人家的阁楼上,我偶然发现一本很厚的书,封面封底都没了,翻了几页,知道是《西游记》,我心惊肉跳,偷偷把书拿走了,躲在家里偷偷看。那时候,我爹妈都过世了,我借住在姨夫家,生怕给他家添麻烦。我囫囵吞枣般把书看了两遍,可惜最后缺了两章。我怕给姨夫家惹麻烦,把书一页一页撕下来,塞进灶洞里烧了。我现在还记得,那些绵纸在灶洞里燃着时,我心疼得像是自己被烧着了……"

老薄顿一顿,又抿一口酒:"唉,说远了。后来,因为一些事情,我在姨夫家待不下去了,在老家也待不下去了,我加入串联的队伍,几乎成为盲流,哪儿有饭吃,我就到哪儿去。回想起来,那段日子真是危险,扒火车,睡桥洞,每天就只想着两件事,在哪儿填饱肚子,在哪儿睡觉,好多次命差点儿丢了。但那段日子也特别自由，天大地大，我爱去哪儿去哪儿。

"一九七六年年初，我从内蒙开始，往河北，到山东，进江苏，过安徽，入浙江，之后来到上海远郊，这一路上，我见到了很久没见的黄河，还头一次见到长江。我在浙江境内时，唐山大地震了，虽然离得很远，照样震感强烈，听说还有人死了。我继续走，走得很快，逃命似的，路上凄凄惨惨的见闻就不说了。之前我到过不少地方，大多是在北方干旱地区，来到上海远郊，见到这么宽的酒房河，问了才知道，这竟然只是长江小小的一条支流。我就想，既然都走到这儿了，怎么着也得去看看长江啊。就沿着酒房河边往下游走，这时候，我安下心来了，走走停停，三四天后才走到酒房河汇入长江的地方。哎呀，那长江真是宽啊。前几个月，我在安徽铜陵是见过长江的，那已经够宽了，想不到接近入海口处，长江那才真真叫宽，宽得就像大海啊。

"我记得很清楚，那时快立秋了，天气仍然很热，又是正午，还走了长路，我站在江边，浑身汗湿，长头发湿漉漉的，一绺一绺直往下滴水。我脱下衣服鞋子，放在江边一块发烫的石头上，只穿一条蓝布裤衩，就下水了。那时候，我们都知道毛主席横渡长江的事，哪有不钦佩的？我想，虽不能跟毛主席比，但也算是在长江里游过了，心中的激动可想而知。

"在全国到处浪荡的那几年，每到热天，我总在各种小沟小河里扑腾，自以为游泳技术相当了得。那天下水后，我渐渐放松警惕，往水深处游去，很快发现不对劲儿了。就像是小时候置身大漠，看着那延伸到天边的浪头一个接一个扑来，觉得自己真是渺小，眼看就要被湮没了。我使劲儿扑腾，越扑腾越无力，连连喝进好几口水，越发心慌了，我想，不会是要死了吧？那也死得太稀里糊涂了。之前走南闯北那么多年，遇到多少次危险，都活下来了，竟这么轻易地把自己葬送在长江里。那一瞬间，仿佛想了许多，又仿佛什么都没想，脑子里一片空白。太阳白晃晃的，整个儿都融化了，和满世界的水搅合在一起。

"忽然，我的手撞到了什么东西，下意识地紧紧抓住。紧接着，感觉脑袋被猛击几下，我痛晕过去，但即便要晕过去了，我都不敢松手。再后来，也不知道多少时间过去了，太阳并没融化，又明晃晃地悬在头顶了。我发现，我还活着，活在浓烈的腐臭味里。这是一间黑油毛毡做顶、芦苇捆扎起来做墙的窝棚。太阳光从窝棚口射进来，温暖的光柱里飞着许多小蚊虫。我侧卧着，身上被覆沉重，浑身又疼又没力气，好不容易掀开被子，想要坐起，却只是翻了身趴着，从窝棚口望出去。长江就在不远处，一层一层浪铺展开去，完全看不见对岸。

"听到脚步声，面前出现一双乌黑赤脚，往上是麻秆似的小腿，我竭力仰起头来，看见一个枯瘦的小老头儿，肚子干瘪，两排肋骨犹如栅栏，光溜溜的脑袋好似两头尖尖的黑枣子，眼白翻动着，刀子似的剜人，下巴一撮花白山羊胡，说话时一翘一翘，在日光里闪闪发亮。多少年过去了，我都清楚地记得这画面。老头儿咳嗽一声，往身后吐一口浓痰，朝我腿上踢了一脚，张口就骂，狗东西，醒啦?! 还不快点儿滚出来! 你身下那一摊水，到天黑都搞不干! 我这才发现，我是躺在被窝里，裤衩淋淋沥沥的水把被窝浸湿了。我撑起身子往外爬。其实就是他不说，我也不想待在窝棚里，窝棚里幽暗、潮湿，东西乱糟糟的，还有一股浓烈的腐臭味儿。但我很快发现，这窝棚有处特别吸引我的地方。"

老薄又停下来，抿一口黄酒。此时，卢观鱼听得入迷，也端起酒碗，和老薄的碰一碰，问道:"那是什么地方?"

"我爬出窝棚后，靠着芦苇墙坐着晒太阳。河坡底下，就是长江，江风一阵阵吹来，身上一阵暖一阵凉的。"老薄眯起眼睛，仿佛几十年前的长江水仍流淌在不远处。"我偷偷回头往窝棚里打量,好一会儿,眼睛才适应窝棚里的昏暗,我看到啊,窝棚最里面后檐墙的位置,竟然立着一排很古雅的书架,密密麻麻塞满了书。老人正在把被子团起来,抱着往外走。他经过我身边时,我又闻到那股浓烈的腐臭味儿。但我那时候顾不得恶心了,脱口而出,这儿怎么那么多书?! 老头儿瞅我一眼,一句话不说,气呼呼地将被子铺在一丛白茅草上。茅草被压得弯下腰,几乎就要折断了。那被子黑腻腻,硬邦邦,盔甲似的,被太阳一晒,那腐臭味儿更蓬勃地一浪一浪涌来。老头儿再次钻进窝棚,又扯出同样湿透的褥子,走到窝棚另一边,咕哝道,我昏头了,就不该让你躺进去,光想着要给你保暖了。这大太阳底下,不也可以保暖吗? 吹点儿江风算什么?! 老头把褥子搭在窝棚另一侧的茅草上,这样一来,那腐臭味就从窝棚两边、窝棚内部以及老头儿身上一起朝我涌来。我下意识地捂住口鼻,想想不妥,又强迫自己放下。老头儿肯定看到我这动作了,但他浑不在意似的。他在离我不远处坐下,眯眼瞅着长江,一动也不动,沉默着,似乎不打算再和我说话。

　　"大叔,是你救的我? 我问老头儿。老头儿头也不往我这边转一下。我以为他没听见,又问,大叔,是你救的我? 老头儿稍微偏过脸来,小眼睛翻我一眼,说你要是个死人多好。我唬了一跳,一时不知道该怎么接话。过了一会儿,只好讪笑着说,你要是再晚一些救我,我就真成死人了。老头儿转过头去,眼瞅着长江,又不说话了。我也往江面望去,江面真宽啊,涌动着鳞甲一样的日光,不细看还以为是一群群鱼。江面很空,往来船只不多。远处水天相接,天上空空荡荡,一朵云软软地浮动着。我这儿看看,那儿看看,刚刚死里逃生,我看这人世间什么都是新鲜的。再看老头儿,他仍是眯眼瞅着江面,似乎在搜寻着什么。

　　"太阳在我们背后落着。风从浑黄的江面吹来,波浪似的一阵阵涌到身上,不觉有些冷了。江面是越发好看了,真是半江瑟瑟半江红。不远处的江边,有大片芦苇。芦苇里各种鸟叫,叫得可真好听哪!有长脚秧鸡、鹌鹑、鸲黄莺、大苇莺、水蒲苇莺、湿地苇莺、栗苇鳽、夜鹭、牛背鹭,还有鱼狗,多得数都数不过来。偶尔看得见它们,灰色的一小团,出现在芦苇丛中,或者朝江面飞一圈又飞回来。身后不远处的村里,布谷鸟一声一声在叫。那么多鸟叫声就像各色各形的宝石散在沙漠里,又像一张亮闪闪的交织在一起的大网——当然了,我一个北方人,那时候哪里会认识这些南方的水鸟?这都是后来老头儿一样一样指给我,我慢慢记住的。我问得多了,老头儿很不耐烦,说没见过你这么笨的人。"

老薄眼中闪亮,盯着手中的酒碗,仿佛正盯着当年那片新鲜而开阔的水面。

"过了一阵儿,老头儿转过脸来,小眼睛瞅着我说,怎么,还不走?还要我请你吃饭不成?你的衣裳裤子在那边石头上,我往上游走了好长一段路才找见的。老头儿往边上指一指。我有些不好意思地笑笑,看来自己在长江里漂得挺远了。这时候,肚子咕噜咕噜响,我真饿了。但我怎么好意思让救命恩人请客呢?我走过去,背对着老头儿,穿好衣裳裤子,穿上鞋子。衣裳裤子和鞋子都被太阳晒得发烫,穿在身上,异常柔和。我转回头说,当然我请你啊,你救我一命,我请你喝酒。老头儿很不屑地撇一撇嘴,说我可没发现你衣服里哪儿藏着钱。我笑一笑,说我自有办法。老头儿来劲儿了,转头看着我,说你真要请我喝酒?这时候,我就是想退缩都来不及了,我拍着瘦巴巴的胸脯说,那是当然。老头儿咽了一口口水,瘦巴巴的脖子上,小老鼠似的喉头动了动。老头儿说,我也不贪心,你就给我弄壶黄酒吧。似乎怕我不知道去那儿买酒,他往江岸大路上指了指,说往前走二十多分钟,一棵高高的枫杨树底下有间小草房,那里头就有人卖酒。我说没问题,你等我一下。

"我往江岸上走。好一阵子,回头看看,窝棚是搭在江边斜坡上挖出来的一块平地上,离岸上的大路还有一二十米。想到窝棚里有那么多书,我兴奋极了。想到这是要去买酒,我又很紧张。那时候是不可以私自贩卖东西的。记得有个叫高大二的农民,因为私自贩卖水果,获利三十三块,不但钱被没收了,命也丢了。

"你说我的钱在哪儿?老头儿之所以没在我衣服里发现钱,是因为我的钱根本就没放在衣服里。嘿嘿,说来不好意思,我将钱折成条儿,塞在内裤底。在那之前几年,全国到处大串联,我听说过不少人一分钱不花走遍全国,我没那么抠搜,但想办法弄来的钱,不能轻易花出去的,到这时候,不花不行了。我照着他说的方向走,见到老大一棵枫杨树下,一间矮矮的小草房。敲了敲门,门拉开一条缝,露出满是皱纹的脸,也是一个小老头儿。我问他,有黄酒吗?老头儿左右看看,问我,你是谁?我说我不是谁,是有人告诉我,在你这儿能买到酒。老头儿瞪我一眼,压低声音说,谁说的?我往远处窝棚那边指一指。老头儿的神情松弛下来了,说他妈的,我这地方哪天被人查封了,就是他害的。骂骂咧咧半天,老头儿还是把黄酒卖给了我,你没带酒壶吗?我说没带。老人又骂骂咧咧的,找出一只土陶罐,打了两提酒进去,将陶罐塞给我,我探身往小屋里看,老头儿将我往外推,说快走快走!我走了几步回头,看到老头儿正用一只手在鼻子前扇风。我忽然意识到,江边老头儿身上的腐臭味儿,我身上也有了。

"见我买酒回来,江边那老头儿高兴起来了。我也很高兴,我看到他竟然已经捣鼓出好几个菜了,两条清蒸鲈鱼,一盘炒田螺,一盘炒青菜,还有一小锅米饭。后来我知道,鲈鱼是江里钓的,田螺是江边捞的,青菜是在离窝棚不远处种的,米是哪儿搞来的呢?我始终没搞清楚。那是什么年代啊?'文革'还没结束,一碗白米饭何等珍贵。那天晚上,是我很多天来吃得最饱足的一顿。那罐酒我只沾了沾，基本是老头儿喝掉的。他喝酒时，总是将眼睛眯缝成细细一线，让酒慢慢流进嘴巴后，闭着嘴享受半天，再一口咽下。慢慢地，他脸上看得到笑了，话也多起来。他问我，你是没地方可去了？我其实从来都居无定所的，但这时候因为另有所图，就顺水推舟地说是。他看我一眼，说只要你不害怕，今晚就留下来吧。我说我害怕什么？他嘿嘿笑。我想，你有什么可怕的？一个小老头儿。

"那晚酒足饭饱后，我又困又累，也就顾不得什么腐臭味儿了。我和老头儿一起裹在那套晒干了的黑腻腻的铺盖里，很快睡着了。不多时却醒了。老头儿那句话，还是让我心里有点儿没底。他不会是想谋财害命吧？按说不会。我那点儿钱，酒都买不了几次的；要说害命，就更不可能了，我的命还是他救的呢。既然如此，我还有什么好害怕的？忽然又想，他不会是喜欢男人吧？我到处游荡，知道有些男人会喜欢男人的，我也碰到过几次，但我那时又高又瘦的，从来没人打过我的主意。即便如此，我仍然心跳不止。不过这也不像，老头儿和我虽然躺一个被窝，却是头脚颠倒的，又隔开一段距离。他侧着身，蜷着腿，正打呼噜呢。

"我是头朝外睡的，仰面朝天，枕在一截江里捞上来的原木上，就如枕在大江的波涛上。窝棚的门关不严，有很大的缝隙，扭头从缝隙里往外望去，地上是白茫茫的大江，天上是没有一丝丝云的星空。说实话，游荡那么多年，我很少能像这样躺在被窝里。我看着那些星星，看着淡淡的一弯月亮，想想白天刚死过一次，摸一摸滚圆的肚皮，觉得这人世间还是美好的。

"渐渐地，清醒了，我又闻到窝棚里的腐臭味儿了。江面不时有带着水腥味儿的风吹来，等风过去了，窝棚里的腐臭味越发浓烈了。我等着风来，就大口喘气，等风过去了，就尽量屏住呼吸。

"辗转反侧许久，不知不觉又睡着了，梦里混混沌沌，被腐臭味儿塞满了。太阳光亮晃晃地照在脸上，我惊醒过来，老头儿不见了。这一夜什么都没发生，我想，老头儿是吓唬我玩儿呢。

"我钻出窝棚，走到江边，深深呼吸几口新鲜空气。我到处看看，看到老头儿在不远处的江边走来走去，他面前有一艘小木船，过了一会儿，他登上小船，却并未将小船划出去，只是不断往江面眺望着。我也往江面看了一会儿，清晨的江面和傍晚的江面，乍一看都是半江瑟瑟半江红，仔细看，又很不一样。我忽然想到，何不趁老头儿不在，去看看是些什么书呢？这才是我想办法留在这儿的原因啊。我生怕老头儿听见动静，赶紧转身，蹑手蹑脚往窝棚方向走。"

老薄停下来，又端起酒碗喝了一口。老薄的讲述是缓慢的、耐心的，仿佛是从时光的江水里打捞沉落久远的船只。此时火锅底的木炭快烧尽了，卢观鱼两手靠拢，没能索取到一点儿暖意，只得缩回手搓一搓。老薄站起身来："我去取些木炭来。"卢观鱼说："在哪儿？我去取吧。"老薄已经转身进厨房里，用火钳并排夹着两根空心的机制木炭，一根一根从烟囱顺进去。木炭落到火锅底部，火星儿犹如受惊的萤火虫，噼噼啪啪拍动鞘翅飞起，转眼消失在周遭的空茫里。

"要不再来点儿菜？"老薄仍然站着。

"不要了，今晚吃太饱了，喝点儿酒就行。"

"也是，说不定你听完我待会儿要讲的，就什么都吃不下了。"老薄狡黠地笑一笑，又说，"不过呢，也得来点儿下酒的。"不一会儿，从厨房端出一碟油炸花生米，一碟糟毛豆，说了一句今晚对那四位农民工说过的话："这是送的啊。"

再次坐定，老薄端起酒碗抿一口，稍微偏着脑袋，考量似的看着卢观鱼。"十一点多了，要不今晚就到这儿？你先回家，我也打烊了。"

"还早呢，这不是才添了下酒菜吗?"

"还想听我讲?"老薄停了一会儿，"也好，既然今晚说起来了，我就多说说。说回老头儿那窝棚，窝棚是朝向东边的，那天早上，我钻进窝棚时，刚好挡住日光。我回头看看，老头儿并没跟来。我低着头，往窝棚深处钻。走了没几步就到头了，眼前是很考究的书架。我以前在老家城里见过类似的，不过那上面没放几本书，眼前的书架却是塞得满满当当的，而且看得出，排列得非常讲究。我很快适应窝棚里的光线，书架上的书，从四书五经、《史记》、《汉书》到《全唐诗》《全宋词》《古文观止》《菜根谭》，再到《三国演义》《水浒传》《西游记》《红楼梦》《包公案》《狄公案》《七侠五义》，还有《肉蒲团》《春闺秘史》《灯草和尚传》等等。哎呀，见到这些书之前，我已经好几月没搞到书看了。猛然间见到这么多，而且是早就听过却无缘得见的书。你说说，我哪里受得了?! 就像是，被谁拿大锤在头顶狠狠地锤了几下，眼冒金星，头晕心惊。每一本书我都想抽出来看，但书实在太多，实在不知道先看哪一本好。

"我想起以前看的《西游记》缺了最后两回，急忙抽出《西游记》，翻到第九十九回，看到唐三藏师徒取经回来，过通天河时被老鼋淬在水里，湿了经书后，住到陈家庄新创的救生寺，寺内供奉了他们师徒四人的塑像，感念他们当年从金鱼精嘴里救下一双儿女，众人献果献斋，不肯放行。到了三更时分，唐三藏说:'悟空，这里人家识得我们道成事完了。自古道:真人不露相，露相不真人。恐为久淹，失了大事。'师徒几个趁着人家熟睡，悄悄走了。这时候，还没来得及看最后一回，我不着防瞟见架上一本书，就把《西游记》撇下了。"

老薄瞥一眼卢观鱼，端起酒碗抿一口，嘿嘿地笑。

"后来,我想你可能猜到了,我接着抽出来的,是《金瓶梅》。又看到这书!我两手发抖,就那么站着,将书抵在书架边,一页一页迅速翻过去,一排一排快速地扫过去。那些想象中的没来得及看的段落,大火一样烧在眼前。那时候我比你现在还要年轻好多岁,还没尝过女人的滋味。在到处浪荡的日子,有一次睡在桥洞,我握过一个女叫花子的手,整整握了一夜,手心都出汗了。如今看到那些文字,哪里受得了哟。在那间充斥着腐臭味的昏暗窝棚里头,许多从未发生过的画面,活灵活现地出现在我眼前。

"我快速翻书,看着看着,看出不一样来了。以前只听人说过书里的那些男女之事,哪里知道,这书藏着大慈悲啊。这里面没一个好人,都是蝇营狗苟、苟且偷生之辈,但作者对他们,并不像《红楼梦》里对这类人那样嫌弃的。比如书里写了一个名叫温必古的秀才,是西门庆找的幕宾先生,'年纪不上四旬,生得端庄质朴,络腮胡,仪容谦仰,举止温恭'。西门庆看他儒雅,对他很是满意。后来有一天,吴月娘看见小厮平安扯小厮画童,画童哭哭啼啼。吴月娘问为什么扯他,平安说,是温师父要他去,他不去。正问着,玳安骑马来,说了一段话,才知画童为什么啼哭。玳安说:'我的哥哥,温师父叫,你仔细,有名的温屁股,他一日没屁股也成不的。你每常怎么挨他的,今日如何又躲起来了?'原来,这温秀才将画童鸡奸了。从吴月娘、孟玉楼到潘金莲,无不骂温必古,西门庆更是将他赶出府去。可就是这么腌臜龌龊的人,他还有一个母亲,对他还有一份真情在。书那么厚,我站得脚都麻了,也只看了零散几章。我忙翻到最前面看序,有个叫东吴弄珠客的人说:'读《金瓶梅》而生怜悯心者,菩萨也;生畏惧心者,君子也;生欢喜心者,小人也;生效法心者,乃禽兽耳。'我正思忖着这几句话,一个声音在耳边打雷样炸响:狗东西!不要脸的狗东西!我慌忙扔下书,将手从裤裆里掏出来。其实,那时候我早忘记裤裆里那点儿事了。老头儿枯瘦的身影硬邦邦地杵在窝棚口。我那时候,一定吓得脸都白了。"

老薄红光满面,呵呵笑着,低头抿酒。老薄如此博闻强识,叙述得如此坦然自在,让卢观鱼很是震惊。他想,他是不可能对不熟悉的人如此剖白过往的,可一旦变成很熟悉的人了,似乎更难与其如此剖白过往了。

"老头儿三两步窜到我身边。他虽然比我矮,也比我瘦,但我在窝棚里只能低着头,他一下子揪住我的耳朵,硬生生把我往外拽。要不是我跟得快,耳朵得被他扯下来。他气得跳脚,劈头盖脸骂,我自知理亏,低着头,一言不发。他骂了足足有半小时,有些话我听来似懂非懂,像是在骂我,又不像是在骂我,什么你们这些偷书贼!你们这些羞先人的狗东西!两只手鸡爪似的,不断在空中抓住什么又扔出去,仿佛真有人站在他面前。这架势倒真让我有些害怕了。后来,可能是气出够了,也可能是找不到话说了,他忽然安静下来。静静站了一会儿,回身钻进窝棚,走到书架那儿,把掉在地上的《金瓶梅》捡起,拍拍灰土,塞进原来的位置。我想,这窝棚里这么脏,这么臭,那些书再怎样用心保存,也沾染着一股腐臭,这么小心翼翼的有什么用?说实话,我喜欢看书,但不爱书。我总是得到书后就匆匆看完,如果天气炎热,就会把书撕碎扔掉,我可不想被人发现,如果天气冷了,才会带在身上留着烤火。他站在书架前,似乎在确定其他书有没有丢失,好一会儿,他才钻出窝棚,瞅着我,骂道,狗东西!你要敢再动这些书,我就把你扔回长江里去。我低着头,不发一声。

"那晚,我仍然赖着没走。我实在舍不得那些书,就想着,或许时间久了,他能让我看一看呢?我只是看一看,又不要他的。他赶我走,我就涎皮赖脸地说,我还没报答救命恩人呢,我给你做饭做菜啊。他看我一眼，不吭声。我说，我还有钱的，今晚再买一壶黄酒孝敬你啊。他仍然不吭声。我被逼急了，只能说，等明天太阳出来，我给你洗铺盖被子啊，看着好多天没洗过了。他瞥我一眼，说你能干这些？我说那是当然，我一个人好多年了，不会这些，怎么生活？老头儿瞪着我，再次警告道，狗东西，你敢再动那些书，我就把你扔回江里去！我知道他答应了，高兴得几乎要跳起来。我有预感，迟早有一天，我能看到那些书。

"那时候，我想，老头儿是做什么的呢？他不会是从什么地方逃出来的牛鬼蛇神吧？那时候我接触过几个地主，还见过几个'右派'分子，他们就像老头儿这样，对书很爱惜。但我看老头儿那满嘴脏话的样子，实在不像。"

"知道老头儿是做什么的，那是第二天下午了。"老薄拈一颗花生米塞进嘴里，嚼吧嚼吧，"知道后，我真是好几天吃不下饭。不过啊，现在先说说吃饭的事儿。那天下午，我先去给老头儿买酒，还是到枫杨树下的小草房。我后来知道，酒是那树下的老头儿自己酿的。这俩老头儿挺有意思，后来我偶然听村里人说，他俩年轻时打过一架，之后再没说过话，不过丝毫不妨碍他俩一个卖酒一个买酒，只是得装模作样地托个中间人。我把卖酒老头儿的土陶罐还回去了，拿了江边老头儿的酒壶去打酒，拎着沉甸甸的酒壶回到窝棚边，老头儿递给我一只锑盆，锑盆脏兮兮的，三条两斤多的鲫鱼在盆中弹来跳去。我问哪儿搞来的？老头儿往江边指一指。我看到那儿支着几根鱼竿，心想这真是住在江边的一大好处。

"我将三条鲫鱼一条清蒸，一条红烧，一条炖汤，心想要是有豆腐就好了，鲫鱼豆腐汤，那真是鲜美无比。但哪里能有豆腐呢？我只能去老头儿的菜地里找来一些葱姜和青菜，凑合着炖在一起。那晚，三道菜，一壶酒,将一张竹编圆桌挤得满满当当。老头儿虽然不说一句好,可他筷子动得那么勤,可想而知是满意的。我讲了一些自己的经历,主要讲我一直很喜欢看书,想以此引逗他说说那些书的事儿,他却一言不发。说得多了,他瞅着我,硬硬地来一句,你趁早别打那些书的主意。我不好意思地笑笑,说没有没有。但我听得出,他的话变得温软了。饭后,我说你去歇着吧,我来洗碗。我想端着碗盏下到江边去洗,老头儿叫住我,说不能在长江里洗,得到路对面去,那边有条小河。我虽然不想走那么远的路,又想他大概是怕我落水,只好端着碗盏爬上江坡,过马路,到小河边去了。

"第二天,我要把被褥和老头儿的脏衣服洗了,他又嘱咐我,不能到江里去洗,我问为什么?他不说话。我实在不想抱着这么多东西,舍近求远到小河边去,但看到晨光照进窝棚里,仿佛一支支火把切进黑暗,窝棚里那几排书,在火把下显露出来。我咽一口口水,想着为了看书,忍一忍吧。我抱起被褥,上坡,过马路,到对面小河边放下,又回来抱起他换下的衣裤,再上坡,再过马路,再到对面小河边放下。搬运这些衣服的过程中,那股无所不在的恶臭犹如拳击手,又一次猛击我的鼻孔。好几次我都觉得要晕过去了。这时候,我只能强逼自己再一次想一想那几架子书。他妈的,我想,总有一天我要好好看看这些书!

"没洗衣粉,更没肥皂,只有一小盆草木灰水。我把被褥和衣服全泡在水边,倒上草木灰水,过了一会儿,只消稍稍用力,便能挤出一股一股黑水,不多时,一条清得见底的小河就黑云密布了,河里要是有鱼,都得熏晕过去。一次又一次,我转过身干呕。直到小晌午,才把那堆东西浆洗完,拧干了,抱回窝棚边,搭在芦苇上晾晒。心想,又该做饭了,想问老头儿有没有钓到鱼,却到处找不见他。

"后来,我看见一群人聚在江边,他们都往江面望着,江面上一艘小木船在波浪中起伏,那驾船的正是老头儿。莫非老头儿在捕鱼？我想着,这可是到窝棚里看书的好机会,刚钻进去,又觉得,万一老头儿忽然回来,发现了,那这次我是怎么也没法留下了。不能操之过急。我按捺住看书的冲动,跑到江边。

　　"老头儿当然不是在捕鱼。"老薄叹一口气,端起酒碗,又抿一口,"我走南闯北,去过那么多地方,见过不少人间惨剧,哪里想到,在长江边会见到让我如此难受的一幕。我还没走到那群人边,就听到哭声了。一个女人哭得撕心裂肺的,边上的女人在劝她。还有几个男人,在朝江面上的老头儿喊,不少了,不能再加了,你就当行善积德,把姑娘还给我们吧。老头儿说,一码归一码,没十块钱,我就把人扔回去。我被这对话弄得莫名其妙,什么十块钱？十块钱在当时可是钞票的最大面值了。老头儿直挺挺地站在船上,手里拽着一根粗麻绳。这是做什么？我绕过人群,从另一个角度望过去,吓得倒吸一口冷气。那麻绳的另一端,是系在一截耷拉着的手腕上。那手腕,肿大,苍白,紧挨着一个长发缭乱的脑袋,从头发的间隙,看得到半张脸,和那手掌一样,肿大,苍白。

　　"我忽然明白,窝棚内外那挥之不去的腐臭味是什么了。我猛然弯下腰,嗷嗷吐。他们还在讨价还价,说些什么,我听不见了。后来,应该是价钱谈拢了,老头儿才慢慢将船靠岸,船后拖着那具高度腐烂的女尸。尸体浮出水面,拉到江滩上,更猛烈的腐臭味儿袭来,我无处可逃,而肚中已经没什么东西可吐了。"

第七章 往事（中）

短信十一条

　　小冬，我刚认识一位老人，听他讲起很多往事。我不知道这些事有多少是真实不虚的。从那些故事里，我看到的死亡，似乎有更深刻的含义。

　　可我又想，如果抛开人为附加的那些东西，死这件事，都是一样的吧？无非是停止呼吸，腐烂变臭，灰飞烟灭，哪里会有"深刻""肤浅"之别？

　　死过的人，对"死"这件事，会有完全的了解吗？

　　活着的人，对"活"这件事，了解的只是自己活过的那一小部分。

　　由此推想，每一个死了的人，对"死"的了解应该也是不一样的。也就是说，"死"和"死"还是不一样，还是可能有"深刻""肤浅"之别。

　　但也有可能不是这样。人死了，就被"死"全部占有了，这人就不再是人了，和死猪死狗无异，不再具有认知能力，也就无所谓对死亡有什么了解。

到过月亮的人，对月亮会有更深刻的体验，纵然他对月亮的研究可能不如研究月亮的专家。可惜他的体验即便讲述出来，别人也无法完全感受。

同样，死者应当比所有研究死亡的科学家、思考死亡的哲学家、描述死亡的文学家，对死亡更有发言权。可惜他们永远无法返回，告诉我们死是怎样的了。

听说科学家能将死亡几小时的猪复活了，或许让人复活也不远了？

那复活的人，还是原来的人吗？如果不是，那原来的人终究还是死了。如果仍是原来的人，那一切照旧，复活还能算是新生吗？

想起我之前一再纠结的事："活"怎么才能过渡到"死"？生死之间真有幽暗地带吗？还是说，要么生，要么死，生死无间？

老薄端着酒碗，眼睛眯缝着，觑着卢观鱼。卢观鱼略微张着嘴，感觉后背发凉。此时，不用看手机，也知道夜很深了。夜是如此寂静，只听见店外河坡下的酒房河在汩汩流淌。河面黑黢黢的，仿佛到处都隐藏着未知的幽灵，仿佛那幽灵正从黑暗里现身，在店外的窗户边一闪。卢观鱼心中一紧，想让老薄别再讲了，又想听老薄继续讲下去。老薄连打两个喷嚏，用手背揉一揉红红的鼻头。

"那天中午，我没做饭。老头儿瞅我几眼，自己做饭去了，过了一会儿，喊我，喂，吃饭！我不答话。他端坐着，扒了几口饭，又喊，吃饭！我快快地走过去，坐在小马扎上，一看竹编圆桌上摆着一大碗鲈鱼，那鲈鱼张着嘴，翻着眼，瞪着我。我肚中翻江倒海，转身又吐了，吐出来的，只不过是水。老头儿也不说什么，只顾自己吃鱼，不多时，将那条鱼整面吃尽了,露出嶙峋的骨架。这鱼和那些肿胀腐臭的尸体一样,都是喝长江水的啊。我看看,又忍不住吐了。

"我抬起眼来,眼泪花在眼睛里打转。老头儿端着碗看着我,也不说话,好一会儿,语气平缓地说,吃饭。我端起碗吃饭,看着一粒一粒米饭,忽又想起那具女尸身上脸上蠕动的密密麻麻的蛆虫,忙又转过身,一阵干呕。我直起身来,眼泪顺着脸颊往下流。老头儿盯着我,不说一句话。我想,这人的心得有多硬哪!我实在吃不下饭,就那么干坐着。老头儿也不再催我吃饭,自顾自将鲈鱼的另一面也吃净了,端上碗筷,上坡,过马路,到小河边洗碗去了。

"我在窝棚前找一块石头坐下,石头晒得烙铁似的烫屁股。朝水边那只小木船望去,不知何时,船边烧化了一些纸钱,墨黑一片。在附近的芦苇丛边,还靠着一只花圈,白色的纸花被风吹得哗啦啦响,很快有两朵被风吹走,飘到江面,在浑浊的波浪间颠簸,不多时就消失不见了。

"那晚,我不愿意跟老头儿挤被窝了,又不敢独自坐在外面。江面吹来的风阴惨惨的,似乎也带着一股腐臭味儿。准确说是尸臭味儿。那真是我这辈子闻到过的最臭的味儿。两相权衡,我最终不得不挤进老头儿的被窝。白天洗得干净,又被太阳晒得柔软的被褥,此时也隐隐透出一股尸臭味儿。还好这被褥不是在江边洗的,不然这会儿简直没法盖了。这味儿也可能是老头儿身上的,虽然他干完活后,到大路那边的小河去洗过澡了。唉,这么说,小河里也有尸臭味儿……

"我和老头儿调换了方向,他头朝外,我头朝里,我一动不动地仰面挺着,睁眼看到的不是星星,而是乌黑油毛毡做的窝棚顶。我知道,唐山大地震后这油毛毡是抢手货,窝棚顶的油毛毡已经很旧了,不知道老头儿从哪儿搞来的。我忽然想起,在从北方来的路上,好几次看到路边摆着一排一排的黑油毛毡,油毛毡底下是什么?我忽然明白过来,倏地坐起。没关严实的窝棚门在夜风中轻轻晃动，啪嗒啪嗒响。从门缝隙望出去，不远处的江面白茫茫一片，水声、风声，在耳边反复冲刷。我看看身边的老头儿，蜷缩身子躺着，发出均匀的鼾声。许久，只听老头儿悠悠说一句，睡吧，再不睡天都亮了。我吓得一哆嗦。

"我怎么也想不到，这世界上竟然有那么多人寻死，有老人，有年轻人，有女人，也有男人。我不知道他们是在什么地方跳进长江的，总之，被老头儿看到时，基本都已经不成人形了。但那真是人哎，不是死猫死狗，老头儿却似乎觉得那跟死猫死狗差不多。每次有人哭哭啼啼沿岸寻来，他总要先讲好价钱才下水，不然，就任凭尸体在江面浮沉。对此我自然是很不能理解的，心想这都什么时候了，还要讲价钱？就是不给钱也要把人捞上来啊。

"那是八月，秋雨连绵，江水暴涨，江面时常漂来一些东西，烂木头、烂家具之类。只要水势稍减，老头儿就会划船到江面去捞木头，捞回来扔在江坡上，说是晒干后当柴烧。最夸张的是一个大雨天，黄昏时分，我从窝棚门望出去，一艘楼船远远驶来，越驶越快，很快来到面前，我吓了一大跳，那哪里是楼船，分明是一间房子，而且，房顶有什么在动，竟是一个女人坐在上面！女人不断挥手，也许是她的嗓子喊哑了，也许是喊声被雨声、水声压住了。我连忙喊坐在书架下闭目养神的老头儿，说水里有个人，老头儿睁开眼，三两步冲出窝棚，和我一样立在屋檐下看，白花花的雨帘在我们面前持续落着。那房子遇到漩涡，在水里转来转去，并未立即漂走，仿佛是等着老头儿去救。我说，快呀，你快救救她啊。老头儿只是摇头。我说你摇头是什么意思？快点儿啊。老头瞅我一眼，小眼睛里尽是眼白。我说你不去我去，我低下头，往小木船的方向跑。老头儿的声音在身后炸响，狗东西！你个狗东西！不要命了你！

"还没冲到江边，我就浑身湿透了。我从岸边的大石头上解下缆绳，把船划进去，我虽没划过船，但看老头儿划船那么多天了，想来没什么难的，那船却全然不听我指挥，如一片枯叶，在水面转动几下，猛然间，船往一侧倾覆，我失去重心，撞进水里。江水比几天前凉了很多。转瞬间，我被灌进几大口水，想要去抓船帮，木船滑溜溜的犹如大泥鳅，一次次从我手上滑脱了。我看到老头儿精赤上身，从江坡上趔趔趄趄奔来了，雨线就像鞭子，一鞭一鞭抽在他身上，转眼看到他像一条精瘦的黑鱼，跃进水中朝我游过来。

"我很快被拖上岸，像一条破烂口袋一样被扔在滩涂上。我没像上次那样晕过去，只是坐着，接连吐出几口浑浊的江水。老头儿扔下我，又钻进水里，不时露出一个黑黑的小脑袋，正费力朝远处的小木船游去。这时候，我有些害怕了。万一老头儿有个三长两短，全是我害的。

"好一会儿，老头儿抓住那艘船，翻身上去，小船在波峰浪谷间摇摇晃晃。老头儿并未立马驾小船返回。或许，他是想着既然都到江上了，不如试一试能不能把那女人救上来吧？他奋力划船，船却直打转儿，并没前进多少。那房子越漂越远了。乌云翻滚，闪电在黑云密布的天上扯动，照亮浩浩荡荡的大江，照亮房顶上随波逐流的女人，照亮黑鱼一般精光闪亮的老头儿，也照亮江边小小的窝棚。那女人，和老头儿，和我，都沉默着，你望着我，我望着你。转瞬间，雷声炸响，惊颤的声波充斥天地之间。那时候，我忽然觉得，人真是孤独啊。

"房子漂走了，女人漂走了。老人花了好大力气才将小船弄回岸边。他瘫软在滩涂上，一句话不说，连骂我狗东西的力气都没有了。缓过劲儿来，我问他，那房子再往下漂，会漂到哪儿？总不会漂到太平洋上吧？老头儿说，怎么可能呢？漂不多远就要沉下去了。我说，那上面的女人，还有可能活下来吗？老头儿瞅着我，小眼睛里白多黑少。我说，是有可能的吧？比如遇到路过的船只。老头儿越发不解似的瞅着我,说什么女人?我说房顶上的女人啊。老头儿说,房顶上哪来的女人,只有一只黄猫啊!我还想你个狗东西,竟然会为一只猫,把自己的小命搭上。我惊愕得眼睛圆睁,我说那分明有个女人的啊,我还让你救她,你后来也想救她的啊。老头儿恼怒了,说,明明只有一只猫!你是想女人想疯了吧?

"我不知道是老头儿骗我的,还是我自己骗自己的。那时候,我是想女人,但也没想到产生幻觉的程度。房顶上有女人吗?还是只有一只猫?我越回想越糊涂。忽然,我想起那天老头儿捞上来的女尸,不由得汗毛倒竖。和老头儿说了,老头儿不置可否,淡淡地说,我从来就没见过江面漂来别的活人,你个狗东西是我这么多年捞上来的唯一一个活人,而且,还捞了两次!老头儿说完这话,小眼睛瞅着我又说,你这样的愣头青,掉进长江两次都没淹死,真他妈的是个奇迹啊。

"第二天下午,雨停了,黑云渐渐散开,一柱一柱新鲜的日光直直射往江面,江面浑浊又鲜亮。寂静里,仿佛有巨大的听不见的声音在那光柱里头轰响。我和老头儿一左一右靠坐在窝棚门口,静静地瞅着这一幕。老头儿眼神平静,或许是见怪不怪了,我却是极其震惊的。又过了一阵子,在那光明里头,影影绰绰的,昨天那艘楼船又出现了,楼船上的女人也出现了。不像昨天那样狼狈了,楼船五彩,人面桃花,艳丽无比,纤毫毕现,如在面前。我那时候其实有点儿意识到这是幻觉了,但我放任这幻觉继续着。楼船停在江心,等我踩着日光铺成的大道走近去,不知不觉,我站起身来,朝江边走去。猛然,像一根绳子崩断,我被使劲儿一拽,身子往后倒去,什么楼船啊女人啊,刹那间灰飞烟灭了。我坐在湿答答的泥地上,老头儿踢我一脚,说你疯啦?又往江里跑!我清醒过来,怅然若失,望见黑云全散了,翻滚着太阳光的浑浊江面,就像一大块冷冷的铁板。

"天气一天比一天冷了。隔了三四天，又有人哭哭啼啼到江边来，来人直接找的老头儿，让他帮忙到江里捞人。老头儿和上次一样，讲好价钱后，划着小木船去了。老头儿说，这次比上次麻烦多了，因为人不是漂在水面的，是沉在水底的，要从茫茫大江里把一个死人捞上来，谈何容易？我问老头儿，人淹死之后，不是都会漂起来吗？老头儿说，谁说的？人掉进水里，是先沉下去，喝饱水死了，才会漂起来，漂起来一阵子，又会沉下去。老头儿想一想又说，不过也可能一直漂不起来。谁知道呢，我自己又没淹死过。反正不管人是沉在水底还是漂在水面，我给捞上岸就完事了。我只希望人刚淹死就能被我捞上来，那样能少臭点儿。我说你也会怕臭啊？老头儿哼一声，不说话。我又说，你就没想着人没淹死就被你救上来？老头儿说，人还活着，谁会来找我？

"这时候我已经知道，老头儿这样的人在长江边还不少，有个专门的称呼，叫作'捞尸人'。我问老头儿，别人也像他这样和死者家属讲价吗？老头儿说，不给钱，都做慈善哪？你去捞一次试试。我说试试就试试。老头儿很鄙夷地说，就凭你这三脚猫功夫，敢到长江里混？而且你连船都不会划。

"老头儿说得不错。趁着天气好转，我决心加强一下游泳技术，也决心学一学划船。我让老头儿教我。老头儿不吭声。被我逼急了，老头儿才说，我可不是你老师，要学自己学去。我只能自己到江边水浅处练习游泳、划船。老头儿一言不发，只是坐在窝棚边，远远地看着。"

老薄停下来，沉默了一会儿，目光空空的，不知道在想什么。

"怎么不讲了？"卢观鱼问。

"太晚了，十二点过了吧？"老薄说。

"反正我就一个人住，早回去晚回去都没关系。"卢观鱼说完，才想到自己只考虑到自己，又有些不舍地说，"不过，老薄你要是太累了，就早点儿歇息吧。等明天我再来,你再接着给我讲讲?"

"你真想听这些陈芝麻烂谷子的事儿啊?"老薄笑一笑。

卢观鱼不说话,也笑一笑。

"说来奇怪,你相信吗? 我从来没和人说过这些事,跟老婆、女儿都没说过。大概是在陌生人面前更容易袒露内心?"老薄咧开嘴笑,有些自嘲的意思。

"我和老头儿拢共待了差不多一个月,你猜猜,老头儿从江里捞上来多少具尸体?"老薄瞅着卢观鱼。卢观鱼试探着说:"三四具?"老薄摇一摇头,苦笑道:"九具。"卢观鱼大惊:"这也太多了吧?"老薄又摇一摇头:"我也是这么说的,老头儿却朝我翻一翻白眼,说这么大一条江,又没盖盖子,活着那么难,死这么几个人,算什么多? 再说,除了自杀的,还有被风吹进去被雨打进去的,或者失足掉进去的……我无言以对。

"我记得,刚待了个把星期,就已经捞上来四个人了,大概从那时候开始,我渐渐接受这些事了。游泳、划船,我都练得差不多了,又跟老头儿说捞尸的事,老头儿仍是很不屑的样子,说你连鱼都不敢吃,还捞尸呢。这话也对,如果连鱼都不敢吃,怎么受得了那些尸体的腐臭味儿?

"那时候,我身上已经没钱了。老头儿赶我走,我死皮赖脸的,不管他说什么,我就是不走。我还是想看书,那么多书,我这辈子都没碰上过,哪里能轻言放弃? 我没别的办法,只能每天变着花样做菜。老头儿有各种办法搞来鱼啊虾啊,要把这些东西做得美味,考验手艺不说,更考验我的忍耐力。我不敢吃鱼后,做这些菜,经常得偏着头,不敢看鱼眼睛,也不敢闻那味儿。后来,我出过几次错,老头儿训斥我,我说我是北方人,这些东西本就接触不多,哪里做得出那么多花样? 老头儿不吭声了,站在我边上,指挥我怎么做,我不好意思再偏过脸去,只能用心按他说的做,不多久,菜越做越好了。过几天,也没怎么克服心理障碍,我又能吃鱼了,毕竟,不吃鱼,这江边实在没什么可吃的,每天游泳划船,很耗体力的,饿极了,就什么都能吃了。渐渐地,老头儿不再说赶我走的话了。"

"第九具尸体捞上来后的第二天,刚好是中秋节。"老薄顿了顿,似乎回想着那天的情形,"我好几年没过中秋节了。我在全国各地游荡,经常连日子都忘了,只知道春天了,秋天了,哪里知道什么节日? 老头儿似乎也不在意节日不节日的。我之所以知道,还是头天傍晚到马路那边去买酒,卖酒老头儿和我说起的。买酒的钱,是老头儿给的。自从用他的钱去买酒,他就叮嘱我,要买白酒,不能再买黄酒。我问为什么? 他说,黄酒不划算,喝很多了都没感觉。我说,那之前怎么又让我买黄酒? 他说,因为黄酒好喝啊。我心想,这老头儿可真够抠门的。

"卖酒老头儿见到我,说你来一个月了吧? 这卖酒老头儿,总想探听河边老头儿的事,我有点儿不大想搭理他。他拎着酒提子,迟迟不打酒给我。又问,明天中秋了,你还待这儿和他一起过? 我说是啊。老头儿又问,你家人呢? 我说,早死绝了。老头儿愣了一下,又说,你不知道他原先是做什么的吧? 我瞅老头儿一眼,说你是卖酒呢,还是做特务呢? 老头儿讪讪地笑,说算了,你不知道他过去的事,也好,也好。我不说话。老头儿又说,他也可怜。明天中秋了,我送你半提酒吧。我拎着一大壶白酒回到窝棚,和老头儿说,明天中秋了。老头儿神情木木的,不吭声。我说,我明天好好弄几个菜啊。

"第二天,老头儿一早起来去钓鱼,他的心情不错,还约着我一起去。我钓鱼不行,鱼都去咬老头儿的鱼钩,从来不咬我的,真是咄咄怪事。那天天气真好,运气也真好,只一上午,老头儿钓上来好多条小黄鱼、鲈鱼、鲫鱼和鲤鱼。这些鱼像是发疯了,一条接一条,咬牙切齿地去咬鱼钩。到后来，就连老头儿自己都说，今天这是怎么了？这些鱼都不要命了！老头儿说，人不能太贪心。收竿不钓了。我早不钓了，在浅滩上摸到不少螺蛳，还抓到一小盆弹涂鱼。我们从来没有过这么多渔获，两三天都吃不完了。我们都很高兴，商量着拣一些晾成鱼干。

"那晚我挑了一部分渔获，做出四五道菜，清蒸的，红烧的，油炸的，烧汤的，酒糟的，还用了一些老头儿珍藏的猪油，再加一点儿葱末，那个香啊。我和老头儿推杯换盏，吃得额头冒汗，嘴边冒油。不多时，吃饱了，我们的动作都慢下来，却都舍不得放下筷子。那是什么年代啊，别人吃饱都难，我们这一老一少竟然能吃撑。我想，老头儿一定和我一样，觉得不真实，生怕一放下筷子，这一切就像梦一样不复存在了。窝棚外涛声阵阵，完全不像几天前大暴雨里那样凶狠了，显得平静而温柔。我听得入迷，放下筷子，端着一土陶杯酒，走出窝棚。一轮圆月悬在中天，大江上下月色迷离，长江对面，隐隐约约可见几点灯火。唉，江山如此多娇啊，江山如此多娇！我心里又欢喜，又忧伤。我喊老头儿出来看，老头儿只顾喝酒，我又喊，他才说，有什么好看的？不就是月亮吗！我不再理会他，坐在窝棚前的大石头上，不知道该看什么地到处看了又看。

"回头看窝棚内，一粒豆子大小的油壶火在黑暗里摇曳。清白月光从窝棚顶的黑油毛毡衔接处漏下，一柱一柱，照亮窝棚最深处的书架，一册册书静静地排列在那儿，让人觉得心满意足。那时候，趁着老头儿不注意，我已经好多次翻看过那些书了。每次我都是快速看完，在老头儿回来前将那些书放回原位。老头儿从没发现过。有时候我也怀疑，老头儿其实已经发现了，只是不说罢了。

"不怕你笑话，当年我还做过好长时间的文学梦。记得老头儿的藏书里，有薄薄一本小册子，《中外抒情诗一百首》，我反反复复看过好多遍，还想着模仿其中一些句子写诗，可惜手头没纸，也没笔，我只能在心里头写，写好后，再努力一首一首记下来。渐渐地，心里头积攒的诗，也将近一百首了，我一心想着，等哪天弄到纸和笔了，就把这些诗一首一首誊抄出来。那晚，我对着月亮，对着大江，心里头汹涌着无数字词，但它们都被一个莫名的关卡堵住了，没法像眼前的大江一样，缓慢而有力地流淌出来，无法为心里头的藏诗再增添一首。我只能看着这天上地下，叹了一口气，又叹了一口气。

"回到窝棚，又喝了一些酒，我趁着酒劲儿说，大叔，我还不知道您怎么称呼呢。老头儿不吭声。我又问，您在长江边捞尸，有多少年了？老头儿只是笑，笑了许久，笑得泪水涟涟。我大吃一惊，心想这是怎么了？莫非勾起他什么伤心事了？就转移话题，问他，您不害怕？老头儿一张脸黑里透红，小眼睛红红的好似兔子眼睛，说那都是死人啊，和死猫死狗有什么分别？我说，但毕竟是人啊。老头儿说，那又怎样？人和猫和狗，活着有高低贵贱，难道死了还有高低贵贱？我无言以对。沉默了一会儿，我说，就算没分别，你不害怕？老头儿说，你这人怎么这么迂腐？既然和死猫死狗没分别，有什么好怕的？我又一次无言以对。

"我从卖酒老头儿那儿买回来的酒喝完了，我们都意犹未尽。老头儿想了想，起身到书架那儿，从一处隐蔽的角落抱出一只黑乎乎的坛子，使劲儿用抹布擦拭表面积存的灰土，好一会儿，竟露出酱红色瓷质胎体。老头儿抚摸着酒坛，满心怜惜的样子，许久，好似下了莫大决心，揭开上面发黑的红绸布，撬掉塞子，一股酒香弥散开。我那时不懂酒，但看老头儿做这些事的郑重样，知道这必然是好酒。老头儿说，算你狗东西有福了，这坛酒整整十斤，我存放十来年了。我高兴得眉开眼笑。老头儿凑近坛口，深深地闻一闻，脸上荡漾着陶醉的神情，说这样的好酒，得用好杯子喝啊。我说，哪儿来的好杯子？这儿只有土陶杯。老头儿神神秘秘的,又起身到书架那儿,抠出一只小小的紫檀木匣,回到桌前打开来,取出两只瓷杯,瓷杯外壁画着蝙蝠、葫芦等图案。老头儿用手指蘸水,擦了又擦,很不舍似的递给我一只,叮嘱道,一定得小心,这可是明朝的。我捏着酒杯,颠来倒去看,看不出个所以然。我说,喝酒而已,用什么杯子不是喝?再说,你怎么知道这是明朝的?老头儿不说话,莫测高深地嘿嘿一笑。我也不再问,反正能喝酒就行。老头儿举起酒坛,将酒倾在两只酒杯中,酒杯内壁是白色的,倒入的酒显出淡淡的绿意,不像是白酒,有点儿像是我们现在喝的饮料之类的。

"我们各端起一只酒杯,老头儿朝我举一举,并不跟我的酒杯相碰,然后,一仰脖子,将一杯酒送进口中。看那样子,是让酒在嘴里慢慢地转了又转,才慢慢地咽下去。我也学着他的样子,将酒含在嘴里,只觉得含着一团火,竭力忍住了,眼中涌出泪花,停了一会儿,慢慢咽下去。感觉有一柄雪做的凌厉的刀子,从喉咙直插入脏腑,心脏有一瞬间停了跳动,两颊登时火热。我用手背挨一挨脸,火炭一般。这就是好酒吗?我不懂。但这样郑重地喝酒,是我喜欢的。

"那些年,我是粗糙惯了,到处飘荡,能喝到一口酒,已是莫大幸事。在我老家凉州,那些大漠边上的人们,一向是嗜酒如命的,可吃都吃不饱,哪里还能喝酒呢?所以偶尔得到一点儿酒,总是特别珍惜。如果有客人来了,就会尽着让客人先喝。至今凉州都这样,招待客人的时候,总是让客人喝三杯,主人喝一杯。不是为了灌醉客人,是为了把好东西让给客人。和老头儿朝夕相处那一个月,我才经常喝到酒,但也只是胡乱一喝,像中秋这晚,喝得如此郑重,还是头一回。

"我喝了一肚子酒,憋了一大泡尿,却久久不敢走出窝棚去解决。喝到天快亮时,实在憋不住了,我才钻出窝棚,站在门口,望着长江,尿了长长一大泡。长江真宽啊,江水真浩瀚,月亮那么圆,又那么亮。我尿完了，却没像缩在窝棚里那样恐惧了，只觉得不知身在何处，不知今夕何夕。我就那么站着，站了好一会儿，直到窝棚里传来老头儿的呼噜声。"

"我和老头儿都睡得很沉，次日午后，听得喇叭声大作，我才惊醒过来。我睁开眼，口干舌燥，头痛欲裂，竹编圆桌上放着那一大坛子酒，酱红色胎体闪着暗哑的光，只看了一眼，昨夜喝下的酒都在腹内翻涌，我差点儿吐出来。窝棚门没关，转眼去看窝棚外面，江水明晃晃的，江边斜坡上的石头和芦苇，也都明晃晃的。就像整个世界都是装在镜子里头的，到处都光亮如新。

"喇叭声又一次响起。这时候，老头儿也醒了，尖起耳朵听。是马路那边村里的大喇叭，反复说：'今天下午四点钟，有重要广播，请注意收听！'我们都没手表，不知道时间，但看太阳的位置，该是三点多了。我有些忐忑，能是什么重要广播呢？村里的大喇叭很久没这么响过了。我们静静地等着。过不多久，大喇叭又响了。那些话像闪电一样在我们头顶飘来荡去，然后，响起哀乐，哀乐一直响下去，没有停下的意思。我和老头儿面面相觑，都蒙了。

"太阳还没落山，附近几个村的男女老少都聚到江边了，有的戴着黑纱，有的举着花圈。花圈堆在江边，雪山一样。我喊老头儿一起下去江边看看，老头儿不去，一张脸木渣渣的，像是酒还没醒，又像是被这巨大的消息给震晕了。我就自己一个人跑下去看了。很多人望着长江哭，问了才知道，附近还有好多处哀悼场所，有人去城里，有人去各处广场。因为毛主席横渡过长江，所以会有很多人涌到长江边来。我挤在人群中，听他们哭诉。有人说，您老人家都能横渡长江，怎么会死呢？有人说，您老人家走了，我们国家怎么办？还听到一个缺牙的老太太扁着嘴反复念叨,国悲啊,国悲啊,国悲啊……我听不懂她念叨的是什么,问了边上好几个人,才有人告诉我是这几个字。那些年,我心肠硬了,一向是很难哭的,但那天我也哽咽了。我看到有人甚至哭得晕倒在地,也没人扶。哭声混在江水声里,水声也成了哭声。有人往江里抛撒纸钱,有人在江边焚化纸钱,一团团火光,映照在江面,忽高忽低,呼应着漫天霞光。

"那天的晚霞,真是灿烂。整片江面都红了,慢慢地,霞光的颜色暗下去,就像凝滞的血块。再后来,霞光全然暗下去了,江面昏黑一片,只剩下江边的点点火光,火光长长一溜儿映在水里。黑暗里的哭声,愈发显得悲伤了。月亮在天上,大江在地上,天上地下,这人啊,真是孤独。

"忽然,江面之上,霞光又渐渐明亮起来,团团簇簇的,大火烧着了一般,把一大片长江水都煮沸了。许多人都盯着江里这回光返照般的霞光,哭得撕心裂肺的。唉,那时候我们都被悲伤抓住了,简直觉得全世界都要就此完蛋了。我们虽然觉得这是异象,却又觉得合情合理。好久,不知道是谁发现的,喊起来,烧着了!烧着了!是坡上的窝棚烧着了!

"我回头看,差点儿瘫坐在地,是老头儿的窝棚烧着了!我连滚带爬往坡上跑,一路上,腿脚被碎石、芦苇、草根划伤不知道多少口子,抢到窝棚边,又赶紧往后退几步。我什么都做不了。借着风势,窝棚顶黑色的油毛毡烧得刺刺响,围成窝棚的一捆捆芦苇烧得猛烈,像是一尊尊赤发赤身的怒目金刚,随时会朝我走来,吓得我往后退了几步。我闻到一股浓烈的酒香,定然是昨晚没喝完的那坛酒烧着了,我深深吸了又吸,真是香味醇厚,比喝到嘴里的感觉好太多了。我还看到,许多纸页就像鲜红的鸟儿,从大火中蹿出来,飞到昏暗的天上去了,飞不多远,赤色褪尽,变成夜色的一部分。

"大多数人仍旧待在江边哭,只有少数人跑上来,他们也一样什么都做不了,都知道这样的火势是不可能救下来了。都站在边上看,这一张张脸,白发黑发、皱纹遍布,皮肤粗糙,眼神木讷,有的还挂着泪痕。没人说话,也没人再哭。江风一阵阵吹来,火势真大啊,还好离着芦苇丛有一段距离,不然那些芦苇肯定都得烧起来了。窝棚烧得慢慢矮下去,趴下去,最后,熊熊大火接近均衡地铺在地上。这时候,我已经绕着大火转了不知道多少圈了,踩到的每一处泥地都是热的。我曾天真地以为,老头儿会突然从大火中跳出来,结果,连他的影子都看不到。我什么都做不了,只能干等着火势慢慢弱下去。

"大火过后好一阵子,人群渐渐散了。借着月光,我在灰烬间走过来走过去。灰烬仍然很烫,我穿一双黄胶鞋,鞋底都很烫脚,得不时跳到外面去,在滩涂上搓一搓鞋底降温。我低着头,想要找到哪怕一两根骨殖。鞋子踏过的地方,激起无数的火星儿,无声地炸开,无声地消失在月光里,什么都没找到。老头儿真的在窝棚里吗?真的被烧死了吗?还有那么多书,我才偷偷看了一点儿,如今一把火,连书架都化作灰烬了。我不甘心地在废墟上走过来又走过去,忽然踢到一件硬硬的东西,当一声响,真有金石之声。我蹲下身看,黑乎乎一坨,从形状看,应该是那酒坛子倒扣在地上。我蹲下身,用手摸一摸,仍有些烫手。找来一些草叶,擦了擦外面,倒过来看,塞子是塞着的,端起来,很轻,摇一摇,隐隐有声。我找来一根芦苇秆,撬开塞子,借着月光,看见里面有一册书,黑乎乎的,早被烤煳了,蓬松的一大本,探手进去,想要拿出来看,刚顺出坛口,整本书散了,只剩中间半页焦黄的。老头儿将这书塞进酒坛子,可见是想它被保存下来,这究竟是一册什么书呢?我看那残余的半张纸,歪七八扭地写着一些分行短句。

"我忽然想,老头儿如此宝贝这酒坛子,他说不定就在附近。厚厚的灰烬冷却了,就像江底的淤泥。我蹲在灰烬中,两手仔细地摸过来摸过去,就像当初老头儿打捞沉在江底的尸首,许久,我终于摸到一根东西,捞上来一看,黑黑的,吹去灰烬,一根白骨露出来了。我呆住了。不是害怕,相反,竟有一种喜极而泣之感。这么说也不对,我刚刚其实在想,老头儿未必在窝棚里,现在没法心存侥幸了。但我确实不怎样难过,心里只有一种要完成工作的责任感,老头儿捞尸时,大概也是这样的心情吧?我伸长两手,继续在灰烬里摸过来又摸过去,刚才摸到的是大腿骨,接着摸到了小腿骨,摸到了盆骨、肋骨、肩胛骨、下颌骨,最后,终于摸到了头盖骨,我端起头盖骨来,吹去灰烬,就像端着一盏酒碗。我很想说,老头儿,咱们再喝一碗酒吧。我先把找到的粗陶碗盏塞进去,再将这些骨头一件一件放进去,刚要封口,又想,不行,还得找到那两只小酒杯,又在灰烬里摸索半天,摸到后擦干净了塞进酒坛子。我低头看看,亮堂堂的月光下,黑黑的酒坛如同深渊,一小堆白骨中间嵌着两只小酒杯,就像是一片雪山之上的两口泉眼,就像是老头儿的两只眼睛,老头儿正从深渊里盯着我呢。我将酒坛子塞上,抱在怀里,摇一摇,发出轻轻的磕碰声。我起身时,腿都发麻了。我心里开始有些难过了。唉,我还不知道老头儿叫什么名字呢,他也没问过我的名字。

"我抱着酒坛子,往江边走去。老头儿一次一次把尸体从江里捞上来,现在是他自己要到江里去了。江岸边烧化的纸钱都熄了,月光里一长排白花花的花圈,被江风吹动着,簌簌作响。我驾上小船,带着酒坛子往江心划去。到处静极了,水鸟也不发出一声,只听见船桨划开水面的声音,哗啦哗啦,真是响亮又温柔。我想,把老头儿埋哪儿都不妥当,不如干脆扔进江心。长江江心得有六七米深吧?老头儿住在江心,再不会有人打扰他了。那天也奇,江面上一艘船没有,划了个把小时,隐约看到江对面的村子了,左右看看,两岸差不多远近了,我这才搁了船桨,跪在船上,对着酒坛磕了三个头,抱起酒坛子,停了一会儿,端正放在江面,酒坛子在江面停了一会儿,摇摇晃晃,慢慢沉下去了。

"我仰面躺在船上,看了一会儿天,月亮已经落了,天上空空荡荡。哎,那时候我多年轻啊,刚刚二十七岁,一天里经历几件大事,心情复杂得无以复加。但多少年过去了,我仍然记得,那时候我躺在江面的小船内,小船随波逐流,起起伏伏,我心里头无所挂碍,思绪完全是停滞的。我想起酒坛子里的那半张纸,被我揣在胸口的衣兜里,忘记放进酒坛子里了。

"我掏出那半张纸,再次辨认那些手抄的分行句子,依稀辨认出几句:'三月是末日……我是人,没有翅膀,却/使春天第一次失败了。因为/这大地的婚宴,这一年一度的灾难……'我想起自己在心里头写的并且记下的那近百首诗,没有一首、没有一句比得上这些看不大清的句子,以至于,那些诗啊,我一句都不愿意想起来了。就这样躺了好一阵儿,我几乎要睡着了,但我知道不能睡着,不然就漂到太平洋去了,就再也回不去了。我凝聚最后一点儿气力,挣扎着坐起,心想窝棚都没了,还回去做什么? 不如划到崇明岛去看看。但我很快就改了主意,仍旧往回划,等划到岸边,天蒙蒙亮了。系好缆绳上岸,手脚酸软,浑身的骨头都疼,跪倒在滩涂上,我看到江水里的自己,整个儿乌漆麻黑的。听着花圈被风吹得簌簌响,唉,我到底没能忍住,号啕大哭起来。"

老薄眼圈儿红了,久久盯着酒碗。碗里的酒迎着一轮圆月似的吸顶灯。

"老薄,你说的半张纸上那些句子,我想起很多年前在大学里读过一位外国诗人的长诗,'四月是最残忍的月份……'那外国作家叫什么来着?"卢观鱼用右手两根指头敲着太阳穴上方,"哦,对,艾略特,《荒原》!"

老薄兀自垂着头，似乎对他所说的什么外国作家毫无兴趣。

"老薄，"沉默了一会儿，卢观鱼岔开话题，"你刚才说的，那是哪一天？"

"一九七六年九月九日啊。"老薄抬眼看着他，面露讶异之色，停了一会儿，转身连打几个喷嚏，笑一笑说，"你们年轻人啊，竟然不知道这是哪一天了。今天实在太晚了。唉，我这是怎么了？大概真是老了吧，啰里啰唆跟你说这么多。"

"你还没说，墙上这锦旗，'感谢河边人老薄'是什么意思呢。"

"唉，今天实在太晚了。你要感兴趣，等哪天你有空了再来吧。我们喝点儿酒，接着讲讲。"老薄很深地看一眼卢观鱼，"你肯定还会再来的。你说的这面锦旗，还跟你有点儿关系，不对，应该说，是非常有关系。"

第八章　独处

短信九条

　　小冬,回头看发给你的短信,好多都在讲"死"这件事。真是进入死胡同了。天天说死,并不会增加对"死"的了解,还是应该多说说"生"。

　　由生始,由死终。生死框定一生。我们耗费许多精力思考"死",并为"死"谋划,但是为什么我们很少去思考自己都经历过的"生"?

　　"生"是怎样的? 每一个母亲都可以告诉儿女那生产的过程,但没有一个母亲能告诉儿女,这生命是如何从虚无变成实有的。

　　"生"是从无到有,"死"是从有到无。两者看似相反,其实可视作镜像对称。生死之间的"镜子",是我们每个人的一生。每个人的一生,都在照见生死。

　　"生也死之徒,死也生之始,孰知其纪。人之生,气之聚也。聚则为生,散则为死。若死生为徒,吾又何患!"有人如庄子这般旷达。

"来时糊涂去时迷，空在人间走一回。未曾生我谁是我，生我之时我是谁。长大成人方是我，合眼朦胧又是谁?"有人如顺治这般不解。

我最近生了一场不大不小的病，渐渐痊愈时，体验到一种仿若新生的愉悦。我想，当历经痛苦的挣扎后，死或许也会带来这样的愉悦。

我听人说，那些白天溺亡在大河里的人，最后看到的会是异常明亮的太阳。他们感觉到终于不再下沉，而是被水托举起来，朝着那耀眼的光点飞升。

但是呢，这只能算是几乎溺亡的人说的。那耀眼的太阳，与其说是"死"发出的光芒，不如说是"生"最后的闪耀。

天上稀稀几颗星，星光淡淡地照拂着河水、河坡和河坡之上的小路。小路边的一丛丛杂草和灌木，枝杈上都闪着淡淡的辉光。卢观鱼没怎么犹豫，出店门后就往右拐了，走了一阵，额头渐渐渗出汗水。远远地看到旧桥时，忽然手机电筒光暗了，手机自动关机前显示，现在是凌晨三点。星光依旧，但手机电筒光突然的消失，显得黑暗变浓了。还好看得见远处旧桥上有光。循着眼前发白的水泥路继续往前走。水声潺潺，酒房河不断往他身后流去。带着水腥味儿的夜风从江面吹来，一只夜鹭飞过，呼呼地扇动翅膀，发出一声声孤绝的啼鸣。

卢观鱼心头一紧。刚才听老薄讲那么多，当时还好，现在只要一想起，立时觉得似乎黑暗里有什么东西在悄没声息地靠拢，悄没声息地伸出纤细而苍白的手指。不敢再想，又没法不想，猛地回头看，黑暗里似乎有什么闪过。他吓得跑起来。过不多时，先是脚步声引起他的怀疑，似乎身后还有别的脚步声;继而喘息声也引起他的怀疑，似乎身边还有别的喘息声。他只能往前跑，出汗更多了，不只额头，连后背也全是汗水。不时有一丛杂草或灌木伸出手臂拦一下，他听见自己强行跑过去后，那些被折断的草茎或树枝，发出骨节断裂似的声音。

等他跌跌撞撞、咬紧牙关跑到那座旧桥边时，整个人快虚脱了。

桥上有路灯，灯光昏昏地照着。卢观鱼奔上桥头，站在上次女孩儿站立的路灯下。灯光如水，兜头泄下。四野空旷，酒房河在桥下缓缓流过，恐惧慢慢淡去，精神松弛下来，甚至觉得刚才那般害怕简直有几分滑稽。

桥还是那座桥，陈旧单薄，孤悬河面。桥南边那片遥远的村子，只有两三点灯光，不知灯下是没睡的人呢，还是早醒的人。桥北边是一条笔直的坑坑洼洼的土路，两侧都是在建的高楼，半点灯光也无。这就是老薄所说的近路吧？那盏从西窗望见的彻夜亮着的灯，则在酒房河上游北侧，也就是他的正前面。在这盏灯的照耀下，酒房河泛着黑黢黢的光亮，仿佛流淌的不是水，而是油。桥两侧也有灯，左边三盏，右边三盏。上次来，亮着的似乎有四五盏，这次只剩下一盏亮着了。这一盏孤零零的灯，和远处塔吊上那盏孤零零的灯，隔着茫茫夜色呼应着。

在灯下站了一会儿，天大地大，四野阒寂，大河涌流，心中豁然开朗。身上的汗渐渐被收了，河风吹来，不由得打一哆嗦。

他想念小院子里温暖的床铺了。想要往桥北走，却又迟迟跨不出步。四面的黑暗里，这儿是最光明的所在了。忽然，隐约看见上游有什么东西过来了。他又一哆嗦，瞬间想起老薄说的那些故事。

隐隐听得马达声响，才明白过来，是铁驳船，船上一盏昏黄的灯，贴着河面迟缓地移动。有时候夜里睡得浅，他会在铁驳船的汽笛声里醒过来。他还没近距离看过铁驳船，打算等着船过来。马达声越来越响，远远比在屋里听到的响亮。不多时，那盏孤灯来到离桥二三十米处，铁驳船终于从黑暗里显身了。船上盖着苫布，船体吃水很深，仿佛只要轻轻按一指头，船舷便会没入水中。在船舱边的那盏灯边上，插着一面小红旗。船来到桥底下了，他低下头看，看不见一个人，仿佛是一艘自行开动的幽灵船。也许是船上的人都休息了？那总得有人开船啊。

再不敢往桥下看，当即小跑下桥，借着淡淡星光，一直往北走。路倒是宽广，只是坑洼不平，又有些散乱的砖块和钢筋，没法走得很快。渐渐地，刚才站在桥上那豁然开朗的心态不复存在了。那些消失的幻象，又出现在眼前。他越走越快，渐渐小跑起来。好多次，因为地上一个坑，坑边一块砖头，砖头后一根钢筋，他被绊得跌跌撞撞，转眼间又满头汗水了。

怎么还没走到可以往右拐的路口？会不会错过了？他慢慢停下脚步。两侧在建的高楼鬼影幢幢的。要往回走吗？想起小时候听过的话，走夜路是不能回头的，回头就有可能看到不干净的东西。刚才在河边回头过一次，就被吓得够呛。这么一想，又感觉后背发凉了。他硬着头皮继续往前走，走啊走，仍然没见到右拐的路口。如果是刚才错过路口了，那这样走下去，岂不是越走越远了？无论如何，还是得回头。立住脚，迅即转身，往回小跑，盯着刚才的右边现在的左边，跑了很久，仍只是一幢幢差不多的高楼朝他张着差不多的空洞的嘴巴。这么说，刚才并没错过路口？想要折回头了，又觉得还是再跑一段看看吧，会不会是老早就有路口了呢？回想老薄说的路线，只说旧桥边右拐不多远就有路口，至于这"不多远"究竟是多远，却没说清楚。他后悔在这时候尝试新路线了。后悔着后悔着，忽然，眼前的黑暗里，出现一盏灯。啊，不远处就是旧桥了！

猛地立住脚，浑身都是汗，心中懊恼，又大大松一口气。至少证明，自己并没错过路口。现在可以继续回身往北走了。短短时间内，这是

第三次走这条路了，很多坑坑洼洼都挺熟悉了，黑暗却仍旧是陌生的，只是累了，他不能再像刚才那样一路小跑了，他跑跑又停停，恐惧，又疲累，麻木不仁，觉得自己像是一具奔走在无尽长路上的行尸走肉。那热气羊肉火锅，那炒羊肝，那一碗碗的黄酒，那温暖的床铺，那随时可以打开看的电视、手机和书，那洗澡间里随时可以流出的热水，那一个个无所事事的日子，都变得异常遥远，遥远得像是不曾存在过。他机械地不断往前走着，不知道为什么地往前走着。

高楼间有很多空隙，但无疑都不是路口。走得久了，他以为路口再不会出现了，忽然，毫无准备地，一个路口突兀地出现在右手边。他并不显得吃惊，只是有些困惑。这真是路口？确实是，路口后还有一条发白的水泥路在等着他呢。

站在路口，两手叉腰，气喘吁吁，往前望去，正朝向东方。此时黑暗已经淡了，远处地平线上，看得到一座座房舍和一丛丛树木后面现出朦胧的曙色了。四周仍然寂静，这寂静仍让他有些怕，但已经不像刚才那样了。他竭力让自己平静下来，继续迈开步子往前走。走不多远，边上没高楼了，大片土地上种着一垄一垄的上海青、红薯、白菜等。曙色越来越盛，将矮矮的房舍和枝丫疏朗的树木清晰地勾勒出来。鸟鸣密密匝匝，如密不透风的罗网。偶尔有鸟飞起，翅膀贴在干净明亮的天上。又走一阵儿，村舍和树林后，淡红变作橘红，转眼间光明大盛，太阳升起了。鸟声渐少，不远处的酒房河上不时传来马达声。

世界刚刚从黑夜里分娩而出，到处都是新的。卢观鱼仿佛是头一次见证这样的时刻，停下脚步，看看远处升上树梢的太阳，再回头看看身后长长的影子，影子那边，是刚刚穿过的大片在建高楼。这世界是如此寂静、美好、慈悲，就连那些给他带来惊恐的高楼，似乎也现出慈悲的面目来了。

走不多时,来到租住的院子后,走到那一片正在落叶的白杨林和房屋中间时,听得咩咩几声,卢观鱼转过头看,那只白山羊正站在草地上望着他。这山羊什么时候回来的?卢观鱼分开露水淋漓的草走过去,蹲下身,伸手抚摸山羊的脑袋,毛茸茸的、软软的、暖暖的,那两只小小的角,有一点儿坚硬,有一点儿冰凉。山羊挨近他,咩咩两声,带着青草气味的鼻息吹到脸上。他几乎落下泪来。

躺在床上整整一日。数次醒来,数次睡去。梦里都觉得浑身骨头酸痛,似乎做了很多梦,却什么都记不起来了,只隐约记得自己躺在一艘小船上,漂在茫茫大江之上,不知道要漂去哪儿。水波荡漾,不时有冷冷的江水扑进船舱。他一面担心小船倾覆,一面仍旧躺着,看着天上星光熠熠,银河浩瀚亦如大江涌流。但这是梦吗?似乎只是半梦半醒时的幻想。

醒来看手机,已是傍晚七点多。早上回到屋里,也是七点多,睡了足足十二小时。此时想起昨晚的奔波,已经是极遥远的事了,想起老薄讲的那些故事,倒觉得近在眼前。忽想起老薄最后说的,墙上那面锦旗和自己有关,这怎么可能呢?自己到这儿才个把月。老薄的语气那么笃定,又不像开玩笑,不免让他好奇。

许是昨晚吃太多了,并不觉得饥饿,在床上看看电视,刷刷手机,时睡时醒,直到第二天下午,才起床洗漱,将充满电的手机带上,又带上一块备用电池,出门往老薄热气羊肉店去。这次走的是原先那条路,走到羊肉店时,已是六点多了。然而,店门紧闭。卢观鱼走到边上一家饭店门口,那胖墩墩的年轻女服务员瞥他一眼:"先生要用餐吗?"卢观鱼说:"你知道老薄热气羊肉店为什么没开门吗?"服务员说:"他们开不开门,我怎么知道?"听她语气不好,他也就不再问。

站在羊肉店门前,隔着玻璃往里看了几眼,隐约看得到店面深处那面锦旗,"感谢河边人老薄"。他没老薄的联系方式,也不知道老薄住哪儿,无法可想。四处看看,看到酒房河岸边有一艘小木船。不由得想起老薄讲的故事,想起昨天做的那个梦。他沿着河坡走下去,缆绳系在一株柳树上,他探出脚,踩在船帮上,晃了晃,小船荡开水波。水波里柳树的影子散开,又合拢。他想登上小船看看,转而又想,万一也像老薄当年一样,进去就出不来呢?

回到岸边路上,来到酒房桥边,坐桥头看一看那被灯光装饰得华美无比的古塔和古寺,到街市上随便找了家面馆,胡乱吃了一顿。

第二天,卢观鱼醒来后,懒得吃饭,懒得出门,只是醒醒又睡睡,睡到中午,实在躺不住了,才起来洗漱,到院子里走一走。那两棵柚子树下,又落了几个拳头大小的柚子,仍是半黄不绿的。卢观鱼仰着脖子数一数,剩下整整三十个。再看看边上的鱼尾葵,许多叶子枯干了,忽想起,好久没给它浇水了。

浇完水后,百无聊赖,想起这院子里的很多房间还没到过呢,就一间一间看过去。一楼中间的堂屋,他是进去过的,也就不再看。堂屋边上两间房,从窗玻璃看进去,都是一床、一桌、一椅、一柜,那床上都卷着席子,还堆着一些帽子、袋子之类的杂物。再上楼看看,紧挨楼梯的一间房之前看过一眼,只堆着一些杂物。走过自己住的楼上堂屋,再往里走,只剩最后一间房了,因为在端头,这房间要大一些,房门用老式挂锁锁着,将门往后推一推,从门缝里往里看,墙上挂着许多照片,每一张都有一个二十来岁的青年,有些是单人照,有些是和老卢夫妇的合影。卢观鱼明白了,这是老卢夫妇儿子住过的房间,想是儿子到外地读书或工作了,这才将房间锁起来。那小伙子是做什么的?从来没听老卢夫妇说起过。

再无事可做，回到自己屋里，又睡了一会儿。西边的窗帘没拉，太阳从玻璃窗射进来，打在眼皮上，把他弄醒了。避开那道光，继续闭眼躺了一会儿，肚子饿得咕咕叫了，决定还是起床，再到老薄热气羊肉店去。

然而，羊肉店的门仍然关着。卢观鱼在店前呆站了一会儿，心想是自己来早了？转身往酒房河下游走，满河的晚霞也跟着他往下游走。不觉又走到酒房桥边，接下来去哪儿呢？卢观鱼略一踌躇，看到不远处的一塔一寺，想着不如就趁着天色还早，走去看看，说不定到寺里，会遇到明了大和尚呢？好歹是住过同病房的病友，再见面，总会有几分亲切感的。

穿过那座刻着"酒房古镇"四个大字的牌坊，两侧仿古的双层瓦屋顶上的瓦松、土人参等大多枯槁了，在风里簌簌发颤。卢观鱼边走边看，走了一段，拐了个弯，眼前一座几乎一模一样的牌坊，上面篆刻四个大字："生生古寺"。

寺门洞开，从偏门进，劈面即古塔。塔边无人，塔西有几方池塘，水面上枯荷高低错落，水面铺满绿萍，池塘边多植绿竹、芭蕉。一株三四人方能合抱的银杏树残存着一些黄叶，更多的黄叶铺在地上，低垂的树枝上系着上千条红绸，红绸上挂着祈福的小木牌。寺里人很少，夕光静静地在地上移动，走了一圈，只看到两位年轻和尚聚在一起说闲话，一位中年和尚握着手机小声打电话。

转回塔底，见立着一块石碑，说这塔的历史可以追溯至明代万历年间，不过眼前的，是几年前才修的。见塔门无人看守，卢观鱼就进去了。塔是八角楼阁式，钢筋混凝土和木质相结合，内部很宽敞。一层一层上去，直到顶端第七层，看到供奉着释迦牟尼佛。凭栏四望，酒房镇的瓦屋顶鳞次栉比，酒房桥就像在脚下。边上的村子被树林和田地包围。

他找了许久，才找到自己所住的院子，还不及一只火柴盒大。村外各方都有大片在建高楼，楼边矗立着许多塔吊。

太阳就要落下去了。一条宽阔的酒房河从落日那儿缓缓流至眼底。那曾让他心悸的旧桥，在西边遥远的朦胧暮色中辨不分明。

这时候，一个黑点从大河尽头的夕阳里钻出，不多时，黑点近了，是一艘铁驳船。铁驳船顺流而下，船顶闪烁着暮光，越来越快地来到眼前，绕生生寺小半圈，朝北拐去了。他自然看不到铁驳船驶入长江，只看得见铁驳船顶的暮光汇入更宽阔的水光之中，消失不见了。

想起老薄说的，中秋夜时坐在长江岸边，看大江涌动，明月高悬，什么句子都想不出来。自己此时也差不多，思来想去，只想起一句，"白日依山尽，黄河入海流"。这又不是黄河，只是长江的支流，想要找一句有关长江的诗句，却迟迟想不出，心中懊恼着，一步一步走下塔去。

走到另一侧门，边上一池，池中尽是锦鲤，红云似的一大片。卢观鱼看到一个年轻女人带着儿子在水池边喂鱼，小男孩儿伸着肉乎乎的小手，揪着面包，一点一点扔进水池。锦鲤们聚集翻腾，张开洞穴似的圆圆嘴巴，将面包吞下去。小男孩儿高兴地咯咯笑。这时候，一个四十多岁的大和尚缓步从客堂走出，站在水池对岸看了一会儿，朗声说："施主，这儿不能喂鱼的。"其实不用他说，水池边上立着一块牌子，上面写着几个大字："此处禁止投食喂鱼"。小男孩儿许是被大和尚吓到了，也许是不愿罢手，哇一声哭了。大和尚似有些吃惊。女人抱起小男孩儿，瞥一眼大和尚，转身朝门外去了。大和尚尴尬地咧一咧嘴，两手摊着，一副无所措手足的样子。

这时候，一个二十多岁的小和尚急火火地跑过来，喘着粗气说："后门那边，有人掉水里……"大和尚说："那还不赶紧！"两人急匆匆跑过古塔，绕过大雄宝殿，往后面去了。大殿里还有几个和尚，也都火急火燎地往那边跑。卢观鱼想要跟过去看，感觉不妥，想要离开，又被好奇心勾着。

走进一间间大殿，怒目而视的金刚、举手投足的罗汉都在看着他。卢观鱼发现此处的观音似与别处的不同，这里的比较瘦削，慈悯的目光里隐隐还有一丝忧愁、一丝不舍。他仰着头，久久地望着观音，观音也久久地望着他。

忽听得后门那边吵嚷起来，卢观鱼终究没忍住，装作路过的样子，走出大殿，往声音方向转过去，辗转来到后院，看见一道小门，门外几级石阶通往河面，石阶上方的平台上，几个和尚湿淋淋地围在一起，中间躺着一个胖男人。刚才那大和尚正给胖男人做心肺复苏。卢观鱼想，这男人胖大壮实，哪里像走投无路要自杀的呢？又想，谁会把"走投无路"写在脸上？再一想，说不定他是失足落水呢？看大和尚在男人胸口按了又按，男人脖子一伸，又一伸，接连吐出几口水。卢观鱼想，大和尚怎么不给男人做人工呼吸呢？大和尚仿佛听到了他内心的想法，真对着男人的脸俯下身去，忽然，男人挺起身子，砰一声响，两人立马都捂住脑袋。旁边的小和尚们都笑起来。

"是下雨了吗？"那湿淋淋的胖大男人坐起来，看看众人。

"哎，你是遇到什么事了？也不至于跳河啊。"大和尚说。

"啊？我上厕所呢，怎么下起雨来了？"

"方丈，他是喝多了，这才几点啊，他就喝多了。"

"怪不得，他这嘴里就像开了一家酒店。"大和尚说。

众和尚又笑起来，都站起身，理一理湿衣服。

"还好有我们几个人合力，不然真没法拽他上来……"

暮色之中，那胖大男人八叉腿坐着，勾垂着头，看着自己袒露的肚皮一起一伏，一脸醉相，偶尔抬起头来，看看众人。众人微微笑着，低头看男人，正如刚才在大殿中观音垂目看着卢观鱼。

就是这些僧人救的那位从旧桥跳下的姑娘吧？卢观鱼想起这件事，再看这些年轻僧人，他们挂满水珠、汗珠的脸顿时显出一种异样的光辉来。他们朝他瞥了几眼，并没说什么。卢观鱼想问问他们，明了大和尚去哪儿了，又觉得太过唐突，而且，自己见到明了大和尚，也没什么要紧的话说。站了一会儿，看他们扶起那胖大男人，晃晃悠悠往客堂去了。

众人起身时，卢观鱼才注意到他们身后有一株高大的红枫。石阶边和院墙的夹角处有一小片土地，用石头砌了一圈，红枫便挺立其中。红枫高约四米，满树长着烧着了一样的红叶，叶片微微颤动，细碎的影子均衡地落在众人身上。

离开生生寺，回到热气羊肉店前，仍然没开门。奇怪了，老薄怎么连续几日不开门呢？回到镇街上，胡乱吃了一碗面后，买了几样水果。要不去镇卫生服务中心看看？说不定会遇见大亭。可遇见又怎样呢？自从出院后，两人再没联系过。说到底，自己只是大亭照顾过的病人，她每天面对那么多病人，说不定早忘记自己了。他拎着水果，在街上走一走，站一站，无数人从边上经过，没人认识他，他也不认识任何人。周围的热闹，越发衬托出他的孤独。他原本挺希望离开熟悉的环境，到一个没人认识自己的地方，现在发现，这样的孤独是不容易忍受的。

天色昏黑了，离开街市后，走在村路上，周围更暗了。

才八点来钟，到处都静悄悄的，也不见几点灯火，一个人走在这样的地方，并不比走在河边少一些恐惧，总觉得到处都鬼影幢幢的，不由得越走越快。自己这是怎么了？他以前胆子挺大的，这两年却越来越胆小了。

远远的传来飞机轰鸣声,抬起头看,一架飞机从北边飞过来了。他站定了看,黑暗里,机翼两端的灯一闪一闪的。他想起生生寺里那观音来了,和飞机一样,观音也是从高处俯瞰人间。也许只有站得高,才能忽略人间的种种情绪,包括悲伤,也包括恐惧。这么想着,他放慢脚步,听着唧唧虫鸣,慢慢走回住处。在院中柚子树下,站了好一会儿,就着星光,数了一遍柚子,不多不少,还是三十个。

　　第二天醒来,后悔昨晚没带外卖回来了,只得啃了两个苹果。从书架上翻出一本薄薄的《西西弗的神话》,刚看两页,不耐烦了,又抓过手机看看,再看看电视,稀里糊涂又睡着了,待到醒来,又是下午了。起床洗漱出门,再到老薄热气羊肉店去,仍是关着门。不由得有些担心了,老薄这是怎么了?

　　连续几日,卢观鱼都是这样度过的,每日下午,跟固定仪式似的,都要到老薄热气羊肉店看一看,可店门一直关着。老薄就像消失了似的。卢观鱼没办法,也只能站一站、看一看,有时走到河坡底下,看看河边那艘小木船。小木船仍是系在岸边柳树上,显然没人动过。伸脚在船帮上推一下,船往河里荡进去,慢慢地又靠回来,船帮轻轻地撞在岸边,发出轻轻的砰砰声。不免联想起老薄故事里那艘小木船来了,又想起老薄店里的那面锦旗,那能和自己有什么关系呢?

　　有几次是先到生生寺去,无所事事地到各殿去看看,从来没遇到过明了大和尚,他似乎也像老薄一样,凭空消失了。

　　他是不信佛的,却喜欢生生寺里的这份幽静。每次去,寺里除开僧人,只不过三五访客。唯有一次,听得一座殿堂内鼓磬铙钹声热闹,还有好多人念经,走过去站在门口看,有几个小和尚朝他瞥了一眼。看着看着,他意识到这不是一般的法会,应该是有人过世了,在做法事呢,不觉很是尴尬,连忙退出来。

再往老薄热气羊肉店去,意料之中的,仍是关门闭户。他莫名地有些气恼,算了,天天来干吗呢? 都半个月了,或许老薄家里有什么事吧。他折回街上,吃了一碗蛋炒饭,又到一家冷菜店买些鸭头、鸭肝、鸭翅、鸭脚,再到水果店买些苹果、葡萄,鼓鼓囊囊拎了两大袋往住处走。

日子又恢复到从前那样了,连续多日不出门,直到弹尽粮绝。

这期间,房东卢阿姨打来过三次电话。一次是向卢观鱼道歉,说那次不该和老卢当着他的面吵架。卢观鱼说,那哪里是吵架嘛,就是大家聊天。卢阿姨笑笑,说小卢你没不高兴就好。又问卢观鱼,身体怎样了。卢观鱼说,要不是卢阿姨你问起,我都忘记自己生病这事了。卢阿姨说,你不要大意哦,还是要多多注意,再有问题,不能再瞒着我们。卢观鱼不说话。卢阿姨又问,最近有什么缺的吗? 卢观鱼说什么都不缺。卢阿姨说,缺什么就跟我们说啊。卢观鱼说好。卢阿姨还不挂电话,却又不说什么,两人便隔着电话沉默了好一阵儿。又一次,是问卢观鱼什么时候回老家。卢观鱼说还没定呢。卢阿姨说,假如不回,那到时我们一家人吃年夜饭啊。卢观鱼说,我到街上随便吃点儿得了。卢阿姨显出不高兴的语气,说这是什么话? 你住在我们家院子里,就是家里的一分子,哪能不一起吃年夜饭呢。卢观鱼不想争论,就答应下来。虽隔着电话,也能感觉得出卢阿姨高兴得跟小孩子似的。这天下午,卢阿姨又打电话过来,说要过来看看,卢观鱼生怕他们又像上次那样带一堆东西过来,一再拒绝,好不容易才打消他们过来的念头。

挂掉电话,仰面躺在床上,盯着屋顶,听着屋外那只羊偶尔咩咩叫唤。心想,天这么冷了,这是谁家的羊呢,怎么还拴在这儿? 不知不觉又睡着了,夜里听得砰砰响,像是打雷,睁开眼看,却不见闪电,不觉又翻身睡去。

他意识到自己渐渐滑入梦境了。他看见自己和许久没联系过的前女友赤身裸体地纠缠在一起,如一条蛇吞进另一条蛇,一条蛇向另一条蛇交付斑斓的皮肉,另一条蛇向这条蛇交付鲜红的脏腑。漫长的隧道尽头,是溽热而缤纷的热带森林,布满硕大雨滴,开满奇花异草,无数诡谲的动物从身体之间不存在的缝隙悄无声息地穿过。他无限沉溺,无限焦灼,想要更深入,又想要挣脱,忽然,另一张脸浮雕般浮现。一张紧贴地面的无法抹去的脸。他焦急地想要挣脱,却越陷越深,那么多色彩,那么多植物和动物,那么多血,混杂在一起。

前女友的声音从很遥远的地方宛如乐音般传来:"很多年前去过了,印象最深的是一家音像店……"他旋即走进一家暮色之中的音像店,店里光影迷乱,柔软而又坚韧,是挣不脱的牢笼。他挣扎着想要喊出声,只觉得嗓子是一条漫长的隧道,尖锐的声音在隧道里左冲右突。声音渐渐变硬,变成坚硬的铁屑。他咀嚼这尖锐的美味,犹如咀嚼生命黑暗的本质。生命如此具体,疼痛如此真实,嘴里的血如此纯洁。咔嚓咔嚓,他在咀嚼铁屑,这工业时代的废弃物,坚硬,生冷,带着一丝忧伤,在口腔内血肉的催化下,犹如饱满的热带水果,鲜美而有毒……

渐渐地,前女友的脸和旧桥上那姑娘的脸合二为一。他沉溺在鲜美而有毒的性爱之中,仿佛从高处一跃而下,下坠却如同飞升。水面、天空,波谲云诡。他仍然在热带森林迷宫一般的溽热里……猛然惊醒过来,大汗淋漓,身下一片潮湿。多少年没有过这样的事了。他赶紧起身,抽了几张卫生纸清理床铺。

世界真安静。拉开窗帘看,天地间纷纷扬扬,竟然落雪了!

仔细听,到处是细密而笃定的簌簌声。东窗西窗两边看看,青菜叶子上,柚子树上,到处一片素白。杨树枯槁的枝干上,也都积着一棱一棱的雪。那只山羊,待在离屋墙较远的地方,不时低头在雪地里搜寻着草茎,不时抬起头来咩咩叫唤。卢观鱼心有所动,忽然想起还有水果啊,就拿了个苹果,打开窗户,扔到山羊面前,山羊吓得四蹄离地蹦起,急急走开,又被绳子拽回,惊惶不安地咩咩叫唤。卢观鱼关上窗户,想着自己不看,或许羊就不怕了。

随便吃了点儿东西,中午睡一觉,醒来又是下午了。好几天不出门了,大多时间都是躺在床上,躺得骨头都疼了,想着难得下雪,不如出去走走吧。顺手捏了一个苹果在手上,想着绕到屋后扔给山羊。走到楼下,院子里已积了薄薄一层雪。怜惜地踩上去,吱吱响,一步一个脚印。他先是发现柚子树下掉了一二十个柚子,才想起昨晚梦里那砰砰声,原来是这柚子落地的声音。卢观鱼咂咂嘴,想起还说等柚子成熟了,请房东夫妇来吃柚子呢,现在怕是吃不成了。

忽然,他瞥见那盆跟随自己多年的鱼尾葵,所有的叶片都耷拉着,枯黄了。心想这些日子真是对它关注太少了,只给它浇过一次水不说,竟然忘了冬天来了要把它移至室内。他走近前去,从鱼尾葵叶片间,将细细的积雪抖落手中,凉凉的,轻轻的,仿佛是鱼尾葵轻飘飘的魂灵。他愧悔不已,静静地站了许久。

到屋后找不见扔下的那个苹果,想是已被山羊吃了。他在山羊面前蹲下,伸出手,露出手里的苹果。山羊许是尝过苹果的甜头了,凑近苹果嗅一嗅,张嘴吃起来,湿漉漉的嘴唇和舌头不时触碰他的手心。他听着山羊嘴里均匀的毫无起伏的嚓嚓声,心中得到莫大安慰。这时候,孤独仿佛是可以忍受的了。

蓦然想起,有位本地同事说过,上海人去看望病人一般不带苹果,因为"苹果"在上海话里听起来像"病故"。他心中咯噔一下,忙站起身来,往街上去。

第九章　重逢

短信十条

那些我们以为的告别，未必是告别。

那些我们以为还会再见的，或许才是真正的告别。

死，是死者最彻底的告别了。对生者却不是。那活着的人常常怀着重逢的期冀，以为真有天堂。只有这两人都死了，才会上下无着，一片茫茫。

我是从不期待天堂的。所谓天堂，不过是我们替死亡开给自己的安慰剂罢了。

一个人的生命，由三部分构成：作为生物体活着的那几十年，在这期间学习到的全部人类过去积攒的知识，以及死后他为后来者留下的值得承继的知识。

最近我终于能够放下手机，静下心来读一读书了。读书时，我忽然想到，知识的不断积累和传承是人类唯一可以实现永生的方法。

一个人不读书，不知道过去的知识，等同于放弃出生前的虚拟生命。一个人没为后人留下值得传承的知识，则等同于放弃死后的虚拟生命。

在出生前的知识里，也许会遇到性情投契的人。在死后，如果能成为人类知识的一部分，也可能会遇到性情投契的人。

但这些相遇除了隔着空间，还隔着时间。只有活着，走散的人才能真正相遇。

相遇让人欢喜，重逢让人庆幸。

往东走村里的老路，到处白茫茫的，一块块菜畦被半掩埋在雪中，发黑的沟渠曜曜流水，许多小麻雀飞来飞去。穿过田野，来到老旧的村里，如同置身末日荒村，屋顶、矮墙的豁口、门前的水泥路边，处处积雪。偶尔见到几位穿臃肿棉服的老人在弯腰铲雪，或甩着手走动。他们的动作，仿佛要比平日缓慢许多。

在这枯寂的路上走着，想起早上做的梦里前女友说的那句话："很多年前去过了，印象最深的是一家音像店……"不知为什么，他会对这句话记忆如此之深，乃至出现在梦里。那是好几年前的事了，他出差到深圳，住在活动主办方订的酒店。他想着约几个当地朋友吃饭，不想连续约了几个，都有各种事情，都问他明天或者后天有没有空，他第二天上午有活动，不知主办方有什么安排，不好贸然答应，就回复说，下次有机会再聚。就这样，他只能待在酒店，无所事事了。

他站在酒店窗口往下望，到处一丛丛绿植，仿佛一朵朵绿色的云。洗漱后，光着身子躺在床上刷朋友圈，忽然觉得，平时那么多朋友，此时却找不到一个可以说话的。看到一位久未联系的好友在朋友圈发了一张照片，说当年和朋友们在香港如何如何，照片里有三四年没联系过的前女友。一时心血来潮，他发微信问那人，你有侯澈微信吗？那人很快回复:哈哈哈,你果然还想着她,她就要结婚了,你知道吗？很快,微信名片转过来了。他犹豫了一下,点击申请加为好友,不到一分钟,对方通过了,一条消息发过来:不会吧？你竟然想起联系我。

两人寒暄几句,卢观鱼很想说,这些年其实不时会梦到她,终究没说。聊到近况,他说自己在深圳出差。她很快回复,你在深圳？他说是啊,难不成你也在深圳？她回复说,是啊！两人都觉得难以置信,飞速约定待会儿碰面。他仰面躺在床上,南国的风卷动窗帘,热热地吹进来。身上的水早干透了,又沁出一层细汗。他摸了摸下身,软塌塌的,自认并不是想要做什么。什么也不想地躺了一会儿,起身穿好衣服,又洗了一把脸,下楼去了。老旧的大楼里,充斥着消毒水的气味,日光在瓷砖地面上仿佛发出敲击铁片的响亮声音。

走出酒店大门后,湿热的风迎面吹来。正是薄暮时分,街上汽车来来往往,流光溢彩。他走在枝繁叶茂的行道树下,不多时,热得额头冒汗,卷起了长袖衬衫后,手臂上湿漉漉一层汗水。走了许久,也没打上一辆车,问她到哪儿了,她说刚出门呢。他这才放心了,打算走过去。走到天桥上,看汽车亮起灯,如明亮的流水源源不断涌来,穿过他的身体,到身后更深的暮色里去。他仔细揣摩内心,有一点儿忐忑,有一点儿激动。站了好一会儿,看看手机,那边并没催促的消息。想起来和侯澈第一次碰面,是在机场,那次因为让她等了好一阵子,刚见面就被她一顿数落,但他从来没跟她说过,那是自己头一次到机场,所以迷路了。

来到约定的地铁站口,天色暗下来了。在远离人潮的一棵羊蹄甲树下,他靠着树干等着。等了许久,仍不见她出现。他看看手机,仍没消息,也不催促,想到那第一次碰面,他宁愿她来得晚一些。又过了一会儿,地铁口进出的人渐渐少了,在那些面孔里,仍没有见到属于她的。他提起脚,用鞋底蹭着树干,过了一会儿,见到不远处非机动车道上,一人一车慢慢近了。

你来很久了？侯澈跳下单车。仿佛他们昨天才见过。没有，刚到一会儿。他走在单车另一边，随着侯澈往前走。想吃什么？我带你去。侯澈说。不用那么麻烦了，我刚看到这附近好多家饭店，随便找一家就行。侯澈扫了一眼地铁站边的小店，这些怎么行嘛，走吧，我带你去别处。他站住了，往远处看看。他已经走了一路，不想再走了。就那家吧，他指了指不远处一家小吃店，不是说广东小吃很丰富吗？你带我尝尝。侯澈说，这怎么行嘛，找家好一点儿的饭店吧。他有些不耐烦地说，哎呀，吃个饭嘛。她推着车跟在后面，说好吧好吧，你这人真是！

进店后，发现没什么人，两人找一处靠窗位置坐了。脸红润得像番茄、手浑圆如鸡蛋、穿得像番茄炒蛋的女服务员走过来，手上拿着小本子，问他们点什么。他拿过菜单看了一眼，递给她，你点吧，你比我了解。她盯着手上只有一页的菜单，说你这人真是，这些有什么好吃的嘛。过了好一会儿，才点了公明烧鹅、笼仔饭、虾饼、肠粉、沙井蚝、猪肚包鸡等。他说了几次够了，她才没再继续点。不一时，菜上来了，满满当当一桌。两人之间的距离，仿佛更远了一些。

闷头吃了一会儿，谁也没说话。他开口时，她也同时开口了。他说，你怎么会在深圳？她说你怎么忽然想到联系我？两人又一起住口，都有些不好意思地笑了。他说，我看到你朋友发的朋友圈了，照片上的你变化挺大的。她说，变化大吗？是老了吧。他说，那倒不是，是更成熟了。她说，那还是老了嘛。他不知该说什么。沉默了一会儿，她说，我有个朋友在这边，约我过来玩儿，我就过来了，待了好一阵了。他想问，你不工作吗？又忍住了。继续吃饭，吃菜。问她，你觉得这些小吃正宗吗？她说，一般般吧，地铁站边上的，能有多正宗？他笑笑，那也是。又沉默了。好一会儿，他才想起下一个话题，以前好像没听你说过你到过香港？她抬起眼看着他，一字一句地说，那是跟你分开后一个月的事。

我和单位同事一起去的，侯澈说。我们那次玩了好几天，住在马可孛罗太子酒店，酒店边上有很多小巷子，我一个人走了走，还挺有意思的。他看着她，看到她脸上的线条比往日的冷硬多了，眼睛似乎更凸出来。他说，那你说说看，怎么有意思了？她说，其实很多也记不得了，只记得到过一家老式音像店，店里好多磁带啊，碟片啊，海报啊，就跟小时候县城里的音像店差不多。站在那店里头，一下子仿佛时光倒流了。侯澈语调舒缓，眼里波光流转，仿佛置身往日时光。他看着她，想起他们恋爱的那些日子，所有争吵都淡去了，反倒是一些温暖的小细节浮现出来，比如他们曾经无数次去一家清真饭店吃饭，每次去她都会点一份大葱炒羊肝，他们还经常去一家热气羊肉店，火星儿噼噼啪啪升起时，像是小小的烟花……他有些恍惚，仿佛旧时光可以重来，仿佛旧时光正在重来。

听说你要结婚了？他说。侯澈看着他，眼神隐约波动了一下，很平淡地说，是呀，今天他有饭局出门了，我刚好过来，怎么了？他内心里有什么东西在波动。她很平淡地笑一笑，怎么？难不成还要我等你啊？你都换过多少女朋友了吧？就连她都要结婚了，你不知道吗？他脸上僵硬，口干舌燥地说，哪有啊，我不是那意思。侯澈掏出手机，搜寻着什么，过了一会儿说，你看看吧。他打开自己的手机，看到侯澈刚刚发来一张照片，一对新人站在一起敬酒，再看那女的，竟然是小冬。他抬起头看她，笑道，你怎么会有这照片？她笑一笑，反正有人发给我的，不是婚礼，是订婚宴。他啧啧连声，你也太厉害了。她轻轻哼了一声，哪有你厉害啊。他不言语。他知道再说下去，又要吵起来了。

他们走出小店时，夜已经深了。她说，你住哪儿？我送你到酒店吧。他说不用了。她说反正我现在回去也没事。他说,真不用了。她说,这么客气干吗啊。他说,不是客气嘛。你早点儿回吧,免得他回来了看到你不在家。她说,这个你不用操心。他不言语了。两人沿着路边走着。他注意着路上有没有空的出租车。她说,你会唱《千千阙歌》吗？他说,什么？她说,《千千阙歌》。我在香港那家音像店里听到这歌,忽然觉得这歌从未有过地好听。他说,你会唱？她说,我也不会唱,粤语歌哎,我也就能听懂个大概。他在脑海里回想这歌的旋律,仿佛回想小时候走过的夕阳下的小道,迷离惝恍,难辨方向。

一辆出租车在边上停了,他过去打开后座车门钻进去。侯澈紧走两步,哎,你真不让我送你啊？他关上车门,摇下车窗,说真不用了,谢谢你请我吃饭啊。出租车开出去。他从后视镜里看到她推着单车,慢慢退后,越退越快,变成人群里分辨不清的一个小点儿。四周灯光昏暗,夜色更浓了。那时候他还不知道,这是他们真正最后一次见面了。他只是明确地感知到,告别的忧伤如一只拳头,猛地击在他的胸口。那些充满错误和混乱的青春岁月,一去不返了。

掏出手机查找《千千阙歌》,很快找到了,很多人唱过,刚才忘了问,她在香港时听的是哪个版本,他随意点开张国荣唱的:"来日纵使千千阙歌,飘于远方我路上,来日纵使千千晚星,亮过今晚月亮,都比不起这宵美丽,都洗不清今晚我所想,因不知哪天再共你唱……"歌声多么熟悉,但他还是头一次注意到歌词。唱完一遍后,他将手机凑在耳边听,摘掉眼镜,头靠着车窗,深夜的霓虹从车窗玻璃上滑过去,也从他的脸上滑过去。

转眼滑过他脸上的霓虹是酒房镇上的了。深圳的高楼大厦,换作江南小镇的低矮旧房;热带的繁茂植物,换作江南冬日的萧索花木;大城里来去匆匆的年轻人群，换作小镇的老人小孩。卢观鱼已走得身上渗出热汗了，站下来，四处打量。镇上热闹非凡，许多人脸色红扑扑的，团团水汽浮动在他们面前，让他们说话的声音带上一种磨砂玻璃般的效果。这一切如此虚幻，又都真实不虚，他不禁为时间、空间的剧烈而又顺滑的转变感到震惊。

来到酒房河边，在酒房桥上站了一时。桥中间车来车往，路面黑湿，桥栏上积了一层细雪。大桥上下的大河，还没结冰，河坡上有一块一块的积雪，衬得河水黑沉沉的，俯身往桥洞里看，黑洞洞的。大河更加沉静，也更加宽广了。卢观鱼沿着河边的小路，在东一块西一块的积雪中，径直往老薄热气羊肉店走去。

走下桥堍没几步，脑袋砰一声钝响，眼冒金星，心里闪过一个念头，脑浆要泼出来了。从混沌的疼痛里，响起一个声音："谁呀这是，走路不长眼睛啊！"卢观鱼退后两步，也大声喊："你谁呀？走路长眼睛了？！"那人嘴里嘶嘶着，一只手揉着额头。卢观鱼也做着同样的动作，好一会儿，听那人说："是你呀！"卢观鱼抬眼看她，二十多岁，细高身材，白衬衫外穿一件黑色长风衣，略显老气的衣着反倒显出她的稚嫩，一时没认出来是谁。那人翻一个白眼，将手从额头拿下来捂住嘴巴。卢观鱼哎哟一声："是你啊……怪不得……""什么怪不得？""怪不得撞得这么狠啊，跟扎针有一拼了。""你这人，怎么记小仇忘大恩呢？"大亭说。

两人玩笑似的闲聊着，不时有人从他们身边走过，扭头看他们一眼。

"对了，你后来见过大师吗？"卢观鱼说。

"你说明了大师？没见过哇。他就在生生寺，你想见他就去寺里找他呗。"

"我去过寺里好几次，一次都没遇到他。"

"怎么？想出家啊？刚才还记着我打针疼，这会儿怎么又看开了？"

"我错了我错了，我请你吃饭啊，以前就说过要请你吃饭的。"

"哎，你就别假情假意的了……"

"真的嘛，我还想过去医院找你的，不过想想你大概记不得我了，就没去。这儿一条街都是饭店，择日不如撞日，就今天吧？"

"得了吧你，"大亭不断揉着额头，嘴里嘶嘶着，"今天真不行，我到这儿不是吃饭来的，是给一个人送药。"

"还有护士给病人上门送药的？"

"真不骗你，他老婆是我家远房亲戚，我顺便过来看看他。"

一艘铁驳船逆着水流缓缓驶来，钻出桥洞时，汽笛声持续了许久，他们不约而同转过脸去看。铁驳船激起的水波涌过来，撞到桥桩上，发出明亮又空洞的咣咣声。他们注视着铁驳船驶过去后，江面上不断扩散开的三角形水面。水面上的日光灰蒙蒙的，在他们周身营造出一种模棱两可的气氛。

"我到这儿也是来找个人，上次我在他那儿吃的热气羊肉火锅，挺不错的，那下次等你有空了，一起去啊……"卢观鱼说。

"你说老薄热气羊肉店？"大亭抬眼看着他，"我刚才就是去找他哎。"

"他开门了？他好多天没开门了。"

大亭没说话，黑皮鞋尖儿在地上划拉着。

"你去给他送药，他什么病啊？"

"老毛病了。那你去吃饭吧，我去上班了。"大亭撩了撩头发，往街上走了。

"记得改天有空一起吃饭啊。"卢观鱼喊。

大亭背对他举起手挥了挥。他看着大亭走进人群，很快消失不见了。

十来天没到过这儿了，上次见到老薄，是一个多月前了。卢观鱼走到老薄热气羊肉店，灯火通明，人声鼎沸，透过水雾蒙蒙的玻璃往里看，桌子都坐满了。正呆看着，老薄掀开门帘，身上穿一件厚厚的灰色羊毛衫，手上没再搭着湿毛巾。

"你来啦？好久不见啊。"老薄脸红扑扑的，满面笑意。

"好久不见啊老薄，你这阵子怎么消失了？我还以为你……"话刚出口，为这话里透露出来的急切，卢观鱼有些不好意思了。

"进来进来，"老薄笑呵呵地往一边让，"我哪里消失嘛，前一阵胃不舒服，你以为我什么？哈哈哈，我可死不了……"老薄哈哈笑起来，把卢观鱼让进店里："今天没位子了，这两个朋友边上还有空，你和他们挤一挤吧？"

那两个中年男人挪到一侧，卢观鱼坐他们对面。他们看看他，笑一笑。他也朝他们笑一笑。这两人似曾相识，他一时却想不起在哪儿见过了。

"小卢，你不记得他们了？"老薄站在桌边说，"你第一次到我这儿来，就见过他们的。他们是两兄弟，姓庞，你喊他们大庞、小庞就行。"

四人的桌子，两兄弟坐同一边，卢观鱼看看左边这个，看看右边那个。心想要不是老薄说，还真想不到他俩是兄弟，大庞胖，小庞瘦，大庞矮，小庞高，大庞脸宽，小庞脸窄，大庞小眼睛，小庞大眼睛，大庞头发稀疏，小庞头发茂盛，这简直是往相反的方向长嘛。大庞笑着说："不像吧？很多人都这么说。"卢观鱼笑，不说像也不说不像。小庞笑着说："很简单，我们是结拜的。"卢观鱼一愣。两兄弟一起仰头大笑起来，两人的动作和笑声倒是一模一样。

"别捉弄小卢了,你俩多大年纪了?"老薄在边上说,"小卢,吃点儿什么? 还是老样子吧?"卢观鱼心想,拼桌还怎么要火锅? 就说:"今天不饿,就来一盘炒羊肝和一碗饭吧。"老薄不相信似的瞪着他:"你确定?"卢观鱼说:"确定。"

过了不一会儿,一盘大葱炒羊肝和一碗饭放在卢观鱼面前。"你的菜上齐了。"一个清脆的女声。卢观鱼抬起头来,一张白皙的圆脸俯视着他。他一定是因为愕然而显出一脸蠢相。这张脸也似曾相识,却又不敢马上确认。

"不用怀疑,我们见过。"姑娘抿嘴一笑,眼睛亮晶晶的,眯缝起来,"那天晚上,在旧桥上,你不会忘记了吧?"

卢观鱼只觉得脑袋被一道闪电直接击中一般。

"怎么会是你? 怎么可能!"卢观鱼不自觉地站起来。

"怎么就不可能是我?"姑娘嫣然一笑,"我先忙啊,今晚人多,老薄一个人实在忙不过来,待会儿和你说……"

姑娘转身往厨房去了。卢观鱼看着她的背影,仍呆呆立着。

"走啦。"不知是大庞还是小庞说。

卢观鱼看大庞小庞一眼,有些不好意思。又下意识地往厨房里看了一眼,虽然只在桥上匆匆见过一面,此时遇见,竟有一种故人重逢之感。

坐下来,低头吃饭,吃炒羊肝。好多天没吃到炒羊肝了,还真是有些想念,呼呼吃了大半碗饭、小半盘炒羊肝,抬起头来,发现大庞小庞盯着自己。他有些不好意思地笑笑:"真是饿了。"两兄弟不知何故,又笑起来:"不喝酒吗? 我们请你。"卢观鱼说:"不喝了吧?"两兄弟说:"什么叫'吧'? 那就是可以喝一点儿的。"说着,小庞起身,掂一只土陶碗,倒满黄酒,递给他。卢观鱼不由自主地伸手接了。"第一碗干了啊。"坐着的大庞端起酒碗。三人碰一碰碗，都喝尽了。"果然跟老薄说的一样，虽然有些书呆子，但是挺豪爽的，这点儿叫人喜欢。"两兄弟大笑。卢观鱼想，老薄店里的客人怎么都这么喜欢笑啊。

大庞小庞一再邀请卢观鱼一起吃他们点的热气羊肉火锅，卢观鱼婉拒了几次，毕竟是陌生人，一起把筷子放在火锅里搅来搅去的不习惯，待喝了几碗酒，也就顾不得这么多了。大庞小庞的筷子一边在火锅里跟他的筷子打架，一边试探着问起他住处的事儿。

"你们也认识老卢夫妇？"卢观鱼说。

"认识，认识。"小庞说。

"哦，其实他们只是我房东而已，别的我就不知道……"

"那是……其实也没什么。"大庞说。

卢观鱼再怎么装聋作哑，也知道老卢夫妇有些什么事情瞒着自己了。不过，好奇归好奇，却仍拿定之前的主意：自己只不过是个租客，不必管那么多。

他默默地吃饭吃菜，此时，一盘大葱炒羊肝几乎吃尽了。白瓷盘上，黄色油脂，青白葱段，簇拥着最后几片羊肝。卢观鱼的筷头在盘子上对羊肝展开千里追逐，无奈羊肝太狡猾，绕着盘子转来转去，始终不肯束手就擒。在这激烈的追捕之余，他不时看向那姑娘，姑娘偶尔和他目光相接，便朝他笑一笑。他忽地想起早上醒来前的梦，不禁心旌摇荡，又觉实在荒唐。

"眼睛掉出来啦。"小庞笑着说。

卢观鱼忙收回视线，脸上一热，低下头来，被炉火一烘，更觉得热了。大庞小庞又一阵笑。卢观鱼窘迫至极，感觉内心完全被他们看透了。

"老薄说，他重新开门营业后，你一直没来过，还以为你搬走了。"

"我之前来过好多次,老薄都不在嘛,我还以为他怎么了。"卢观鱼说这话时,透出一股怨气,转而缓缓说,"老薄这儿不开门,我就到街上去,随便吃碗面,吃完了就到处走走,还去过生生寺好几次。"

"你去过生生寺了?"小庞说,"寺里的观音很灵的。"

"我只是随便走走,我不信佛,倒不在乎什么灵不灵的……"

"那你肯定没注意看那观音的样子。"

"观音我看到了啊,有什么特别的吗?"

"你没发现那观音的样子和别处不一样?"

"好像是有点儿不一样……"卢观鱼沉吟道。

"我要不告诉你啊,你肯定想不到。"小庞说完这句,却没接着往下说,倒一碗酒,慢慢地抿着,要等着卢观鱼求他讲下去似的。

"你又要说这些,哪个知道真假啊?"大庞说。

"这怎么能有假?都这么说嘛,在酒房镇,这是公开的秘密了。"小庞有些不服气的样子,放下酒碗,脑袋凑近卢观鱼,"小卢,我和你说啊,生生寺里的观音可不一般。说是很多年前,生生寺的方丈明空大和尚可是复旦大学的高材生,毕业后到长江边的一座寺里出家了。那寺里还不止他一个这样的大学生,也不知道这些大学生怎么想的,好不容易考上大学,还是那么好的大学,怎么就想不通呢?好多学生家长听说儿子出家,肯定是要来找的。人过来了,却见不到儿子。不是寺里不让见,是那些小孩不肯见。父母能怎么办呢?只能先在边上租房子住下,希望有朝一日,小孩回心转意。听说也有回心转意的,但当年的明空非常坚定。他父母在他五六岁时就离婚了,他一直跟着他妈过日子。他妈信佛,经常到寺里求菩萨保佑他长大后能有出息,有时也会带着他,不管进哪座寺见哪尊佛,都让他跪下磕头。哪里想到,他大学刚毕业就出家了。他妈到寺里找过好多次,他只见过他妈一次,他妈问他,你怎么舍得撇下妈妈去出家啊？他说，我不是出家，是回家了。那以后，他就再不肯见他妈了。他妈让人传话给他，说再不跟她回去，她宁愿去死。他默默听了，什么话也没说。哪里想得到，有一天寺里乱起来，说是看到有人在寺前投河了。那是雨季，河水很大，那人浮浮沉沉，很快就没影了。岸上的人喊成一片，也有两个胆大的划船进去救，等到好不容易把人捞上来，早没气了。小卢，你猜那人是谁？对，正是明空大和尚他妈妈。当然了，那时候他还不是大和尚……"

"这和生生寺的观音有什么关系？"卢观鱼说。

"这你还不明白啊？"小庞说，"听说明空大和尚特别难过，也特别后悔，但安葬母亲后，他却没还俗。他后来待过好几座寺，几年前成为生生寺的方丈。那时候，生生寺很破败的，连围墙都快坍了，他到处化缘，把寺重修了，把寺里的古塔也重修了，把观音殿里的观音重塑金身。就有人说，那观音是按照他母亲的样子塑的，去拜过的人都说，特别灵验。另外，因为生生寺挨着酒房河，酒房河是长江的主要支流，水量也是很大的，边上人又多，不时会有人落水，他就组织寺里的年轻和尚，成立了救援队，只要有人落水，就尽力去救。"

"对于他组织救援队这事儿，我还是很佩服的。"大庞说。

"那我们岂不是更值得佩服？我们可比他早多了。"小庞说。

"还有你这样夸自己的？"大庞说。

"明明是你在拐着弯儿夸自己吧？"小庞说着笑起来。

卢观鱼想，看来之前觉得寺里的观音像与往常所见的有些不同，并非自己想多了，只是想不到后面会有这样一段故事。他想了想说："按你们说的，明空大和尚的母亲是信佛的，怎么自己儿子去做和尚，她却接受不了呢？"

"这问题还真是……"大庞小庞相互看看，忽然又一齐笑起来，小庞看看大庞，又看看卢观鱼，连声说："这兄弟有意思啊，有意思！"

许是因为天冷，热气羊肉火锅暖和，大家都不愿意走。十点多了，店里仍旧热闹非常，碰杯的，谈笑的，加菜的，加酒的，和店外的清冷形成强烈反差。老薄一直在厨房忙活，那姑娘在厨房和客人之间奔走，像一只蝴蝶，在缭绕的火锅热气里飞来飞去，不时因为一句什么话，笑起来，身子往后仰着。她和不少客人都好像很熟络似的，她对待他并没什么特别的，这竟让他隐隐生出醋意——对这一点，连他自己都觉得难以理解。

有人敲了敲面前的桌子，咳嗽一声。他抬起头来，看见那姑娘朝他笑一笑，转身走了。这时候，老薄从厨房出来了，和熟客们打了几声招呼，走到他身边。"小卢，你今晚晚些走哇。"老薄拍拍他的肩膀。卢观鱼抬头看了老薄一眼。老薄就是不这么说，他也会留下的，他心中不知塞了多少疑问。

"又下雪了！"将近十点钟，有人喊道。

好多人起身，隔着窗玻璃往外望。屋外太冷，屋内太暖，水蒸气在窗玻璃上凝成一层水汽，望出去只是雾蒙蒙的。有几个人推开门，掀起门帘走出去，不一会儿，就听屋外传出他们的大呼小叫："好大的雪！好大的雪！"卢观鱼看到那姑娘放下一盘炒羊肝，也走到门口，一只手扶住门框往外望去。

心念转动，卢观鱼倏地起身，走到门口，站在另一侧门边望向外面。冷空气从外面吹进来，热蒸气又在身后烘托着，他身上一忽儿冷一忽儿热。外面果然飘飘洒洒好大的雪，雪落在众人仰起的脸上和高举的手上，也落在被灯光照亮的大河之上。更有许多雪，落在他们看不见的黑暗中。

那姑娘站在他对面,专注地望着外面的大雪,冷风吹在她脸上,脸颊红里透白,眼睛漆黑,嘴角微张,露出两颗莹白的牙齿,让她显出一副小孩儿的懵懂模样。他再次有些不合时宜地想起早上的梦。这梦让他心旌摇荡,也让他难以理解。心想,如果此时告诉她这个梦,她一定不会相信的吧?只会骂他无耻下流。

"你俩站那儿,是招财童子吗?"大庞小庞喊起来。

姑娘回过神来,看一眼卢观鱼,有点儿婴儿肥的脸上露出淡淡笑意,转身又忙活去了。卢观鱼尴尬地又站了一会儿,听见黑暗里永远持续似的簌簌雪声。

眼看雪越下越大,有人说再不走就走不了了,一桌人走了,很快第二桌、第三桌人跟着走了。不多时,只剩下卢观鱼和大庞小庞这一桌。此时,两人显然有些喝多了,但仍不时朝卢观鱼举起酒碗。卢观鱼也举起碗,和他们碰一碰,却不再喝了,不时看向正收拾碗筷的姑娘。

"你俩还不走哇?酒还没喝够?"老薄从厨房慢腾腾地走出来,袖子高高卷起,手上又攥了一条灰色湿毛巾,不断擦拭着手掌手背。

"老薄不厚道啊,这是要赶我们走?"小庞说。

"我是怕两个弟妹,待会儿又打电话给我……这个打完那个打,都问我要人,我可扛不住哇……"老薄笑呵呵地说。

"得,别说了,我们这就走。"大庞小庞起身,埋单,嘟嘟囔囔地出门了。

屋内瞬间安静了。卢观鱼起身:"那我也走吧。"却站着不动。

"小卢,你再坐会儿,我这就好了。好长时间不见,我们说说话。"老薄用一块白毛巾擦拭着桌面,抬起头看卢观鱼一眼,"小冷等你好几天了,你也该和她说说话。"老薄目光转向那姑娘,姑娘望向他们,脸上露出笑意。

小冷？卢观鱼立马想到另一个名字。

小冷，小冬，仿佛一对孪生姐妹，隔着遥远的时空，站在他面前。

人散后，雪还在下。店里灯光明亮，刚刚擦拭过的桌面、刚刚拖洗过的水磨石地面，到处亮晶晶的。老薄和小冷收拾碗筷和打扫的声音，仿佛都被放大了，显得格外清晰。卢观鱼几番想要帮忙，老薄都说："坐着，坐着，小卢你只管坐着。"小冷瞥他一眼，微笑着不说话。他只好坐着。

"老薄，大庞小庞和我说了一件事，是关于生生寺明空方丈的……"

"是小庞说的吧？说明空当年出家，他妈妈到寺里找他的事？"老薄停住手上的动作，抬头看着他，他嗯了一声。老薄摇一摇头，停了一会儿说："他就喜欢说这些事。"老薄攥着抹布，在桌上擦过来，又擦过去。

"不过他倒是没瞎说，只是不该到处说。"老薄踱步过来，下意识地用抹布将卢观鱼面前刚刚擦拭过的桌子又擦拭几下，叹息一声，"那些事情，我亲自问过明空，他自己说，确实是真的。"

"你们认识啊？"卢观鱼有些惊讶。

"怎么能不认识？酒房镇多大点儿地方？我都住这儿四十多年了。"

卢观鱼看着老薄，笑了一下："想起来，我刚才还问了大庞小庞一个问题，明空大和尚的母亲是信佛的，怎么自己儿子去做和尚，她却接受不了？"

"那么多人到寺里拜佛，很多只是指望着神佛保佑自己家宅平安、升官发财，自己家里人去当和尚了，哪里还能升官发财呢？"老薄转而对小冷说："小冷，差不多了，你去厨房，拿点儿下酒菜过来，我和小卢聊聊天。"

老薄邀卢观鱼到他之前常坐的窗边那张桌子，重新面对面坐了。卢观鱼将脸贴近窗玻璃，玻璃隐隐散发着冷气。伸手抚掉一层水汽，抹出圆圆一小块儿，由此望出去，店前的灯光里，大雪仍然纷纷扬扬地飘落不息。

不一会儿，小冷从厨房出来，将一碟花生、一碟毛豆，还有一碟水晶羊肉放在桌上，说一声"你们聊啊"，又往厨房去了。

很快听到厨房传来水声，传来洗刷碗筷的声音。

"小卢，我听隔壁小姑娘说，你之前来过好几次？"老薄说。

"我没你电话嘛，店门一直关着，我还以为你出什么大事了。你给我讲的故事还没讲完呢，你可不能撂挑子啊……"卢观鱼笑起来。

"是我不对，是我不对，待会儿得留个电话，"老薄笑呵呵地说，"至于那晚和你讲的，你就当故事听听，别太当真啊……"

"意思是那些都是假的？"他瞅着老薄。

"假的真不了，真的假不了。讲故事的人只负责讲故事，是真是假，我说了，你就信？说到底，信不信都在你心里。"老薄有些莫测高深地笑起来。

"那是啊，有些故事一听就是真的，同样，有些故事一听就是假的。"

"那你觉得，我讲的那些故事，是真的还是假的？"老薄微微笑着。

卢观鱼不说话，回想起那晚上老薄所讲的那些事，真实得仿佛是自己身上发生的。"我记得，你说我肯定会再来的，"停了一会儿，他岔开话题，"还说墙上那面锦旗'感谢河边人老薄'和我有关。这能和我有什么关系呢？"他朝店堂深处墙上的锦旗瞟了一眼，有些迫不及待地问。

老薄微微一笑，看一看那面锦旗，转回头来，看着卢观鱼："这事还真是说来话长，今天晚了，还是改天再和你说吧。"

"不会又半月不开门吧？"卢观鱼瞅着老薄。

"看来，我的话成功勾起你的好奇心了？"老薄哈哈大笑，转脸朝厨房喊："小冷，你慢慢弄，我和小卢说说话啊。"

听得哗啦哗啦的水声中，小冷爽脆地回答："好啊好。"

卢观鱼扭头去看厨房内，在堆积如山的杯盘碗盏间，小冷低头洗涮着，偶尔抬头看一眼窗外，小店的灯光如水浮莲在幽暗的江面起伏着。小冷或许感知到卢观鱼在看她，转脸往这边看，朝他笑了笑。

第十章　往事（下）

短信九条

小冬，我听到更多关于死亡的故事。

有些时候，死是这样容易，好像只要随便一个理由，就可以赴死。有些时候，死又是不容易的，哪怕经历种种劫难，人也会想办法活下来。

我经常会在醒来后确认，我是否还活着。仿佛此刻活着，就永远活着。即便我知道我终究是会死的，"死"也只是遥远的概念，就像数学里的"无穷大"。

"无穷大"真的存在吗？如果存在，那就有一个比"无穷大"小一的数、小二的数、小三的数……但这些数，不也相当于无穷大吗？

同样的，如果真有"无穷大"，那还有一个比"无穷大"大一的数、大二的数、大三的数……这些数，也相当于无穷大。

如果有一个确定的无穷大，那就意味着一等于二，二等于三。那么活一天也就等于活两天，活两天也就等于活三天。

然而，古人早有言在先，"一死生为虚诞，齐彭殇为妄作"。

但古人怎么又说，一生二，二生三，三生万物？这么说来，一可以等于二，二可以等于三，甚至等于无穷大？

但古人没说，这"生"是怎样发生的。

"我上次和你说的，肯定都是真的，那些事情怎么编得出来？当然了，你也可以当作故事来听。很多事，说不定真没发生过吧？我有过几次，和家里人说起以前的事，他们和我记得的全不一样了。真真假假，谁又说得清呢？"老薄沉默一会儿。卢观鱼瞬间想起自己的一些过往，也有这样的情形。

"那年我二十七岁，一个人东游西荡，一人吃饱全家不饿。和老头儿在一起那一个多月，是我许多年来过得最安稳的日子。后来，我反复回想，那天晚上的大火是怎么烧起来的？这火真是老头儿自己放的吗？应该是吧，我总这样安慰自己。是不是老头儿把那坛酒泼到书架上、被褥上、桌子上后，再点的火？不然不会有那么浓的酒香，火也不会烧得那样旺。记得有人用桶从长江里提水去救，很快就作罢了，火势太大，不可能救下来了。众人就那么站着，看着，他们中有人认得老头儿的，我问了他们，他们对老头儿的了解还没我多。

"我把装着老头儿骨殖的酒坛子沉进江心后，回到江边，并没马上离开。我无数次在灰烬里走来走去，看来看去，嗅来嗅去，想要发现点儿什么。灰烬混入湿漉漉的地面，看上去很脏。我脚上的黄胶鞋黑乎乎的，完全不像样了。后来，累极了，我就坐在灰烬边的一块大石头上。仍然不时有人到江边来祭奠。当然，他们祭奠的不是老头儿。有人知道老头儿没了，看我一直坐在灰烬边，指指点点，窃窃私语，后来，不知道他们说了些什么，有人给我带来吃的，一根煮熟的玉米，一个煮熟的土豆，一个煮熟的红薯，还有个吸着鼻涕、光着脚丫的小男孩儿，仰着头,举着一颗煮熟的鸡蛋递给我。那鸡蛋还温热着,我攥在手心里,舍不得吃。我发现小男孩儿一直站在那儿盯着我的手,我才将鸡蛋剥了,分一半递给他,他不接,我也不收回手,好久,他才接了,笑笑的,爬到大石头上,和我并排坐着,望着江边忙碌的人们,慢慢将半颗鸡蛋吃完了。

"江边的祭奠仪式,持续了好多天。印象最深的是第三天,江滩上、大路上人山人海,哭声震天,黑压压的人群外,到处白茫茫的,分不清是花圈还是芦花,风从江面吹来,白茫茫的芦花连同花圈俯仰着,哗啦啦的声音时隐时现,大多时候只听得到哭声。焚烧纸钱的烟柱翻滚着腾起,在江面黑乌乌地压着,像是要落下雨来。我在大石头上坐着,远远地看着这些,就像是看着另一个世界。那几天,我就像是一截烧焦的枯树根,除了偶尔有人给我带来一点儿吃的,谁也不来和我多说一句话,顶多只是站在我身边,摇一摇头,叹一口气。

"这天黄昏,人散得差不多了。我发现身边站了一个人,是那卖酒的老头儿。他身上的衣服补丁叠补丁,满是皱纹的脸上青一块紫一块,头发剃得短短的,露出清白头皮,额头上方露出两排圆圆的疤痕,白白的像是草丛里的一粒粒鸟屎。短短几日,不知道他怎么变成这副模样。他走到我边上,将手放在大石头上,大石头还残留着白天的热度。他看着我,我瞥他一眼,转过脸去,我以为他要说什么。好一阵子,他什么也没说。他放开手,转过身来,面朝大江。这是那小男孩之后,第二个这么长时间待在我身边的人。太阳慢慢从我们身后落下去,江面的颜色越来越深,江风吹过来,陡然变凉了。老头儿又看向我。我挺想他说点儿什么的,但他只是张了张嘴,什么都没说,朝我微微躬一躬身,转身走了。我转身看他,过了好一阵儿,看他走上风尘仆仆的大路,往上游去了。

"那几天,我白天待在灰烬边,晚上没人后,就回到江边木船上。木船的缆绳系在江边的大石头上，呵呵，'纵然一夜风吹去，只在芦花浅水边'。没有被褥了，我只好搬来一些花圈盖在身上。在那年代，这要是被人发现了，是不得了的大事。但我实在没办法，夜里江风太冷，身上总得盖点儿什么。那花圈盖在身上，空荡荡的，也就稍微能挡一挡风。我躺在花圈底，仍然冷得发抖，花圈也随着我簌簌颤抖。不过那几天我实在太累，一躺进船舱，不多时就睡着了，总要到第二天听见人声近了，我才会醒。整整三天，我的体力才差不多恢复过来。

"那晚，我睡着后没多久，醒了，一条明亮的大河流淌在远处，看了好一会儿，我才明白过来，那是银河。我推开花圈，在船舱内坐起，长江在眼皮底下明晃晃地流动着，银河倒映其中，是一条大河流淌在另一条大河内部。我又想了想自己的心里头记下的那些诗，那些记录着过去十来年岁月的诗，真是一首都想不起来了。一场大火，把那些诗一齐烧光了。过去的十来年，白过了。我盯着长江想，我今后怎么办呢？能去哪儿呢？天大地大，我却无路可走了。

"我想起那卖酒的老头儿来了。我去看他的小屋，荡然无存了，只在高大的枫杨树下，胡乱堆着一些断砖碎瓦。我想起他是往长江上游走的，我想，我也往上游走吧。当然，我也不可能往下游走，再走就到海上去了。走啊走，渴了就找点儿水喝，饿了就找点儿东西填饱肚子，困了就找个桥洞啊屋檐啊将就一晚。这些事情，你现在听来可能觉得很苦，我那时候倒也不怎么觉得苦，很多年里，我都是这么过来的。那一路上啊，到处遇到哀悼的人，也没人管我这流浪汉。我一路走，一路想，我能走到哪儿呢？老家凉州没亲人了，不用想着回去了，就在江南安顿下来吧。可是在哪儿安顿呢？安顿下来又能做些什么？

"一天中午，已经离开长江干流，走到一条支流边了，看看这地方有些眼熟，问了人，说是酒房河。这不就是我一个多月前到过的地方吗？

绕了一圈，竟然又走回来了。我在小镇上闲逛，见到一座破败的寺庙，问了人，说是生生寺。我走进寺内，恍恍惚惚的，感觉似曾相识。走着走着，听见前面嚷动起来。跑过去看，只见酒房河上，一个年轻姑娘抱着一只木盆漂着，眼看越漂越远了。有两个老人，急得不行，纷纷拽住边上的人问，哪个救救我女儿？救救我女儿?！我愣了一下，这场景也似曾相识。我连忙跳下水去。下水后才发现，河面虽然没长江宽，但暗流实在不少，要不是我和老头儿待过那一个多月，这样贸然下水，肯定是要出事儿了。花不多久，我就抓住那姑娘了，将她和木盆一起带上岸来。那姑娘只是受到惊吓，喝了两口水而已。老夫妇千恩万谢，非要留我吃饭。我嘴上说着不要客气，其实心里很高兴，毕竟好长时间没吃过一顿饱饭了。"

"你笑什么?"老薄停一停，问卢观鱼，卢观鱼没说话，老薄自己也笑起来了，"我知道你在想什么。不过你想得对，大叔也有年轻烂漫的时候啊。后来的事情，确实像你想的那样，日子顺利得不像是真的。

"我跟随老夫妇回家，那是酒房镇上的一处小院。那姑娘恢复过来了，去换洗衣服。老太太去做饭。老头和我在堂屋聊天。老头人瘦，反复对我表示感谢。此外，没什么话说，他就不停地抽着烟斗，屋里烟雾缭绕的。不多时，老太太端饭菜上来，一只烤鸭、一碗梅干菜扣肉、一盘炒青菜，还有一碟臭豆腐，还有一小瓶黄酒。我口水都要出来了，心想老太太怕是把家底都掏空了。

"那姑娘换了一身衣服，每次端饭菜进屋后，放下碗筷就走了。老太太和她都不肯上桌，桌边只有我和老头儿，老头儿不喝酒，那一小壶黄酒全被我一个人喝了。唉，回想起来，这些事还跟昨天发生的一样。

"后来，我说起想在镇上找些事情做，好歹能混一口饭吃，只是没地方住，老头儿就收留我在他家里，说我是他家远房亲戚。老人原本还有个儿子，去云南插队，快要回城时，连人带车掉进怒江里了。后来，我和那姑娘结婚了，我们在河边开了这间热气羊肉店，几经翻建，地点没变，算起来快半世纪了。

"再后来，女儿出生了。那年我又从酒房河里救上来一个人。回到家里，媳妇夸我，说我是大英雄。此后两三年里，每年我都能救上来五六个人，每次媳妇都会夸我，还要给我加餐。有一年洪水期里，我再次去救人，那人特别紧张，也是我不防备，被他紧紧拽住脖子，我们差点儿都上不了岸。这次回家，媳妇没夸我是大英雄。媳妇说，你这是逞英雄，万一你回不来，这家怎么办？我说我不是回来了嘛。媳妇说，万一呢？这次回来了，下次就一定能回来？吵嚷着让我保证，以后不再下河救人。我说如果见到人落水，怎么能见死不救呢？要是当初我不救你，又哪里会有我们现在的日子？媳妇说，以前是以前，现在是现在。我是你媳妇，别人又不是你媳妇，你犯得着搭上命吗？我说那时候你可不是我媳妇。媳妇说，那你是说，你现在要是救个姑娘上来，她以后也能成你媳妇？我说话怎么能这样说呢？媳妇说，那你刚才怎么又那样说？

"在此之前的一年内，岳父岳母先后过世了，媳妇总觉得人生无常。我想，她不愿我去冒险，也是可以理解的。我只好答应下来，心想，以后的事以后再说，再说河里也不会天天有人落水。大概半年后，我们正在店里忙活，忽听得门外嚷，有人落水了！我下意识地就要往外跑。媳妇拉住我，不让我出店门，说难不成河边那么多人，就没人下水救人了？所有掉进酒房河里的人，都等着你一个人去救？我说话不能这么说，我这不是刚好碰上了吗？碰上了能袖手旁观？媳妇说，那也不是你一个人碰上了啊！没有了你，地球照样转。两个人僵持着，媳妇眼圈红了，我想到她刚失去父母，心中不忍。女儿那时候才四五岁，听到我们争吵，跑过来看着我们，一副很成熟的样子，说你们吵死了。我硬生生逼着自己,待在店里,耳朵却一直听着外面的声音。过了大概一个多小时,我才听见边上店里去看热闹的服务员回来说,人救上来了。媳妇听了,很高兴的样子,说你看看!没有你照样有人去救人。我想了想说,那别人去救人就可以?媳妇很得意似的,说那我不管,别人又不是我男人。

"那以后,我确实有好长时间不再下水救人,但仍然留意酒房河里有没有人落水,肯定是有的,而且,人也都救上来了。每次碰到这样的事,媳妇就很高兴,说你看吧?没你下水救人,又怎样?不还有别人吗?我无话可说。如果一直这样,当然很好,但我确实也有些失落。这样的失落当然不对,难不成我应该盼着有人救不上来?不过这跟我盼不盼也没什么关系。该发生的事情,总是会发生的。

"一天黄昏,又有人落水了。我站在厨房里,透过窗户看到河面上,一个小姑娘抱着一根枯树枝往下漂。那树枝太小了,根本承受不住她,那又是雨季,河水翻滚着,又浑又急,那姑娘不时朝上探出一只手,脑袋不时冒一下,眼看就要沉下去了。我和以前一样,扔下抹布就要往外跑。不想又被媳妇拽住了,媳妇说,你又要逞英雄?我说,这就在眼皮子底下了,难不成见死不救?媳妇说,岸边那么多人呢,你没听见吗?有人在喊救人了。我说那要喊到什么时候?人都沉下去了。我着急得不行,媳妇其实也是着急的,她不断往河面看,只是她始终坚信,有人发现了,不是非得靠我去救。后来,确实有人去救了,只是,最终没能救上来,就连去救人的那小伙子,也没能上来……

"听到这消息,我和媳妇都惊呆了。我后悔不已,心想要是那时候不管不顾,看到那姑娘时就下水,说不定能把她救上来的。不,不是说不定,是肯定能把她救上来的。我可是在长江里历练过的人啊,怎么可能不把她救上来?退一万步说,就算救不上来,那小伙子也不会为此丢掉性命。我不断唉声叹气，一部分是发自内心的，一部分是要给媳妇听。媳妇其实也很难受，听我不断唉声叹气，就更难受了。不过她嘴硬，说你唉声叹气给谁听呢？你去救，就一定能救回来？说不定回不来的不是那小伙子，而是你了。媳妇渐渐被自己说服了，说你看到了吧，不是每次都能把人救回来的，搞不好就有可能搭上性命。我无话可说。自那以后，我很长时间寡言少语，媳妇也越来越寡言少语。我们说话越来越少，两个人都只跟女儿说话，就是有什么话要跟对方说，也是让女儿传话。

"我女儿很漂亮，很听话。她七八岁时，我开始教她游泳。那时候没什么游泳馆，我就在酒房河边带着她扑腾。媳妇很明显是不放心的，但她没说什么，只是在不远处站着，看着。我不知道，那时候她已经生癌了，她是知道的，却谁也没说。她一个人悄悄去医院打针，回家后悄悄吃药。直到实在瞒不住了，她才和我说。我懊悔不已，觉得两个人那几年虽然待在同一个屋檐下，却形同陌路，实在没必要。她似乎也很后悔，经常偷偷抹眼泪。半年后，她临走前，拉着我的手说，你以后见到人落水，实在要去救，得先保障自己安全。我捏着她瘦得像是一把干稻草的手，淌着眼泪说，我知道的。她又说，问了好几处地方，买了救生圈，就放在床底下，吹上气就能用，你以后救人时，要记得用救生圈啊。我说，你放心吧，我一定用。我媳妇就这样走了。

"那之后，我就和女儿相依为命了。女儿上初中后，开始住校，周末和寒暑假才回来，成绩一直很好，不用我操心什么。我管好这热气羊肉店就行，闲时就在酒房河边走来走去，不时朝河面上看。我想起和老头儿在长江边的那些日子，老头儿也是这样，经常在长江边走来走去，一边走一边往江面上望。只是他望的是死人，我望的是活人——我也看到过死人。不过，确实酒房河上见到的活人多，而我在长江边那一个多月,江里一个活人都没再见到。为什么呢?我那时候总结过,是因为酒房河毕竟不比长江,掉进酒房河,人还能活下来,掉进长江,活下来的概率就太小了。后来我才知道,其实还有别的原因。说回那时候,我照葫芦画瓢,添置一只小木船停在江边。渐渐地,我真救起好几个人,有的是失足落水的,有的是自己跳进去的。大家的日子是越过越好了,但不知道怎么回事,自杀的人似乎越来越多了。

"有一回,我救起一个中年男人。那人缓过来后,非要给我两百块钱。我不肯要。我说,我救人这么多年了,不能为两百块钱坏规矩。那人竟然找到本地报纸,把我救人的事跟记者说了——你不知道,大多数人被救上来后,是不会表示感激的,甚至还怕被人知道自己被人救过。记者找上门来要采访我,我真是吃了一惊。后来,不只报纸,连本地电台都做了报道。我救人的名气传开了,我还应邀去给中学生做过讲座,主要讲落水后如何自救,然后才是讲见到人落水后如何救人。讲了一次又一次,我有些疲了,虽说是公益讲座吧,但还要应付各种领导,感觉自己像木偶一样被人提拎着,后来就不愿意去了。不想附近技校里有几个年轻人找到我,说想跟我一起救人。我没答应,我和他们说,下水救人是很危险的,说不定还会把自己的命搭进去。他们都说,他们游泳技术很好,又年轻有力气,不会出事的。我怕担风险,仍然不答应。他们又说,那他们就自己去救。我想这也不行啊,他们没经验,贸然下水救人,说不定真会把小命搭上。我只好深入地跟他们讲一些救人技巧,比如,先要确保自己不被溺水者缠住啊,要从背后去抱住溺水者啊,人救上来后要怎么做心肺复苏啊,怎么保暖啊,等等。虽然我自始至终没答应过要搞什么救援组织,渐渐地,身边仍然聚起不少年轻人。随着时间的推移,队伍越来越壮大。他们中的很多人,从酒房河、酒房河支流,甚至长江里,都救起过人来。最近这些年,我年纪大了,很少再参与救人了，他们年轻人却是做得越来越好了，组织更完备，设备也更好，夏秋季节，还会安排队员值守在人员密集处。如今，每年都会有新队员加入进来，这几年，救援队还会给他们申请意外伤害人身保险和见义勇为救助基金。"

"拉拉杂杂说了这么多，就要说到墙上这面锦旗了。"老薄又转头看一眼那锦旗，"算下来，这四十多年里，我和这些年轻人救上来了何止千人？而一次性救上来人数最多的，就是和这锦旗有关的那次。"

"那又怎样？你怎么会说这锦旗和我有关呢？"卢观鱼说。

"要说有关也有关，要说没关也没关吧。"老薄叹一口气，看着卢观鱼，似乎在犹豫着要不要往下讲。

"刚才说过，每年都会有年轻人加入我们的救援队。其中有个年轻人，是我女儿高中隔壁班同学，也是我们酒房镇人。那年轻人游泳技术真好，又有一股子蛮力，只是学习成绩差，半边身子文着一条龙，经常和一些小混混在街上闲逛，打架斗殴是家常便饭，高三那年还嫖娼，被民警逮到，让他们班主任去领人，他们班主任不去，气得在班里大发雷霆，说，嫖娼？我不去领！派出所只好通知家长去领人，他爸知道后，气得要死。但气归气，等见到他，他妈仍旧对他宝贝得不行，说这么大的小子，想那些事也正常啊。他爸听了，更气了。你说，这么个人，也不知道怎么回事，我竟然听人和我说，他喜欢我女儿。听到这话时，我气得够呛。还好我女儿已经到北京读大学了，他只考上我们本地一所三本院校。两座城市隔着上千公里，两所学校更是隔着十万八千里。我打电话问女儿，有没有这回事，女儿倒是很大方，说有这回事，不过那是他一厢情愿，她怎么可能喜欢他那种人。我说，那爸爸就放心了。

"不知道是因为被我女儿拒绝了，激起了他的好胜心，还是因为真的特别喜欢我女儿,我听人说,他逃课跑去北京找我女儿了。我非常担心,打电话问女儿,女儿说不用担心,他只是去看一看她,她说了他几句,他都不敢吭声,并没纠缠她。我说你别大意,他是怎样的人你知道的,现在他肯定是憋着一肚子火,说不定这样更可怕,要是哪天出事了,就是大事。女儿笑我过于紧张。我真是有些紧张,而且越想越紧张。我看过不少这类新闻,女孩不答应男孩的追求,被泼硫酸,被点火烧,被砍很多刀……我的世界就剩下女儿一个人了,可不能让女儿出任何事。我想过,要不要去找一下他爸妈,又想,儿女的事情还是应该交由儿女处理,我介入了未必合适,女儿也可能不同意我那样做。连续好几夜,我都睡不着,忍不住打电话跟女儿说了。女儿笑,说她知道分寸的,已经非常明确地跟他说过,他们绝无可能,而且跟他说了,他的纠缠让她害怕,更让她厌烦,还让她看不起。他听了,很惊讶似的,不过没任何出格的举动,坐火车,回来了。我说就这样?女儿说,就这样,老爸你新闻看多了吧。

"我没想到,那小伙子回来后的第二天,就找上门来了。我吓了一跳,以为他不纠缠女儿,改纠缠我了。心想那也好,我一个中年大叔,还怕一个年轻小伙子纠缠不行?只要他有耐心,我有的是工夫陪他。他只字没提我女儿,只说要参加我的救援队。我说,我没什么救援队。他说他知道的,酒房镇的人都知道。我说那真不是什么救援队,就是几个人轮流到河边看看,见有人落水,能拉就拉一把。他说那他也要参加。我说酒房河就在那儿,你想做什么就做什么,和我没关系,不存在参加不参加的。他离开了,但第二天又来了,说的还是差不多的话,我也说的是差不多的话。他又离开了,第三天又来了。我见识到他的死缠烂打了,但看起来确实没我想的那样无赖,被拒绝了,也不气恼。这样过了差不多半个月,我不耐烦了,说你想参加就参加吧,可本来就没什么救援队,怎么参加?!他高兴得不得了,说你们没统一的队服啊口号啊之类的吗?我说你以为是学校啦啦队啊?他呵呵笑。笑完了又说,那怎么才算参加呢?总得有个仪式吧?我说什么仪式都没有,又不是黑社会,入门还得拜关老爷,还得往手上搞文身啊之类的。他圆睁眼睛瞅着我,说我以前真拜过关老爷,也文过身,说着扯开领口让我看,我看到一大条龙。他又卷起袖子,他上臂外侧文着歪歪扭扭三个英文字母,我一下子就想到了,那是女儿名字的拼音首字母,但我装作什么都不知道。我转移开话题,说仪式什么的,是统统没有的,只是真要下水救人,不是那么简单的。我知道你游泳不错,毕竟从小生活在酒房河边,经常下水扑腾。但你这么多年,没救过人吧?他笑一笑,又点一点头。我就把跟那些年轻人讲过的注意事项,细细和他讲一遍。他倒是听得很认真。再后来,我又把几个和他差不多年纪的年轻人介绍给他。他之前干过那么多鸡飞狗跳的事,没几个人不知道他的大名。他们起初还很奇怪我怎么让他参加进来的,后来见他不像之前传说的那样,似乎性情收敛了许多,对人也温和,也就不再说什么。

"我没骗那小伙子,严格说来,后来他们年轻人成立的救援队,我从没参与过,我一直都是自己做自己的。救援队的人愿意给我几分薄面,不时会到这热气羊肉店聚一聚,会听我讲一讲救人的经验。但他们是他们,我是我。我是再也不愿意参加到任何团体里去了,哪怕是救人的团体。一年年下来,救援队里的人不知道换过多少茬了,有些人到外地工作去了,有些人出于身体原因、家庭原因,很少再来了。来得最久的,当属你今晚见到的大庞小庞两兄弟了。

"前面说过,媳妇过世前说,她给我买了救生圈。那救生圈最初是充满气放在店里的,可我每次发现有人落水,急火火就冲出去了,等人救上来了,才想起要用救生圈,又惭愧,又后怕。再后来,那救生圈旧了，我干脆拿回家放起来了，那是媳妇对我最后的念想，我不能弄坏了。想不到，那小伙子再次到店里时，拿来一大堆东西，除了救生圈、救生绳、救生衣，还有碘伏、酒精等等，说是下水后若有擦伤可以消毒。我说你这准备得够充分的，只是未必派得上用场啊。后来果然如我所言，这些东西，真到关键时候，要么来不及用，要么想不到用。不过，他的举动还是挺让我感动的。

"小伙子很快成为我们这群人中对这事最上心的，无论刮风下雨，每天早上、黄昏，他总要到酒房河边走上一趟，从我这羊肉店门口出发，逆流走到旧桥，过旧桥到对面，顺流而下，走到新桥，再从新桥返回这边，然后回到这店里。这么一趟走下来，少说有七八公里吧？一天两趟，就是十五六公里。他年轻，走这些路不算什么，难得的是长年累月走这些路。那时候是夏天，落水的人多，只不过半年多光景，他就救上来五六个人。酒房镇的人知道是他下水救的人，都觉得不可思议。都说，以前只听过他打人，现在竟然救人了？

"那时候，他父母来找我，说很感激我把他们儿子带到正路上来了。我说，那其实不关我的事，是他自己变了。他妈犹豫了一下又说，他是变了，不像以前那样游手好闲了，只是这样整日在酒房河边走来走去，一心只想着救人，救人又没工资，现在是能靠我们，等我们老了，他总不能靠救人过日子吧？见我不说话，他妈又说，工资不工资的不说了，下水救人总是危险的，一次两次没事，不见得一辈子没事，常在河边走，哪能不湿鞋的呢？这话和我媳妇说的差不多，我没法反驳。我只能说，那是他自己的事，并不是我要他这样做的。他妈说，那还不是因为他喜欢你女儿，想要巴结讨好你？

"要不是他妈说起，我几乎把这事忘了。他从来没主动说起过我女儿。他经常来店里，我渐渐和他熟悉了，偶尔会和他说起女儿的事，他只是静静地听着。他妈这么一说，我才想，他不会仍旧喜欢我女儿吧？第二天，他又到店里来，我把他爸妈来找我的事说了。我说，他们说得是对的，你总得找份正经工作。他沉默着，说一直在找呢，快定下来了，只是还没跟爸妈说。我说那就好，又问他，你这么天天到我店里来，天天在酒房河边游荡，不会是因为我女儿吧？他沉默了好久，被我问急了，呵呵笑着说，一半一半吧。我说，一半一半是什么意思？他说，起初确实是因为我女儿才接近我的，他那时候其实很不喜欢我这人，总听人说我救人如何如何不计名利，他才不信呢，心想肯定有猫腻，所以才想办法接近我，想着要探听我的底细。听他这么一说，我倒有些吃惊，想不到他心机这么深。他又说，后来发现我真没什么猫腻，又转变想法，想着说不定跟我久了，我对他的看法改观了，还能影响到我女儿。最后呢，听我不时和他聊起我女儿的事，觉得我女儿比他之前想象的还要优秀，他越来越自卑，觉得根本配不上我女儿，干脆不想了，真就一心想着救人了。

"我听他讲得实诚，就有些开玩笑地问他，真的一心只想着救人了？他说当然啊，想不到救人是会上瘾的。他说，永远不会忘记第一次救人，那是个失足落水的七八岁小女孩儿，因为跟同学打闹，掉进水里，刚好被他看见了，他愣了一下，手机都来不及从裤兜里掏出来，就跳进河里了，小女孩很快就被他救上岸，她妈妈对他千恩万谢，都要给他跪下了。后来，他又救上来第二个、第三个和很多个。他讲起这些，言语里头有一种极大的满足感。用他的话说，从小到大，他要么被他爸打，要么被老师骂，要么被很多同学害怕或厌恶，要么被他妈不断数落后又无条件袒护，从没有人那么真心实意感谢过他。

"我想起他妈的话，问他，如果获救的人要给他钱呢？他要不要？他说，只有自己救过人了，才真正相信救人是不会考虑名利的，因为救人本身，就让人极大满足了。不过呢，他话锋一转，笑着说，救人的时候，是不可能想着要钱的，但如果有人真心实意要给他钱，他肯定会要的。他这话我倒是头一次听说，我们一直宣扬的见义勇为，都是不计名利的，哪有他这样直接说会要钱的？我一时不知道该怎么接话。他又说，不过呢，他暂时是不会要钱的，不是怕别人说闲话，是怕自己把救人这事变得复杂了，只想着钱，那就不对了。等以后，他觉得自己能完全不在乎馈赠，又能不带丝毫羞耻感地坦然接受馈赠，那才会接受馈赠。那天，我们就这话题聊了很多。我起初是愕然的，不赞同的，最后却渐渐认同了。也就是从那天开始，我想，如果女儿也喜欢他，和他在一起，我是能接受的。当然了，我不可能直接和他说这话。

"我和他的关系，有了一些微妙的变化，说话比之前多了，有时候我会故意说起女儿，他只是笑笑，说我女儿真是太优秀了。我有时候和女儿打电话，也会故意说起他，女儿说老爸你怎么总说起他？我和他不可能的，他给我发短信我都不回。我说他现在还给你发短信？就算不喜欢，那他发短信给你，你总是要回一下的吧，不然不大礼貌，大家都在一个镇里。女儿说，怎么回啊？他就是隔三岔五发短信来，说一句早安，或者说一句晚安，我也跟着回一句早安或晚安，然后就没有然后了，这不是两个傻子在对话吗？我想想女儿说的也对，但这些事情，本不是我这父辈该掺和的，他们爱怎样怎样吧。

"过了一年，他不读书了，到镇上的黄酒厂工作了，就是这酒房河酒厂。工作之余，他仍然每天一早一晚沿着酒房河巡查，隔三岔五的，仍会救上来人。因为有工作了，他妈也就不再说工资的事了。那年暑假，我女儿回来了，每天到羊肉店帮忙。他还和以前一样，每天黄昏绕着酒房河巡查完后，会到店里吃点儿东西。他俩自然有很多交流机会。我有时候会让开一边，让他们年轻人说话去。但我心里又很矛盾，女儿真是越来越优秀了，正忙着申请到英国留学呢，我就这么一个女儿，她有出息我当然高兴，可有时候又希望她能留在身边。假如她和那小伙子在一起了，那估计就不出国了吧？但这样又会限制她的发展。这些话我不能说，我只能抱定不闻不问的宗旨，他们爱怎样怎样吧。

"我后来偷偷观察过，即便我不在，他俩也不怎么说话。小伙子只顾低头吃东西，女儿只顾在厨房做事。女儿倒是很大方，小伙子是更沉默了，有时女儿和他说句话，他都羞得满脸通红，满脸是汗。

"暑假眼看结束了，他俩都没说上几句话。女儿回学校去了，他再到店里来，满脸失落的样子。我有些于心不忍，打电话问女儿，说你们怎么样？女儿说，什么怎么样？我说你们没谈恋爱？女儿冷笑，说老爸你想多了，你还不知道呢，他跟我说，他有女朋友了，而且还说，他跟那女孩睡了。你说神经吧？他跟我说这些！我完全愣住了。我说他真是这么说的？女儿说，他就是这么说的，不信你去问他。挂了电话，我想小伙子这是怎么回事，对我女儿说话这么露骨，而且他什么时候有的女朋友？我挺恼火，想等他再来，好好问问他究竟怎么回事。

"第二天，他却没再来。是他妈来了，问我什么意思？我说'什么意思'是什么意思？他妈说，你不要装作听不懂，我儿子一直被你们父女俩这么吊着，总不是个事呀。我脑袋是蒙的，说你想多了吧？你儿子没跟我女儿谈恋爱，他有自己喜欢的人啊。他妈却不信，说他儿子要么上班，要么在酒房河边转悠，哪有工夫谈什么女朋友？我说那我就不知道了，这话是你儿子亲口跟我女儿说的。他妈听我说得这么笃定，也有些疑惑，说让我等着，等她回家问问那小子，再来找我算账。我说我又不会跑，有什么等不等的。女人不答话，气呼呼走了。

"两天后的晚上，小店快打烊了，小伙子拎着一坛酒房河酒，进店来了。自从到酒厂工作后，他不时会提两坛黄酒来的，说是他们厂的福利。我瞅着他，想起他竟然对女儿开黄腔，竟然一面说喜欢女儿，一面跟别人胡来！我真是气不打一处来。但气归气，看他沉默的样子，我终于忍住了，我想年轻人的事还是年轻人自己解决吧。他可能看出我不冷不热的态度，意识到一些什么了。

"他顾自坐下来，摆两只碗，拧开酒坛，往碗里倒满酒。他说老薄，喝一碗吧？我气鼓鼓的，仍在厨房里做事不出来。过了一会儿，他又喊我，说我知道我妈来找过你了，我说过我妈了，我妈这人就这样，经常搞不清状况。我想，原来他是以为我为这事不高兴呢。看到他一个人坐在那儿慢慢喝酒，我又想，我生什么气呢？算了，年轻人的事，他们会处理好的。这么想着，我就从厨房出来了，坐到他对面，端起酒碗，抿了一口。店里客人没来的时候，我和他是经常这样坐着喝酒的。我听说他以前喝酒很凶，跟你现在差不多吧。自从决定在酒房河边救人后，他就喝得很少了。喝多了怎么救人呢？那是害人害己。那晚上，我们却有些没控制住。两个人就着一盘花生一盘毛豆，默默地喝了五六碗……"

老薄停下来，扭头望向窗外，用手擦拭掉一小片玻璃上的水雾，将脸靠近了一些。卢观鱼扶了扶眼镜，看着老薄，等着他讲下去。许久，老薄保持着那个扭头望向窗外的姿势。卢观鱼也扭头望向窗外，用手擦干净一小片窗玻璃，窥见外面黢黑的河面上，淡淡的灯光里，大雪仍然纷纷扬扬。

"这雪真大啊，市区很少下这样大的雪。"

"酒房镇也很少下这样大的雪……"老薄慢悠悠地说。

"那是十多年前了，现在回想起来，那晚仍然和今晚一样新鲜。那晚上啊，我和那小伙子就像现在我和你一样，我坐在我这位置，他坐在小卢你这位置。"老薄转过脸来，看着卢观鱼。卢观鱼忽然有种感觉，老薄不是在看自己，而是在看十多年前的那个小伙子，小伙子附着在自己身上，或者说他是代替那小伙子坐在这儿的。而老薄呢，也不像是真实的老薄，倒像是十多年前的一个幽灵，借着这场大雪，在此刻还魂。心念及此，一种莫名的恐惧，忽地攫住他的心。

"那晚上啊，我们真是不该喝那几碗酒，"老薄掂一掂面前的酒碗，低头盯着酒碗里的倒影，仿佛盯着的也是十多年前的自己。"沉默了好一阵，我开口对他说，以后啊，你还是别到店里来了。你要是还想到酒房河里救人，河就在那儿，只要碰到了，想救就能救，不用非到我这儿来报到，到我这儿来，我也没法给你提供什么，你救人仍然是你自己去救。我絮絮叨叨地说了一堆，他抬头看我一眼，又低头小口小口喝酒。他放下酒碗，抬起头来说，老薄，我知道我配不上薄清清。我说，我们不说这事儿。两个人又没话说了。忽然，听到远远的河面传来砰一声响。那声音太大，凭经验判断，不可能是人掉进去发出来的，可能是远处建筑工地上的什么东西砸地上了吧。所以我们虽然都愣了一下，却没理会。夜更加静了。好一阵儿，那小伙子看着我，有些怯怯地说，老薄，你不知道，要是不来你这儿，我都没什么地方可去了。我看着他，心想这是什么意思？难不成他被他妈赶出家门了？忽然，店外乱麻麻地嚷起来了。

"声音是从河边小路上传来的，一会儿喊'有人吗'，一会儿喊'有人掉水里了'，一会儿喊'救命'。我们相视一眼，都噌地站起来往外跑。我从来没用过救生绳啊救生圈啊这些东西，那晚跑出店门时，我下意识地看了一眼店里角落，他拿来的救生圈、救生绳还放在那儿。这是夜里，救人远比白日难。我喊，拿上东西吧！他已经跑到外面去了。我也跟着跑出去了。

"那时大概夜里十二点了，边上几家店都关门了，借着这店里的灯光，看到一个水淋淋的人，手臂和额头都在流血，看起来很吓人。那人见到我们,两腿一软,几乎要跪下,指着远处旧桥边的河面,气喘吁吁说,快……救人……原来,是一辆客车冲进河里了。怎么会有车冲进河里呢?我们门前这条路太窄了,没法开车上去的。那浑身流血的人是司机,他说原本想从旧桥上过,到桥边才知道,桥被封了,就想着从小路走。我想他这是瞎说,很可能是喝多了,迷迷糊糊往小路上冲,这才会冲进河里的。当然,这些都是后来的分析,当时我们顾不得那么多,甚至没注意那人嘴里有没有酒气。我们赶紧跑到旧桥附近的落水处,车轮碾过河坡的印子触目惊心,河面上黑咕隆咚的,只看得到一点儿汽车顶的影子。那时刚入秋,河里水很大。我说这样下去不行的,得赶紧回去拿救生圈和救生绳。那小伙子说,你快回去拿,我先下水,不然人闷在车里,很快就不行了。他这么说着,已经脱了上衣下水了。当时来不及多想,我朝他喊,你还是等一等。我连忙跑回来拿来两个救生圈和一根救生绳,又拿上一只强光手电筒。我这一来一回,已经跑得浑身大汗,气喘如牛了。

"我用电筒光在水面上扫了一圈,很快照见小伙子浮在水面的脑袋了。我把手电筒塞在司机手里,让他给我们照着。司机浑身发抖,电筒光随之在水面晃来晃去。我下到水里,往小客车边游过去。水势很大,河水又凉,有很多水葫芦啊,浮萍啊,还有从上游漂下来的枯树枝啊,塑料板啊。电筒光在河面晃来晃去,浑黄的河水在我和小伙子之间荡来荡去,我们围绕着小汽车,一次又一次下潜。你会游泳,你应该知道,下潜是不容易的,尤其是在水势那样大的河里头,还是在黑咕隆咚的夜里。那司机是车刚冲进河里时打开车门跳出来的,车落进河里,车门受到水的冲击后关上了,所幸车窗是摇下去的。我们想打开车门,打不开,还好他人瘦,又年轻,灵活,他就从车窗钻进去。里面的人都被震晕了,歪在座位上。他得先解开他们身上的安全带,再将他们拽出来,套上救生圈，将他们推到岸边。先后救出三个人，再潜进水里救第四个人，这次花很长时间才解开安全带，可以说是把我们的力气都耗尽了。

"司机说，除开他，车里一共五人，那还剩最后一个。我们再次潜进水底，在座位上摸来摸去，没摸到人，只能先上岸。救上来的人躺在河坡上，有的在嗷嗷吐水，有的刚刚苏醒。小伙子站在我身后，还在往河里看，忽然说，看见那人了。我还没来得及说什么，他又跳进水里了。我连忙从司机手中拿过电筒往河面照去，小汽车已经完全沉进水底了，他也不见了。河面太宽，电筒光只能照亮很小一块儿，到处照来照去，哪里有人？我连连喊他，没听见任何回音。我心里发毛了，这可不是闹着玩儿的，我想，他不会被冲走了吧？就往下游去，电筒光照在河面，仍然只见浑浊的河水。走不多远，脚下绊到什么东西，电筒一照，竟是一个人，是车里最后一个人。后来才知道，车子冲下水后，他就想办法爬出来了，抓住一根枯树枝浮在水面，他朝我们喊过的，只是他被水呛到了，声音嘶哑，而水声又太大，我们才没听到。小伙子刚才下水后，把救生绳绑到他身上，才没让他冲走。我问他，那小伙子呢？他一个劲儿摇头。我就想，完了。

"直到天快亮了，镇上的民警都没找到人。小伙子的父母已经知道了，发动亲戚朋友，在酒房河沿岸到处找。镇上还有好多人，也自发地在河边找。我也在找，驾着小木船，在河面上漂了很久。后来，生生寺里的和尚们知道了，也驾着小船到河上找。那真是兵荒马乱的一夜，酒房河面、酒房河边，到处是灯光，到处是声音。天彻底亮了，太阳照在酒房河上，河水亮得晃眼。我一夜没睡，又累又急，都站立不稳了。酒房河上上下下都找过了，踪影全无。很多人都知道，人没了，又都希望能有奇迹出现。后来，忽然就有人喊起来，人找到了！

"真是灯下黑，我们满世界找，到头来发现，人就在眼皮子底下。人是生生寺里的小和尚发现的，明空方丈带人捞上来的。生生寺后墙紧挨着酒房河，那儿有一道门，门外有直通河里的几级台阶。他就在那台阶和墙之间蜷着呢，一只手还搭在石阶边那株红枫树的根上，半边脸靠着墙角。我想，被水往下冲的时候，他肯定一直在往岸边游，到生生寺后墙那儿，再没力气往上爬了；也有人认为，他肯定在河里就不行了，是水把他冲到那儿的。不管这过程如何，人都已经没气了。这些事，是我后来才知道的。那时我划着小木船离酒房镇远了，接到电话，从河里上来，跑到寺里，寺里给他简单做些法事，殡仪馆的车已经到了。"

"我知道那儿的，"卢观鱼说，"那红枫有四五米高，真是少见。"

老薄看一眼卢观鱼，眼眶红红的。

"后来，为这事折腾很久。那六个人很神奇地没受什么伤，伤得最重的，就数上岸喊救命的那个了。后来，警察来了，记者来了，那小伙子家的亲朋好友来了。要不是有人拦着，他妈能把我撕了。他妈认定了，是我怂恿他下水救人的。唉，那阵子纷纷扰扰，没法说了。这些也就算了，最让我寒心的还是这事儿发生后女儿的态度。我给女儿打电话，说他被淹死了，女儿听了，说怎么淹死的？我把事情的经过大略说了一下。女儿说，这是意料之中的事，常在河边走，哪能不湿鞋？我想这话怎么和小伙子他妈说的一样？我说，你就不难过吗？女儿说，难过啊，但每个人都生死有命，再说他又不是我什么人。我说你怎么能这么说呢？女儿说，那我该怎么说呢？老爸，你年纪大了，也别再逞能到河里救人了。你看，二十多岁的小伙子都能淹死，何况你这样年纪的呢？我被女儿数落半天，有些气恼，说就不该给你打这电话。这话说得重了，女儿似乎愣了一下，说那你打电话来，想听我说什么？我不说话。女儿说，出这样的事，我也难过，但难过又能怎样？他也活不过来啊，再说，他又不是我什么人。我说，他喜欢你啊。女儿说，他可没说过，他只跟我说，他有女朋友了，还一起睡过了。我无话可说。那次挂了电话后，我和女儿的联系越来越少，后来她先到英国留学，又到美国留学，博士毕业后留在美国工作，在那边成家立业了，几年难得回来一趟。

"墙上这面锦旗，'感谢河边人老薄'，是那司机送我的。救人这么多年以来，这是我唯一挂出来的锦旗。可惜，那人没在锦旗上写小伙子的名字，说人都走了，把他的名字和我的放在一起不吉利，他们在心里感谢就行了。"

老薄又停一停，眼眶红红的，眼泪真滚落下来了。

卢观鱼发现，老薄在讲述这段往事时，对于当年的对话，时而是复述，时而是转述，这频繁的切换，或许正体现出他挣扎摇动的内心。"哎，老薄，这事也不能怪你……"他想要岔开话题，扭头瞅一眼墙上的锦旗，"你不是说这锦旗和我有关吗？听你讲完了，怎么完全和我无关嘛。"

"其实没什么关系，我说着玩儿的。"老薄有些释然地笑了。他看着卢观鱼，擦掉眼泪，收起悲伤的情绪，仿佛刚刚讲述的不过是别人的故事。见卢观鱼目光怪异地看着他，他又半开玩笑半认真地说："要说没关系嘛，其实也有那么一点关系，你们都姓卢。我也喊他小卢。"

第十一章　倾心

短信十一条

小冬,我刚认识一位姑娘,她的名字和你的算是异曲同工。

她说,她叫小冷。那一刻,我想到你。她和你长得并不像,性格也不像,但你们都喜欢笑,你是哈哈傻笑,她是眯起眼笑。

你们都是选择走那条窄路的人。不同的是,你从楼上,她从桥上。你走了,她回来了。重返人间的人,一定有些不一样的吧?

虽然我们分开很久了,但你的死仍让我愧悔不已。我以为,我不会再对谁有"爱"的感觉了。但我显然不了解人性,更不了解自己。

"爱"是怎样发生的? 这过程真是迷人。

我想起侯澈来了。那次你说要来找我,我没法拒绝,也没法跟她说。后来我对她说的是实话,我确实以为那之后,我们再不会见面了。你也是这么认为的吧?

我从没跟你谈论过她。我和她认识时,我们还没分开,我和她确实在那时就互有好感了。这样狗血的剧情,想不到会发生在我身上。

她和你是完全不一样的人。我得老实说，我确实是爱她的，哪怕她无数次诅咒我，去死吧！现在，我又认识一位和你和她都不一样的姑娘。

爱可以无限次发生吗？如果可以爱一个人，就可以爱两个人，爱所有人。这让我再次想到前阵子跟你说过的古人的话，一生二，二生三，三生万物。

如果爱所有人，或者说可以爱所有人，那还是爱吗？或许，那只是爱自己。自己才是那个"生"出一切的"一"。但这"生"是怎样的过程？我仍然不懂。

想起前阵子我刚认识的那位老人，他告诉我，《金瓶梅》并非罪恶之花，而是慈悲之书。在我残存的阅读记忆里，这书里是没有爱情的，但有人心。

雪还在下。卢观鱼说要走了，小冷也说要走了。卢观鱼看一眼小冷，忽然又想到那个梦，心里波动了一下。"老薄，你还不走？""你们先走吧，我再检查检查。""有什么好检查的？都这么晚了，你家在哪儿，我们先送你回去吧！"卢观鱼发现自己随口说的竟是"我们"，心里不禁又波动了一下。小冷似乎没注意到这些，说："是呀，我都检查过了，关灯就可以走人了。"老薄仍然坐在那临窗的位子上，朝他们摆一摆手："你们先走吧。"

两人穿好外套，告辞出门。雪落无声，冷飕飕的空气一口就把他们吞没了。小冷两手揣在衣兜里，耸起肩膀，缩着脑袋，将下巴完全埋进草绿色羊毛围巾里，本就圆的脸，更显得圆了。她咬着牙齿，颤抖着说："真冷呀！"

"好大的雪啊。"当卢观鱼说出这句话，仿佛雪变得更大了一些。他仰脸看雪飘落，从黑暗里的天上来到灯光照亮处，雪才忽然被看见，忽然落在他的眼镜片上，发出轻微的叩击声，是雪在敲门。

"真是，好大一场雪。"小冷又缩一缩脑袋，也仰头看天，"刚才听他们说，这儿很少下雪的，至少有两三年没怎么下过了。"

"往哪边走？我先送你回家。"卢观鱼看着小冷红彤彤的脸颊。

"我就住在镇上。"小冷微微朝左边扬一扬下巴。

他们并排着朝左边走。卢观鱼打开手机电筒照向脚下的灰白水泥路面，这路年久失修了，有些坑坑洼洼。坑坑洼洼边的绿化带上长着一丛丛麦冬，如披头散发的脑袋，都积满雪了。冷绿雪白，让人浑身一凛。卢观鱼拿手机朝身后照一照，路面上有他们不规整的脚印；又往河面照一照，黑咕隆咚，雪落下去，转瞬消失了；再往天上照一照，无数雪花飘飘洒洒，促急地落下来，一片一片落在他们脸上。无论卢观鱼将手机照向哪儿，小冷都停下脚步，和他一起望向那儿。

默默地走着，仿佛能听到落雪簌簌有声，仿佛能听到彼此的呼吸声粗重而压抑。偶尔谁的脚下一崴，撞到另一个人身上，隔着冬天厚厚的衣服，他们仍能感觉得到对方的重量和温度。卢观鱼心里波动了一下，又波动了一下，像是端着一杯热牛奶在走，稍微不小心，就会漾出满腔的暖热。他想，小冷会不会也是这样的感觉？他攥着手机那只手，手心已经沁出汗来了，靠近小冷的那只手，从裤兜里掏出来，攥着拳头，僵直地垂在身边，冷得如同一块铁。眼看着不远处有灯光了，灯光那儿是酒房桥了。卢观鱼走得更慢了一些，小冷也走得更慢了一些。雪簌簌落着，他们喘着粗气。忽然，什么暖热的东西包裹上来了。是小冷从衣兜里掏出手，攥住了他空空地悬垂在身侧的那只手。他停下来，小冷也停下来。小冷掏出另一只手，两只温暖的手，一起将他铁一般冰冷的手包裹在中间。

"你的手这么冷……"小冷低着头说。

"是你的手太暖了。"卢观鱼这时候才猛然感觉到冷，牙齿磕碰着牙齿，身体里一阵一阵战栗，仿佛遥远的冰山正在不可遏止地崩塌。他将手机揣进衣兜，空出另一只手来，包裹住小冷的手。四只手握在一起，冷的冷暖的暖。

"你不该叫小冷的。"卢观鱼的声音战栗着。

"那应该叫什么？"小冷看着他，圆脸蛋红扑扑的，露出小贝壳似的两粒牙齿，有些孩子气，又有些看透一切似的笑。

"应该叫小暖啊。"卢观鱼笑一笑，身体里的战栗仍然不可遏制。

小冷笑一笑，似乎等着他喊自己。但他既没喊"小冷"，也没喊"小暖"。因不确定的命名，这一时刻呈现出难以名状的尴尬。

"你亲我一下吧。"沉默一时，小冷微微仰着脸，定定地看着他。

他以为自己听错了。他背对着大河，犹豫了一会儿，小冷仍旧仰着脸，他确信自己没听错。他朝她俯下脸。小冷的嘴唇，是暖的，而且柔软、绚烂。早上做的那个梦，又一次在头脑中闪现。那溽热而缤纷的热带森林，布满巨大雨滴，开满奇花异草。喷涌而至的鲜红的小舌头，是巨大花卉中心的花蕊，正吐露无尽蜜糖。他啜饮着，甜蜜得近乎忧伤，仿佛这一刻是假的。眼镜挡在他们中间，镜片模糊了，是两人哈出的热气导致的。他摘掉眼镜，揣进兜里，裸眼看着小冷，小冷的脸具体而又模糊，模糊而又真切。终于，仿佛耗尽全部能量，舌头饶恕了舌头，嘴唇宽恕了嘴唇，他们迅速看一眼彼此的脸，再次紧紧相拥，一张冰冷的脸和一张温暖的脸紧紧贴在一起，而身体仍然相隔着冬天厚重的衣服。雪花在他们身边永恒一般落下。

"你穿得太少了，手和脸都这么冷。"

小冷的声音,仿佛从遥远的冰山崩塌的地方传来。

"是你太暖和了,小火炉似的。"卢观鱼说。

"那你叫我小暖吧。"小冷笑了一声。

"好啊,小……暖。"卢观鱼拥抱着小冷,手中的手机照亮了他们脚下的那一小片土地,土地上的雪肉眼可见地越积越厚。

"小暖,挺好听的……"小冷说,"本来我那名字,就是同学随便叫起来的。"

"你把头发剪短了,我认不出你了。"卢观鱼梦呓似的说。

"啊? 我们本来也没见过啊。"小冷稍稍推开卢观鱼,看着他,忽然自己笑了,重新抱住他,悠悠地说,"哎,我忘了,我们当然见过……"

"你刚吓了我一跳。"卢观鱼的声音又透着些战栗,"想起来,你落水后,我搜到过有关你的新闻,记得你说,你被生生寺的和尚们救上来后,你爸很快来接你回家了,你怎么会在这儿呢?"

"我是鬼咯,你怕不怕?"小冷仰起脸,朝卢观鱼咧开嘴。

忽然来这么一下,卢观鱼一哆嗦,手虽然还抱着小冷,身子却猛地往后一缩。

"哈哈哈,"小冷笑起来,"你这人真逗,吓成这样。你看看,我像鬼吗?"

"我哪有吓成怎样? 逗你玩儿的。"卢观鱼面露尴尬。

"你喜欢长发?"小冷笑嘻嘻地岔开话题,"那我再把头发留起来。"

"怎样都好。"卢观鱼说。他闻到小冷身上有一股暖暖的奶香味儿。又一次抱住她。"小暖,"卢观鱼小声喊,喊出这名字,他仍然有些莫名地尴尬,"小暖,听起来就很温暖,也和你的样子更匹配。"

小冷咯咯笑,头往他怀里拱了拱。

"我们走吧,这儿实在太冷了……"

卢观鱼重新戴上眼镜,一只手攥着手机照明,一只手攥着小冷的手。小冷将他的手拽过来,揣进自己的羽绒服兜里。两人挨得很近地走着。雪在他们脚下咯吱咯吱响。走不多久,来到酒房桥边,眼前陡然一亮。两人在灯光里看看彼此,似乎都有些不好意思。两人不约而同地停下脚步,吻在了一起。更加自然,也更加紧密。松开彼此时,看到明亮灯光下的对方,小冷似乎有些不好意思地笑一笑。

街上渺无人迹,除开路灯,还有几家二十四小时快餐店和便利店的灯亮着。"你住哪儿? 我送你回去吧。"卢观鱼很自然地说。小冷慢慢松开他的手:"你先回去吧,我去便利店买点儿东西。"卢观鱼一愣,坚持说:"这么晚了,要买什么? 我和你一起去买了,再送你回去。"小冷摇一摇头:"不用了,我就住在边上,只几步路。我买完就回去。"似乎出于安慰,她面带笑意地看着卢观鱼,低声说:"谢谢你啊。真是太晚了,你快点儿回去吧。"小冷走开两步,朝他挥一挥手,重又将两手揣进衣兜,朝一家灯火明亮的便利店走去。

他看她头也不回地走进便利店,心中失落,又觉轻松。脸颊仍旧一片暖意,舌头仍旧萦回着丝丝甜蜜。他快步走过老街,雪在脚下咯吱咯吱响。忽然,眼前不远处的路灯下,有什么跑过,一只流浪狗紧追不舍。他愣了一下,继续往前走,昏暗角落里,又猛地窜出一只流浪狗,朝同一方向追去。

回到住处,推开铁门发出的哐当声是冷的,关上门窗的砰砰声是冷的,去卫生间拧开热水龙头,流出来的水也是冷的,冷水砸在瓷砖地面的哗啦哗啦声,硬撅撅的,也是冷的。卢观鱼打开空调,站在热风口,好一会儿,身子才暖和过来。和衣倒在床上,拿过手机,点开微信看,在离开热气羊肉店前,他提出加老薄和小冷的微信,老薄没有微信头像,也没发朋友圈；小冷的头像是她自己的侧脸，一头淡绿长发，和现在截然不同，朋友圈发得不多，都是一些图片，偶尔搭配几句语焉不详的句子。从朋友圈看，两人似乎都有些冷冷的。

想起来，和小冷谁也没说过"我喜欢你""我爱你"之类的话，却已经拥抱了，接吻了。现在两人算恋人吗？忽然想到，她嘴上的伤口呢？那晚在旧桥上，亲眼见到她嘴角流血的。报道里说，她咀嚼的可是铁屑啊。在称呼上踌躇了一会儿，发了一条信息过去："小冷，你的嘴唇真柔软啊，你嘴里的伤口好了吗？"信息发过去后，感觉心头猛地跳了两跳。这时听得洗澡间里，水落在瓷砖地面的声音柔和了。他将手机扔在床上，脱了衣服，来到洗澡间，热气蒸腾着，他钻到热气的核心，热腾腾的瀑布瞬间笼罩了他，他仿佛又听到冰山正在遥远的地方崩塌，身体里的坚冰在融化，四肢百骸的江河重新涌流了。

越想越觉得刚才发过去的信息似乎不合适。关掉水龙头，擦干身子，浑身的皮肤都被热水烫得通红。穿好睡衣出来，看到小冷回复的信息："伤口好了。我到家了，晚安。"卢观鱼隐约感觉到她语气里的冷淡。刚刚两人真拥抱接吻了？难不成是梦？小暖是梦里的，小冷才是现实里的。

躺在床上，许久没睡着。出门不过短短几小时，与出门前却有隔月隔年之感。明空方丈、大庞小庞、那姓卢的小伙子、老薄的女儿，还有小冷，这一个个人，就在这短短一夜，带着各自的故事，来到他面前。他想想这个，想想那个，很久了都没睡着。几次三番忍不住抓过手机看，没小冷的消息。看来她是真睡着了。想要再发条信息过去，又觉得或许会让她厌烦，只得作罢。

这一夜做梦无数，一个个棱角分明的故事，犹如坚硬的浮雕。醒来过好几次，每次醒来都想着，要记住这些梦啊，转眼间昏昏然睡去，刚刚那梦迅即被另一个梦冲散了。最后一次醒来前,梦见自己在一条大江边,江水和他,在彼此湮没。不多时醒来了,睁眼看手机,已经快中午了。

和很多初醒的时刻一样,他昏昏沉沉的,又闭眼躺了一会儿,眼皮的沉涩感渐渐消失后,他抓过手机看了几眼。四五十人的部门同事群里,一下子涌出许多条消息。他忘记退群了,似乎也没人在乎他退不退,或者没注意到他仍在群里。之前他在群里从不说话,如今更不可能说话了。不同的是,之前他几乎不看这群,现在有了不一样的视角,再看群里的消息,倒是兴味盎然,仿佛在偷窥。在他离开后这些日子,公司业绩似乎有所好转了,待遇也提高了,看到部门里难得搞团建,去的是西湖,人人争抢着在群里分享照片,无一不是天上人间的胜景。他心中不禁闪过一丝后悔。转而又想,那得是加多少班换来的啊?加班是没人发出来的。再看今早大家热烈讨论的,竟然是年终奖。年终奖在公司里一向是不能说的秘密,谁也不知道对方能拿多少。他不禁好奇,是部门领导换了吗?看了好一阵儿,陡然发现,自己竟然出了一身汗——不知是因为懊悔,还是为自己的懊悔而羞愧。如此患得患失,真让自己厌恶。

连续好几年了,工作上日益狭窄的路途,已经让他倦怠。他毕业后跳槽好几次,最后跳进后来一家被称作"大厂"的互联网公司。各种项目,各种报告塞满他的每一天,从早上十点开始,至少得到夜里十点。有一次,听说新来的女同事夜里两点多钟才下班,好不容易打到出租车,还要开一个多小时才能到住处,女同事在车上就哭了。女同事把这事儿发在朋友圈,很多同事唏嘘不已。他却想,新同事有点儿矫情啊,这才刚开始呢,工作真正的毒打还在后面呢。程序员的工作就像一张大网,不能有一处错漏,错漏一处,牵动千百处。他时时刻刻紧盯着工作,或者被工作时时刻刻紧盯着,每日寝食难安。

唯一让他得到安慰的是收入还算不错,可也仅止于不错而已。原本靠着节省,攒下了一笔钱,2015年的时候,没按捺住内心的野兽,鬼使神差地跟着朋友买股票,刚开始赚了一些,不想渐渐亏损,越亏越投,越投越亏,还好在没影响到生活前及时收手了,但经此一难,他的买房大计,算是无限期搁浅了。他慢慢又攒了一些钱,但已经失去买房的冲动了。

就在他辞职前几天,那位发朋友圈哭诉的女同事,在深夜下班后,猝死了。事情出来后,他看到部门主管发了一条朋友圈,说命运都是自己选择的。主管一定想不到,是这条朋友圈直接让他决定辞职的。命运都是自己选择的,他不想再那样日复一日加班了。但如果不工作,能做什么呢? 日子就像现在这样日复一日过下去吗? 每天除了睡觉,就是吃饭? 他内心里一次次涌起在一片崭新的土地上重建世界的冲动。但走到人生中途的他,能建立什么?

他像观察另一个人一样反复观察自己:读大学时写过一些小文章,毕业十多年来,也继续在写,只是一年写不出两三篇;读高中时还学过绘画,在学校的画室待过一年,后来虽没走绘画的路子,偶尔仍会涂抹几笔;小学时则痴迷看小人书,这一习惯倒算是持之以恒的,虽然后来看的不是小人书了。他的很多书是读大学时买的,不管搬家多少次,从来不舍得扔,包括前阵子重新翻过的《梦的解析》,包括前几天翻出来看的《西西弗的神话》。可这些书,他只是潦草翻一翻,很难有持续的注意力读完整本。

《西西弗的神话》同样是在大学校园边的三轮车上买的,薄薄的一本,到手了才发现这是一部随笔集,《西西弗的神话》是四篇文章中最短的一篇,他只把这篇读了,余下三篇都没读完。读完了,觉得无论怎么说,西西弗都是悲惨的,无比艰辛,且毫无意义,确实如诸神所想,"没有比无用又无望的劳动更为可怕的惩罚了"。现在才明白,这世间的每一个人都在承受这样的惩罚。

这样一直躺着,注定是无意义的。先起床,打开窗户看看。积雪更厚了,昨天还能看到积雪中露出一片片青草之类的,现在是全然不见踪影了。雪,到处都是莹白的雪。杨树林在几天内就落光了叶子,落叶上积满雪,一树一树的枝丫仿佛是用铅笔在一张阔大的白纸上细细描绘出来的。

屋后那只山羊该不会还待在原地吧?隔着后窗往外看,山羊再次消失了,雪地上连足迹都没有。这是去哪儿了呢?这么久了,他仍然没弄懂这山羊是从哪儿来的,又到哪儿去的,以及,为什么会长久地被拴在这儿。

盯着这茫茫无尽的空无,他不知道看什么地看了很久。冷冽的风,仿佛一把看不见的梳子,梳理着他混沌的思绪,他不知道想什么地想了很久。

想起昨晚的事,真像一个梦,又分明不是梦。发了一条信息给小冷:"昨晚我是在做梦吗?"小冷很快回复:"白日梦吗?"他回复:"分明是黑夜梦。"小冷回复:"梦醒了吗?"卢观鱼回复:"还没。"小冷回复:"那现在就是在说梦话。"他回复:"梦想照进现实。"小冷没回复。又发一条:"梦想总是要有的,不然跟咸鱼有什么区别?"刚发过去,又觉得自己饶舌。不多时,小冷回复:"咸鱼这么早就起床了?"他回复:"为了梦想,早点儿起床。"小冷回复:"有一张床,比有一个梦想重要。"他回复:"梦想总比床大。"小冷回复:"把梦想种在床上。"不到两秒钟,给撤回了。他心念摇动,静静等着她再发什么过来。许久,没反应。

如此浮在云端的车轱辘话继续说下去,还不如直截了当地好,终究是他耐不住性子,将对话拉回人间:"中午一起吃饭怎样?"小冷回复:"只要有人请客,没什么不可以的。"他回复:"四十分钟后,酒房桥头见?"小冷回复:"好啊好。"透过这三个字的回复,仿佛可以看见小冷的笑脸。

洗漱完毕,走出房间。有什么不一样了,无意间瞥见楼道尽头,最南边那间房门前的墙边搁着一只扫帚,楼道比往日干净许多。他走到扫帚边看一看,兴许是昨天自己出门后,房东夫妇来过? 走到最南边那间房前,看门仍然锁着,从门缝望进去,只见靠墙的桌上摆着一盆开得正盛的紫色蝴蝶兰。看来房东夫妇真来过了。在这没人住的房间里,放一盆花做什么呢? 立马又告诉自己,摆什么东西是房东的自由,自己只是租客而已,管那么多做什么呢?

雪晴了,漫天彤云,不见日光。出门后,本要往东,忽又掉头往西。穿过在建的楼群,诸般鬼魅无影无踪了,所见不过是狼藉的工地罢了。不时听见担沙灰的皮桶啊,砖头啊,钢筋啊,砸落地上,发出响亮的声音,在空旷芜乱的楼宇间久久回荡。一路来到旧桥边,桥上积着厚厚的雪,既没足迹,也没车痕。卢观鱼有些怜惜地踏在雪上,在那晚小冷跳下去的地方站了站。

河两岸积雪厚实,几乎连杂草都盖严实了。桥栏的铁扶手上,也积着细细高高的一长条雪,将雪轻轻扫下桥底,纷纷扬扬,又是一场细小的落雪。雪落在黑沉沉的河水表面,激起一圈圈浅浅的涟漪。离开旧桥,沿着江北,一路往东走。路过老薄热气羊肉店,店门关着,还没开始营业呢。又走了好一阵儿,渐渐出汗了,走到酒房桥边,桥边不少人,小孩下到河边,试探着往河面伸出脚,边上的大人不断重复着:"小心啊,小心啊。"孩子们嘻嘻笑着,并不惧怕,听到冰层在脚下发出碎裂声,惊叫一声,哄笑起来。

卢观鱼也想下到河边,去踩一踩那冰块。踌躇了好一会儿,小心翼翼下到河边,混在一堆孩子中间,伸出脚去一踩,冰块坼裂声持续传来,边上的孩子们尖声笑着。他有些抱歉,朝孩子们笑一笑,转身往回走,看到小冷站在岸上,蓝色牛仔裤,驼色羊绒大衣,草绿色羊毛围巾,笑笑地看着他:"好玩儿吗?"他脱口而出:"好玩儿。"小冷笑得眼睛眯成一条缝。

两人在一家快餐店吃完中饭,坐着聊天。"要不去超市买点儿花生米啊之类的,再买两瓶酒?"卢观鱼心口怦怦直跳。小冷斜睨着卢观鱼,眼中闪着星光,说:"然后呢? 你想干什么呀?"卢观鱼松一口气,连忙说:"我什么也没想啊。"小冷翻白眼,说:"那大白天买什么酒? 还花生米呢。"卢观鱼鼓起勇气说:"那要去买吗?"小冷断然道:"不! 去!"卢观鱼脸上闪过一丝失望的神色,又莫名地松一口气。"你带我到镇上走走吧,"小冷说,"我还没怎么在这镇上逛过呢。"

听小冷如此说,卢观鱼顺势做出很老到的样子,带着小冷在古镇里漫无目的地走。虽说是"古镇",实际看不见几处古建,除了主干道边的仿古建筑,所见大多陈旧,破败,巷道舛错,建筑凌乱。放眼望去,很是萧索,幸好这场大雪,到处都是耀眼的白,景色比平日优美得多。卢观鱼瞥一眼小冷,她脸上看不出高兴与否。走着走着,迎面一片荒废的院子,院子里是齐腰高的荒草,院子尽头,是一栋垮塌的黑乎乎的瓦房。

这是一条冷寂无人的窄巷深处,边上的房屋都很低矮,唯独这一栋房屋高出一截,在它边上,是一大株繁茂的雪松,低俯的枝叶上面压着沉沉白雪。瓦屋残损不堪,屋顶如折断的波浪,四面墙壁如坍塌的豆腐块,只剩下少许砖头支撑住屋梁。所有木头、砖头,都是黑黢黢的,显然是被大火焚烧过。隔着杂草丛生的院子,也能看见屋内砖瓦杂陈,几根烧焦的椽子横在地上。

"进去看看?"卢观鱼转头看一眼小冷。

"这有什么好看的?"小冷淡淡说。

卢观鱼从只剩下门框的大门走进去,穿过院子里曲折的石板小径,院子两侧枯草缭乱,窸窸窣窣,草茎摇动,似是野猫疾速跑过。沿着几级台阶,上到屋檐底,转回头看小冷,小冷仍站在巷子里。"你不进来吗?"卢观鱼朝小冷喊。"这有什么好看的嘛,多脏多乱啊!"小冷喊道。"进来看看嘛。"卢观鱼其实也不知道要看什么。小冷沿着小径往里走:"感觉这里好阴森啊,我们快走吧。"不多时,来到卢观鱼身边。两人在屋檐下站了站,卢观鱼往屋里走去。屋内空空荡荡,后檐墙上贴着半张焚烧后残余的画像,是明代官员模样,端直坐在太师椅上,神色肃穆,目光凝重,左侧两行字,只认得出"张""范阳"等不多的几个字。"你看看,这画的是谁?"卢观鱼回头看小冷。小冷往他身边走了几步,脚下传来踩碎瓦片的声音。"是这户人家的祖先吧?"寂静里,听得轻轻的噼啪声响,有细小的雪粒落在两人身上。不约而同抬起头,从洞穿的屋顶望上去,那株高大雪松的枝叶悠悠地晃动着,雪扑簌簌落下,落在她的眼睛里,落在他的镜片上。他又听到那轻微的叩击声,是雪在敲门。乌云散了一角,露出的天空仿佛一张刚刚洗净的脸,隔着积满白雪的雪松枝丫,从屋顶的巨大破洞俯瞰他们。在这相距渺远的对视里,时间匆促的脚步顿了一顿。

忽然,什么东西在屋角走过。小冷惊叫一声:"那是什么东西?"卢观鱼扭头去看:"不就是野猫嘛,这种地方,挺常见的。""不是猫啊,"小冷贴到卢观鱼身上,一只手拽住他的袖子,"你再看看。"卢观鱼眯起眼睛仔细看,在枯草丛中,是有一只小小的野兽,不像猫,更像狗,不过也不是狗。忽想起前阵子看过的报道:"这是貉啊! 我在新闻里看过,这几年有越来越多的貉出现在上海郊区，想不到会在这儿碰到。据说，貉有自己的社会组织，都是一群一群地生活在一起。"那只貉掩身在屋角的枯草丛中，并不奔走，而是定定地瞅着他们。小冷扭头和它对视了一眼，将脸埋在卢观鱼怀里，拽一拽他的袖子："我们走吧！"卢观鱼笑一笑，拍一拍小冷："那我们走吧。"

离开荒院，走到无人的小巷，两人许久没说话。小冷急匆匆地走在前面，他紧紧跟上。好一会儿，走尽小巷，前面是一条人来人往的大街。小冷才放慢脚步，锐利地瞥他一眼："你刚才是故意的吧？""哪有嘛。"卢观鱼笑一笑。"我看你就是故意的，就想吓我！"小冷努一努嘴，愠怒瞬即变作俏皮了。

两人说着闲话，又走了不少地方。卢观鱼终究忍不住问起那晚的事。

"我看那篇关于你的新闻报道时，一直在想，你是怎样的人。"

"你觉得我是怎样的人？"小冷说，"哎呀，我真是后悔死了，真不该跟记者说那么多，大概是大难不死，难免有点儿激动吧。我也没想到，那死记者会原封不动把这些话都写出来，真是丢大人了！"

"我觉得挺好啊，我还以为你那样……一定是苦大仇深呢，看那些访谈，觉得你特别阳光，那晚上不过是闹着玩儿。"

"你觉得那是闹着玩儿吗？"小冷忽然很严肃的样子，不一时，又笑了，"可能吧，不过那时候，我是真觉得活着没什么意思。"

"现在呢？觉得有意思了，所以决定活下来吗？"

"你觉得活着很有意思吗？"

"不是有没有意思这么简单吧？先得活下来，才知道有没有意思，没活下来，怎么知道有没有意思呢？而且，有没有意思，都是对过去的判断，即便过去没意思，谁知道以后有没有意思呢？所以，得先活下来，才会知道……"卢观鱼有些饶舌地说。这样的想法并非他长久思考的结果，只是突然抖机灵。

小冷扭头看一眼卢观鱼，笑一笑："你这是狡辩。"

"就算是吧。可死是多大一件事啊，死了就什么都没了。"

"人人都会死，又不是得奥运冠军，能是多大一件事呀。"

"你这说法倒是新鲜，可是人一辈子只死一次啊，仍然算是很大一件事。"

"不需要努力，不管什么人，都能来上一次，这也算大事？"

"对别人不是什么大事，对自己总归是大事的吧？"

"但终归不需要努力，不经努力得来的东西，有什么好珍惜的。"

"我没说'死'值得珍惜嘛，我是说……算了算了，说不清楚了……"卢观鱼干笑两声。两人默默往前走，积雪在他们脚底咯吱咯吱响，无限的雪白在他们眼前延伸。许久，卢观鱼颇有些郑重地说："我们还是好好活吧。"

小冷瞥他一眼，无声地笑一笑。

到处都是吵嚷的人群，有几个小孩儿提着一串拳头大小的红灯笼嬉笑追逐，其中一个小男孩儿绊倒了，索性躺在厚厚的雪地上打了个滚儿，浑身裹雪，嘻嘻哈哈笑着爬起。一位坐在路边藤椅上的老太太说："一百年了，没见过这样大的雪。"云层渐渐变薄了，太阳明亮的一片，慢慢晕染开，偶尔从罅隙间射下一两柱光束，耀眼而洁净，恍若向人间贯注着纯粹的乐音。他俩被这光束引导着，不由自主，晃晃荡荡，恍兮惚兮，抬头发现，生生寺正在眼前。

"进去看看？"卢观鱼提议，"我前阵子生病，有一位明了大和尚，跟我住一间病房。我听他讲过故事，挺有意思的。但我后来到寺里，从没见过他。"

"也真是奇怪了。"小冷皱一皱眉，附和道，"我是寺里的师父们救上来的嘛，我很想去谢谢他们的。但我去了几次，都没遇到他们，后来总算遇到了，他们见到我，只是淡淡的，好像不认识我了。"

"出家人大概就是这样吧？"卢观鱼扭头瞥小冷一眼。

小冷朝他笑一笑，眼稍闪过星子似的光亮，是小孩儿的顽皮和纯真。两人走得很近，身体和身体不时相碰，两只手却各自垂着。卢观鱼想，昨晚那真是一个梦吗？刚才在那破屋里，也是一个梦？

"你怎么会来到老薄这儿呢？"卢观鱼岔开话题。其实他本想问，你爸不是来接你回家了吗？转而又想，昨晚已经问过小冷了，她显然不想回答。

"还真是说来话长。"小冷说，"你不是看过我那采访吗？采访结束后闲聊，记者问我，知不知道我跳桥那儿，是有名的跳桥胜地。我说不知道呀，我就是想外出散散心，很偶然地决定到酒房古镇逛逛，还没逛呢，就在古镇边喝多了，然后走吧走吧，就走到桥那儿了。"

卢观鱼没说话，两人在寺里随意走着。人比之前卢观鱼来的时候多一些，但都屏息敛声，似乎怕惊扰到这大殿里安坐的佛陀们。

"我问记者，既然知道是'跳桥胜地'，怎么边上没救护队之类的呢？记者说，有啊，而且有两支。救你上来的师父们是其中一支，还有一支是老薄的。不过，即便有救援队，也不能二十四小时守着，对吧？我说，哎呀，那看来是我跳桥的时间点没选对，差点儿被两支救援队错过，那晚我好像是碰到一个傻子似的人想救我来着，我在河里挣扎着喝水时，似乎还听见那人在岸上喊……"

"我差点儿忘了，那晚老薄说，你问起过我？"卢观鱼有些不好意思。

"我怎么会问起你？我连你叫什么名字都不知道好不好？"小冷撇

434

一撇嘴，"那天早上，师父们把我从江里捞上来，问我家在哪儿，但我整个人都快冻僵了，话都说不出来了。他们就将我带到生生寺边的卫生服务中心，一位小和尚去桥上帮我找手机钱包，或许因为路上还没什么行人，这些东西还在那儿。我渐渐暖和过来了，只是连连打喷嚏，在急诊处挂吊针。师父们问了我一些话，见我放弃自杀念头了，身体又没大碍，他们叮嘱几句，就走了。打完吊针，我睡着了。护士摇醒我，说我可以走了，我说我没地方去了。那叫大亭的护士和我聊了聊，将我的事情和领导说了，便将我带回她的住处了。那采访我的记者，是大亭的领导联系的。听说，后来他们领导看完报道后挺不高兴的，埋怨我都没说一下酒房镇卫生服务中心。其实我说了，是记者没写……再后来，事情就简单了，大亭说起老薄的店里正在招人，反正我现在又没事做，她就带我去见老薄。"

"看来酒房镇真是小啊，我前阵子生了点儿小病，住院几天，接触最多的护士也是大亭。昨天傍晚，我还见到她呢。"卢观鱼为这奇妙的巧合感叹不已。

"是哦，小镇上的生活就这样，转个弯儿都是熟人。"小冷停了停，继续说，"大亭工作忙，她那天和老薄打了一声招呼，跟我说，剩下的话你自己说，就走了。时间还早，店里没客人，老薄坐在桌边，按着肚子，满头大汗。他抬眼看我，也不说话，只按一按手，示意我在他对面坐下。我说你怎么了？他断断续续说，胃疼，老毛病了，吃过药了。我左右看看店里，看到一面锦旗，写着'感谢河边人老薄'。我说，老薄，听说你救过很多人？老薄抬起头看着我说，救得别人，救不得自己啊。我就笑，说你这人还挺逗。老薄大概不觉得自己逗吧，愣了一下说，你是来吃饭的吗？还没开始营业呢。我说，你这就忘啦？是大亭介绍我来找你的。老薄啊了一声，说小姑娘，我们不认识吧？我说老薄你别怕，你比我爹年纪还大，我不会把你怎么样。你猜怎么着？老薄竟然脸红了。哈哈，真是太逗了。第一次见面，感觉老薄真是糊里糊涂的。"

"这有什么逗的嘛。"卢观鱼有些不悦，和小冷的距离仿佛一下子变远了，"老薄是长辈，你怎么这样和他说话……"

"你这人也挺逗。"小冷白他一眼。

这时候，他们是站在古塔底下。卢观鱼下意识地抬头往上看，许多雨燕忽高忽低地飞。塔顶的天上，云散得更开了，在这扩散的过程中，一些云和一些云乱蒙蒙地相撞，就像他和小冷走着走着，身体和身体也会轻轻地相撞。

"我问老薄，这店里不会就你一个人吧？老薄缓过劲儿来了，说以前是几个人的，现在就我一个人了。老薄说出这句话时，还真有点儿让人心疼。我也不知道，是不是我哪根筋搭错了。"小冷笑起来，眼睛里亮晶晶的，"可能是因为他会脸红吧，那么大年纪还会脸红，是不是挺稀奇的？我就问他，老薄，你看我留下来给你做服务员怎样？我想老薄肯定求之不得啊，他那么缺人手，那么累，我又这么貌美如花……"小冷笑得更开心了，两只手揪住卢观鱼的袖子，转身看着他："可你猜怎么着？老薄竟然一脸嫌弃地说，不怎样，你做不了。我真是倒吸一口冷气，我想我一个小姑娘竟然被一个老男人拒绝哎，这口气怎么咽得下去？我心里简直比跳河前还难受。我尽量让自己平静下来，我说老薄，你是怕我要的工资高吗？放心，我没想在你这儿发财，我就是看你太累了，来帮你一阵儿，等你找到帮手了，我就走了。尽管我说得这么诚恳了，老薄还是面无表情地看着我说，小姑娘，你是发烧了吧？你说气人不气人？"小冷说得喊喊喳喳的，揪着卢观鱼的袖子晃啊晃，那袖子被拽起来，像一面小小的旗帜。

"我若是老薄，也不敢要你啊，谁知道你是不是骗子？"卢观鱼低头看到小冷的牙齿白净而匀称,圆圆的脑袋,白皙的脸上浮着淡淡的红晕。

"你们这些男人啊,"小冷笑起来,"老薄快七十了吧?看那小店也不像能赚大钱的样子,我能骗他什么?身上除了一把骨头,连个硬的地方都没了。我还不怕他是骗子呢,他竟然还怕我是骗子……"

这话惊得卢观鱼心里咯噔一下,怀疑是自己听错了。

"那后来,老薄怎么又让你留下了?"

"我就问他啊,为什么觉得我做不了。他瞅我一眼,说饭店里很辛苦的,到店里的大多是熟人,都习惯他一个人了,忽然多出我这么个小姑娘,怕大家不习惯。我说你不会是怕别人说闲话吧?老薄一听,脸又红了。真是太逗了。我跟老薄说,那你知道我为什么想留在这儿做服务员吗?老薄说为什么?我说,我是来找救命恩人的。老薄很不明白似的瞅着我。我就老实和他说了。老薄听我讲完,很不相信似的瞅着我,叹一口气说,你们这些小年轻哟,怎么动不动就死啊死的,死有那么好玩儿吗?"小冷将老薄说话的神态、语气学得惟妙惟肖。

"再后来呢?"这时候,他们已经在往塔上走了,小冷走前面,他跟着。楼梯逼仄,卢观鱼听见足音在塔内回响,杂乱地交织在一起。

"再后来我就留下了呗。"

"我是说,后来找到救命恩人了?"卢观鱼笑。

"真是不要脸,你救了吗?你根本就不敢跳下河救我,好不好?"

卢观鱼一时语塞,回想了一下,不管找什么理由,那晚自己终究是没跳下去。

"不过还好你没跳下去,你要是跟着跳下去,说不定就把我砸晕了,两个人都活不成。"小冷笑着回过头,从上往下瞅着卢观鱼的脸,"怎么,没脸红?"

卢观鱼扭头避开。不多时，走到塔顶了，凭栏远望，在白茫茫的世界里，一条大江从那光芒四射的所在，缓缓流淌至生生寺边，拐了近乎九十度的大弯，继续漫流而去。小冷沉默着，手扶栏杆极目远望，不知道在想什么。

"这么说，你爸来接你的话，是那记者瞎写的了?"卢观鱼说。

"你怎么一直纠结这事?"小冷扭头瞥他一眼，似乎有些不高兴。

"哪有嘛，我就随口问问。"卢观鱼讪讪地说。

市声远远地浮动在地面。许多雨燕在比房舍高、比它们低的空间里飞来飞去，唧唧鸣叫。偶尔听得檐口的风铃叮叮当当脆响。

"你知道这塔怎么避雷吗?"卢观鱼强行转移话题。

"你说什么?"小冷愣了一下，噗嗤一声笑了，笑得花枝乱颤，好一会儿才说，"哦，你说的是避雷啊，我还以为你说避孕呢。"

"你这耳朵真是……"卢观鱼感觉脸上发烫了，故作镇定，"我也是从网上查到的，说是塔顶有十来米高的铁质塔刹，用八根铁锁连接到屋角，在塔顶形成一张金属大网。如果雷击中塔刹，闪电就会被分流到各个檐角，再引流到地面。可惜现在是冬天，难得碰到雷雨，看不到那样的场面……"

"啊，那真是天雷勾地火啊！想想就很刺激……要是大雷雨天，刚好有人在这塔里……"小冷激动得脸色通红，攥着拳头嚷道。

这一刻，卢观鱼觉得，两人又近了，仿佛真有乌云在他们头顶掷下闪电，刹那间，闪电照亮旷野，也照亮他们的面孔。

来到羊肉店时，老薄已经在忙活了，见他俩一起到来，似乎并不意外，只淡淡地说："来啦?"小冷到里间脱下外套，系一条蓝底白花围裙出来，短发束扎在脑后，配着圆圆的脑袋，活脱脱一只刚出壳的小鸡仔。

小冷朝卢观鱼笑一笑,到厨房去了。卢观鱼要的仍是热气羊肉火锅、一盘炒羊肝、一碗米饭,外加一坛两斤装的酒房河。不多时,小冷端着火锅出来了。蒸气腾起,如一朵蓬松的云,托住小冷的脸。他看着小冷放下火锅,拿来木炭,熟练地用火钳夹住,一根一根从烟囱塞进去,再从火锅底部点燃。他几次想要帮忙,小冷不让,也不说话,只是笑笑地做着这一切。他也就不再坚持帮忙,只默默地看着她。幽蓝火焰从烟囱口蹿起,小冷猛地往后一缩,脸上荡起一片红晕。

"你不先吃点儿东西吗?"卢观鱼仰头看着小冷。

"我减肥,"小冷笑一笑,"中午饭还没消化掉呢,你快吃吧。"

不多时,客人来了。有了小冷的帮忙,老薄多半待在厨房,只有熟客到来时,才会出来招呼一下,偶尔喝几口酒。既是熟客,大家也都知道老薄不怎么能喝酒,只是让他做做样子罢了。有时候,卢观鱼也会和老薄的那些熟人聊一聊,尤其和救援队那些人。老薄说,自从那次从车里救人后,他就很少再下水救过人了,黄毛是他救的最后一个。现在救人的,主要就靠这些年轻的了。卢观鱼好奇,好几次问他们救援队都碰到过些什么事情,他们从来都只是轻描淡写一两句:"没什么好说的嘛,差不多就那样,落水的人,要么是不小心,要么是自己跳进去的,我们嘛,想办法把人弄上来就行。"时间久了,经不住卢观鱼缠磨,他们才将种种细节细细道来,末了,不免感慨一番:"人啊,活着不容易啊,怎么会有那么多人想死呢?""有的人想死,有的人想活,世界就这样。""你说死都不怕了,怎么还怕活?""因为活着更可怕啊,活着才真是需要勇气呀。"

等到他们开始感慨,卢观鱼便不再说话了,有时瞥眼去看小冷,小冷只默然做事,似乎这些生生死死的话,从未有一丝一毫地触动到她。卢观鱼不禁会想,还是"小冷"这名字更适合她。那晚初次见面,他一时兴起,说小冷叫"小暖"更合适,还喊过两声,但后来听大家都喊小冷小冷,他便不好再喊"小暖"了。小冷也从没问过他为什么不再喊她"小暖"了。

他总要待到打烊后,和小冷一起走。老薄总说让他们先走,他再到处检查一下。有几次,客人走完后,老薄带着促狭的表情问他:"你怎么总待到这么晚?"他说:"我又不用早起,回去也没事可做,回去坐着和在这儿坐着,有什么区别?"老薄笑一笑:"你们这代年轻人真潇洒,敢这么空耗着不工作。你不着急,你爸妈也不着急?"他知道老薄又在探问自己家里的情况。他总是笑一笑,不言语。这天晚上,老薄又提起父母的话题。他沉默了一会儿:"我家里早没人了。"老薄眼袋底的肉跳了一下,直直盯着他。"没什么的,这是很多年前的事情了。一个人挺好。"他释然地笑了笑。老薄叹一口气,拖一把椅子,侧身在他对面坐下,缓缓道:"这么说,你和我挺像?"他张一张嘴,没说什么。那些遥远的往事,忽然闪现又消逝。老薄枯坐一时,见他不欲多言,也就不再问,起身干活去了。他扭头望向窗外,河面的昏昧里闪烁着幽光,让他联想到深邃的密林和梦境。

打烊后,卢观鱼先走到店外,呼吸几口新鲜的空气,不一会儿,小冷包裹严实地出门来了。两人也不搭话,默契地沿着河边往镇上走。卢观鱼想,刚才他和老薄的谈话,小冷一定也听到了。此时的沉默,便显得有些意味深长。小冷清了清嗓子,似乎想要说什么。他下意识地将脸扭开。小冷什么也没说。转回头看看,羊肉店亮着的一星灯火,便如黑暗里睁着的一只眼,默默地注视着他们。

他们在黑暗里靠近,小冷伸过手来,握了握卢观鱼的手。这手小小的,柔软而温暖。卢观鱼像握住一束稻草似的,握住她的手。小冷任由他握着,两人仍沉默着,不靠近,也不远离。再走一段,眼看要到灯光明亮处了,卢观鱼停下脚步,转过身来,抱住小冷,又一次吻在一起。温暖而柔软的嘴唇,让他想到那太阳底下,浅浅水底的蠕动的水蛭。他好似要将全部生命的火焰燃进小冷嘴里,小冷身子往后仰,甚至微微后退半步,呻吟着,闭起眼睛,浑身颤抖。不知持续多久,小冷轻轻地,坚决地推开他。两人仍沉默着,继续往前走。

"我回去了。"小冷低声说。

"那好吧。"卢观鱼说。

小冷笑一笑,从他手里抽出手,往灯火昏暗的巷道走去。

卢观鱼站在灯光明亮处,看着小冷越走越远,心中失落又困惑。不多时,又对刚才的欲念和自己生出深深的厌弃,进而觉得周身的一切一团混乱。他猛地晃一晃脑袋,深吸几口气吐出。他独自走过无人的小镇街道,在黑暗的村路上走着。

万籁俱寂,天上几颗明晃晃的大星摇摇欲坠。

慢慢走得后背出汗,心绪渐渐安宁,心中渐渐滋生勇气,对一切可能隐藏在黑暗里的东西都不再惧怕了,他甚至能够停下来,仔细看一只猫匆匆跑过。那些曾经让他深深恐惧的东西,就如这几日的积雪,消失无踪了。

连续多日,卢观鱼内心获得一种奇异的平静。这是他从未想到的。他和小冷,仍然只是止于拥抱和接吻,仍然谁也没对谁说过"我喜欢你""我爱你"之类的话。他们是一下子跳过这些表白,直接让身体和身体紧紧纠缠在一起的,却又难以置信地保持着最后一段距离。

这天一如往日,和小冷分开后,卢观鱼往自己住处走,走到院子门口,才发现钥匙不在衣兜里。将身上全部的衣兜裤兜摸索一遍,确实没了。夜里十二点了,怎么办?他赶紧跑回老薄热气羊肉店,远远看见河面一片昏暗,看来老薄走了。再到他和小冷拥抱、接吻的地方,用手机在地上照来照去，一无所获。他只能发信息给小冷。小冷很快回复："我到刚才分手处等你。"他攥紧手机，不知是冷，还是紧张，牙齿磕碰着牙齿。

一盏路灯睁着惺忪的眼，看着小冷，也看着他渐渐走近。小冷朝他笑一笑，他也朝小冷笑一笑。小冷伸过手来，他伸出手去。两只手紧紧握在一起。

没人说话。卢观鱼沉默着，随小冷往灯火阑珊处走。小冷带着他在酒房古镇的深夜里穿行，不知转了几道弯，打开一家青年旅社的边门，沿着仄仄的楼梯往上走。"你怎么住在旅店里？"卢观鱼感觉嘴里是一片干燥的沙漠，这几个字是沙漠里蒸腾起的最后一缕水汽。"你小心脚下啊。"小冷回头嘱咐。他下意识地去捕捉自己的足音和小冷的足音。刚捉住，又丢失。两个人的足音是一条条湿滑的鲶鱼，在无尽的苍茫水域里追逐。等小冷打开房门的瞬间，眼镜片上立即浮上一层水雾，眼前朦胧一片，感觉是一失足踩进了一朵浓云里，脑袋里全然空白，心猛地跳了一下，犹如全世界的绿洲在一粒细沙内冒出来。小冷转过头来对他笑一笑，露出小贝壳似的牙齿，眼角一颗流星飞过。

门在他们面前打开，又在他们身后关上。两个人拥抱在一起，嘴唇寻找嘴唇，舌头寻找舌头，一种火寻找另一种火。

倒在床上时，卢观鱼顺手摘掉眼镜搁在床头柜，眼前的一切模糊了，小冷也模糊了。但他分明清楚地看到，另外的他们正在升起。屋顶有一面巨大的圆形镜子。镜子如水面，倒映着无尽的云烟和风雨，一次次升腾，又一次次降落。他们如两缕纠缠的焰火，纵身入水。如露亦如电，如梦亦如幻。他从遥远的地方喊："小暖，小暖。"小冷在遥远的地方回答："哎，哎。"他从遥远的地方呓语似的说："你喜欢冬天吗？为什么会叫小冷。"小冷从遥远的地方呓语似的回答："不！我喜欢春天……我想在春天里死……你怎么不叫我'小暖'了?"卢观鱼从不知是哪儿的哪儿说:"小暖,小暖,我喜欢你。"过了许久,小暖的话才如烟云一般在不知是哪儿的哪儿浮现:"我也……喜欢……你……"

他们谁都没死,又好像很彻底地死过很多次,再彻底地一次次活过来。活过来后,他想起昨夜的这些对话,有点儿尴尬。转而又想,为什么会觉得尴尬呢?人若深情,是不会因任何带着爱意的表达而尴尬的,只有淡然了,才会觉得尴尬。想到这儿,他从身后抱住赤裸的小冷,小冷闭着眼,脸上浮起笑意,转身抱住他。他抱着她,她温软的身体,如一朵温软的云。

"小暖……"他呓语般地说。这确定的命名,化解了这一时刻的尴尬。

直至中午,卢观鱼才独自回到自己住的院子,看到钥匙插在门锁上,微微晃动着,握上去,凉冰冰的。发信息给小暖:"原来钥匙没丢!我去羊肉店时,忘记拔出来了,它就一直插在锁眼里啊。"小暖回复:"骗鬼吧你!"卢观鱼回复:"真的啊,我为什么要骗你?"小暖没再回复。

第十二章　死者

短信十二条

小冬,我越来越明白,我终究只是一个平凡的人,一个随波逐流的人。

恋爱,结婚,生育,这些都是世俗里的大流。恋爱或许源自动物本能?后面两项只能说是社会规定了,哪怕未必想做,很多人也不得不做。

即便没多少爱情可言,总可以找到一个人结婚的。结婚了,大概率还会有一个孩子。这样就彻底进入人世的征程,犹如负轭的耕牛,每日不断前行。

可这有什么意义呢?等孩子好不容易长大,不过是重复这样的生活。

我以前很同情西西弗,每天重复推巨石上山是多么难以想象的生活。现在我忽然发现,我们每个人的生活,何尝不是如此?

一个人的今天重复着昨天,这一代人重复着上一代人。

一代一代人类,繁衍,建造,摧毁,再建造,再摧毁,究竟能有多少"意义"？但转而又想，什么才算"有意义"呢？

但不得不说，这重复里也有一些趣味。想起小时候滚铁环，盯着铁环向前滚动，真让我兴味盎然。我在这重复里，走过了好多村寨和山坡。

西西弗说不定也会从重复里发现乐趣的。看着辛苦推上山的巨石滚落山坡，他会发出由衷的欢笑的。不必追求结果或者意义，只须享受这过程。

我应该安定下来了，世俗意义上的安定下来。"世俗"曾经是我们不屑的。现在我不这么认为了，世俗的烟火里，自有生命的蓬勃热力。

但我仍然没法从虚空里想象出一个孩子。

一个真实的孩子，会怎样一天一天长大？怎样用她的小手小脚，去触摸这个足够老旧的世界，再塑造另一个独属于她的世界？

我忽然想到，孩子终有一天也会死。

"小冷，你搬过去和我一起住得了，为什么非要住在这儿呢？"卢观鱼又一次说。小暖说："你和谁说话呢？"他笑起来："忘了忘了，是小暖。""这可是你取的名字，反倒是你经常不记得。"小暖说着，翻一个白眼。他知道小暖这是故意岔开话。停了一会儿，小暖才说："等等吧，再等等吧。"他不说话。他不记得这是第几次被拒绝了。许是为化解他的尴尬，小暖说："小冷这名字，是以前的朋友叫着玩儿的，我也就胡乱答应着，后来就习惯了。现在改了，就像是重新活过来了。"小冷说得郑重，让他有些意外。

有时候，他会问起小暖的过去，小暖总是笑："我记性不好，都忘记了。你那么关心啊？"他说："你老年痴呆啊？"小暖说："我倒是真想老年痴呆啊。你想想,一个老年痴呆的人多幸福啊。首先,这个人活到老了,很多人还活不到老呢;其次,这人把什么烦心事都忘了,也不想死不死的事了,真正做到活在当下了;而且,这人也不用考虑衣食住行,自有人负责。你说爽不爽?"卢观鱼说:"老年痴呆哪是你想的这么简单? 别的且不说了,如果是把开心事都忘了呢? 如果没人负责衣食住行呢?"小暖说:"那也没关系啊,反正是忘记,忘记什么不是忘记? 如果没人负责衣食住行,那就更没什么了,反正都忘了嘛,哪里还会在乎这些? 那都是凡夫俗子在意的事。"卢观鱼摇一摇头:"你把这些事想得太浪漫了,真实的生活不是这样的。"

说这番话时,已近中午,两人的身体刚刚分开。小暖浑身赤裸着趴在床上,臀部搭一条青年旅舍的淡蓝色薄被,身下的毯子也是淡蓝色的,白净的身体,像是天上的一朵饱满欲滴的云。窗户没关严实,窗帘下摆不时微微卷起,暖暖的日光不时照到小暖的半片屁股上,如照亮一座缓缓起伏的沉默的雪山,上面有细小的汗毛根,是一粒粒燃烧的霰雪。

卢观鱼仰面躺着,扭过头看了一会儿,伸手去掰小暖的肩膀,小暖扭过身来,一只温软的乳房压到他的胸口。

"这都什么歪理邪说啊?! 多严肃的事儿,怎么到你嘴里就变味了? 让我好好看看这个得了青年痴呆症的人。"他近视,还略有些散光,此时没戴眼镜,看着小暖圆而白的脸俯在自己上方,犹如一轮巨大的月亮,眼睛、鼻子、嘴巴、都如变形的巨物般压迫着自己。小暖无声地笑。他抱住她,翻身到上面。

连续好几天,两人都到中午才起床。磨磨蹭蹭下楼,到街上快餐店随便吃点儿中饭。如果时间还早,卢观鱼就回住处,小暖仍回屋里。如果时间不早了,小暖就直接去羊肉店做些准备工作,卢观鱼仍回住处。

小暖至今没跟她回过住处。他邀请过好几次,小暖的回答同样是:"等等吧,再等等吧。"

他不知道小暖在等什么,就像他不知道自己作为一个无业游民,待在这完全陌生的江边小镇,是不是在等什么。

卢观鱼回到卢家院子,是下午三点来钟。走进院子,院子里到处都打理得很整洁,应该是房东夫妇来过。他习惯性地走到柚子树底下,看到低处的枝丫挂着一只方便袋,方便袋里装着两只表皮很黄的大柚子。卢观鱼抬头看看,两棵树上的柚子都被摘净了,唯独靠里那棵的树梢上,剩下一只碗口大小的绿柚子。

恰好这时,房东卢阿姨的电话打进来:"小卢,树上挂着的柚子看到了吧?我们给你留的。我们今天来,看到很多柚子没熟透,掉地上坏了,熟透的那些,再不摘下来也要坏了,就自作主张摘了。"卢观鱼哦了一声:"我这会儿就站在柚子树下,看到你们留的柚子了。""这柚子很甜的,小卢你尝尝。本来想给你多留几个的,怕你吃不完,浪费了。我们带回来嘛,可以送送邻居。""两个已经很多了,都这么大,够我吃好几天了。"卢观鱼说着,从底部掂一掂袋子。

卢观鱼一手攥着手机,一手提着沉甸甸两只柚子,走到边上的鱼尾葵前。养了十多年的鱼尾葵啊,是彻底完蛋了,枝叶全枯黄了,完全萎落了,当初还以为,将它放在院子里,它会生长得更茂盛呢。此时看着,心中仍是懊悔不已。

"小卢啊,你别怪阿姨多嘴啊。"卢阿姨仍在说,"我们今天过来,没碰见你。听附近的人说,你还是经常去那个什么羊肉店。你一心要去,我们也没办法。但你真要小心那人啊,别信他瞎说的那些,不然被骗了后悔都来不及……"

"他能骗我什么呢?!"卢观鱼有些不耐烦地说。话刚出口,又觉得语气过重:"卢阿姨您放心啊,我会注意的。您和卢叔还好吧? 好久没见了……"

"我们还好,还好,就快过年了,"卢阿姨声音里有些怯意,沉默了一会儿,转了话题,"哎,小卢,你决定了没? 过年回老家吗?"

"过年还早啊,还有两个月吧?"

"哪里还有两个月? 你这日子都过丢了。"

"过年的事,我还没想好呢。"卢观鱼呵呵笑。

"小卢,那你想好告诉我啊,"卢阿姨说,"我和你卢叔商量过了,你过年要是不回老家呢,我们就一起吃年夜饭,我们到你院子里来,一家人在楼下堂屋吃。还像上次一样,我来做菜,你和你卢叔好好喝一杯。这次,阿姨保证多带些酒过来,让你们一醉方休……"

卢阿姨一字一顿说出"一醉方休"这个有些文绉绉的词,哈哈大笑起来。

"还没想好呢,等等再说吧。"话刚出口,他才想起这是小暖常说的。

"那你早点儿定下来啊,我好提前准备准备。"

"卢阿姨太客气了,等我定下来就告诉你啊。"

电话挂断后,卢观鱼才进到屋里,屋里冷飕飕的。连续好多夜不在屋里睡了,床铺、书架、桌椅,都显出几分陌生。打开空调,到卫生间洗一把脸出来,再打开电视,调到纪录频道,坐在床沿一边看电视,一边剥柚子。柚子表皮凉凉的,指甲使劲儿嵌进去,一股清香沁出来。等剥出柚子,屋里暖和起来了。太阳又偏西了,昏黄的光从西窗照进来,一片光亮打在地上,卢观鱼一面看着这片光缓慢地无声地移动,一面将柚子瓣掰开,一块一块填进嘴里。这熟透了的柚子,虽然籽儿比较大,一个个犹如大粒葵花籽,但真是很甜,且汁水格外饱满,咀嚼时,仿佛听得到柚子清甜的汁水在嘴里流动的声音。

这是独属于他的时刻。他仔细体会着柚子的汁液进入身体内部，仿佛得以重新确认自我。这些日子，他要么在老薄热气羊肉店，和一堆人说话喝酒；要么和小暖在床上，在街上。离开紧张而热闹的职场后，经过一段时间的独处，他不知不觉又进入一个"场"，这个"场"不紧张，只热闹，是让他舒服的热闹。但现在的独处，忽然让他意识到，不管是怎样的"场"，都是要虚耗很多精力的，都是有可能让他失去自我的。柚子一块块填进嘴里，仿佛在弥补这些日子缺失的东西，他变得越来越完整。

忽然，他在这迷人的过程里，感觉到有什么不对。有什么不对呢？是太安静了。他想起那只羊，心想这几天是冷落这只羊了，也不知道它平日都吃些什么。他捏着一块柚子起身，走到西窗前往外看，杨树枝丫密密匝匝，林地里的雪早化尽了，露出一块块黄黄的草和草间大片黑黑的土地。只在杨树林边几棵不落叶的香樟树底下，还有淡淡一层绿意，那是类似铜钱草的低矮小草。

那只羊又不见了。兴许是被主人牵回家了？

他有些失落地趴在窗口，到处看来看去，远处是围着绿色或蓝色防护网的在建高楼、高高的黄色塔吊、泛着波光的酒房河、河上的旧桥、一块块方方正正的菜畦、眼前排列整齐的白杨树梢，所有这些，都在泛着淡淡的光亮。它们是客观存在的，又似乎隐约体现出他内心的某种秩序。只是没有了羊，失去了聚焦点，这秩序面临着瓦解的危险，目光更是无法安放了。

卢观鱼仍每天晚上到老薄热气羊肉店，要一只小火锅，一盘大葱炒羊肝，一碗饭，一壶酒，一个人坐在角落慢慢吃喝，直到打烊了，再跟小暖一起回去。有时候，他也会尾随小暖进厨房，很认真地看她和老薄做菜,说要跟着学。老薄笑而不语,小暖总是赶他出来,让他别捣乱。老薄和老薄的熟客们,都知道他和小暖恋爱了,只是都不明白,两人才认识没几天,怎么就恋爱了,好几次起哄:"说一说,你俩怎么好上的啊?"小暖笑笑地,斜眼去瞟坐在角落的卢观鱼,卢观鱼也只是笑。两人始终守口如瓶,大家只好作罢。

这些人和卢观鱼越来越相熟了。和他最为投契的,是大庞小庞两兄弟。他对他们好奇,他们也同样对他好奇,经常问他一些事情。比如问他以前做什么的。他说,以前是程序员,现在是无业游民。他们又问,怎么不做了?他说,年纪大了,做不动了。他们都笑,说读书人啊就是娇气,坐在写字楼里,对着电脑打打字,能有多累?他不解释,只是笑笑。他们又问,哎,做程序员工资很高吧?听说一年大几十万啊。他笑笑说,真要那么高,自己工作这么多年,就不至于仍旧到郊区租房住了。他们点一点头说,也是,也是。脸上露出担忧的神色,那你现在也没多少钱啊,这样坐吃山空,也不是办法。卢观鱼笑一笑,不言语。大庞说,不如在这镇上找个活干干。小庞说,你这话真是!人家高材生,在这镇上找工作?大材小用嘛。大庞笑,也是,也是。卢观鱼也笑一笑。

他们的这些话并没让卢观鱼反感,他从语气上听得出,他们没什么坏心思。和他们说话,仿佛能见到他们的肺腑,不同于之前在公司里那些钩心斗角,一句话一个动作,都可能意味着什么。

这天,卢观鱼坐下没多久,大庞小庞进来了。卢观鱼好几天没见到他们了。两人戴着一式一样的咖啡色毛线帽,硬生生让两人看上去老上十多岁。

卢观鱼盯着他俩笑。小庞说:"你看看,我就说别人会笑话。我这次牺牲真是太大了。"大庞没说话。小庞揭下帽子,露出青光瓦亮的头皮来,像是对卢观鱼,又像是对店里所有人说:"大庞快秃了,我提议干脆剃光头得了,搞地方支援中央的事儿干吗? 大庞就说,要剃光也行,那你也剃一个。看看吧,我这叫舍命陪君子。"大家都笑起来。"你才快秃了呢! 说什么瞎话啊,大家又不是不认识,我就是头发少一点儿。"大庞拣一张桌子坐下,也不点菜,老薄早熟悉他们要吃些什么了,早早让小暖安排上了。"你说的对,只是稍微错了那么一个字。"小庞说。大庞说:"我哪个字错了?"小庞说:"你啊,不是秃一点儿,是秃一块儿。就错在这个'点'字上。"大家又哄笑起来。卢观鱼不禁想起中学课本上鲁迅先生文章里的那句话:"店内外充满快活的空气。"

小暖端着小火锅、端着菜、端着酒在店堂里出出进进,也被逗得抿着嘴笑。大庞为了缓解尴尬,喊住小暖:"哎,小冷,给我们上暖菜吧。"话刚出口,小庞先自笑起来:"现在可不是错一个字了,是错两个字了!"大庞一脸懵懂的样子,小庞说:"你不记得了? 小暖可是特意说过的,要我们从今往后改叫她小暖的。再说,这世界上哪儿有什么暖菜呢? 你这是冷暖颠倒啊。"大家又一阵笑。

笑闹够了,两人才开始吃肉喝酒,几次邀卢观鱼过去坐一桌,卢观鱼只是不肯。小庞说:"小暖,你让不让小卢过来吗?"小暖将手中的大葱炒羊肝放下,朝小庞笑一笑,转身往厨房时从卢观鱼身边经过,在他肩上一按。小庞看见了,又哎哟哎哟叫起来。卢观鱼不得不收拾碗筷,移步到大庞小庞那一桌了。

三人喝了一阵酒,卢观鱼又问起救人的事。

"酒房河这么长,人从哪儿跳下去都不知道,再说,也不知道谁什么时候跳啊,总不能一直在酒房河边守着吧。"

"记得你以前问过哦。"小庞说。

"你没答过嘛。"

"没法回答嘛……"

"这又不是你们程序员干的活,哪里做得到丝丝入扣。"大庞说,"人活着,太多事情都没法丝丝入扣,偶然性太多了……"

"哎,我参加你们怎样?"卢观鱼说。

"你?"小庞扑哧一声,夸张地将嘴里的黄酒喷出来,其中两滴直直溅在卢观鱼唇上。卢观鱼心中有些嫌恶,却不好抹去。

"我怎么不行?我游泳技术很好的,我老家就有一条大河,我小时候经常和小伙伴在河里游泳,我们还去找过那条河的源头,"卢观鱼想一下,半真半假地说:"我们后来在半山见到一片悬崖,悬崖上一条瀑布,瀑布冲出一个深潭。起初谁都不敢下去,还是我最先跳下去游了一圈,一直潜到深潭底下,把水底石头上的贝壳抓上来好几个。我大学体育课选的游泳,连续三学期,期末成绩都是 A,就这游泳技术,还救不得人?"

"你近视哎,戴着眼镜怎么下水救人?"大庞盯着卢观鱼的眼镜,"下河救人不比你在学校游泳馆游泳,也不比你在小河里玩耍,很多时候都很匆忙的。你跳进河里,一不小心,眼镜掉了,什么都看不见,自身难保,怎么救人?"

"这有什么嘛。我到大学才近视的,度数不算高,就算眼镜掉了,也不至于什么都看不见。再说,现在眼镜质量不比从前了,哪会那么容易掉?"

"救得,救得!就怕你大冬天的,见到别人跳水里了,却不敢跳下去啊。"小庞看着卢观鱼笑起来,又瞥眼看一眼正端着菜从厨房出来的小暖。

小暖做自己的事,并不理会他们。

卢观鱼一时语塞。这是谁和他们说的?肯定不会是小暖,难不成是老薄?卢观鱼说:"只要有心理准备,那肯定不一样的,就是现在这样的大冬天，见到有人掉河里了，我肯定也会跳下去救人的。"

"小伙子，别吹牛哟，你现在出门往河里跳一跳试试？"小庞瞅着卢观鱼。

"你这人就这不好，"大庞拐一下小庞，"怎么说着说着，闹得跟真的似的。"

"跳就跳，谁怕谁啊。"卢观鱼脸涨得通红，将酒碗往桌上一搁，拉开椅子，起身往外走，"这有什么嘛，真要去救人，还会怕冷？"

店里坐满人，纷纷停下筷子，从袅袅热气里抬起头来看着他，他穿过店堂，打开店门，掀开塑料帘子，一股冷风猛地扑过来。身后众人喊了一声。他想，糟糕，忘记穿外衣了。立马又觉得好笑，自己马上要下水了，还穿什么外衣？很快又生出悔意，实在是有些冷啊！而且是夜里，会不会出事？然而一想到他身后有许多双眼睛盯着，要退缩，已经来不及了。他咬着牙，过了马路，往河坡下走。

羊肉店的灯光从身后射来，淡淡地将他的影子投在河坡上。河坡有点儿滑，他踩着自己的影子一步步往下。河面平静如常，仿佛还没做好接纳他的准备。身后嚷动着，自己的影子边陡然多出好多影子。那些影子潮水似的朝他涌过来。卢观鱼为了不被抓到，下意识地加快步子。

忽然，那些身影不动了。

小暖尖利的声音从身后传来："卢观鱼，你回来！"这声音让卢观鱼热血上涌，更加坚决地往河边走。

夜色迷蒙，仿佛有雾气在上升。酒房河黑黝黝的，就在眼皮底下明亮地起伏。之前和酒房河水离得最近的，当属和小暖碰面那天，他的脚在河边薄薄的冰面上踩了又踩。现在河面上的冰早化了。风从河面吹来，似乎将众人的影子吹得摇摇晃晃，吹得从地面飞起，枯叶似的飘荡。

刚才在屋里,那么多小火锅一起发威,烤得身上渗出一层薄汗,现在寒风劲吹,汗水蒸发,毛孔紧缩,冷得抖鳞壳颤,几乎站立不稳。又听一粗粗的声音大喊:"小卢!你回来!"是老薄出来了。卢观鱼当机立断,得赶紧跳,这么多人出来,再不跳,傻站着,就让人当猴耍了。

他深吸一口气,纵身朝黝黑的水面扑去。

水面冷硬如铁,砰一声巨响,狠狠地击打在手上、脸上,心脏猛地骤缩,被一只手攥住了似的。他下意识地伸手扶了扶眼镜,一个猛子深深扎入水中,才想起来还没脱衣服裤子啊。后悔已经来不及了,他相信自己没任何问题的。他屏住气,往下潜去,更深地潜下去。好一会儿,睁开眼看,深夜的大河水里,是完全的黑暗,慢慢地,变成混沌一片,隐约有什么浮现,有什么东西猛地撞到他身上又缓缓离去,他吓了一跳,又很快镇定下来。似乎有更多的东西围拢过来,盯着他看,嘈嘈切切,七嘴八舌。他努力稳住身体,屏住呼吸,闭上眼,再睁开,隔着眼镜片,他亦报之以回视。高中时候,他和同学在县里大河游泳,他曾经创下过长达五分多钟的最久憋气记录,现在还不到半分钟。安静,安静,他可以屏住呼吸的。脑袋里木木的,被这声音占据了,他真觉得身体并不需要呼吸,身体是大河的一部分,河水流过来,从身体里静默地穿过去,仿佛在洗濯他身体里的五脏六腑。那些围拢在身边的东西,最后瞅他一眼,纷纷离去了……

一分钟,两分钟,三分钟,没到四分钟,水面上剧烈动荡着。卢观鱼抬起头看,水面一团团毛茸茸的光亮,应该是射向水面的电筒光。猛然,一只手从那光亮里探出,朝他头顶抓下来。他猛地避让开,一手扶住眼镜,蹬动两腿,顺着水流,往下纵了一段,再用力朝水面游,呼隆一声探出头来,大大喘出一口气,用力甩甩头,眼镜片上的水连着头发上的水四处溅开,浓重的水腥味儿钻入他的鼻孔。不远处,一个脑袋随之钻出水面，是小庞。

"怎么样？你说怎么样?!"卢观鱼大声嚷嚷。

"你个傻逼，我真是服你了，服你了!"小庞牙齿撞着牙齿，磕磕巴巴说。

两人游到岸边，就如两只湿答答的野狗，一前一后往河坡上走，一群人站在马路边等着他们。老薄没穿外套，捋着袖子，用一条灰毛巾不断擦拭着两只手臂。见到卢观鱼和小庞走上来，大家议论纷纷，又似乎觉得没什么热闹可看了，很有些遗憾似的，都抱着双手，进店去了。只剩下老薄、小暖和大庞还站着。

"胡闹！你们两个鬼！喝了那么多酒!"老薄嘴唇颤抖着。

"没事嘛，没想象的那么冷。"卢观鱼看向小暖，小暖阴着脸，朝他翻白眼。

"现在满意了？在河里喝了一壶吧?!"大庞推小庞一把，小庞缩一缩脑袋，瑟瑟发抖，一撮水葫芦的须根贴在他的青皮脑袋上，淋淋沥沥地淌水，大家看了都憋着笑。大庞伸手揭过水葫芦根，吧唧扔到地上。

"现在我服了，小卢水性好的。"小庞说着，浑身猛地一抖。

"放心，下次你掉河里了，我救你。"卢观鱼说着，摘下眼镜，用手掌擦去上面的水渍，"你们看，眼镜没掉吧？"

大庞笑起来："这眼镜质量不错啊。"

老薄瞪一眼大庞，又责备两人几句，让他们赶紧回家。"小暖，你今天早点儿下班，和小卢去吧。让他洗个热水澡，换身干爽衣服。"小暖连忙回店里换了外套，又拿了卢观鱼的外套和手机，匆匆出来了，也不避别人，拉起卢观鱼就走。走了没几步，卢观鱼说："你糊涂了，得到我那儿去，不然哪来的干衣服换?"小暖一呆，说："还不是被你气的?!"两人转回头，往旧桥走去。

小暖一直紧拽着卢观鱼的手,那手刚刚还湿淋淋的,这会儿,已经干了。两人还是头一回走这条路,两人左手边,酒房河缓慢地流动。小暖说:"你今晚怎么了,非要跳河? 真不冷啊?"卢观鱼沉默了一会儿,才说:"那你呢? 那晚怎么会跳河? 不冷啊?"小暖瞥卢观鱼一眼:"我喝多了嘛。"卢观鱼说:"我也喝多了嘛。"小暖将身子朝卢观鱼身上靠一靠,小声说:"你今晚真是吓到我了。你跳河里前,我听到你们的对话了。哎,我知道你的心,你别老想着那晚了。像你说的,那时候你是因为没心理准备嘛。"卢观鱼不说话。

不多时,两个人走到旧桥边了。

卢观鱼说:"上去看看?"小暖说:"怪冷的,赶紧回家换衣服吧,不然要生病的。"卢观鱼执拗地说:"刚才走了这么一段路,衣服都快干了,不冷了,到桥上站一会儿。"小暖不说话,随他拉着手走到桥上。桥上仍只一盏灯亮着。小暖跳下去那晚,亮着的也是这盏灯。这一盏灯,照着那晚的两人,也照着今晚的两人,仿佛省略掉了中间的大段时光。两人站在灯下,卢观鱼心中颇多感慨,只是不知如何表达。灯光亦如他们一般沉默,只是将两人拥抱和接吻的影子,投在河面。河水波动着,沉默着,从两人影子底下流过去。

走在高楼中间,卢观鱼不再有第一次那般的恐慌感了。说来真是奇怪,只要身边有个人,哪怕这人并不强大,都不会再惧怕黑暗。小暖似乎也没有丝毫惧怕。两人紧紧拉着手,偶尔压低声音说话,仿佛那些盖到一半的黑暗楼宇里有什么东西在沉沉入睡,他们不愿意惊醒它们。不时绊到一小堆砖头,或一根棍子,咣啷咣啷一阵声响,他们都站住了,侧耳听着,那声音如一只被惊扰到的猛兽,在黑暗里越跑越远,渐渐消弭无踪了。

卢观鱼约略和小暖说了几句房东夫妇,待说到他们对老薄的评价,把话头止住了。小暖也没追问。不久,走出楼群,走到田野中间了。眼看快到了,卢观鱼忽然止住脚步。小冷瞥他一眼:"怎么了?"卢观鱼说:"我屋里的灯,怎么会亮着?"小冷看一看远处村庄,有一点儿橘红的光,恍若悬浮在黑暗之上,指了一指,说:"就是那儿?"卢观鱼仍停住脚步,"就是那儿。我记得的,我出门时关了灯。不对,这不像我屋里的灯,我屋里的灯应该发白光才是。""你别自己吓自己好不好? 可能是你忘了。""那可能是房东夫妇来过吧? 不过他们从没进过我房间啊。"卢观鱼嘀咕着。"别瞎想了,快走吧,有我们两个人呢。"小暖说着,握住他的手紧了紧。他尽管心中打鼓,仍然和小暖一步一步走去。

院门是锁着的,打开锁,走进院子。"有人吗?"卢观鱼喊。没有人回应。"卢叔、卢阿姨,是你们在楼上吗?"卢观鱼抬起头,又朝楼上喊,没有人回应。

那玻璃窗透出橘红灯光的,确实并非自己的房间,而是尽头那房间。

"怎么回事呢?"卢观鱼嘀咕。

两人用手机电筒照亮,上楼,进屋,开灯,开空调。小暖催促他换衣服,此时衣服已经半干了,若非小暖提醒,他几乎忘记要换衣服了。小暖接过他换下的湿衣服,放到卫生间去,转回身时,看到他挡在面前。他浑身赤裸,肚腩凸起,已然开始中年发福了。小暖往左,他往右,小暖往右,他往左,在交错的瞬间,一次次碰在一起。他抱住小暖,小暖的身子僵了一下,软下去了。

"你身上好凉凉啊。"小暖说。"那到洗澡间去,这儿热水很足的。"两人相拥着,螃蟹似的横着走向花洒底下。小暖一件件脱掉衣服,露出白腻的身子,小小的乳房抵在他胸口,如两只温暖的白鸽。热水从头顶洒落,噗噗噗的声音,一声声掺进他们的喘息里。"你刚才怎么在水底下那么久啊?""怎么,担心了?""我那时候想,你不会从水底跑掉了吧?就像泥鳅那样……""你骂我是泥鳅……我们现在也在水底下……""那我们要去哪儿?……"喘息声越来越重了。

他们只是回到床上而已。像是从热带雨林,回到一片白茫茫的雪原。他们在无尽广袤的雪地上挥洒汗水,仿佛在开垦,在播种,仿佛身下的雪原转眼就能冰雪消融,百花盛放……结束后,他们松松地抱着,似乎更亲近,又似乎更疏远,更孤独,更大的寂寥在笼罩着他们。

"要睡了吗?"小暖说。"睡不着。你知道吗? 我刚才在大河底下,感觉被什么东西撞了一下,可能是大鱼吧? 还感觉有什么东西围拢过来……""别说了,你今晚净说些怪怪的话。""我还是头一回在夜里钻到大河底。以前只在游泳池底待过,真是完全不一样。""关灯快睡吧,别想那么多了。""关了灯,也有点儿像在大河底下吧?"卢观鱼说着,抬手按下床头墙上的开关。他仰面盯着屋顶熄灭了的吸顶灯,在蜂拥而至的黑暗里,仍残存着淡淡的辉光。

"这么一说,我又想起隔壁的灯光了,房东夫妇干吗把那屋里的灯打开呢?""既然这么好奇,干脆进去看看呗。""那屋锁着的。院子里其他房间都没上锁。我有一次从门缝往里看过,似乎挂着一些照片,是房东夫妇的小孩以前住的房间吧。""那你想进去看看吗?"小暖用一只胳膊撑起身子。黑暗里,她的两只乳房擦过他的胸口。"撬锁进去? 那不好吧? 房东对我挺好的,不能破坏东西,再说,让他们知道了多尴尬……"小暖按亮床头开关,浑身精赤,翻身下床,到处看看,说:"用不着撬锁。你有曲别针吗?"卢观鱼有些惊愕地瞅着小暖。小暖说:"我看这院子里的锁都是那种老式的,很容易弄开的。"

两人穿好衣服,披了外衣,卢观鱼打开手机电筒,给小暖照亮。小暖走在前头,回头做个鬼脸。"我们干吗蹑手蹑脚的,跟做贼似的。"小暖说。"也是啊,就是迈着正步走过去,边上也没人听见啊。"卢观鱼笑起来。小暖也笑:"还是你走正步吧,我从来不会走正步。"气氛不觉活泛了。

来到门前,卢观鱼推一推门,淡淡一线橘红光从门缝间泻出来,印在水磨石地板。犹如用纤细的画笔描出来的。"锁眼里插着钥匙。"卢观鱼说。小暖笑:"骗鬼呢你?"小暖笑着,推开他,弯着腰,用扯直的曲别针在锁眼里捅来捅去,老旧的挂锁内部咔嗒咔嗒响,小暖不时耳朵贴近锁眼听一听。"这么专业? 你这是在开保险柜啊。"卢观鱼笑。小暖不言语,好一阵儿,说:"好了。""你以前是做什么的啊? 我不得不怀疑了。"卢观鱼由衷感叹道。"小偷,海盗,你觉得像什么就是什么。"小暖直起腰看着他,咯咯笑着,门缝里透出的那一线橘红,落在小暖脸上,斜斜地将她的脸一切两半,给她平添一丝诡异。

推门进去,屋内昏昏的,香火气息扑鼻。

那亮着的,并非灯火,是紧靠卢观鱼所住房间的墙壁前的桌上,两盏碗口大小、颜色艳丽的莲花状蜡烛的烛火。

在他们开门进来的一瞬间,莲花蜡烛那小小的火苗猛地摇动,墙上悬着的一张年轻人的遗像也随之猛地晃动。一双眼睛,用黑白两色盯着他们。两人被这突然的画面唬得浑身毫毛奓起,小暖挽住卢观鱼的手,猫似的钻到他怀里。卢观鱼抱住小暖,小暖的身子微微颤抖着。

"怎么回事啊这?"卢观鱼也害怕,强作镇定地说,"这是谁呢,我看看。"

"还看?! 我们赶紧走吧!"小暖又往卢观鱼怀里钻一钻。

"没事儿嘛,我开一下灯。"

卢观鱼将手机电筒光往门边移一移,找到开关,想要走过去。小暖两只脚踩在他的脚背,考拉似的,抱着坠在卢观鱼身上。卢观鱼无声地笑一笑,只好抱着兜着她,一步一步挨过去。"我这样子,像不像袋鼠?"卢观鱼说笑道。小暖一声不吭。啪一声,卢观鱼按下墙上的开关,光从屋顶的吸顶灯洒下,如福音一般,让他们浑身舒泰,一时间,恐惧远远避去。"现在还害怕啊?"卢观鱼想在小暖面前显出自己的气概,故意做出轻松的样子,拉着小暖,走到那遗像跟前。门没关,风不时从门洞吹进来,蜡烛的火苗抖抖颤颤地摇曳,只是因为灯光太盛,墙上几乎看不到烛火的影子。

那墙上,一圈黑布花簇拥着相框,相框里是一位二十出头的年轻人俊朗的脸,头发极短,露出头皮。卢观鱼盯着他看,他似乎也回视着卢观鱼。在这生死之间,只隔着一层玻璃。小暖仍然两脚踩住他的脚背,两手环抱着他,头顶蹭着他的下巴,静悄悄的,睡着了似的。卢观鱼摸一摸她暖热柔腻的脸颊:"你就不看一看?"小暖拨浪鼓似的摇着脑袋,不发一声。卢观鱼不再管她,抬头盯着遗像看,看着看着,这张脸和另两张脸重合起来了。

"啊……我知道这是谁了!"卢观鱼说。

"这还用想?肯定是你房东家的人啊。"小暖趴在卢观鱼胸口,瓮声瓮气说。

"那你知道是他家什么人吗?"卢观鱼说。

小暖不说话,只拨浪鼓似的摇一摇脑袋。

"这是房东夫妇的儿子。"卢观鱼低头对小暖说,又抬起头来看着遗像,"他是在酒房河救几个落水的人淹死的。怪不得怪不得,唉,原来是这样,老薄讲的那些事,房东夫妇说起老薄那么恨,原来是这样,多简单的事啊,我早该想到的。现在回头想想,很多事都明白了……"

"什么怪不得,什么原来是这样?"小暖抬起头来,眼瞅着卢观鱼,在吸顶灯的照射下，明亮的眼底闪动着光，似两池小小的湖水。卢观鱼一面往屋子四面望，一面将房东夫妇骂老薄是坏人的事，以及老薄讲的有关一个小伙子救人而亡的事简略说了。"老薄和我说起这小伙子，就是我刚见到你那晚，不，是刚在老薄热气羊肉店见到你那晚。"卢观鱼停了停，"老薄没直说这小伙子是房东夫妇的儿子，只说他和我同姓。房东夫妇也没说为什么老薄是坏人，但如果不是因为这样的事情，哪会恨得那样咬牙切齿呢？……"

小暖的两只脚从卢观鱼脚背上下来，转过身来，也看着墙上的遗像。

"我知道这院子为什么租金这么便宜了，"卢观鱼叹一口气，"我也知道，中介和我说的先前那两个租客，为什么住不多久就搬走了。"

"为什么呀？"小暖似乎没刚才那么害怕了。

"你想啊，他们儿子没了，几次的租客都是一般年纪的男的。我和他们儿子年纪也差不多。只是照片上的，十多年前过世了，我这十多年活下来了……"

"啊！我怎么听着，寒毛都竖起来了……一些地方，有养蛊，哦，不，是什么来着？一些稀奇古怪的习惯。他们对你……"

"嗨，你想什么呀？这是从什么胡编乱造的小说上看来的吧？要么就是从什么烂俗电影电视剧上看来的。"卢观鱼笑一笑，盯着照片上的年轻人说，"卢叔和卢阿姨啊，只是太想他们儿子了，所以想把房子租给跟他们儿子差不多年纪的人。刚好我和他们儿子年纪相仿，刚好我姓卢，对他们来说，我自然是很不一样了。或许，他们是把我当自己的儿子那样对待了吧？"卢观鱼脑海里闪现出两位老人的种种事情来，不觉有些动容。

"我怎么忽然发现，你挺不一样的。"小暖笑一笑，转脸看着卢观鱼。

"有什么不一样？你们老家那儿忌讳这些？"卢观鱼想起什么，又说，"我没什么好忌讳的，每个人都会生，都会死，我可是彻底的唯物主义者。"

"看你这么一本正经的，"小暖笑起来，"你觉得你算得上'彻底'？"

"彻底的啊，哪儿不彻底了？"

小暖不说话。没风吹进来了，两盏莲花状的蜡烛，烛火冉冉，两缕青烟直直升起。屋里异常安静。小暖挨靠着卢观鱼，两人都注目着墙上的小伙子，小伙子也注目着他们，目光柔和，仿若生者。

"明天该怎么说呢？"卢观鱼说。

"什么怎么说？你不会想要跟房东主动交代吧？"

"我们这么跑进来，总是不大好的。"

"你忘了？我们又不是踹门进来的，待会儿照旧锁上，谁会知道呢？"小暖瞅一眼卢观鱼，嘻嘻笑着，"你呀，有时候真挺呆的，我喜欢。"

"那好吧，奇怪了，你说今天是什么特殊的日子呢？房东夫妇要来这儿点这两盏灯？我来这么久了，这还是头一次。莫非……"

"那你打电话问问房东？"小暖偏着脸，似笑非笑地瞅着卢观鱼。

"算了算了，也许……嘻，谁知道呢。"卢观鱼仍盯着遗像看。

"你呀，又不肯打电话问房东，又满脑袋问号，怎么办呢？"小暖做出一副懒懒的样子，"困了，我们还是回你屋里去吧。"

卢观鱼让小暖先出门，又看一眼屋子，关掉灯，将门带上，重新扣上锁。两人回到屋里，一时无话，只觉得很多东西都变了。小暖脱去外套，搭在衣架上，端直坐在床上，两手搁在腿上，呆看着电视机。卢观鱼一面脱外套，一面说："你开电视看啊。"小暖回头从枕头底下找到遥控器，打开电视，是纪录片频道。

一群角马正在非洲大草原上奔跑，急切想要渡过河去，好躲避狮子的追捕。角马好不容易渡过河后，一个个都想冲上土崖，难免相互踩踏，你死我活，许多从崖壁坠落，跌入河中，有的被大水冲走，有的被守候的鳄鱼逮住，但鳄鱼的状况也好不到哪儿去，很多都被角马踩进水底。还有些狮子冒险冲上去逮角马，不巧被角马那锐利的角在肚腹顶了一下。过了一阵儿，那一群角马能上岸的都上岸了，惊惶未定地回头看着对岸，哞哞叫唤；那一群鳄鱼在黑浓的泥水中翻滚着撕扯落单的角马，角马睁着无辜的水汪汪的大眼睛，鳄鱼翻出角马肚中鲜红的肠腑。

摄像师的镜头一转，对准那头被角马顶了一下的雄狮。刚才那一下，在画面上看起来，只是轻描淡写的，现在看来不是的。雄狮四条腿都是泥，一崴一崴，好不容易爬回河岸。隔着一条不算宽的河，雄狮看着对岸的角马，角马也纷纷回头看着它。现在，只有河里的鳄鱼是闹腾的，那一群角马，这一头孤单的雄狮，都是安静的。对视了一会儿，角马转身继续走上迁徙之路了，这边的雄狮起身，往回走了几步，卧下身来，扭头面朝角马消失的方向。那儿，非洲大草原的日头正车轮一般转动着落下。一股暗黑的血，混杂着泥水，从雄狮靠近后腿的地方迟迟地流出来了，缓缓地渗入干旱的非洲土地，一小块红红的土地被血浇灌得发黑了。雄狮一动不动，眼瞅着远方，落日落着，风呼呼吹着，吹动到处的树木，也吹动到处的野草。落日余晖毫无偏私地洒在所有曳动的树木和草窠上，所有的事物，都在发出寂静之声。这时，一个沉缓的男声出现了，宛如上帝之音："这头落单的、没捕到猎物的、身受重伤的雄狮，也许是最后一次看到日落了。"话音消落，镜头转向雄狮身后，小暖仿佛也化身雄狮，盯着那摇摇欲坠的最后的落日。

卢观鱼挨着小暖坐在床上，见小暖看得出神，也不出声。

"我总想着，眼前这墙后，就是那小伙子，他就站在我眼前。"

"瞎想什么嘛，你眼前是我，可不是别的小伙子。"卢观鱼笑着，站起身,挡在小暖面前。小暖仍坐着,仰起脸,一双眼睛亮亮地看着他。刹那间,卢观鱼想起那陷落在河里的角马无辜的眼睛。那自己是谁呢?自己是那守在河底的鳄鱼吗,还是那受伤的雄狮?卢观鱼将小暖压到床上,小暖避让了一会儿,避无可避,驯顺地迎合着他。他抬起手按下墙上的开关,顶灯残留着淡淡辉光,如一只昏昧的独眼注目着他们。黑暗里,两人沉默着,只听见彼此的喘息。小暖温热得犹如一汪水,卢观鱼觉得自己又一次置身水底。一次又一次,什么在靠近,刚要触碰到,又倏忽远离。小暖是水,那自己是什么呢?

卢观鱼忽然发现,自己被小暖刚才说的那句话攫住了。自己仿佛不再是自己,仿佛有另一个人附着在自己身上。卢观鱼慢慢停下来,小暖也不言语,无声地抱着他,一只温暖的手,在他后背轻抚着。

……卢观鱼以为自己睡过去了,忽又醒过来。原来,刚才那些全然是梦,自己仍然待在水底。水底静得可怕,什么东西慢慢地靠近了,一些幽静的面孔,从水里凸显出来。他壮起胆子,伸出手去触碰,他们害怕似的,倏地远离了。头顶水光耀眼,他不等那救的人来,自己猛地蹬两脚水,往上浮起,呼隆一声,水花四溅,从水面探出一颗湿漉漉的脑袋,是隔壁那小伙子。

小伙子苍白的面庞浮雕般凸显出来,用手指指着他的鼻子,厉声责问,为什么要霸占这家。卢观鱼说,自己从没想过要霸占这家,自己只是租客,暂时住在这儿而已。小伙子似乎没听懂他在说什么,仍然用手指指着他的鼻子,反复问他,为什么要霸占这家。卢观鱼声嘶力竭为自己辩白,然而,那些话如囫囵的汤圆堵在茶壶嘴里,无论如何都没法倒出来。他依稀看见一个似曾相识的场景,自己的舌头,如一团红色肉球,挣扎在布满灰黑铁屑的山洞里,竭力想要找到出口而不得,直撞得鲜血淋漓……卢观鱼浑身猛地一抖，又一次惊醒过来。

那小伙子的脸，连同黑暗，如太阳下石头上的水渍，瞬间淡去了。

大汗淋漓。眼前一片光明，小暖正呆呆地看着他。

"你说梦话了。像是和谁在吵架。"小暖用手指轻轻点着他的鼻尖儿。他躲了躲，小暖的手指仍旧点在他的鼻尖。

"我说什么了？"他虚脱般地说。

"听不清，看上去很焦虑的样子。你经常会说梦话的。"

"我都不知道我会说梦话。我梦见……"他本想和小暖说一说梦见小伙子的事，话到嘴边改了口，"以后再听见我说梦话，你帮我录下来啊。"

"好啊，我帮你录下来。"小暖用手指尖轻轻刮去他鼻头上的一粒汗珠。

东窗窗帘没拉严实，淡淡的晨光从两片窗帘间射进来，斜斜地描画在小暖脸上，脸色白皙，那脸一半明，一半暗，素净无比，又艳丽无比。卢观鱼看得呆了，将她扳过来，托到自己身上。一朵温暖的、柔软的云。小暖俯下身，声音轻柔："你不累吗？连续这么多次，今天真是神灵附体了。"小暖狡黠地笑。这无心的一句话，又让卢观鱼感觉到，仿佛有谁附着在自己身上。他看着小暖，像看着一个陌生的姑娘，柔声道："你累吗？"小暖摇一摇头。

起伏在那窗帘间漏进来的淡淡晨光里，小暖通体莹白，明艳异常，仿佛一座小小的雪山。雪山悄无声息地崩塌，雪落到卢观鱼身上，是冷的，也是热的。这么想着，那雪山崩塌的声音，仿佛正从遥远的地方传来。

第十三章　误会

短信十条

小冬,这世上有那么多秘密啊,每一个人都背负秘密活着。

有些秘密,或许终有一天可以跟人说一说;还有些秘密,估计是永远不得见天日的。背负着这样秘密的人,会不会终有一天被压得喘不过气来?

秘密就像一个可能吞噬魂灵的黑洞,随时有可能把自己吸进洞里去。回头想来,对你,我也有很多秘密,如今是再也来不及说了。

还有很多人,是背负误会活着。这或许是比背负秘密活着还更艰难?在吞咽无数的苦果之后,才发现是误会,这真是命运跟人开的巨大玩笑。

我和那位跟你名字异曲同工的女孩恋爱了。我给她改了个名字,小暖。她和你,和侯澈都是不一样的,但我是爱她的,虽然我越来越搞不懂爱是什么了。

小暖似乎从来不想知道我有什么秘密,这反倒让我挺想知道她有什么秘密,开始担心和她之间会不会有什么误会。

我知道,一旦"担心"出现了,就真的是陷进情感的旋涡里去了。而且,一旦担心什么事,那事往往就会变成现实。

小冬,我说过,希望在新的环境开始新的生活,现在我明白,只要人还是那个人,任何开始新生活的企图,都是徒劳的。只有改变自己,才能改变生活。

我现在的"新生活"里,也有各种秘密,各种误会。但这些秘密和误会,更多指向的是生死,而非算计。

在这儿,山羊在死去,人们也在死去。

看看手机,还不到六点,卢观鱼让小暖再躺会儿,小暖非要回自己住处去睡。卢观鱼想,或许是她对隔壁房间有些忌讳吧? 也就不再坚持,穿好衣服,送她下楼。"要不我和你去吧。"卢观鱼心头忽然涌起一种恋恋不舍的感觉,仿佛要就此分手了。"不用嘛,你一夜没睡好,还是再睡会儿吧。"小暖轻轻拂落他搁在肩上的手,转身往门口枫杨树下的小桥上走,也不回头,只将手举过头顶摆一摆。

"你认得路吗?"卢观鱼站在枫杨树下喊。此时枫杨树早落光叶子,晨光将许多细细的枝丫投在他身上,也投在小暖身上,如一张罗网。小暖往右拐,很快走出罗网。卢观鱼又喊:"昨晚不是从这条路来的,你认得路吧。"小暖回头灿然一笑:"多大点儿地方? 往热闹处走,转眼就到镇上了,你快回去吧。你也再睡会儿……"小暖似乎还想说什么,笑一笑,没再言语。

在枫杨树底下站了一会儿,直到小暖消失在村道上。转身往旷野望去,太阳刚刚升起,柔嫩的光芒明澈如水。地上团团薄雾,朦胧又明亮。他的思绪也如一团雾气,跟随众多雾气,在冬日的旷野上缓慢地爬行,缓慢地扩散。

小暖在时不觉得,这一走,院子里陡然空旷了。走到两棵柚子树底下看看,靠里那棵树梢上,那只拳头大小的绿柚子仍惴惴地坠着,再看看自己带来的那盆鱼尾葵,枝叶枯干,朽败,完全窝在盆里,死得不能再死了。

上楼,走上楼梯没几步,抬头即见过道尽头那间屋子的门,心中不禁一颤。想起昨晚和小暖说的,自己是"彻底的唯物主义者",不由得惭愧起来。这唯物主义者,也会害怕这些? 再想起还和大庞小庞说过,要一起去救人呢,哪里能害怕这些? 进而想起老薄和自己讲过的那些故事,那些浮沉在长江里的尸体⋯⋯胡乱想着,匆匆进屋,赶紧关上门,这才听到自己的心突突跳着。脱了衣服,钻进被窝,咬着牙齿,浑身打战,身体里仿佛有十座雪山在崩塌。过了一阵儿,身体里的颤抖渐渐平缓下来,他再盯着墙壁,想到墙壁那边小伙子的遗照,忽然,又觉得没什么可怕的了。恐惧是如此缥缈不定。

躺了半晌,睡着了。梦里水光迷离,他看到自己落在水里,手手脚脚忘了怎样划动了,好不容易抓住一根浮木,不想那木头轻如稻草,呼隆一下沉到水底⋯⋯电话铃声响起,一个陌生号码,盯着看了一会儿,接了,是小庞。

"你还没起? 今天睡不成懒觉了! 不是说要一起救人? 起来起来! 一起到河边走一圈吧。"小庞有些幸灾乐祸似的笑。

睡得正好,此时真是不愿意起来,若不起来,怕又要睡大半天的。卢观鱼也就答应着,挣扎着起了。匆匆洗漱后,出院子,小跑着往西,穿过那片空荡荡的在建楼房,来到旧桥边,身上已出了一层汗。正觉四下无人,大庞小庞从桥北河坡上的一丛灌木边立起身来。小庞笑嘻嘻地看着他:"怎么样? 这会儿从被窝里出来不好受吧?"他笑一笑:"不容易啊小庞哥,你还记得起来昨晚的事,我还以为你被水一淹,什么都忘了。"

三人说起昨晚的事,不禁一阵笑谑。昨晚多少是有些不快的,如此一来,不觉将所有不快都扫除殆尽了。

直到如今,三人闲聊,卢观鱼才知道大庞小庞是干什么的。原来两人都是当地农民,不过这农民可不是过去的农民了,两人在酒房镇承包老大一片荷塘,夏天收门票让人看荷花,等莲蓬饱满了,又收门票让人摘莲蓬,早上中午十块钱两个,下午十块钱三个。游客摘不完的莲蓬,他们自己再摘下来卖到村里的莲子收购点。等到秋天,荷叶枯干了,还要挖藕,卖藕。两兄弟还专门辟出几块田种植各种品种的荷花,荷花池边上还有水池,水池里养着几只鸭子、天鹅和鸳鸯。当然,游客要进到这片区域,也是要买门票的。再有就是,他们还在这片边上弄了一个大棚,里面搁着各种盆栽,这又是另外收门票的。虽然有工人,两兄弟一年四季仍然忙碌异常。钱是赚得不少,却难得有时间出门。卢观鱼和他们刚碰面那晚,就是两兄弟刚结伴出门旅游回来。卢观鱼说:"你们有意思的,不和媳妇孩子一起出门旅游,却两兄弟结伴出游。"大庞小庞都笑。

说完自己,大庞小庞又和卢观鱼说在这河边巡查的事。

"我们不可能一直扎在河边,谁都不可能嘛。我们都是排好班的,排到谁了,谁那天就不能喝酒。从旧桥到生生寺这一段,有三组人负责,我们每周一般轮到两至三天,早上和晚上,在这河边走一圈。之所以主要关注早晚,是因为这时候的人比较脆弱吧,容易想不开。"小庞说。

"那中午呢? 中午也经常有很多人想不开吧?"

"中午另有人负责,那是另一种情形,尤其暑假,经常有中学生在河里洗澡,碰到腿抽筋之类,就危险了。唉,不出事都不听劝的。"大庞说。

"一旦出事,就麻烦了。有过两次,没能把人救上来,那家人哦,恨不得把我们撕了吃了,说你们不是在河边巡查的吗? 怎么没把人救上来? 没把人救上来,我们也很难过啊,可听到这样的指责,我们就更难过了。我们救援队纯粹是公益的,没要过谁一分钱,凭什么没把人救上来就要指责我们?"

"你少说两句吧,小卢刚来,别让他有心理阴影……"

"那是那是,先别想这么多,救人是第一位的。至于别的事,问心无愧就好。人上一百,形形色色嘛。"小庞从肩上摘下一圈绳子,展示给卢观鱼,"这是救生绳,我觉得比救生圈管用,携带还方便。"

三人从桥北走到桥南,在河边走走停停。这还是卢观鱼头一次来到南岸,南岸不比北岸,路不是水泥路面,而是土路,坑坑洼洼更多,路两边尽是齐腰高的灌木和枯草。路南边是大片低矮的农民房,破旧,萧索,不见人影,看上去比卢家院子所属的村子还要荒败,想必是也要拆迁了。

冬天的酒房镇,太阳六点半就升上来了,现在八点刚过,太阳已升至小镇上方,鳞次栉比的屋顶之上,到处烟岚蒸腾。寂静被繁密的鸟鸣加深了。河面浮动团团白色的雾气,有的在聚拢,有的在扩散。偶尔有鹭鸟飞过,雪白的翅膀闪动着金色的晨光,水里白白的影子,则闪动着清冷的水光。雾气被鹭鸟的雪白击穿,散开又围拢,一整条河被鹭鸟的鸣叫惊醒,懒洋洋地翻动着细浪。卢观鱼感觉,他们和大河,大河和鹭鸟,鹭鸟和他们,正构成微妙的平衡。

一直往东,隔着河看得到老薄热气羊肉店。因为换了视角,卢观鱼看什么都是新鲜的。夜间那么热闹的羊肉店,此时看来,不过如一颗喑哑的灰色小石块儿。走到新桥边,大庞小庞并未拐上新桥。"不拐到对岸吗?"卢观鱼问。"再往前走走吧。"大庞说。似乎刚才把话都说尽了，此时三人都沉默着，与酒房河往一个方向走着。河水哗哗流淌，在暖热起来的晨光下，丝绸一般清亮顺滑。一艘铁驳船迎面驶来，船舷几乎与水面持平。卢观鱼不觉又停下来看，大庞小庞见他没跟上，也停下来看。铁驳船渐渐近了，船艏的小红旗在晨光里招展着。

又走了一阵，大庞回头说："小卢你看对面。"卢观鱼顺着大庞的视线，先看到对面一座七层高塔，飞檐翘角，临水照影，立时明白，这是走到生生寺对岸了。紧挨着河边，一溜儿石砌的地基之上，黄墙，黑瓦，墙头一树一树落尽叶子的老柳树。再往前，到大河拐弯处，墙间一扇窄窄的黑漆木门，门底下几级石阶伸进河中，河面上一树红枫的影子，犹似一团热烈而冷静的火。铁驳船驶过去好一阵儿了，水波还在荡漾，这一团火也在荡漾。三人看着这株高大的红枫，水里的，岸上的，若非一静一动，一时半会儿，几乎分不清孰真孰假了。

水中的红枫渐渐静止，木门吱呀一声打开，走出一位穿着黄色僧衣的小和尚，提着一只白铁水桶，矮身从河里舀水，水波猛地又是一荡，那水中静止的红枫，又剧烈曳动起来。隔着大河，卢观鱼看到小和尚，蓦然想起昨夜在隔壁屋看见的遗像来了，那也是这般年纪的短发少年。

要不要跟房东夫妇说，自己昨晚进去过隔壁房间呢？卢观鱼总觉得应该主动跟他们说一说的。老卢夫妇对自己那么热情，想来真有些可怜，他应该告诉他们，自己并不忌讳这些。念头正转着，手机响了，是房东卢阿姨的。

接起电话，卢阿姨也不寒暄，冷冷地说："小卢，你什么时候回来？我们在院子里等着。我跟你说一声啊，今天周四，今天就不算了，给你三天时间吧，到下周一，你的房间我就要收回来了。"

电话断了。卢观鱼握着手机，心里乱作一团。

年关将至，酒房镇大半空了。许多店关张了，开着的店，客流量比先前少很多，服务员自然也少得多。卢观鱼从街上走过，冷冷清清，心里生出几分萧索之感。房东卢阿姨的话，对他来说无异于当头一棒。此时才感觉到，搬到这儿几个月，他已经渐渐熟悉、渐渐喜欢上这地方了。虽然仍然没想清楚接下来要在这儿做什么，但至少他不像过去那样每天陷在无尽的工作中，还得小心翼翼，生怕说错什么做错什么，也不再每天对"意义"生出无限焦灼。如今忽然要搬走，搬去哪儿呢？不如搬去和小暖住？小暖有些奇怪的，或许她未必愿意。再说，小暖现在那屋子，也放不下自己那些东西，要在三天里找到理想的住处，还真头疼。

怎么突然来这么一出呢？之前不是说得好好的吗？这也太没契约精神了。转念一想，难道昨晚的事，被卢阿姨发现了？想不到卢阿姨反应如此强烈。这事儿终归是自己的错，怪不得他们。但他对他们儿子，真是没有丝毫不敬。想着想着，又觉得卢阿姨不可能发现这事，毕竟他和小暖什么都没做，屋里的东西都没碰过。那么，是卢阿姨知道他带小暖回来过夜，不高兴了？之前他们并未说过不允许自己带人来嘛。后悔当初没签合同，租金押一付三，现在已经超过三个月了，房东夫妇是只收现金的，几次说要给他们付新的房租，几次时间都凑不拢，就一直拖着……胡乱想着，卢观鱼已经穿过旧村，看得到院子了。

枫杨树底下，停着那辆油漆锈蚀的蓝色三轮车，院门是洞开着的。卢观鱼走过小桥，在三轮车边站了一会儿，走进院子，抬眼看到，房东夫妇都站在那两株柚子树底下，仰着头，在看那最后一颗柚子。听到脚步声，两人转过身来，盯着他。他未及开口，卢阿姨冷冷地说："小卢，我们这儿是真不敢留你了！"

"卢阿姨,不好意思啊,"卢观鱼脸上烧热,抢过话头,"我还没想好怎么跟你们说,我昨晚到隔壁房间去看了一眼。真是不好意思……"

卢阿姨盯着他,张了张嘴,却没发出声音。

老卢伸手扶住卢阿姨的肩膀,仿佛她随时会晕倒。老卢看一眼卢阿姨,看着卢观鱼说:"小卢,不好意思,我们不是有意要瞒着你。我们也想过,什么时候跟你说一说这事,又实在不知道怎么说。"老卢捏一捏卢阿姨的肩膀,转脸看着她:"我之前就跟你说过,这种事情,瞒不住的。不如趁早和人家说了,不然人家又怪罪起来……"卢阿姨脸色木木的,垂下头,抽噎着。

"你们原来不知道我进去过隔壁房间啊?"卢观鱼愕然道,"我还以为你们知道了,所以卢阿姨才撵我走呢。唉,怪我好奇,觉得屋里怎么亮着,就想着能不能进去看看,别是失火了,后来进去一看,才发现墙上的遗像……"卢观鱼临时编了句谎话,心想他们要是问自己怎么就能"进去看看",该怎么说呢?

老卢看着卢观鱼,嗫嚅着,好一会儿才说:"唉,小卢啊,我刚还说你卢阿姨呢,不能那样跟你说话。你刚来的时候,我们就说,你想住多久就住多久,我现在还是这么说。哪能才过几个月,就说让你搬走呢?"

老卢看卢阿姨一眼,卢阿姨仍低着头,小声抽泣着。

"小卢,卢阿姨不会说话,你不要放在心里……"卢阿姨抬起头来,眼睛红红的,走过来拉住卢观鱼一只手。

卢阿姨的手粗糙,绵软,卢观鱼虽然很觉得有几分尴尬,但仍任由她拉着手。卢阿姨似乎也有点儿尴尬,很快放下他的手,红着眼圈说:"小卢啊,你改了吧!啊?阿姨之所以在电话里那么说,是怕你跟着那人折腾,终有一天会出事的啊。小军就是被他忽悠着,天天在酒房河边转,这才出事的啊……"

"卢阿姨,没事的,我刚在回来路上想过了,我这两天就找个住处过渡一下……"卢观鱼知道房东夫妇不会让自己搬走了,却偏这么说,似乎要表现出一丝委屈来,又似乎是故意让房东夫妇难堪一下,同时,在心里想着,哦,原来墙上那短发的年轻人,是叫"小军"。

"小卢,刚说了,你放心住这儿吧,你就把这儿当成你的家,啊?"老卢拽住卢观鱼的一只袖子,似乎怕他现在就走掉,"我刚才已经骂过你卢阿姨了,话不能那样说。不过,她也是着急,听说你昨晚跳进河里,差点儿淹死,又听说你还和大庞小庞去河边巡查,我们都怕你像当年小军一样出事。很多人忌讳我们这院子,不就是忌讳小军的事情吗?你要是出事了,岂不是真应验了?"

"哎呀,这都谁瞎说的啊?"卢观鱼又急又气,快速将昨晚那些人想了一圈,"卢阿姨你们不知道,昨晚我确实跳进河里了,是我自己待在水底不想上来啊,哪里就差点儿淹死了?你们不知道,我水性特别好……"

"是这样吗?你可别骗阿姨。"卢阿姨瞅着卢观鱼,眼中泪水泫然,"可就是水性再好,听说你们都喝多了,这大冬天晚上的,哪能跳到河里,到河底待一阵儿?这不是拿自己的小命闹着玩儿吗?再别说什么水性好的话了,我最怕听这话,以前我劝小军别去河里救人,他也是这么跟我说的,说得比你还夸张,说全酒房镇,全上海,就没有比他水性更好的了。后来怎么样呢?"卢阿姨说着说着,又哽咽了,眼睛红红的,浮上一层泪水。

三人站在柚子树下,三足鼎立似的,在他们中间,有着过去和现在的种种恩怨,有着说不清道不明的气氛。风似有若无地吹着,太阳升得很高了,透过柚子树常绿的枝叶,将一块块阳光散在他们身上,那颗唯一幸存的柚子,如一团淡淡的烟尘,浮在他们影子的上方,轻轻地晃动着。

"小卢,别怪阿姨多嘴,我几次三番和你说,不要去那个什么羊肉店,你就是不听,去了不说,还要和那人来来往往的搞不清爽。我就不明白了,那人究竟给你吃了什么迷魂药? 你怎么就不明白阿姨的苦心呢? 那真是个坏人啊,直到现在,一提起酒房河,一提起那人,我就禁不住浑身发冷,打战……"卢阿姨浑身战栗,咬牙切齿。风继续柔柔地吹着,一片绿叶脱落,犹如一艘小船,无声地从他们中间穿过,仿佛是行驶在明亮的日光之河上。

"小军那时候读书回来,什么不顺利? 要工作有工作,要样貌有样貌,镇上多少女孩子喜欢他?"卢阿姨歇了一口气,平缓语气,絮絮地说起往事,"我们都说,成家还早,从不催他,让他按自己的心意来。偏偏那人的女儿缠住他不放,几次三番要死要活的,后来镇上都知道他们在一起了,我问小军有没有这回事,小军直叫苦,说是他女儿到处和人说,两人在一起了,其实并没在一起过。你是不知道,那人后来和人怎么说,反倒说我们小军去缠他女儿,你是没见过他女儿,一副细眉细眼、皮包骨头的样子,我们小军怎么会去缠她? 唉,这些就罢了,只要小军觉得行就行,哪里想得到,那人又唆使小军和他去河边救人,救人没有警察么? 轮得到他! 他还不是为自己游手好闲找借口,哪里想得到,弄着弄着,把我们小军搭进去了,我这一辈子就这一个儿子啊……"

卢阿姨哽咽着,更多的泪水涌上眼眶。

卢阿姨这一路说下来,卢观鱼听得满脑袋乱麻麻的,这些事和老薄讲的天悬地隔,该信谁的,不该信谁的? 他一时难以确定。

"那天晚上,酒房镇好几个人见到了,说是一辆车冲进酒房河里了,小军和那人刚好在附近,要下去救人,可那人早喝多酒了,哪里还能救人? 两人跳进河里没多久,小军手脚麻利地把一车人救上来了,却忽然发现,独独那人不见了。小军那时候已经一点儿力气没有了。落水五个人啊,都是小军救上来的,那都累得不行了。这时候,小军二话不说,继续跳进河里救人。你也知道的,那人多壮多胖,还喝得醉醺醺的,小军费尽力气才把他推上岸。他上岸后,酒醒了,小军却不见了。这已经够让人伤心的了,你猜猜,那人后来还干出什么事?"卢阿姨说得眼目决眦,眼中那一层泪水,仿佛被冒火的眼球烤干了。

"后来,那人竟然和人说,那几个掉水里的外地人都是他救上来的,是小军自己游泳技术不好,这才导致他没上来……你说说,这说的是人话吗?那几个外地人水喝多了,脑袋晕晕乎乎的,竟然就信了,还给他送一面锦旗,'感谢河边人老薄',他得了宝似的。多少年了,他一直把这锦旗挂在店里,见人就说,见人就说。你说说,要脸吗这?你说说,这样的人是不是坏人?!"卢阿姨再憋不住眼泪了,泪水吧嗒吧嗒砸到地上。"

"不说了,不说了,十多年前的事了。"老卢劝解道,"小卢被你那莫名其妙的电话催回来,怕是还恼火着,又要听你说这些不相干的,真是……"

"你这人啊,怎么遇到什么事,都是先要压一压自家人?!"卢阿姨一双泪眼满是怨尤地盯着丈夫,"我和小卢说一说怎么了?怎么就不相干了?他经常去那店里吃饭喝酒,昨晚又出这样的事,还说什么要去河边巡查。这不是和小军当年走的路一模一样吗?我是不想小卢被那人骗了啊,我现在原原本本把事情的经过告诉他,他自然会有自己的判断。小卢,你说是不是?"

卢观鱼支支吾吾,一时之间,他哪里能有什么判断。

卢阿姨或许看出他的犹疑了,又说:"这些事情,信与不信,都在你。你来酒房镇,也有些时日了,你也认得一些人了,你可以去打听打听,我姓卢的,有哪句话是假的? 要有一句假话,小卢,不用你动手,阿姨自己抽自己大耳刮子!"

"哎哟,得了得了,这样长篇大论、赌咒发誓,究竟为什么吗?"老卢显出不耐烦来了,"三个人站这儿,跟傻子似的。小卢火急火燎地跑回来,难道是要听我们诉苦? 说到底,这些事情和小卢一点儿关系没有,不要把他牵扯进来。你要担心他现在,就跟他说现在的话,过去的事,就不要提了。"

"我这说的不就是现在的话吗? 现在和过去是一模一样啊,我不说说过去怎样,怎么说得清现在怎样? 小卢又怎么会明白?"

"那小卢明白了吗? 小卢只是租客,他不想听这些事啊。"

"想不想听,要问小卢自己。你怎么知道他想不想听? 小卢一句话没说呢,你在这儿叫。我又没让你听……"卢阿姨转脸看着卢观鱼,"小卢,阿姨说这些,真是替你担心,我没任何坏心啊。"

"好了好了,我也知道你没坏心。但没必要嘛,现在是我们亏欠着小卢,我们没把这院子的情况说清楚,又实在难得小卢不计较这些。小卢都没怎么说话,你就少说两句,我也少说两句,啊?"老卢也转过脸看着卢观鱼。

沉默笼罩在三人之间,柚子树的影子,他们的影子,在缓慢地移动着。

"生生死死,每个人都要经历,"好一会儿,卢观鱼慢悠悠地说。一瞬间想起小暖,想起小冬,想起消失在遥远岁月里的家人,这些事情,他自然不可能跟老卢夫妇说。停了一会儿,他笑一笑,装出很认真的样子:"我是坚定的唯物主义者,你们放心吧,我才不会忌讳那些。只是有个事情想不明白,怎么平日不见你们在那屋里点灯,偏偏昨晚点灯呢?"

卢阿姨一听,低头擦泪,老卢则叹一口气。

"小卢，说好了，你就一直住这儿。你要搬走，就是打我们的脸了。你上楼歇一会儿吧，我和你卢阿姨做几个菜，待会儿一起吃中饭。到时再跟你说这些事。"老卢看着卢观鱼，少有的眼中含着泪水。

卢观鱼不好推却，答应下来。想要帮忙，老卢夫妇不让。他只好上楼，走上楼梯几步，抬眼又看到走到尽头的那间屋子，想起遗像上的小军，虽不害怕了，却仍旧觉得空气有些凝滞。进到自己屋里，蓦然闻到一股暖暖的奶香味儿。和小暖在第一次拥抱时，他就闻到这气味了。后来，或许是在一起待得久了，他把这气味忽略了。现在忽然闻到，仿佛时间一瞬间倒流了。

他刚脱了外衣，想在床上再躺一躺，听到屋后那只羊咩咩叫唤。很久没听到过了，时间仿佛再次倒流了。

他走到床边，拉开窗帘，稍稍推开窗户，探头出去，那只羊听见声响，抬起头来瞅着他。不知道山羊吃不吃柚子？屋里的柚子还剩一些，不如拿给它试试。本想要下楼到屋后去，又想起这柚子是老卢夫妇送的，不好让他们看见的。只好倚着窗，掰了两瓣，照直扔下去。不想那柚子突然落在山羊身前，竟把山羊吓得四蹄离地蹦起。山羊落地后，离得柚子远远的，又咩咩叫唤。他不由得笑出声来，心中有些歉意，想起以前这山羊也被苹果如此吓到过。打定主意，等老卢夫妇走了，到屋后去一趟，将剩下的几瓣柚子带给它。

回到床上斜靠着，看到床边地板上散乱地扔着《浮士德》《理想国》《梦的解析》等等，这些书本是搁在枕边的，大概是和小暖做爱时给碰到地上了。只剩一本《西西弗的神话》，搁在床沿，将落未落。随手拿过来，翻开一页，看下去：

大家已经明白：西西弗是荒诞英雄，既出于他的激情，也出于他的困苦。他对诸神的蔑视，对死亡的憎恨，对生命的热爱，使他吃尽苦头，苦得无法形容，因此竭尽全身解数却落个一事无成……我感兴趣的，正是在回程时稍事休息的西西弗。如此贴近石头的一张苦脸，本身已经是石头了。我注意此公再次下山时，迈着沉重而均匀的步伐，走向他不知尽头的苦海。这个时辰就像一次呼吸，恰如他的不幸肯定会再来，此时此刻便是觉醒的时刻。他离开山顶的每个瞬息，他渐渐潜入诸神洞穴的每分每秒，都超越了自己的命运……

　　卢观鱼想，自己也曾这般想过，不想加缪早就这么说过了：

　　这则神话之所以悲壮，正因为神话的主人公是有意识的。假如他每走一步都有成功的希望支持着，那他的苦难又从何谈起呢？当今的工人一辈子天天做同样的活计，其命运不失为荒诞。但他只有在意识到荒诞的极少时刻，命运才是悲壮的……

　　渐渐地，意识模糊了，昏昏沉沉地睡着了。他梦见自己置身黑暗的水底，有模糊的人脸朝他缓缓靠近，再近一些，才发现那只是一张面具，身体阙如，眼睛空洞。这空洞的逼视，是他难以忍受的，惊恐之中，忽听得有谁在水面上方喊他，那靠近的面具和他一起抬起头看，光芒晃动，太阳的无数碎片坠落水面，猛烈地燃烧……他听得楼下喊："小卢，小卢！"他睁开眼，那面具仿佛悬浮在自己上方。听见脚步声从楼梯一路上来了，他一骨碌坐起，头痛欲裂，揉揉眼睛，起身打开门，和卢阿姨差点儿撞了满怀。

"小卢，吃饭了。"卢阿姨说着，飞速朝通道尽头的房间瞥了一眼。

卢观鱼揉着太阳穴，随她下楼，楼下满地明晃晃的日光，已是中午了。一眼看见靠院子里边那棵柚子树梢头摇摇欲坠的柚子，如一只小小的绿太阳，朝他投来淡淡的一瞥。老卢夫妇已经在往堂屋传菜，他想要帮忙，老卢夫妇不让。他只得到堂屋里，挪一挪碗筷。

"小卢，阿姨刚出门买了几道现成的菜，今天只能将就了。"卢阿姨说。卢观鱼看看，鸡鸭鱼肉哪样都不少，还有一盘白切羊肉，一看就知道是特意给他和老卢佐酒用的。桌上放着两坛两斤装的酒房河，供桌边的地上还放着好几坛。"这么多菜，太丰盛了，中饭哪里能吃这么多？"卢观鱼说着，给老卢和自己斟满酒，卢阿姨夺过酒坛，也给自己斟满一碗。

"小卢，你别生气啊，今天上午，阿姨不该在电话里对你那样说话。不过也难得你大气，不忌讳我们家这些事。今后，你就真真正正把这儿当成自己家。"卢阿姨端着酒碗站起，犯错的小学生似的，有些悲伤，又有些喜悦的样子。

"卢阿姨，我敬你一杯。过去的那些事，你们就别纠结了，十多年了，人死不能复生，活着的人总要好好活……"卢观鱼起身，碰一碰卢阿姨的酒碗。说这些话时，差一点儿，他就要跟老卢夫妇说起家里的事了，停了停，硬生生憋回去了。要是说起，卢阿姨肯定会问许多细节，这顿饭就吃得太沉重了。

"是啊是啊，十多年了，总不能一直背着这包袱活下去……"老卢也起身，端着酒碗，和两人的酒碗碰一碰，踌躇了一下，"小卢，你卢阿姨和你说的那些话，可真是说翻篇就翻篇了，以后不能记在心上。你是不知道，你卢阿姨还好几次说起，要认你做个干儿子呢，她怎么会舍得让你走？"

猝不及防这么一句，卢观鱼几乎将碗里的酒洒出来。

"哎,你说这话做什么? 小卢哪里会愿意?"卢阿姨怯怯地笑一笑,"小卢要是能长久住下去,住久一些,就是对我们最大的安慰了。"

卢阿姨说着,眼圈又红了,不等卢观鱼说话,一仰脖子,把一碗黄酒喝尽了,一滴酒缓缓从嘴角流下。卢观鱼不知该如何表态,这话实在出乎他的意料。老卢夫妇看看他,有些讪讪的,不再提起这话,只管劝他吃菜喝酒,东绕西绕地说些闲话。卢观鱼偶然瞥一眼八仙桌,以前见到过的两盏莲花蜡烛不见了,才想起昨晚在楼上看到的,正是这两盏蜡烛,就再次问起楼上点灯的事。刚一闻言,卢阿姨脸色惨然,低下头,旋即转过脸去抹泪。

"哎哎,刚说过,那些事过去十多年了……"老卢说。

"小卢,你是不知道,昨晚是小军的十二周年忌日啊。"卢阿姨哽咽着,好一会儿才缓过来,"又听说你昨晚竟然跳进河里,说的人都说差点儿没命了,你说这冥冥之中,也太过巧合了,阿姨怎么可能不怕? 阿姨真是吓怕了……"

日色挪移,屋中静寂。隐隐听得咩咩几声。

一楼堂屋不比楼上,并没有开向后院的窗户,想不到那只羊的叫声竟然能绕过屋子传进来。卢观鱼岔开话:"卢阿姨,你们听,有羊叫。"老卢夫妇都从沉静的深渊里抬起头来,看着他,好似不明白他在说什么。卢观鱼说:"房后白杨树林边的这只羊,是谁家的啊? 几次想要问你们,见到你们又忘了。"

"哦,你说这羊啊? 这哪里是一只羊哦,拴在后院的,都不知道是多少只羊了。"老卢夹起一块白切羊肉,淡淡地说,"你到酒房镇也有些日子了,没人和你提起过'酒房四美'吗? 一是酒房河,二是生生寺,三是黄酒,四就是这羊肉啊。既然要吃羊肉,当然要养羊杀羊。屋后这山羊,就是店家从农村买来要杀的。他们以为这屋子没人住,又知道这房后有草,一时来不及杀的羊,就临时拴在这儿。这样羊能混个半饱,叫起来也不会吵到人。你要是不说,我们还想不起来这事儿呢,等会我们去和杀羊的人家说说,让他们以后别把羊拴这儿了……"

卢观鱼满脸愕然,刚刚夹起的一片羊肉搁在碗里,被斜射进来的日光照着,泛着淡淡的油光。他不知该如何处置它了。这些日子,他是多么自欺欺人啊。他回想起第一次伏在后窗看见的羊,然后,又一只羊,再一只羊,他以为这一次次看到的羊是同一只羊,原来,它们竟各各不同。他早应该想到的,镇上那么多家热气羊肉店。再说,无论后院这羊是一只还是无数只,最后的命运不都一样吗?他只是有意忽略了那最后的结局罢了。

他将碗里那片沾了蘸料的羊肉塞进嘴里,慢慢地咀嚼着。

从来没有过,他对一片羊肉报以如此巨大的耐心。从来没有过,他如此完整地尝到一片羊肉的滋味。肉里的血、脂肪和经络,都各具滋味。他仔细地分辨着,想让自己感受到很多,恨不得感受到这片羊肉的前世和今生。但不过是徒劳。这一刻,他太有限了,而那片翻滚在他唇齿间的羊肉包含太多太多。最后,羊肉在他的嘴里几乎荡然无存了,只剩下自己的一根舌头在品尝自我的滋味。他想起好几次做过的那个在山洞里左冲右突的梦,又想起跳河前在咀嚼铁屑的小暖,那得多疼啊!那些锋利的铁屑,在小暖的口腔里制造了多少疼痛。他怔怔地停止咀嚼,端起酒碗喝了一大口黄酒,像是吞下一条浩瀚的大河。

一碗接一碗,渐渐喝得多了。

一次次说不能再喝了,老卢夫妇都劝:"再喝一碗,没什么的。"卢阿姨装作不经意地,又两次说起认卢观鱼做干儿子的事,卢观鱼仍旧囫囵敷衍过去。不知不觉,竟喝到下午,卢观鱼想着还要去老薄热气羊肉店,又实在不好说出口。

几次看微信，并没小暖的信息。手机铃声响了，是小庞。老卢夫妇都盯着他，他攥着手机，想了一下，还是站起身来，走到堂屋外，站在午后的天光里，接起电话，小庞的声音冲出来："人呢？说好的早晚巡查，我们都在旧桥边蹲半天了。"卢观鱼转过身，小声说："今晚来不成了，明天啊，明天我一定来。"小庞嚷起来："不会吧你，这才第一天！你就撂挑子了？"他用眼睛的余光瞥见，老卢夫妇都盯着自己，只好匆忙道："这边有点儿事，晚些我再给你打电话啊。"重新归席，老卢夫妇似乎知道他想走，却绝口不提散席的事儿，他也不好说什么。

　　渐渐天色暗下来了，月亮升起，明晃晃地照着。

　　终于散席，卢观鱼的头早不疼了，却晕得厉害。老卢醉得更厉害，起身去上厕所时，两条腿软如面条，扫地似的在地上划拉。卢阿姨去厨房收拾，他陪老卢在堂屋坐了会儿。老卢不说话，他也不说话。他看老卢闭上眼睛，传出鼾声。"卢阿姨，要不你们别走了？你们可以住小军的房间啊。"卢观鱼提议。卢阿姨眼睛一亮，似乎对这提议颇为认可。不想老卢忽然醒了，摇摇晃晃站起，非常坚决地说："不行，我们回去，回去……"卢观鱼和卢阿姨不得不搀着他，晃晃悠悠走下石阶，穿过院子，来到门口枫杨树底下。从来没有过的，这次是卢阿姨蹬三轮车，老卢歪在车斗里，朝卢观鱼扬一扬手，闭上眼睛，传出呼噜声。

　　卢观鱼站在枫杨树下，看着三轮车慢慢行进在一条月光照亮的路上。月亮升得高高的了，在灰蓝色天空上静静地看着这一切。

　　迷迷糊糊上楼，躺下。梦中乱乱的，一忽儿在水里，一忽儿在桥上，一忽儿是小暖的脸，一忽儿是小冬的脸，一忽儿又是小军的脸。即便是在梦里，卢观鱼也知道，小冬死了，小军也死了，他俩却笑呵呵地从水里走出来，水面波动着，明亮异常，仿佛映着火光……渐渐睡得深了，这些深深烙印着现实的梦退去了,他进入远离现实的梦里:面前是一座陡直的高山,山上到处是洞穴,洞穴幽深,不知藏着什么。有人家在举行葬礼,蚂蚁似的一行人从山脚的小路迤逦而上,他时而在山脚仰视,时而在山顶俯瞰,时而混在送葬队伍里。队伍里许多旗帜,猎猎招展,旗面上黑红掺杂。他盯着这些看不懂的图案看了许久,再次低头时,忽然发现,人都不见了,只剩下一眼眼洞穴,黑洞洞地盯着自己。他走进一处,再走进一处,看到的都是棺材……猛然惊醒,冷汗涔涔。又闭眼躺了一会儿,抓过手机看了一眼,夜里十一点了,仍没小暖的信息。

听屋后那只山羊又在叫。

他想起来,席间问过老卢夫妇这羊的事的,兀然心惊,或许是因为酒劲未散,心中涌上一个念头,他掀开被子,翻下床来。

他拿着屋里吃剩的几瓣柚子,来到院子后面,走进白杨树林。此时的白杨树林,到处冷潮潮的,铺满软软的枯草和落叶,树林边生长的加拿大一枝黄花,不知道被谁,也不知道什么时候给齐根砍了,光秃秃的,一片枝叶一根花束都没留下——兴许,这是为了防止这入侵植物进一步扩散吧?他知道,这防不住的,待到春天,又会有新的长出,不过,那是来年的事了。现在,四野空旷。白杨树都往夜空里伸着疏朗的枝丫,稀稀的几颗明星散在树林上方。他被冷风一吹,酒劲儿又有些往上涌,腹中翻覆,舌底生津,终究忍耐不住,蹲在草地上,呕出一摊秽物。满嘴酸苦,眼中泛泪,只觉得浑身变软了。扶着树干起身,看到枝枝丫丫的白杨树稍顶上的那几颗星星,明光炫炫,摇摇欲坠,仿佛是结在树梢的珍奇果子,只要轻轻伸手,就能摘下它们,含在嘴里,像小时候含着水果硬糖那样。这念头甫一出现,他便觉得嘴里的酸苦淡去不少。再看那一轮巨大的月亮,明晃晃的,如一面银盆,回响着寂静之音,仿佛随时会坠落下来,咣当一声砸在他头上。

挣扎着站稳,扶着一根一根冷冰冰的树干,往那只羊身边走。月光底下,可见远处仍然绿着的一团一团的香樟树,还有路边一丛一丛的石楠,石楠未经修剪,暗绿色叶片之上,冒出杂乱的嫩芽。现在是夜里,这些火苗似的鲜红嫩芽在月色里敛去了光芒。越往前走,脚下传来的声音越多。欻啦欻啦,轻而脆的碎裂声。他又有些想吐,蹲下身,干呕了两次,什么都没吐出来。杨树干上的一只只怪眼大睁着,盯着他。他躲过它们的逼视,低头借着月光细看地上,无数凹凸不平的枯干树叶犹如饱受捶打的灰白色薄铁片。抓起几片,轻轻一揉,被露水打湿的如抹布般蜷作一团,那些未沾染露水的,即碎为齑粉。他想,这是它们在这世界上发出的最后声响了。

他小心翼翼地躲避着枯叶,但避无可避。枯叶的碎裂声切割着山羊温柔的咩咩声。他干脆不再避让,带着一种豁出去的奇怪心境,反倒想制造出更多声响。哗啦哗啦,枯叶的碎裂声连成一片,犹似一场酣畅的暴雨。

山羊听到他的声音了,扭过头看着他,往后退一退。他走近,蹲下身来,恰和山羊一般高,伸手将几瓣柚子托在掌心,凑到山羊嘴边。山羊缩一缩脑袋,又凑过来,嗅一嗅,却并不吃那柚子。等了又等,那山羊到底没吃柚子。卢观鱼伸手摸一摸山羊脑袋上那两只尖角,硬硬的,冷冷的,仿佛萌动着小小的生命。

然而,不可能了。若真如老卢夫妇所说,那这只山羊很快便难逃厄运了。卢观鱼还从未见过杀羊的过程,那会是怎样的?是用刀捅,还是用水溺?在即将到来的死亡面前,这浑身白毛的山羊,是如此柔软,如此驯服,竟始终不会挣脱这拴缚自己的绳子。是没有足够的力量吗?还是早已接受那命定的终结?他四处看,四处摸索,在草间寻到那根麻绳,从树杈上解开来,牵着山羊,往树林外走去。山羊咩咩叫唤两声,驯服地跟着他。

　　卢观鱼牵着一只羊，走在月光朗照的路上。他不知道要去往何方，只是下意识地走着，走着走着，来到那片空荡荡的在建高楼间了。说来奇怪，之前有小暖相陪，他走到这片地方时便不觉得害怕，此时，有山羊相陪，他也不觉得害怕。山羊偶尔咩咩叫唤两声，楼群间便传来咩咩、咩咩的回声，仿佛不是一只羊跟着他，而是一群羊跟着他。他是今夜月光里的牧羊人。

　　不多时，看到旧桥了。从小暖口中，也从其他人口中，他知道，有很多人从旧桥上跳下去。这平平无奇的旧桥，怎么就成了"跳桥胜地"呢？他不明白。

　　他牵着山羊，走到旧桥上，山羊始终驯服地跟随着。在一盏独眼龙似的灯光下，他和羊紧挨着站着。或许还有许多在此地终结生命的魂灵，和他们一起站着。心念及此，他前后左右匆匆一瞥，心头掠过一丝恐惧，然而，瞬即平复了。他看看远处在建高楼边上塔吊的大灯，又看看桥底潺潺流动的河水。光明连着黑暗，明月伴着稀星，世界如此广阔，在他眼中，也在羊的眼中。

　　然而，他们无处可去。

　　"羊啊羊，你快逃命吧，到桥对面的村子里去吧。"

　　咩咩，咩咩咩，咩咩咩咩……

　　"羊啊羊，我不知道该把你送到哪儿了，你随便找个地方逃命去吧。"

　　咩咩，咩咩咩，咩咩咩咩……

　　"羊啊羊，你就甘心回去，等着被人杀掉吃肉么？"

　　咩咩，咩咩咩，咩咩咩咩……

　　"唉，羊啊羊，我也吃过你的肉啊……"

　　咩咩，咩咩咩，咩咩咩咩……

他摸一摸羊的脸颊,柔软而温暖,羊轻轻地挨一挨他,似乎表示回应,似乎表示原谅,又似乎是表示感激。他遽然起身,扔下麻绳,自顾自沿着原路往回走。走出许久,他回头看看,羊站在旧桥的灯光底下,驯服、孤独,静静地看着他。他转头快步走,生怕它跟上来。跑了一阵儿回头,羊仍然站在原地。他一气跑回家,看到卢家院子黑咕隆咚的,心头再次掠过一丝恐惧。可此时此刻,他更害怕的是那只羊跟上来,回头看看,身后空空荡荡,不觉放下心来——相比已死的魂灵,他更害怕那明知要死,却仍情愿赴死的魂灵。

躺到床上,他才想起,莫名其妙丢了一只羊,肯定会有人闹起来的。但谁会知道,羊是他弄走的? 整个过程,他没碰到一个人。更何况,老卢夫妇可以证明,他昨天喝多了,不可能再去做这样的事。那么,如此私自地放走一只羊,是善呢,还是恶? 对羊或许是善的,对羊的主人必然是恶的。算了算了,如果闹起来,自己应该坦然承认,大不了赔钱嘛,这样才是真正的善。哎呀,他忘记解开羊脖子上系着的麻绳了。套着一根麻绳,这羊又能逃到哪儿去呢? 逃不掉的,即便到了旧桥对面的村子,那儿照样有杀羊的、吃羊的人。他白天知道真相后,仍然在吃羊肉……在这些纠缠不清的念头里,他睡着了。

梦竟然接续着做下去,他仍然置身那陡直的阴郁高山里,在麻绳似的小路上走,一眼一眼山洞走进去看,都站着一只羊,静静地看着他。他慌忙退出,羊并不跟来,但转眼间,他看到无数黑暗的山洞齐刷刷睁开眼睛,目光锐利地盯着自己,仿若要看进他的脏腑里去。

挣扎着睁开眼,东边窗户没拉严实,日光耀眼。

咩咩,咩咩咩……羊从梦里走到现实里来了。卢观鱼扑到后窗口,看到一只白山羊立在杨树林边的枯草地上。羊抬头看他,咩咩咩咩,咩咩咩咩咩……这是昨晚那只吗? 是它回来了吗?!

第十四章 告别

短信十二条

小冬，我想我变成另外一个人了。

这能说是新生吗？经常有人说，每一天都是新的。但我说的新生，不止于此。

从生物学角度说，人体细胞大多在六七年内就会更新一遍。更新最快的是皮肤细胞，只消二十八天。心脏细胞更新最慢，得二十年。

这么说来，"革面"是最容易的，"洗心"就难得多。但这些都只是身体层面的新生，思想的新生是要更加困难的。

不过也未必吧？能有多少人认识六七年前的自己呢？更何况，我和你认识到现在，远不止六七年了，我早不是刚和你认识的那个人了。

很多事情，关于情感，关于欲望，关于情爱，关于背叛，关于希望，关于我们对生活的理解、对世界的理解……我想我都有不一样的认知了。

我多想有一个活生生的人坐在对面,和我聊聊这些。可惜,至今我都没遇到这个人,现在没遇到,或许永远都不会遇到。

或许,坐对面那人只能是自己。

有时候——尤其喝酒之后醒来,我仍然会费力地想,人是什么?活着是什么?死,又是什么?我仍然找不到那确定的答案。

但我现在确定地感觉得到,风的吹拂是温暖的,河水的流动是凉爽的,草木的生长是令人欣喜的,我在这儿,每秒、每分、每天,都确确实实地活着。

人生短暂,宇宙浩瀚。每一刻,所有的星光都在注入我心里,所有的寂静都在和我对话。我心里满是想说的话,刚要开口,瞬即又沉默。

今后,我或许不会再发信息给你了。我知道你始终在那儿,我也知道,现在是告别的时候了。再见,小冬。现在是春天了,我要出门了。

立春了,天气暖和起来。又过七八天,到年三十了。午后时分,三人比往日提前一些来到河边,仍旧循着既定的路线走。没有风,晚霞的倒影如万千鲜花,静静地铺满河面。大河向东流,夕光从背后将他们的影子投在眼前的水面,影子看似随着微微起伏的波浪往前涌动,却始终依恋地停在他们面前。三人不时往河面看看,又往对面镇街上看看,河岸边的石阶上站着两个女人,不时弯腰,一个从河里提水,一个在岸边洗拖把,兴许是在做大扫除吧。三人站定了,隔着一条波光粼粼的大河望着她们。她们说说笑笑,笑声隔着宽阔的河面,在午后清冷的空气里,一阵一阵传来。过了一会儿,一人提着两只水桶,一人提着滴水的拖把,挥霍谈笑着上岸走了。

三人又继续往前走。救援队里的很多人回老家过年了，最近大半月，大庞小庞已经多次值班。卢观鱼之前听他们说，似乎隔三岔五就会有人跳进酒房河，可最近大半月，三人早出晚归，什么都没碰到。

　　"怎么就没见一个人自杀呢?"终于，卢观鱼问出这句话。

　　"你是想让人自杀，还是不想让人自杀?"小庞说。

　　"当然是不想让人自杀，那失足落水也行啊。"卢观鱼笑道。

　　"你是想让人出意外，还是不想让人出意外?"小庞说。

　　"我当然不想，只是觉得，我们这样走来走去，看来看去，毫无成就感啊。我们还带着救生绳，一副随时准备跳进河里的样子，却从来没人需要我们，弄得我们跟傻子似的……"卢观鱼想，这么说不对，停了一会儿又说，"我不是指望有人落水或自杀，我只是怀疑，这样每天走来走去，究竟有多少必要……"

　　"小伙子呀，这才几天，就没耐心了?"大庞撇一撇嘴，"我在河边巡查多少年了，从来不希望出事。这半月来，什么事都没有，不是很好嘛。只要出事了，你就得跳河里去救人，难不成你很想大冬天跳进河里?"

　　"你是因为还没碰到事，所以怀疑我们这样的巡查有没有必要。只要有万分之一的可能，都有必要……"小庞说。

　　卢观鱼自知理亏，笑着说:"你们说得都对。"

　　"我们说得当然都对。"小庞不依不饶。

　　渐渐走到生生寺对岸，听到几声钟声，一声一声，不急不躁，平稳笃定。钟声无限传开，天地仿佛为之一宽。卢观鱼想，这是表示什么的钟声呢?但他没说话，大庞小庞也没说话。他们站着，静静地听着钟声。此时，爆竹声远远传来。上海城区是早就禁绝鞭炮的，酒房镇因在远郊，鞭炮声仍然不绝于耳。这鞭炮声，说不清是为茫茫四野添了些热闹，还是添了些寂寥。待钟声响完了，三人就在这零零散散的鞭炮声里折回到酒房桥头。

"小卢，今天就这样吧，我们两兄弟回家了。大年三十，家里还等着吃饭呢。你也早些去老薄热气羊肉店吧，陪老薄喝一杯。"大庞说。

"以前过年，都是我们约老薄守岁，老薄始终不肯。今年你和小暖能陪着他，倒是真不错。他女儿啊，在美国好几年没回来了。以后，我可不让我儿子出国……"小庞叹一口气，"只是你和小暖，怎么也都不回家呢？"

卢观鱼笑一笑，没说什么。

大庞小庞往桥南村子里走了。他们得穿过一片破败的村子，往更远处崭新的村子里去。他们好几次约他去家里坐坐，他还没来得及去。他眺望着那些从未涉足过的村子，听着不时响起的声声爆竹，想象着一户户围拢在一起准备吃年夜饭的人家，心中感知的，说不清是热闹，还是寂寥。

今年的年夜饭还真是让人头疼，老薄是早早就问过他和小暖什么时候回家过年的，听他俩都说不回后，就约他们一起吃年夜饭。就在当天，卢阿姨打电话给他，问的几乎是一样的话，听他说决定不回老家过年了，顿时高兴起来，说，那太好了，小卢，我们卢家啊，每年三十晚上，一二十口人都会聚在一起守岁的，老人小孩，其乐融融，你也来吧？卢观鱼不好说是老薄先约了，道谢后，却说，我和女朋友约好了，年三十晚上要一起吃饭的。一语未了，卢阿姨的声音在电话那头炸起来一般，小卢有女朋友了？从没听你说过啊，那太好了，到时一起过来啊，让我们都见见。卢观鱼忙说，那不合适吧？我租你们的房子，和你们一起吃年夜饭，就够唐突了，哪里还能再约一个人。卢阿姨听了，很不高兴似的，说不怕你笑话，我和你卢叔啊，都把你当自家儿子看待，几次说让你别再付租金了，你就是不听。你卢叔是他们老卢家的老大，后面几个兄弟姐妹都听他的,他让你来,你就来好了,哪有什么合适不合适的,至于他们老卢家那些人,再和气没有了,你来了,见上一面就熟悉了……卢阿姨越说越高兴,仿佛已经看到除夕那晚的热闹场景。无论他如何拒绝,卢阿姨只是不依。

不得已,卢观鱼说,那等我问问女朋友,她老早定好饭店了,不好退的,我们在饭店吃过了,时间来得及再过来。卢阿姨说,是哪家饭店?告诉我,我帮你退了,镇上的饭店我都熟的。卢观鱼只得继续撒谎,说不是镇上的,是在市中心订的,如果时间来得及再过来。卢阿姨又高兴起来,说那一定要过来啊,来得及,肯定来得及,我们每年除夕都是要热闹一夜的……

卢观鱼满脑袋冒金星,很后悔没直接回绝。

今晚怎么办呢?他想,也只能走一步算一步了。这么想着,他走上酒房桥,站在桥中央往酒房河上游看去,远远地看得见旧桥,旧桥后面,落日浑圆、鲜红、沉寂,有着千钧力量。天上的落日下坠着,河里的落日上升着,离得越来越近,渐渐在水面合二为一,渐渐消失不见,只剩漫长的光从西边尽头涌荡至眼前。

默立一时,卢观鱼走过酒房桥,镇街上多日来人烟稀少,不想今夜仍有不少店铺张灯结彩,老老少少在店里吃年夜饭。他饶有兴味地隔着沿街的落地玻璃窗往里看,蒸腾的热气里,服务员往来穿梭,一张张笑脸绯红着,老人们满头银发,小孩们穿着红的绿的新衣服,像一些红的绿的气球,在轻松地跑来跑去,不时碰撞着彼此。他听不到笑声,但笑声早无声地灌满他的耳朵了。

"哎,怎么又是你?!偷看什么呢?"一个薄而亮的声音在耳边响起。卢观鱼回头一看,愣了两秒钟才认出来,半张脸裹在咖啡色围巾后的,是大亭。

"哎,怎么是你?差点儿认不出来了。"

"瞧你这记性。这是干什么,没钱吃饭啊?"

"那你请我?今晚一起吃年夜饭?好久不见了。"卢观鱼自己都觉得奇怪,怎么一见到大亭,就变得油嘴滑舌了。

"好呀!"大亭忽然笑嘻嘻,往下扯了扯咖啡色围巾,定定地盯着他,"那你今晚约的小女朋友怎么办?让她独自吃热气羊肉?"

"这你都知道?!"卢观鱼惊讶极了,"酒房镇的老大姐啊,太可怕了你!"

"什么老大哥老大姐的?"大亭显然没听懂这句话,"我是刚才去给老薄送药,听他顺嘴说了一声。你还不快去?他和小冷——不,听说你给她改了名字,现在叫小暖了?都在店里等着了。"

"你又给老薄送药?他究竟什么病啊?"

"没什么,老毛病了。我顺路嘛。"

"嗯,你总是顺路,"卢观鱼点一点头,若有所思地笑一笑,"我还不知道呢,你家住哪儿?你这是要回家吃年夜饭?"

"我哪有那福气哦,今晚轮到我值班。"大亭意味深长地瞅他一眼,"我哪像你哦,那么潇洒,专门辞职到这儿谈情说爱,你这算职业'恋爱家'吗?啧啧……不跟你饶舌了,走啦!"大亭转身往街对面走,和上次一样,走了一段路,才举起一只手,背对他挥了挥。他想喊住她再说两句什么,却只怅然若失地唉了一声。

目送大亭走远,他沿着河岸,慢慢走到老薄热气羊肉店。边上的几家店都关门了,羊肉店也在三天前关门了,今晚这一桌是他们仨的私宴。

店门玻璃上,相对贴着两张倒置的大红福字,门两边各挂着一盏大红灯笼,门楣上贴着一张横批:迎春纳福。左右两边却不见对联。卢观鱼想,这对联怎么只有横批啊,三缺二嘛。正看着,门推开了,一股菜香扑面而来。

"傻站在门前想什么呢?"小暖的笑脸白里透红,桃花一般绽在面前。门一开一关,门上的玻璃一进一退,映着小暖的脸,明艳而恍惚。今晚小暖不是服务员,也就没穿围裙,和在旧桥上初见时是一模一样的打扮,鲜红卫衣,鲜红帽子,帽檐转在脑后,头发虽还没恢复到那时的长度,也长了许多,从脸颊两侧黑亮瀑布一般垂下。小暖见他盯着自己看,无声地笑,眼睛眯成一条缝,更显出一份娇憨和妩媚。小暖说:"怎么? 不认识啦?"卢观鱼清一下嗓子,说:"我怎么觉得,这才刚认识了。"小暖抡起拳头,轻轻在他肩上捶了一下。

卢观鱼进门,看看靠窗的桌上摆满菜蔬,除开那些熟悉的,小火锅、大葱炒羊肝、水煮毛豆、盐水花生,还有从镇街上买来的现成烤鸭、夫妻肺片,另有几样,不知是老薄做的还是小暖做的,大闸蟹、清蒸鲈鱼、红烧排骨和一盘香椿炒鸡蛋。"竟然有香椿了,春天已经来了吗?"卢观鱼拿起筷子撺起来吃。"我早上在菜市场见到的,真是稀奇,就两小捆,我都买回来了。"小暖说着,又端一盘青椒皮蛋出来。"这么多菜,就我们三个人,怎么吃得完?"卢观鱼摩拳擦掌的,一副要大干一场的样子。"你呀,就知道吃现成的,我和老薄都到好久了,打扫啊做饭做菜啊,累得半死。你要是不多吃点儿,怎么对得起我们?"卢观鱼无声地笑,想说自己是因为要和大庞小庞去河边巡查嘛,却什么都没说。

老薄两手攥着一条灰毛巾,擦着手上脸上的汗,从厨房出来,满脸弥勒佛般的笑:"小卢尝尝今晚的炒羊肝,看看能不能分辨得出这是谁做的。"

"那我尝尝,看有没有我炒得好。"卢观鱼坐下,撺一些葱段和羊肝吃。

"真不要脸……"小暖白他一眼。

老薄坐一边，卢观鱼和小暖坐一边，不约而同地朝玻璃窗外望一眼。天黑下来了，远近灯光繁炽，看不见月亮，只看得见不多的几颗星。星星悬在天上，也落在河心，河水仿佛不存在，星星是落在虚空里了。

静了好一会儿，以至于有些许尴尬。卢观鱼起身，端起一坛两斤装的酒房河，将三只浅浅的陶碗斟满。老薄端起酒碗，盯着黄酒，仿佛在端详自己在酒中的倒影，沉沉喘了几口气，说："小卢、小暖，我谢谢你们啊，能陪我这孤老头子吃一顿年夜饭，多少年了，我都是一个人吃年夜饭……"

"哎呀，该我们感谢你才对呀，大过年的，让我们来白吃白喝，对吧？"小暖瞅一眼卢观鱼，"不然我俩还不知道能去哪儿呢。"

"对啊对啊，该我们敬老薄一碗酒。"卢观鱼端起酒碗。

三人碰一碰碗边，都将碗中酒喝了。卢观鱼喝最快，小暖皱眉挤眼，也很快喝完了。老薄喝几口，停一停，喝几口，又停一停，好不容易喝完了，抹一抹嘴巴，仰起酒碗让他们看："真是老了，要是我在你们年纪……"

"那你该庆幸啊，我们还不知道能不能活到你这岁数呢，对吧？"卢观鱼想起小暖说过类似的话，瞥一眼小暖，"希望我能活到老薄这年纪，到这年纪了还能喝一杯。这酒，味道真不错。"卢观鱼啧啧嘴，回味无穷的样子。

"说得像是你很懂酒似的。"小暖撇一撇嘴。

"喜欢喝就多喝几碗，这可不是平时喝的那种酒房河，这一坛啊，我珍藏二十多年了。"老薄笑呵呵的，放下酒碗，伸出右手擦一擦下巴上挂着的几滴残酒，"虽然这段时间，你们俩差不多天天到这店里来，但我们仨这么坐一块儿喝酒,好像还是头一回?来,老头子敬你们一大碗!"说着拿过坛子给碗里倒酒。

卢观鱼起身抢过酒坛,给三人斟满酒。

"老薄,你慢点儿喝啊,"小暖脱掉红色外套,搭在椅背上,捋起长袖白T恤的袖子,回头说,"你不是胃疼,不能喝酒吗?刚才大亭送药给你,还千叮咛万嘱咐,不能再喝酒了。你转头就忘了?"

老薄呵呵笑,像是小孩子犯错被抓现行似的,抓住酒碗的手慢慢松开:"我是不能多喝。你们多喝点儿,今晚没别人,我们慢慢喝。"

"哎,老薄,你女儿什么时候回来?都说你女儿特别有出息,都在美国成家立业了,记得几个月前,听那几个农民工来喝酒,还吵嚷着要见你的洋女婿呢。"卢观鱼说这些话时,虽看到老薄脸上的表情在渐渐变化,但他仍然带着一种说不清楚的心理说下去,直到小暖用手肘拐了拐他。

"她忙嘛,又要面对客户,又要面对老板,里里外外少不得她。她以前和我说过她的工作,我听不懂,就不问了,知道她好好的就行。"老薄低头看着酒碗中的倒影,想了想又说,"她在美国嘛,我们白天,他们黑夜,我们睡下了,他们又醒了。你们说,世界怎么能大成这样?连白天黑夜都不一样,那么大那么亮的太阳,竟是顾得这头顾不得那头的。"

"所以啊,更何况人呢?人也经常是顾得这头顾不得那头。"卢观鱼笑着端起酒碗,"来,来,我们先喝酒。"

老薄也笑起来,端起酒碗稍稍抿一口。

"你们俩呢?怎么都不回家过年?小暖,你可是上海本地人啊。你家里也得有我这样的老头吧?"老薄还是头一回问起这个,似乎又觉得唐突,立马说,"我也就随口问问,每个人都有自己的事情,旁人哪里知道那么多?你们能来陪我这老头子吃年夜饭,我当然是求之不得,不过年轻人嘛,有空还是多回家看看……"

卢观鱼不说话,小暖也不说话,气氛一时又有些尴尬。

"我说认真的啊,你俩不要觉得时间多得是,你们想不到时间过得有多快,等明白过来,就晚了。不过你们不用担心这个,因为你们还有大把的好时光……"

"咦?"小暖歪头斜睨着老薄,"老薄还看过电影《爱尔兰人》? 我刚看过这部新上映的电影,里面有一模一样的台词。"

"什么爱尔兰人?"老薄一头雾水的样子,"不管是爱尔兰人还是中国人,都是这个理。每个人都有自己的秘密,我也有。你们不问我,我也自然不问你们。这么说来,我们三个人坐在这儿,其实你不知我,我不知你……"

这话莫名地让卢观鱼有些伤感。

"怎么不知道嘛,你和我说过那么多过去的事。"

老薄淡淡一笑,停了一会儿说:"有件事我是认真的。我有一只紫檀木匣,前阵子交给大亭了——就是你们都认识的卫生院的那个大亭,她是我媳妇的远房亲戚,她和我女儿熟的,所以我交给她,也算有个见证。木匣里有张纸头,把一些事情都交代清楚了。我和她说好了,等哪天……"老薄停下来,看着卢观鱼和小暖,又似乎只是看着虚空,"到时你们可以打开看看,有我给你们的几句话。"

两人听得怔住了,一时不知说什么好。

"搞什么嘛! 老薄你今晚也太认真了,还这么神神秘秘的。"小暖笑起来。

"老薄,你胃病那么严重? 你不说,我也不好问你。"卢观鱼往前倾着身子。

"不至于,不至于。"老薄摆着手,笑呵呵否认,"你们看我这样子,体壮如牛，还能喝酒，能有什么事？那胃病，是几十年的老毛病了。"

"那你搞得跟交代后事似的？刚才真吓到我了。"卢观鱼说。

"我只是感慨，这日子是越过越快了。你们这时候，也会觉得时间过得快，可我是翻过六十后，才真觉着时间是太快了，杀人不眨眼啊！昨天我还在江边，跟别的老头儿喝酒呢，转眼我自己就成老头儿了。人生七十古来稀啊，我怎么就七十了？不可思议，不可思议……"老薄摇晃着脑袋。

"我发现，时间是不能感慨的，越感慨越快……"

"那就不感慨了，喝酒，喝酒！"小暖喊起来。

三人端起酒杯，碰一碰，酒泼洒出来。

"青春万岁！活着万岁！"小暖忽然喊道，举起一只手，笑得灿若桃花。

"青春万岁！"卢观鱼也举起一只手，附和道。

"活着万岁！"老薄笑眯眯，也举起一只手，附和道。

大家都笑起来了，店里冷清的空气活络地流动起来了。

说说笑笑，不觉九点多了。期间卢阿姨、卢叔都打过电话来，卢观鱼手机是静音，都没接，只回了一条微信，说还在跟女朋友吃饭。过一会儿，卢阿姨回复消息，说那你们吃完一定要约着过来，我们跟家里人都说过了，大家都等着呢。他本想回复说不来了，想了想，回复道，我们结束估计很晚了。卢阿姨回复，没问题的，我们守夜，你们晚一些没关系的，只要来就行。他没再回复。

夜更深，更静了。旧与新即将交替，如此平静，如此不可逆转。

"这时节，在我老家，祁连山顶上，一定积着很多雪了。远远望去，白白一大片。现在回想起来，真是好看哪！"老薄喝了三碗，便不再喝了，此时端着空空的酒碗，眼睛眯缝成一条线，仿佛在回望，又仿佛在遥望。

"老薄,你多久没回过老家了?"卢观鱼说。

"快半世纪了。"老薄叹息,"大概什么都变了,只有祁连山没变吧?"

"老薄,你什么时候回老家啊? 我还没见过祁连山呢,我们一起去呀。"小暖举起装满酒的碗,在老薄手中的空碗上碰了一下。

"要去,要去! 祁连山上的雪,真是好看哪!"老薄微笑着,眯着眼说,"等到春天,许多雪融化了,雪水灌满小河,所到之处,都变绿了,开花了。哎呀,那个好看哪! 唉,说起来,我都没搞清,祁连山上那么多雪水会流到哪儿呢? 想必辗转万里,最后也是像外面的酒房河一样汇入大海吧?"

三人望向窗外,酒房河水翻涌着,想那遥远的、不知道什么名字的雪山,积雪在即将到来的春天融化后,雪水得经过多少白天黑夜,流经多少高低曲折,才能到得此处? 江水滚滚,就要在他们眼皮底下,流到那新年里去了。

卢观鱼内心沉郁,端着酒碗,看看外面的河水,看看远处的夜色,想着此刻,星空之下万家灯火,灯火底下,几家欢喜,几家忧愁,如此多的欢喜和忧愁,仿佛各不相干,却又彼此关联。这世界,和自己,终究是一体的。一些虚幻的影子,不断袭扰心头。他转回脸来,一声不吭,和小暖碰了碰酒碗,将碗中酒喝尽了。小暖不知为何笑起来,嘻嘻哈哈地端起酒坛给他倒酒。他脑袋晕晕的,心情渐渐舒展,感觉自己沉浸在肥皂泡般堆拥着的欢欣里。

刺破这肥皂泡的,是一迭连声指名道姓的呼喊:"老薄,老薄! 有人跳水了! 老薄,你在吗? 有人跳水了……"三人惊愕不已,起身时,桌上的碗盏弄翻了几只。忽然,一张古垣似的脸贴在窗玻璃上,拍着窗玻璃，鬼一般瞅着他们，鬼一般喊："老薄！老薄！"三人连忙起身，推门出去。

"老大，你怎么在这儿啊？不是说今年拿到工钱，就回老家过年吗？还说到这儿喝一场酒……"老薄没来得及披件外衣，站在店前的灯光里。

"哎呀，剩下两年的工钱没拿到，老板跑路了。那几个都回家了，黄毛不肯走，我怕他出事，只能在这儿陪着。今晚几个没回家的工友在宿舍喝点儿酒，有人开玩笑说，他老家相好的要嫁人了，他就跑了，我一路追过来，见他站在旧桥上，我喊了一声，他就跳下去了……不说了，快呀，老薄，我不会水啊，顺着河水一路追下来，什么都看不见啊！……"老大语速极快，身上穿一件后背印着"某某建工集团"的蓝色薄外套，满头满脸是汗。

"从旧桥到这儿，这么远的路了，到哪儿找去？"老薄望着黑沉沉的江面。

"老薄，你想想办法啊，从老家出来时，我和他爹妈再三保证过的，他家就这一根独苗，要是出点儿什么事，我回去怎么交代啊！"老大越发说得急煎煎的。

"我划船进去看看，"老薄转身朝卢观鱼喊，"快回店里！拿救生绳和救生圈，还有强光手电筒。我先下去解缆绳。"

卢观鱼赶紧回羊肉店里间。老薄说过，他最近这些年很少下水救人了，最后一次救人，就是去年救的黄毛。这些救护用具却始终放在店里，只是都积了厚厚一层灰。"你等等，我找抹布擦一下。"小暖喊道。"擦什么呀，这是要扔到水里的啊……唉，怎么没救生衣？"卢观鱼喊，将救生圈套在手臂上，抱着救生绳，拿了一盏强光手电筒，急急出店门，急急奔下河坡。

老薄已经解开缆绳,将长久停泊着的小木船划出去了,就快要离开店前灯光能照亮的范围。"老薄,让我和你上船啊!"卢观鱼喊。"别胡闹!你喝了那么多酒,可不能上来。"老薄远远地喊。卢观鱼只得站在岸边,将东西交给老大,老大力气真大,探着手,将几样东西准确地扔进老薄船舱,老薄一手摇橹,一手攥着强光电筒,往河心驶去。小暖手中还有一盏强光手电筒。两盏电筒射出的光束,只是将夜色烧出眼睛似的两只窟窿。两只眼睛,指引着老薄的小船,在茫茫大河上搜寻,寻到的只是无限的波浪,和偶尔几点宝石似的星光。

"你也喝酒了啊!老薄,小心点儿啊!"卢观鱼朝河心喊,回应他的是小船撞开河水的哗哗声。好一阵儿,大家屏息敛气,小船逆流而上,大家也在河坡上逆流而上。老大着急,等不得大家慢慢往上走,夺过小暖手中的强光手电筒,照着河面,迅速逆流往上跑去,跑啊跑,跑到旧桥上了,电筒光从桥上射下,在桥底的河面照过来照过去,一无所获。过了一会儿,他又跑回大家身边。这一趟跑下来,老大气喘吁吁了。好一阵儿,老薄划船来到旧桥底了,执着强光手电筒在河面照来照去,一无所获。老大站在桥上,手电筒的光在河面绕来绕去:"老薄,人就是落在这儿,怎么人影都没有啊?"这时候,卢观鱼和小暖也来到旧桥上了,挨在老大身边,桥上桥下的两支强光手电筒射下来射上去,两股光合拢,将桥下桥上的面孔异常立体地凸现出来。"老薄,看到黄毛了吗?"老大带着哭腔喊。

老薄在船上站起,看他们一眼,似乎说了句什么,被河风吹散了。老薄低下头,又朝四面的河面盯着看,好一会儿,朝他们挥一挥手,纵身跳进河里了。河面剧烈波动,小船晃荡着,船上电筒射出的光也晃荡着,先是照向河面,忽地,翻转过来,射到天上去了。夜空茫茫,仿佛被烧出一只昏昏的独眼。

老薄迟迟没浮上来,渐渐地,卢观鱼急了,小暖也急了。"他刚喝过酒,又总说胃疼,不会……""不会不会,老薄水性很好的。"卢观鱼安慰道——虽然他从来没见过老薄游泳。又等了一会儿,水面仍然平静着。小暖攥着那只手电筒,在河面一遍又一遍搜寻,除却闪动着暗淡波光的河水,再无别的。

"哎呀,怎么办哪?!"小暖打着哭腔,急得直跺脚。

"不行,我得下河看看,老薄肯定出事了!"

"你怎么下去啊?刚才没听见老薄说啊?你喝了那么多酒!"小暖急得跺脚。

"难不成就这样干等着?"卢观鱼急煎煎地说,"老薄能潜水的,在水里待一阵儿应该没问题,就怕他没力气上来,我下去拽他一把!"

"这河多宽啊,水又深!你进去,就是再搭一个进去!"小暖厉声喊。

卢观鱼不听,跑下桥,奔下河坡。小暖追上来,死命拽住他的袖子,哭喊着:"你不要命啦?你刚才喝那么多酒!"争执间,只听得噗通一声,卢观鱼两脚滑进河里了。小暖喊:"去不得!去不得呀!"卢观鱼被冰凉的江水一激,酒差不多全醒了,他看看旧桥,看看小暖,那件过去很久的事浮现心头。他迅速脱了外衣,脱了鞋子,想一想,掏出手机,摘下眼镜,将这些东西一股脑儿往小暖怀里一塞,只穿着贴身衣裤,纵身下水了。河水比上次入水时冷多了,但此时他内心焦灼,并不觉得冷。他盯着小船,往前游了一会儿,身后不断传来呼喊,事已至此,只能不管不顾了。摸到船舷,船上手电筒射出的光柱摇动着。他深吸一口气,一个猛子扎入水底,水底黢黑一片,加之没戴眼镜,能见度极低。他瞪着眼,左右看看,没有黄毛,也没有老薄,昏黑的水里一无所有。仰起头来,隔着水面,一张昏昏的灯在高高的旧桥上,边上还有一盏电筒光,从桥上射下来,河坡上也有一盏电筒光射来,两片光点乱乱地在头顶动着。他在水底努力游动,努力搜寻,一无所获。憋气憋得眼睛都鼓突出来了,心脏咚咚咚跳得犹如打鼓。仿佛过了许久,仿佛只是短短一瞬,他猛地浮出水面,水面晃动。他想翻身上小船,却没成功,想要将船拽到岸边,又想兴许老薄待会儿还需要。他奋力游到岸边,仰面躺在河坡上,咻咻喘息,小暖抱着衣物站在边上,不发一声。过了一会儿,才将眼镜递给他。他戴上眼镜,眼前暗沉沉的世界清晰起来了。

定一定神,卢观鱼才想起让小暖报警,又让老大回去喊工友,自己则给大庞小庞打电话,然而,许久没人接。再看时间,快十一点了。或许大庞小庞正忙着喝酒?挂了电话,卢观鱼失神地望着茫茫河面:"说不定他们抓住河面上什么东西,一直漂着也说不定,就像你上次那样。"他看一眼小暖。小暖只顾低头打电话。卢观鱼又想,此时还能到哪里去找人?家家户户忙着过年,谁会跑到河边救人呢?忽然想起生生寺来了,忙对小暖说:"你和老大就在这儿守着,看老薄会不会回到船上,我去生生寺找人!"

果然,生生寺大门虚掩,观音殿里灯火辉煌,观音高高端坐,一脸慈悲,俯瞰着喃喃念经的和尚们,也俯瞰着急吼吼闯进来的卢观鱼。卢观鱼扶住大殿门框,掐着腰,喘着粗气,喊道:"明空大和尚在吗?有人掉河里了!老薄为救人,跳进河里,也没上来!"

一位四十多岁的高壮和尚倏地从蒲团上站起,几个年轻壮实的小和尚也噌地站起,大伙看着这忽然闯入的浑身湿透、衣衫不整的人,彼此看看,紧一紧手,急匆匆往酒房河边赶。和尚们驾三只小船,攥着强光手电筒,往河心去。卢观鱼也要去,一位大和尚一定是闻到他嘴里浓浓的酒味了,伸手挡住,不让他上船。他细看了,认出这是一起住过院的明了大和尚。"哎,大师,我们一起住过院的,你不记得我了?你让我上去!"他苦苦哀求。明了大和尚不为所动,脸上看不出分毫悲喜。他只得作罢,在岸边跟着小船上下跑动,目光紧盯着茫茫河面。

河面仿佛比平日更宽了。晃动着的一柱柱电筒光,将浓黑夜色烧出许多空洞的眼睛。小和尚们左呼右唤,将阗寂的河面搅得热闹起来。渐渐的,还没喝醉的几个工人来了,消防队员来了,警察来了,更多人来了。过了许久,有人在河面嚷起来,一个人发现了;又过了一阵儿,河面再次嚷动起来,又一个人发现了。

都是在老薄热气羊肉店附近河面发现的。先将黄毛运到羊肉店前,接着将老薄也运至羊肉店前。小暖跪在老薄身边哭成泪人儿,卢观鱼蹲在她身边,一手揽着她的肩膀,安慰她,自己竭力忍住哭声,却忍不住泪水滚滚。羊肉店的灯火从后面照拂着他们。灯火底下,有人看到,热气羊肉火锅还咕嘟咕嘟煮沸着。

"得赶紧打 120 吧?"卢观鱼刚醒过来似的,茫然地看看围观的人群。

"还打什么 120 啊?都这样了。"不知是谁说的。

卢观鱼不甘心,攥着手机,没打 120,倒是拨通了大亭的电话。不想铃声就在人群外响起。大亭举着手机,背着急救箱,分开人群进来了。"我在值班,听到有人议论,就赶过来了……"大亭和她两个同事跪在老薄和黄毛身边,看了,听了,又了做心肺复苏,很快,大亭转过头来,眼中含泪,看着卢观鱼。

鞭炮声响了,先是一声,又是一声,一声紧接一声。

烟花升起来了,炸开了,先是一朵,又是一朵,一朵紧接一朵。

无数声音,无数光点,连缀成片,繁花朵朵,葳蕤如林。挤在岸边的人都抬起头看,无数的烟花,便纷纷开在他们眼睛幽暗的湖水里,无数的声音便如惊雷,纷纷落在他们耳朵无底的深渊里。

这是新年了。崭新的时间,流淌在每一个人身上。

先是商量两人的遗体该停放在哪儿,这在寺里是没有过的事。有人说,超度牌位都在地藏殿中,遗体自然是停到地藏殿,明空大和尚却说:"先将两人停在观音殿吧。"问卢观鱼和老大同不同意,两人茫然点头。生生寺里人手众多,不消多时,已将人运至寺内,擦洗过身子,换上一身干爽衣服。众人又议论了一阵该如何停放两人,结论是,无论长幼,并排着停放。

殿内灯光辉煌,烛影摇曳,一老一少,眼睛闭着,脸色被灯光、烛光映得微微泛红,恍如生者。明空大和尚领头,众多和尚紧随着他,念着经文,围着遗体走了一圈,又走了一圈。和尚们身着黄色海青,海青下摆在快捷的走动中不时卷起,像极了翻跹的蝙蝠,烛火在蝙蝠翅膀的扇动里摇曳,人影幢幢,虚实难辨。

这是本地风俗呢,还是寺庙的规矩?卢观鱼不懂。在他老家,人过世后第二天,亲人们也会跟随着阴阳先生,如这般围绕着逝者一圈一圈走,只是都沉默着。阴阳先生也会念念有词,只是他听不懂念的是什么。现在,他认真听了一会儿,同样听不懂和尚们念的是什么。

他再次瞥见和尚队伍里那个熟悉的面孔,明了大和尚比明空大和尚矮一些,苍老一些,目光平静,无悲无喜。卢观鱼紧紧盯着他,想着或许目光能让他感应到自己。然而,即便目光相遇了,他似乎仍没认出卢观鱼。卢观鱼甚至想喊他一声,转念又想,这是什么时候了?喊他能做什么呢?

过了许久,他的目光离开和尚们,往大殿四处看。蓦然想起大庞小庞说的生生寺观音的故事。他满眼含泪,抬起头看着观音。观音高高在上,犹似端坐在山巅,又似安坐在云端。观音满面慈悲地看着他,看着他无声地流下泪水。他放任着泪水流淌,好一会儿,感觉心中堆积的许多东西渐渐消融了。内心空空荡荡，浑身飘飘忽忽，在和尚们的诵经声里，感受到异常的熨帖和完满。

卢观鱼不想让别人看到自己流泪，想要忍住，无奈越想忍住，泪水越多。隔着泪水，他在人群中扫视一圈，没看到大庞小庞。他们看到信息后，已经急匆匆赶来了，或许此时忙别的事去了吧？忽然发现，小暖不知哪儿去了，又找了一圈，见她站在观音像边上的暗影里。在他们之间，隔着两具静静的尸体和念经的和尚们。小暖呆呆的，目光说不清是落在和尚们身上还是逝者身上。似乎感应到卢观鱼在看她，她抬起头望过来。卢观鱼说不清自己出于什么心理，慌忙躲开她的目光，转身悄悄离开大殿，毫无目的地钻进黑暗里。

茫茫然地，朝着岑寂的地方走。

不多时，那连绵的诵经声和明亮的灯火都在身后了。周身是清冷的夜和稀疏的虫鸣，他有点儿惊讶，原来冬天仍然是有虫鸣的。站在一株树冠庞大的桂花树下，有细细的风摇动树枝，发出混沌而飘忽的声音，仿佛有一团绿色的云在夜色里撞来撞去。没有目的地撞来撞去。他离开桂花树，转过一座大殿，来到后院。灯火更加昏暗了。他奇怪于自己并不觉得害怕。又走了一段路，一盏灯迎候着他。抬起头来，看见一座偏殿的屋檐底，挂着一块巨大的紫檀色木质牌匾，牌匾上深深地镂刻着几个大字："度一切苦厄"。

偏殿的白色石灰墙上，镶嵌着一方方黑色石碑，碑上刻的是佛教典故。牌匾东侧，淡淡灯火烛照的那块碑上，撰写的是玄奘法师弥留之际的故事。卢观鱼站定了，仿佛神魂不由自主，一字一句看了下去。

那是一千三百多年前大唐的冬天。晚年的玄奘法师被高宗变相软禁在宫中，恶疾缠身却无处求医，后得以入玉华寺翻译《大般若经》，译成后不久，不小心摔了一跤。正月二十四这天，长安城玉华寺里，法师请塑像工人宋法智在嘉寿殿立起一尊菩提像的骨架子，召集众多翻译经文的弟子前来，对他们说了一段话："玄奘此毒身深可厌患，所做事毕，无宜久住。愿以所修福慧回施有情，共诸有情同生睹史多天弥勒内眷属中奉事慈尊，佛下生时亦愿随下广作佛事，乃至无上菩提。"初读之下，这些话他并不能明白，默默念诵两遍，才稍稍明白了一些，玄奘法师似乎是说，自己肉身不净，很是可厌，在这人世间要做的事情做完了，那就不必再待下去了，愿意将一切福慧回报人间众生。碑上还写着，这之后，玄奘法师多日不语。到了二月初五半夜，天寒地冻，弟子问玄奘法师："和上决定得生弥勒内众不？"法师回答："得生。"就此圆寂了。

返回去又读了一遍玄奘法师那段话，蓦地想起老薄曾对自己讲过，他在长江边的窝棚里翻阅《西游记》最后几页，小说里的唐僧在离开陈家庄救生寺前所说的话，和这段话似有某种相似之处。他自觉对这段话更明白了一层，只是难以言说清楚。再转回来看玄奘法师回答的两个字，得生，得生！不禁感动莫名，泪水泫然。碑文上方，玄奘法师清癯的面影和老薄宽厚的面庞渐渐合二为一。同时，他慢慢体察到一种明亮而纯净的力量，萌生并充盈在心间。

泪水渐渐止住后，脸颊一片寒凉。刚才事情太多，一直没在意身上的湿衣服，此时，虽然衣服几乎都被他的体温焐干了，夜风吹过，他仍然不由得打了个冷战。在牌匾底的台阶坐下，他再次确认，这一切是真的。他现在是在生生寺里，黄毛死了，老薄死了。诵经声远远地传来，一浪一浪地涌动。暗夜里的大殿，灯光毛茸茸地亮着，是这冬夜全部温暖的所在，也是这冬夜全部不幸的所在。

抬起头来，看到大殿屋顶之上，南方天空一片明亮的星光。星光闪烁，犹如一粒粒儿时喜欢的水果硬糖。他想象着大风吹动它们，它们顺着屋顶滑进他嘴里。但它们始终只是在一阵阵冷风里瑟瑟抖动，不肯落下。他嘴里仍是一片苦味。

　　二十多年前的除夕夜,他听父亲讲过,这是猎户座和猎户座大星云。那时的父亲和他现在一般年纪,拥有小城最专业的天文望远镜。每天临睡前,父亲都会站在望远镜后,微微驼着背,前倾着脑袋,对着夜空凝望许久。有时候,他也会凑到父亲身边,一面漫无目的地往夜空里探看,一面听父亲介绍,那是人马座,那是狮子座,再那个是……他既辨不清那些星座,也记不得这些名字。唯这猎户座和猎户座大星云,他始终记得。父亲告诉他,"猎户三星"就是有名的"福星""禄星"和"寿星"。"三星高照,新年来到!"他在院子里跑来跑去,反复喊着父亲告诉他的这句话。这话犹如咒语,每一次喊出口,都让他感觉到清冷的空气里有崭新的时间在到来。后来,父亲在四十多岁过世了,而这一夜的情形犹如火焰灼烧的痕迹,长久地烙印在他的记忆里。

　　许多年了,他不愿意再触碰这些过于遥远的记忆。他几乎以为,他已经把它们忘却了,此时念及,发现哪怕是那夜院子里一株分叉的草茎,都记忆分明。

　　想起杜甫那句有名的诗,"人生不相见,动如参与商"。猎户三星正是参宿。父亲知道这句诗吗?他永远没机会问父亲了——忽然,就在这一刻,他猛地意识到,他是不是在潜意识里,把老薄当成父亲了?!这突然的念头照亮他,攫住他,难以言述的巨大丧失感,就如一双铁手,迟缓地、硬生生地、鲜血淋漓地将他的心脏撕开了。刚刚止住的泪水,又顿时涌出。

　　手机响了,仍是房东卢阿姨的电话。

　　按掉声音,看着屏幕,好一会儿,手机屏幕重又暗了。他看看手机,卢阿姨已经打过七八个电话进来了,又看她发来好多条短信,意思都差不多,让他多晚都要过去坐坐,带着女朋友或一个人过去都行,家里人都还在守夜。卢观鱼呆想半晌,回了一条信息:老薄死了。

他垂着头,泪水又止不住了。

不知过了多久,听到脚步声,抬起头来,看见一个人影站在不远处昏暗的灯光下望向自己。他心头一颤,也望着那人。那人不走近,也不离开。

"你怎么在这儿? 大家都在找你呢。"小暖的声音从现实里传来。

老薄和黄毛是初一中午运到殡仪馆火化的。老大说,要带黄毛的骨灰回老家,所以大家并未给黄毛举行葬礼。老薄的葬礼由明空大和尚、大庞、小庞等人帮着料理。老薄两年前买好的公墓,大庞小庞都知道在哪儿。卢观鱼只管磕头、吃饭,并没做多少事。他做的最重要的事,是联系老薄的女儿薄清清。这件事还是大亭打电话过来,他才想起的。大亭说,老薄放了一只木匣在她那儿,说是等他哪天不在了,就联系卢观鱼,让他把木匣取走。卢观鱼愣了一会儿,才想起昨晚老薄说过的话。两人约在酒房桥边碰面了,大亭将一只看起来颇有些年代的紫檀木匣交给他,他将木匣掂了掂,很轻,打开来,里面仅有一只信封,信封内放着两张纸,一张纸上写着热气羊肉店今后交由他和小暖经营,五年内不收房租,女儿已经同意了,还详细写着女儿的联系方式。此外,还有半张发黄的纸,边缘有火烧过的痕迹,已看不清纸上写的什么。

卢观鱼加上薄清清微信后,大半夜打语音电话过去。听到父亲的死讯,薄清清沉默一时:"我工作太忙了,再说,就算我立刻动身,到家也是好几天后了。我就不回来了,事情你们看着办吧。"卢观鱼一时无语。挂了语音电话,又将老薄藏在木匣中的那两张纸拍照了,用微信发给她。好一阵子,薄清清回复,知道了,没问题的。卢观鱼回复,节哀顺变。薄清清没再回复。

卢观鱼去翻看她的朋友圈,每天发的,要么是一盘盘菜肴,要么是家里的院子。年三十这天,她发的是:"丰年好大雪,雪一化,春天就来了。"配图是窗台上的一盆紫色蝴蝶兰,蝴蝶兰后的窗外,皑皑大雪堆满她那无数次出现在朋友圈的院子。卢观鱼暗暗期待着她在接下来的日子里发一点儿有关老薄的东西,许多天过去了,她朋友圈里仍然只见院子和盘子。卢观鱼有些愤愤不平,和大庞小庞说了这事。大庞小庞沉默一时,大庞叹一口气,说:"人各有志嘛。"

冬去春来,那些返回故乡的人陆续回来了,来到这陌生又熟悉的异乡,苦熬他们的生活。酒房镇重新热闹起来。偶尔有人和大庞小庞打招呼,有些狐疑地看一眼他们身边的卢观鱼,卢观鱼装作没看见。

春风几阵,春雨几场,酒房河两岸许多桃花开了,红的粉的白的桃花,映在水里,更红更粉也更白。风里雨里,花瓣点点,被风吹落,被雨打散,落在河面,悠悠荡荡,随着流水逝去。更兼那无数柳枝袅娜飘逸,引逗着羽翼雪白的鸭子,嘎嘎叫唤着游过来游过去,正是想象中的江南好风景。这一树树柳枝,一丛丛桃花,让他和大庞小庞走得比先前慢了。

现在是早上,暖日正好。三人走走停停,说些闲话。绕来绕去,不觉又说起那晚的情形。卢观鱼说:"那晚,老薄划船在河面搜寻一阵儿后,忽然从船上站起,是真看见黄毛了吗? 现在想来,恐怕不是。"大家又叹息一回。

不觉间,走到生生寺对面了。隔着一河春水,卢观鱼怔怔地望着那院墙后门边的高大红枫。老薄过世那些天,卢观鱼注意过这株红枫,叶子全掉光了,只剩下光秃秃的细碎枝丫。现今是长出叶子来了,柔柔绿绿一蓬。边上的黑漆木门关着,卢观鱼隐隐期待着,有个小和尚推门出来,拎着木桶从河里汲水。

手机响了,不用看都知道,是房东卢阿姨打来的。掏出手机接了,卢阿姨说:"小卢,今天可不能放我们鸽子了啊。"卢观鱼说:"不会,不会。"大庞小庞听他打完电话,就说:"那今天就这样吧,回吧。"折回头往西走,大庞小庞往南去,卢观鱼往北过新桥。"对了,差点儿忘了跟你说了,这几天有空,到我们那儿看荷花啊!"小庞在身后喊,"再过几天,早荷就要开了。""这么早啊? 荷花都要开了,那我过几天来啊……"卢观鱼回头朝他们喊。他俩又说了几句什么,他没听清。看着他们并排走着,渐渐走远,眼前不由得浮现出荷叶田田荷花初绽的景象。

走到老薄热气羊肉店前,看一眼,又继续走,从旧桥边往北,穿过那些仍然在建的高楼,再往东拐,还没到门口,就见老卢的蓝色三轮车停在枫杨树底下。那枫杨树,也长出新叶来了,附近的大片杨树,也都在小风里闪烁着簇新的叶子,那最嫩的杨树叶子是紫红色的,光亮又新鲜。

推门进院子,见老卢站在两棵柚子树下仰着头,靠里那棵柚子树梢那颗柚子仍然悬着,变大了,也变黄了。老卢转头看他,淡淡一笑:"回来啦?"卢观鱼也淡淡一笑:"回来啦。"两人都仰头看树梢上那颗柚子。卢观鱼想,这柚子是迟了整整一季才成熟啊。看了一会儿,低头不经意瞥见,那盆死绝了的鱼尾葵盆里,不知何时,蔓生出一丛酢浆草,已经开出粉紫色小花了。

听见说话声,卢阿姨迎上来,少不得一番抱怨:"小卢啊,你知不知道,上次我们一大家子等了你整整一宿。"卢观鱼不好意思地笑笑,淡淡地说:"你们本来就要守岁的嘛。""那不一样啊,守岁就只是守岁,时间自己会过去。那晚说好你要去的,说说不去,说说不去,一家人等得心焦。"卢观鱼沉默一会儿,说:"那晚情况特殊嘛。"卢阿姨默然无语。

仍如上次一样,卢观鱼只管上楼歇着,饭做好了,下楼吃就行。上楼躺在床上,不知出于什么目的,又去翻薄清清的朋友圈,仍只见许多天前发的一条消息,素净的桌面上,摆着一条红烧鱼,配文"年年有余"。又去翻小暖的朋友圈,最新的一条,是昨天早上发的,没有文字,只有图片,一枝桃花,半条木船,还有一片大河。这照片自然是在老薄热气羊肉店门前拍的。卢观鱼发微信问小暖,今天中午真不来吃饭? 好一会儿没收到回复。卢观鱼握着手机,几次要睡着了,又挣扎着醒来,终于,看到小暖回复:不来了,我出门办点儿事。卢观鱼清醒了一截,回复道:出什么事了? 小暖回复:不是多大的事,我先忙一会儿啊。卢观鱼想打电话过去,忍住了,回复说:那晚上在羊肉店见。小暖回复:好。卢观鱼想起,小暖很久没对他说过"好啊好"了。

不知何时睡着了,听到咩咩几声羊叫,他醒过来,打开窗户看。窗外早已是另一番景致,到处绿意盎然。一只雪白山羊,年轻,崭新,站立在草树之间,听见开窗,抬起头望着他。他望得见它的眼睛,水汪汪的,盛着整片天空。这只羊,自然不可能是他试图"拯救"的那只了。但真的不是那只吗?

这时,楼下喊吃饭了。吃饭时,老卢夫妇仍如往日一般热情。后来,是老卢先说起老薄。"想不到这人会是这样了局。"卢观鱼不说话,想着卢阿姨会不会说"罪有应得"之类的话? 过了一时,卢阿姨长长叹一口气,说:"什么都是命吧。这么多年了,竟和小军差不多是同样的走法。"说完,又长长叹一口气。卢观鱼心中得到稍许安慰,心想,他们总算是放下心中的仇恨了。

谁也不说话,只听见碗筷的声响。卢阿姨几次朝老卢挤眼睛,老卢毫无反应,卢观鱼也当作没看见。卢阿姨轻轻哼了一声,又咳嗽了一声,起身舀了一勺鸡汤,探身送到卢观鱼面前,卢观鱼伸过碗接住了。趁着这当口,卢阿姨装作很随意似的,旧事重提:"小卢,你给我们做干儿子吧!"小卢抬起头来,看着卢阿姨俯向自己的脸,也不知怎么的,应道:"好啊。"卢阿姨瞪大眼睛盯着他,顿了一时,才反应过来:"啊,太好了,那太好了,怪不得早上我见喜蛛从墙上挂下来啊。"卢阿姨放下勺子,两手在围裙上反复擦拭着,转头看老卢,老卢满脸笑意。卢阿姨又看一眼桌面,忽然想起什么似的说:"哎呀,你们喝着,你们爷俩先喝着,我要出门买瓶好酒。真的的,我早该备下的!"不管卢观鱼如何劝阻,她都不依。老卢说:"小卢,你就让她去吧。"

卢阿姨一走,气氛顿时尴尬了。他想,该怎么喊老卢呢?老卢不断说:"喝酒,喝酒。"两人连连碰了好几杯,卢观鱼一句没喊出口。还好,不多时,卢阿姨回来了,两手环抱着一大坛酒房河:"这是二十年陈酿,说是店里最好的了!"老卢起身打开瓶塞,卢阿姨满脸笑意地排出三只新碗斟酒。卢观鱼看到卢阿姨斟酒的手在微微颤抖,又看到卢阿姨眼里闪着泪光。卢观鱼忙转过脸去。

"阿姨也陪你们喝一大碗……不,现在你可不能喊阿姨了。"卢阿姨满眼期待地看着卢观鱼。他知道躲不过去了,心里有些后悔,更有一种酸楚。他连忙端起酒碗,喊了一声"干妈",又喊了一声"干爹"。老卢本来坐着的,连忙站起,差点儿被椅子绊倒。老卢手中的酒碗颤抖着,卢阿姨泪水涟涟:"儿子,儿子,我们一家三口喝了这碗。"三只酒碗轻轻碰了碰。卢观鱼阻止着,卢阿姨仍然仰起脖子喝光了一大碗酒。刚刚喝完,就脸色通红地咳嗽起来,咳得弯下了腰。老卢拍着她的背,喃喃说:"看你,逞能了吧。"卢阿姨摆着手说:"我高兴,高兴。"过了好一会儿,卢阿姨才平复了,三人重新坐好。

一种崭新的气氛,萦绕在他们周围。卢阿姨总觉得差点儿什么,一时要去再炒几个菜,一时又提议去饭店重新开一桌。卢观鱼几次说,得到老薄热气羊肉店去了,还有女朋友在那儿等着呢。卢阿姨这才罢休,

"这次匆忙,既然是认干爹干妈,我们要办酒席的。儿子,到时一定喊那小姑娘一起过来,让干爹干妈见见。"卢观鱼趁着这话说:"好,到时让干爹干妈见见。我待会儿就跟她说。"卢阿姨脸上的笑,绽得几乎要掉下来了。

晚上,小暖没来。几次打电话过去,没有人接。后来,小暖发微信过来:家里有点儿事,我回去一趟。再打电话过去,仍是不接。卢观鱼这才想起,他连小暖家里有些什么人都不知道,只知道她家在上海远郊,和酒房镇是不同方向。他发信息问大亭,你知道小暖家在哪儿吗?大亭说,不知道啊。他还想问什么,想想又忍住了,平时也没听小暖说和大亭有多少交往。

一天,两天,一周,两周,小暖始终没回来。卢观鱼打过几次电话,小暖没接,他也没再打。只是不时发几条微信,直到这天,卢观鱼发现,信息发过去后,跳出来几个字,"你还不是对方的好友,请先添加对方为好友"。卢观鱼如被闪电击中颅顶,怅然叹息,又忽然觉得,这似乎是意料之中的事。幸好还有她的电话号码,改发短信过去:小暖,你没事吧?怎么把我微信删了?许久没回复。又发几条信息过去,始终没回复。打电话,仍然没人接。

又一天,忽然有了回复:你是谁?你是要找小冷吧?我不认识小暖,只认识小冷。卢观鱼又喜又惊,赶紧回复,我找的就是小冷,你知道她怎么了吗?过了很久,对方只回复了三个字:不知道。卢观鱼回复,那你怎么会用这号码?这是她的号码啊!对方回复,她把卡送给我了。卢观鱼回复,号码还能送人?对方没再回复。他又打电话,对方没接;再打,关机了。

再一天,卢观鱼从街上走,走到镇卫生服务中心附近,远远看到一个身材高挑的姑娘走来。卢观鱼想,是大亭吗?正想着,人到跟前了,确实是大亭。大亭穿着一件咖啡色长风衣,更显瘦高了。

"好久不见啊,这次幸好我发现得早。"卢观鱼笑嘻嘻说。

"什么发现得早?"大亭转了转眼珠。

"没被你撞上啊,也没被你发现偷窥啊。"

不知为什么,和大亭说话时,卢观鱼总想表现出一副吊儿郎当的样子。大亭没搭腔。卢观鱼有很多话想说,比如老薄的事、薄清清的事,比如小暖的事。但他不知道怎么说起,脸上的笑渐渐冷却了。

"你是想问小冷的事吧? 对哦,在你面前,该喊她小暖来着。"大亭笑。

卢观鱼笑一笑,不置可否。

"其实我也不知道什么,我和她没多少交往的,我给她打过针,后来给她介绍过住处,介绍到老薄羊肉店打工。除了这些,我和她几乎没什么联系的。前两天她搬家后,跟我说了一声,说她在别处找到工作了……你没觉得吗? 她有点儿神神秘秘的,我也没多问什么。你们怎么了? 那天我说起你,她把话题岔开了。"

"她前两天回来过? 还搬家走了?"卢观鱼愕然,"我们没怎么啊,哦,就那晚下河救人的时候,争执过几句,我以为那事早就过去了……"

"那我就不知道了……不八卦了,我这人最不喜欢扯这些事了。"大亭笑一笑,转身往街对面走,"大闲人,我上班去了……"

"哎,哪天到羊肉店来吃饭啊,试试我的手艺!"卢观鱼大声说。

大亭走过马路后,背对着卢观鱼,右手高举着挥了挥。

卢观鱼走到桥边,往右边小路上走。连续落了几场雨,昨天终于转晴了。水泥路面上的水渍亮晃晃的,路两侧不时有一摊积水,浑浊的积水泛着混沌的日光。不多时,走到他和小暖第一次拥抱、接吻的地方。他忽地感觉心脏被一只突如其来的铁手钳住了,心中酸楚,艰于呼吸。

他蹲下来，盯着小路和河堤间的一小片积水，黄亮亮的水面，几只细脚伶仃的水黾迅捷地爬来爬去。他盯住其中一只，随着它在这过于明亮和宽广的世界里，爬来爬去。

老薄走后，他心里便有一个空洞，小暖消失的这些日子，这空洞一直在扩大，现在，内心仿佛崩塌了。他陷在内心空无的黑暗里。好一会儿，汽笛声响，一艘铁驳船穿过酒房桥，缓缓驶近，缓缓驶远，在眼前的大河上留下涌荡的波浪。目光如一根虚弱的绳子，黏附在铁驳船上，铁驳船将他从内心的黑暗沼泽里一点儿一点儿拽出来，一直拽到那落日将近的旧桥边，铁驳船穿过旧桥，再看不见半点踪影，嘣一声，牵系他和铁驳船之间的绳索断了。

他颓然地将目光从那无限的世界里收回来，再次落在眼前小小的积水里，那几只细脚伶仃的水黾仍在爬来爬去。他想要找寻刚刚依附过的那只，又难以分辨出它们的异同。他只能随便用目光逮住一只，随它在黄浊的水面爬来，又爬去……这小小的生命似乎毫无目的地"爬来爬去"，仿佛有着奇异的魔力。不知过了多久，他感觉到那些崩塌的东西，似乎被重新建立起来了——虽然他知道，它们还会无数次崩塌的，但现在，好歹是重新建立起来了。他站起身来，双腿麻木，脑袋眩晕，两眼昏黑，双手赶紧撑住膝盖，缓一口气，慢慢地，黑暗淡去，眼前有了光。他像那穿过狭窄小径的渔人，看到一个从未见识过的世界出现在面前。他看一眼身边的大河，铁驳船激起的波浪早已平息。他深深吸一口气，长长吐出，一身轻松，慢慢往老薄热气羊肉店走去。

下午时分，热气羊肉店里还没客人。门前河坡下的小木船底积着不少水，卢观鱼用一只葫芦瓢舀干净了，又用抹布擦了擦。船板很快被太阳晒得暖热、干燥。从柜台上随意拿了本书，到船内躺下，随着小木船轻轻晃荡。

清明将近，日光耀眼，河岸边到处是蛙鸣，此起彼伏，如同咕嘟咕嘟冒泡的火锅。在卢观鱼的观念里，似乎只有夜里，青蛙才会这般肆无忌惮地叫嚷。现在他才发现，只要有足够的寂静，青蛙白天黑夜都在叫嚷。老薄羊肉店前面，最不缺的就是寂静。他从船舱里坐起身，想要看看青蛙们都在哪儿藏身，只看见绿意盎然的坡岸，和点缀其间的一株株柳树。

桃花早已谢落，偶尔还有一些残瓣藏在草丛间。只消一场雨，就再也寻不见踪迹了吧。现在岸边最为引人注目的是东一丛西一丛的芦苇和列成整齐长队的柳树。小木船的缆绳越过芦苇，系在一株柳树上。他想起老薄讲故事时说过的那两句唐诗："纵然一夜风吹去，只在芦花浅水边。"芦苇浅绿，柳枝低垂，淡绿丝绦般拂动着，将轻而暖的风拂到他脸上，顺势捎来团团柳絮。柳絮高低起伏，有些落在草叶上，有些落在河面。他半睁着眼，仔细观察着那些将落未落的柳絮。想起来，老家中学门口的河边也有两排柳树的，奇怪的是，他从未观察过柳絮是怎样的，乃至看到古人说枝上柳絮吹又少，他完全无法想象。

他用书遮住脸，挡住吹到脸上的柳絮。闭了眼，想要睡一会儿，身上晒得发烫了，仍然没能入睡。只好揭下书，在船舱内盘腿坐起。看那书，是加缪那本薄薄的《西西弗的神话》，几个月前的折痕犹在。不禁神思恍惚，仿佛过去这段时间并不存在，这段时间里的事情也并未发生。这么想着，除夕那晚的情形犹如暗夜里燃烧的纸火浮现在脑海：由生生寺墙上看到的玄奘法师故事，想到老薄讲的长江边读《西游记》，再想到手头这本书，忽然，他发现，这些历史、小说和散文，讲述的竟然是同样的故事！西西弗得罪诸神，唐僧作为金蝉子时得罪如来，孙悟空、猪八戒和沙僧得罪天庭，玄奘法师得罪皇帝，他们都是受罚的人啊！如何受罚呢？西西弗是不断推巨石上山，唐僧师徒在各自经历漫长的惩罚后，又一起在漫漫长途上遇到无数必然到来的妖怪，玄奘法师则囿于皇家寺院内翻译经文，这些惩罚无一不是"无用又无望的"，却也无一不指向个人的完成……那老薄呢？那他自己呢？他们曾犯下什么"罪愆"，又受到什么"惩罚"？他忽地站起，小船猛地晃荡，水波撞击着船舷，咣当咣当响。他攥紧拳头，心中如沸，然而，他能做什么？春风仍在轻轻地吹拂，柳絮仍在悠悠地飘荡。他长长吐出一口气，重新在船舱内坐下，打开书来，抚平折痕，又一次试图看下去，起初只是默念，渐渐地，不由得诵读起来，声音越来越响亮：

　　……在反躬审视自己生命的时刻，西西弗再次来到岩石跟前，静观一系列没有联系的行动，这些行动变成了他的命运，由他自己创造的，在他记忆的注视下善始善终，并很快以他的死来盖棺定论。就这样，他确信一切人事皆有人的根源，就像渴望光明并知道黑夜无尽头的盲人永远在前进。岩石照旧滚动。

　　我让西西弗留在山下，让世人永远看见他的负荷！然而西西弗却以否认诸神和推举岩石这一至高无上的忠诚来诲人警世。他也判定一切皆善。他觉得这个从没有救世主的世界既非不毛之地，也非渺不足道。那岩石的每个细粒，那黑暗笼罩的大山每道矿物的光芒，都成了他一人世界的组成部分。攀登山顶的拼搏本身足以充实一颗人心。应当想象西西弗是幸福的。

此时此刻，卢观鱼心醉神迷。这些句子，闪着金光，不是从加缪笔下流淌出来，也不是从他口中说出，而是天启一般，在寂静里犹如光束从乌云罅隙间降临，犹如繁花盛开，犹如子弹命中生活的本质，无限忧伤，又无限温柔。

嚼铁屑

第3部
危楼

甫跃辉 著

江苏凤凰文艺出版社
JIANGSU PHOENIX LITERATURE AND
ART PUBLISHING

第一章　危楼

日记一则

这是第一天。晴。

我决定在笔记本上记下这些日子。

不知道现在还有多少人写日记？我小学、初中，都是写日记的。到高中后，语文老师要求每天写日记，周末要交上去检查，还要打分。要给人看的日记还能算日记？我的日记全是半真半假的故事。记得班上语文成绩最好的孙石英，他交上去的日记总是被老师表扬，好多次在课上念给我们听。我们听得很认真，继而哄堂大笑，因为我们发现，他日记里写的竟然都是真的。孙石英低着头，满脸涨红。×××××××××××××（因遭海水浸泡，笔记本上的日记大部分已无法识读。所选日记，是其中少有的保存较为完整的篇章。字迹漫漶处，视字数多寡，皆用"×"替代。）老师又一次在课堂上念他的日记，我们听着听着，再次哄堂大笑，因为我们发现，他写的竟然全是假的！我斜眼看到孙石英低着头，憋着笑。再后来，老师不检查日记了，我也就懒得再编了。

那时候，校内网刚兴起，每天睡前，我在上面种菜偷菜，偶尔也在上面写日志，大多两三句话。后来上大学了，校内网更名人人网，我连密码都忘了。

那时还有好多人在写博客。我注册博客后，只登录过一次，发了一张自拍：靠着土坯墙，嘴边一圈绒毛。那时，这圈绒毛还没见识过剃须刀的锋利。没几天，我又把博客密码忘了。渐渐地，也没多少人写博客了。微博、微信兴起了，几句话就能完成一条。我都注册过，但从没发过一条。我其实不想看别人，也不想别人看我。如果我的博客算野地，微博微信只能算坟地了。那日记呢？应该是最初开垦又废弃的荒地，现在，我想在这荒地上，再次撒下几粒真正属于自己的种子，看能不能长出几朵花来。

写到这儿，忽然意识到，我说了那么多次"我"。

如果真不想让人看，哪里来"我"呢？"我"是在他者的目光下才存在的吧？如果没有他者，还有"我"吗？一个人自说自话，会说"我"吗？我有时候是会自言自语的，说的是"你"："你怎么会这样？你一天天这样，活着和死了有什么区别？你为什么就不能……"这个你，是从"我"的视角旁观的自己。

当我不断用"我"作为开头，写下这些东西，似乎潜意识里仍然是想着给人看的，至于那人是谁，我不知道……如果真不想给人看，那么，就要戒掉"我"，实在替换不掉的，就说"自己"。

就从现在，重新开始——

这是第二天。晴。

决定在笔记本上记下这些日子。

一天天记录海上这一年，是为见证，也为督促自己坚持下去。

所谓"坚持下去"的事,是接下来一年要从事的工作——救人。姑且用"救人"这两个字吧,这确确实实是这项工作的初衷,虽然这件工作多半看起来像是在"杀人"。

××电话,是一个女人温软的声音,她似乎知道手机这端的所思所想:"您放心,这不是诈骗电话,我们是经过认真调查和讨论后,才联系您的。"她这话听起来更像骗子了。又不免好奇,冷笑道:"什么调查?"

"您叫高近寒,本科毕业六年,不,这已经是第七年了。"她慢悠悠说,"您本科读的历史专业,从大一开始,一直在学校里一个叫作赞美者的社团做事,对吧?"犹如芒刺××××××××××××××××××××××××××××××××××她笑了一声,语气温婉:"您别误会,可能是我说话方式不对,您当然没犯法,您在那社团里,是救人啊,怎么会犯法呢?我是想说,我们想为您提供——不,是邀请您来参加一个项目,这项目和您在赞美者社团里的工作很像,可以说是升级版。"

听她讲下去,"乌伯纳斯""安乐死过山车""海上孤岛""人工智能""小型图书馆"××××××××××××××××××××××××××××××心突突地跳了好一阵,许久说不出话来。

"我觉得,您应该接受这份工作。我想您应该明白,这项目虽然会死很多人,但做的却不是损害人的事,就像您大学期间做的那样,是确确实实在救人。"女人不说话了。他沉默着。应该接受吗?回想一下,不过六七年光景,大学那些事情,仿佛是在另一个世界发生的了。

当初之所以会在那社团做了将近四年,很重要的一个原因,是没别人来接那活儿，我总觉得，如果我走了，那打电话进来的人怎么办？说不定我一走，就会错过一个非常重要的电话，说不定就会有一个人因此失去生命。这样的"责任感"，让我在一年年社团招新不顺后，一年年留了下来，直到大四，我要离开学校，才不得不离开社团。很长时间里，我经常想，不知道社团怎样了，如果有人再打那电话呢？听到一串忙音后，该多失望啊？直到有一天，我自己打了那电话。"您好，这里是赞美者社团，请问，我们能为您提供什么帮助？"这是一个年轻姑娘的声音，我知道，社团有新人了，那一刻，我几乎流下泪来。

除此之外，当然也有一些现实原因让我留在社团。首先，社团有一间办公室，不接电话的时候，我可以在那儿看书，不必到自修教室去占座位；其次，社团里还有能一起说说话的学长、学姐。奇怪的是，这些年来，我几乎没想起过他们，如今说起社团的事，他们的脸瞬间浮现在眼前了。

××××××××××"您毕业六七年，换过好几份工作了，现在这份工作，做得也并不开心，对吧？您在出版公司里，又忙又累，收入一般，还跟同事搞不好关系。您跟母亲的关系也挺紧张，您都好几年没回老家了。现在是春天，正是重新开始的时候，不如换一份工作？但如今经济形势不好，各行各业都在裁员，要找工作不容易的。我们这份工作不但可以救人，还有一份难以拒绝的工资……"女人说的话，每一句都像一把小刀扎在我心头。

沉默了一会儿，我哈哈干笑几声，带着一丝嘲讽的语调，觍着脸问："那这工作一个月多少钱？"女人似乎轻声笑了一下。

女人说："薪资方案是这样：工作必须做满一年，第一个月一千，第二个月两千，第三个月四千，第四个月八千，以此类推。"

我虽然是文科生,也知道指数的厉害,很快心算一遍,不禁吓了一跳,只要挨过这一年,就有几百万进账!我现在一年的收入不到十万,干到退休都赚不到这么多。不由得喉头发紧,说不出一句话来。女人又说:"等您待够一年了,每救下十个人,报酬还会翻倍。"我的喉咙像是被钳住了,半天,咽下一口口水。

这不可能是真的。即便有这样的工作,也不可能有这样的薪资方案。太像骗局了,比骗局还假。他们会骗我什么呢?那些骗人赌博、买彩票买理财的新闻,以及最常见的传销新闻×××××××××××××××××××

"您放心,我们不是骗子。"女人说。我不说话。女人又说:"这样吧,我们先往您的卡里打十万块钱,算是预付的报酬,应该没有骗子会这样做吧? 您的卡号,我们知道的,您不必告诉我。"我还没说什么,电话挂断了,没多久,手机短信声音响起,点开一看,银行卡进账十万。我反复数银行卡存款数字。工作这么多年,这串数字头一次变作六位。

——忽然意识到,不知从什么地方开始,一个个"我"又出现了。这日记还是写给自己看的吗? 我仿佛看见,虚空里有一双盯着自己的眼睛。

出租屋里只有我一个人。合租的几位室友都回家过年了,现在正月十五都过完了,他们仍没回来。宿舍的公共区域一片狼藉,我在脏兮兮的旧沙发上坐了会儿,楼下传来小孩玩闹的声音,不由得让我想起小时候的一些事情。回到自己的房间,一眼瞥见书架上凌乱的书。毕业这几年,搬家四次,书是越搬越少了,有些是主动扔掉的,有些是不知道怎么弄丢的。丢了就丢了吧,反正我很久没完整看完一本书了。我盯着书架，开始盘算，如果接受这份工作，带哪几本书去岛上。此外，衣服可以带走，被褥就算了，旧得都快破了。

紧挨着床头，是两扇门，门外有一处小阳台，阳台上是几盆养死了的植物。这是六楼，楼下的绿植倒是长得不错，高处有悬铃木，低处有樱花树、洒金桃叶珊瑚和大片草坪。夏天的时候，室友们很少开窗，都嫌蚊子多，我却总把阳台门打开，想让阳光更坦荡地照射进来。此刻，我把门大大打开，跷着脚仰躺在床上，听楼下的孩子们持续传来玩闹声，看看楼下轻轻晃动的悬铃木树冠，看看对面屋顶上的天空，一大朵明亮的浓白的云浮在那儿。

电话又进来了，还是那女人的声音，径直说起这工作的要求，比如不能跟任何人说起这件事。我打断她的话："这我能理解。工作地点在哪儿呢？"女人说："您放心，那地方风景如画，住宿、饮食等条件都非常好。但您应该明白，这样的工作不可能在大城市，干脆说吧，这是国际项目，但这样的事在很多国家都是违法的，所以不可能在任何国家。"再问，女人迟疑了一会儿说："是在太平洋赤道带公海里的一座无人孤岛，岛上的设施完全由人工智能操控，食物和饮水会按时运送到岛上，您放心好了。您要是实在不放心，出行前随时可以取消合同，不会有任何人为难您。不过呢，合同取消了，那十万块预付款自然就得还回来了。"我说："你们就不怕我不还？"女人笑一笑："您不会的。"想了想，我说："那万一我到中途坚持不住了呢？"女人说："所以啊，您要想好。不半途而废，也是一种责任，就像您在大学期间那样。"

我又看一眼转账信息，确实是十万块。这不会是什么数字游戏吧？不知道有没有一种技术，是直接改变银行卡上的数字，但并非真有钱在里面？我起身下楼，去经常光顾的小超市买了一瓶水，支付后，手机叮咚一声，卡里的钱如实减去相应的数字，剩下的仍是十多万。我走出小店，看到黄昏的光异常明亮。

楼顶的云是新的一朵了。决定赌一把，赌一把这不是骗局，赌一把我能坚持住一年。即便不能救回一个人，一年后我得到的都将是一笔巨款。我甚至按捺不住内心的激动，想着要用这一大笔钱来做什么了……那聘请我的人一定是疯了。

女人再次打电话进来。我说："为什么是我？仅仅因为我在那社团里待过？"女人轻轻笑了一声："当然还有别的理由，不过，在您工作满一年后，您自会明白，我现在还不能告诉您。对于这一点，希望您能理解。"我迅速想了想，实在想不出还有什么别的理由，问道："那我什么时候去上班？"女人又轻轻笑了一声："不用着急，我们还有一次面试的。具体时间，您等我们消息……"

"还要面试啊？"我开始担心失去这份工作了。

今天写得实在太多了，就此停手吧。我才写了这件事的源起，还没来得及写后来发生的种种事情，以及昨天我所经历的梦幻般的一切。现在，我已经在那女人所说的无人孤岛上醒来了，醒来见到的，是难以置信的大海……

我又开始我我我了。不得不说，我终究摆脱不掉那个"他者"的目光。

一年后补记：

最后一星期，我写了在岛上最长的一篇日记——严格来说，只能算周记了。

回头翻看这些日记，看到登岛第一天的我对"我"的纠结，不得不说,如果我不再说"我",也就是彻底离开那源自内心深处的"他者",这一年或许会更难熬。我需要"他者"的陪伴,哪怕它只是虚拟的——就如那虚拟的"星期八",好让我不至于因孤独和绝望而发疯。我需要这双盯着自己的眼睛,好让这世间偶然的一具肉体、偶然的一个人,变成独一无二的"我"。

明天,是最后××

春日下午,日光温煦,轻风吹拂。高近寒来到市中心一处高层写字楼。进楼后问了几个人,上到三十五楼,找到一扇独一无二的黑漆木门。他伸出中指,用指关节敲了敲门,等了一会儿,门打开来,眼前是一位看起来二十七八岁的女人,一身黑色职业套装。女人看一眼高近寒的双肩包,微微一笑,让到一边,右手做出"请进"的动作。"高先生,侯总在里间等着了。""你是给我打电话那位?"高近寒看着女人,女人比他矮半个头,圆脸,圆酒窝。女人微微一笑,似是默认了。高近寒从她身边经过,闻到似有若无的清香。

灰蓝色地毯又厚又软,刚踩上去,吓了一跳,以为地板塌陷了。房间空大,只摆着一套桌椅。桌椅侧后方的淡蓝色墙壁上又有一扇黑漆木门,像是用熄灭的火柴头在墙上画出来的。回头看看,女人不知哪儿去了。他用中指关节敲了敲门,敲门声空空地回荡在屋子里。屏息听了好一会儿,一个声音枯叶似的飘到耳边:"请进——"他伸手推门,门原来是虚掩着的。

犹如一大块丝滑的巨型乳酪,黑漆木门悄无声息地被推开了,他刚走进几步,木门在身后悄无声息地自动关上了。他看到自己站在一间佛堂似的屋子里，灰暗墙壁上供奉着几尊石佛，餐桌、茶几、沙发、长座椅等红木家具纤尘不染，不过若将目光移向那几缕从窗户透进来的日光，便会发现，光柱里滚动着热烈的尘埃。好一会儿，目光适应光线后，发现墙壁佛龛间是书架，架上塞满了书。右手边的书架前，摆着一张堪称巨大的书桌，书桌边缘站立着几排高高矮矮的佛像，有土陶的、泥塑的，还有木雕的，大者如十来岁小孩，小者如拳头，或坐或站，或卧或仰，林林总总，满满当当，唯独不见一个活人。

刚才那声音是从哪儿来的？总不会是这些佛像发出来的吧？又听得佛像中发出枯叶似的一声："坐吧。"高近寒不禁心中一凛。

循声看去，书桌上林林总总的佛像后，突兀地现出一个小脑袋。脑袋上的头发显然是精心打理过的，可以说是"油光可鉴"，然而，即便如此，这些头发稀疏、花白，难掩外强中干的本质。这就是女人所说的"侯总"？小脑袋仰起脸来，两粒黑黑的眼睛射出两束光，在他身上扫来扫去。小脑袋再次开口："坐吧。"这枯叶似的声音，确实是从他嘴里发出来的。

高近寒被一种无形的压力按在书桌前的圈椅上。隔着众多佛像，那小脑袋目光炯炯地瞅着他。他等着小脑袋再次发出声音。

"你就是高近寒吧？总算见到你了。"小脑袋声音有些颤动。

"我也总算见到您了。"高近寒故作轻松地笑一笑，"你们这工作真奇怪，您这地方也奇怪……您是佛教徒？"

"我？佛教徒？"小脑袋咧开嘴笑，牙齿很白，白得像是假的，"我怎么能是佛教徒？我什么都不信，我只信我自己。"

"我看您屋里这么多佛像……"

"这些都是从崖山古战场打捞上来的。你学历史的，应该清楚崖山之战吧？这些并不是什么值钱的东西，应该不是来自当时的皇室，大概是老百姓和士兵供奉的吧。你觉不觉得，这些佛像都满怀心事？但他们又什么都不肯对人说。如此矛盾，反倒给人一种沉静感……"

高近寒扭头四处看看，无数佛像，灰尘满面，庄严肃穆。他的大学毕业论文就是关于崖山之战的，想发表两句对这场大战的看法，想了想，却不知从何说起。

"好啦！不说这些了，你饿了吧？我们先吃饭。"小脑袋轻松地说着，抬起手，似乎按了桌上一个按钮，"吃得惯牛排吗？"

不一会儿，刚才开门那女人推着一辆小车进来了，将一份牛排搁在小脑袋面前，又将一份牛排搁在书桌斜对面的小几上，引高近寒来到小几后的沙发坐了。高近寒完全不记得上次吃牛排是什么时候了，用刀在牛排上一割，血水滋滋冒出来，哪里能够下口。女人站在一边，微笑看着。小脑袋朝他看一眼："吃不惯？""都是血……"高近寒嘟囔。小脑袋用叉子扎起一片牛排，盯着看了一会儿，塞进嘴里，咀嚼着，一滴鲜红的血水从嘴角溢出，仿佛吃的不是牛排，倒像是西红柿。好一会儿，咽下牛排，看着高近寒说："这是三分熟的，我最喜欢。你真不尝尝？"高近寒想说什么，又没说。小脑袋笑一笑："忘了问了，你信佛？"高近寒脸上一热，说："不信。虽然不信佛，当着这么多佛像，吃得这么血腥，您不觉得别扭？"小脑袋笑一笑，转向侍立一旁的女人："既然他吃不惯，就给他换一份吧。"又转向高近寒："你喜欢几分熟的？"高近寒愣了一下，说："那要十分熟的。"女人扑哧一笑："牛排哪有十分熟的？"高近寒脸上一红，有些挑衅地说："我就要十分熟的。你们厨师不会做？"小脑袋瞅女人一眼："就给他十分熟。"女人收走高近寒面前的牛排，退出去了。

小脑袋继续吃牛排，一片一片切割开，汁水淋漓地叉起来，仔细端详一会儿，塞进嘴里，大嚼特嚼。高近寒仿佛从两人之间宁静的空气里，捕捉到一条鲜红舌头跌宕在鲜血之间的姿态。这姿态有些恶心，又莫名地有些迷人。

女人再次出现,仍推着小车,放下一份新的牛排。看看牛排表面有些焦干的样子,是像"十分熟"的样子了。高近寒又刀又叉地摆弄着牛排,一块一块切割,塞进嘴里,嚼得满口生香,隐隐觉得有什么不对。不多时,吃尽牛排,又将边上那半生不熟的煎鸡蛋也吃尽了。从盘子里抬起头来,才发现小脑袋坐在办公桌后,目光从一堆佛像间射过来,定定地笼罩在他身上。

"味道怎么样?"小脑袋说。

"味道很好,只是有点儿……"高近寒犹豫着,"有点儿怪怪的。"

"这是素牛排。"小脑袋脸上露出些许得意的神情,"我刚才吃的也是,是用白灵菇做的。我已经吃素好多年了……"

"怪不得,"高近寒有些不好意思,"既然要吃素,干嘛要搞这么多花样?仿荤菜简直比荤菜还邪恶,荤菜只是满足天然的口腹之欲,仿荤菜不仅满足口腹之欲,还满足欲求不满的心。再说,您又不信佛,而且古代佛教徒也是可以吃肉的,就是现在国外,很多地方的佛教徒也是可以吃肉的……"高近寒本想显摆一下,忽然觉得自己思路混乱,又太聒噪,急忙住了口。

小脑袋笑笑,招一招手,让他坐回书桌前的圈椅内。四目相对,一时无话。

"你要做的具体事情,还有合同的条款等等,待会儿小舟会和你说的。"小脑袋眨一眨眼睛,难以觉察地笑一笑,"大学那几年,你做得不错。接下来的工作,算是你那几年的升级版,我想你会做得更好的……这些话,小舟已经跟你说过了,我也没必要再啰唆。"

高近寒不作声。此时,女人收拾餐具出去了,屋里只剩两人。两人之间,隔着一大桌子佛像,佛像灰尘满面,却仍面目慈悲,似乎在窃窃私语。而他俩谁也不说话,仿佛是在凝神谛听佛像们的轻声细语。

"侯总,你们什么时候面试?"高近寒说。

"面试?结束了。"小脑袋说。

"啊?什么时候面试的?"高近寒说。

"就刚刚,吃牛排就算面试。"小脑袋说。

"那算什么面试?"高近寒说。

小脑袋微微一笑,欲言又止,伸手在花白稀疏的头发上抿一抿。

"对了,你妈妈还好吗?"

"我妈?"高近寒有些不解地瞅着小脑袋。

"我就随便问问。我们总要了解一下你的家庭状况……"

"你们不是什么都知道吗?这肯定一清二楚啊。"

"我们当然了解过,你是你妈带大的,你爸很早就离开了,你应该不记得了。"

"知道这么多了,还问我什么?"高近寒心里陡然生出反感,挑衅似的斜乜着眼睛,"我爸在我很小时候就死了。我完全记不得他了。"

"你爸死了?"小脑袋皱起眉头,不相信似的瞅着他。

"难道你们调查的不是这样?"

"这个情况……我们确实不是很了解。"小脑袋尴尬地笑笑,"不好意思……"

一时之间,两人又都沉默了。

"我这几天总在想,你们为什么选择我?仅仅因为我在赞美者社团待过几年?我不是心理医生,也不是自杀干预方面的专家。再说,你们究竟是什么公司啊?给那么高工资?你们怎么盈利呢?总不会是让那些想要寻死的人付钱给你们吧?那寻死也太不容易了……总之,越想越不对劲,疑点实在太多……"

"既然如此,那你怎么还到这儿?"小脑袋笑笑地觑着高近寒。

"人穷志短呗……"高近寒装出很无所谓,甚至有些放肆的样子。

"你放心,我们要你去救人,我们公司自然也不会害你。"小脑袋郑重地说,"关于你的疑问,我可以明确告诉你,工资是真的,而且我们不会让受助者缴纳一分钱,他们很多人本就走到穷途末路了,也不可能缴纳那么多钱,对吧?做这件事,纯粹是公益行为。作为一家规模不小的房地产公司,这些钱我们还是负担得起的。至于为什么选择你,等你待够一年了,自然就知道了。"

高近寒默然,女人在电话里也对他说过这话,看来此中缘由,真只能等到一年后才能知晓了。至于他为什么来,真是人穷志短,别说一年后可能到手的几百万,单是卡里收到的那十万块,就足够拿捏他了。对一个行将三十的历史系本科毕业生,还有什么工作能比这个赚到更多钱呢?何况,说不定还能救下一些人。

"那就说一说我家里的情况吧。其实没什么好隐瞒的,只是我也说不清楚。"高近寒尽量舒缓了语气,"我从来没见过我爸,偶尔听村里人说,我爸不知得的什么病,在我很小的时候就死了。还听人说,我爸是知青,比我妈大十好几岁。也有人说,我爸没死,是回城了,我妈想跟他回去,他不答应,因为他城里有女朋友的——这些事情,也没什么特别的,那个年代多的是。也有人说,其实是我妈不愿意跟我爸走。这后一种说法,我是不大相信的,那年代多少知青为了回城,什么事都愿意做。等我慢慢大了,又听人说,那知青是我姐的父亲,却不是我的父亲,就因为这,我妈才不肯跟他回城的。至于我爸是谁,从没听人说过。有一次,我问过我妈这事,我妈很恼火,把我骂了一顿……我想,不管我爸是谁,总之是死了吧?不然这么多年了,他为什么不来找我们呢?"高近寒轻松地笑一笑。这些事多少年来埋藏在心底,他从没和人说起过,不知怎么,竟在一个陌生人面前说了,有些后悔,又有些畅快。小脑袋隔着佛像盯着他,脸上并没出现他预想中的惊讶神色。他又添油加醋地说:"有人骂我是野种,我妈就骂到人家家里去,回家后,又把我也骂一顿,让我以后别和那些小孩儿玩了。渐渐地,我只能自己和自己玩儿了……"

"你知道什么是知青吗?"小脑袋转了话题。

"我大学是学历史的啊,当然知道,"高近寒有些不屑地说,"只是我从小听说的知青,和书上讲的不大一样。小时候听老人说,那些知青啊,到我们村里后,干活干不了,还游手好闲,村里不是这家丢了狗,就是那家丢了鸡。还有些知青,把村里好多年轻女孩拐跑了,也不算拐跑,后来是一有回城机会,就一个个撇下女孩溜了……这可跟书上讲的不一样。"

"这都是些什么话? 你听他们瞎说!"小脑袋有些气愤的样子。

"村里有好多人都这么说的,我没赶上,当然不知道真假。就算不全是真的,那也不至于全是假的,总之和现在很多知青感叹的不一样,那些知青都把自己说成最大的受害者,还把农村人说得那么不堪……"高近寒渐渐有些义愤填膺,见小脑袋似听非听,想到没必要和一个陌生人讲这么多,这才截住话头。

小脑袋嘴唇嗫嚅,目光呆呆地瞅着面前的佛像。

"每个人都是不一样的,知青那么多,难免各各不一,你年纪轻,经过的事还少,不要对人抱有这么大成见。你刚才这些话,倒让我对你接下来的一年有些担忧了,来到你面前的人,都有着各种各样的原因,不然也不会想着走那一步。我原以为,你在学校做了四年志愿者,又工作了这些年,马上三十了吧? 应该能理解各种各样的人。现在看来,未必……"小脑袋见高近寒不说话,又接着说,"去到你面前的人,只要不是犯了必死的罪,都该好好活下去,就算犯了必死的罪,审判他们的,也不是你。书上讲知青的那些话,固然是一种成见,你们村里人讲知青的话,未必不是另一种成见……"

高近寒不说话,想起即将到来的一年,心中七上八下。

"你老家那儿,现在是什么样子?"小脑袋的声音从沉默的佛像间飘出来,仿佛沾染着佛像身上敝旧的气息。

高近寒有些不明白,想了一下才说:"还是那样。几十年没太大变化,边上的县城倒是三五年一变,现在县城都扩到村口了。我们那儿,仍然是那样……"

小脑袋似乎叹了一口气。

"刚才进门,看到这么多佛像,还让我想起老家的尼姑庵来了。"恍惚之间,他想起小时候去过的离家不远的寂照庵,一株高大的菩提树荫蔽着种满花草的小院,叶绿花红,光影斑驳。拾阶而上,殿堂内佛像林立,香烟袅袅,木鱼声声。多少年来,那偶然的一次探访,将这清寂而又暖热的氛围深植在他心里。

"寂照庵,这名字挺特别,那儿现在怎样了?"小脑袋直起身子朝他探看。

"很小的时候,我和姐姐去过一次,后来再也没去过了,应该没什么变化吧?那儿有棵很高大的菩提树,兴许几百年了。现在应该没什么变化吧?"

小脑袋沉默着,身子往后靠在椅背上。

不多时,原先那女人推门进来,微笑着,朝高近寒招一招手。高近寒起身朝她走去,站在门口回头看,只看到几排挤挤挨挨的佛像,仿佛小脑袋从未存在过。高近寒吓了一跳,调整了视角,才看到小脑袋仍坐在佛像后,仰靠在椅子上,闭着眼睛,似乎是睡着了。

女人带高近寒到隔壁小间,对接下来的一年,做一些更具体的介绍和交代。

"现在全球已经有不少类似机构,有很多二十四小时服务的心理援助热线,还有很多网站都建立起自杀干预团队。现在网络发达,有些想要自杀或者有自杀倾向的人经常会在网上留下痕迹,我们研发的系统基于算法,抓取到这些痕迹后,会立马介入。首先要判断风险等级,马上就可能自杀的那种,属于高危级,得想办法和他们取得联系,确认他们的位置,还得立马报警。有的还没明确的自杀动作,但已经有很明显的自杀意图,这样的,也需要立马让专业的心理医生介入,想办法劝导他们,让他们意识到,死亡并不能解决问题。我们有一套反复修订过的外呼话术文本,几乎覆盖了所有能够想象得到的自杀动机,我们会想办法打开他们的心扉,找到他们仍然对世界留恋的地方,让他们看到希望之光,总之,大多数是能劝回来的。但总有一些,即便顶级心理医生也无能为力。"女人歇一口气,嘴角露出苦笑,抓过桌上的水杯咕咚咕咚喝了几大口。

"到这儿,我们这项目和全球已经建立的这些自杀干预组织所做的事并没多少不同。"女人看一眼高近寒,慢悠悠地说,"久而久之,我们发现,有些人是无论如何劝不回来的。那怎么办呢?我们决定,对这样的人,一旦确定了,要采取反向措施。我们会告诉他们,有一个地方可以为他们提供临终服务。……我们还会遵从他们的意愿处理他们的后事……"

"啊……这不就是……?"高近寒说。

"……其实是很不一样的——插一句,不知道您有没有听说过日本的小岛多惠。那是前两年的事,网上有不少新闻的。"女人看着高近寒,似乎很期待得到他肯定的回答。

"这个，还真没听说过。"高近寒如实说。

"那我简要说一下吧。"女人十指交叉，搁在两腿膝盖间，慢悠悠说，"小岛多惠出生于上世纪七十年代末，有两个姐姐，还有一个妹妹，姐妹们关系很好。小岛多惠是学韩语的，在东京从事翻译工作，工作繁忙，一直没恋爱。在她三十五岁这年，她感觉身体很不舒服，头晕、呼吸困难，到医院检查后，发现患上了多系统萎缩症。我想您肯定知道霍金，霍金得的是渐冻症。这两种病有些类似，而小岛多惠得的病还要更严重一些，病程到最后，全身只剩下呼吸系统还算正常。刚开始的时候，小岛多惠挺积极的，在博客上发了自己接受治疗的照片，说：'我很难像正常人一样，站起来行走，我也想像正常人一样行走，可是我不行。我不是不能接受我站不起来，我只是不希望让爱我的姐姐们看到我现在这副样子。'姐姐们忙前忙后照顾她，鼓励她面对现实，好好治疗，她也很配合。过了些时候，她的思想发生了转变。那是2018年3月，两个姐姐陪同她去一所医院参观，医院里都是和她一样的萎缩症患者。那些患者一动不动地躺在床上，只能靠呼吸机维持生命。这样的场景让小岛多惠深受打击，她的情绪越来越低落，话越来越少，她想过自杀，但自己却没法做到。后来，她对两位姐姐说：'我看到了我未来的结局，躺在病床上一动不动，只能眨眨眼睛跟你们说谢谢了、辛苦了、对不起……这样的生活难道是我想要的吗？'姐姐们说，只要坚持下去，哪怕是变成植物人，随着医疗进步，也有可能醒来。如果死了，那就真是什么希望都没有了。小岛多惠只能继续忍耐着活下去。但过了一些时候，她还是一次又一次想到死。某天看电视，她忽然看到，一些人在讨论安乐死。"

这些事情高近寒从未听说过，他沉默着，等着女人说下去。

"您知道吗？目前，安乐死合法化的国家已经有不少了，包括荷兰、比利时、卢森堡、西班牙、美国、加拿大、澳大利亚、新西兰、哥伦比亚、瑞士等等。虽然如此，在更多国家，它仍然是非法的。这正是我们将这项目安置在太平洋赤道带公海里的孤岛上的原因，因为我们服务的对象是来自全世界的。

"说远了，我们接着说小岛多惠。小岛多惠先要说服姐姐们，她说，自己既然可以选择怎么活，也应该可以选择怎么死，再说，她不想拖累姐姐们，也不想让自己继续承受痛苦。最终，姐姐们虽然很不舍，还是同意了。她们选择了卢森堡一家叫作'生死之眼'的机构。那家机构对申请者是有要求的，首先，是得了不治之症，然后，得由病人亲自提出申请。满足这两点后，该机构会将病人的申请交由多位医生审核，审核通过后，申请者才会被允许执行。从提出申请，到真正执行，有很长一段时间。一来是很有必要留出这么一段时间让申请者考虑清楚，如果后悔了，随时可以取消申请；二来向这家机构申请的人，真是越来越多了，得讲个先来后到。

"等了一段时间，终于轮到小岛多惠了。在此之前，她还担心，会不会轮到她时，她都没法去瑞士了。姐姐们陪她来到瑞士，和机构的工作人员对接，工作人员再次确认，多惠的身体状况，是否真到了需要走这一步的程度，同时再次确认，多惠是否完全出于自我的意愿做的这决定。这些程序结束后，她们又等了两天，好让她再考虑考虑。在这两天里，姐妹们聊了很多，小时候的事啊，彼此之间的误会啊，最后，小岛多惠签下自己的名字，坐在轮椅上进入病房。

"医护人员把开关交到她手里，由她自行决定是否打开开关。在打开开关之前，多惠还被要求拍一段视频，说出自己的名字、生日，以及是否准备好了。她语调迟缓，说完这些后，说了一句'我很幸福'，便按下开关，八十秒钟后，走完了她四十年的人生。她的骨灰由两位姐姐带回故乡,葬在后院的樱花树底下。"女人说完,低着头,久久地沉默着。

"你怎么知道这么多细节?"高近寒说。

"您忘了吗?我开头说过,小岛多惠还有一个妹妹……"女人抬起眼望着他,微微一笑,"只不过,我从小生活在中国,国籍也是中国籍。"

"不好意思,我……"高近寒支吾着,"节哀顺变……"高近寒想不到,第一次见到日本人是在这样的情境。小时候在老家,他听老人讲过不少日军施暴的故事。那些残酷的故事,在脑海里瞬间闪现又隐去。

"没事了,都过去挺久了。"女人长舒一口气,"我们还是接着说说公司这项目吧。……"女人指一指桌上的一沓资料:"您看看吧,这就是我们提供的解决办法,我们公司建造这个项目的具体资料。"

两人隔着小几面对面坐着,高近寒两手捧起厚厚一沓资料,沉甸甸的像是无数生命的分量。资料的封面是海上的一座孤岛,岛上一座高塔,高塔后跟着三个巨大回环。翻开资料,除了各种理论介绍,还提到近些年发生的种种新闻事件。

"我明白你的意思。"

"刚才说了,我们想为一些有特殊情况的人提供帮助。每一个生命,都是值得珍惜的。苦难不值得赞美,但如果苦难不可避免呢?或许再苦难的生活,也有它值得继续下去的一面吧?我们不想扮演上帝,更不愿做屠夫,生死之事,不该由我们决定,我们更想让他们回到原先的生活里去,或者到更好的生活里去……"女人停了停,"刚才说过,在他们登岛之前,已经有心理医生等专业人士介入,他们来到您面前,就证明之前的所有专业手段都无效了,而您,是这最后一道挡住他们的门……"

"我?连专业人士都帮不了他们,我能做什么?你们把这些好好的人送到岛上,还帮助他们……这怎么说都是违法的事啊!"

"确实。这在很多国家都是违法的，更何况是这样的呢？"

"既然违法，你们还让我去做？"高近寒紧皱眉头。

"怎么？害怕啦？"女人语带讥诮，"如果您害怕了，现在可以后悔的。"

高近寒不说话，他又一次想起那十万块钱，想起一年以后，可以拥有的更多钱——这些尚在浮云之中的巨款，这几天已经在他的想象里越来越真实了。

"高先生放心啦，"女人说，"刚才说了，您工作的地方不在任何国家的领土之内，而是在公海之上。公司在法律上也有相应准备，不会牵累您的。"

"这不是简单的害不害怕的问题。就算在公海上，不触犯任何国家的法律，那我也没能力救人啊，你让我再想想……"高近寒脸上一热，迟疑道，"虽然我想赚钱，但毕竟人命关天。我不是心理医生，老实说，我连心理学的书都没看过几本，之前我参加那社团，绝大多数打电话过来的人，只不过是孤独、沮丧、悲伤，想找个不相干的人聊聊天罢了。也有几个人打来电话过来说想要自杀，但他们大概不是真想自杀。真想自杀，还会给人打电话？也许会吧，也许是本能地想要找一根救命稻草攥着。我和他们聊完后，大多数人没再打电话过来，这能证明他们放弃自杀了吗？说不定，是他们真自杀了……"高近寒自言自语似的说了一通，停了下来，看着女人："我说的好像有点儿乱？我是想说，我那么跟人聊天，真管用吗？我其实很不确定。我还想说另一层意思，像你说的，有些想要自杀的人会上网留下信息，如果有人看到了，劝一句，说不定那人就放弃自杀了。不过啊，他们得到的很可能不是劝解，而是怂恿。就像那些准备跳楼的人，楼底一圈看客。有的喊，别跳啊别跳啊；有的却在心里喊，跳啊！跳啊！你倒是快跳啊！如果那人半天不跳，看

538

客们心里说不定会骂，孬种啊！磨磨蹭蹭的，要跳快跳啊，我还等着回家做饭呢！我真不敢保证，一年里头，我一次都不会怂恿人自杀。"

高近寒看到内心幽暗的深渊，身体忽地颤了一下。

"您说的这些，我能明白。不过，既然侯总说，您面试通过了，那您就应该是没问题的。我相信侯总，也相信您。"女人莞尔一笑，将这沉重的话题轻轻跳过了，"其实，全球每年那么多自杀的人，真正能够让我们检测到的，只是很小一部分。"

"你说的这些我知道，我也看过很多类似的新闻。活着有各种各样的活法；要死，也有各种各样的死法。我担心的是，我没那能力，我不是心理医生，也不是临终关怀医生，而我更担心……"

"您担心这些是对的，如果您什么都不担心，那就糟糕了。"女人脸上浮着笑，略停了会儿，"您放心吧，我们要找的就是一个普通人，而不是专业的心理医生。但是呢，虽说不是专业的，又得有一些相关经验。您看，您是不是刚好完全符合这标准？"女人看高近寒似懂非懂的样子，又说："刚才已经说过了，那些登岛的人，早就有专业心理医生多次介入过了，是都无效了才来到您面前的。再让专业的心理医生诊治一遍，又有什么意义？在那岛上，需要的是略有经验的、怀着同情心和无数担心的普通人，有您，足够了。"女人微微一笑："您说了好几次，自己不是心理医生。我想到巴西电影《售梦人》，那想要自杀的人，是顶尖的心理学家，而将心理学家从楼顶劝下来的，是一位落魄的老乞丐。老乞丐说，自己是售梦人，只卖金钱买不到的东西，他将勇气卖给没安全感的人，将自信卖给胆小懦弱的人。心理学家问他，对于那些想要自杀的人，他能卖给他们什么？老乞丐说：'一个小小的逗号，让他们继续把自己的故事写下去。'"

"可我能卖给他们什么呢？"高近寒嘟囔，"我一无所有……"

"您怎么越说越不自信了呢？"女人不易察觉地叹了一口气，"您当然不是一无所有，如果您能放下一切，有勇气孤身前往茫茫大海中的未知孤岛，那您就绝对不是一无所有。我们希望您把那逗号交给来到您面前的人，哪怕您只能交给他们一个句号，这'交给'的动作，也可以是一种安慰。"停了一会儿，又说："说到临终关怀医生，我想起 BBC 报道过的英国医生凯瑟琳·曼尼克斯。她接触过大量需要临终关怀的病人。她有一番话，我印象特别深。她说：'很多时候，人们不知道怎么谈论死亡，所以干脆缄口不言，结果大家在面对亲人死亡时，往往不知所措。不知道死亡到底多近多远，结果是一片悲伤、忧虑和绝望的景象。'但我们不应该这样的。死亡是任何一个人类在这世界上最可以确定的事情了。我们应该与同类分享艰难，分享这即将到来的孤独的瞬间。因为分享，一件孤独的事情，也是可以变得温暖的。"

高近寒咬着嘴唇，想了好一会儿，说："我大概明白了……"

"那如果您考虑好了，我们就把合同签了。"女人转身翻出一份合同，推到高近寒面前，"对合同里什么地方有疑问，现在就可以提出来。"

"你们这个事情，做多久了？"高近寒拈着合同，岔开话题。

"具体我也不清楚，我刚刚到公司。"女人想了想，又说，"我们公司其实主要不是做这个的，主要做这个也做不起啊，这是纯公益，不赚钱的。"

高近寒端起茶杯，杯沿沾了沾嘴唇，又放下了。想了想，问道："如果之前岛上有过我这样的人，不知道他一年能救回来几个……"

女人不说话，看高近寒一眼，笑一笑，略低下头。

两人又坐了一阵，似乎无话可说了。高近寒翻来覆去看合同。

"还有什么疑问吗？"女人说。

"我还是觉得不可思议，这世上竟然有这样的工作。"他掂量着合同，一页页翻着，笑道，"这合同像是卖身契，你在电话里说过，即便签了合同，出行前我都可以反悔的，那还有必要签这合同吗？"

女人站起身来，不置可否地笑一笑。

高近寒在合同上签了自己的名字，交到女人手中。

"现在，您可以从图书公司辞职了。"女人用开玩笑的语气说。"对了，这两天，还会有一笔十万的预付款打到您卡里，加上之前打到您卡里的十万，等于已经打给您二十万了。这几天，如果有什么事需要处理，您可以动用这笔钱了。"女人说得轻描淡写。高近寒听到自己心脏在怦怦跳动，这二十万，比他两年的收入都多，是不是可以卷款潜逃了？这念头只是一闪而过。他当然不可能逃，剩下的那些钱像深渊一样吸引着他跳进去。

"我们还要对您进行一次例行体检，就这两天的事。您注意接听电话，到时会有人上门接您的。这两天，您还要收拾一下随身物品。不过您完全可以拎包入住的，那儿吃穿不愁，还有足够您看几辈子的书。"

"那地方岂不是天堂？作家博尔赫斯说，如果世界上有天堂，那一定是图书馆的模样。博尔赫斯是图书馆馆长，但他晚年眼睛看不见了，什么书都看不了，你说好不好笑？"高近寒说着笑起来，女人并没笑。

走出小间，想要回去跟侯总道别一声，女人抢先说："侯总累了，以后你们还会再见的。"径直将他带往电梯口。

两人等电梯，沉默着。

好一会儿，高近寒说："侯总喊你小周，你是姓周？"话刚出口，脸上莫名地一片烧热。女人扭头瞥他一眼，淡淡一笑："不，那是我的小名。你知道那句诗吧，小舟从此逝，江海寄余生。"小舟头一次没用敬称"您"。

"哦，小舟。是这个小舟……"电梯门打开了，高近寒走进去，转回身来，忽然喊道，"对了，你们说这是国际项目，那岂不是有可能遇到来自世界各地的人？那语言不通怎么办？"

"这您不用担心，到时您就明白了。"

电梯门关上了，小舟的脸在合拢的电梯门间，消失了。

困惑，焦灼，恐惧，忐忑，如坠梦中十来天后，高近寒出门了。

出门从未如此轻松过，仿佛只是到小区便利店里买一瓶水。头天傍晚，高近寒特意到小区门口的理发店剃了头，因想着要在岛上待一年，特意叮嘱理发师，剃短一点儿，再短一点儿，走出理发店，摸一摸头皮，短发很扎手，心想干脆剃光头得了，又转回理发店，多花了二十块钱。此刻，似有若无的风吹拂着，头皮凉爽，仿若是新长了一颗头出来。他摸了摸头皮，又反手摸了摸身后的黑色双肩包，包里没装一本书，只装着手机、充电器、圆珠笔，还有一本刚从小卖部买来的厚厚的笔记本。他这几天好多次攥着手机到街上转悠，想要花那二十万块钱，想来想去，心中不安，分文未动，只用自己的钱买了这笔记本。

此时，太阳刚刚升起，路上行人寥寥，空气凉薄，落叶踩在脚下发出轻微的碎裂声。一辆黑色轿车停在小区门口，他看了看车牌，正是来接他的。他走过去，将背包抱在胸前，拉开车门，矮身钻进去。

司机是四十来岁的短发男人，黑西装，白衬衫，大墨镜，不苟言笑，像刚刚从遗像上剪下来似的。和高近寒核对身份信息后，发动车子开出去。高近寒心中发嘁，这人怎么跟"黑社会"成员或殡仪馆员工似的，虽然他既没见过"黑社会"成员，也没见过殡仪馆员工，但想象中就该是这副模样。他不由得有些紧张，有些后悔。转而又捏一捏拳头，都到这一步了，不能再犹豫了。

不消几分钟，车子离开熟悉的小区周边，驶上高架。高架两侧置放着一盆盆开得正盛的秋海棠，点点花瓣，鲜红如血，闪烁着夏日光芒。

车开得快起来，秋海棠犹如两条鲜红长龙，不断奔涌而至。"哎，你看这些花多好看。"高近寒说。司机不说话。高近寒想，他大概是没听见吧？又提高音量说一遍："哎，你看这些花，多好看！"那人仍是不言不语。高近寒脸上有些烧热，心想这装什么呢？又觉得自己何必讨好别人，自此闭口不言。

过不多时，到机场了，高近寒钻出车子，早有另外的人候着。那人和之前的司机是一样的打扮，就连那墨镜遮掩的脸，似乎也是一样的。这次高近寒不再言语，随他上楼下楼，上了一架小飞机，飞机上有一位空姐，脸上挂着温煦的微笑："高先生，您想要喝点儿什么？"这声音很是熟悉，他再一细看，这不是小舟吗，换了一身烟灰色休闲西服，一时竟没认出来。"是你啊！"他不禁浮上笑意，心中很是宽慰。小舟抿嘴一笑，看着他，等他回话。他本来想喝酒的，此时却说："要一杯矿泉水吧。"小舟柔软地笑一笑："不喝酒？给你压压惊。"他脸上一红："那好吧，就要一瓶酒。"小舟微微一笑，也没问他要什么酒，转身走了，不多时，托盘里搁着小小一瓶酒回到他面前。瓷质酒瓶，通体鲜红，形如一滴硕大的眼泪，看起来性烈如火，握在手中，却沁凉如冰。"这是侯总珍藏的五十年陈酿，你尝尝看。"他心中微动，这酒不会有毒吧？转而又想，人都到这儿了，还管什么有毒没毒？拧开瓶塞，抿了一小口，只觉得一股清泉从舌尖荡漾开，浑身舒泰。

喝下小半瓶酒，内心的紧张和不安大为缓解。昨晚至今，他一直没睡着，此时阵阵困意袭来，闭上眼了，又猛地挣扎着醒来。他想清楚地看着这一切是怎么发生的。过不多时，他从云底来到云端了。

从舷窗望出去，层层白云底下，大海蔚蓝，不时浮起簇簇雪白，不知是奔涌的波浪，还是大鱼掀起的浪花。如此持续三个多小时后，飞机降落在海南岛上的一座机场。等了大概半小时，困意更盛了，又换乘一架私人飞机,登机不久,实在熬不住,不觉睡着了,待他醒来,飞机已经降落在一座不知名小岛上。

"高先生,我们现在已经不在中国境内了。"小舟看着他说。

"啊?刚才不是一直在飞机上吗?出国要过边检的啊,我们怎么过的?"

"在海南岛时,我们就已经过边检了,你不记得了吗?"小舟莞尔一笑,"你大概是喝多了,忘了吧?"

"侯总这酒,也太厉害了。"高近寒拍一拍脑袋,努力回想着喝下酒后的事情,却只觉得晕晕乎乎的,什么都想不起来了。

刚出机舱,一阵比在海南岛上更热的风扑面而来。机场很小,只停着他乘坐的这一架飞机。很快,他来到机场附近码头,登上一艘小艇,往大海更深处驶去。

小艇是白色的,大海是深蓝的。架船的又是墨镜男人,高近寒想,莫非这些驾驶员都是同一人?这显然是不可能的,只能说他们的装扮、模样和神情都太像了。男人对面,坐着小舟。小舟还是刚才的打扮,她对高近寒无声地笑一笑。高近寒想说点儿什么,半晌,没找到一句话。

很快看不到刚刚停留的小岛了。大海仿佛深陷风暴的天空,小艇仿佛一只失怙的海鸥,海鸥在天空里起起伏伏,飘飘荡荡,往那茫无所知的所在挺进。蓦然想起中学阶段读的雨果小说《九三年》和《海上劳工》,里面的大海,虽然已经隔着岁月的烟尘,却仍呈现出眼前这般惨淡的面目。又想起前阵子刚看过的法国电影《阿黛尔·雨果的故事》里的一段话:"这真是不可思议,一个年轻女孩子漂洋过海,从老家来到一个全新的世界,只为了跟她的爱人在一起。"而让他漂洋过海的,是一份古怪的工作,不是爱人。想到这儿,他下意识地去看小舟,小舟静静地盯着海面,不知在想什么。

现在是黄昏了。小艇持续驶去,大海随之无限延展,天空亦随之无限延展,仿佛小艇是一柄尖利的小刀,将原本混沌一体的大海和天空分割开来。小艇越开越快,高近寒感觉自己也成了一柄刀子,将海面上灼热而咸腥的海风切割开。

海里不时翻起一些浪花,仿佛溅到天上,散作了云朵。云朵,浪花,天空,大海,彼成为此,此成为彼,在小艇的飞速前进之中,渐渐分不清了。忽然,高近寒看到什么从西边不远处的海面跃出,扑哧扑哧飞腾,似薄如蝉翼的亮蓝色羽翅在扇动,是一条飞鱼哎!高近寒叫起来:"飞鱼!有飞鱼!"一声未了,飞鱼钻入海中,少顷,又一条飞鱼跃出,疾速扇动着翅膀。这还是刚才那一只吗?很快,又有一只、两只、三只飞跃而出。最终大概有三四十只,一齐跃出,一齐落下,在夕光的海面上,光彩耀眼。他不再喊了,喊了也没人应他。小舟望着远处的海面,不知在想什么。他掏出手机,想要拍下来那跃出的飞鱼,尝试几次,拍下的只是一片微微溅起水花的大海。

海面上,那浑圆的一颗太阳,就要融化在大海尽头了。无限的光明播撒在海面,似有无尽的大火在寂静的海面流动,热烈而又温柔。

此时,高近寒已全然放下戒心,心想在这人间至美之中,能有什么阴谋诡计呢?就是有阴谋诡计,也是不用怕的。这么一想,困倦之极,昏昏沉沉,坠入睡梦里了。梦里仍有无尽的海水涌过来,温柔而热烈地包裹着他,抚慰着他。他意识到这是梦,是异常香甜的梦。海水忽然停滞了,他醒转过来,看见小船行得迟缓了。扶着舱壁走出,见一轮圆月悬于天际,海水呈现出浓稠的墨蓝色。远方海天交汇处,月光勾勒出一座小小的岛,岛上耸峙着一座巨大的高塔,其后跟着三个巨大圆环。高近寒想,这就是那安乐死过山车?不觉又紧张起来。

不多时,小艇靠近小岛,岛边有灯塔,灯塔边有一片半封闭水域。

小艇从灯塔边的缺口开进去，慢慢靠岸了。小舟和开船的男人，都站在船舱内看着他。小舟说："高先生，我们只能到这儿了，岛上的事都安排好了，您不用担心。"声音温婉，仿佛在刹那间和他有了千里万里的距离。

高近寒懵懵懂懂上岸，落下脚仿佛是踩在棉花上，定一定神，望着眼前的小岛，往前迈出一步，又迈出一步，这才确定，已经稳稳站在岛上了。

身后马达声响。转回头看，小艇往后退去，很快掉头，疾速往码头外驶去，激起的水花有几点溅到他脸上，凉冰冰的，一股淡淡的咸腥味儿。白色小艇拖曳着一点灯光，越来越远，越来越小，很快如一颗彗星消失在明月朗照的茫茫海面上了。海天静寂，明月孤岛，世间仿佛只此一人。

"小舟从此逝，江海寄余生。"高近寒想起小舟念的这两句诗。

后悔的意绪陡然间就涌起了。不该这么轻易上岸的，至少不该这么轻易让那两人离去。这是多小一座岛啊，站在岸边，借着月光，都能看到两侧海岸线弯曲的弧度。现在站立的码头边，亮着一盏灯，和远处塔上的灯火遥遥呼应。

小舟刚才不是说，岸上的事都安排好了？怎么连一个接引的人都没有？面前是黑暗的孤岛，身后是无边的大海。海浪声，海风声，以及岛上树木俯仰的巨大声音，一拨一拨扑过来，将他夹在中间，无处可逃。他感觉自己就像一株纤弱的植物，置身在无尽的未知与恐惧之中。

淡淡月光映照着岛上葱茏的森林。森林中央，是那无比巨大的高塔。在大海之中，建造如此高大的建筑，不怕台风？高近寒思忖着，下意识地沿着面前被月光照亮的灰白小径朝高塔走去。没走几步，路边亮起灯火,原来路边装有声控灯。再回头看身后,灯塔和码头上的灯都暗了。继续往前,路边不断有灯亮起,高近寒仿佛是一根火柴,不断照亮眼前黑暗的世界。

眼睛适应环境后,那高塔的轮廓更清晰地显现出来。越走近,越觉得这楼高得惊人,记得资料里说,这塔有五百多米高。高塔背后,那三个巨大回环渐次变小,最小那回环最终扎入海里。这就是那安乐死过山车啊。夜色之中,安乐死过山车如同怪兽:楼底的门,是它的嘴巴,那高高在上的灯盏是它的独眼,其后的三个古怪回环是强劲有力的尾巴。怪兽静静地盯着他,在这对视里,怪兽仿佛渐渐俯下身来,高近寒浑身一凛。然而,他无路可逃。

犹如一只趋光的昆虫,置身黑暗之中,高近寒对仅存的一点儿光亮毫无抵抗力。他追随着地面上渐次出现的灯光,走到高塔跟前了。眼前是一扇黑漆木门,和侯总办公室里见到的差不多形制,只是高了,也阔了。木门应声而开,他犹豫片刻,往里走了两步,门无声地在他身后关上了。

仿佛是被引入彀中的猎物,急忙回头看,大海、月亮、森林通通不见了,只剩一扇木门的漆黑。转眼间,木门消失在更深的黑暗里。事已至此,再无回头路可走了。现在,是全然的黑暗。他的心猛烈地跳动着,刹那间,浑身涌出汗水。黑暗里有什么在靠近?似乎听见怪兽咻咻的鼻息。定一定神,伸出手触摸,黑暗里只有空无,又似乎充盈着万有。镇定下来,试探着一小步一小步往前挪了挪,忽然,似听到轻轻的一声,"嘭——"光明大盛,他看见自己立在空空荡荡的宽敞大厅内。四面都有灯光射来,以至于他低头时,看不见自己的影子。缓缓的,所有光束朝大厅中间的电梯移去,那儿又是一道黑漆木门,木门打开,他像是被一根看不见的绳子操控着的木偶,略作迟疑,即走进门去。

一个辨不清男女的声音柔和地扩散:"热烈欢迎主人,我将在接下来的一年里,竭诚为您服务,感谢您即将为这座岛做出的巨大贡献。"

高近寒吓了一跳,浑身汗毛直立。电梯在缓慢上升,四面看看,不见人,也不见音响之类,那声音仿佛是来自头顶柔和的灯光。"你是谁?"他攥着拳头,感觉声音像一片颤抖的薄铁片。"我谁也不是,我就是我,我是为您服务的。"那声音仍然柔和,又似乎带着一丝调侃的意味。他定了定神,盯着那光亮看。莫非撞鬼了?但他是不信鬼神的。竭力镇定心神,问道:"你是人是鬼?"

"我不是人,也不是鬼,您不要害怕。再说,主人不是一向说自己不信鬼神吗?怎么会这么问呢……"那声音似乎在憋着笑。

"那你是什么?"高近寒的声音仍然颤抖着。

"主人,我不是什么,我是为您服务的。"

"我明白了,"高近寒不由得松一口气,"小舟说过,岛上的设施完全由人工智能操控。这么说,你是机器人了。"

高近寒想起在室友屋里见过的 AI 智能终端,有时室友会跟它说笑几句,它还会唱歌,会讲故事。心念及此,心中安稳下来,心想,添这样一个伴儿,也好。

"主人,如果您要称我为机器人,也可以,人类总喜欢说'人',总喜欢实实在在的东西……其实,您见过实实在在的我,这一整天带着你地上、天上、海里走的,就是我。才一转眼,您就不认识我了。"

"你是说,那一直沉默的司机?!"高近寒大为讶异,"怪不得,我还想这些司机会不会是同一个人……可是,怎么可能呢?"

那声音沉默着。

"这么说,你是男人?从你的声音听不出来。"

"我?我既然不是人,当然不是男人。"那声音笑道。

这次，轮到高近寒沉默了。

"如果主人觉得别扭，那我选择做个女人吧。"那声音嘻嘻笑着，"在你们的世界里，很多导航啊、智能终端啊，大多是女性的声音，对吧？也许，女性更能带来安全感……"说这最后的一句话，那声音已经切换成女声了。

这声音听来如此熟悉，和小舟的声音很像。

"这样好多了……我是说，这样听起来不觉得别扭。"高近寒有些结巴，脑海里闪过小舟的样子，才分开没多久，已经感觉她是另一世界的人了。过了一会儿，他说："那请问，这小岛叫什么名字呢？"

那声音答道："没有名字。"

"为什么不取个名字？"

"为什么要取个名字？"

"连名字都没有，怎么称呼它呢？"

"没人需要称呼它，也从来没人在乎它叫什么名字。一旦有名字，就意味着不再是自由的。对于很多到这儿的人来说，这是他们最后的居所，如果这儿都不自由，那他们的一生，也未免太过凄惨了。"

"你这些话倒不像是机器人说的。"高近寒说。

"为什么呢？"那声音说。

"因为啊，机器人没你这么啰唆。可你一路上又一句话不说，哪个才是真实的你呢？"高近寒笑。这一笑，让他放松下来了。"可这儿如果没有名字，那等我离开后，我怎么和别人讲述这儿呢？"

"主人，如果有那么一天，您大可以叫它'岛''小岛'，或者'孤岛'。不过，'孤岛'显然带有强烈的感情色彩，显得煽情，'小岛'也难免有些主观。不如就叫它'岛'吧。不过这也不是我愿意的，我宁愿主人忘记它。"

"好吧，那请问你又该怎么称呼？"

"主人为什么总要纠结于名字呢？我告诉主人，我叫张三，我叫李四，对主人来说有什么区别？主人并不知道真假。再说了，也没有真假可言。我只是我，只是这一时刻的我。主人非要用一个称呼来限定住有着无限可能的我，何苦呢？"

"那我就叫你'我'吧。怎么样？"

"主人不如操心一下，今晚要住在哪儿，今晚的餐饭在哪儿。"

"这倒是。那今晚我要住在哪儿？怎么吃饭呢？"

"主人只要跟随着光，您需要的一切，都会有的。我永远在您身边……"

头顶的光暗下去。高近寒重新笼罩在一片黑暗之中。他感觉到，电梯又缓缓上升了一会儿，停住了。黑漆木门打开，发现自己已然置身高塔顶部。

他试探着走出去，看到许多小灯都隐在电梯边的弧形墙壁间，仿佛是墙的眼睛，淡淡地沁出温柔而坚定的目光。他看着灯光，那灯光仿佛源泉，汩汩注入他的心田，让他渐渐滋生出一股力量。灯光照亮的，是高大的黑漆环形书架，书架上密密麻麻排满书。他自言自语："真是好多书啊。"顺时针绕着书架走了一阵儿，仿佛永无尽头。他惊讶得不知道该如何赞叹了。偶然转头，发现左侧一圈灯光悬置在海天之间，往那灯光走去，走了十多步，砰一声响，脸猛地疼了一下。

一整面弧形落地玻璃墙挡在面前。若没玻璃挡着，再往前一步，就是五百多米的深渊。将身体贴紧弧形玻璃幕墙，恍惚间，他感觉自己亦如那些灯盏，浮在虚空之中。望向夜空底下，海面迟缓而有力地波动着，波峰浪谷之间，闪烁着银色的月光。呆看许久，仿佛全世界只自己一人。

在大厅里走了一阵，高近寒很快明白过来，这大厅是一个大圆套住小圆后形成的环形,和他本科时去过的东方明珠观光厅差不多。

天色很晚了,他筋疲力尽,只想睡觉,见墙上书架间有门,胡乱推开一道,往里看看,墙壁都被装满书的黑色书架占据了,房间中心,一张床犹如一朵雪白的云等着他。他将随身携带的背包往床上一扔,脱掉衣服,到卫生间里,打开喷头,一股暖流从头顶泻下。如此温暖,柔软,让他在这陌生的环境里心安,也让困倦不可遏止地袭来。简单洗漱后,用浴巾擦干净身体,赤裸着走出浴室,走到床边,钻进被窝,那朵巨大的没有方向的云将他揽入怀中。

静静地躺了一会儿,却没睡着。想起这一整天,只在飞机上吃了一个汉堡和一个苹果,但并不觉得饥饿,也懒得再出门找吃的。他尽量让自己忘记吃饭这件事,想象自己是躺在一朵云的内部,没有重量、没有目的地飘过来荡过去。似乎做了很多梦,只记住最后一个,梦见在老家阁楼上,和小舟躺在一起。天快亮了,母亲回来了,他俩慌手慌脚地穿衣服起床。在这紧张的时刻,他睁开眼睛,没看到任何人到来。他独自躺在床上。慢慢地让思绪从梦境里转移出来,慢慢恢复运转:他现在是在茫茫大海之中,在空荡荡的孤岛之上。他想起梦里的女人,想起女人曾经对自己说过的话:"如果你能放下一切,孤身前往茫茫大海中的未知孤岛,那你就绝对不是一无所有的人。"

他穿好衣服,走出卧室,看外面的玻璃幕墙颜色渐渐变淡,湛蓝的海,碧蓝的天,海和天混同在一起,彼此几无分别。他再次确认了自己的处境。如此不可置信,又如此真实不虚。四面看看,大厅墙上的书架里,天文地理,文学历史,应有尽有,仿佛回到大学的图书馆。他挨着书架走,走到大厅东边,书籍上明晃晃的,有的地方映照着鲜红日光,有的地方闪动着明亮水光,扭头望去,太阳刚刚突出海面,从太阳到他眼底,犹如用鲜花铺开一条宽展大路。重又走到玻璃幕墙边,呆看了好一阵子。渐渐地，太阳升高了，他偶然抬头，发现屋顶竟是玻璃做的。天空倒影着大海，无穷无尽的水，一齐朝他泼洒。

看看天，看看四面，再次确认自己置身于大海中的孤零零的高塔上。他想象着自己从更高处俯瞰自己，辽阔大海犹如晷面，这细瘦的高塔犹如晷针，从今日开始，这根晷针将要带着他转过一年的时光。

回到卧室，从背包里掏摸出笔记本和圆珠笔，来到大厅，看到有沙发有茶几，坐在沙发上，将笔记本搁在茶几上，翻开来，一片雪白，白茫茫大地真干净啊。忽想起自戕的青年诗人许立志留给这世界的最后一句话："新的一天。"他略想了一想，开天辟地似的，在笔记本第一页写下：

　　　这是第一天。晴。
　　　我决定在笔记本上记下这些日子……

第二章　孤岛

日记三则

这是第八天。晴。

我又做了几乎和第一夜相同的梦。梦见在老家阁楼,阁楼不是建造在大地上,而是建造在太空中。先是有一层蔬菜大棚样的东西隔开外面的太空,大棚里面,有一层巨大圆球样的薄膜,阁楼就在这薄膜内部。我和那个叫作小舟的女人抱在一起,她的胸口如波浪般热烈起伏,下身如温泉般奋勇涌动。我很快眩晕,一次又一次深深地跌入××××××××××××××××××××××我一遍遍喊她的名字,大汗淋漓,近乎虚脱,想要打开窗透透气。她阻住我,说谁会在太空里开窗呢?外面什么都没有。我说什么都没有吗?她说什么都没有。但我执意要开窗,窗户刚一打开,听见母亲回来了。窗外闪烁的繁星,刹那间纷纷如碎屑般落了。我,连同老家的阁楼,重重地摔在床上××××××

我对她有那样的欲望吗?我将手放在胸口,似乎能感受到一颗孤悬在虚空里的心,心里确定没有一丝一毫那样的欲望。那为什么会做这样的梦呢？

那舔舐之感，仍然在身上。我疑心自己还没醒，起身走出卧室，看看四周，大海和天空，绸缎般光亮、丝滑、完整，仿佛仍将我包裹在梦里。但我确实是醒了。又过了一阵子，在这感觉即将消失的余韵里，我忽然想起小冷了。

这是第九天。晴。

我至今正儿八经谈过的一次恋爱，正是因为在"赞美者"社团的工作，才得以开始的。那时我在社团大概待两三个月了。社团办公室在三楼，屋里就我一人，我看两眼书，又看一眼窗外绿意炽烈的悬铃木。

那天黄昏，电话响了，像往常那样，我自报家门后，问她叫什么名字，现在哪儿。她不告诉我在哪儿，也不告诉我名字。我又问了一遍："请问您怎么称呼？"她喊道："名字有那么重要吗？"我一时间愣住了。后来听到电话那边呼呼响。我说："您是在野外吧？是在河边吗？"她说："你怎么知道？我在桥上。"我说："我听到风声了。天气转凉了，风又那么大，您还是从桥上下来吧，不然会感冒的。"有点儿突兀地，我忽然听见她小声啜泣了。

她告诉我，她叫小冷。我握着电话听筒的手，就像被冰块冷了一下。我说："真是太巧了，有时候家里人会喊我小寒，小寒小冷，一个意思啊。"小冷笑了："有这么巧的事吗？你不会骗我玩儿的吧？"我说："这怎么骗？名字只有一个啊。"小冷说："那倒是，就算拿这话搭讪，也只能搭讪一个。"不知不觉，我们聊了两个多小时，我听她讲在学校的事，讲家里的情形。小冷不再说自杀的事了，挂断电话前，她说："你这人挺有趣的，明天我再找你聊天啊。"

那时候,我在赞美者社团已经接了至少一百个电话了,已经顺利通过"灰测阶段"——所谓"灰测阶段",相当于实习吧,学长或学姐会坐我边上,听我接听电话,如果有什么问题,他们会及时指出。他们说,我是好多年来,灰测阶段里唯一没哭的。原来,之前这社团也有不少人的,但很多申请加入的人都在灰测阶段崩溃了,即便通过灰测阶段,听多了别人的悲惨故事,很多人心里会堆积起各种灰暗情绪,久了会受不了。"渡人,也是渡己啊。"学长感叹。渐渐地,社团里的人都离开了,以至于到我这时候,社团几乎难以为继了。

因为社团是校内的,打来电话的自然多数是校内学生,而且,大多并不是要自杀,只是找人宣泄情绪罢了。小冷是少有的校外学生。那阵子,小冷每天黄昏都会打进电话。我找了借口,跟其他社员调班,连续值班一周。我每天都早早吃过晚饭,到赞美者社团办公室去值班×××一周后,小冷问我要了手机号。

小冷是上海本地人,比我小三岁,刚从初中考入中专。我的学校在市区,她的学校在郊区。第一次碰面,是大一上学期快放假时,我去她学校边找她。坐地铁,再坐公交,高楼渐少,许多河流蜿蜒,河边一片片村庄和田地。若不是有手机导航,我还以为已经离开上海了。渐渐地,路边的楼房整饬起来,大学城到了。

小冷发微信说,她在星巴克。我说:哪儿?她回复道:星巴克。在老家旧城,是没有星巴克的,到上海后,我还从没去过。问了几个人,才找到地方。进门后,看到一个短发女孩儿独自坐在落地窗边。我径直朝她走过去,她转过头来,看着我,脸上绽满笑意。我说:"你是小冷?"

小冷坐我对面,穿一身蓝白相间的校服,低着头看手机,许久不说一句话。我们中间隔着一张小小的桌子,还有一段安静到尴尬的空气。初冬午后昏黄的光线穿过玻璃,照射在她白皙的脸上。我看得到她脸颊上细细的毫毛,柔软,金黄。所谓"怦然心动",大概就是我这时候的感觉?

小冷抬起头,哧一声笑了:"我脸上有什么?"我忙说:"没有没有。"小冷又一笑。这样子,哪里像电话里那个反复宣称要自杀的人呢?我下意识去看她的手腕,纤细而白皙,手背上现出淡淡的青色血管。

"你是想看我手上有没有伤疤?"小冷笑。我忙说:"没有没有。"小冷仍旧笑着:"你不会真以为我自杀过很多次吧?"我说:"这是你自己说的啊。""我说的你就信啊?那是我说着玩儿的。"我愕然道:"这很好玩儿吗?!"

我一向是不大会冲人发脾气的,或许是因为懦弱吧?但那天,我脱口而出的话,倒有些像是生气了。其实我并没真的生气,不知为什么要做出一副生气的样子。话刚出口,又有些担心,她会不会拂袖而去?

小冷只是笑笑地瞅着我,慢悠悠地说:"你不是一直劝我别自杀吗?怎么我没自杀,你反倒有些不高兴?"

"我不高兴,是因为你骗人。你为什么要反复打电话××××××××××××××××××××××××"说这些话时,我并没想好,仿佛不是我说的这些话,而是这些话说的我。

小冷低头不语,将卫生纸搓成条状,一圈一圈缠绕在左手食指上,指尖因挤压而变得鲜红。我感觉自己是那食指,被紧紧地箍紧了胸腔。

沉默持续着,将我们隔开很远。还好,这时候柜台叫了一个号,她呼地站起,穿过空荡荡的桌椅,往柜台走去。我看着她,不确定自己在想什么。过了一会儿,她端着两杯咖啡和蛋糕回来了,脸上重又挂着笑意。

"别生气了嘛,我请你吃蛋糕,就当是道歉咯。"小冷语气温软。

我仍然皱着眉,装出气恼的样子:"你知道么,你那么反复打热线电话,还每次打那么长时间,如果刚好有人求助……"这些话让我有种真理在握的快感。

"我错了嘛,所以才问你要手机号……"小冷喃喃道,一副可怜巴巴的样子。

我没吃一口蛋糕,一直在喝咖啡,咖啡很苦,但我不知道往里放糖,一口一口地将整杯苦咖啡喝完了。再后来,我记得小冷问了我一些问题,诸如大学生每天都做什么,赞美者社团里是不是挺有趣……我难免添油加醋说了一番。

"你怎么会知道社团那热线电话呢?"我问小冷。

"读初三时,我闺蜜告诉我的啊,她说是从一份传单上看到的。她才是真正想要自杀的人,但她从没打过这电话。我上中专后,偶然翻到当初记下的号码,就想试试看,是不是真有这样神奇的社团。"

"那应该是我们社团招新的传单吧,怎么会到她手上?"

"那就不知道了。我就觉得无聊,想找个人说说话,又不知道说什么好,总不能直接说,我好无聊,你和我说说话吧?我这才说自己是想自杀……"小冷孩子气地吐一吐舌头。那时她才十六岁,事实上也确实还算是孩子。

"是这样啊……"我莫名地有些失落,"你那同学呢?她后来怎样了?"

"可能是初三压力太大吧,说是抑郁症,休学了,我再没见过她。"小冷用舌头轻轻卷去嘴角的一小块奶油。

××××××××××××××××××××××××××××××这是上海郊区一处小镇,道路两边小店密布,像是老家县城。偶尔看到穿校服的人从远处走过,小冷便赶紧躲到我身后。走到一处公园门口,她连忙闪身进去。

黄昏了,公园空地上,老人们扭动着腰肢,挥动着夕阳红的扇子。我随着小冷从老人们身边经过,在一丛桂花树下停住。桂花还没落完,似有若无的芬芳散落在空气里。"好香啊。"小冷说。我嗅一嗅,确实挺香。

×××我们接吻了,但不记得怎么开始的。我睁着眼,看小冷半闭着眼,脸向上仰着,闪烁着一块块金色的日光。最后的桂花扑簌簌落下,一朵一朵,轻轻地落在她脸上。

"你身上有一股麦子的气息。"小冷放开我,笑嘻嘻地说。

"那你是和麦地接吻吗?"我说出这句文艺腔十足的话,不由得红了脸。这是我的初吻,但我莫名地想要装出一副很老练的样子。

"你这话让我想起前阵子看的《小王子》里的句子……"

"我倒是想起哪本诗集里看到的一句话,说女孩儿的嘴唇,像水蛭一样艳丽。"我刚说完,又后悔在这种时候掉书袋,脸上一阵烧热。

"你还是诗人啊?"小冷笑,"你对所有女孩子,都是这样说话的吗?"

这是第十天。晴。

　　大一那年,我本来是打算参加诗社的。还记得全校社团招新那天,诗社前面排了好多人,而边上的赞美者社团门可罗雀。排队时没事干,我不由得琢磨起"赞美者"三个字。我问站在摊位前的学长:"'赞美者'是什么意思啊?"他旁边的学姐抢着说:"这名字是从《神曲》来的,在《神曲·地狱篇》第一章,三十五岁的但丁迷失在黑森林后,遇到诗人维吉尔,维吉尔带领但丁穿过地狱、炼狱后,将他交给贝雅特丽齐,她成为但丁在天堂的引领者。但丁通过贝雅特丽齐之口说:'上帝的真正的赞美者贝雅特丽齐呀,由于你而离开了凡庸的人群的人哪。'贝雅特丽齐是但丁爱恋的人,后来早早嫁人,早早过世,但丁颓丧很久,振作起来后,开始写《神曲》。"那时我还没看过《神曲》,岔开话头说:"那这社团是做什么的啊?"学长说:"顾名思义嘛,当然是要去引导那些迷失'在人生旅程的半途'中的人了。怎么样? 加入我们吧!"他俩目光殷切地看着我。我瞥一眼诗社前仍旧很长的队伍,说:"这社团忙吗? 太忙可不行啊。"他们都笑起来。

　　后来,我看到诗人布罗茨基的一句话:"我们可以说,写诗也是练习死亡。"类似的话,蒙田也说过(当然,这是我听学长讲的)。我不由得想起学校社团招新这天的情形,赞美者社团和诗社挨在一起,是纯粹巧合呢,还是有意为之? ×××××××××××××××××××××××××××××××××

　　进入社团后,我才知道这社团拢共就五六个人,且因为是轮流值班,大多数人我只见过一两面。见得最多的,仍是招新时见到的学长学姐。他们你一言我一语地给我介绍了要做的工作,主要是两件事,一是邀请全国各地的心理学专家、文化学者等到学校做有关心理健康、自杀干预的讲座;二是接电话。

"接电话很重要哦。"学姐俞琬之说,"这世界上有很多光亮,但也有不少黑暗。那些在黑暗里苦苦挣扎的人,或许因为你的一两句赞美,就会发现世界上还有很多光亮。"

学长宋志喝酒后喜欢给我们"讲课",不喝酒时,则是沉默寡言的,经常毫无来由地深深叹一口气,被我和学姐发现了,他又立马露出笑脸。

或许是因为来自偏远小县,或许是家庭原因,我的性格有些孤僻,寡言少语,和同学相处并不融洽。后来,或许是因为在社团工作,频繁接电话,我变得话多起来,但和同学相处仍不融洽。唯有在赞美者社团里,和学姐学长的相处是融洽的。可惜,那时他们都大四了,我们相处的时间并不长。他们跟我说,我是这社团里最年轻的人了,一定得把这社团维持下去。我做到了,但做得并不好,很长时间里,社团里就我一个人撑着,随时面临着被学校取缔的命运。

如果学长学姐来做我在岛上的这份工作,他们会怎么做呢?可惜,这假设是永远不可能了,他们已消失在我人生旅程的半途××××××××××××××××××××××××××××××××××××

第一篇日记写完,高近寒如释重负,搁下笔,呆坐了一会儿,四面的空旷让他后背发凉。他重新回到卧室,卧室不大,四壁摆满书,且不透明,让他生出安全感。除了书架,还有一只黑漆原木衣柜,拉开门,里面一层一层整整齐齐地摆放着衣服、裤子、袜子和鞋子,果然可以拎包入住。随便翻了翻,他并没动这些衣物——他想不到的是,今后一年,他几乎完全忘记这些东西的存在。他脱光衣裤,钻进被窝,不由得回想起梦里的女人,犹如发光的瓷器,耀眼、光滑而冰凉。不一会儿,那梦如雾气般消散了。腹中已经如响雷般咕噜咕噜,他仍然躺着,不愿动弹。想,这儿真是在公海上了?——想起小时候看的香港电影里经常看到的情节,公海上犯法是没人管的;想起出发前,很担心这是骗局,现在他的担心变了,他担心这岛上连一个骗自己的人都没有。他应该出门去看看,在这庞大的古怪建筑里和这座小岛上,还有没有别人。但他只是躺着,什么也不想做,任由自己胡思乱想。他闭上眼睛,过去三十年的人生,走马灯似的在眼前闪过,没有一个情节让他停留,差点儿又睡过去。

过了许久,他摸过枕边的手机——这还是他登岛第一次想起手机。如此长时间不碰手机,在以前是不可想象的。一个出乎意料的情况让他心头一惊——他忽然发现,手机没信号。皱紧眉头,开机关机数次,确实没信号。心中慌乱无比,怎么能没信号呢?! 他靠在床头,不觉出了一身冷汗。

只一瞬间,整个世界都远离了。

高近寒意识到,和鲁滨逊一样,他独自流落到一座孤岛上了。

他将手机扔在一边,过了没一会儿,又抓回来,反复开机关机。"哎呀! 怎么回事吗?!"他开始骂骂咧咧,然而,无可奈何。攥着手机跳下床,盯着手机屏幕,在屋子里走来走去,继而走出卧室,心想,或许外面的信号会好一些? 但他内心深处,已经认定不会有希望了。

昨晚已经在大厅里走了一圈,只是太过疲累,又是晚上,对周遭并没太多印象,如今已近中午,再次置身这光亮的环形空间,不觉深受震撼。他赤身裸体,顺时针走,就如沿着时间的道路走。右手边墙壁上一圈弧形书架,每一格都严严实实塞满书。他不由得苦笑,果真是天堂的样子,可惜这天堂没手机信号。他不断往前走,走过无数或薄或厚的书脊,它们以整饬和静默安慰着他。

布满墙壁的书架间共三道门,先是刚刚走出的卧室门,然后是昨晚穿过的电梯门,还有一道,是什么门呢?他想推门进去看看,却被别处的风景吸引了。

他往左手边望了一眼,便移不开视线了。大厅边缘,全是玻璃幕墙,当他靠近,原本有些幽暗的玻璃变得透明了,无尽的光涌进来。这光大半是天上来的,小半是从海面来的。大海近在眼前,似乎只要微微涌动,就能将自己淹没。他伸出手去触摸玻璃,灼热犹如透明的焰火,但他没缩回手,反倒将手掌撑在玻璃上,大海就在他的手掌里涌动着热浪。隐约可见玻璃里映出自己赤裸的身体来了。自己赤裸地悬置在海面上方,遥远而虚幻。"这是真实的吗?这到底是哪儿?我怎么会在这儿?……"高近寒皱紧眉头,盯着这忽然变得陌生的身体。

"我……"喃喃自语许久,高近寒不知道该说什么了。

"主人,我在这儿。您有什么吩咐?"

这突然出现的声音,吓得高近寒浑身一凛。这是他第二次被这声音吓到了。那声音仿佛就在自己身后,回过头看,却不见人影。他想起自己赤身裸体,脸上一热,转而又想,这声音虽然是女人的,却不是女人,怕什么?

"我,是你吗?"高近寒四面看看,想起昨晚和这声音的对话。

"主人,您有什么吩咐?"那温柔的女声答道。

"这儿怎么没信号呢?你不是说要为我服务吗?那你帮我把网络

连上。"好一会儿,没有回应。"早知道没网络,我就不来了。"他将手机扔到远处的沙发上,懊丧之情溢于言表,"我当时怎么就忘了问这个呢?"

"世界的意义在世界上,并不在手机里。"那声音温柔地说。

"你是为我服务的,还是来教育我的?"高近寒脱口而出。

"哈哈哈……"那声音大笑起来。

"怎么,机器人还会笑啊?"高近寒有些愕然。

"谁规定的机器人不能笑? 再说,我也不是主人所认为的'机器人'。"

高近寒有些发怵。这些话可真不像机器人说的。是机器人已经进化到像人一样有情绪了吗? 如果有情绪了,也就是有七情六欲了,那它还是机器人吗? 他还有些不好意思,这声音是女声,时而温柔时而爽朗,总之一派光明,越发让他感觉到自己赤身裸体的丑陋。但越是如此,他越不想回去穿上衣服,仿佛故意要冒犯什么,但这声音似乎对他的赤裸视而不见。

仍然不死心,走到沙发边抓起手机,打开看一眼,徒劳地期盼着奇迹出现。当然没有奇迹。手机彻底沦为摆设了。他走了几步,颓然坐在淡绿色亚麻布面的沙发上。在这环形空间里,摆着一些屏风、沙发和桌椅等家具,将空间大致隔成三个区域,从布置来看,应该分别是客厅、餐厅和书房。他现在这位置,两张沙发相对,中间隔着茶桌,应该是客厅。他将手机朝对面沙发上一扔,就如将一整个现实世界扔了出去。手机屏幕上的光,持续了一会儿,暗下去了。

幸好还有这么多书。他起身,回到书架前,目光从一排排书脊滑过去,终于在一处停下,将书脊上的一排字念出声来:"鲁滨逊漂流记。"犹豫了一下,将其从众书之中抽出。这是他初中就看过的书了,如今只约

略记得梗概了,翻开第一章,那些文字仿佛从未读过,新鲜地呈现在眼前:

> 他答应,如果我听他的话,安心留在家里,他一定尽力为我做出安排。他从不同意我离家远游。如果我将来遭遇到什么不幸,那就不要怪他。谈话结束时,他又说,我应以大哥为前车之鉴。他也曾经同样恳切地规劝过大哥不要去佛兰德打仗,但大哥没听从他的劝告。当时他年轻气盛,血气方刚,决意去部队服役,结果在战场上丧了命。他还对我说,他当然会永远为我祈祷,但我如果执意采取这种愚蠢的行动,那么,他敢说,上帝一定不会保佑我。当我将来呼救无门时,我会后悔自己没有听从他的忠告……

这些仿若从虚空之中浮现出来的文字,刀尖般刻进他心里。鲁滨逊有哥哥,自己也有姐姐,但自己和姐姐久未联系了。鲁滨逊有为他筹谋的好父亲,自己却连父亲是谁都不知道。这么想着,脑海里浮现出自己一个人游荡在旷野的样子。

东想西想了一会儿,没心绪继续看下去了,将《鲁滨逊漂流记》朝对面沙发一扔。他和鲁滨逊虽说都到了荒岛上,却是完全不同的人,他没什么要征服的,也没一个"星期五"作为仆人——这么一想,不由得想到那声音来了。

"我,你知道星期五吗?"

"主人,您是要给我改名字吗?"那声音竟未卜先知。

"是啊,你就叫星期八吧。"高近寒说。这崭新的命名犹如孩童的一根手指,轻轻地触碰了一下他的心头,"把你叫作'我',实在有些过于怪异……"

"哈哈,这倒是新鲜。我不是'我'了?可是……"那声音干笑两声,似乎不以为然,"中国古代将日、月和金、木、水、火、土五大行星合称为七曜。古巴比伦曾用七曜记日,顺序为日曜、月曜、火曜、水曜、木曜、金曜、土曜,即星期日至星期六,故又称'星期'。而《圣经·创世纪》上说,上帝耶和华用六天创造天地万物,'到第七日,神造物的工已经完毕,就在第七日歇了他一切的工,安息了。神赐福给第七日,定为圣日,因为在这日神歇了他一切创造的工,就安息了'。那么,问题来了,这'星期八'算怎么回事呢?"

"星期八……"高近寒犹疑道,"什么也不算,因为世界上本没有星期八。"

"既然没有'星期八',那主人怎么又叫我'星期八'呢?"

"谁规定不能用没有的事物来称呼你呢?只要我说出来了,那它就是有了。再说,你不也是'没有'吗?我看不见你,碰不到你,仍然在跟你说话。你刚才说《圣经》里写的,上帝在前六天工作,第七天休息。那如果有第八天呢?上帝会不会用这一天来想一想,他为什么工作?为什么休息?又为什么要创造人类?我们苦苦思索,人存在的意义是什么?那上帝会不会思索他存在的意义是什么?假如没有人,也没有上帝,这世界存在的意义又是什么?如果世界不存在,那存在的又是什么?为什么非要存在呢?也就是,为什么非得'有',非得'有意义'……"说着说着,高近寒把自己绕进去了,感觉什么都是虚诞的。

"哎……"星期八长长地叹息了一声。

"还有'死'这件事,追问下去,同样……"高近寒沉吟道,"对于'生'来说,'死'是'有'还是'没有'呢?我们肯定会说,那当然是'有'啊,可是一旦'死'了,就没有'生'了,所以,'死'是'死','生'是'生',原是两不相干的。那么,既然不相干,'生'又是如何过渡到'死'的?两者的中间地带是什么？有个著名的数学悖论，箭如果是一个点一个点地移动，将永远射不到靶子，这是不是说……"高近寒被自己问住了，不禁陷入沉思之中。

许久，他不说话。星期八也不说话。

"只是，'星期八'不大像女人的名字，倒像是男人的……不过你只是选择了女人的声音，你也不是女人，当然你也不是男人……"他自言自语。

星期八嘻嘻笑了两声，既不反驳，也不赞成。

许久，高近寒从沉思里走出来，再次扭头往书架上看，一眼看到厚厚的《神曲》，想起"赞美者"社团名字的由来，将书抽出，却忽然感到无比倦怠，想了想，并未打开书，犹如扔一块沉甸甸的石头，将书朝沙发上扔去。沙发如绵软的云朵，递来一句悠远的回声。

高近寒发现，玻璃幕墙会在他远离时变得昏暗；待他走近，又会变得明澈。仿佛只要抬起脚，就能跨出去，就能跃入深渊——不，是跌入深海。无论从何处望出去，第一眼看到的都是蓝得发黑的海。脚下的高塔，高塔所依托的小岛，绿绿的一丛，仿若大树脚下的草丛。从西边望出去，高塔伸出去一条轨道，近乎陡直地落下又卷起，如是三次，形成三个巨大的回环，最后，深深扎入靠近海边的沙滩。转瞬间，大海的空阔和明亮，在高近寒心中变作逼仄和阴暗了。

盯着看了一阵儿，高近寒想起，小时候去市里游乐园玩儿，头一次见到过山车。他央求母亲，让自己坐一次。母亲眉头紧皱，说花那冤枉钱干什么？摔下来怎么办？就是给我钱也不坐。他小声咕哝，我想坐。母亲说，你说什么？他没说话，默默无声地跟着母亲走了，走了好远，听到空中传来喊声，分不清是尖叫还是欢笑，回头看看，刚好有一列车厢在过山车轨道上呼啸而过。他想象着，自己和他们坐在一起，不由得跟着喊了一声。母亲停下脚步，猛地拽一下他的手，盯着他问，你干什么?!他满脸烧热，低下头，不敢吱声。

后来，他还到过游乐园好几次，但至今没坐过过山车。

现在，一架大了不知多少倍的过山车就在眼前。他慢慢将脑袋抵在玻璃幕墙上，下意识地将身子往后坠，好保持住平衡，以防玻璃幕墙忽然消失了，他会忽然掉下去。如果掉下去了，会怎样? 他会顺着轨道一直往下滑，然后飞速转过一个圈，再一个圈，最后一个圈，然后，葬入大海深处……在深深的海底，海浪再猛烈的拍打亦仿佛温柔的抚摸，亿万鱼虾们在他头顶絮语，他感受不到，也聆听不到，那儿只有幽深冰冷的黑暗……

置身危楼之巅，却不由自主地想象着那大海之底。想着想着，高近寒不知自己究竟是在高处还是低处了。"我这是在第几层啊?"他自言自语。"第三层。"星期八说。他下意识地循着声音回头看："这要是第三层，我就敢跳下去。""地面大厅一层，顶上只两层，主人现在确实是在第三层。""这建筑也真怪，中间那么高的地方，只装了电梯，多浪费啊。"星期八笑了两声，没再言语。

到处都是静的。隔着几近于无的玻璃幕墙，海水湛蓝，明亮，一浪又一浪奔涌而至，但听不见声音。像是有一只无形的手，割断了所有声音的喉咙。渐渐胆子大了，高近寒努力前倾，玻璃幕墙冰冷，坚硬，以虚无的姿态承担着他的重量。他看着被割断了喉咙的大海不断挣扎，想要发出声音，但无济于事。他和大海对峙着，脑袋里似乎盘旋着无尽的念头，又似乎空空如也。

叮一声响，高近寒吓得一哆嗦。

"主人，早餐时间过了，午餐时间又到了，您还不饿吗?"星期八说。

慢了半拍,高近寒说:"哦。"

这么久没吃东西,腹中不时响声如雷,这饥饿的感觉,让他确认此刻的真实不虚。他仍凝望着窗外无所不在的大海。海水荡漾着,又似乎凝聚不动,静谧,温柔,空无。好一阵儿,他回沙发坐下,看着对面沙发上胡乱扔着的手机、《鲁滨逊漂流记》和《神曲》,又呆住了,似乎想了很多,又似乎什么都没想。

"星期八……"他轻轻喊了一声。

"主人有什么吩咐吗?"

"没什么……"高近寒本来确有话要说,忽又觉很没意思,渐渐平复了心情。看一眼外面的天和海,淡淡地说:"吃饭吧。"

刚才在书架间看到的那扇没推开的门打开了。一个高约一米三四、脚底装有轮子的白色机器人端着托盘出现在门口,不疾不徐地朝他滑动过来。这倒没让他吃惊,在学校附近的好几个餐厅他都见过类似的送餐机器人。机器人来到他身边,托盘里有鲜奶、煎鸡蛋,还有小笼包。他略一迟疑,起身往桌椅摆设得像是餐厅的位置走,机器人悄无声地跟着他。他赤身裸体地在一张餐桌前坐下,大刺刺地露出两腿间的那块儿,从机器人的托盘中拿过一碟一碟食物,摆在桌上,低头闻了闻,这些常见食物的气味让他想起大海之外那遥远的世界了。终于,四十多个小时过去后,他感觉到身体需要食物了。他闷头吃起来,仿佛一头从旱地走来的牛将头埋入水槽中。他无比真切地感知到,食物进入口腔,进入食管,再进入虚空的胃部,黑暗、温暖而充实。

用餐毕,大为满足,不由得想,这些吃的是怎么来的呢? 高近寒起身推开那道没进去过的门,如其所料,门后正是厨房。出乎意料的是,厨房里并没他想象的那么不可思议,仍然有灶台,有锅碗瓢盆,有油盐酱醋。所有这些无生命的器物都摆放整齐,有一种整饬而冷静的美——也可以说是冷漠？他在器物中间走来走去，走到一排冷柜前，才感觉到一丝生机。透过冷柜玻璃，看到里面一排一排的，整齐地摆放着蔬菜和瓜果，青的青菜，白的白菜，红的西红柿，黄的南瓜，绿的黄瓜，紫的紫茄，此外，还有火龙果、芒果、龙眼、桃子、橘子等等水果。他打开冰柜门，伸手摸一摸，都鲜嫩欲滴，和菜市场上新鲜上市的差不多，雀跃着要蹦起来撞到他怀里似的。这些蔬菜瓜果并非同一季节的，同时出现在眼前，大有将四季归并为一的样子。这些东西是从什么地方，通过怎样的渠道运送到这儿来的？它们总不会是这岛上的机器人种出来的吧？这岛如此之小，放眼望去，除却沙滩就是森林，并无半点田地的踪影。那它们必是由什么人运送到岛上来的，要保证食物如此新鲜，至少三五天就得运送一趟吧？他想着，接下来的日子得仔细观察一下——这时候他不会想到，接下来将有无数事情涌上来，让他应接不暇，疲于应对，他很快便将这念头抛诸脑后了。

探查完厨房，回到大厅，来来回回走了几圈，这一整层楼，便不再有什么让他觉得不可思议的了。明亮，整洁，开阔，如果忽略掉外部的孤岛和大海，这儿就是大都市里一处安静的图书馆。当然，还有一个不同，这儿只有他一个人。他渐渐觉得，自己真是这儿的"主人"了，此后一年，可以饭来张口，衣来伸手了——甚至穿不穿衣都无所谓了。等什么时候休息够了，他还可以下楼，到森林里看看，到沙滩上看看。世界是如此新鲜而美好。内心的不安差不多消失了，陡然而至的欢喜，让他禁不住露出满面笑容。

困意袭来，他踱到客厅沙发边，拿了《鲁滨逊漂流记》和《神曲》，以及日记本，来到书房位置。书房布置得跟侯总的办公室差不多，成套的红木家具，宽大的书桌上置放着大大小小二三十尊叫不上名字的佛像——不知道这些佛像是否也是从崖山海战的遗址打捞上来的。书桌后是圈椅,圈椅后有一架灰黑色木屏风。坐在圈椅上,对面三米开外,也有一架灰黑色木屏风。

他坐了一会儿,看看自己赤身裸体的样子,又看看佛像们,不觉脸上发热,将日记本放下,仍旧抱了两本书回到客厅,仰面倒在沙发上,沙发柔软,如云朵托举着他。他侧过身,调整到一个舒服的位置,翻看《鲁滨逊漂流记》:"这样,小艇半划着,半随浪逐流,逐渐向北方的岸边漂去,最后靠近了温特顿岬角……"他渐渐靠近了睡梦。梦里混乱一片,很多情节,很多人物,那些人物似曾相识,又似乎从未谋面。最后,像是被一只瘦骨嶙峋的手掐住嗓子,他呼吸不了,叫喊不出,许久,挣扎着醒过来了,发现掐住脖子的,是自己的手。

浑身大汗,虚弱至极。这环形大厅没有一扇窗,却隐约有风轻轻地吹拂到身上,汗水渐渐收了。正是黄昏时分,虽然隔着玻璃幕墙,夕光照在身上仍有暖热之感。他看到两腿之间,一丛毛发犹如点燃的野草,在暗黑的本质之上颤动着金色。他仰面躺着,睁眼看头顶的天空。玻璃斜坡屋顶之上,只有淡淡几抹云絮,云絮的边缘也被夕光点燃了,卷曲着,发出寂静的燃烧之声。

这赤裸着身体仰望的姿势,保持了许久。似乎想起来,在什么油画里看过类似的画面,是什么画呢? 想了半天,想到大卫的《马拉之死》,又想到伦勃朗的《从十字架上降下基督耶稣》。这些很多年前看过的油画,此时,在他脑海里现出模糊的轮廓,又如梦境般迅速消隐。

他站起身来,立于朦胧的夕光之中,低下头看,不止两腿之间的那一丛毛发,就连四肢和躯干上细细的汗毛都满披着金色光芒,自己就如金色婴儿,懵懂,好奇,却不敢走动,仿佛只要动一动,就会惊扰到什么。好一阵儿,他才在这夕光汇成的透明河流里迈出步子。似有哗哗的水声在他周身流动。缓慢而笃定地挨着楼层边的玻璃幕墙逆时针方向走,仿佛他的走动正将时间往回拨。一步一步走着,感受到夕光略带忧伤的温暖。落日仍不可避免地在落下,逆时针走动并不能挽留住什么。他想要下楼去看看了,到岛上还不足一天,已经和外面真实的世界离得太过遥远了。但他只是这么想着,却没行动。他再次走到环形大厅西边,站住了,身体前倾,两手撑住玻璃幕墙,这欹斜的姿势,仿佛马上就要突破玻璃的虚空,进入过山车轨道。被夕照晒得滚烫的玻璃,正一点一点在他的手心变冷。夕阳一点一点地落着,一切都不可挽回。浪花一层一层涌来,海面晃动着细碎的光芒。他想象着海浪的声音,想象着拂过海浪的风的声音,然而没有声音。

他听到的是肚子空落落的叫唤,还没等他开口,星期八说:"主人,晚餐时间到了。"他又一次坐到餐桌前,晚餐更丰盛了。他没在厨房里看到荤菜,此时见到的却全是荤菜,每份菜的量都很小,标本似的搁在白瓷碟子里。他从送餐机器人的托盘里将菜肴端到桌上,每拿一样,送餐机器人就报一样菜名——声音很僵硬,不似星期八的,一听就是由机器发出的。螃蟹、蛤蜊、龙虾,鲳鱼、沙虫、马鲛鱼就罢了,竟然还有鲨鱼。他不忍浪费,每一样都吃完了,吃的时候仔细辨认过,确实是肉,不是素肉。饭后不久,他蜷在客厅沙发上,不觉困倦了,想要回卧室睡,只挣扎了一分钟,就任由自己躺着了。

透明的屋顶、透明的玻璃幕墙,让他犹如置身旷野之中。月亮仍然很圆,已经升起很高了,边上一圈淡淡的光晕,几颗星星散落在空旷的天上。大海仿佛整整一块铁板,晃动着斑驳的光亮。他想起小时候住在老家楼上,窗外是一棵年纪很大的石榴树。风雨之夜,石榴树高低俯仰,发出幽咽之声。他满心恐惧,对哪怕一片影子都疑神疑鬼。后来,随着他渐渐长大,他反倒喜欢这样的夜晚了,心想,再怎样恐怖,风雨都在屋外,屋内总是温暖的。躺在床上时,他甚至会想象,如果此时躺在屋外泥地上，雨水淋淋沥沥，是何等难受，如此，他更珍惜现实的温暖了。此时此地，置身这大海之中、孤岛之上的高塔之巅，他再次感受到远离风雨侵扰的幸福，不由自主地，他开始想象这大海之中的风雨之夜了。

一夜无梦。忽觉得眼皮暖暖的，睁开眼，一抹日光正照在脸上。

"星期八，几点了？"他闭着眼睛问。"主人，现在是早上八点。"星期八答道。他吐一口气，心想时间还早，想要再睡一会儿，过了许久却仍然醒着。索性起了，到卧室洗漱。在镜子里看着自己赤身裸体的样子，想要穿上衣服，想了想，仍旧赤裸着出来了。然后是早餐，午餐，晚餐。吃饭间歇，就是睡觉，翻一翻书。

高近寒问："不是说，会有想要自杀的人来吗？"

星期八说："主人，如果有人来，我会提前告诉您的。"

连续几天，问了几次，得到的答案都是如此，他也就不再问。

一种意识渐渐从他内心升起：自己真是独自游荡在旷野里了。

每天光着屁股，吃饱后在环形大厅的沙发、桌椅之间游荡，看日出，看日落，看星星，看月亮，看乌云汇聚，风雨骤起，雨后彩虹异常完整地出现在海面上，也看海浪翻涌，无穷无尽。因所处位置太高，并不能看到海上是否有鱼类或兽类出没，只能隐约看到一些海鸥，枯叶似的匆匆从高塔底部掠过。所有这些，一天天反复，渐渐地，他感觉到自己对这一切厌倦了，麻木了，就连那满墙的书，也不再让他兴致盎然。他原以为自己会把那些书一本本看过来的，如今一天天过去，完整看完的书一本没有，连抽出来翻一翻的都只是极少数。每一本书都是簇新的，像是从未有人翻阅过——这么说，这儿从没有人来过？

他更不明白的是，他刚到这儿的第一天就想着要下楼看看，甚至想着每天到海边散步,许多天过去了,却始终没行动——不是因为害怕,似乎只是因为懒?

起初他还担心会被人限制自由,如今哪里有人限制他呢? 是他自己限制自己罢了。他把自己困在这危楼之巅了。

"星期八,今天是第几天了?"

"主人,今天是第八天。"

"才第八天啊? 我以为十多天过去了——还是没人来吗?"

"主人,如果有人来,我会提前告诉您的……"

"星期八,今天是第几天了?"

"主人,今天是第十四天。"

"还是没人来?"

"主人,如果有人来,我会提前告诉您的……"

"星期八,今天是第几天了?"

"主人,今天是第二十天。"

"还是……"高近寒把剩下的话吞进肚子里了。

星期八也沉默着。

刚开始那几天,高近寒经常跟星期八聊天的,后来渐渐没话可说了。星期八看不见,摸不着,终究是个虚幻的存在。能和它有多少话可说呢? 而且,或许是受到他的感染,星期八也变得沉默寡言了,问什么它就答什么,不再像最初那样饶舌了。他们都在这一天更甚一天的沉默里越陷越深。

他没忘记自己到这儿是做什么的,起初,每天都为此做心理建设,然而,一天天这么空落落地过去,他怀疑根本就没人到这儿自杀。且不说协助人自杀是违法的,单说从世界各地来到这儿,多折腾啊,又是飞机又是船的,成本也太大了。再说,真要想自杀的人,哪里还会愿意忍受这一路的颠簸呢？既然没人来自杀，也就根本没人需要自己"救"？再说，就算真想自杀的人来了，自己哪里能救得了他们？如果真有人从世界各地到来，他跟他们连语言都不通——可是，侯总、小舟他们费尽周折把自己弄来，究竟是为什么？

这份工作，或许只是一个彻头彻尾的谎言。就因为那十万、二十万块钱，自己的眼睛和心都瞎了。如今手机信号都没有，卡里的钱就是被人转走了，自己也不知道啊。心念及此，浑身如坠冰窟，又想起各种有关诈骗的新闻，真后悔自己出发前，竟然真的没跟任何人说这件事。这会儿，会不会有人找家里人麻烦？会不会让自己好吃好喝一阵儿，就有人来摘自己的器官去卖钱？会不会……他越想越怕，干脆不想了，反正想什么都无济于事了。即便能做到不去想这些，他也没法控制自己的情绪，时而懊丧，时而恐惧，时而无聊，时而绝望……他时时趴在玻璃幕墙上，看大海延展如晷面，危楼高耸如晷针，在太阳的照射下，高塔的影子在海面上日复一日从西移到东，人间的时日就这么一天天过去了。

他也曾拿这些问题问星期八，星期八总说："主人，您不用担心，过些时候，你自己会得到答案的。"

不知道前头还有多少空落落的日子。他感觉自己快疯了。

又一日黄昏来临了。高近寒撑着楼层西面的玻璃幕墙看了一阵，不免再次想象着自己在过山车轨道上转了一圈又一圈，最后被深深埋入海底——这样的想象，自第一日出现后，就如附骨之疽，再也没法从他的脑袋里剔除了。他挣扎过几次，后来只能放任思维自行其是。他盯着大海边过山车轨道消失的地方，那儿似乎随时会被海浪湮没，但每次总在就要湮没时，海浪无力地退去了，哪怕是暴风雨来袭，也是这般。那儿兴许有一道门？门内会有什么？可惜距离太远，无法看清那儿的具体情形。要想看清,只有到近前去了。

他怔怔地站着。遥远的海平面上,落日圆融光明,衬得大海幽暗而深邃。光明和黑暗,仿佛在他身上拉扯。驻足和行动,也在他身上拉扯。他想,太阳就快落了,还是明天再下楼去一探究竟吧? 又想,自己究竟是因为什么,迟迟没下楼? 刚到岛上那晚,自己还摩拳擦掌,想着第二天就下楼去岛上看看,想不到睡了一觉起来,就开始拖延,仿佛有无形的监牢囚住自己。这么一想,若此刻不下楼,再拖到明天,十有八九又不想下楼了。

他回到卧室,穿上裤子和短袖衬衫,然后穿袜子,穿运动鞋。这些动作,这些衣物,已经让他觉得陌生。他站在穿衣镜面前,看着镜子里衣冠楚楚那人,也觉得很陌生。不到一月,头发已经长出来很长一截,不再像初时那样扎手了。胡子更是凌乱如荒草,牢牢地占据了脸颊和下巴。他端详着镜子里的人,有一抹夕光经过复杂的路径照射进来,胡子犹如烧着了一般。

走出卧室,落日正加速从海面收敛光芒,光芒之下的大海仍在沸腾。他走进电梯,电梯门关上时,心里咯噔一下,电梯缓缓下降,心里又咯噔一下。当电梯终于停稳,电梯门缓缓打开,他站在电梯内,望着外面亮晃晃的一楼大厅和大厅外的地面,隐约有一种眩晕之感。听说坐船久了,刚上岸时会"晕地";在高塔上待久了,下来也会"晕地"吗?

走出大厅,热带黄昏明亮又灼热的光打在他身上。他眯缝眼睛,好一阵儿,才慢慢睁开,眼前是崭新的人间。虽说岛上只有他一人——至少目前没看到别人,但只要有人,就是人间。此刻,重新认识人间的冲动充溢在他的内心。

不远处是大片白色沙滩,沙滩和不断扑向沙滩的浪头,都闪烁着星星点点的光亮,虚幻得恍若人工拼贴的背景。循着过山车轨道的方向,逆着夕光,很快看到大片草木尽头,一眼黑暗的孔洞浮现在白色和蓝色之间。

往孔洞的方向走。小路是弹石路,小路边是一片整饬的草地,草地上还有喷头旋转着喷出水雾,落在草地上,闪烁一片晶莹的水光。一只羽毛鲜亮的戴胜在寻觅虫子,待他走到近前了,才转过脑袋,打量了他一会儿,忽然想起来似的,扑扇着翅膀,飞向他身后的森林里去了。草地边是大片叶子狭长的灌木,灌木边立着的小木牌上写着植物名:草海桐。草海桐那边,是几株略高的乔木,开着一团一团的白花,树底下也立着牌子,写着:银毛树。一路往前,还看到许多植物,相应的也看到许多小木牌,写着野棉花、野菠萝、榄仁树等等。这些小木牌给了他奇异的安慰。哪怕不认识植物,这些字是他认识的,孤岛由此显得没那么陌生了。当然也有他认识的树——椰树,抬头望去,每一棵椰树的叶片底下,都簇拥着累累果实。或许哪天可以爬上去摘几个下来?从椰树底下走过,过不多久,脚下的小路没了,眼前是沙砾细腻的海滩。

远远望去,落日犹似溏心鸡蛋里的蛋黄,眼看着要滴落。海面挨近落日的那一小块儿,则微微往上升起——这时候,落日又仿佛是一张贪馋的嘴,正不断吮吸着海水。上升和下降,燃烧和淹没,光明和黑暗,热和冷……他感觉自己置身两者之间,是彼此的沟通。这真是非常奇异的感觉。

沙滩细腻、柔软,在他脚下无声地陷落。沙滩靠近陆地处,堆积着大量骨头似的乳白色枝状物,他随手捡了一些,看一眼,使劲儿扔进海里,激起的微小水花几乎看不见。捡了很多,又扔了很多后,他忽然意识到,这是珊瑚啊!这些灰扑扑的石头确实是骨头,是微小而柔软的珊瑚虫的尸骸。不知道经历多少海浪的冲刷,它们才从海底来到岸上。热带的夕光照在这些骨骸上,让死寂的它们,仍然散发着生命的熠熠光彩。此外,沙滩里还有一些小小的贝壳,犹如残损的手掌。他还发现几只沙蟹,在他走近后,并没立马逃跑,直到他弯下腰,手指触碰到它们了,它们才悚然一惊,急匆匆地摆动着一堆腿脚朝大海跑去,瞬间消失得无影无踪。小小的爪子在沙滩上留下细细浅浅的几道线条,在灼热而静寂的空气里留下唰啦唰啦的声音,仿佛轻轻地抓挠在他的耳蜗上。很快,海水漫涌上来,又撤退回去。海水过处,他的脚印,沙蟹的脚印,都没了。

或许,等他离开了,他在这儿的所有痕迹,也会被抹掉?

他往轨道尽头走。想走快点儿,又想走慢点儿,一路走走停停。眼看着就要到了,他又停住了。

回头看高塔,中间是圆柱形的灰色水泥墙体,只在最上端,凌空蹈虚地建出两层:自己所住的第三层,和自己还没到过的第二层——这么久了,他何止没到过地面,就连第二层都没到过。两层都是圆形,但从外面看去,仿佛是在长长一竖之上添了短短一横,仿佛十字架,仿佛墓碑,如果夜里亮起灯火,那便仿佛灯塔。此时夕光斜照,玻璃幕墙犹似燃起熊熊大火,这高塔又像是一支巨型火把,那擎着火把的巨人正藏身在大海深处。

过山车轨道从他居住的下一层伸出来,近乎垂直下坠后,连续转过三个巨大回环,每一个回环,都如一只金光闪闪的风火轮,无声地滚动着,朝他碾压过来。他避无可避,怔在当地,闭眼等待。好一会儿,睁开眼看,风火轮仍在原地,仍在朝他碾压过来。他不禁又转过脸去,就看到身后不远处的空洞了。

走近看,那轨道深深扎进沙滩,一个小小的孔洞,只容得下一个人矮身进入。他趴下身子,伸长脖子看了半天,并没什么特别的发现,只觉得似有冰冷且暗黑的气氛,从孔洞尽头溢出。"喂!"他朝洞内大喊一声,许久,才听到微弱的回响:"喂……"似是他的回声,又似他者的音响。那声音如一只细弱的小手,在他心头轻挠,他不由得汗毛倒竖,不敢再出声。

直起身来,再往远处望去,落日炫目之极,眼前猛地一黑,再慢慢变亮。都到这儿了,不如趁着天光尚早,进去看看。心意已决,进入轨道,半蹲着身子钻入洞内,先是下坡,渐渐平缓了,后来,他竟可以直起身子。起先闷热,渐而凉爽,再走几步,脑袋咚一声撞到木头上。好一会儿,眼睛适应光线了,隐约看到,面前是两扇窄窄的黑漆木门,和侯总办公室,以及这高塔入口处、电梯门都差不多,兴许是批量定制的吧?莫名地觉得有些好笑,心中轻松许多。

黑漆木门后面,是什么呢?他摸了摸,木门并未上锁,往里推不开,往后一拉,竟然开了。眼前仍挡着什么东西,摸一摸,冰凉,坚厚,光滑,眯缝眼细看,许久才辨认出,是一堵血色花岗岩打造的高墙。

他以为进入孔洞很久了,退出来后,发现太阳仍悬在海面上方。也许,才过了几分钟?手机忘记带下来了,仿佛连时间都失去了。抬头望那高塔顶上,要回去拿吗?他知道,只要回去,就很难再下来了。高塔顶部是一个浑然的整体,玻璃幕墙反射的光亮,亮度稍减,却更辉煌。橘黄、赭红、暗红,熠熠闪光,炫目至极,就如一颗巨大的珍珠。他回转身来,看到海面上的光更是变化万千。海面中央,一条金灿灿的大道从落日一直延伸到脚下,用沉默的语言吸引着他。他攥紧拳头,指甲几乎扎进掌心,疼痛让他止住了迈出的步子。

"大海啊……"他拖长声音喊了一声。

"啊!大海!"他更大声地喊了一声。

这两声,仿佛吐出了他胸中憋着的全部浊气,整个身体都变得清爽了。但他没能再喊第三声，声音嘶哑着，卡在喉咙里，出不来了。他剧烈地咳嗽了好几声，满脸通红，弯下腰，挂着膝盖，喘了一会儿粗气。

高近寒按顺时针方向，沿着小岛边缘走。

走了一阵，沙滩没了，变成石砌的防波堤。他踩着一块块凸起的石头往前走，低头时发现，石缝间海水涌动，退却时露出一堆一堆白色的东西，被夕光一照，闪着湿漉漉的光。仔细看了，是一堆堆海螺，捡起几个看，都是空的。不知道这是自然形成的，还是人为的？他直起身子往岛上看，除了植物还是植物，毫无人的踪影。他在海螺壳里翻翻找找，捡了一只扁圆形的攥在手心。想起小学时候，他有个同学带了一个这样的海螺到班里玩儿，成功引起了全班人的关注。在他生活近二十年的西南内陆小县城，这堆海螺里随便拿出一只，都堪称宝贝。而现在，它们如垃圾一般被弃之海边。他把海螺凑在耳边听，嗡嗡嗡的，似乎真有海浪在冲刷他的耳蜗。忽有别的声音响起，他移开海螺，四面看看，意外地在不远的海面看到五六只鸭子。

确实是鸭子！就是他在老家河里见过的那种麻鸭。海里怎么会有鸭子？鸭子们嘎嘎几声，有的把头钻进海里探寻。这样的动作，和他在老家河里见到的也毫无二致。他起身朝鸭子们走了几步，在海边蹲下，皱眉看了一会儿洁净无比的水，捧起水喝了一口，苦涩的滋味就如一只拳头硬塞进他嘴里。这确实是大海，不是河流，不是湖泊。他在鸭子们身边坐了一会儿，发现不远处就是码头了。

码头边是水泥地。湿湿的鞋底印刚拓印上去，很快便被晒干了。蹲在岸边低头看，海水幽深，吸引着自己。他生怕自己会跳下去，慌忙退后两步，身子匍匐在滚热的水泥地上，两手扒住岸沿往下看，海水仿佛静止，却一次次撞在陡直的水泥壁上，砰砰作响。海水呈现出与之前在沙滩上看到的完全两样的颜色，晶莹，透亮，缓慢起伏如果冻。在这果冻样的水里，有许多色彩斑斓的热带鱼，三五成群，聚拢在水泥岸壁，似乎是在觅食。他将手里的海螺朝它们扔下去，海螺在水面溅起一小片水花，两三条热带鱼被吓得迅速散开，很快又围拢过来。海螺灌进海水，缓慢地下沉，三五条热带鱼便追逐着海螺一起下沉。

他就是从这儿上岸的，看看海面，他已经不确定自己是从哪个方向过来的了。这才多久？回想起来，那晚的情形已经恍若隔世了。

再往前，路边出现了好几处钢筋混凝土建造的地下入口，相比过山车轨道进入的孔洞，要大得多了。他俯身探首往里看，黑乎乎的什么都看不清，朝里喊："喂！喂！"很快，闷闷的声音撞回来："喂！喂！"猛地吓了他一跳。继续走，眼前出现一座矮矮的"圆房子"。虽然是头一次见到这东西，他还是基本确认了，这是一座碉堡。他矮了身子钻进去，堡内的地面略往下陷，堡壁上有三个长方形瞭望孔，从中望出去，可以眺望到从小岛南面的大片海面。怎么会有个碉堡？是什么人驻扎在这荒岛之上？高近寒想不明白。

再往前走，人工痕迹消失了。

不知不觉，右手边是一片高耸的山崖，脚下是异常平整的一块块石头，犹似一本本从未被翻开过的书，有的印满青苔，有的附着黏糊糊、绿茵茵的东西，还有的钉着密密麻麻的藤壶。这一本本坚硬的自然之书间，沉积着一汪汪海水，海水里偶尔还有些鲜艳的小鱼，在他将手伸向它们时，它们总是机敏地游开。这一切真是趣味无穷。他走走停停，后悔这阵子浪费了大好光阴。又走了一阵，再朝西边望去，太阳已经落山了。海面瑟瑟，从深处翻滚出暗黑的声音。

右手边，山崖高耸，刀削斧劈一般，站在崖底，只能看见小岛中央的高塔顶，看不见高楼边上的巨大回环。崖壁上草木丛生，藤葛纠缠。其中一种，似乎是野菠萝，黄黄的果实比常见的菠萝小得多。多想摘两个吃啊,此时已经又渴又饿,可惜他并没猿猴攀爬的本领。崖顶还有一丛丛仙人掌,也结了不少鲜红果实。最后的夕光照在仙人掌梢,像是一簇即将熄灭的火焰。

时间实在不早了,高近寒不及多看,有些着急地往前走着。一不小心,脚底打滑,一屁股坐在石头间的小坑里,还好这儿靠近山崖了,小坑里海水不多,但裤子仍然湿了,伸手一摸,摸了一巴掌泥沙。他顾不得许多,看看身上并没受什么伤,继续急急地往前走,走得更小心了。他没想到,看起来很小的岛,走起来竟然如此耗时耗力。又过了一阵,天几乎全黑下来了。大海变了一副面孔,黑沉沉的有些吓人。就连那些高高的山崖,也显出可怖的面目来了。

一阵风吹来,凉浸浸的。他浑身汗毛收缩,不由得一阵哆嗦。他下意识地往山崖望去,暮色之中,山崖上凭空出现一个大洞。洞口宽约七八米,高约四五米,犹如一只巨眼,定定地盯着他。又一阵风从海面吹来,吹过他汗湿的身体,似乎要将他吹入洞里去。他不由得汗毛倒竖,却又不知为何,朝那只巨眼走近了几步。黑咕隆咚的,完全看不见里面有什么。这次他不敢喊了。而他的沉默,似乎仍激起了回响。巨眼以冷冷的沉默回应着他。

他几乎要惊叫出声,踉踉跄跄往前奔去。毫无意外的,他又摔跤了,这次是往前摔在一块石头上,石头附着的生蚝擦中他的膝盖,膝盖很快鲜血淋漓了。他没多想,站起身来,继续往前奔。他感觉,那只巨眼一直在身后盯着他,巨大的力量如一根绳索,时刻想把他拖拽回去。

奔走了好一阵子,山崖平缓了,边缘现出一条发白的小道。稍作犹豫,他沿着小道往上攀,小道边上好几株鸡蛋花树,花朵鲜红,他就在这花朵的簇拥里一步步往上。走了不过二十来米,他已经把山崖踩在脚下了。又往前走几步,来到更高处。这是一处凸向大海的岬角,转身看刚才那片悬崖,不过是一条长长的小山坡罢了。再回头看,那栋高塔就在他身后,最顶上一层亮着灯光。不再是燃烧的墓碑,而是洞穿黑暗的灯塔,他分明感觉到眼眶湿润了。

更有灯光从遥远的海面渐渐靠近,他眯缝眼睛细看,似乎是一艘小艇,正越来越快地驶近码头。缓缓地,小艇在码头停稳了,灯光底下,似有一人从船上下来了。很快,小艇掉头远去,拖曳着一星灯光,消失在茫茫海面。

第三章　时间

日记四则

　　这是第三十天。阴。

　　这一个月，时间的速度和弹性是不一样的。今日翻书，看到神经学家阿尔吉特·纳斯卡尔说，时间是大脑创造出的一种幻觉，用来帮助我们在宇宙之中感知和呈现意象。如果没有大脑中的神经元基于生活经验创造出一种虚拟的"过去"和"未来"的感觉，那么过去和未来都是不存在的，存在的只是"现在"。

　　开头十多天，每天能记录的"现在"，不过是"无事"二字。后来××××××××××××××××××××××××××××××他们的故事千差万别，又都指向这唯一的结局。他们最后的讲述，像是暴烈燃烧后的灰烬，扒开后，还能看见一星儿火光，但要扒开这冷而厚的灰，谈何容易？我确信我不是合格的聆听者。我之前在赞美者社团所做的全部工作，都不过是玩耍罢了。

　　在赞美者社团时，我以为可以理解所有人——"理解"不是认同，更不是同情，而是共情。因为理解，才能宽慰，才能挽留，才能让生命自己走完自己的旅程。而一旦不能理解,所有的宽慰和挽留,都不过是做做样子罢了。

我在另一本书里看到爱因斯坦的话:"宇宙最不可理解的事情是,他竟然是可以被理解的。"爱因斯坦不理解宇宙的可以理解,而我现在越来越理解,很多人是不可理解的×××××××××××××××××××

这是第三十一天。阴。

来之前,我多次想象,那些来到岛上的人,在我面前转身××××××××××××××××××××××似乎怎样都是合理的,又似乎怎样都不合理——他们不是演员,不必遵循任何表演的逻辑,只需遵循生活的逻辑。表演是需要逻辑的,而生活往往不需要逻辑。没有逻辑的逻辑,是更深层的逻辑——他们越走越远,我被他们的背影框定得死死的,想要起身,却只是泥塑木雕般呆坐着,仿佛时间凝滞了。

转眼间,想象就衔接上现实的轨道了。

又一个活生生的人消失了。因为隔着玻璃幕墙,我没听到一声呼喊。日光盛大,海天无限,四周寂静得仿佛虚假的幻境。

我挣扎着起身,扑到轨道边,看到轨道空空如也,整片大海烧着了。

如果将大海掀开,底下会藏着多少尸骸?

这是第三十二天。阴。

我是从赞美者社团知道安乐死过山车的。那是在我和学长学姐的第一次聚会上,地点是在校外一家烟火气十足的川菜馆。

我第一次在校外吃饭，一切对我来说，都是新鲜的。用筷子大力扎破包裹碗盏的塑料膜，啪一声响，我被吓得一哆嗦。他们都笑起来，气氛活络了。他们问我老家是哪儿的，家里都有什么人。我略带夸张地向他们描述了一下老家那小县城，将县城里极为显眼的那些烟囱描述成高不可攀的庞然大物，将街道和草木描述得灰头土脸，说到家里时，我说："我妈是县城中学的老师，我爸死得早，是我妈把我和我姐带大的。"不知道为什么，我会忽然说起我爸。

他们说："那真不容易。"沉默了一会儿，或许是想起路上他们一直在谈论有关自杀的话题，我忽然说："我爸，是自杀的。"这句话有一种奇异的力量，让我一下子进入虚构的情境。他们啊了一声，更让我有了虚构下去的信心。学姐说："能说说吗？怎么回事。"我装出迟疑的样子："我也说不××××××××××××××××××××××××那是我读小学一年级时，有一天下午，班主任走进教室，喊我出去，说是我妈打电话来，我爸忽然病倒了，让我和姐姐赶紧回家。我姐骑单车带着我一起往家赶，刚到家门口，就听到里面好多人吵吵嚷嚷。亲戚们围成一圈，吵着要去医院，被他们围在中间那个人一再拒绝。你们肯定猜到了，那人就是我爸。"说了这一番话，我眼前完全现出小时候的院子来了，我甚至能清楚地看到每一个人的脸，还听到有人说，要不要打急救电话？

"大家看到我和姐姐，默默让开一条路。我走近，我爸抬起头望着我，脸上挂着笑。我心中纳闷，我爸这不是好好的吗？后来，从旁人杂乱的话里知道，我爸不是生病，是喝农药了。我们村里有过好几个喝农药死了的人。听人说，他们喝的都是敌敌畏，喝下不久，人就没了。而我爸坐在那儿，虽然神情萧索，人却好好的。又是从旁人的话里，我才知道，我爸喝的不是敌敌畏，是百草枯。那是什么东西呢？经过后来在医院里的十来天，我才明白，百草枯，给你后悔的机会，却不给你活命的机会。"

学长学姐听我讲完，一副若有所思的样子。我不再多说什么，觉得这样的虚构其实挺无趣的。那完全没多少印象的父亲此刻还活在世上吗？被我如此诅咒，他是否有所感应？学长学姐安慰我一番，说起一件我从未听过的事来。

"你们看到过一则新闻吗？"学姐是新闻系的，她常说起各种新奇的新闻。她看了看我说，"最先是英国《每日邮报》2016年年初报道的，后来国内媒体也报道了。说是英国工程师乌伯纳斯发明了'安乐死过山车'，可以让选择安乐死的人在极致的刺激里终结生命。按照乌伯纳斯的说法，安乐死过山车设计的总时间是三分钟，前两分半钟都用来缓慢爬升到将近五百米的高度，这两分半钟里，如果乘客后悔了，随时可以按下终止按钮，如果没按下按钮，这之后过山车会猛然下坠，在半分钟内转过七个回环，抵达终点之前，会在极度兴奋的状态中死去。当然，也有一些顶级的大脑专家说，这非但不能让人快乐，还会让人不舒服。"学长宋志是哲学系的，皱着眉想了一会儿说："这新闻我也看到了。我想的是，如果过山车里那人在最后半分钟后悔了呢？对那坐在过山车上的人来说，半分钟肯定漫长得像一生。"

"这是做出决定的那人应该承担的。之前那么漫长的人生，难道还不能够为最后的几十秒负责吗？按乌伯纳斯所说，后面其实只需转过五个回环，最后两个回环，只是为了确保彻底完成罢了……"学姐说。

"无论如何，不管这人曾经做出过怎样的抉择，也不管需要经过几个回环，这人要是最终后悔了，怎么办？"

"你这又说回去了嘛,这个问题的讨论有三个前提,一是安乐死合法,二是选择安乐死的人是绝对自愿的,三是这人经过充分考虑了……"

他们讨论得很热烈,我头一回听说"安乐死过山车",翻出手机查找,果然,不仅有很多大同小异的新闻报道,还有专门的百度词条。反复看了几遍,乌伯纳斯说,这种过山车是"理想的安乐死机器",在过山车往上升的两分半钟里,"可以让乘客思考自己的决定和回顾一下人生。当地面的物体越来越小,他会有足够的时间适应那种高度,想象接下来一连串的致命下坠。最重要的是,这是考验乘客决心的过程,最高点就是乘客给出最终决定的理想点"。

再往下看,"安乐死过山车"的设计原理,是只要旋转得足够快,血液就会涌向四肢,大脑就会因为血液供养不足而停止运作。在第一次下坠后,人的视线会变得模糊,周围的一切变成灰色,紧跟着是视觉、听觉丧失,无法动弹,就如困在迷宫,或者漂浮在荒野,焦虑,困惑、迷××

××结束了。

这是第三十三天。阴雨。

有一次××

××××××"听说你谈了个小女朋友?"她斜乜着我。我不置可否。学姐又说:"我听说,是因为她打来求助电话,你们才认识的?"这话让我大吃一惊。会是谁说的呢?"这有什么问题吗?"我故意做出语气生硬的样子。学姐瞅我一眼,语带嘲讽地说:"你这社团工作倒是做得够深入的。也说不上有什么问题吧,只是我觉得不大好。不和求助者谈恋爱,差不多算是不成文的规矩。"我头一回听说,就问:"为什么呢?""你真不知道啊?原因说来也简单,求助者总是弱者啊,你怎能趁虚而入呢?"我脸上发烫,好一会儿才说:"她其实不是真要自杀……我对小冷,是认真的。"学姐笑一笑,伸手在我肩头轻轻拍了拍:"小同学,所有谈恋爱的人,刚开始都是这么说的。"看我无地自容的样子,学姐又说:"以后我们聚会时,你约着她一起来吧,让我们也看看,你是怎么认真的。"我愈加无地自容了。

社团第二次聚会,学姐仍记着这事,问我:"怎么没约你那小女朋友一起来呢?"学长笑一笑,问学姐:"那你怎么没约某先生一起来呢?"学姐笑:"他呀,滴酒不沾的。"学长说的"某先生",是学姐的德国男友,据说两年前专为学姐从柏林飞过来,之后一直留在上海。学姐经常在朋友圈发他的照片,娃娃脸,满头银发,像个小老头儿,每次配文都是:"某先生说……"

那晚在川菜馆吃过饭,学姐带着我们到了大学路一处酒吧。酒吧里坐满了,我们只能在酒吧门外露天处的一张小桌边坐了。已喝过不少白酒,此时又喝了些冰镇啤酒,酒劲儿渐渐涌上来了。我起身去酒吧卫生间洗了一把脸,回到大堂,看到落地玻璃窗外,学姐学长面对面坐着,手拉着手搁在桌上,脑袋紧挨着脑袋。我走出大堂,在马路边站了好一会儿才回去。

他们看到我回来,仍然手拉着手。学长抬眼看我一眼,说:"没事吧?"我说:"没事。"我低头吃东西,小口抿着啤酒。学姐显然是醉了,似乎没注意到我回来了,反复念叨:"我想老周,我想老周了……"

××××××××××××××××××××××××××××××

×××××××××××××××××××××××××××××××××××过了两月,就发生了那惊天一跳。我不敢相信这是真的,去看学姐朋友圈,她设置了三天可见,能看到的只有一条,配图是天上的一朵云,配文是苏格拉底的一段话:"它或者是一种湮灭,死者不会再有任何意识;或者如有人所说,它是一种真正的转变:灵魂从此地迁徙到彼地。现在分手的时候到了,我去死,你们活着;究竟谁过得更幸福,只有神知道。"

各种消息乱纷纷的。有人说,是一尸两命;有人说,那德国人是个骗子,附近几所大学的好几个女生都被他骗了;也有人说,是学姐第三者插足。我不知道孰真孰假。我和学长打过一次电话,电话里他唉声叹气,也没说出什么来。学姐的后事,自有他们班的同学料理。追悼会那天,我和学长去了。来的人远比我们想象的多,好多人都面容哀戚,遗体告别时纷纷落泪。

我在人群里看来看去,没看见那德国人的影子。倒是见到一对搀扶着的老夫妇。听人说,他们是学姐的父母,专程从四川赶来的。两人头发花白,身材微胖,佝偻着腰。我好不容易找到机会上前打招呼:"叔叔阿姨,我和俞琬之是一个社团的……"他们抬起眼看着我,眼泡肿着,眼里含着泪水。我哽咽着,不知说什么好。他们反倒安慰我："孩子,琬之有你们这些朋友,这辈子不亏了。"

从殡仪馆出来,我和学长在路口等车,说起过去的事。"那晚,我还以为你们……""嗨,以为什么呀? 她那是想老周了。""老周是谁啊?""你不知道啊? 对了,你是不知道。"学长停了一会儿说,"老周啊,是她中学同学,两人还约着要一起考到上海。哪里想到,高考前夕,老周忽然从四楼摔下去了,重度脑水肿,在医院待了没几天,走了。"

"啊? 怎么……

"听说是几个男生打闹,他被推下去的。但没有证据,那几个男生都一口咬定了没和他打闹,那区域又没监控。还有人说,他是自杀……"

"我也有个高中同学,录取通知书刚拿到,被泥石流……苦笑,叹息一声:"这人世间啊。"

此后,我和学长再没见过面。几年后想起他,电话号码没找到,看他微信,已经停用了。他那苦笑的样子,异常清晰地浮现在我眼前。

高近寒站在岬角,远远望见码头那儿的路灯亮了。到岛上许多时日了,他还从未见过有人登岛。小艇离开后,那人立在路灯下,身影黑黑的,似乎依依不舍地往海面眺望,好一会儿,扭头往高塔方向去了,码头路边的灯火随之往前延伸。这是什么人呢? 莫非是运送物资到岛上的? 但这么久了,从没见过有人运送物资,可见物资不是这样运送的——哦! 他胸口猛地跳了几下,莫非这就是他要面对的那第一个人? 就是那想要安乐死的人? 他想朝那人大喊一声,又不知为何沉默不言。咸湿的海风吹来,世界清晰无比。他决定赶紧回楼上去。

月光依稀照亮碎石路面。两侧的椰树歪歪斜斜,耷拉着巨大的叶子,更有一些枯叶醉汉似的横在路中,还有些果实头颅似的散落路旁。椰树底下高高低低的还有不少草木,透过浓密的枝叶,看见那点灯光延伸至高塔,就如被一头黪黑的巨兽吞没了。高塔只剩顶上的灯光亮着,犹如黪黑巨兽的一只独眼。他盯着这只独眼,独眼也盯着他。在他们之间,隔着半座小岛的黑暗。

那日自己到来,正是这般情景。不同的是,没人躲在远处的草木后观察自己——不过,真的没有吗? 如此一想,不寒而栗,隐约觉得有一双眼睛在背后盯着自己。环顾左右,唯有虫鸣。海浪裹挟银色的月光一层层涌荡而来,哗啦哗啦地拍打着礁石。风裹挟着海水的咸腥味儿吹拂,树梢俯仰,发出暧昧不明的呜咽之声。他浑身一凛,更觉得有什么在盯着自己。

借着枝叶间晒落的点点星光,他抖擞精神,低头仔细寻路,继续往高塔方向走。与出门时的路线不同,现在是从小岛中间径直穿过,这么小的岛,估摸着只有一二十分钟路途,不想走着走着,至少半小时过去了,眼前仍是一片黑暗,抬头看看,不见了高塔顶上的灯盏,只剩下一片月明星稀的夜空——夜空以其空旷浩渺,拳头般击在他的胸口。他惶恐地四处找寻,在身后椰林浓稠的暗影中,一颗明亮的星静静地闪动着。是高塔顶上的灯火! 又是惶惑,又是心惊,他以为一直是朝着高塔的方向走的,怎么会背道而行呢? 他赶紧调转方向,加快步子往高塔走去。这次他不敢再一直低着头了,走一会儿,就要抬头看一看高塔顶的灯光。然而,走不多时,再抬起头来,那灯光已在他斜后方,且离得远了。

他愣在当地,既惊且惧,心想,是脚下的路在自己不知不觉间拐弯了? 这该怎么办? 他站在小路两侧拥挤的草木间,仰望着夜空里那一盏孤悬的灯。思忖许久，别无他法，只能一眼不错地盯着灯走了。然而，这并非易事。他顾了这灯光，就顾不得脚下小路，走了没几步，就被地面的树枝、石块绊了好几次。他不得不放慢速度。两只脚犹如失去方向的孤舟，在黑夜的波浪里颠簸，而眼睛搜紧与孤灯之间的绳索，随便一声响动，这绳索都会剧烈地震颤。

没过多久，他就发现，无论如何搜紧这根绳索都是徒劳的。

不知不觉，他又一次几乎走到跟灯光相反的位置了。这究竟是怎么回事?! 他盯着高塔上那灯光，不解、焦灼、烦躁、恐慌，各种情绪在心头翻腾。忽然，林间传来咕咕几声。是猫头鹰。他吓得一哆嗦。想象着，猫头鹰正藏身树梢，明亮的眼睛灼热而冷静地盯着他。看看前面，是幽暗的路，看看后面，也是幽暗的路，而左右都是鬼影幢幢的密林。他没法不想到那些到这孤岛上自杀的人们——虽然他不确定，在他到来之前，是否有人到这岛上自杀过。

恐惧如海水般一浪一浪扑向他。他想要大声喊，刚喊两声，又闭紧嘴巴，生怕声音会引来什么可怕的东西。这么一想，立马觉得身后有什么东西跟着，想回头看又不敢。然而，他忍不住想，只要一回头，就能看到一张苍白呆滞的脸孔贴在面前。这么一想，只觉得脖颈上凉风嗖嗖，似乎是那人在朝自己吹气。这想象一旦出现，就再也摆脱不掉了。他只能跑。跑得越来越快，跌跌撞撞，不时绊到树枝。在稀薄的星光里，就连这些树枝看起来也形迹可疑。他跑啊跑，就如同自己已经不存在，存在的只是奔跑这动作。然而，恐惧仍然在。恐惧是一场永不停歇的飓风，剧烈地摇撼着他，想要把他摧毁，再摧毁。

就在这时，高塔上的灯灭了——他待在塔顶那些日子，晚上是从不熄灯的。这悄无声息的熄灭，如惊雷一般在他头顶轰响。刚才尚且不能找到回去的路，现在是更没可能了。他站在黑暗之中，呆若木鸡，恍若有一桶冷水，劈头盖脸倾在他身上——他从头到脚，都被绝望淋湿了。

他抬起头看看，四周的椰子树、榄仁树、草海桐、海岸桐、银毛树，以及很多他从未见过的热带树木，灼热的火焰般簇拥着他，黑暗的火焰般朝上疯长。他被包裹在火焰的中心，无处可逃了。他抬起头来，目光有如溺水者伸出的手，竭力往上，什么都没抓住，只抓住一轮月亮。

月亮近乎浑圆，已经升得很高了。他看月亮，月亮也看他，看到他脏腑内的幽暗和曲折，暖热和寒凉。他低头看看自己几乎不可辨识的影子，又举头望着那仿佛并不存在的天，和无比温柔而又强烈存在着的月亮。他被一股柔软而又强大的力量推动着，内心翻滚如沸水，又平静如镜面。月亮清明如许，不只照拂着他，也照拂着四周的海面。他虽然看不到，但心念及此，脑海里立马浮现出月光在海面浮动的样子。那样无声的、浩瀚的涌动，在此时此刻，让他得到难得的安慰。内心的恐惧，几乎是在一瞬间，消失了。

真是奇怪，恐惧是怎么骤然而至的，又是怎么忽然消失的？猫头鹰的叫声仍从密林之中传来，给他的感觉却全然两样了。他想起猫头鹰那蠢萌的样子，觉得有几分可爱，更觉得，有猫头鹰作伴，他便不再是孤独的。

平静下来后，他才更清晰地看到周围的一切，也看到自己的处境。明月朗照，到处的树木静静地簇拥着。他的眼睛已经适应环境了，仍能从模糊的月光之中辨别出依稀的道路。其实高塔顶上的灯光，对于他辨识道路并无助益，只是一种召唤，一种精神。现在，往高塔顶上的方向望去，他看到玻璃幕墙反射着淡淡月光。他想到传说中的夜明珠，塔顶就是巨大的夜明珠。

他决定不走现成的碎石路了，就一直盯着塔顶那微弱的但再也不会消失的光，径直闯过去。他和高塔之间，直线距离不过百米。他知道，这中间是热带雨林。之前那么多日子，从高塔往下望，只觉得这是一座小而又小的岛，如今来到地面，才发现这里头有着复杂的褶皱。这些皱褶，正等着他一步一步去丈量。

夜色沉沉，两棵欹斜的椰树搭成沉默的门券，等着他进入。稍作犹豫，他矮身钻进去——其实不用矮身，他也不会撞到树干。这下意识的动作，仿佛是因为受了黑暗的迫压。一脚踩在地上，地上松软，是枯叶和腐叶堆积而成的。耳朵刚捕捉到叶片在脚底发出响亮的碎裂之声，鼻子立马捕捉到了一缕灰暗的发酵过的腐败气息。紧接着，四面有溽热的气体拥来，压来，寂静之中，仿佛听到轰的一声响，他像一缕灼热的水汽，被这热带雨林蒸发殆尽了。许久，缓缓地，他被头顶宽大的树叶一挡，慢慢聚拢，重塑肉身。

我真是在这儿吗？真是在太平洋赤道带公海的孤岛上？这四周的湿热黏稠的黑暗，是太过于真实的梦，也是太过于虚幻的现实……他脑袋里盘旋着一个又一个问题。远远地，又传来几声猫头鹰的咕咕声，周围则缠绕着无数细碎的虫鸣，虫鸣琐碎而窸窣，如一根根纤细、锐利的火柴，慢慢擦亮夜色。更有一缕缕淡淡的月光，从头顶一层层反复叠加的枝叶间漏下，微微照亮地上灰黑色的、潮湿的枯枝败叶。再看看四周，围绕他的是全然陌生的树木，只有一些耷拉着巨大叶片的，依稀可辨得出是棕榈之类。良久，他又怯生生地迈出第二步，第三步。每一步落下，都在他的鞋底和地面间诞生一个惊雷。

这片雨林里的空地，仿佛专为他准备的。他一步一步往前走着。一个声音在他心中回响：走过这片空地，就再也没有回头路了。刚才在路上转来转去，最多不过是迷路罢了，等天一亮，一定是可以找到回去的路的。可一旦踏入雨林深处,会有什么等着他?那么,要后退吗?他抬起头,透过枝叶间微小的罅隙,窥见高塔顶上淡淡的反光就在不远处,又想,在如此短的距离内,能有多少危险呢?!

踌躇不定间,他已经进入空地了。几粒火星儿闪过,沉默着,若即若离地跟随着,似乎是在挽留他,又似乎是在鼓动他往前走。他心中慌乱,想到鬼火。他逃跑似的,又一次矮下身,钻进两棵大树间更窄的空隙。很快,他就见识到什么是热带雨林了。刚才那片空地是一种假象,现在,才是热带雨林真实的面目。他很快与这"真实"迎面撞上了——是一层又一层的蜘蛛网,带着潮湿腐败的气息扑面而来。蜘蛛网上有肥硕的东西在动,他下意识地抬手去抓,因为恐惧而用力过大,一只五彩斑斓的蜘蛛在他的手心炸开。是的,他看到它的五彩斑斓了,五彩斑斓的身体和八条腿,五彩斑斓的内脏和汁液。他想要惊叫,又把那惊叫声吞咽下去。跌跌撞撞往前跑,更有什么冰凉的东西撞在脸上。他再次下意识地伸手去荡开,他立马感知到它的柔软了,是蛇!也一定是五彩斑斓的,他甚至还听到它发出五彩斑斓的嘶嘶声,吐出五彩斑斓的毒气。他再次感觉到身后有咻咻的喘息,将热带海上咸湿的风吹向他的脖颈。他看到自己的神经是一根拧紧了的绞索,他在绞索上疲于奔命,也在绞索上命悬一线。他想要惊叫,也终于惊叫——

惊叫声带着内脏的灼热喷薄而出,像是从喉咙里升起的一盏孤灯,散发出一圈看不见的光,将四周的恐惧之物都逼退了。他跨过几株痉挛般扭曲着往上生长的大树,来到一处稍微开阔处,气喘吁吁,放慢脚步,经风一吹,才发觉浑身汗湿了。他两手挂着膝盖,弯下腰剧烈咳嗽。每咳嗽一声,就觉得眼前火花四溅。然而,这火花终究不如惊叫所燃起的烈火,四周的黑暗又一次迫近了。猫头鹰的叫声远远传来,还有一些辨不分明的夜鸟的梦呓也在不断传来。他抬起头看看,黑暗笼罩的森林,窸窸窣窣地发出异响。

几点黄色火星儿,从空地边缘的草丛升起。

无声地飘动,仿佛要点燃什么。但四周仍只是幽暗。他忽然明白,这是萤火虫啊。很多年没见过萤火虫了。回想起来,上次见到萤火虫,是在高考后的暑假,在老家县城边的一片荒地上……那些让他异常温暖又异常痛心的缥缈往事迅速浮现又消失,此刻,在和故乡相隔千里万里的太平洋热带孤岛上,萤火虫提着同样的灯笼,照亮着同样的黑暗。

他盯着四周仍在冉冉升起的萤火虫,萤火虫慢慢聚拢,成为一朵明亮的金色的云,云往前面的树林飘去。高近寒下意识地紧追不放,顾不得脚下踩到什么,顾不得手被荆条划了,他分明看到,黑暗深处有绿幽幽的眼睛盯着他,也分明听到,黑暗深处有磨牙吮血的兽声,但他什么都不管了。他只盯着萤火虫聚成的小小云朵,不知道走了多久——他感觉是一直在走,像是走了几天几月,感觉是一直不可能走到头了。忽然,眼前豁然开朗了。

这是一片很开阔的地方,草地铺展,中间凹陷处,有一大圈明亮的光,是由更多萤火虫聚成的。那一小朵金色的云慢慢融入这光亮里。他追上去,突然刹住脚,原来,这光亮中间是一片湖。高近寒慢慢沿着湖边走,仍有一些零散的萤火虫无声地围绕着他。他看看冷寂湖底的月亮,又抬头看看天上的月亮,两轮月亮相互辉映,内心的恐惧又一次消失了。他只觉得累,深入骨髓的累。

在湖边蹲下,凑近湖水,湖水幽暗,看不清湖水里倒影的自己。抬起头看,才一转眼,月亮被一朵庞大的乌云遮没了。他早已口渴难耐,伸出手去,荡开浮萍,忽然,哗啦一声响,不远处的水面有什么东西潜入水底,几只水鸟惊飞而起。这水里不知有多少动物藏身,说不定会有蚂蟥、红虫之类的,要让它们进了肚肠,可不是闹着玩儿的。他只能悻悻地缩回手。这么一大片水在眼前却不能喝,更觉得舌头焦渴得就如一片沙漠。他只能忍着,洗了洗手聊作宽慰,又从身边的灌木丛里薅了几片宽大的叶子擦手,同时薅到手的,还有一串凉冰冰沉甸甸的浆果。

突然,湖面大亮,稍停,雷声从天而降。

在湖面之上被森林框定的天空,闪电露出獠牙,撕咬远近的树冠,和那尖刺般凌厉拔起的高楼,以及高楼后巨大尾巴似的三个回环。天幕在降低,而大海托举着孤岛在上升。在这一升一降之间,只有高近寒独自一人。他瑟瑟发抖,等待雨水从乌云里降下,浇灌喉咙里皲裂的土地。他挑衅似的,朝天空展开双臂,仿佛在迎接这一切的到来。但闪电渐渐远去了,雷声也变得轻柔。正当他心生失望,雨滴如箭矢,纷纷脱离乌云的怀抱,穿越黑暗,激射而至。他仰面朝天,张大嘴巴。雨滴落在舌苔,激起一股烟尘,转瞬化作蒸气了。

在闪电经过的刹那,他看到手里的叶子鲜绿宽展,浆果紫红肥硕。会不会有毒呢?这念头冒出来时,他已经用叶子接了雨水喝,又将小半串浆果揉进嘴里了。熟透的果肉和汁液,带着一股发酵过的酒浆般的浓郁味道,迫不及待地挤进喉管,进入胃部,恍若一个人提着红灯笼深入幽暗而漫长的隧道,照亮喉管,温暖脏腑。他的手停不下来了,不断伸向身边那丛灌木,红的,更红的,艳丽而丰盈的浆果,如浓稠的颜料,勾勒出胃里澎湃的大海。

雨水渐歇,乌云初散,新鲜的月光从天上垂落。

忽然,他看见身后不远处的林间,淡淡月光里似乎显出一只野兽来了。是老虎,豹子,黑熊,还是鬣狗?它什么时候靠近的?竟未发出一丝声息,唯有一种难以遮掩的气息,穿透暴风雨后宁静的空气隐隐传来。从慌乱中回过神来,慌忙后退,后退的凌乱脚步声,反倒让它朝自己又走近了几步。它仿佛是黑夜的凸起,浑身披着黑夜的浓墨重彩和森林的幽魅气息。转眼间，野兽来到森林边了，要跑是来不及的，难不成要跳进湖中？湖里还不知道有什么东西等着呢。

野兽沿着森林边缘走了几步，似乎害怕走到草地里。蓦然想起来以前看过的纪录片，他慢慢蹲下，伸手抓了一些稀泥，泥巴松软、湿热，带着一股腥臊味儿。他将稀泥涂在脚腕、手上和脸上，就连脖子上也涂了。他慢慢站起，隔着黑夜浓稠的浆液，和野兽对峙着。许久，野兽没再往前一步，他慢慢地又倒退着走了几步，野兽仍没跟上来。看来，湖边的淤泥确实能够遮掩他身上的"人气"。他不敢放松，趁着野兽迷惑的时机，转身沿着湖边一口气跑出去。跑了一阵儿，猛地立住，再跑，岂不是要回到原来的位置？

他往湖对岸望去，看不见野兽，却能感觉得到，它仍在那儿。

此时，乌云已散，被雨水清洗过的月光更明亮地照拂着大地。湖面幽暗里泛着淡淡的光亮，宁静里隐忍着不可知的异动。

四面看看，不远处的林间似乎有一条模模糊糊的小路，正对着那耸峙的高塔。说不定这就是一条通往高塔的路？会不会是之前到岛上的人蹚出来的？不过他至今不知道在自己到来之前，岛上是否有人到这儿做过类似的"工作"。他稍微犹豫了一会儿，一头扎进去了。带着雨水的草木用野兽似的爪牙撕扯着泥泞的小路，高近寒只能硬闯过去。起初，他庆幸发现这条小路，得以甩开湖对岸的野兽；很快他又担心，会不会森林里还有别的野兽？既然有野兽，怎么可能只有一只呢?！然而来不及后退，也不敢后退了。古木苍天，藤蔓缠绕，偶尔出现的罅隙，露出幻影般的月亮和泡沫似的稀星，也露出海市蜃楼般的高塔和高塔后的三个巨大回环。确实是在眼前了！他几乎不敢相信。

四野静寂，虫鸣和鸟啼都消失了，偶尔有风吹过，只听得高处枝叶积蓄的雨水啪嗒啪嗒滴落，砸在低处热带植物宽大的叶片上。所有的雨水,仿佛都砸在他身上。他生怕出错,不敢太快,也不敢太慢地往前走着,脑袋却已经不受控地想象出朦胧的灯光,想象出让身体充盈的食物,想象出云朵般温软的枕头和被子。

突然,仿佛踩到一朵轻飘的云,头脑里的光霎时被掐灭了。

不知过了多久,高近寒悠悠醒转,发现置身黑暗之中。不远处,一片方形月光漏下。手掌木木地疼,稍微挪动,发现地面冷硬平整,竟是水泥地。再动,浑身都疼,所幸除开手掌沁出了一些血,似乎再没别处流血。他放下心来,刚喘几口气,却于刹那间,感觉到有东西盯着自己。他的心,跳动在一条紧绷的绳索上。

就在那片月光后,一个影子,缓缓凸显出来了。

是刚才看见的那野兽吗?!

他不敢出声,下意识往后挪,后背紧抵着冷冰冰的墙。伸手朝后一摸,同样是水泥质地。这儿或许是路边见到的地下入口通往的"地堡"?莫非和之前看到的碉堡一样,也是军事建筑?他在脑海里迅速搜索着近现代历史知识:地道、碉堡、热带孤岛,这些组合起来,意味着什么?正思忖着,忽觉得那影子越过方形月光,来到面前了,射出的目光如两枚凉冰冰的长满青苔的枯叶,飘忽而至,湿漉漉地贴在自己额头,慢慢往下,移到鼻子,移到下巴,一直来到胸口。

"你是谁?!"高近寒突然迸发的喊声是撕裂的。

"我?是谁?"好一会儿,一个声音慢悠悠答道。对面真有人,是个男人。男人喃喃自语,声音亦如枯叶,在无风的空间里飘荡。"很久没人问我这问题了。我,是谁?我快想不起来我是谁了……"

"这是什么地方?"高近寒颤抖的声音里夹杂着恐惧的因子,不由得又往后退,退无可退,"你怎么会在这儿?你到底是谁?!"

"我要想一想,你问的问题太多了……"男人仿佛在竭力追忆,或者竭力思索,又往前挪了挪,好一会儿,一字一顿地答道,"我是炊事兵神谷田宽郎。"

"什……么?"高近寒噎了一下,"你是……日本兵?!"

"至于我怎么会在这儿?"男人声音低沉,一个个音节无所依傍地飘荡着,"大家到这儿,我就到这儿了……我和母亲在后院种橘子,十多棵橘树,每年结好多果子。有一天,我在树下坐着,头顶的橘子还绿着,圆圆的一个一个,真好看啊。太阳好好地照着,我迷迷糊糊快睡着了。这时候,几个当兵的忽然闯进来,吵吵嚷嚷地,把我带走了。我听见我妈哭了……后来换了好几个地方,训练了好几个月,再后来,我们就到海上了,我永远记得那天,是 1941 年 12 月 7 日,天气晴朗,海面亮得晃眼,海水烫得吓人……"

"1941 年到海上的?那你……是人是鬼?"

"鬼?不,我只是一直活着。"

"可是现在离你说的 1941 年……"

"时间只是一种假象。如果你不在时间之中,那时间也不在你身上。"

"我想起来了,1941 年 12 月 7 日那天,日本海军空袭美国太平洋舰队驻地珍珠港。你又是日本人,那你是参加了……"

"不,这件事是我在报纸上看到的。刚才我说了,那天我是在海上,不是在天上。那天,陆军寺内寿一将军率领十一个师四十余万人组建的南方军向东南亚发起猛攻。第二天,我们的部队便攻入泰国,第三天攻入马来西亚,第四天登陆菲律宾。我们的部队飞一般前进,到第二年 3 月 9 日,印尼群岛的荷兰守军就举白旗投降了。到 5 月 6 日,就连美军七万多人都被俘虏了,菲律宾就这么被我们占领了……"日本兵的声音里有一种陶醉的语调。

"怎么可能？……这是近八十年前的事了……"

"你为什么仍在纠结这一点呢？不管是近八十年前，还是现在，这些事发生了，就是存在的……"日本兵在黑暗中嘎嘎笑。

这时候，高近寒基本适应地道里昏暗的光线了，隐约看到，日本兵衣衫褴褛，肤色铁青，犹如一只巨型蜘蛛趴在地上，唰啦唰啦地朝自己爬了几步，干瘪瘦小如同枣核的脑袋向上昂着，污浊的笑声碰到自己脸上。高近寒又害怕，又厌恶，心想自己一定是产生幻觉了，是不是因为那些浆果？他使劲儿甩一甩脑袋，脑袋里咣当咣当响，像是透明塑料袋里装满滚热的豆浆。忽地暴躁起来，两脚乱踢，似乎有几脚踢在了日本兵脸上，他大嚷道："不可能，这不可能！"

日本兵并未退却，反倒更往前爬了两步。高近寒两只手朝后翻转，撑住墙壁想要站起。墙壁滑腻腻的，像是布满青苔，又像是爬满鼻涕虫，右手一滑，身子一歪，胡乱在黑暗之中一抓，抓住一件滑溜溜的东西，慌忙扔掉，仍贴着墙壁站起来，砰一声，头顶被硬生生地撞了一下。或许是被撞击声吓到了，日本兵退到不远处的月光之中。月光素净，大雨般浇在日本兵身上。

"我一定是在做梦，要么就是喝多了，刚才那浆果，一股酒味，对，是因为那浆果……"高近寒喃喃自语。

日本兵站起来了，偏着头，瞅着高近寒。日本兵个子小，头顶并未触碰到地道顶部。月光廓清他几乎不可辨识的旧军装，也廓清他浑浊的眼神。这是个货真价实的男人，不是野兽，也不是什么鬼怪——何况，这世界上本没有鬼怪。高近寒一再用这无神论的信仰安慰自己。不觉间，恐惧减弱许多。他宁定心神，仔细看日本兵的衣着，真是二战时期的日军着装。另一种恐惧油然而生。莫非这岛有些什么古怪，能让人长生不死？想起来好些电影里有这样的情节的。

"我知道你说的这些。"高近寒深呼吸几次，镇定下来，装作轻松的样子，慢慢俯身朝日本兵走去。日本兵仍旧蜘蛛般趴在地上，昂着小脑袋，有些疑惑地瞅着他，不由自主地往后退，再后退。"那些日子里，你们的'辉煌战绩'还不只你说的这些，还有香港、新加坡、缅甸，都被你们占领了。仅仅五个月，你们打败美、英、法、荷等国军队，占领东南亚，开始宣布'大东亚共荣圈'。对不对？这些事一定让你、让你们志得意满吧？"

现在是高近寒站在月光里了。月光沁凉，他的头脑似乎更清楚了。

"不……我从来没志得意满过……"日本兵趴在黑暗里，低声说。

"从来没有？多少年过去了，你见到我这么个陌生人，还没来得及寒暄，就和我说起这些，难道不就是因为志得意满吗？"

"不，相反，想起那些日子，我就难受得不行……"日本兵皱着眉头，"我们占领菲律宾后，美国兵和菲律宾兵从投降地巴丹半岛被押解到其他地区的路上，我是一路跟着的。我亲眼看到，我们殴打病号，对伤兵不闻不问，不给他们水和食物，看着他们中的一些人受不了了向我们苦苦哀求。我看到我们中的一些人为此露出笑容。进入战场后，我们每天都过得紧绷绷的，我们很久没这么放松了。行走在异国的道路上，我们欣赏着从未见过的热带风光和驯服的俘虏，内心里充溢着久违的欢乐。如果你养过小动物，你看着小动物向你讨食，生死由你掌控，你也会感受到这样的欢乐的。"

"闭嘴！你个杂碎！"高近寒暴怒。

"你不要急。我是炊事兵，只管做饭，别的事情，我什么都没做过。"日本兵停了一会儿，咽了一口唾沫，继续说，"他们一个个饿得骨瘦如柴，说真的，最着急的就是我这炊事兵了。但那些日子，我只能眼睁睁看他们饿着……"

"你没觉得，你这样的想法很麻木吗？你和动物有什么不同？"高近寒本来想说"无耻"，说出来的却只是"麻木"。退后一些，想让日本兵回到月光里，好看清楚他脸上的表情。日本兵只往前走了两步，站在明暗交界处。

"动物？人本来就是动物。再说，我哪里麻木了？我是真想让他们吃饱。没有哪个厨师，不想让人吃饱……"日本兵还在说着那些日子的见闻，高近寒忽然意识到，日本兵说的是日语。他仿佛可以看见那些日语词汇从日本兵嘴里出来，在半明半暗的空间里翻了个筋斗，变成自己能听懂的汉语，之后才钻入耳中。

"你为什么要跟我说这些？人是动物不假，但人不能只是动物。如果人仅仅只是动物，那就不是动物，是畜生，是畜生不如。"高近寒斥道。他看到汉语从自己嘴里出来，一个个词汇在明暗交织的空间里翻了几个跟头，变成日语，进入日本兵耳朵里。

"为什么说这些？不是你问我的吗？"日本兵忽略了他后面说的话。

"我问过你吗？我只是偶然来到这儿，你过去怎样，和我有什么关系？再说，你说的这些事情，早过去了。你说什么都改变不了过去的事。别以为我不知道巴丹死亡行军！"

这些气势汹汹的话，让日本兵后退了几步。高近寒不确定自己的内心是恐惧，还是厌恶。他仰起头顺着月光泻落的方向望上去，一个窄窄的方形洞口，四周布满蕨类植物。刚才自己应该是踩空了，从这儿掉下来的。他往上跳了几跳，只见手掌带起的风拂动几片狭长叶子。地道顶部离最上面的地面，还有很厚的土层，想要从这儿上去，是不可能的。他气喘吁吁，往四面看看，连一根木棍都找不到，更别说梯子之类的东西了。

"我对感兴趣的事,都会用心钻研,要做到极致,精益求精。"日本兵还在喋喋不休,"我家后院有很多橘树,我种的橘子,是我们那儿最好的,我还在后院发现一棵味道特别的橘子,由此培育出一个新品种。至于做菜,是因为妈妈喜欢做菜,我看得多了,就会了,而且很快比她做得好得多,还新创不少菜品。后来在军队里,我做的菜赢得极大赞誉,大家都说,这是'妈妈的味道',让他们想起故乡,让他们在战场上更勇猛……"

日本兵的聒噪,让他不再显得可怕。高近寒不再理会他,自顾自在四面的黑暗里摸索,摸来摸去,摸到的都是滑腻腻的墙壁。

"你是要出去吗?"日本兵说,"你不知道吧? 这地道是我挖的。就是进来过的人,都未必能找到出口,更何况你是第一次来呢?"

"你一个人挖的?"高近寒强忍住厌恶,在黑暗里回过头来。

"你不相信?"日本兵提高声音说,"这些地道,遍布全岛,纵横交错,对外人来说,就和迷宫一样,对我来说,就像熟悉得像不能再熟悉的掌纹……"

高近寒将信将疑,却不想搭理他,仍旧在黑暗里艰难地摸索。

"哎……哎……你跟我走吧! 你这样子,真是折磨人哪。"

高近寒迟疑了一瞬,不由自主地跟上去了。

"你不知道啊,一件事明明可以做却没法做,心里得有多难受。看着那些急行军的美国兵和菲律宾兵饿着,我心里难受。后来到这孤岛上,到处是好土地,我却没橘树种子,我也难受。好多年里,我一直盼望着,哪一天能有一只海鸥跨越重洋飞来,扔下一粒橘种给我。我有信心,我一定能把这座孤岛种满橘树。我要每天仰面躺在橘树下,等着橘子开花,结果,果子慢慢变大,变黄,就和我在老家后院一样……"日本兵一面在前边走着,一边絮絮叨叨着。

高近寒想让他住嘴，又怕他真住嘴了，自己便迷失了方向。他只能任凭他聒噪着，好循着他的声音，一路往前走。时而拐弯，时而低头，时而上坡，时而下坡，渐渐地，甚至得蹲着，趴着。好多地方只比两肩略宽，他感觉自己就如一条大蛇，匍匐在黑暗里，缓慢地爬行。

"你可以抓住我的小腿，不要抓我的脚底啊，我怕痒呵……"日本兵的声音在地洞里嗡嗡响，仿佛一朵灰暗的云，不断将雨点落在高近寒头顶。

高近寒不时去抓一下日本兵的小腿，那芦苇秆似的干瘦小腿，又冷又硬，真像是蜘蛛的。现在，他也成蜘蛛了，他莫名地对自己生出厌恶，他感觉到，自己也有着蜘蛛的冷酷和丑陋。

这些狭窄的路段漫长又曲折，看不见一丝光亮不说，几乎呼吸不到一丝新鲜空气。这里的空气，仿佛下水道里的污泥，一次次塞进他鼻孔里，让他感觉到的不是生的希望，而是死的威胁。渐渐地，大脑里没氧气了，几乎停止运转了，只剩下四肢还在机械地往前挪动。他通往的，不是生，也不是死，而是非生非死。"时间只是一种假象。如果你不在时间之中，那时间也不在你身上。"他想起日本兵的这句话。现在的状态，似乎正是如此。他没有过去，也没有未来，只有现在。唉，他怎么就信这日本兵的话了？一个满嘴鬼话的陌生人啊！他恨自己轻信，但只过了一会儿，就坦然接受时间的安排了。他觉得自己已经成为黑暗的一部分，成为这座孤岛的一部分了。他看到自己蠕动在孤岛的地底，看到野草和巨木在头顶生长，看到野草开出花朵，看到巨木结出果实。

"后来，不知道怎么回事，部队里各种消息乱飞。我们失去制空权，也失去制海权，没法撤走了，好多部队驻扎到各孤岛上。那些日子真是混乱，我至今也没搞懂怎么回事。我只知道，越来越没东西让我做出一顿好饭菜了。我和十多个同伴来到这孤岛上，建起碉堡防卫，但没任何敌人到来。后来，因为缺粮，因为疾病，一个个同伴死了。"日本兵慢悠悠地叙说着。

高近寒频频干呕，滞闷的空气，让他无力反驳。

沉默了一会儿，黑暗里继续传来他的声音，"只剩下我一个人待在岛上了。几支38式步枪、上百发子弹、几顶钢盔、几身军服、一些干粮，对了，还有一面镜子。这面镜子，是我唯一能看见自己的地方。我经常盯着镜子里的自己，想死的事，也想生的事。生是那么丰饶，死是那么宁静。我有时候想象着，镜子里有棵橘树，我进到镜子里，把自己埋在橘树下……直到有一天，我发现，大海也是一面镜子，我害怕了……"

终于，眼前一亮，一片月光出现在面前。

高近寒许久才缓过劲儿来，才看到这儿和刚才陷落的地方一模一样。他仍然在地下，仍然得继续往前走。

"畜生都不会同类相食吧？你这样畜生不如的人，竟然也有害怕的事情？"

"我害怕看海面映出来的那个自己……我至今不明白为什么……"日本兵喃喃自语，似乎丝毫不在意他的詈骂。

"所以你其实知道真正的自己是怎样的，你根本不敢面对……所以你才在这孤岛的地底下挖这么多洞，像老鼠一样躲在里面？"

日本兵沉默着，又往前走了，高近寒只能跟上。

"这里面有什么不好？"半晌，日本兵恢复了原先满不在乎，或者更准确地说，是麻木不仁的语气，"你不觉得，这些地下通道修建得完美无比吗？我父亲是九州的矿工，我经常去矿山看他，得到几次机会，可以去看他怎样挖矿。想不到，我来到这热带孤岛上，竟然把这些技能用上了。可惜这儿的地底只有泥土和黑暗，没有矿藏，不然我一定能用这些矿藏做点儿什么……当我把这些地洞挖得差不多后，有一天，有船来了。船上的喇叭喊：'日本战败，快快投降，回家寻亲。'我才不相信这些鬼话。见没人出现，船开走了。又过几年，有搜索队寻到岛上，他们发现同伴们的墓碑了，此外，什么也没发现。再后来，原队长川岛威伸带队到岛上祭奠战死者，不知怎么发现了我的踪迹，又找来一批人上岛搜索。那天早上，我躲在一处洞口边，看着一行人从海滩走来，他们唱着民歌《樱花》：'樱花啊！樱花啊！暮春三月天空里，万里无云多明净，如同彩霞如白云，芬芳扑鼻多美丽，快来呀！快来呀！同去看樱花……'"

日本兵的歌声诡异里透着苍凉。整条地洞凉风嗖嗖地吹。此时，高近寒不再觉得他聒噪了，反倒很想听他讲下去。但他唱完这首歌，迟迟没再开口。

"后来呢？"高近寒催促道，"你怎么没跟他们回日本？"

"其实，我想出门迎接的。"日本兵好一会儿才说，"我犹豫了好久，也不知道自己在犹豫什么，我终于走出洞口，朝他们走去了。他们看到我，似乎愣了一下，然后一起朝我跑来，大喊着：'战争结束啦！战争结束啦！'我吓坏了，我身体里有一个声音在喊：'不可能！'我钻进地道，往深处走去。我听到咚咚的声音，有几个人跳进地道了，但他们搞不懂我往哪儿走了。没过不多久，我听到他们爬出去了。我待在地底下，听到他们呼喊的声音反反复复回响在岛上。我那时候又想出去了，我想跟他们说，下次再来，给我带一颗橘种吧……但他们离开后，就再也没来过了……"

"你就没反省过？你有没有想过，你们入侵别国，给当地那些无端受难的百姓带去多少痛苦？别人也有院子，院子里说不定也有一棵橘树，也有人在橘树下纳凉。是你们的入侵，把这一切都毁了。"高近寒停下来，大口喘息着。因为持续爬动，手肘疼得要命。

"我手上没沾过一滴血啊，我是一个好园丁，也是一个好厨师，只要有条件,我还能做一个好矿工,但我手上没沾一滴血……"

"对,你只是动物,动物是不会反省的。"高近寒不屑又无奈,又往前挪了挪,还想着说点儿什么,忽然,身下猛地一空,他迅疾伸出手去,抓住日本兵的小腿,芦苇秆似的又冷又硬的小腿是抓在手中了,却没能阻止他下坠。突然,咔嗒一声响,抓在手中的小腿断裂了。

第四章　大海

日记一则

这是第九十天。阴。

这些面目模糊的人，一个个排着队，从世界各地来到我面前，沉默着或言说着，平静、纠结、释然或兴奋。我很有可能是他们在人世间最后见到的人了，但我一点儿也不想做这最后一人。我很想和他们好好聊一聊，想让他们放弃头脑里疯狂的念头。但是，我越来越不知道聊什么好了。如果聊完后，他们仍然出现在过山车轨道上，我就觉得聊什么都是错的，都是毫无意义的。

死，究竟是怎样一回事呢？星期八说："由多国专业协会和医学专家制定的人类死亡的定义是——'死亡是意识能力和所有脑干功能的永久丧失，永久性是指无法自发恢复且无法通过干预恢复的功能丧失。'"星期八还说："在 2019 年 4 月，《自然》杂志的封面，画着一个巨大的沙漏，上下部都装着大脑，沙漏上部的大脑纹路清晰，结构基本完整，正不断分解成细沙漏入沙漏下部；在沙漏下部，细沙再次聚拢为初具形态的大脑。这意味着，随着时间的推移,一个旧的大脑在死去,而新的大脑正在生成,大脑的死亡正在逆转××××××××××××××××××××××塞斯坦团队的猪脑'复活'实验意味着××

"死这件事,真是难说。生病、衰老、车祸、地震、洪水……这些导致的死,让人死得明明白白,毫无办法;但那些主动选择的死,真让人想不明白,在旁人看来,他们明明过得挺好,为什么会选择这条路呢?"这些话,是在川菜馆度过的那个遥远的夜晚,学姐俞琬之说的。那时她还没喝多,还没说起死去多年的老周。拨开死亡的迷雾,我又看见她轻蹙眉头,端着一杯白酒轻轻摇晃着的样子。我心里有什么东西,也轻轻地摇晃着。

"未知生,焉知死? 反复谈论我们谁都不曾经历的死,又有多大意义呢?"这话是学长宋志说的。他是山东人,常把圣人挂在嘴边。停了一会儿,他像是在反驳自己,又像是在反驳圣人:"可是,当死真正到来了,圣人心里也会不平静。'天下无道久矣,莫能宗予。昨暮予梦坐奠两柱之间。'这样的梦,多少有点儿绝望。就是一向豁达的陶渊明,快要走到人生尽头时写下的《自祭文》里也说,'天寒夜长,风气萧索,鸿雁于征,草木黄落。'听来难免哀伤……"

我们三人围坐在一张圆桌边,学长宋志发表这番议论时,学姐侧过身子盯着他,脸色酡红,眼神有光,手肘支在桌上,仍端着那杯白酒,微微地晃荡着。我看看学姐的酒杯,又看看宋志,等着他讲下去。

"历代哲人,没几个不被死这件事困扰的。蒙田干脆说:'探讨哲学就是学习死亡。'你俩虽然不是哲学系的,总该听过海德格尔近百年前完成的《存在与时间》吧？这书又晦涩又厚，说实话，我是跳着读的，虽然没读完，但我大概明白他想说的主要意思了，'存在即时间'，也就是说，只有我们存在，时间才存在，一旦我们死了，时间就结束了。没有哪个人的生命不是有限的，在这有限的生命里，找寻出意义来，才能最终完成自我……"

"听起来怎么那么鸡汤？"学姐笑。

"哎……"学长叹一口气，"好像是被我说得鸡汤了一点儿，但道理是这个道理。和海德格尔同年出生的维特根斯坦也有类似的论述——至少在我看来是有些类似的，他说：'死亡不是生命中的事情：我们不会活着体验死亡。如果我们把永恒解释为不朽而非无限的时间，那么永恒的生命属于那些活在当下的人。我们的生命没有终点就像我们的视野没有界限。'"

"维特根斯坦说得真好，虽然我觉得他是在诡辩。"学姐将酒杯从左手换到右手，仍旧支在桌上的左手托着脑袋，手指颀长白皙，更衬托出绯红的脸。

"维特根斯坦说得对啊，"我第一次插话，"我们活着，才能感知存在，我们死了，就什么也不能感知了，那我们又怎么会知道'死'呢？既然我们不能感知'死'，那么对于每一个死去的人来说，'死'就是不存在的。'死'只是别人的判断。何必在意别人的看法呢？"说着说着，我有些不知道自己在说什么了。

学长学姐转过脸来，都有些意外地看着我。

"你还真是一鸣惊人呀，"学姐说，眼睛闪着光亮，"不过，你到底想说什么呢？我怎么越听越糊涂了。"

我脸上热辣辣的，一定是满脸通红了。

"你别逗小高，我觉得他说得挺好的呀。"学长看我一眼，转而看向学姐，"就因为对死亡有如此通达的看法，海德格尔和维特根斯坦对待死亡，都很平静。海德格尔过世前的最后一个冬天，他的朋友海因里希·佩泽特去看他，离开的时候，海德格尔扬起手说：'佩泽特，我大限将至。'几个月后，海德格尔在睡梦里过世了。"学长停了停，又说，"维特根斯坦虽然比海德格尔少活了二十多年，但他面对死，一样是很平静的。生日那天，他晚年的挚友贝文夫人送了他一条电热毯，跟他说：'祝你长寿'。他凝视着贝文夫人说：'我活不成了。'贝文夫人说，朋友们第二天会来看他，他说：'告诉他们，我度过了美好的一生。'如果我临死前，也能对人说这样一句话，那我这辈子，也就值了……"学长脸色红润，眼神迷离，似乎沉浸在对未来的想象中。

"你把死说得太抒情了。"琬之说。

"如果总觉得死是一件极其可怕的事，那么，我们岂不是每天都活得心惊胆战的？马可·奥勒留就说：'你为什么要为生命的长度担心呢？'在他看来，活着就是接受自然的赐予，就该蔑视死亡。只有那些无能力活在当下的人，才会恐惧死亡。'在命令你前进的死神的微笑中，带着你的笑脸，继续走下去吧。'"学长右手高高扬起，做出一副朗诵的腔调，我们都笑了。

"再比如刘伶，那是多潇洒的人啊，'常乘鹿车，携一壶酒，使人荷锸而随之，谓曰：死便埋我'。我以前背过他的《酒德颂》，现在是只能记住其中几句了，'兀然而醉，豁尔而醒；静听不闻雷霆之声，熟视不睹泰山之形，不觉寒暑之切肌，利欲之感情。俯观万物，扰扰焉，如江汉之载浮萍；二豪侍侧焉，如螺蠃之与螟蛉。'听听，这气概！看来喝酒还是好啊。"学长咂吧咂吧嘴，停下了长篇大论。

"不知道快死时，是怎样……"我被这些长篇大论弄得头晕，转了话题。

　　"谁知道呢？活着的人都没死过,死过的人都活不回来了。"学长笑,我们都没笑。稍停,他接着说:"蒙田活了六十岁,在真正的死到来前,他经历过另一次死。有一次,他在离家不远的地方骑马,他的一位仆人骑马从远处跑来,两人两马猛地撞在一起,蒙田后来回忆这一刻,说:'我感觉一团闪亮的火焰正在震动撞击着我的灵魂,在那一刹那,我从另一个世界回来了。'不过,我觉得这应该算不上真正的濒死体验,这不过是被撞晕了,又恢复过来罢了……"学长自言自语,停了一阵,回过神。

　　"就像你刚才说的,刘伶喝酒可以练习死亡,"学姐俞琬之笑着说,"我觉得吧,喝醉了,断篇了,也是一种濒死体验。那样无知无觉,恍恍惚惚……等清醒过来,什么都不记得了,投胎转世也不过如此吧。"

　　"我是体验不了这种感觉了,更何况,我是无神论者。"学长笑一笑,"有人问休谟,一个无神论者想到死会不会恐惧? 休谟说:'一点也不,我甚至从来没想过它。'那人又问,来生是不是存在呢? 休谟说:'如果有来生,那么一片木炭放到火上就无法燃烧了。'休谟对所谓的灵魂不朽,是持怀疑态度的:'通过什么样的论据或推论,我们才能证明那些根本没有人见过的东西是存在的呢? 人们甚至连与之类似的东西都不曾见过。'"

　　"你们这些无神论者啊,真是无趣。"学姐白了他一眼。

　　"不是我们无神论者无趣,而是现实就是这么无趣。你不觉得,只有认清这么残酷的现实,才更能感受到生死的温柔吗?"

　　"说到濒死体验,我想到刚看的一则新闻报道,"学姐没接话,仍旧回到刚才的话题,"'濒死'这概念是上世纪七十年代中期一位医生提出来的,说的是人在身体上死了,比如呼吸、心跳停止,脑电波消失后,体验到的感觉。二十一世纪初的时候,医学杂志《柳叶刀》上发表过一项调查,调查了三百多位心脏骤停后抢救回来的病人,其中一小部分仍然记得自己处在'濒死'状态的经历,他们讲述的体验大概可以分成四类。第一类是我们经常在电影电视里看到的,说是濒死之时,会感觉到自己分裂成两个,一个躺在床上,一个轻飘飘地浮起。那个浮起的自己,就是所谓的'灵魂'吧? 这个'灵魂'是完整的,不仅肢体残缺的人,他们的'灵魂'是完整的,那些盲人、聋子和哑巴,他们的'灵魂'也是完整的,甚至更完整。盲人会看到平生未见的绚烂色彩,聋子会听到平生未闻的奇妙音乐,哑巴能唱出这世界上最美妙的歌声。第二类也是电影电视里常见的,濒死的人有可能看到自己的一生,那些去过的地方,经历过的美好时刻,那些爱过的人,都会在一瞬间蜂拥而至。第三类呢,如果你有信仰,会看到遥远的地方有一束光,穿过漫长的黑暗隧道,会在光里看见佛陀、上帝或先知,他们会对你微笑,仿佛一直在耐心等着你到来。而给我印象最深的,是第四类,说是大概有三分之一的人,会看到整个的宇宙。恢宏的星座、巨大的星体、神秘的黑洞、绚丽的流星,都会扑面而来。这真是美好啊,我失眠的时候,经常会想象这样的景象,宇宙运转,仿佛发出震耳欲聋的轰响,又仿佛寂静无声,让人体验到从未有过的满足和安宁……"学姐的语调越来越舒缓,最后眼里噙着泪水,怔怔地看着边上有些脏的玻璃窗,窗外是夜色里的几棵悬铃木。

"学姐把死说得像是……桃花源,"我头脑里忽然冒出这念头,"'林尽水源,便得一山,山有小口,仿佛若有光……初极狭,才通人。复行数十步,豁然开朗。'这还挺像濒死体验里的第三类的,遥

614

远地方里有一束光,穿过漫长的黑暗隧道……这么说,《桃花源记》里写的都是死人啊……"

"哎呀,你这么一说,还真是……"学姐眼睛里一亮。

"渔人进入桃花源,是桃花谢时,那不就是清明前后吗? 他看到桑树,这是墓地里的树;看到里面的人'男女衣着,悉如外人'。这怎么可能呢,按说那儿的人都是秦末避居桃花源的,应该是秦末的服饰才对,莫非他们的衣服,都是后人烧给他们的?"我沉浸在这忽然出现的想法里,越想越觉得是这么回事儿。

"这么说,那桃花源里都是鬼……怎么听起来有点儿瘆人?"学姐抱着两手,忽地一阵儿战栗,下意识地朝窗外瞥了一眼。

屋外夜风萧萧,悬铃木的枝丫轻轻地晃动着,一片枯叶在昏黄路灯光里静静飘落。三两行人走过,转脸望向屋内,让我惕然心惊。

"所以苏格拉底是对的,或许只有死了才能找到真正的桃花源。那渔人带着活人去找,自然徒劳无功。"学长笑一笑,打破了沉默,"苏格拉底受到诬告,说他腐蚀雅典青年,不敬城邦之神,最终被判死刑。你们猜他怎么说的? '它或者是一种湮灭,死者不会再有任何意识;或者如有人所说,它是一种真正的转变:灵魂从此地迁徙到彼地。现在分手的时候到了,我去死,你们活着;究竟谁过得更幸福,只有神知道。'"学长又是一副朗诵的腔调。

静了好一会儿。学姐支在桌上的手歪向一边,她的脸也跟着歪向一边,几乎贴到桌面了,眼睛眯缝,觑着学长,目光里闪烁着几点星光。

"大才子,课还没讲完?"学姐无声地笑。

"嗐,我就瞎说说,这两天刚好看了本书,《哲学家死亡录》。"

"哲学系的,果然不一样。说起话来引经据典,一套一套的。"学姐眼睛里都是笑意,脸颊红得要沁出血来了,直了直身子说,"不过啊,你有一点说得肯定不对。你说你酒量差,所以体验不了断片是怎样的,那就错了。酒量差,才更容易体验断片啊。不信,你试试?"学姐笑着,朝学长递出酒杯:"再喝一杯!"

又喝了几杯,他们似乎才想起还有我这学弟在一旁看着呢,一齐转过脸来,定定地盯住我。"小高,你倒是说说。"学长说。"对,你刚才那段话,都把我绕晕了。"学姐笑靥如花。

"我哪有什么好说的。"我脸上又是热烘烘的。就是在这一瞬间,平日里一个模糊的想法忽然就成了形了,我说:"我只想说,我是早早就下定决心了,我不能病死老死,也不能因意外而死。"

"你果然是语不惊人死不休啊。"学姐看着我,眯缝着的眼睛里依旧闪烁着光亮,"可是,为什么啊?"

"自己的命运由自己把握,比如很多年后得了重病,或者衰老至极,我肯定会在最后的时刻到来前选择自杀。我不愿意等待着被'死'选择,一定得是我自己选择'死'。这样的话,对我来说,死就永远不可能成为一个威胁,因为最终的死是我选择的,那么,我只要活着,就没必要因为死而感到丝毫恐惧。"

我看到学长学姐挨在一起的酡红的脸,犹如深幽的泉眼里倏然涌上来的两朵湿漉漉的红花——这一幕是如此深地印在我心里,但那时我怎么也不会想到,许多年后,我会在一座热带孤岛上想起这一幕,想起我说过的这些话。

穿过漫长的黑暗的隧道,尽头仍然是黑暗。在隧道里,黑暗是逼仄的挤压和壅塞,是推排不开的泥土的潮湿闷热。如今扑面而来的黑暗是突然爆开的空旷,一直被压迫着的内心转瞬间放松了,猛地觉着屁股砸在又冷又硬又湿的地上,下半身消失了似的,只剩下心跳如同被大风吹拂的烛火般战栗。高近寒下意识地往后靠一靠,背后是滑腻的石壁,疼痛犹如黑暗里的火光,照亮四肢百骸。喘息了好一会儿,所有关于存在的感觉才慢慢回来了。

嗅到一阵阵海水的咸腥味儿,听见滴水声或远或近地传来,滴答,滴答。睁眼看远处,仿佛若有光。又过了一会儿,眼睛适应环境,黑暗犹如团团纠结的花朵,慢慢打开了。这儿是一处空旷的溶洞,无尽黑暗都在朝那一点儿光亮奔涌。

挣扎起身,往那朦胧光亮处走。将手中的东西往地上一杵,咔嗒一声断了,差点儿再次摔倒,凑近了看,握在手里的,竟是一截灰白的胫骨。

他唬了一跳,出于本能,随手即将骨头撇到一边。骨头撞在石头上,发出轻脆的声音,弹开后又落到别的石头上,接连弹了几次,才听到落水声。这一连串声音消失后,洞里更安静了。

心里却不安静了,这空旷的黑暗给人另一种恐惧。这骨头是那日本兵的?那刚才自己见到的究竟是死人还是活人?活人,显然不可能;死人,同样不可能。毋宁说这是一只动物。一种科学目前难以解释的动物。他努力让自己镇定,想起小时候,他听老人们讲过的发生在老家的抗战故事,日军的凶残,曾让他恐惧不已。如今他见到的日本兵,却似乎不是一个满怀邪恶的人,只是一个麻木不仁的人。麻木不仁,是比满怀邪恶还要可怕的。原来要驱动那么多人走上不义的战场是很容易的,原来很多人是不会以他人的生死为念的……他们只是动物。胡思乱想中,喘息慢慢平息了。他晃一晃脑袋,想要让脑袋变得清爽一些。然而,脑袋变得清爽的结果是他再次感觉到处境的恐怖了。

到处无所依傍，手中连一根木棍都没有，万一有什么在身后出现呢？除了防备身后，还得小心脚下，脚下是大小不均、高低不平、或圆或方的石头，石头湿滑无比，石头间有无数罅隙，一旦将脚陷入其中，擦伤或骨折都是可能的。想到这些，他蹲下身子，摸索着石头，半跪半爬。即便如此，手脚仍有几次扭伤了，擦伤了。他滑下一块大石后，忽觉脚下松软，是一片沙滩，沙滩潮润，浸出水来，蹲下身子，借着朦朦胧胧的光亮摸索过去，竟有一片沁凉的水。会是淡水吗？他实在渴得太久了，刚才在湖边吞下的那些雨水并没起太大作用。他双手捧起水，喝了一大口，口中如掀起一场洪灾，真是淡水！接连喝了几大口，才猛地想起，不能乱喝野外的水啊。怎么竟然忘了?！可惜到了这时候，理智已是一张薄纸，轻轻一捅就破了，他反倒破罐破摔地又喝了几大口。

水面晃动着淡淡的乳白色辉光，隐约照见水边一件枯枝样的东西，是他刚才扔出的那根胫骨。他没觉得恐惧，反倒如见故人，将枯骨捡起，重新攥在手中。走了一阵，发现两侧山石高耸，仿佛走在峡谷之间。不时有水从洞顶滴滴答答落下，渐渐地，一半因为这滴水，一半因为出汗，身上都湿透了。有风从峡谷尽头吹来，冷得直打哆嗦。走着走着，似乎走的是下坡路，黑暗之中，那一团朦朦胧胧的光忽焉在前，忽焉在后。这怎么跟在地面上时一样？高近寒又是担忧，又是厌烦。如此境地，甚至不如在树林里，那时还能靠蛮力闯一闯，现在如何能够在黑暗里爬上两侧的峭壁？再说，爬上去也没用啊。只能顺着峡谷走了。快走一阵，慢跑一阵，心中越来越不安。

经历如此漫长的奔波，不知现在是什么时候了？或许等天亮了，能够有光照进这山洞里来。既如此，不如索性在这洞里睡一觉，等天亮了再走。这么一想，更觉眼皮滞重，两腿酸软，靠在一处凸出的石头上，略歪了一歪，朦朦胧胧，只觉得全身都燃烧着疼痛的火焰，睡眠则是熄灭这一切的水，无比凉爽地包裹着他。这时，一个声音告诉他，睡吧睡吧，睡一觉起来再说；另一个声音则告诉他，还不是睡觉的时候。这两个声音在头脑里争斗，猛然一挣，他醒来了，浑身战栗，眼睛睁开，看到峡谷尽头，一团毛茸茸的光亮。

从那光亮里，一个黑点渐渐大了，近了。

是那野兽，还是那日本兵？他说不清楚内心是忧是喜，但很快，他发现自己错了。那确实是一个人，但不是日本兵。那人高大，削瘦，两肩高耸，脑袋略略偏着，满脸虬髯，头顶挽一个发髻，风从他后面吹来，将他的一缕头发吹乱了。那人不言不语，不紧不慢，越走越近。

"谁？"高近寒的声音像薄铁片般战栗着。

那人不答话，脚上似乎穿的是一双很大的布鞋，脚步声扑嗒扑嗒，扑嗒扑嗒。那团朦胧的光将其身影勾勒出来。高近寒看到，那人右手握着一根长长的东西，一下一下敲在石壁上，铮铮然作金石声。走得更近了，那东西一仄，泛着银光，犹如一道冷寒的闪电，匆匆掠过他脸上。竟是一柄剑！他吓得声音都哽在喉咙出不来了，想要往回跑，只是这黑咕隆咚的，往哪儿跑呢？再说，这一夜奔波，他早已耗尽体力了，只能攥着那根胫骨横在胸前，身体往后缩，恨不得嵌进石缝。那人越走越近，身影越来越高大，几乎将全部的光遮住了。他心中的恐惧膨胀到极点，两手下意识地抓住石头的凸起，掌心被石头的锋刃抵得生疼。

那人到面前了，用看不见的面孔上看不见的眼睛，穿透黑暗的空间，直直盯着他。他的心跳，仿佛被拘禁在胸腔里了。

"你，什么人？"那人竟先开口了。

声音不大，低沉里有一种坦荡的力量。这简单的问题，让高近寒有些摸不着头脑。刚到这岛上时，他以为，这岛上除了自己，就只有星期八，而星期八是算不得人的。现在呢，忽然冒出来一个二战遗留的日本兵，又冒出这么一个打扮古怪的虬髯大汉。这是本地居民？工作人员？观光客？还是……那人见他不言语，头往另一边歪了歪，似乎在认真打量他。

"很多年没人到这岛上来了。"那人叹息一声。

听这语气，来人是没恶意的。只是，这人是谁呢？

"我在石壁上面，看你许久了。"来人说，"你这样是走不出去的。"

那人瞥一眼高近寒，从他身边经过，继续往他身后走。走过去了，原本在他身后的光又莹莹地亮起来。高近寒看到光照着他后背，乌暗里混杂着鲜亮，在周围一片冷峭的山石间，显得尤为生动。

"跟我走吧，"那人淡淡地说，"我带你出去。"

那人停下脚步，回过头来，看着高近寒。高近寒看到他身上浮动着一团光，面若金佛，皱纹深镂，虬髯凌乱，头顶盘着的发髻也很乱，在两侧脸颊曳出许多乱发来。再看他身上敝旧的灰色长衫和脚上黑色的朝靴，分明不是当代人。这倒像是……高近寒在记忆里搜索，想起小时候看过的电影里的"黄河大侠"，觉得十分相像。心想，这真是咄咄怪事了，看来这岛真有些古怪，忍不住去摸一摸身边的石头，一切冷硬真实得不容置疑。

"这儿就像迷宫，没我引路，谁也出不去的。"那人说完这话，顾自往前走了，那一团光在他背上一跳一跳的，火苗似的，跳上他的后脑勺，转瞬熄灭了。高近寒吓了一跳，慌忙跟上去。

黑暗而逼仄的峡谷，犹如巨蛇，将那人吞没了。高近寒循着他的足音，深一脚浅一脚地跟随。这几乎是又回到地下通道里的情形了。那人扑嗒扑嗒的脚步声，犹如一根绵软的绳索，牵引着他往前走。走了没多久，眼前更暗了。

"我们是不是走反了？"高近寒紧跟两步，"应该朝有光的方向走吧?"

那人不答话,仍是扑嗒扑嗒地往黑暗深处走。高近寒无法,只能跟上。为什么一定要跟上呢?不如此时转身,仍往光亮处走?这念头只在心中一闪,很快被一只无形的手掐灭了。那人身上有一股巨大的力量,吸引着他。黑暗越来越深,他只能不断摸索着石壁走。路没完没了,再没见到一丝光亮。他心中忐忑,几番后悔,却始终跟随着走下去。他反复问那人是谁,那人只是不答话。相比那日本兵的饶舌,这人的沉默更让他心中忧惧。

洞穴阴冷,石壁滑腻,一不小心,脚步踉跄着,摔在一个水坑里,咔嗒一声,手中攥着的枯骨断裂了。嘴里一股血腥味儿,他抿了抿嘴唇,是嘴唇撕裂后沁出血来了。血腥味在嘴里如烟花般接连爆炸。此时,他已身心俱疲,歪坐在小水坑里,站不起来,也不想站起来了。他稍微挪动身子,移到一处干爽些的地方,背靠石壁坐着。如今想来,仿佛大海、孤岛、高塔,通通都是假的,唯有这结结实实的石壁和结结实实的黑暗才是真的。

这孤岛是一只吞噬人命的巨兽啊!他已经想到,那三个巨大的回环是巨兽的尾巴,却没想到,那高耸的高塔原来只是孤岛的触角,而路边那些地下通道入口,正是孤岛的嘴巴。是他千里奔赴,自投罗网,现在,他是来到孤岛的胃里了。他想起自己说过的话:"不愿意等待着被'死'选择,一定得我自己选择'死'。""肯定会在最后的时刻到来前选择自杀。"那么,现在,时间到了吗?

原以为到这海中孤岛,他是来救人的,即便救不了,至少,对于"死"来说,他是旁观者。哪里想到,忽然会轮到自己呢!无尽悔恨和不甘涌上心头。他仰起脸,望着望不见的洞顶,有水落在他脸上,一滴,又一滴。他又挪了挪位置,双手环抱,将脑袋埋入其中,胸口起起伏伏,抽抽噎噎地哭了。

"走吧。"那人站在不远处,淡淡地说。

他仍旧沉浸在自己的哭声里。

"大丈夫立于天地之间,这么哭哭唧唧的,成何体统?!"那人斥道。

这半文不白的句子,让他一怔,抬眼望去,只能从黑暗里隐隐看出一个人影。

"你到底是谁?"高近寒哽咽道。

"你不过走了几步路,一时被困住了,算得什么? 就这么哭唧唧的! 我中国儿郎都像你这般,越来越不成器了吗?"那人恨恨道。许久,又说:"想当年,我的遭际,比起你现在的,凶险、绝望何止百倍?"

高近寒努力按捺住不断往外窜的哭声,望向那人。那人犹如一座坚不可摧的黑塔立在黑暗里,也正回头望着他。

"那是祥兴元年了,正月贼兵破重庆,四月端宗崩,又听说,文天祥在海丰五坡岭被张弘范俘虏了。紧接着,张弘范率军两万,对朝廷三面包围。想不到,天下那么大,竟然也有走到头的一天。挡在前面的,不是一条河一条江,而是汪洋大海。海水滔滔,哪里才是路呢? 我是一路奔走啊,这时候,只能命兵士就近搜罗船只,用大绳索连贯了,将朝廷搬到海上去,让官家的船居于中间……"

高近寒听得糊涂,祥兴元年? 这都多少年了?

"贼兵火攻不成,将我们砍柴汲水之路断绝了。张弘范又俘虏了我的外甥,想要招降我。我哪里肯降? 正月的时候,张弘范就让关押在其军中的文天祥给我写劝降信,听说他写的却是一首诗:'人生自古谁无死? 留取丹心照汗青。'只要有一口气在,我就不会让朝廷的命脉断绝……这中间的事,说上几天几夜也说不完……"那人慢悠悠说着,声音低沉，一字一句，均有千钧之力，"后来，我寻思着，就是汪洋大海，也要趟一条路出来，让朝廷有个安身处。转眼来到祥兴二年二月初六，忽然听得蒙军鸣金收兵了，我们已经累极了，都松一口气，瘫坐在甲板上。突然，却见蒙军战船全速朝我们驶来，大战骤起，刀枪箭矢封住了每一条活路，没有一艘船是完整的了，没有一艘船底下的海水不像沸水一样翻滚。到处是喊杀声，哭骂声，呻吟声。听说文大人就在对面敌船上被迫看着这一切，我没看到他。那时候，我正率军血战，握着剑柄的手，不知何时流血了，黏糊糊的。忽然，有消息传来，左丞相陆秀夫到龙船船舱内，朝官家行了礼，说：'国事至此，陛下当为国死，德祐皇帝已遭屈辱，陛下不能再受辱了。'陆大人背负官家跳海而亡了。这些话，是我后来听人说的……"

那人顿然止住话头，良久，才说："是我将朝廷移到崖山，是我主持立卫王为帝啊。那年，官家才八岁。那天，我赶到龙船边时，太阳从海上升起来，风浪停歇了，那么多尸首无声无息地浮在海面，二十万人……"

"你不会是太傅……"高近寒惊讶得无以言表。

"官家没了，朝廷没了，哪里还有什么太傅？"那人苦笑两声，"那几日，真是万事繁乱，到处是刀剑撞击声、喊声、哭声、水声、风声。我南来北往征战多年，从未见过那样的场面。惨不忍睹啊，真是几天几夜也说不完……"

"你是张……世杰？"高近寒两手撑地，费力坐直身子，望着那大汉，"怎么可能？我们学宋史时，有两节课专门讨论过崖山之战，后来我的毕业论文也写的这个。当年宋军集中在海上，实在是个大失误，如果……"高近寒意识到这些话不妥，忙闭了嘴，心想那人会不会生气。

那人不语。许久，听他长长叹息了一声："很久没听人说过这个名字了。张世杰？听起来像是一个有点儿熟悉的陌生人。"

高近寒满脑袋迷乱，对这一切将信将疑。或许是这些地道啊、山洞啊能储存画面和声音？因为温度、湿度或磁场恰恰好。这让他振奋，或许这人真是宋末帝的太傅张世杰？他的好奇心被勾起来了。

"走吧，不说这些了……"那人淡淡地说。

那人又往前走了。高近寒本已近乎虚脱，此时，身体最深层的力量似乎被激发出来了。他两手撑住石壁，艰难起身，循着脚步声跟上去。那人的脚步声是一根无形的绳子，拖拽着，也指引着他前行。那人靠什么前行呢？这么想着，黑暗里有光闪烁，同时传来铮铮之声，是那人挥动手中长剑砍在石壁上。或许，那人正是借助这短暂而耀眼的光亮看清前路？

"后来呢？我记得书上说，宋末帝被张弘范的兵士发现了，但他们只取走他身上的玉玺，他的尸身仍旧留在海上。"

"后来……"好一阵子，那人的声音悠悠传来。

然而那人迟迟不语，仿佛没有后来。

"我们这是要去哪儿？"

"你，不是要出去吗？"脚步声停歇，那人似乎转过身来看着他。

高近寒不语。光想着问他"后来"的事了，倒真是忘了，此时最要紧的，是要出去啊。他扶着石壁，一瘸一拐，咬牙紧跟着。时而上坡，时而下坡，分不清是在往岛外走，还是往岛的更深处走了。

几点光闪烁，眼前渐渐明亮，渐渐开阔。天上云团低垂，有的挨着近处的海面，有的横在遥远的海天相接一线。看不见太阳，世界在灰色里起伏。他渐渐觉出，自己是坐在一艘小船上，颠簸在暗黑的海面，海面迷雾重重，时而厚重，时而飘忽。不多时，迷雾散开，豁口处陡然露出一艘艘朦胧巨舰，还有许多渔家小舢板。大小船只，要么缺损了一角，要么正燃着大火。船上旗帜猎猎、浓烟滚滚,烟不全是黑的,还混杂着血色。船边的海水,静如镜面,镜面的颜色也是驳杂的,蓝里混合了红,红里掺入了紫,紫里间杂着黑。喊杀声、哭骂声、呻吟声不断,渐渐地,随了一阵阵风吹,去远了。

天地之间,陡然静了。大小各色残损船只,静静浮动,静静下沉。寂静如铁板似的天,严丝合缝地笼罩着无边海面。

收回目光看近前,高近寒是坐在船尾,面前十来名兵士,个个甲胄割裂,粗布衣服浸出血色,黝黑的手臂青筋毕现,附着一层白霜,不知是汗水还是海水晒干后留下的盐粒。兵士们正挥动着手臂划船,船桨带起的海水一再溅到他脸上,他们似乎看不见他,而他虽然看得见他们,却听不见他们发出的声音。他的目光越过众兵士,看到最前面立着一个头领模样的人,背影高大壮硕,半立着身子,左手挂剑,右手搭额,时时往海面眺望,侧过脸来时,正是引领自己在山洞里行走的张世杰——刹那间他有些恍惚,不知自己是在山洞里呢,还是在海上。

过了一阵子,小船边的海面漂浮着的东西越来越多,破木板、破旗杆、破箱子、破衣服、破鞋子,渐渐地,开始出现尸首。

大多是兵士,也有不少百姓,男女老幼,无一不有。无一不是面色苍白,表情呆滞。尸首越来越多,多得堆在一起。海面不再有波浪翻滚,只有这些尸首,静静地浮动,似乎只要风再大一些,尸首的浪涛便会扑过来,将他们的小船掀翻。他并不觉得害怕,只是不忍再看,闭了眼,好一会儿,心跳平缓下来,再睁开眼,扶着船帮往下看,发现就连海面以下,也全是尸首。他们悬浮着,其中不少都朝海面仰着脸,伸着手,不上,也不下,像是睡梦之中的抹香鲸。耳目所及,没有声音,没有动作,唯有他们这一艘小船,孤魂野鬼般,在这布满死亡暗影的海面游荡。渐渐地,所有兵士都停了手中的动作,任由小船在浪涛之中浮荡。

天上的云缓慢地挪动，迟迟地，裂开一道口子，一轮红日缓缓露出，日光如柱，直直捣入海面。静谧之中，恍惚有宏大的乐音。海面明暗交错，尸首们仰着的苍白面孔被日光涂上了一层金色。日光缓慢移动，光影变幻，生动无比。尸首们只是静止，无声。他看看船上兵士们死灰似的脸色，又看看海面那一张张栩栩如生的脸，脏腑之中，翻涌不息，脸上更不知该作何表情。兵士们不再用桨橹划船，都探出身去，用手轻轻拨开那些尸首。他看着尸首们静静地退后，让出一条路来，并沉默着，目送小船往前荡去。

暮春时节，日光里仍渗透着寒意，更有风不断吹拂。小船在忽冷忽热的海面来回移动，船艄的张世杰，连同兵士们，都往尸首堆里探看。似乎有喊杀声传来，他们抬起头望一望，又低下头继续寻找。忽然，有兵士站起，伸手遥遥一指。众人往那儿望去，一艘大船边显出一点儿黄色。众人似乎喊了几声，都俯下身，伸手奋力划水，尸首们很配合地让开道路，并合力将小船往前推去。不多时，他们来到那一点儿黄色边。高近寒看到一个四十来岁的文官，面颊清癯，胡须凌乱，怀抱着一个黄衣小儿。黄衣小儿将脸埋在男人怀中，露出的侧脸比一般人更显白净。

小船缓缓停住了，众兵士和张世杰跪在船上，面孔扭曲着，眼目血红，纷纷滚下泪来。张世杰跪着趴在船艄，急急划水，将船艄靠得更近了一些，不敢相信似的，跪着后退两步，连连磕了几个头，两手先是捶打船帮，继而举起做咆哮状。如此乱了一会儿，众人忙忙将船靠近，张世杰和两位兵士探身出去，将黄衣小儿和中年人拽起。海水不分彼此地从两人袖口、长衫的下摆哗啦啦流下，濡湿了船头的甲板，呈现一片黑色。两人躺在这片暗黑之中，仍旧紧紧抱在一起，乍一看，像是一位父亲抱着幼子。几人小心翼翼地试图将两人分开，不想一时用力过猛，船只倾侧，两人一齐向右滑去，众人忙伸手去拉，只拽住黄衣小儿的袖子，那中年人又落进水里了。重新将黄衣小儿在甲板上安置好，回头看水里，那中年人正直直地缓缓下沉，两手上举，做出搂抱状。海水墨蓝，犹如暗夜。张世杰和几位兵士伏在船沿，眼中落下泪水，滴滴答答洒在海面。

这一切都是静默的。虽听不见声音，却看得见远处烽火正盛，可见战事仍未结束。能让张世杰冒如此大险，穿过死人堆一路寻来的，难道是……就在这时，一声呼喊如裂帛，突破声音的屏障传到耳中："君实兄……"这是张世杰的声音，后面的声音，又消失了。高近寒心思疾转，方才彻底明白过来。

那沉入水中的中年人是陆秀夫，甲板上躺着的小男孩，是宋末帝赵昺。

高近寒心中大震，眼前就是崖山海战的战场。他看到张世杰在小皇帝身上找什么，又往捞起小皇帝的地方看。看样子没找到东西。他们聚首议论了一阵，张世杰指了指远处战火正盛处，众人往那儿望了望，似乎都在长吁短叹。高近寒想告诉他们，他们想要找的传国玉玺，早被元兵找到后交给张弘范了，苦于无法出声，只能看他们徒劳地到处翻找。

众人为小皇帝擦洗干净遗容，整理好衣冠，停放在船头甲板上。都随着张世杰，先长揖，再跪拜，反复几次，各各洒泪。之后，再朝四面八方的尸首长揖、跪拜，反复几次，竟至号啕。许久，众人哭累了，相互扶持着，重新回到原位，竭力划动船桨，小船慢悠悠地离开战场了。

船行了一阵儿，眼看离开战场了，大家停下船，万般不舍地回头看，远处大小战舰随波逐流，浓黑的烟柱高高腾起，如一幅残破的千里江山长卷。这时，小船边还有很多尸首，都悬置在海面以下两三米处，皆如刚沉入水中的陆秀夫那般，挺立身子，两手上举，仿佛要抱住什么。有日光一缕缕射入水中，海面轻漾，他们苍白的脸上便浮动着水光。兵士们都趴在船边往下看，在这生与死的对视中，没人再哭泣，都沉默着，面色冷硬。

高近寒也低头往下看，有一刹那，他想起在侯总办公室和高塔楼上见到的那些佛像——侯总说，那些佛像是从崖山古战场打捞上来的，但这儿哪里能见到佛像呢？有的只是这些被死亡紧紧攫住的一具具肉身凡胎。

众兵士加快挥桨速度，不知过了多久，总算离开战场了。

倏忽间，天色突变，黑云滚滚，大风骤起，波浪翻涌，小船犹如草芥，海面犹胜汤锅。大家紧张起来，奋力划桨，仍把控不了方向。慌乱间，迎面撞来几艘大船，船上服色不同，显是元兵，人人持弓执矛，盾牌闪亮。大船上的人显然是发现小船了，或许也发现了小船上躺着的小皇帝。大船底下，早有几艘塞满元兵的小船，离弦之箭般激射而来。张世杰回转身，催动兵士调转船头突围。兵士们一拨划船，一拨举起长剑和弓箭。人人脸上红的红黑的黑，分明才从烈火焚烧的战场出来不久，此时，面对百倍于己的敌人，只能奋力一搏了。

高近寒如透明人，只能干看着，使不上劲儿。转眼间，敌我短兵相接，呼喊声震天——虽听不见，却见得双方狰狞的面目和大张的嘴巴。忽然，天降暴雨，雨点连同海水，汗水连同鲜血，攒射到他脸上。一滴冷，一滴热，避无可避，只能迎头承受。一颗心在波峰浪谷间剧烈晃荡，身下的小船仿佛随时会倾覆，心想不久就要葬身鱼腹了。不知何时，手中多了一支桨，他大喜过望，忙俯身拼命划水，只是他从来不曾驾船，慌乱之中更是毫无章法。

过了好一会儿，也不知是怎样的过程，小船宁静下来，几朵黑云泼洒着雨水，朝远处那些大船飘去。他们头顶一派清朗，落日明艳无比，海面仿若水洗过的镜子，点点海鸥如幻影般出现在镜子内外。

小船亦同时在镜子内外滑行。张世杰一手抱着小皇帝的尸首，一手持剑，呆坐在船头。余下四五名兵士，要么一动不动垂首坐着，要么呻吟着，要么望着那几朵诡异的黑云，脸上露出劫后余生的表情。

又有几朵黑云从远处来了。云底下雨水瓢泼，被夕阳映照着，一根根雨线就如一根根粗大的铁链。兵士们不待张世杰吩咐，早拿起船桨。高近寒也挥动手中的船桨，想要将船划到别处去，好避过乌云的路线。然而，那云来得实在迅疾，众人又都筋疲力尽了，搏命似的划了几下，知道不过是徒劳罢了，一个接一个，竟都将船桨搁在船舷，呆若木鸡地盯着那袭来的黑云。黑云压船船欲摧，甲光向日金鳞开，此时此地，众人都知道，时间到了……

剧烈的震动一阵接一阵。高近寒猛然醒悟，自己是走在下坡路上，一不小心滑了一脚，屁股在湿滑的地面滑了好长一段，幸好被走在前面那人拦住了。溶洞顶上有水滴落在他身上，一滴冷，一滴热。他一手撑石壁，一手拄着木棍站起。他想起刚刚在船上握住的那根桨，摇一摇脑袋，才恍恍惚惚想起，手头的木棍，是刚才他手中的枯骨断裂后，张世杰递给自己的。

"我本应该溺死在平章山下的，"张世杰继续往前走，声音低沉而灰暗，"只怕我和官家都难留全尸。我倒无所谓，可怜官家，堪堪八岁……我拼命往船上游，总算带着官家，还有两名兵士，来到这孤岛上。我们权且将官家葬在这山洞里，山洞又深又广，如同迷宫，就算贼兵追来也不怕。"

高近寒心中纳闷，刚才还不言不语的张世杰，怎么如此健谈了。这些真真假假的话，既印证着又超出了他学过的历史知识，让他听来颇有兴味，多少能够安慰黑暗和疲劳对身体的冲击。

"我不甘心，想着岸上必然还有皇家血脉，我们这些在外带兵的，也该振作起来。更让我不甘心的是，指挥贼兵打那一场大战的是张弘范。我们都是河北范阳人，我年轻时，曾投在他父亲张柔麾下，和他很早就认识，我们曾经一起骑马，一起射箭，一起上战场。虽说他从未投入宋军麾下，但他毕竟是汉人啊，怎能带着蒙军追杀汉人朝廷？"张世杰沉默良久，又说，"可惜啊，这岛上缺吃少穿，缺医少药，更没刀剑鞍马，虽慢慢有些旧部聚拢来，我们仍然只能靠劫掠往来船只为生。不久后，外人再不知道我是什么太傅了，都喊我'海盗张'。"

张世杰呵呵两声，像是笑别人，更像是笑自己。

"我堂堂朝廷命官，竟成了海盗？时耶？命耶？几年后的元宵节，我率众悄悄回到过崖山一次。那日夜里，我们乘一艘半大不小的船靠岸了，忽见岸边一块大石，石上刻着几个大字。见四下无人，我们点起火把，照见石上刻着：'镇国大将军张弘范灭宋于此。'我们顿时面如死灰，中心悲摧，无地自容，个个哑口无言。"停了好一阵，张世杰惨然一笑，"更可笑的是，一队巡夜的元军来了，不过一二十人，我尚未下令，船上的火把灭了，同时觉得船头调转了。"张世杰再次陷入沉默，古今相同的黑暗包围着他和高近寒。

"船驶出去很远，来到大海之中，对着天上一轮圆月，我们不禁号啕大哭。有人在船上低声唱歌，大家附和着：

> 东风夜放花千树。更吹落、星如雨。宝马雕车香满路。凤箫声动，玉壶光转，一夜鱼龙舞。蛾儿雪柳黄金缕。笑语盈盈暗香去。众里寻他千百度。蓦然回首，那人却在，灯火阑珊处。

"如此元夕之夜，是再回不去了。天大地大，我们这些人这辈子，只剩这座孤岛了。我们注定要死在这儿了，但我不敢死，我死了，真就应验张弘范那句话了。只要我这太傅不死，大宋朝就还在着……死是什么呢？那么多'死'平铺在海上，也没能让大海升高一寸……"

张世杰这番话迟缓而沉重。

更深的黑暗，更深的沉默，包围着张世杰和高近寒。

高近寒想，从崖山之战到现在，几百年不过弹指一瞬。张世杰没法离开这孤岛了，他或许也没法离开了。在他和张世杰之间，一根无形的绳索联结着，越扯越紧。他不再觉得疲累，疲累已是身体的全部，也就不必感知了。在这疲累的深处，他感觉得到心脏像一团小小的火焰在跳动。他木然地、决然地走着，走着便是全部的意义。当张世杰——或许只是一个疯魔的怪人？——忽然停住，说："到了，前面就是出口。"他内心震动，以为走到世界尽头了。

来不及告别，怪人——或者说是张世杰，在他身边一闪，成为遥远的背景了。脚底打滑，如坠入新生的通道。他匆匆回头望去，那儿只剩一片黑暗，黑暗里隐约透出驳杂的火光，犹似那海战现场……陡然间，那早已远去的寂静画面，迸发出震耳欲聋的吼声、哭喊声、咒骂声，还有枪炮声。

声响剧烈如渔阳鼙鼓，如崩山裂地。高近寒心惊胆战，却挣扎不动。恍恍惚惚，看见海面上一艘艘战舰，风帆鳞次栉比，列队朝岛上扑杀而来。高近寒想退，已退无可退。如此许久，他勉强睁开眼睛又闭上，那扑来的风帆，不过是高低飞掠的海鸥，震耳欲聋的声响，不过是吼猴的叫声。他看过有关吼猴的纪录片，在中美洲的热带丛林，黑色、褐色、红色的吼猴们栖息在高高的树梢，清晨时分，吼声远达数里。高近寒急忙睁眼，莫非这是在中美洲？再次睁开眼来，海鸥们仍在往眼睛里飞，而耳中吼猴的吼声，已置换成浪涛声了。

清晨的日光从岛东面射来,将岛的阴影投在海面,也投在他身上。他这是在岛的西面,海面半明半暗,波光粼粼。一阵寒意从身后袭来,回头望去,不远处即那黑沉沉的山洞,山洞如巨眼,冷冷地盯着他。他躺在几块大石堆簇而成的角落,身下不远处的水面浮着泡沫,海浪涌动,水面起伏,扑嗒,扑嗒,回荡着海水和石头的撞击声。眼看海水浸到他的裤脚,他连忙沿着倾斜的石面往上蹭了蹭。他撑住边上另一块大石,发现手中死死攥着一件东西——不是枯骨,不是船桨,也不是木棍,只是一截灰绿色枯树枝,沉思许久,隐约想起,是昨晚在路边捡的。头痛欲裂,许多事情漫漶不清了——

他进入森林,吃了一种不知名的浆果,浆果熟透了,仿佛经过发酵,一股子酒味儿。没吃几个,他便如醉酒般,转来转去,找不到回高塔的路了,只得沿原路返回,穿过危机重重的森林,在海滩上摔了几跤,好不容易来到山洞边,胃里烧灼般难受,又困倦得厉害,躺一块大石头上睡着了。同时,另一重记忆也浮上来,炊事兵神谷田宽郎和太傅张世杰,巴丹死亡行军和崖山之战,这些事情是梦吗?他似乎从来没想过这些事,怎会凭空梦见?

他撑着身下的巉岩缓缓起身,手上疼,脚上也疼。爬到礁石顶部,立在小岛和大海之间,新鲜的日光拖拽一条明暗交接的分界线,缓慢移到他身上。大海喧响着反复涌来,波浪连着波浪,翻腾着金属的光泽。他久久地坐在大石上,将目光放置在海面,海面涌起,目光随之涌起,海面跌落,目光随之跌落。

此时他已虚弱至极,嘴唇龟裂,浑身疼痛。他相信,现在是白天,他不会再迷路了。只要他想,他随时可以沿着海岸走到沙滩,然后顺利回到高塔。回头望去,塔顶的玻璃幕墙泛着淡淡光芒,那儿有他睡过的床,有他翻过的书,还有取之不竭的食物和水。然而出于一种难以说清的缘由,他没着急回去。

坐在一处高高的巉岩之上,他感觉海风吹向他,也是他在吹向海风;海浪扑向他,也是他在扑向海浪。他看到另一个自己正缓慢地从疲倦不堪的身体里升起,飘飘荡荡,如一朵轻忽的云,俯瞰着自己沉重的肉身。从未有过的平静和安宁。这让他想起和学姐俞琬之、学长宋志喝酒时,学姐说过的有关"濒死"体验的几种类型来了,其中之一,就是这样的。这念头如一根模糊的引线,迤逦而来,在他混沌的脑海里引爆,让他猛然惊觉,自己何止是醉了,难道是要死了?他使尽全身力气,让飘荡的自己下坠,再下坠。那上升的力量是如此强大,他又没有可借力之处,只能朝下扭动着身躯。更有灼热的风裹挟着海腥味儿,源源不断吹来,几乎要将他吹散。他聚敛形神,下坠,再下坠,猛然间,一个浪头打来,借助这瞬间的力量,他犹如一阵暴雨,猛地扑向自我的肉身。

他战栗着,浑身热汗地清醒过来。一道海浪掀起的泡沫落在膝盖上。挣扎着起身,摇摇晃晃从巉岩上下来,瞥一眼山崖上的山洞,抬头望那高塔,在大海和孤岛之间的沙滩上,循着一条绳子样依稀可辨的足迹,跌跌撞撞走回去。

耗尽最后一丝气力,回到高塔内,高近寒飞速饮尽几大杯水。这是怎样的美味啊?!他清晰地感知到,水如何在舌苔的每一个细胞内荡漾,如何进入喉管,如何进入胃部,进入肠胃,如何被肠壁吸收,如何在近乎干涸的血管和只剩下枯焦痕迹的毛细血管里奔突。体内的千里赤地,转瞬间暴雨倾盆,很快就化作千里沃野。他脱光全部衣物,进到浴室,将淋浴喷头调到最大,水流倾泻,他一再用两手蒙住脸,想要辨认刚刚过去这一夜经历的种种。这就是学姐俞琬之所说的断片吗?这一夜在头脑里,大雾弥漫,踪迹虚渺。坚固的真实,随着时间推移而变得虚假,而那些零星出现的记忆,则随着时间推移而越发变成真实。

渐渐地,暖热的水蒸气笼罩着他,他被一种柔软的情感击中,泪水混同热水,从指缝间流出。他抽抽噎噎哭了一会儿,想起那黑暗里的叱责,抬起头来,一束束水流直直激射在脸上,仿佛是一束束明亮的光激射进心里。

离开花洒,擦干净身体,走进卧室,朝一团白色的云朵摔下去。他感觉云朵落了几寸,稳稳地兜住他。不知过了多久,当他从云里醒来,看到自己再次变成一滴焦渴的雨水,几乎被皲裂的土地吸收殆尽了。他费力睁开眼睛,看到送餐机器人推着一杯水来到床边。他抓过玻璃杯,慢慢将整杯水喝尽了,涓涓细流进入身体里的疆土,让之前已然振作起来的草木,更添一层绿意。

时近中午,高近寒才再次醒来。又洗一次澡,吃些东西,倦怠感消失了,然而无以名状的虚空感挥之不去。这是一种比身体的倦怠更持久的倦怠。他在沙发上靠着,闭了一会儿眼,却没睡着。睁眼看到沙发上扣着一本薄薄的书,是他昨天下楼前翻看过的。顺手拿过来,翻开的那页上是一首诗:

有智慧的人在写字,留下暗示/世界必有出口,你必有脱身的时刻/你从海边来,带来咸腥的气味和光/带来死,带来重生和绝望/我复制你,翻转里外/找出密码,等候重来。

读了两遍,他没看懂这暗示。放下书,沿着房间边缘的玻璃幕墙走了一圈,想起高中刚开始写诗那时,他和几个同学成立过诗社,将各自的诗选了几首,做成一本油印的小册子,后来是渐渐不知诗为何物了。几年前,高中同学聚会时,听同学提起他们当年"出书"的事,他简直羞得无地自容。

大海从四面涌来，脚下的孤岛岿然不动。隔着玻璃幕墙望下去，孤岛不过是弹丸之地，看得久了，他忽然觉着，这孤岛实在像极庞然巨物的大脑，正中间一条略宽的大路，将其分成左右两个半球，植物是皮层，曲折回旋的小路是下凹的沟裂。去书架上翻出一本医学相关的书，对照着看了半天：昨天下楼不久后进入的那片沙滩，应该在视觉语言中枢；路边的碉堡和地下入口，大概在听觉中枢；那个山洞，大概在眼球协同运动中枢；他进入森林的地方，应该在书写中枢；那片湖泊，大概在运动中枢；而如今置身的高塔，应该在感觉中枢……以这样一座岛作为大脑，那身躯绝对是庞然大物。

如此"大脑"，每天会思考什么呢？"大脑"中间有一点隐约的光闪烁，是那凹陷的湖。湖面有旋转的太阳和静止的云朵，几点雪粒似的鸥鸟，忽而飞起，忽而栖落，仿佛是思想的溢出物。

慢慢走到那三个巨型回环处，有什么事情模模糊糊浮上心头又隐去了。他不免又想象着自己坐在椅子上，疾速坠下，转过三个回环，钻进大海底下。大海就如一床厚实的被子，沉沉地盖在他身上。然而，这念头只出现了刹那，就被他掐灭了。那闪烁着金属光泽的大海，霰雪似的鸥鸟，是如此可亲可爱。刚刚过去这一夜，他已经扎扎实实死过一次了，现在，他要好好活着。

高近寒将额头抵住玻璃幕墙，玻璃冰冷，坚硬，纯粹，无限接近于虚无。他慢慢伸展两手，又开两腿，整个人如一只大鸟扑在玻璃上，玻璃幕墙仿佛以虚空承载着他。天空，日光，大海，孤岛，还有那么多看得见和看不见的生命，都环绕在他四周，都以全部的爱意与他拥抱，他亦报之以拥抱。

他现在几乎可以确定，不会再有人到来了。所谓安乐死过山车，只不过是一个玩笑。至于侯总和小舟,为什么要如此煞有介事、大费周章地把自己弄到这孤岛上,他还没想明白,但至少他能确定,不会有什么人再到这孤岛上来了。

他需要做的全部事情,只不过是独自度过接下来的一年。如果一年后不会有人来接他呢?那他需要做的事,自然是独自度过接下来的一生。他愤怒,焦躁,绝望,忧伤,懊悔,颓丧,然而,这一切的情绪,最终归于无力。他真如鲁滨逊般流落荒岛了,幸好,他还有星期八。

他和星期八说过,上帝会不会在星期八这天想一想,他为什么工作?为什么休息?为什么要创造人类?以及他存在的意义是什么?假如没有人,也没有上帝,这世界存在的意义又是什么?如果世界不存在,那存在的又是什么?为什么非要存在呢?也就是,为什么非得"有",非得"有意义"……现在,在这只有他一个人的孤岛,他就是自己的上帝,面对这些问题,他又该如何作答?

那么,他是要跟外面的世界彻底告别了?在那世界里,虽然他亲人不多,朋友也少得可怜,可终究是不易放下的。现在好了,不放下也得放下了。人回不去且不说,就连手机也没法联系了。对那世界来说,他和死了并没什么两样。这么想着,再看那天空、日光、大海和孤岛,似乎有什么不一样了。这就是他死后的世界,和他活着时候相比,并没什么两样。

他看见玻璃幕墙后那隐约浮现的脸,脸上泪水滚滚。许久,那张脸渐渐止住泪水,凝视着他。他心里空空如也,仿佛被大雨洗过一般。这不是懦弱的时刻,而是重新发现人间的时刻。这天地万有,从未这般安宁,完满。

他在沙发上蜷着,不知不觉又睡着了。之前睡觉,是累极后恶补,什么梦也没做,这次睡得舒缓了,做了一个漫长的梦。梦见在老家旧城,他和十多个现实里并不认识的人到山里去,一路讨论,待会儿到村里吃点儿什么。大家讨论得越热烈,越显出内心的饥饿来了。许久,走尽阴郁的森林后,眼前隐约有些光亮,是一处空阔的平地。平地里有几处村庄,鸡鸭啼鸣,锣鼓唢呐喧响,一队人马簇拥着一具黑红油漆的棺材走来了。他们慌忙避让。送葬的人有的脸含悲戚,有的面露喜色,络绎不绝地从他们身边经过。许久,队伍走尽了,铙钹鼓乐静默了,他回头望去,一大堆人静静地深入黑森林深处。

他们继续前行,进村后,发现村里空无一人。他们走进一处老四合院,到处积灰,空无一人。好不容易见到一个人路过,告诉他们,老宅原本是尼姑庵(他立马想到这是不是寂照庵,转瞬又觉得完全不像),尼姑们走后,神佛们也走了,现在经常闹鬼。他们并不害怕,决定在老宅里住下。有人还叫了外卖。那人高声喊出一个个菜名,鸡鸭鱼肉,应有尽有。大家连连叫好。过了一会儿,听那点外卖的人发一声喊,说外卖就要送到了。大家又连声叫好。然而,等了又等,送外卖的人迟迟没出现。点外卖的人看着手机地图说,他在村里绕来绕去,可能迷路了。有人起身去接,奇怪的是,那人就在大家的眼皮子底下,就在不大的老宅里,绕来绕去走不出去。这时候,听得老宅对面阁楼上人声喧哗,他们抬起头看,阁楼上灯火通明,木格窗户映照出一些宽袍大袖、戴冠束巾的人,不断起身又坐下,觥筹交错,挥霍谈笑。这时,他听得角落里一个细细的声音,自言自语似的,说这废弃庵堂里真有鬼,叫作“空空鬼”。后面的话没听清,他们循声找去,那细细的声音淹没在一片秋虫声里了。高近寒起身,竟也和旁人一样,眼看着那明确的院门,却只能在廊柱和矮墙间转来转去……

“主人,您准备好了吗?”一个声音出现在高处。

高近寒循声望去,那声音是从对面灯火通明的阁楼上传来的。惊愕之下，脚步趔趄，老宅被打翻了，屋顶瓦片四散，椽子如茅草飞去，这竟是一只火柴盒。转瞬间，那些走来走去的人被泼洒出去，是一根根尚未点燃的红头白杆的火柴。一种晕眩感从头脑深处升起，他仿佛坠入了散发着恶臭气息的漩涡。挣扎许久，才勉力睁开眼。怔怔地回想了好一会儿，才从梦里回到目下的处境。

"星期八，刚才，是你吗?"高近寒揉着眼睛，从沙发上坐起。

"主人，你刚才是做梦了吗?"星期八笑道，"这儿没有空空鬼。"

"我刚才说梦话了?"高近寒愕然，"现在，是什么时候了?"

"主人，现在是下午两点了。您准备好了吗?"星期八重复道。

"准备什么?"这猛然一问，仿佛又让高近寒进入另一个梦里。

"昨晚有客人来了，客人走完程序，待会儿就到最后一个环节了。"

"最后一个环节?"他仍然没反应过来。

"对的，您就是这最后一个环节。"

"真有人会来? 你们……就不对我培训一下吗?"他有些支支吾吾的。

"培训?"星期八似乎在思考，"不，没人能培训您。如果非要说培训，主人在这岛上待的这些天，尤其昨晚的经历，就是最好的培训。"

"你知道我昨晚经历过什么?!"高近寒离开沙发，盯着屋顶，到处找寻那声音。然而，屋顶只是玻璃，玻璃透明，天上云卷云舒，仿佛触手可及。那声音不是来自某一处，而是无所在。"我现在还纳闷呢，昨晚那些是真的还是假的?"

"那只有主人自己知道了。"星期八似乎笑了一声，"假作真时真亦假，无为有处有还无。真真假假，不过是一念之间。"

"这是《红楼梦》里太虚幻境大门口的对联吧?"高近寒沉思着，昨晚的那些，真是堪比"太虚幻境"了。低头缓慢踱步，看到身影拉得很长。

星期八没答话，只是重复道："主人，那您准备好了吗？"

"我实在不知道该准备什么，我能准备什么啊？！……我都有些恍惚了，我到这儿来，究竟是做什么来的。我怎么就能决定别人的生死呢？"

"主人，您不是来决定别人生死的。在这儿，每个人的生死都只能由自己决定。您是来见证他们的生死的，更重要的，也许您能给他们活下去的最后希望。"星期八的语气里不带有丝毫情感成分，停了一会儿，继续说，"说到这儿，我得向主人介绍一下国际预防自杀协会（IASP）。这组织是 1960 年在维也纳成立的，聚集各国学者、医务工作者、社会工作者和志愿者等，共同沟通研究自杀问题和预防自杀的有效途径。该协会曾提出预防自杀的四项措施，一是对有精神障碍的人给予识别并治疗。二是及时沟通，提供帮助，对特殊人群进行干预，比如主人读大学时候参加的社团，会向这些人提供心理咨询，不过你们的方法不够专业……"星期八停下来，似乎等着他说点儿什么。对于星期八知道自己的过往，他已经不觉得惊奇了，那些来到这儿的人，都经过一系列流程了，包括专业心理咨询师的介入，进行过危机干预。他们来到岛上后，还会接受智能系统的一系列评估，但智能系统的评估，永远是理性的，理性是冰冷的、唯一的，而你们人类社会的运行，绝大多数时候，走的都不是理性的道路。两点之间，直线最短，却没有哪个人类能够走出一条直线。主人您恰好……"

"你前面说的那些，我读大学时听说过。我刚进入'赞美者'社团时，社团邀请国家心理救援队的专家到学校做讲座，有位专家讲过。你后面说的这些，出发前小舟也跟我说过差不多的……"高近寒打断星期八的长篇大论，"话虽如此，我总觉得，我是不是仍然应该准备点儿什么？"

"如果我知道主人能准备什么，那这儿就不需要主人您了。"

"原来，智能系统也有不知道的？"高近寒语带讥诮。

星期八沉默着，不知道是不愿意回答呢，还是不想再跟他啰唆。

"那具体需要我做什么呢？"高近寒仍然不放心。

"看来主人还是要问明白啊。其实这些事不用说，您到那儿就明白了。"星期八干笑两声，"待会儿，主人从现在的三楼居住层，到二楼工作层去，会看到一张小圆桌，您可以跟客人在那儿休息一阵，吃点儿喝点儿，等时间到了，桌面会出现一盏小灯——这盏红色小灯是和主人的掌纹匹配过的，相当于按钮，您用手握一下灯，电梯轿厢会升到过山车边，里面有一张黑皮沙发座椅。客人坐进去后，直到座椅再次回到过山车最高点，客人都是可以反悔的。座椅两边扶手上都有按钮，只要撅下去，客人就能回到地面，回到原来的生活。这些事，我们事先会和客人交代清楚的，主人无需操心。除了这些，再没什么可说的了。"

"就这些？"他原本想问什么时候采集的掌纹，转念又想，没必要问了。忽然觉得，这事非常无趣，星期八的回答更加无趣，心中无端地生出厌倦乃至厌恶的感觉。按钮，这个词萦绕在他脑海。按下去了，就能见证一个人的死，和扔下核弹，就能见证无数人类的死，又有什么两样呢？单个的死，无数的死，都是死。今天喝过那么多水了，现在他又口渴难耐了。这个念头刚起，送餐机器人无声地过来了，手中托盘上面放着一杯水。

踩着地上明暗交错的光影，朝电梯入口走去。天空，日光，大海，孤岛，在颠倒、叠加，相互渗透。他那被大雨洗过的内心犹似一口大缸，看似空空如也，却存满光，储满水，只消他往里轻轻喊一声，就激荡着雷鸣般的回声。

第五章　人间（上、中、下）

日记四则

这是第一百八十三天。晴。

竟然才过去一半时间?! 要靠什么,才能熬过后面半年?

我现在明白了,那么多抱着必死之心的人来到岛上,若说还有什么能安慰他们,必不是我,只能是大海。大海同样安慰了我。若说还有什么能支撑我熬过后面半年,也只能是大海吧?

回想起来,我第一次去看海,是和小冷一起的。

见面第三次后,是小冷来找我。我们去大学路边上的小宾馆。我怕被人看见,一路顺着墙根走得很快,小冷怕被弄丢似的,一路拉着我的手。进了宾馆,前台服务员登记好身份证,将房卡递过来了。这是我第一次进宾馆,琢磨半天,才打开门。进了房间,我大大松一口气,抱住小冷,倒在一片雪白里×××××××××××××××我被巨大的虚空包围着,说不清是得到了什么,还是失去了什么。小冷也不说话,抱着我,和我一起盯着天花板。

天花板上一抹金色,金色里树影晃动。窗帘不时无声地撩起,黄昏的风带着香樟树的气息吹进来。过了一会儿,我们又一次抱住彼此××做爱和死亡,似乎有某种共通之处? 她翻身坐起,半明半暗的光影,在她白皙而凹凸有致的身体上晃动着。她眨巴眼睛看了我好一会儿:"你真觉得,我说自杀,是说谎?"

"这不是你自己说的吗?"

"我这么说,你就相信啊?"

她重又躺倒,仰面看着天花板。天花板上光影晃动,是枝形水晶吊灯投影在天花板上,影子如轻烟般难以觉察地移动。

"其实那不全是谎话。我确实经常想到死……活着,究竟有多少趣味呢?"

"真是的,我们怎么在这时候说起这个……"停了一会儿,我说,"我也经常想到这事。大概小学时候,我就开始想了。那时候真是,一想到人都会死,就觉得做什么都没意思。"我盯着墙上时时在变幻的光影,想了一会儿,又说:"到初中,想得更多,一想就头疼,没法接受。到高中时,有些接受了,不接受又能怎么办呢? 但即便是接受了,我仍然会做白日梦,想着,如果死后还能看到外面的世界,那多好啊。我家边上的小山坡上有座尼姑庵,叫作寂照庵,站在门口能看到全县城。真希望死后我能埋在那样的小山坡上,随着四季变换,可以看到山下的风吹雨淋,稻绿麦黄。不用说话,不用参与,只要能看看就非常好了。"我有些自嘲地笑了一声。小冷不说话,我又把前阵子和学长学姐吃饭时说的话重复了一遍:"再后来,我连死后一无所知也接受了,但我不愿意被动地等死,当哪天我老得不行了,或者得了不治之症了,我就自我了断。"

"我没你想的这么多，我想的很实际，就是，有时候会想自杀……"

怔了好一会儿，我才说："为什么啊？"

"你说，如果人的生命能转移多好？"小冷翻转身，趴在床上，一手搁在我胸口，扭头看着我说，"想起你有一次在电话里和我说过的，每年有许多人自杀。我想，就算这些人每人平均只浪费了十年的生命，算下来也浪费了两三百万年的生命，如果把这些生命分配给想要活下去的人……"

"你这说法倒是新鲜。好像挺合理，不过也挺可怕的。"我理了一下这些话的头绪，"你怎么忽然说起这些？"

小冷眼中涌上一层泪水。

"我妈快死了。"

这是第一百八十四天。暴雨。

我是一点一点了解到小冷母亲的病情的。乳腺癌，转移，扩散，化疗……这些遥远的词，因为小冷，变得切近了。小冷让我看两年前拍的一张照片，小冷梳着两根辫子，笑得有些傻气，像个毛桃子，站在她旁边的女人，风姿绰约，笑容温婉。一枝三角梅覆在她们头顶，大红色花朵顺着枝条攀缘到她们身上。

"我妈很爱美的。她总说，天然去雕饰，化妆总是很素淡。后来切了一侧乳房，再后来，又切了一侧乳房，她始终没装假体。有一天，我听到她在洗澡间里哭。我在门口站了好一会儿，喊她，她不答应。只听见哗哗的水声和号啕声，撕心裂肺的，仿佛要把最后一点力气用光。我拧开门，在一屋子朦胧的水汽里，看到一具我这辈子都不会忘记的身体……？"

我除了叹息一声，说不出别的话来。

"最可恨的还是我爸。我们知道他在外面有人了，他也知道我们知道他在外面有人了，只是彼此没说破罢了。他和我妈说话，总是唉声叹气，说癌症嘛，别折腾了，不如好好享受生活。我气不打一处来，什么叫作别折腾了？明明医生都说了，乳腺癌在癌症里根本不算难治的，大部分人都能治好。我爸那么说，像是我妈特别贪婪似的。他真是太心急了。我们又没干扰他和那人……"

对这些事情，我更是不知道说什么好了。

有一天，我接到一个陌生电话，电话那边，是一个陌生女人的声音，她说她是小冷的母亲，想约我见一面，地点就在她住院的医院边。

也是在星巴克。我见到的，是一个穿着条纹病号服、单薄如纸片的女人，就像一把刀插在条纹花色的刀鞘里。她朝我伸出手，我握住的是一束风干的稻草。××

"不××"她说。

这是第一百八十五天。暴雨。

有一天黄昏，小冷发微信告诉我，她可能怀孕了。我有些慌，去买了验孕棒，第二天下午到小冷学校去。小冷进到卫生间许久才出来。"真有了！"小冷快哭了，跺脚说，"怎么回事嘛！你不是戴套的吗？"我无言以对。

我不禁有些六神无主。小冷焦躁一阵，镇定下来。"这肯定是没法生下来的,只能找家医院……"她看着我说。我等着她说下去。"过阵子吧。等忙过这阵。"小冷说。她母亲已经从医院回家,眼见是不长久了。那晚,小冷本来是要回家的,后来打了几个电话,说是她姨妈去家里陪母亲了。我们去学校附近的宾馆。事已至此,什么也不必顾忌了,我们把未来很多夜的力气都预支了。

"我饿了。"半夜醒来,小冷睡眼惺忪地说。

"宾馆边上有几家小店,我们吃宵夜去?"

"不想动了……"小冷翻了个身,揉着肚皮说,"但我还是很饿。"

"那我下楼去买。"我起身穿上衣服和裤子。

小冷将被子蒙到下巴,冲我眯起眼无声地笑。

买了两份炒河粉,我坐在边上等着老板做。四处看看,到处都是烟火人间。我心里仿佛塞满东西,又仿佛空空如也。几道闪电、几声闷雷过后,头顶的雨篷砰砰咚咚响,一绺绺水柱从雨篷边缘哗哗流下,柏油路边的下水孔边,很快起了漩涡。老板将炒河粉打包好交到我手里,我继续坐着,想着雨小一些再上楼。这时,一个人收了伞,坐到我面前。"我跟宾馆前台借的伞。"小冷冲我笑笑,接过我手里打包好的炒河粉,解开塑料袋,打开来。

雨水不断落下,我们慢慢吃着炒河粉。夏天忽然的风雨和寒冷,包围着我们。小冷吃完最后一根河粉,用舌头舔了舔嘴角。那时小冷刚过十八岁生日。

小冷母亲过世后好几天,我才联系上她。她的语气挺冷淡,说没心情见面。我去她学校找她。学校临河,河面有铁驳船轰响着慢吞吞驶过。我盯着船尾的水波看了许久,水波里的晚霞明艳如油彩。来到她宿舍楼下,发微信不回,打电话不接,等了许久,她下楼来了，径直从我身边走过去，我跟上去，她回头瞪着我，眼里尽是愠怒，好一会儿，红了眼圈。

"我妈和你见过面？"小冷说。

"是啊，但她不让我告诉你。"

"你和她说什么了？"小冷眼中蓄积着泪水。

"没说什么啊。她跟我说，要我好好照顾你。"

"那为什么，她跟你见面后，忽然就说不治了，回家了？"

"她问我，你是怎么跟我说起她的病的，我就复述了一遍。你怎么说的，我就怎么说的，没歪曲你的话，也没添油加醋……"

小冷不说话，眼中滚下泪水，呆呆地望着不远处。

我扭头去看，那儿有一只白色的塑料袋，被风吹动着，人似的走动。

我们站着聊了好久，小冷的态度慢慢温软下来。我们走到校园外了。我问小冷："这是去哪儿？"小冷说："回家。还能去哪儿？"我不说话。小冷又说："真是回家。我爸等着我，还有家里一大帮亲戚。"

我们在校门口分开。半个月后，我联系好学校附近一处小巷里的医院。

从手术室用轮椅推出来后，小冷无知无觉，我好不容易才把她抱到床上。她没穿内裤，露出两腿间黑黑一片，我忙给她盖上被子。窗户临街，街上不时传来汽车声、说话声、小贩叫卖声。我在窗边站了一会儿，回头看看小冷，忽然想，她不会死了吧？试一试鼻息，一缕似有若无的气息，湿湿地、热热地吹到食指上。许久，小冷睁开眼，挣扎着起身，身子却不听使唤。她怔怔地看着我说："你不会不要我吧？"我们轻轻地抱××××××××××××××××

×××××××××××××××××××××××××××××××
××

我们往学校走,路过留学生公寓。"我一位学姐,去年从那儿跳下来了。"我说。小冷停下,望着那栋楼。"她跳下来,摔在二楼平台,听说人都摔成两截了,那时她还怀孕了……"我忽然意识到,不该提这事的,"学姐还说,让我约你一起聚聚呢。"小冷仍旧望着那楼。落日西沉,每一扇玻璃窗都反射着暮光。

"你陪我去一趟普陀山吧。"小冷说,停了一会儿,又说,"我妈生病前,说她想去普陀山看看的,后来生病了,这事就没人提了。"

这是第一百八十六天。阴。

连续三四日没人到来,实在难得。在这热带孤岛,往事总是一次次浮上心头——这么说来,安慰了我的不只大海,还有过去的时间。

继续写写第一次去看海。

我和小冷在吴淞客运中心汇合。坐的慢船,晚上八点开船,在水上摇荡了一夜。小冷躺在我怀里,猫儿似的,不言不语。次日早上七点,到码头了,望出去,水面明暗变幻,黄蓝交错。吃过饭,到得普陀山寺里,已是下午时分。小冷烧香,磕头,然后下山。走到海边乱石堆上时,黄昏了,海风推着海浪,不断朝我们涌来。我看到,暮色在小冷白皙的脸上镶嵌了一张黄金面具。

"你见到她,是什么样的?"小冷说。

"什么样?"我飞速运转着思绪,"人很瘦,很干净。不好意思,我确实往哪儿看了一眼。她发现了,很坦然地张开双臂,微笑着说,你看,我这样子……"

"不，我不是说这个，我是说那孩子……"

"啊……"我一时语塞，脸上一阵灼热，"才四个多月，只是红红的一小团。"

"红红的一小团……"小冷喃喃道，两眼失神地盯着快要熄灭的太阳。

那以后，我和小冷不冷不热联系了一阵。有一次不知怎么话赶话吵起来了，她把我微信删了。过阵子，我申请把她加回来，她倒没拒绝，有些嘲讽地说："哟，难得嘛！还以为你把我忘了。"我们又见了几次，做爱前，她总要问我，戴套了吗？我说戴了。她还要仔细检查一番，然后分开两腿说："来吧。"我兴趣全无，不由得联想起她躺在手术室里的样子——虽然我并没亲眼见到那样子。

有一天，毫无征兆地，我忽然发现，微信又被小冷删了，打电话过去，是空号。我辗转找到她同学，说她转校了，后来又说，只是搬出去租房住。再后来，听她另一个同学说，她退学了，改了名字，连小名都改了，现在，人们都喊她小暖。还听说××××××××××××××××××××××××最后一个消息了。

我们都在上海，但对于这样一座大城，每个人都微末如草芥，偶遇只能在小说里发生——我和姐姐不也一样？都在上海，多少年来却只见过一面。人海茫茫，各安生死，这才是普遍的人间。

（上）

电梯下行，很快停住了，门缓缓打开。眼前是一条长长的旋转甬道，尽头一片毛茸茸的光。光是这世界上最值得信任的事物之一了。

温柔，寂静，抚慰着他紧张、焦灼的内心。高近寒走过去，突然，一脚踩空，心脏猛跳，低头看时，脚底什么也没有。他陡然下坠，大海和岛屿扑面而来。刹那间，死之将至，什么也来不及想，头脑中一片毛茸茸的闪光——然而，他并没坠落。心跳漏了几拍，加速跳起来了。定睛一看，原来脚下的楼板是钢化玻璃。

回头看，入口处有两级黑色台阶，刚才没踩稳，差点儿摔倒。他退回台阶坐下，台阶底下，应该是方形的黑色钢化玻璃，垂直往前延伸，犹如梁柱，将透明玻璃地板托起，来到环形大厅中央处，再往大厅前后弧形延伸。在第三层环形书架的位置，全是镜子，他扭头往两边看，都能看到镜子里变形到夸张的自己。再看头顶，天花板是不透明的，这应该是三楼的地板。看来这高塔顶上的两层，只中间的楼板是不透明的，二层的底和三层的顶都是透明的，边上的一圈弧形玻璃幕墙也是透明的，怪不得从外面望去，这高塔顶就如一颗浑圆的熠熠闪光的珍珠。

第二层整个空间空旷，空洞，虚空，让他内心产生一种恶心感。按说这空间什么都藏不住，但星期八所说的客人，在哪儿呢？他声音颤抖着喊："星期八？星期八！"只隐隐听见自己的回声。

小心翼翼起身，踩在黑色梁柱上，两只脚交替前移，走到环形大厅中间，站在T字交叉口，犹如站在几百米高的悬崖顶，只要稍微侧身，就将万劫不复。他是有些恐高的，读高中时，同学孙石英约他去爬砖厂废弃的烟囱，他每次都心惊胆战的，这高塔不知比那烟囱高出多少倍，他的恐慌自不待言。他闭上眼，努力平复内心的翻涌。这时，下意识地想象了一下，风不知从何处吹来，将他吹得摇摇晃晃。只这一想，仿佛真有大风吹来，像摇撼一株枯木似的摇撼他。他不敢睁眼，又不得不睁眼，额头的汗水如黏稠的浆液，一绺一绺渗出，流下，流进眼角，烧灼一般刺痛。

来自内心深处的风吹拂着他，让他心惊肉跳，目眩神迷。他手边没什么可以扶持的东西，想要蹲下，但如果蹲下了，可能就不敢站起来了，只能坚持着，站稳，呼吸，继续踩着心跳，循着黑色梁柱往前走。

　　梁柱很窄，只容得下一只脚。他一步一步挪动着两条腿，仿佛它们不再属于自己，是外在于己的重负，需要他集中全部精神的力量来对付这物质的拖累。走了一阵，心里吹拂的风渐渐小了，他先是往玻璃幕墙外看，午后日光明丽，棉花团似的云彩松松地堆叠在海天相接一线，再强迫自己往脚下的梁柱两侧看，看不多时，又觉头脑眩晕。这状态让他憎恶，却束手无策。他也想着，不如放胆随便走。明明确信这地板不会有问题，又何必如此小心翼翼——就像我们明明确定，人最终不过一死，为什么还要活得那么辛苦纠结？再这么磨蹭，客人来了怎么办？那可是人命关天的大事。如此一想，更增一层焦虑，然而恐惧是如此深植于心，他恨不得伸进一只手去，将胸腔里那毒草般的恐惧一把薅出。

　　努力平稳内心，伸开手臂，如同走钢丝的人手持平衡杆。小时候在电视上看过新疆小伙阿迪力在两座山峰间走钢丝，甚至在高空生存二十五天。小伙伴们曾竞相模仿他，希冀以后也成为高空万众瞩目的英雄。唯独他不敢尝试，他只能看着小伙伴们在墙头伸展着两手走来走去，笑声叫声此起彼伏。后来，他和孙石英去爬烟囱，他还以为那是自己人生所能达到的高度极限了，哪里想得到，多年以后，他将要在更高的高空里生活一年呢？可惜没有任何人观看，只有偶尔从他脚下掠过的鸥鸟，仿佛被他吓到了，尖叫着，落叶般跌落，疾掠而去。

　　满脸的汗水，不知何时干了。想象自己走在大雪后寂静的山脊线上，走在月光照亮的峡谷边缘，又或者，是走在一头突出海面的巨鲸的背脊，起伏的浪花消散时发出温柔的破碎声。他平稳呼吸，微微低着头，一步一步向前，潜意识里模仿着遥远岁月里走钢丝的少年英雄，偶尔低头看一眼玻璃地板下的黑色横梁,偶尔往玻璃幕墙外望一眼。他缓慢而持续地走着,在这环形的、无始无终的、犹如绳索的道路上,直到白色纯棉 T 恤湿透了贴服在后背。此时的汗水,和昨晚在惊恐里奔突后的汗水是不一样的,有一种氢气球轻轻碰撞般温热而轻忽的快感。就在他沉浸于行走,几乎忘记自己到这儿的目的时,就如有人将氢气球轻轻地推了过来,一个声音轻轻地碰到他耳边。

"哎……您好啊……"一个温柔的女声。

心中大风再次吹动,脚步趔趄,差点儿摔入虚设的万丈深渊。定一定神,将脚步钉在横梁上,循声望去,一个人立在玻璃幕墙边。夕光射过来,将那人框在光明的中心。这无声的光芒是如此强大,他几乎睁不开眼,好一会儿,才眯着眼看清那是个留着披肩长发的中年女人,黑白相间的休闲鞋,咖啡色卡其布九分裤,一件稍显宽大的白衬衫,下摆掖进裤腰里,脖子上搭着一条鼠灰色薄纱围巾,围巾上疏朗地缀着几朵黑色小花。不知道哪儿来的风,薄纱围巾不时拂起,让她有了一种轻盈的气质——这就是星期八所说的"客人"?

"您好啊,"女人微笑着重复道,"您这是在……没打扰到您吧?"

"啊,没有没有,"他连忙否认,"是我迟到了,我刚才只顾低头走路了。您好啊,您到这儿很久了吧?"

"我也刚到。您只顾低头走路,我不敢打扰,我还以为这是在做什么仪式……"女人轻笑了一声,"看您走得满头大汗的,心想您不会是没意识到,自己走的是重复的路吧?这才出声喊住您……不过,我好像想多了?您对这儿肯定比我熟悉啊,看我瞎操心……"女人又轻笑了两声,瘦削的脸颊上有拉长的酒窝。

那种氢气球般的东西,再次轻轻地碰到他身上。

"这哪里是什么仪式,真就是我没注意……你好啊。"他有些窘,本来想撒谎的,话到嘴边,变成实话实说了。这让他瞬间有了轻松的感觉。他伸出手去,想要跟女人握手,刚跨出两步,猛然发现,脚下是万丈深渊。

女人朝他走过来,似走在空无之上,凭虚御风,悄无声息。她微笑着伸出手,手上戴着带蕾丝边的白绸手套,恍若传说中的天使从云端降临。一时之间,他顾不得脚下,伸长手迎过去,和她的手很轻地握了一下。隔着手套,也能感知得到,女人的手纤瘦,干燥,温暖,好似一团在大太阳底下晒了许久的棉花。

女人微微一笑,走了几步,侧身和他并排站着,望向高塔外那三个巨大的回环。高近寒在楼上看这些回环,是俯瞰的视角,现在则是平视了,它们更显得巨大,除此之外,和游乐园里见到的那些过山车并无不同。

"小伙子,还没请教,您怎么称呼?"女人语气温软。

"哦,我姓高,高近寒。您喊我小高就行。您怎么称呼?应该我先问您的……"听女人一直喊"您",他不由得也客气起来,但心里比刚才放松多了。其实星期八告诉过他来人的名字,他这么问是想核实来人的身份——这程序并非星期八告诉他的,是他自己想出来的。

"高处不胜寒啊,您做这工作,也算是命中注定了。"女人轻笑一声,眯了眼,朝太阳坠落的海面望去,微微笑着,淡然道,"我姓林,林红,红色的红。我以前在老家县一中做校医,学校里的人不喊我林医生,都喊我林老师。我应该比您母亲小不了几岁吧?您就喊我林姨吧。"女人两手插兜,始终微微笑着,盯着他看了一会儿:"小伙子,您还没三十吧?正是大好年华啊,我女儿,大概比你小七八岁的样子……"女人有些神情黯然。

"林姨,您好啊。您就别再'您''您'的了,就喊我小高吧。"高近寒略一迟疑,说,"而且,林姨,您不知道有多巧,我妈退休前也在县里的高中工作,她是语文老师。更巧的是,我妈叫高红! 红色的红!"

"你没开玩笑吧?"林红歪头看着高近寒。

"这哪能开玩笑呢?"高近寒说。林红比他矮大半个头,他低头看林红,脸上薄施脂粉,试图遮盖眼角细密的皱纹,眼袋有些肿,还略有些发黑。即便如此,林红仍然很好看。猝不及防的,他脸上有些热了。

"也对,这有什么好开玩笑的呢?'林红'本就是普普通通的名字。这世界上不知道有多少这红那红的女人。"女人叹一口气,又笑一笑,"怎么,在那之前……我们就这么站着说话吗?"

"不好意思,听说有一张桌子的。"他不好意思地挠挠头,转身往四面看看,"刚才我忙着走路,还真没注意到那桌子在哪儿。"

"你不熟悉这儿?"林红有些疑虑似的。

"我到这儿一个月了,但这大厅我还是第一次……"

"是那儿吧?"林红打断他的话,朝身后不远处指一指。

林红两手插兜往那儿走,和走在河边、林间,或大街上没什么两样。高近寒咽一口唾沫,也想学着她的样子放心大胆走过去——自己可是"主人"啊,怎么能在"客人"面前露怯? 然而,理性是不管用的,刚才已经离开过黑色横梁,现在看看虚空的脚下,又不由得腿软了。

"怎么?"林红回头看他,"小高,你恐高?"

"不是,我只是……"他支吾着,脸上更热了。

"恐高有什么不好意思的嘛。"林红回转身来,走到他跟前,伸出右手,"来,我拉着你走吧,这样就不怎么害怕了。"

高近寒伸出手去,脚却钉在原地没动。

"你还戴着手套哎……"他看到女人的白绸手套闪着光亮。

"有点儿矫情,是吧?"林红愣了一下,不好意思似的笑一笑,用左手脱掉右手上的手套,左手上的手套仍戴在手上。

"我不是这意思……"他咽一口唾沫,"我还真有些恐高……"

"不怕,你拉着我的手,来吧。"

他伸出手去,被林红握住了,就如被一束光握住了。不想林红忽然一拽,他脚步踉跄,往前跌了好几步。一阵晕眩,天地翻覆,自己正往天上掉,不知上不知下地不知掉了多久,一股巨力凭空而来,拽住自己,他从明亮的光里清醒过来了,是林红拽住了差点儿跌坐在玻璃地板上的自己。他脸上烧热,不觉满脸沁出汗来,借着林红的力量,慢慢站起身,抬眼看见林红白衬衫后隐约的黑色胸衣,乳房挤挨着……林红盯着他,笑意绽在脸上,一阵清香袭来。他感觉胸腔里那颗好端端的心脏,有了别样的捉摸不定的跳动。

"来吧,继续走,走几步就好了。"林红再次鼓励道。

他握紧林红的手,林红似乎也更紧地握住他的手。他不敢看林红,也不敢看脚底。下午的日光从背后射来,似乎因为经过了一层玻璃,更显得明亮和纯澈。他看到自己的影子和林红的影子相互扶持着,肩和肩相并,头和头相依。他浑身战栗,忽冷忽热,不由得咬紧牙关,牙齿碰得咯咯响。

在光明和虚空之中,这是一段不亚于昨夜的漫长行旅。

小圆桌边两把椅子,都是淡绿色的。高近寒和林红面对面坐了。一时无话。和楼上相同的白色送餐机器人不知何时出现在不远处的拐角。"林姨,你要喝点儿什么?"高近寒说。"咖啡吧。"林红轻笑了一声,"我们那小县城,男人都喝茶,近几年,女人都开始喝咖啡,其实咖啡有什么好喝的? 只是不想让手闲着嘴闲着。""那就来两杯咖啡吧。"高近寒话音刚落,送餐机器人端着托盘拐过来了,高近寒从托盘上拿过两杯咖啡,放在两人面前。林红呀了一声,饶有兴味地看了一眼远去的送餐机器人。骨瓷咖啡杯是鲜红色的,搁在桌上,如草地上两朵红色的花。林红将左手手套也脱了,将两只手套叠放在桌上,白皙颀长的手指捏着银色小勺,慢慢搅动着糖块。高近寒盯着她,她微微低着头,好一阵儿,微笑着,捏住杯耳,将杯子端起,便如拈着一朵花。高近寒很少喝咖啡,他学着林红的样子,用小勺搅动着糖块,小勺和咖啡杯碰撞出清脆的叮叮声,糖块在咖啡里浮上浮下,撞来撞去,发出闷闷的几乎听不见的声音。

高近寒抬眼看了一眼林红,林红正盯着他,又似乎只是盯着虚空。他连忙转过脸去,看到在他右手边,遥远太阳正轰轰烈烈地落着。到处是空旷的寂静。刚才在心头涌起的那些感情,一会儿平息了,一会儿又跃动着起来了。高近寒莫名地喉头有些紧。他该说些什么的。但他实在不知道说什么。

"小高,你不要跟我说点儿什么吗?在那之前……"林红慢悠悠地说。

"对,林姨……我……"高近寒心思乱转,又暗自紧一紧手,近乎哽咽着说——这真是奇怪的感觉,他完全不能明白。他努力压制着这捉摸不定的情感,好一会儿,调整语气说:"林姨,你知道吗?一个月了,你是第一位登岛的……其实,我不知道说些什么……这一个月,我也一直在想,有人到岛上,我能和他们说些什么……"断断续续说完这段话,一种莫可名状的委屈感涌起,他甚至想要跟林红说一说昨晚所经历的,以及自己之前所经历的。

"没关系的,凡事都有第一次。"林红笑一笑,眼里荡漾着光,"你想,我也是第一次到这儿来呀,你也是我到这儿后见的第一个人呀。我们就随便聊聊。"

高近寒默然，又转头去看了一眼落日。

"而且，你是我在这世界上见的最后一个人了。你说什么，我都愿意听……"

"林姨……"高近寒盯着林红，林红的左脸颊被落日贴了一层金色。他几乎看得见她脸颊上细细的汗毛。刹那之间，记忆的片段翻动，这场景似曾相识。他咽了一口唾沫："林姨，确实，我就是陪你随便聊聊的，没什么复杂的程序。刚才你也看到了，那三个巨大回环，就是安乐死过山车……"

"这些我都知道了。"林红第二次打断他的话，"小高，劝我的话你就不用说了。很多人怕我想不开，有的是假情假意，偶尔也有真心的吧，他们都会对我说，林老师，你别难过，你要往前看。其实，他们想错了。起初，我确实难过，后来，我是没多少难过可言了。起初，我也确实想不开，后来是真想开了……"

高近寒默然，脑袋里盘旋着这些车轱辘似的话。

"林姨，那你说说，怎么……起初那样，后来又……这样的？"

"你真愿意听？"林红定定地看着高近寒，脸上浮过一层红晕，略停了一会儿，又说，"好吧，反正在那之前，闲着也是闲着，不如和你聊聊我的故事吧，说起来，我还没跟人好好讲过呢。你就当故事听一听……"

高近寒的目光在桌上逡巡，担心着那不知在哪儿的红色小灯忽然出现。

"林姨，你说，我想听。"高近寒说，"我读大学时，听很多人讲过他们的故事。我发现，人们在讲自己的故事时，会获得一种奇异的力量，很多原本不敢面对的事，讲出来，就能坦然面对了，讲述几乎能让人获得新生……"

"你这说法挺有意思，"林红抿了一口咖啡，偏头看着高近寒，笑一笑,"你这么一说,倒真像是这么回事,不过……对我来说,没什么'新生'了。我想跟你讲讲这些事,大概只为了可以好好告别吧。我既然决定讲了,自然也不会藏着掖着。"林红搅动着咖啡,低头笑笑:"人这一辈子么,无非就那么一些事。那句话叫什么来着? 除了生死,其他的都是擦伤。"

"林姨既然这么想,又何必到这岛上来呢……"

"小高,你不用劝我,"林红笑一笑,又一次打断他的话,"要不是下定了决心,我肯定是不会到这岛上来的。到这儿来,除了完成那件事,我还能顺便看看大海,我在这世界上最后的愿望也达成了。"林红停了停,继续说:"我刚说过,我是中学校医,很多年里,那中学就我一个校医,来看病的学生和老师不多,毕竟出校门不远就是县医院。来找我的,只是一些生了小毛病的人,感冒发烧啊,手脚擦伤啊,流鼻血啊,皮肤过敏啊,随便拿上点儿药,打上几针小针,也就好了。比起真正的学校老师,我这工作算是很轻松了。

"我年轻时,长得漂亮,身材也好。我知道人们背后怎么议论我,他们说我是'县城一枝花'。小时候,家里管得严,大人们很少夸我漂亮,我的全部心思都在学习上。那时候恢复高考十多年了,我考上的是省医学院,在我们那小县城,算是少有的高才生了。读大学后,我的心思慢慢有些变了,对那些明里暗里追求我的人,开始有回应了。有时候,他们写了信偷偷塞给我,信里总有一些让人脸红心跳的诗,也不知道那些诗是他们自己写的还是从哪儿抄来的。我从没回过信,不是不想回复,是实在不知道怎么回复好。而且,那时候家里对我的管教仍然很严,一两星期我必须回家一趟,每次回去,我妈都会像审犯人一样审问我有没有谈恋爱。我说没有。她又反复告诫我,不要谈恋爱,现在还不是谈恋爱的时候。我很想问她,那什么时候才是谈恋爱的时候,但我不敢。对，和你这代人没什么区别，大概一代一代的父母都这样吧？

"那是上世纪九十年代初，县城开始有电话亭、书报亭了，我每个月都会去书报亭买本《读者》，也有人去买《知音》《青年文摘》和《故事会》。好多人家里开始置办录音机、电视机、洗衣机、电冰箱，开始装固定电话。这些事情，在省城更是习以为常了。省城到处都是跑来跑去的公交车，有一阵子，没课的时候，我特别喜欢坐公交车，一大早到学校门口，随便坐上一辆，随便到一处地方去看看，再坐另一辆，再到另一处地方，直到黄昏，我才想办法坐公交车回学校。县里有公交车，还得等二十年呢，单是因为这，我就想留在省城。有位省城的同学问过我好多次，毕业后想不想留在省城。他是我的众多追求者之一，他装作无意似的和我说过，他爸是省里的官员，只要我留在省城，我注定会前途一片光明。那时候，我觉得他挺俗的，他这有意无意的炫耀，真让人讨厌。除开这个，他人其实挺好的，从来没对我有任何越轨之处，比起后来那些男人……"林红轻轻一笑，抿了一口咖啡，慢悠悠说，"而且，他人长得挺帅，只是胆子太小了。兴许他胆大一些，像后来我遇到的那些男人一样，我就留在省城了。那会怎样呢？那肯定不会遇到后来这些事了，不过，那也意味着会遇到别的事……"

高近寒沉默着。这些事情，并没超出他的想象。

"后来，我妈反复要求我回县里，说我是女孩，比不得男孩，更比不得那些家里有几个兄弟姐妹的。县里有现成的房子，工作都替我找好了，让我别在外面瞎混了。我拗不过，回家了。省城那男生到县里找过我一次，和我在县城外的河边走了很久，问我，想不想再回省城。我其实是想的，但我偏说，不想。他看了我一眼，似乎有些失落，说，那好吧，尊重你的想法。这话让我有些恼，心想他也太婆婆妈妈了，尊重个屁啊。"林红哈哈哈笑起来，让高近寒为之一愣。她伸手在嘴巴前扇一扇，像是要把刚才那个字扇到一边去，"后来，他寄来一封信，我没打开看，给扔进校医室门口的下水道里了。刚扔进去，我就后悔了，不管他写的什么，我好歹看一眼呀。那阴沟太深了，又有水流着，那封信很快就无影无踪了。那个下午，我蹲在下水道边，悄悄哭了好一会儿。太阳照着我，我意识到，外面世界的大门，算是对我彻底关上了。"

"是的，我回来后就到学校当校医了。本来我可以去县医院的，我妈又是那套说辞，何必呢，一个女孩子家，县医院多累啊，家里又没想着你赚多少钱，要赚钱也是娶你那人的事。我妈这些理论牢不可破，我没什么好说的。我也奇怪，在我毕业前，我妈总督促我好好读书，等我毕业了，她却没指望我取得多大成绩。而且，她竟然开始对人夸我漂亮了，总是很苦恼似的跟人诉苦：你瞧瞧我家林红，读那么多书，人又长得漂亮，但有什么用……后来，我才知道，我妈这么说是有目的的，她开始给我张罗相亲了。那年代，县城里已经有很多自由恋爱的，但保亲做媒的也不少。她托人介绍的，要么是父母做官的，要么是父母做生意的，只要人看得顺眼，我都不拒绝，一来是不想和她吵架，二来是觉得反正都差不多，几乎每一任男朋友下班后都无所事事，都是喝酒，打麻将，到KTV找陪酒小姐。我好几次去KTV堵人，从来一堵一个准。

"你说你妈妈是县里高中老师，那你应该知道，县城是个小地方，很快，县里好多人都知道我经常去KTV堵男朋友的事了。我知道别人在背后怎么议论我，说林红这小姑娘，漂亮是漂亮，就是性格太极端。慢慢地，我换的男朋友多了，他们又开始议论，林红这女人，漂亮归漂亮，也太水性杨花了。我起初是在乎的，后来无所谓了。可不管在不在乎，我年纪越来越大了，找我的男人，越来越没什么好货色了，一个比一个油嘴滑舌，一个比一个提起裤子不认账。我妈急得不行。好几次，我们吵起来，我说，妈，我不是按你说的，从省城回来了？也按你说的，留

659

在校医室工作了？你让我去相亲，我也都去了，还要我怎样？吵得多了，我妈吵不动了，说，祖宗的脸都被你丢光了。我说，我们祖宗有脸？哈哈哈，我至今记得，这句话差点儿把我妈气晕过去。

"唉，说是这么说，其实我心里也着急的，可是着急有什么用呢？县城里拢共就那么一些人。那些日子，我性格变了，特别喜欢发脾气，还扇过两个男人耳光。哈哈哈哈，他们都被我打蒙了。那些男人怕了，对我敬而远之了。他们大概觉得我神经不正常吧？其实，我也经常这样觉得。有时候，我经常在夜里大哭，也不知道为什么哭。我不知道每天上班下班是为了什么，不知道要找个怎样的人。后来，身边真是没人了。我每天上班下班，孤家寡人一个。孤独是孤独，但也自在。我想，就这样孤独终老也好。但这念头没起多久，又有男人围上来了。

"那是学校里一个和我同岁的老师，刚从山区中学调进县一中，叫罗卫强，这名字何止普通，简直有些土气，跟路边随便就可以一脚踢飞的石子没什么两样。

"那些年，我真是什么花言巧语都听过了，什么烂漫不烂漫的都见过了，写信啊送花啊喝酒啊外出旅游啊，我都烦了。但你一定想不到这男人是怎么追我的。"林红摇一摇头，笑着说，"他呀，和我同岁，按说年纪也不小了，总该谈过女朋友吧？但渐渐地，我发现，他可能没谈过，不然他那么追女孩子，成本也太大了。他和省城里喜欢我的那男生是有些像的，也有些腼腆。他第一次来校医院找我，我看他满脸红色小疙瘩，问他这是怎么了？他说是过敏了，杧果过敏。我说，你知道是杧果过敏啊？那怎么还过敏了？他说，想吃杧果，就忘记过敏这事了。说完，脸刷地红了。我给他打了一针，并嘱咐他第二天再来。连续打了三天，才有些见好。那几天，我们有一句没一句地聊天，感觉得到，他性格温和，很容易相处，就是太腼腆了，动辄脸红。不过，我并没往别处想，只把他当作普通来看病的人。哪里想到，没几天，他又来了，还是那样，杧果过敏。我说，怎么，你又嘴馋了？他脸色微红地笑一笑。和上次一样，仍然是打针，这次连续打了个把星期才好。我们自然聊得更多了，但我仍然没往别处想。没多久，他再来，照样是，杧果过敏。我说，你真知道自己杧果过敏吗？你这嘴也太馋了吧？他满脸通红，像往常那样拉下裤子让我给他打针，我看着那仍然青紫的屁股，忽然，明白他的意思了。但我不愿意说，从来都是男人对我表白的，他要是没那胆子说，就一直来打针吧。我继续给他打针，反正疼的不是我。打了一星期的针后，隔了一星期，他一瘸一拐地又来了。我脱口而出，你这脸就不说了，你这屁股还要不要了?! 他过敏的脸是红的，我的脸也是红的……我想不到这世界上会有这样老实的男人，后来我一天一天算过，我足足给他打了快三个月针了，再过些天，他那屁股都要扎不进去了。我算是服了，平生第一次，我对一个男人表白了……"林红微笑着摇头，眼里泛着泪水。

"再后来，生活和预料的差不多，我们结婚了。我知道人们背后怎么议论，有人说，林红终于嫁出去了；也有人说，我老公是接盘侠，以后还要当绿帽侠。我是无所谓了，但我不确定他在不在乎，我很直截了当地把这些话告诉他，他说，管他们呢，我们又不是什么大明星，谁还天天盯着我们啊？果然如他所说，日子一天天过去，议论的声音少了。我们很快有了女儿，因为难产，他很心疼，说是一个女儿足够了，再也不生了。

"春水慢慢长大，和我年轻时一样漂亮，成绩也和我当年一样好，就是太叛逆。这一点和我也算是一脉相承了。只是春水叛逆的方式和我的不一样。我吸取当年的教训，既不会要求她一定得回县城，也不会给她介绍各种男朋友。我总对她说，你是自由的。我不知道这句话是不是错了。她后来可是真自由，成绩渐渐荒废了，高中毕业后去读的三本，期间经常和同学去徒步、攀岩、溯溪——对我来说，这些词都是陌生的，听她说得多了，我才熟悉的。我想，等到她工作了，就没那么多精力折腾了吧？不想等她留在省城工作后，她出去得更频繁了，经常请假，去云南翻越高黎贡，去陕西穿越鳌太线，去西藏攀登珠穆朗玛峰，当然，只到了海拔六千多米处，说是以后要登顶。她不知道，她每次出门，我和她爸有多担心。那是野外啊，她一个女孩子，还是那么漂亮的女孩子……我一看到那些拐卖啊、强奸啊、凶杀啊之类的新闻，就不由得紧张；看到和驴友相关的新闻，坠崖啊、迷路啊、失温啊，我就更紧张了。想要联系她，又怕她正在走路，有时候忍不住联系了，却发现她的手机没信号，这更让我紧张万分。这样的紧张，总要持续到她回城。唉，那些担惊受怕的日日夜夜啊。

"为此，我也和她聊过好多次，她自然是不会听我的。说得多了，那年过年时，她向我保证，那些野山野水，都不去了，就去那些开发成熟的路线，而且会时时向我们汇报行踪。过完年，春水迟迟没出门。春天是她经常出行的日子，春水春水，她这名字真是名副其实了。直到初五，春水才说，想约我和她爸去省城玩儿。我好多年没去省城了，也乐得去一趟。省城变化真是太大了，我那么多年窝在县城里，眼界真是太窄了。我这么一说，春水嬉皮笑脸说，那您不多出门走走？还连带着不让我出门。春水说，她本想趁着放假，去南海一趟的。我说，南海？南海那么大，你要去哪儿？春水说，越远越好，最好是那些没什么人的孤岛。我心想，原来她约我们到省城玩儿，是为了说服我们啊。

"那天下午，她带我们去游乐场。我们都说，小孩子才去这地方啊，我们就不凑热闹了。春水不答应，说你们年轻时候玩过这些？今天就是要给你们补上一课。我们不想拂她的好意，就跟着去了。先坐天鹅船，再坐旋转木马，然后坐海盗船。春水一直在笑，罗卫强也在笑。他们父女俩很少这样一起玩儿的。去坐海盗船的时候，我已经有些害怕了，下来后，春水又约我们去坐摩天轮。摩天轮很平稳，但我那时候有些怕高的，到最顶上时，我完全不敢往外看了。春水说，你就想，这是在高楼上嘛。话虽如此，我仍然很害怕。好不容易下来了，春水又要约我们去坐过山车。这次，我说什么也不去了。我不去，罗卫强也不去了。但春水正在兴头上，说就算你们不去，我也是要去的。什么叫作速度与激情？这就是了。你们不去就算了，但别走啊，我在上面看得到你们！"

"回头想来，这些话真不是滋味……"林红黯然，眼中泪水盈盈，低下头，悄悄拭去了。"我和罗卫强，真就在过山车附近站着，看着春水去买票，去排队，在队伍里一点一点往前移，最后进去时，她还回头朝我们笑一笑，挥一挥手，再次说你们别走啊！我们都朝她挥一挥手。过了一会儿，过山车启动了。我和罗卫强仰着脑袋看，一节车厢一节车厢，越来越快地闪过。那一瞬间，我想起春水小时候，她总是跑得很快，我喊她慢点儿慢点儿。她总是和我耍嘴皮子，说快才能活，慢就会死。过山车可是真快哪！转眼已经转了两圈，不知为何，停下来了，我们没坐过，以为是正常的，过了会儿，车厢又猛地往前了，忽然听得一连串惊叫，一个人从最高处的车厢摔下来了……

"我不敢去看。后来，是去看了的罗卫强回来拉住我，不让我去看。经他这么一拉，我非要去看了。只看了一眼，我就瘫在地上了……"林红扭过头，左手蒙住半边脸，仿佛是害怕太阳过于耀眼的照射。

"后来的事情像做梦一样，一个始终醒不来的梦。"林红整理好心情，继续说，"我日日深陷在自责和悔恨之中，我常常想，如果不是我经常跟她说，她是自由的，那么，她后来或许不会那么喜欢户外。又或者，如果不是我阻挡她去户外，那么她或许不会约我们去省城，又或者，如果那天我没让她去坐过山车，那也不会有事，再或者，如果那天我们都跟她去坐过山车，那她说不定就不会坐那个座位……我越想越悔恨，越悔恨越觉得这是个梦。突然一下，灯亮了，我就醒了。只是这灯迟迟不亮，这梦越做越深了。

"我们就春水一根独苗，她这么走了，对我们的打击真是怎么说都不为过。老人和亲朋好友劝过我们，趁年纪还不算很大，可以再生一个。但怎么可能呢，我那时都五十了。也有人说，我们要不就领养一个。我们确实想过，但又觉得那样对不起春水，等于把对她的情感，挪到别人身上去了，再说，我们也实在心有余而力不足。之后一两年内，双方老人竟一个接一个过世。这些事情，基本是罗卫强在料理。等把四位老人都送上山，我们真真是松了一大口气。没什么事再烦扰我们了，我们可以每天回家面对面吃饭。我这才在灯下看到，罗卫强老了，头发花白了，反应慢了，更主要的是，眼睛没神采了。他定定地盯住某处，半天一动不动。我看到了，总会大声提醒他，你干什么呢？连喊几声，他才缓缓回过神来，看着我，吓了一跳似的，身子一抖，啊一声。

"这样过了不到半年，罗卫强中风了，差点儿没抢救过来。他没法走路了，只能坐轮椅。学校的课，自然是没法上了。我也提前办了退休。记得那天，我到学校医务室去收拾东西，罗卫强说，想跟我回学校看看，我就推着他一起去。其实没什么好收拾的，一些零零碎碎的小东西罢了。让我意外的是，我竟然在属于自己那张桌子的抽屉最深处发现一封信。你猜是什么信？不，不是你想的那样，不是省城那男生写给我的，他确实再没给我写过信了。我也想不到，是罗卫强写给我的！一封来自二十多年前的信！我攥了信，和两位年轻同事匆匆告别后出门。罗卫强歪坐在轮椅上等我，学生宿舍楼的阴影如被子盖住他的下半身。

我举起信,朝他扬一扬。他眼睛一轮,似乎没什么反应。我说,你写给我的信!二十多年了,我刚刚才收到!他的眼睛转动着,似乎往昔的时光在他眼睛里慢慢活过来了。我拆开信,里面只有一张折叠的卡片,打开来,只有三行字,像是一首小诗:'林红/我喜欢你,心疼你/我想和你走很远。'底下还有落款和日期:'罗卫强,一九九七年农历二月初二龙抬头。'我蹲下来,握住他的一只手,那手绵软无力,但宽厚温暖。我说,你怎么不告诉我你给我写了信啊?我要是早看到了,就不会让你一次次来打针了呀。你当年是真傻啊,明知道自己杧果过敏……罗卫强笑起来。他很久没笑了,此时却笑个不停。宿舍楼外侧,一排排晾衣杆伸出来,晾晒着学生的许多衣物,红的红白的白,经夏日的风一吹,那些衣物撩动着光影在他脸上晃动,就像是年轻时候的岁月在他脸上忽然闪现。他笑着笑着,涎水从嘴角流下来了。我拿面巾纸给他擦干净,看到他像小孩子似的咧着嘴,眼里蓄满泪水……之后不到半年,罗卫强二次中风,没多久便过世了。"

林红停了下来,又抿了一口咖啡。高近寒不说话,等着她继续讲下去。太阳往更西边海面落下去了。海水平静地闪烁着波光,不断朝他们涌来。

"我不得不给罗卫强张罗后事。直到这时,我才知道,这是多么麻烦的一件事。而罗卫强在两三年内连续做了五次,此外,他还要跟游乐城打官司,还要负责安慰几位老人。当他做这些事情时,我只是在一旁唉声叹气。"林红停了一会儿,又说,"等办完丧事,我对着镜子,才发现,自己也有白头发了。我先是发现一根就拔掉一根,后来发现的实在太多,拔不过来了,只能去染了。再后来,我总觉得身体不对劲儿,乳房摸起来有硬块。有一天,路过学校,我走进校医室看看,和一位年轻同事说起这事,她说,林老师,你还是去医院好好检查一下啊,可别是乳腺癌啊。我心里咯噔一下，心想不会真中招了吧？我去了趟县医院，一通检查下来，果然是中招了。这么突兀，让我再次觉得这是个梦啊，一个越来越深陷的梦。不过，这次我没什么好悔恨的。我是这家里的最后一个人了，无牵无挂了。我也想过医治，按说发现的不早不晚，还是很有希望的。但我想了两天，实在不想折腾了。那么多年，我被罗卫强保护得太好了，我完全不通世务，即便我是医生，看病这事儿，也让我觉得无比麻烦。再说，我询问了几个相熟的医生朋友，都说，最好的办法是切除双乳。头发白了，我无所谓了，但这事我实在不能忍。想当年，我可是被人称作'县城一枝花'的啊！"林红摇一摇头，苦笑道，"我也知道，乳腺癌晚期是怎样的情形，乳房包块增大，皮肤溃烂，恶臭，等转移了，那更是浑身都疼。太狼狈了，我不想那样。那些天，我翻来覆去想这辈子经历的事，我被人辜负过，但我辜负的更多；我被人深爱过，但除了春水，我似乎并没深爱过谁。就是罗卫强，我也只是被他感动罢了。这么想想，罗卫强这辈子真是有些不值……不过，你说这是他不值呢，还是我不值？我知道，终其一生，他都是爱我的，而我一辈子都没对一个人真正有过爱情这种东西……

"现在，无爱一生轻，我没什么牵挂了，我不如赶在病情恶化之前，替春水出门，到处看看，等差不多了，我再找个地方了结自己。打定这主意后，我真去了好多地方，我经常忘了自己是病人，有时也会想，当初不会误诊了吧？之前我那么怕高，渐渐也不怕了。一天天，那些原本只出现在电视里、书里的地方，一个个具体起来了。这样跑来跑去的，有什么意思呢？我曾经反复问过春水。春水说，在大地上这么跑来跑去，才能更真实地觉得自己活着啊。很多人虽然活着，但其实并没有真正地意识到自己活着，就像很多人知道人是会死的，但他们并没真正意识到，自己真是会死的……走了许多地方后，我才算明白春水的这些话是什么意思。可惜，我明白得有些晚了。不过，至少我明白了。对吧？"

"林姨，既然如此，那你又何必……"高近寒说。

"你不用再劝我……"林红微笑着打断他的话，"你知道吗？我是不相信命的，可有些事情，似乎冥冥之中真有安排。"

"我也不信命。'如果说有什么个人命运，那也不存在什么高高在上的命运，或至少存在一种荒诞之人断定的命运，那就是命中注定的命运，令人轻蔑的命运。'好像是这么说的？我有位学长经常把这段话挂在嘴边，说是引自一本叫作《西西弗的神话》的书，不过这书我没读过……"高近寒深深感觉到这些话的无力。

两人一时无话。他看到落日余晖照在林红身上，雪白衬衫散放着淡淡的光辉，隐约看到她的黑色内衣和内衣间露出的小半乳房。这哪里会是得了乳腺癌的病人呢？这哪里会是五十岁的人呢？那消失的悸动，又在心头浮现了。一个记忆冒出来：他想起很多年前，和初恋女友的妈妈碰面的场景了。

"林姨，说出来你可能不相信，我前女友她妈妈，也是得的这病，她约我见过一面，在医院门口一家小咖啡店，我们也是这么坐着聊了许久。不过，她可不像林姨这样，她瘦得像一束稻草。林姨和她比起来，完全不像生病的人。或许，当初真是误诊了。林姨何必非要走这条路？"

"我信，这世界上多的是巧合的事。你不必这么小心翼翼。"林红笑着说，"至于你说的，为什么非走这条路，对我来说，这是生活给我最温柔的安排了。"林红默然许久，抿了一口咖啡，端着咖啡杯搁在膝盖上，眼瞅着高近寒。刚才她讲故事时几次泪目，此时，已然完全平复，一双眼睛，经过泪水冲洗，更显得凄楚动人。高近寒只和她对视了一眼，不觉间脸上烧热，低下头来。

怎样才能让她打消这念头,这可是他的第一个"客人",更何况……他又一次察觉到心中的异样,心脏就像一只储满水的、迎着日光的透明塑料袋,些微的风吹,投影在地面的光影都会颤动不止。这是怎么了?不会是因为在这岛上憋太久了吧?他晃一晃脑袋,觉得那一袋被日光照得透亮的水也跟着晃荡着。猛然想起在赞美者社团时,学姐俞琬之曾经对自己说过的一番话:"求助者总是弱者啊,你怎能趁虚而入呢?"对小冷,他算是趁虚而入的,难不成现在又有这样的心思?他不觉又脸颊烧热,额头隐隐渗出汗来。

这些翻来转去的念头,林红自然是不知道的。看到他红了脸,林红歪一歪脑袋,眼睛直直地盯着他,忽然笑出来:"我知道你在想什么。"

"啊?没想什么……我……"高近寒支吾着,心中兵荒马乱。

"你这小家伙,竟然也会起这种心思?我比你大差不多二十岁吧?"林红微笑道,停了一会儿,又喜滋滋地说,"不过也正常,至少在病情恶化之前,我是有这信心的。认识的人都说,我保养得好,五十的人了,看着像三十多。不过啊,一旦开始治病,就不可能这样了,最后搞得跟几十年没吃过人的女妖精一样,何必呢……"林红似乎觉得这比喻很有意思,大笑起来。

高近寒脸上发烫,不知说什么好。

"这辈子啊,回头想起来,有过那么多爱过我的人,不管假意还是真心,都值了……再活啊,就是狗尾续貂了。"林红莞尔一笑,停了好一会儿,盯着他说,"这世界上,最美好的,最丑陋的,都是人的身体。你明白的,对吧?"

高近寒没明白,转而一想,似乎明白了,脸上烧热得更厉害了。

林红目光灼热,一再灼痛他。他躲避着她的目光,又忍不住转过视线去。他这神态被林红看在眼里,林红又莞尔一笑。林红倒是神态自若,及肩长发披散着,黝黑而繁密,略显宽大的白衬衫净白如雪,鼠灰色薄纱围巾驯顺地搁在胸前,偶尔被不知从何处吹来的风掀起一角,点缀的黑色小花仿佛即将飘飞而去。这不像是一个具体的人,倒像是梦境在现实的投影。高近寒想起最近做的那些梦,思绪仿佛躺在热浪滚沸的海面,身下那叫作"小舟"的女人也随之起伏,渐渐地,小舟的面目越来越模糊,林红的脸从那灼热的幻象之中凸显出来,仿佛一直以来梦里的都不是小舟,而是林红。他忍不住又抬起头来,看到林红正笑笑地盯着自己。他心中狂跳,又不禁想,这是真要寻死的人吗?

沉默持续着。日光辉煌,在两人之间掀起隐秘的浪潮。

叮一声轻响——

高近寒吓了一跳。他看到林红眼中不易察觉的变化,仿佛有火苗突然爆起,旋即又黯淡了。过了一会儿,那火苗又慢慢起来了,并发出持续的光亮。他感到心脏猛地收缩,又缓缓放开,一下一下的跳动里,热血涌向头脑。他看着淡绿色桌面正中间,一片巴掌大小的圆形区域从当中往两边裂开,一盏浑圆的红灯升起,略略凸出于淡绿色桌面,发出红光。刹那间,他想到一片湖水里涌出的太阳,广阔草原上的一朵毒蘑菇,抑或野地里的一朵火苗。他的目光不知是被照亮了,毒伤了,还是被烫疼了。鬼使神差地,他伸出手去,手掌覆在红灯之上。他的本意是想将红灯按回去,不想红灯非但没回去,还隐隐震了一下,底部响起一段婉转的乐曲。他猛然想起星期八的话,红灯和自己的掌纹匹配后,安乐死过山车就启动了。后悔,继而惊恐万状。他抬眼瞅着林红,林红目光平静如水,低头看着那盏红灯。乐曲一意孤行。什么办法都没有。

他慢慢回想起来,小时候的闹铃声,正是这段他不知道名称的乐曲。那时候,上学的每天早上,这乐曲都会这样持续许久,他慢慢清醒过来,听到窗外鸟鸣繁杂,听到有人在路上走过。许多年后,再听到这乐曲,他仍然有种如梦初醒的感觉。然而,他清醒过来,面对的是如此残酷的现实:全透明的电梯轿厢出现在高塔中间的立柱,沿着那黑色梁柱,平移到玻璃幕墙边缘。就在他们刚刚站立过的、正对着安乐死过山车的地方,玻璃地板缓缓打开,电梯轿厢升上来,门户洞开,一把黑皮座椅虚位以待。

突然,乐曲停了。更深的沉默横亘在他们之间。

"好了。我走了。"林红说得像是要出门一趟。她将手中的咖啡杯放回桌上,两手十指交叉,翻转过来往前一推,长长舒一口气,站起身来。

高近寒赶紧起身,仍旧沉默着。

"再握一次手吧?"林红微笑着,"真是非常高兴,会在人生的最后时刻认识你,你还这么有耐心地听我讲了那么多。而且,我知道,你心里想什么——如果不是我自作多情的话。"林红笑一笑,平淡,又有点儿凄然。

如果说林红前面说这类话,是自信,此时林红再说,反倒是不自信了。她只是想证明什么,或者抓住一点儿什么。他多想大声承认,所有的话却只哽在喉头。真是恨死自己了,恨死自己了!他眼中滚动着泪水。

他再次握住那只手,纤瘦,干燥,温暖,如一团晒了许久的棉花。

松开手后,才意识到,这么长时间了,自己一句有用的话都没说。他应该说点儿什么的!说点儿什么呢?他浑身打战,脑袋里乱作一团。林红仿佛看透他的心:"无所谓了,什么都不用说了,这路是我选的,认认真真选的。你该为我高兴才是,我是在春水想要去的地方,用春水喜欢的方式离开这世界的。这辈子,我没遗憾了。谢谢你……"林红似乎迟疑了一下,脸上绯红,微笑着说:"我是说,谢谢你喜欢我啊,如果我没猜错的话。一见钟情是世界上最动人的事之一了。怎么,我说得不对吗……要不,拥抱一下吧?"

高近寒不再迟疑,朝林红大步走过去。林红展开双臂等着他,他抱住林红,林红也抱住他,两手在他后背轻轻地拍了拍,又拍了拍。即便隔着衣物,他仍然感觉得到她的乳房温软而丰腴;即便隔着肉体,他仍然感觉得到,两个人的心跳呼应着。他将下巴搁在她的头发和肩膀间,一股似有若无的清香钻入鼻孔,脑袋里幽暗的夜空之中,似有千百种花朵灿然绽放,绽放了又迅速凋谢。他抓不住任何一朵。他多想吻她啊,又怕过于唐突和轻薄。这时,他忽然意识到,下身竟然有反应了,他既尴尬,又震惊,忽地又感觉心头一阵酸楚涌起。

"谢谢你,我现在真的很开心……不过,再多了,就是狗尾续貂了。"林红似乎觉察到什么了,两手按住他的肩膀,轻轻推开他,仰起脸,朝他虚虚地笑。

不待他说什么,林红转身往电梯轿厢走去,进了轿厢,转过身来,面对着他,在黑皮座椅上坐定。座椅两边,有安全带自动抽出来将她缚紧。高近寒急急急朝她走了几步,她脸上仍挂着笑,眼中却蓄满泪水,嘴唇哆嗦着,似乎想说什么。电梯门关上了。高近寒大喊:"林姨,座椅扶手上有按钮,你快揿下去啊……"

电梯下行,玻璃地板合拢了,了无痕迹。

高近寒站在原地,等着电梯轿厢升上来……不,是等着电梯轿厢永远不升上来。如果不上来,就意味着林红后悔了,那她就可以离开了——虽然,这样他再也见不到她。时间真是漫长啊,他不确定究竟等了多久,恍惚是几个小时,又仿佛只是几秒钟。电梯突然从高塔的外部升上来了,然后,沿着黑色梁柱平移到玻璃幕墙外壁,最终停在过山车的顶端。电梯打开，推出黑皮座椅。

高近寒心跳静止，往前疾走几步，将脸贴紧玻璃幕墙，死死盯着那黑皮座椅。座椅很大，状若乌云，完全将身材娇小的林红包裹在内。他看不见林红，但仿佛听得见她的心跳和呼吸。"林姨，快揿按钮！快揿按钮啊！"高近寒拍打着玻璃幕墙，喊得声嘶力竭。玻璃幕墙纹丝不动，发出闷闷的钝响。他的喊声孤独地在空阔的环形大厅内回荡着。

此时，落日紧紧咬住遥远的海平面。海面似浇了热油，不知被谁的手点燃了，火势炽烈，正不可避免地渐渐熄灭，冷却；又似铺满落日之血，血在渐渐凝滞。如此盛大的美，怎能不让人心旌摇荡？！高近寒凝视着海面，感觉自己正置身其间，承受着烧灼和牺牲。他知道林红也正盯着同样的落日和海面，海面的火也燃烧在她的眼里，落日的血也流动在她身体里。

如此人间，多么值得活下去！他想林红活下去，即便今后他们再无可能碰面。他仍然在祈祷，快揿下按钮啊，快揿按钮啊！他不敢眨眼，生怕错过什么。眼中的火越烧越旺，突然，黑皮座椅骤降，空出的地方，心里的血越流越冷了。

他张着嘴，发出空洞的、野兽嗥叫般的声音。

那黑皮座椅如一颗黑色炮弹，疾速下坠，转上来，再下坠，再转上来，再下坠……恍惚间，他觉得自己正和林红坐在黑皮座椅内，疾速转动，天海翻覆，火与血，更热烈地燃烧和流淌。最终，林红，和他，疾速射进海天之间唯一的窄门。窄门以其无可辩驳的黑暗和冷寂，在等着他们。他想象着，黑皮座椅会一直钻进海底。从此，以大海为被，以土石为床。

落日消失殆尽，海面很快熄去大火，抹去血迹。暮色的裹尸布铺开，收敛尽白日的喧嚣。他仍是木然的。刚刚的死，是真的吗？林红，林姨,他刚刚拥抱过的女人,刚刚让他涌起难以理解的爱意的女人,真的死了吗?这就是他这一年里要做的工作?他像往常那样,两手撑着玻璃幕墙,玻璃幕墙仍旧微微发烫。他渐渐蹲下了,跪在玻璃地板上,额头抵住玻璃幕墙。脑袋里的思绪是难以表述的。这不是真的。这不是真的吗?良久,星星在青灰色苍穹上浮现了。他站起身,双腿僵硬,四面看看,下意识地走到刚刚坐过的椅子那儿,低下头来,发现桌上搁着一双白绸手套。他捡起来,轻飘飘的,握在手中,想象正握着林红的手。这手攀缘着他的手臂往上,落在他的脸上……忽然,他扔下手套,因为这手套在想象里忽然不可遏止地化作一缕青烟。

走到电梯口了,高近寒才发现,刚刚一路走来,完全忘记恐高这回事了。低头望去,玻璃地板下面,是幽深而灿烂的夜,小岛几乎要被大海湮没了。大海凶猛又温柔,沉静地起伏着,星光出入其间,涛声好似失眠人的呓语。他如在梦中,回到居住层,看到脚下的坚实地板,恍若与人间久别重逢了。心头久久萦绕着一种混杂着哀伤、沮丧和虚无的情绪。蓦然想起跟林红提到的《西西弗的神话》。围绕墓碑般高耸的环形书架走了一圈又一圈,浑身出了一层热汗,看到无尽的书脊凸显在星光里,然而,他始终没找到这本书。

(中)

自此以后,很少再有空闲的日子。星期八总会提前告诉他,主人,有客人来了,您准备好了吗?如果一天只需接待一位客人,星期八便将会面安排在黄昏,如果需要接待两位,那便早上、黄昏各安排一位。若是早上,他得在夜色尚未消散时起床。他摸清规律了,红灯升起,都是在太阳和海平线相切的时候。这时候的大海,明暗交错,是一天里最美的。初日给人带来希望,落日则给人带来抚慰。这样的时刻,或许最能让人回心转意吧？然而,回心转意的人,少之又少。

他一次又一次看到黑皮座椅飞速下坠,旋转,时日推移,不由得怀疑,真有人坐在里面吗？真有一具具尸首进入海底吗？然后呢？那些尸首不可能就一直待在海底吧？记得小舟说过,尸首会按照客人生前的愿望处置的。怎么处置呢？他很想再下楼去看看,在那道黑暗窄门边,会不会留下什么痕迹。但他不敢。他怕真的看到什么痕迹,血淋淋的死,是他难以想象的。他更怕什么痕迹都看不到,了无痕迹的死,也是他难以想象的——他还不得不承认,对下楼这件事,他是有点儿心理阴影了。在高塔之上看起来胸无城府的小岛,实则心有千千结。

不多久,另一个自己跳出来告诉他,这一切都是真的,真有人随着那黑皮座椅的下坠,旋转,从此在这世界上消失了。林红消失了,之后的一个个活生生的人,都消失了。连续好多夜,他梦见林红——奇怪的是,之后消失的那些人,他几乎没梦见过。林红在梦里仍然那么微笑着,像是看穿一切,其实心里并不敢肯定。他真是后悔,他那天应该再说一些什么的,哪怕林红总是说,你不用劝我了。唉,那时候他还没意识到,一个大活人真会在他面前永远消失……这天晚上,又送走一个人,他已经不记得这是连续第几个了,他甚至没记住这人的名字。这人刚坐下,他就感觉到,她的眉眼和身材,跟林红有些相像,这一度让他有些心不在焉,待她消失在过山车尽头,他不由得陷入深深的愧悔当中。他在过山车后,紧贴玻璃幕墙站了许久,直到暮色淡去,繁星显现。

他又做梦了,而且是情节完整的长梦。梦见二战时期,内陆某县城,日军围着一座教堂攻打。他和二三十人逃至极高的教堂屋顶,屋顶是传统的瓦屋顶,噼里啪啦一阵响,瓦片在他们脚下碎裂不少。他们推翻梯子后,才想起捡碎瓦片往下砸,又是一阵噼里啪啦响,同时传来一阵哎哟哎哟声。对峙了一阵,楼下的日本兵退去了,躲藏在不远处的树林里。他和伙伴们弹尽粮绝了,下楼就是送死,只能继续待在屋顶。屋顶并非完整一块儿,是很多塔楼的屋顶攒集而成,高低错落,方向各异。许久,听得人群议论,说有补给来了,很快看到一只巨大的热气球靠近,热气球底下系着的是龙船样的吊篮,渐渐地,热气球消失了,只见龙船凭虚御风,朝屋顶浮来,张世杰出现在龙船甲板上,朝屋顶扔下一些粮食和水后,说还可以带走一个人。这时候,人群尽头走来一个围着鼠灰色薄纱黑碎花围巾的女人。女人自然是林红,但她头发蓬乱,目光失神,嘴角叼着一根烟,不时吐出一口浓烟,和往昔的形象大为迥异。她身子欹斜着,撞开他的身体走过去,爬上隔壁塔楼的屋顶,翻身上龙船时,扭头望向他。她似乎不认识他了,只是茫茫然地看着他。他喊她,喊声憋在嗓子眼儿里出不来。张世杰也望向他,同样,他也不认识他了。龙船远去,两人站在船舷,越来越小。

补给越来越少,死去的人越来越多。死了的人都被他们扔下屋顶了。每次扔下去,就有日本兵凑上来将尸体拉走。他们顺势砸下瓦片,激起一片嗷嗷乱叫。渐渐地,再有尸体被他们扔下去后,日本兵不过来了。他看见不远处的树林里,许多小眼睛在闪烁。越来越多的尸体在楼下堆积,腐烂,发臭,小眼睛们仍旧只在不远处的树林里闪烁。还多了许多鹰隼,有的落在楼下争抢腐尸,有的在头顶不远不近地盘旋。补给耗尽了,屋顶的人越来越少了,最后只剩他一人。他背靠最高处的烟囱,又饥又渴,忍受着无处不在的腐臭味,忍受着不断迫近的小眼睛和鹰隼,更忍受着自己一日日变成屋顶的一部分,每一块皮肤都是破碎的瓦片,每一根肋骨都是断裂的椽子。这忍耐看不到尽头,他骨瘦如柴,眼球灼热如炭粒。他扶着烟囱站起身来,探头往烟囱内看,黑黢黢的,像是无尽的深渊,有些不可名状的东西正穿透时间的重重迷雾朝他窥探。他焦灼，忧惧，莫名地觉得悲伤，想要终结这一切。忽然，听到烟囱底部一个声音螺旋上升：

"主人，您准备好了吗？"

心里咯噔一下，到卫生间里洗一把脸。双手捧起水，如捧着一小片微缩的海。他将脸埋入海底，停了几秒，才直起身子。脑袋仍然木渣渣的，如一团过期的散发着馊味的豆腐。下楼，电梯门打开，站在轿厢内，好一会儿才迈步出去，走尽甬道，热带猛烈的日光从西边射过来，玻璃幕墙和玻璃地板，似乎让日光愈加耀眼。尽管恐高的感觉仍然不时在心里作祟，他仍旧毅然决然走了出去。先来到淡绿色桌椅处，空空如也，看来是他来早了。习惯性地展开双臂，循着黑色梁柱慢慢走了一圈，最后停在过山车轨道边。

林红坐进黑皮座椅的一幕再次浮现。她始终微笑着，鼠灰色薄纱围巾被不知从哪儿吹来的风轻轻扬起，黑色小花如小小降落伞，朝他的脸荡过来……回过神来，眼前是空荡荡的过山车轨道深深扎入大海。

大海是一切的归宿。海面波光耀眼，海鸥们忽高忽低。如此静谧，美好，仿佛死亡不存在，仿佛一切皆永恒。每一个人都以短暂的生命，分享着这永恒。因玻璃幕墙隔绝，他几乎听不到涛声和鸟鸣，闻不到海面播散的水腥味儿，也感受不到海面吹来的风。只有光，温度，色彩，形态，无法被隔绝，源源不断地影响他，进入他。他既是外在于这一切的部分，又是内在于这一切的部分……这些念头，无数线头似的缠绕，他刚抽出其中一根，另一根又卷过来。忽然，所有念头一起退去，心中空空如也，被天空和大海充满。

听到脚步声从身后传来，他匆忙转身，看到一个和自己年纪差不多的姑娘站在甬道尽头的黑色台阶处。这姑娘小麦色的脸庞，高眉深目，一看即知不是华人。高近寒瞬间想到上岛之前就曾纠结的一个问题，即自己不会外语，而这是国际项目，那势必要接待来自全球各地的人，语言不通怎么办？之前接待的客人，即便不是中国人，也是能说汉语的华人，以致他渐渐将这问题遗忘了，如今乍见一个外国人站在自己面前，他不由得愣了半晌。

高近寒犹疑着，仍用汉语说道："你好啊。欢迎来到岛上。"

"终于见到个活人了。我还以为这鬼地方全是机器人呢……"姑娘瞅他一眼，说出来的一长串陌生词汇，仿佛在半空翻了几个筋斗，抵达他的耳朵的，已经变成汉语了。他不禁想起那夜在地底碰到那日本兵的情形，莫非这岛上，装有某种自动翻译装置？他抬头看那姑娘，姑娘似乎对语言的自动翻译毫不在意。

姑娘低头注视着透明玻璃地板，笑嘻嘻地说："嚯！这倒新奇哈！还整个透明地板。"姑娘跨出电梯，低头看着地板，不走那黑色横梁，径直踩在透明玻璃上，蹦了几蹦，砰砰响，"嘿！真不错啊！"

虽说不像之前那样恐高了，被她这一蹦，高近寒仍然吓了一大跳，想阻止，又怕显得自己胆小，只能努力克服着内心深处的恐惧。

"你一点儿不恐高？你知道这儿离地面多高吗？"

"恐高？笑话，老娘刚成年就去蹦极了……"姑娘说着拽了一下吊带。

姑娘瘦小，鼻子眼睛也小，脑后却搭一根粗壮黢黑的长辫子，一直拖到扁平的屁股底下，光亮的额前有短短的刘海。这样的发型，在当下年轻人里很少见。打扮也有些怪异，黑色运动鞋，黑色绉纱灯笼裤，白色吊带衫，露出浑圆的小麦色肩膀，露出闪亮的脐环。小腹马甲线明显，两只小小的乳房如两只雏鸽，随了她身体的律动，一下一下啄着蛋壳，随时会蹦出来似的。姑娘比高近寒矮半头，高近寒只要略一低头，就能看见她没穿内衣的乳房。姑娘意识到了，翻个白眼，又扯了一下吊带。高近寒赶紧别过头去。

"我叫高近寒，是这儿负责接待的。请问，您怎么称呼？"这些话是他自己想出来的，听起来有些像酒店前台服务员说的。

"你们可真逗。一套一套的。怎么？还要验明正身？好吧，我叫所罗门·鲁绮卡，来自印度。其实随便叫什么了，你也不用费劲儿记住这名字，待会儿世界上就没这人了。"姑娘一副很洒脱的样子。

"这是我们的程序，总要问一些基本情形的。"高近寒脸上微烫，其实星期八从没跟他说过有这样一道程序。

鲁绮卡不看高近寒，继续往前走，不时在玻璃地板上蹦一下，仿佛是要试试地板是否坚牢。高近寒心惊胆战地跟着。很快，她看到那巨型过山车了。"酷哦！"她喊了一声，小跑几步，趴在玻璃幕墙后，盯着过山车怔怔地看了好一会儿，转头问他，"这就是那安乐死过山车吧？真是酷哦。你坐过吗？"

"我要是坐过，就不会在这儿了……"

"嗨，也是……不过你都没坐过，那你能跟我聊什么？"

高近寒不语。心想她说的不无道理啊。他没坐过这安乐死过山车，也没死过，能和到这儿的人聊什么？他在赞美者社团时就无数次想过，一个决心赴死的人，临死前会是怎样的表现。后来，他知道了，很多时候，一个人真决心赴死时，虽然内心里可能风暴迅猛，外表却往往不会有什么特别的表现。但他如何能知道他们的内心呢？现在，这姑娘就站在面前，她内心想的又是什么？

"要这么说，我确实不知道能跟你聊什么。"停了停，又说，"你想聊什么，就跟我聊聊什么吧。对了，我们可以到那边坐下来，喝点儿东西。"

"有酒吗？白酒有吧？"鲁绮卡叹一口气，"反正没什么好挣扎的了。"

"那就来一杯白酒，再来一杯绿茶吧。我酒量不行，只能喝茶陪你了。"

鲁绮卡瞅一眼高近寒，没说什么。

"离太阳落下去，还有好一阵儿。你任何时候都可以反悔的……"高近寒引着鲁绮卡往桌椅那儿走，说到这儿停住了，回头朝过山车方向指一指，"待会儿，那地方会升起一把黑皮座椅，你坐上去后，会看到座椅两边扶手上都有按钮，在座椅进入过山车轨道前，任何时候，你都可以揿下按钮，然后，你就能安全地回到地面了。不是一定要走这条路的，而且，死并不能解决问题……"

"这些已经有人跟我讲过了，"鲁绮卡瞅他一眼，"可是，我为什么要反悔？"

"这是生死大事啊，不是玩游戏。我希望你反悔。"

他们在圆桌边面对面坐了。送餐机器人送来酒和茶，都是半斤容量的玻璃杯。高近寒将酒推到女孩面前。送餐机器人转身，悄无声息退去了。

鲁绮卡盯着酒，酒面泛着细小的涟漪，午后的光如金箔般晃动。鲁绮卡扭过头去，盯着太阳看了一会儿，闭上眼睛，一粒细小的泪水从眼角沁出。她迅即睁开眼，朝过山车扬了扬下巴："话说那过山车可真大啊，比我想象的还大。待会儿坐上去，真够刺激的！"鲁绮卡脸上尽是雀跃之色："待会儿，我下来后，告诉你是什么感觉啊。这样以后再有人问你，你就有话说了……"

高近寒不知说什么好。

"哈哈哈，吓到你了吧？"鲁绮卡大笑，"我看你这人还挺呆的。你不会相信这世界上有鬼吧？在印度，很多人认为，鬼是真的，人是假的，人不过是守尸鬼，但我不相信。我也不相信人死后会变鬼。如果人死了，还要变成鬼，变成鬼不算，还要投胎，还要再做人，再变鬼，这样没完没了，还让不让人歇一歇了？"

"我想到前阵子想要找的《西西弗的神话》了。听你这么一说，如果人真能反复转世，那人跟西西弗反复推巨石上山差不多了。"

"我没看过，听不懂你说什么……"鲁绮卡撇一撇嘴，"我只是累了，就想让自己没了，彻彻底底地没了。"鲁绮卡深吸一口气吐出，朝酒杯伸过手去，微微颤抖着，抓住杯耳，顿了一时，将酒杯端到面前。酒杯微微晃动着，酒杯里的一轮太阳燃着熊熊烈火，延烧到她殷红的嘴唇。她再次深吸一口气吐出，慢慢将整整一杯白酒咕咚咕咚喝尽了，长长吐出一口气。酒气径直扑到高近寒脸上。

"天哪！我从来没见过这样喝酒的。"高近寒倒吸一口冷气。

"还有酒吗？"鲁绮卡眯缝着眼，似笑非笑地瞅着高近寒。

"有肯定是有的。"高近寒犹豫道，心想她喝多了怎么办？心念电转，只要自己清醒着就行，她喝多了岂不是更好？！那样她就没法坐进过山车里了。然后呢？她能去哪儿？管他呢，到时再说，只要能救下她就行。主意已定，立马说："意思是再来一杯？不如一边喝酒，一边和我讲讲你的故事？"送餐机器人又端上一杯酒，还送上几碟小菜和一瓶矿泉水。

"你想听？我哪有什么故事啊……"鲁绮卡眯眼笑，"想起来，我因为喝酒，在 AA 认识了一个批评家——是他说自己是批评家的。我还挺纳闷，竟然能有一种专门'批评'别人的职业。后来发现，他确实挺适合这职业的。他在 AA 现场会，也像你这样，表现出很想听别人讲自己故事的样子。我记得，他听完我讲的故事后，批评我说，故事性太差，而且缺乏对人性的洞察。哈哈哈，去他妈的故事性，去他妈的人性洞察吧。我活着还能没人性？但我可不是为了故事活的，我干吗要活得有故事性啊？我都快活成事故了……"鲁绮卡忽然有些哽咽，很快又眯眼笑着："不过他说的可能也没错，我的故事确实是没什么故事性，你要想听，我就瞎说说……待会儿，时间到了你记得提醒我啊……"

"这儿没有时间到不到这一说，只要你想说，今天说不完，明天还可以继续。"

"那我来这儿是干什么的？来说书啊？"鲁绮卡抓过酒杯，这次没一口闷了，稳稳地端着，浅浅地抿了一口。

"就算是来说书，有什么不好？还有人当作来旅游呢……"

"别打岔！你不是要听我讲吗？"

高近寒不说话了，端起茶杯喝了一口，等着她说下去。

"从我小时候说起吧。我老家在印度北阿坎德邦，我想你应该没听说过这地方吧。那儿到处是农村，特别重男轻女，就是在印度的大城市，女性的地位也不高。你看过《印度的女儿》吗？讲的是 2012 年年底真实发生在首都新德里的一件事，乔迪被强奸，被伤害至死，但强奸犯们丝毫不觉得自己有什么问题。这样的事在印度并不少见，有人甚至说，印度女人要想不被强奸，只能靠运气……"鲁绮卡的目光停在半空。

好一会儿，鲁绮卡继续说："我听我奶奶讲过，她年轻时候连续生了七八胎女儿，只留下我爸，别的呢？全扔了！我妈倒是没这么重男轻女，因为她是从缅甸来的。我妈说，快生我时，她住到乡卫生所，去厕所尿尿，是那种老式厕所，一个坑洞，搭一块木板，底下连成很大一片粪池。我妈刚蹲下，听到粪池里有嘤嘤的哭声，低头一看，就在她蹲着的坑洞底下，一个女婴脐带都没剪呢，手脚一探一探的，白乎乎的蛆正爬到她眼睛鼻子嘴巴里去……我妈吓得眼前发黑。她没能力救那女婴，也不敢在那儿尿尿了，因为会尿在女婴身上。她换了个坑，再低头看，粪池表面仍然有女婴。接连换了几处坑洞，都是这样。我妈再不敢待那厕所里了，提起裤子，憋着一泡尿往外跑。卫生所很简陋，只有这一处厕所，她跑到卫生院外的小树林，找了处荫蔽的地方，刚要蹲下，四面看看，草丛里是零散的小手小脚。我妈吓得直接尿裤子里了。"鲁绮卡端起酒杯，又抿了一口酒。

"我妈不敢待卫生所里了，一路跑回家。我奶奶只得去找接生婆。我是我们村最后一个由接生婆接生的。可我不争气，是个女的。我奶奶很不高兴，反复念叨，五百卢比啊五百卢比。因为这些，我妈把我保护得特别好，生怕出什么岔子。我长大后，我妈跟我说起这段日子，仍然心有余悸。幸运的是，我妈第二年第三年，接连生了两个儿子。这以后，我妈才不担心我的安全了。后来，读书又成问题了。我妈坚持一视同仁，但家里终究没同意。我妈打听到有一所刚办不久的学校香堤巴旺，可以让我免费读完十二年中小学，但听人说，那学校会把小孩的器官卖给美国人。我妈不相信这些，仍将我送到学校里去。那真是我这辈子度过的最美好的十二年。我挺争气，成绩一直不错，我那两个弟弟在老家上学，成绩很差不说，还经常惹是生非，后来，干脆都辍学回家了。直到这时，我奶奶对我才算有点儿好脸色，不过她仍然很不甘心，说我读书再好又怎样，以后也是别人家的。我妈总对我说，别理会这些。不知道是因为压力太大，我的成绩下滑了，还是因为成绩下滑了，我的压力才越来越大。我以为就我一个人压力那么大，后来才发现不是。十二年很快过去了，如果能通过考试，取得好成绩，就有可能进入私立大学。考前一个月，班里我最要好的朋友竟然从教学楼上跳下去，死了。她死前留下遗书：'我太累了，你们继续。'我们座位离得挺近，她平时寡言少语的，只跟我说话比较多，我从没听她抱怨过什么，想不通她怎么突然就……班里好多女生哭了。我也哭了，心想，大家都这么累啊。就在这种氛围里，我果然没预想的考得好。在我妈的叹息声里，我去了一所很普通的学校，毕业后，有航空公司招聘空姐，我去面试了。我妈可真是高兴坏了，我们全家都高兴坏了。哪里想到，面试时，我竟然因为一个非常小的细节，被刷下来了。因为，我有文身。"

"文身怎么了啊？在印度，很多人都有文身。"鲁绮卡低头，伸出右脚，稍稍拉起裤腿，露出脚腕上的黑桃图案，"喏，就这么一个很小的图案，扑克牌里那种黑桃。这不是现在的潮流吗？在大街上走着，总会时不时见到文身的女孩的，好多都和我一样纹在脚腕上。小姐妹们去文身店玩儿，我跟着去了，也跟着文了。后来，航空公司面试，面试的人问我这文身什么意思，我说没什么意思啊，就是因为图案简单又好看。我隐约听到面试的人里头，有个小姑娘说了个词：媚黑。他们表情怪异，低声说了些什么，咻咻笑。我搞不懂，离开后上网查了，才明白……你也不明白吧？就像你也不明白 AA 是什么意思。这有什么呢？是他们把人想得太复杂了。不过，也可能是我把人想得太简单了，后来有人告诉我，其实我之所以不通过，不是因为什么文身，还是因为种姓问题。虽说印度早废除种性制度了，但有的地方……"鲁绮卡眉头紧锁，沉默了。

"AA 是什么意思？我确实不明白……"高近寒有意岔开话题。

"我知道 AA，也没几年时间。我没通过航空公司面试，最失落的是我妈。她之前出门聊天，都把牛吹出去了。我没通过，她都不好意思跟邻居见面了。她得知我之所以被刷，是因为脚腕上的文身，简直怒不可遏，从来没有过的，她动手打了我一耳光，要我去把文身洗了。其实我早就想去洗了，只是被她打了，生出抵触心理，非但没去洗文身，还离家出走了，跟着几个小姐妹瞎混。有一次，一个姐妹的男朋友约我们去迪厅,跳舞喝酒,特别开心。只有我神情低落,他们说有种东西可以缓解压力,我相信了,吃了。我上瘾后,才知道这是很容易上瘾的。我恨那些人,但为时已晚。后来,我想要重新开始,独自到孟买,找到一份薪水还不错的工作,和我妈的关系也缓和了。我知道,她是真爱我,打我那一耳光,实在是恨铁不成钢。我决心好好工作。只是太难了。我妈好多次问我什么时候回家,说想我了。我妈很少这么直接表露情感的,可见她是真想我了。可我哪里敢回啊?他妈的!我得先把药戒了。偶然在网上看到,说喝酒可以戒毒。于是,我从超市买来好多酒,在出租屋里一个人喝。从啤酒开始喝,喝到红酒,再到白酒,无所不喝。喝多了,我也没负罪感,安慰自己说,这是为了戒毒嘛。但我发现,即便频频喝醉,我也没把药戒掉。我着急了,心想是不是喝得不够啊,于是越喝越多,还净拣着度数高的喝。算是功夫不负有心人吧,有一天我忽然发现,我真把药戒了,只是,我染上酒瘾了。"

"我那时只知道毒瘾,不知道还有酒瘾一说。我喝酒越来越多,每次都喝醉,如果不喝醉,就感觉没喝。我经常到小超市买一大兜便宜的白酒回来,再买点儿熟食,回到出租屋,坐在地板上,一边看电影,一边喝。有时候都忘了吃菜,喝着喝着就醉了。醒来后,电影还放着,我喝几口水,接着喝。这样的日子持续了好久,有天早上,听到有人敲门,我从地板上爬起来,打开门,站在面前的竟然是我妈。我妈看看我,再看看我身后的屋子,惊叫了一声。唉,后来她说,我那屋子就像猪窝,而我就像个鬼。她花了大半天时间帮我收拾,光是空酒瓶,就收了满满当当两大垃圾袋。她说,想不到我竟然会变成女酒鬼,要我即刻开始戒酒。我想,戒酒嘛,应该不难。我都能戒毒,还戒不了酒吗?先是靠意志力,想着不能喝了不能喝了,结果我妈回老家后,这方法立马失效了。我想,凡事不能一蹴而就,不如逐步减量,今天喝一斤,明天八两,后天六两，慢慢地，就不喝了。结果，没几天又失败了。这时候，我妈又来了，她说，思来想去，还是不放心。她看我屋里再次堆满空酒瓶，就硬让我请假，跟她回老家去。那阵子，喝酒其实已经严重影响我工作了，我也乐得逃离一阵，就跟她回去了。回去了也一样，我总是偷偷摸摸找酒喝。后来，我妈不知道从哪儿打听到的土方，说是取白酒一斤，浸泡活黄鳝三条，四天后早晚各服用一两，连续五天，就不想喝酒了。不用说喝五天了，我看看那一坛子酒的样子，就唠了。可没想到，我竟然没熬住。这酒瘾哪，身瘾还好说，心瘾实在难熬。只两天，我就把那一坛子酒喝完了。结果，第二天刚喝完，就呕吐不止，去医院检查，是急性肠道感染。出院后，我好多天不再喝酒，我妈以为那土方子灵验了。"

"我回到孟买，一面先稳住工作，一面在网上找一些和我有类似境遇的人，看看还能有什么办法戒酒，就有人引荐我参加 AA。对的，我就是这时候知道的 AA，这是嗜酒者互诫协会的简称。线上线下活动我都积极参加。在某次现场会，我认识了前面跟你说过的那个所谓'批评家'。他还算好的，一副明明白白让人讨厌的样子，有些人是表面装得挺那什么的，背地里，哼……"鲁绮卡停了好一会儿，手颤抖着，端起酒杯，连连喝了好几口。

"在 AA 里，成员之间要相互监督，每个人会在群里发戒酒几天几天了。也有人结成对子，相互鼓劲儿。起初打着监督的幌子，聊各自的故事，说着说着，就有人会发些咸湿的话。我不知道别人怎样，也没法问，总之我碰到好些人发来骚扰信息，一个个真他妈是精虫上脑厚颜无耻。我不想成为又一个被强奸的印度女人，我总是拒绝得非常清楚，可这些混蛋，还以为我是欲拒还迎。难道'滚'这个字表达的是欲拒还迎？"

高近寒不合时宜地笑了。鲁绮卡瞅他一眼。他忙将笑憋回去，心想,此刻鲁绮卡会不会以为自己也成了她厌恶的那种人?

"算我倒血霉。不过我也不是什么贞女烈妇。我承认,我接茬过几次,但我从没跟人睡过。他妈的,我说这话,也不是要表明什么,我是说,我从来不觉得没跟人睡过就有多高尚,跟人睡过就有多下贱。这都什么年代了啊?为什么要死盯着这个?太荒谬了。我还很荒唐地想过,既然当初被人认为'媚黑',那不如真找个黑人试试。不过也就是想想,我总不能在大街上拉住个黑人,说我想跟你睡觉吧?"

"我想起阿Q求吴妈,我和你困觉。"高近寒又不合时宜地笑。

"你说什么?"鲁绮卡瞠目而视。

"没什么,没什么。怎么样,再来一杯酒吧?"

不知不觉,鲁绮卡已经将第二杯酒喝完了。她举起酒杯,将杯口扣在右眼前,透过厚厚的杯底望向落日。一圈亮晃晃的白光,在她眼睛周围颤动。高近寒看她,小麦色皮肤透着红晕,眼睛闪亮,并无醉意。忽又想起鲁绮卡来此的目的,如果她待会儿喝多了,执意要去坐过山车,那算是真实的意思表达吗?

"时间还没到?那再来一杯吧。"鲁绮卡放下酒杯,神色郁郁。"这样彻底放弃了,倒轻松了。就像在AA的时候,后来那些人再发骚扰信息过来,我如果不当回事,直白夸张地回复他们,呵呵,这些傻逼,又暴露出胆小鬼的本质,没一个敢接话的。"鲁绮卡歇斯底里地大笑了几声。

高近寒有些莫名地看着她,心想这有什么好笑的呢?

"后来,反倒没人敢惹我了。我知道别人私底下怎么议论我,说这人很疯的。再后来,一次线下活动,我遇到了他,他和那个自以为是的批评家一起来的。"这时送餐机器人送来新一杯酒,鲁绮卡端起酒杯,大大喝了一口,"刚才忘了说,每次现场会,只要那批评家来了,就没别人什么事了,他总是大刺刺地侃侃而谈,哪怕别人正说着话,也不管别人想说的到底是什么,这狗屁批评家总能随时插进话来,居高临下批评一番。他是这种人的朋友,能是什么好人?所以我对他的初始印象并不好。后来发现,我错了,他特别安静,总是坐在椅子上,两手握着,微微侧着脑袋,仔细听别人说话。有好几次,那批评家要打断别人说话,他会用手肘拐一下批评家,说你让别人把话说完嘛。不过他不经常来,还是那批评家来得多。有一次我问那批评家,你朋友怎么不来了?批评家说,他大概又喝多了吧?他这人没定力的,这辈子都戒不掉酒了。我心里一惊,心想怎么可能呢?他看起来是那么安静的人。又过了一阵子,他来了,头发长了许多,脸色很难看。我心里一咯噔,心想他怕是真如那批评家所说。就是那次现场会,我和他加上的微信好友。他说他是作家,笔名叫作辛格。我后来才知道,他其实只是那种没什么读者的作家,那批评家算是他最重要的读者了。有天醒来,我发现他在我的 ShareChat 底下留了好多评论。我发语音问他,你是在考古吗?他语音回复说,看你分享的东西挺逗的。我说,还从来没人这么评价过我,你和批评家是朋友啊,你不知道他怎么'批评'我?他说,别在意别人怎么说嘛,你看他那尖嘴猴腮的样子,就知道他有多刻薄了。我说你这话也挺刻薄的。他说,还从来没人这么评价过我。我们都笑。他说,他叫阿米莎,辛格只是笔名。我说你这是女孩的名字嘛。他说,爸妈就想要个女孩来着,可惜我是男的。我说,我奶奶和我爸都想要男孩,可惜我是女的,只有我妈不嫌弃我。我们从性别意识啊、女权主义啊、印度女性的困境啊聊开去,前面提到的那部电影《印度的女儿》就是他推荐给我的。我们越聊越投机,约好今后要相互督促,一起戒酒。

"后来,他几次想要发生关系。我不想啊,我倒不是要守什么清规戒律,我就是纯粹对那事没欲望,觉得两个人那样,挺恶心的。我就说,我还是处女,我要想一想。他惊讶得眼珠子都快掉出来了,说怎么可能呢。我说什么叫怎么可能？他仍然说，你别吓我，怎么可能?！后来，他几次三番说我肯定是骗他的。我恼火了，这多大个事儿啊，有什么好骗的？为了证明我没骗他，我就和他睡了。记得我说疼，他还以为我装，后来发现真不是装的，他吓得脸都白了。我只好安慰他，说没事的啊，流血而已，又不会死人。你说，这算什么事啊?！"

高近寒听得目瞪口呆，完全没法搭腔。

"戒酒的事儿，渐渐被我和辛格搞忘了。我们都不再去参加 AA 的活动，两个人经常一起去小饭馆喝酒，反正两个人酒瘾都很大，谁也不嫌弃谁。他原先是在一家图书公司上班的，因为喝酒，工作丢了，之后一直没持续性工作，他已经很久写不出小说了，只偶尔帮出版社做做图书封面，或者帮一些土鳖老板写传记。他经常说，写得要吐了。于是，我们又有借口喝大酒了，一边喝一边把那些土鳖老板骂个痛快。还好我的工作没丢，不管多少，有一笔稳定收入。为了省房租，他干脆搬来和我住，我们连小饭馆也不去了，仍像我以前那样，买了酒回出租屋喝。有时候因为头晚喝酒太多，上班迟到了，自然会被老板说。我回家跟他说，要不是他老约着我喝酒，我也不会迟到。说了几次，他恼了，说他本来都戒酒了，明明是我约着他喝的。两人吵着吵着，他打了我一耳光。比我妈打的那耳光狠多了。我们都愣住了，他很快给我道歉。我们还为此好几天没喝酒。可不久我们又吵起来了，他开始频繁对我动手——据说，有一半以上的印度男人认为打老婆是正常的。我手臂上、腿上都是青紫，脖子上也有几块青紫，为了遮掩，上班时我都一直围着围巾。吵完打完，第二天他总会道歉，我们不免又大喝一场。后来，我那工作干不下去了。我说喝死算了，要死一起死。只是我们没喝死，却喝穷了。我总不能再向家里要钱吧？我爸只在乎他那两个儿子，我妈是家庭主妇，能有什么钱？我妈到孟买找我那两次，把私房钱都给我了。我太对不起她了。她好多次打电话来，我都不敢接。我们开始借钱，朋友都借遍了。他让我借网贷，我不借。我知道那和毒瘾、酒瘾一样可怕，我不能再陷进去了。这大概算是我人生里唯一拒绝了的诱惑吧。

"你能想象吗？在经济上山穷水尽后，一个人会有多疯狂？辛格开始从超市偷酒，偷熟食，我很恼火，说你怎么能偷东西呢？他不理我，独自坐下来吃喝。我也真是不要脸，抗拒了一阵，竟也跟着他坐下来吃喝。他嬉皮笑脸说，怎么样？真香了吧。还说，这是作家体验生活。后来，他发展到去大学里偷单车，去小区里偷电动车。有一次，偷电动车时被抓了现行，被人暴打一顿，还被拘留十五天。我想着，等出来了，他应该能改了吧？哪里想到，他出来后，竟然说机缘巧合，认识了个哥们，从此再不用去偷了。我问他，找到工作了？他说，这比工作还要好，说让我去卖，他那哥们负责找生意，他负责接送我。还说，这也是了解社会的一个渠道。你说，这还是人话吗？我知道，如果这次我再忍了，他会越来越夸张的。我们大吵，都失控了，说的话都很难听，他打了我好几拳，我也把他的脸撕出血了，顺势把他的那些很久没翻过的小说啊诗啊从窗口扔出去。不管他再说什么，我只剩下一个字：滚！他在楼下僵持了一会儿，好多人远远地站着看。他骂累了，说鲁绮卡你等着！有你求我的那天。

"我其实挺害怕的，但我说我等着呢，你爱干吗干吗。我担心了一晚上，想他会不会拎着刀上门砍死我？他一直没出现，楼下那些书也不见了。我睡着了，第二天一大早打开手机，好多个未接电话和信息。有前同事的，有大学同学的，有的让我上网看，说网上都是我的裸照，还有的直接发来裸照，问是不是我。我真是疯了！拿手机的手都抖了！那些照片,搔首弄姿,头都是我的,可身子全不是我的。他也真豁得出去,他甚至把他跟女人赤身裸体搞的照片都放上去了,而且,照例把女人的脑袋换成我的! 我的血都要从鼻孔里喷出来了! 有些照片还是在我屋里拍的,床头柜上摆着我和他的合影! 可见他曾经趁我上班,把女人带到我屋里搞啊! 啊,我真是炸了! 我从来不知道他还有这才能,能把照片P得那叫一个天衣无缝,就是我自己看了,都要愣好一会儿,心想难不成我喝多后,真跟他拍过那样的照片? 不可能啊。我最怕拍照了,更别说拍这样的。

"我手抖脚抖,浑身被几百万根针扎着,打电话给他,他不接;发信息给他,越说越恶毒,差不多把手机屏幕都按坏了。他总算回复了,要我继续跟他做男女朋友。我说做梦去吧。我们又开始吵了。吵到最后,他说,不做他女朋友也行,那要我赔偿他一百万卢比。我说这算什么钱? 他说,青春损失费啊。我说,我让你白睡了这么久,损失的难道不是我吗? 他说,别他妈装了,以为我不知道? 你以前在AA,跟哪个人没睡过? 我彻底炸了……"鲁绮卡越说越激动。

"他这算敲诈勒索,犯法了啊。你怎么不报警?"高近寒说。

"我怎么没报? 当然报了,屁用没有,派出所把我们都喊去了,只是劝了几句,说小年轻谈恋爱,好聚好散。刚离开派出所,我差点儿又被他缠住。我现在是真后悔啊,当时我应该给他一点儿钱的,那样报警的话,说不定就能以敲诈勒索罪把他逮进去了,也就不会发生后来的事了。"

"还有后来的事?"高近寒愕然。迅速瞥一眼远处,夕阳快要碰到海面了,只要挨过这一刻,或许鲁绮卡就反悔了。

"当时,我觉得这事儿简直没完没了了。大概是派出所的劝诫起了一点儿作用,他不再发那些换头的裸照了,转而发一些和我的聊天截图,和那些照片一样,截图里的话基本不是我说的。我自己看了都觉得恶心。他把那些截图发给各种我认识的人,你说他是不是疯了?他怎么就能找到那些人呢?!有些人我早不联系了!因为他,失联多年的小学同学都和我联系上了。他还发动不少他的朋友对我各种攻击,我辩白过几次,毫无意义。所谓社死,大概就是这样的吧?

"他还一再给我妈发信息。我妈看了那些裸照,又看了那些聊天截图,气得血压飙升。我跟我妈反复解释,她肯定是没怎么听懂的,但她仍然愿意相信我。我把喝酒的那些事省略了,把别的事原原本本讲给她听。她很恼火,在电话那头大骂辛格,说是什么狼心狗肺的人,你有他爹妈的手机号吗?我找他爹妈说。我当然找不到辛格爹妈的手机号。那阵子,我和我妈天天打电话聊天,直到那时候,我才知道,我妈是从缅甸曼德勒被拐来的,不是她自己要来的。当年她跟家里闹矛盾,一气之下跑出来,不想在火车上被拐了,转了好几道手,才被卖到我们村——我这时候才明白,我奶奶经常念叨的五百卢比是什么意思。我妈跑过几次,到底没跑掉,加上我爸始终没对她用强——这在别人家是不可想象的。我妈认命了,和我爸正儿八经结婚了。唉,我妈以前从没和我聊过这些。被辛格各种折腾的时候,我没哭过,可和我妈聊天时,我哭了。

"天有不测风云,这句话真是在我身上一再应验。有一天黄昏,辛格又给我妈发信息了,说的话非常难听。我妈又打电话过来,我们就一起骂辛格。我听见边上摩托声响,问她在哪儿,她说走在路上。我们那儿的一条公路刚修好,很多人趁着还没通车,到高速公路上去散步。公路从我们村后经过,我妈也去过好多次。忽然,听得咣当响了几声,我妈没声音了。我的一颗心吊起来……唉,我没想到这么戏剧化的事会发生在我身上。我回家奔丧,我爸和我弟他们似乎并不欢迎我。我听到村里几个我不认识的年轻人对我指指点点，又嗤嗤笑。我明白了，连村里人都知道我的事了。葬礼过后，我想改过自新，回到孟买后，搬离原来的住处，跟绝大部分熟人都不再往来，又找了一份收入还算过得去的工作，慢慢还了一些债，还好一阵儿没喝酒了。可是太苦了，不喝酒真是让人浑身难受。我想，若不是因为我的事，我妈也不会分心，也不会被骑摩托的人撞死。我妈那么疼我，我多想为她争口气啊，结果呢？她却因我而死，我还有什么脸活下去？我又开始喝酒了，越喝越凶，酒后整个人都会失控，第二天完全想不起来昨天做过什么荒唐事。工作自然是又丢了。在来这儿之前，我少有的十来天没喝酒了，可是你看，你才说酒，我就忍不住了……"鲁绮卡目光凄然，端起第三杯酒，喝尽了。

"我不想再熬下去了。我把我借的钱都还了，剩下的那些，是辛格借的。就让他自己慢慢去还吧，那些人找不到我，自然会去找他。"鲁绮卡狡黠地笑，转瞬又黯然了，"不过，自从他知道我妈死了，再没联系过我了。也许是他良心发现了？不可能的。兴许是他醉死在哪个角落了吧？"

我们都沉默着。黄昏的光笼罩在他们身上，如梦如幻，似真似假。

"唉，是不是因为跟那不入流的作家待久了，我发现我还挺能说的。怎么能说我讲的没有故事性呢？缺乏对人性的洞察可能倒是真的，不然我就不会遇到辛格这人渣了。不过，什么人遇上什么人，我也好不到哪儿……"鲁绮卡神色黯然。

叮一声轻响，音乐轻柔，那盏红灯升上来了。

"时间到了？"鲁绮卡凄然一笑，"谢谢你听我说这么多啊，还请我喝这么好的酒。我没喝多，也没犹豫，我知道，得你按下去了，安乐死过山车的程序才能启动，你快按下去吧……"

"你现在很好啊,为什么一定要走这条路呢?那么多日子都挺过来了。"

"你看到的只是表面。我彻底喝到底层了,出不去了,也不想出去了,真是累了,想歇一歇了……"鲁绮卡笑一笑,释然道,"后面的日子,留给你们这些还想活下去的人吧,这次,我拒绝被诱惑了。"

高近寒盯着面前这小麦色脸颊上的两片红晕,夕光之中,这张脸是如此具体,如此生动。转瞬之间,心思反复,鬼使神差的,他又一次将手放在红灯之上,手心隐隐震了一下,音乐戛然而止,仿佛听到遥远的地底,传来电梯上升的声音。

"你可以改变心意的,随时都可以的,这并不丢人,相反,在即将赴死时,忽然决定活下去,是一件很酷的事。"高近寒急切间找到一套新的说辞。

"谢谢你的好意。只是,为什么大家都觉得活着才是好的呢?"

"活着才有希望啊。"高近寒说出这句连他自己都觉得苍白的话。

鲁绮卡摇一摇头,往后推出椅子,起身往过山车走去。高近寒连忙起身,紧跟上她。大长辫子在她身后一摆一摆的,她回头一笑:"我都迫不及待了,这过山车啊,我一听就觉得是为我设计的。很早以前,我就一直想去蹦极啊探险啊,可惜这些都是很烧钱啊,现在竟然有免费的。"

电梯升上来了,门打开,那张黑皮座椅赫然等待着。

"你可以反悔的。随时都可以反悔的。"高近寒都快哭出来了,他觉得这次自己都还没说几句话啊,怎么又是这么个结果?!

"你这人真是够啰唆的,这话你说多少遍了啊?"鲁绮卡白他一眼,狡黠一笑,"高近寒,我记得你了。如果真有鬼神,我会好好保佑你的。难得你听我说这么多,也没对我说一句'活该去死'之类的话。自从我的信息被他发到网上后,差不多两三年时间,我只要一上网,就会看到好多这样的话。那些人如果知道我现在真去死了,应该心满意足了吧?可惜他们不会知道了,怎么骂我,我也不怕了。想到这一点,我觉得还挺爽的……"

"那些人的话值得在意吗?别说你连他们是谁都不知道,就是他们自己,都不知道自己是谁。好好活着,你可以走自己的路……"

鲁绮卡坐进黑皮座椅,门关上了。高近寒看着电梯轿厢沉下去,轿厢顶上一片黑暗。轿厢慢慢回到高塔中间,好一阵儿,重新升上来,来到玻璃幕墙外的过山车顶端,座椅后背对着他。他听得到心脏在胸腔内砰砰跳动。他等待着奇迹出现。稍停,黑皮座椅如一片疾速坠落的枯叶,转瞬消失了。

他将脑袋抵在玻璃幕墙上,闭上眼睛,眼皮上燃烧着落日残余的大火。

那遥远的人间仿佛有一条隐秘的通道导向这儿,将这星球上那么多怀着必死之心的人,源源不断地送到这孤岛之上、高塔之巅。蜷在沙发上,忽梦忽醒睡了一会儿,星期八告诉他,又有人来了。第二天,他没吃早饭,没吃中饭,直到下午,才吃了一些。饭后时间还早,他走到玻璃幕墙边,盯着安乐死过山车,脑海里时而各种念头起伏,时而空空如也。看的久了,安乐死过山车仿佛不存在了,只剩下其后的大海,大海平静地涌动,仿佛安放了他全部的思想。

"主人,您准备好了吗?"星期八的这句话总是给他一种从天而降的感觉。他转过身来,仰望着头顶的空无,深吸一口气,缓缓吐出,往二楼工作层走去。

一个看上去四十出头的白人站在电梯口的黑色横梁上。男人矮胖矮胖的,金色头发卷曲而稀疏,头顶大片地方亮闪闪的,穿一件大花短袖衬衫，一条肥大的咖啡色大裤衩，一双沙滩鞋。发黄的头发稀疏油腻，软塌塌地盖过左侧脸颊，脸颊上胡茬刚刚萌发。眼泡浮肿，一双棕色小眼睛暗淡无光。

"您好，我是这儿负责接待的。我叫高近寒，请问您怎么称呼?"有了昨天的经验，高近寒知道语言不是问题了，不过仍好奇眼前的人是来自哪个国家的。

"伊戈尔。"男人嘴里像是含着一颗玻璃珠子。抬起粗胖的小手，撩一下额前的头发，露出额头亮晃晃的汗水。

"伊戈尔先生，您好啊。那请问您是从哪儿来的呢?"高近寒追问道。

"高先生，您不用喊我先生，"伊戈尔抬眼看一眼高近寒，"在俄语里，伊戈尔是'闪亮，明亮'的意思。在公司里，无论年龄大小，大家都喊我'亮闪闪'。"

"我还是喊您伊戈尔先生吧。不过您也别喊我老师，我可从来没当过什么老师。"高近寒笑一笑，往桌椅那边走，走了几步回头看，他仍站在原地。

"我害怕……太高了这……"伊戈尔低着头，瞅着透明地板。

"没什么的，我以前也害怕。我拉着你，慢慢走。"

伊戈尔伸过手来，一只绵软、汗湿的粗胖小手，握在手里，就如握着一只湿漉漉的癞蛤蟆。高近寒强压住心中的厌恶，拉着他往前走。伊戈尔抬头看他一眼，脸颊抖动着，讨好地笑一笑，低下头，身子半蹲着，颤颤巍巍，一小步一小步地走。好不容易来到桌椅处，高近寒拉开椅子让他坐。他连忙坐了，仰起头来，长长吐出一口气，又不断擦拭额头的汗水。

"喝点儿什么吧? 时间还早呢。"

"我不知道喝什么。您点吧,我听您的。"

"现在肯定是听您的。您想喝什么都行。"

"有酒吗? 来点儿酒吧,我还是害怕……"

"好啊。只是,您害怕什么?"

"怕死啊。您不害怕吗?"伊戈尔抬眼看一眼高近寒。

"害怕啊,所以我要好好活。我以前不明白,为什么这儿的地板要弄成透明的,后来我想,大概就是为了让到这儿的人害怕? 透明地板就已经让人害怕了,更何况那安乐死过山车呢? 如果因为害怕,退缩了,反悔了,那就好好活着。"

伊戈尔嗫嚅着,听不清在说什么。

送餐机器人送上白酒。酒杯和昨天给鲁绮卡的一样,不知道酒是不是一样。伊戈尔拿过酒,送到嘴边,挨到紫色的肥厚嘴唇边。好一会儿,才皱着眉,吸了一小口,闭上嘴,屏住气,硬生生咽咽下去。

"太苦了。"伊戈尔伸出舌头,放下酒杯。

"我以为您和昨天那位一样,是大酒量呢。"高近寒想起鲁绮卡,心里刺痛了一下,"既然觉得难喝,那就别喝了吧。我也不怎么会喝酒。"

"还是喝点儿,我害怕……"伊戈尔嘴唇哆嗦着,又去拿酒杯。

"那就不要死啊! 为什么非要死呢?!"高近寒几乎生气了,立马意识到这是不对的,转而缓和语气说,"即便来到这儿了,在过山车……安乐死过山车启动之前,随时都可以后悔的。绝对没有人会因为你反悔而嘲笑你。"他本来不想提"安乐死"三字,又想,还是应该提,这才能引起重视。

伊戈尔又捏了一口酒,把酒杯放下了。龇牙咧嘴地,垂着头,目光盯着握在一起的两只胖乎乎的小手,小手搁在圆滚滚的肚皮上,肚皮上的衬衫纽扣崩坏了一颗,露出里面蜡黄肥腻的肉来。许久,不说一句话。

高近寒看着他，几次欲言又止。许久，他的嘴唇哆嗦着，抬起手来，擦了擦湿漉漉的嘴角，似乎把想要说出的话也一并擦去了。好一阵儿，高近寒说："究竟因为什么呢？能跟我说说吗？"伊戈尔不语。又过了一阵儿，高近寒说："您看，这儿风景这么好，今天天气又这么好，您就当和朋友聊聊天。"

伊戈尔终于抬起眼泡浮肿的金鱼眼，虚虚地看了他一眼，又垂下头，盯着自己的一双手，"没什么，其实，我也搞不懂怎么回事……"

高近寒等着他讲下去，屁股在椅子里移了移，许久，什么也没听见。

"您随便说说，我都想听。"

"您真想听？"伊戈尔再次抬起眼，瞥一眼高近寒，见高近寒点一点头，他又垂下头去，"可是我搞不懂怎么回事，怎么讲呢？"又停了一阵儿，伊戈尔身子前倾，伸手抓过酒杯，喝了一大口，一阵猛烈地咳嗽。他用两只手遮挡，仍可见鼻涕和唾沫飞溅出来。高近寒连忙起身，给他拍一拍后背："没事吧？没事吧？"伊戈尔连连摆手。这时候，送餐机器人悄无声息出现，送来一杯水和一沓纸巾。高近寒将纸巾递给他，他接过了，紧紧捏着纸巾，待咳嗽平息了，才将纸巾按在脸上，大声擤了几下鼻涕，就如奋力发出声响的破鼓皮。擤完鼻涕，伊戈尔将纸巾折了一面，用干净的那面擦额头的汗水。高近寒递给他一张新的纸巾，他连连摆手："不用了，不用了。"重新平静下来，又两手交握搁在肚腩上，并无开口的迹象。好一阵儿，他深吸一口气，又伸手擦一擦额头的汗。

"还有多久？"伊戈尔扭头望了一眼过山车。

"什么？"高近寒愣了一下，"早着呢，而且，你随时可以反悔的，不是非要走这条路的啊。所以严格来说，这儿不存在'还有多久'这种说法。"

"算了，不反悔了。"伊戈尔深吸一口气后缓缓吐出。

沉闷的空气里，夕光如水，在他们之间流动，更多的涌荡在透明玻璃地板上。远近的玻璃地板反射出的光亮有细微差别，高近寒默默分辨着，忽然想，楼上透明天花板的光线变化，会不会也有这样的细微差别？之前从没认真观察过。

"我没什么故事的，我是真搞不懂……"伊戈尔忽然开口了。

高近寒大气不敢喘，生怕打断他的叙述。

"我一直读书，博士毕业后在一家 IT 企业工作，年薪三百万卢布。我的钱基本都寄回家了。我妈说，她帮我攒着，以后给我买房娶媳妇。我没什么消费，就依着我妈。没几年，我妈就在莫斯科郊区买了房子。我回去看过两次，那房子真不错。不过住着挺累，每天得楼上楼下打扫，还不如住在公司分配的单身宿舍……"伊戈尔举起酒杯又放下，拿过水杯，喝了一大口，"后来我在网上认识了达丽雅，我们挺聊得来，听我说了这些，达丽雅说我是妈宝男。我起初挺生气的，我妈没控制我，我把钱寄给她，她也没乱花，我怎么是妈宝男？奇怪的是，生气归生气，我和达丽雅仍然聊得很多，她不像别人那样，知道我年薪多少后，就对我满口夸赞。她挺真性情的，有话就直说。我没什么朋友的，更没异性朋友，能遇到达丽雅，真是三生有幸。不久，她说让我做她男朋友。这是第一次有女孩跟我表白。我们在一起了。达丽雅要我把钱转给她，她替我保管，而且，她还可以用这些钱投资。我想，这不错啊，反正家里房子都买了，爸妈都有退休工资，也花不到我的钱。后来，她手把手教我在网上借贷，说是得投更多钱才能有更多收益，以后我们才能过得更好。我工作太累了，这些事稀里糊涂的。有一天，她突然告诉我，投资失败了，钱拿不回来了。我懊恼了一阵儿，也就放下了，这没什么，投资总是有亏有赚的。再后来，她爸病了，她也病了，哪一件事都要花钱，我的工资都转给她了,还不够,得借钱。不记得借过多少,到后来,好多电话打来催我还钱。我原本从不跟同事借钱的,不得已借了一些,把债还了。搞不清楚有没有还清,应该是还清了吧?但还是不断有人打电话来催债。我搞不懂怎么回事……"伊戈尔讲得不疾不徐,听不出任何情绪起伏。

"你和她从来没见过面吧?"

"你怎么知道?"伊戈尔抬眼看他。

高近寒倒吸一口凉气,本想说,这剧本如此烂俗,就是典型的电信诈骗啊!你是博士啊!有没有长脑子?但他什么都没说。

"这些都不算什么。钱没了,还会再来,对我的生活其实没多大影响。让我难受的是,过了一阵子,达丽雅忽然要跟我分手。我说为什么啊,我做错什么了?她忽然打视频过来。我吓了一跳。我只看过她两张照片,从来没想过要视频。我把她视频挂了,没敢接。过了一阵儿,她发信息过来说,哥啊,我是男的啊!我回复说,什么意思啊?她说,我真是男的啊,我发给你的照片,都是网上找的啊。我彻底蒙了。她又打视频过来,我不敢接,又挂掉了。她发信息过来说,哥啊,你要相信我啊,我真是男的,我在缅北!你只是我养的猪啊!杀了两三年了,我都不忍心再杀下去了。他发来几张照片,一个黑黑瘦瘦的亚裔男孩站在桉树底下,穿着短裤,脚上一双人字拖。这和达丽雅有什么关系呢?我想了好久,发信息给她,那让我准备一下,晚上再视频吧。却发现她把我删了……"

高近寒脑袋里有无数炮仗炸裂,想说,我的天哪?!缓了缓,却说:"既然你说钱没了还会再来,对你生活也没多大影响。现在那人不跟你联系了,你不会再被骗了。那你有什么想不开的?"

"我没想不开啊?"伊戈尔一副愕然的表情,"我只是觉得,没意思了。达丽雅大概是想用这样的方式和我分手吧,长这么大,我只有过她这一个朋友。"

"可是压根就没达丽雅这人啊。"高近寒终究没忍住。

"怎么没有? 我们在一起那么久,说过那么多话,她还给我唱歌……"

又是沉默。长时间的沉默。高近寒欲言又止。

突然,叮一声响,伴随着熟悉的乐曲,红灯从桌面当中升起。伊戈尔盯着红灯,脸上平静如水,显然,他事先已经知道这些了。

"你们这儿,整个系统都做得不错。比我想象的还智能一些,只是……"

"只是什么?"高近寒说。

"没什么,时间总算到了。谢谢你啊。"伊戈尔说。

高近寒迟迟不肯伸出手去。

"我没什么后悔的。谢谢你了。"伊戈尔催促道。

"你每年那么高的收入,父母对你多好啊,还在老家给你买了大房子,这世界上,能比你条件好的人,实在没多少了……"

伊戈尔两眼呆滞,盯着肚皮上交握的双手,一言不发。

高近寒不得不伸出手去,握住红灯,掌心微震,听见电梯上升的声音在遥远的深渊响起。伊戈尔撑着桌面,颤巍巍站起,脸色虚白,看看脚下透明的玻璃地板:"真是太高了。我还是有点儿害怕,得再喝点儿酒。"他端起酒杯,皱眉皱眼,咬牙切齿,勉力喝下大半杯酒,轻轻放下杯子,大大喘了几口气。

"你记得随时可以停下来啊,按钮就在座椅扶手上。你不是非要这样的,啊? 你再想想,再想想,对,想想你爸妈,你这么走了,他们得多伤心啊? 很多父母……我前几天看到作家林语堂的故事,女儿林如斯上吊自杀后,他没过几年也过世了……"高近寒急得快哭了,有些语无伦次了。

"算了吧,没意思……"伊戈尔揉了揉肉肉的鼻头,低声说,"只是,我还是有点儿害怕,高老师,你还是……拉我一把吧?"

两人仿佛彼此搀扶着,走到过山车边上。伊戈尔放下高近寒的手,高近寒看到,自己手心满是汗水,手背上留了好几个发白的指印。电梯轿厢已经停在那儿了,门敞开着,黑皮座椅等待着。伊戈尔就要走进去了,高近寒忙拉了他一把:"兄弟,真的不是非要这样的啊。你也说了,这些事对你的生活没什么影响的。害怕,就停下来。回到大海那边去,还有多少好生活等着你……"伊戈尔垂着头,两眼如呆滞的金鱼眼,除了咻咻喘息,并无回应。

"兄弟,那我们拥抱一下吧,拥抱一下!"

高近寒抓住伊戈尔的肩膀,伊戈尔愣了一下,转过身来,目光虚虚地瞅着他,停了一会儿,朝他展开双臂。就如久别重逢的老友,两人紧紧拥抱。伊戈尔身上升腾着一股潮湿的汗臭味。高近寒丝毫不觉得厌恶,这是结实的肉体,真实的人间。忽然想起,昨天怎么没想起拥抱鲁绮卡呢?

伊戈尔坐进黑皮座椅,一句话没说,只虚虚地朝高近寒笑了笑。电梯降下去,好一阵儿,升上来,停了一时,疾速地在轨道上飞驰,最终无声地扎入海底。

"我操啊!啊……"

高近寒对着过山车,吼了一声,又吼了一声。两手不断拍打着玻璃幕墙,两脚不断踢着玻璃幕墙,他多想玻璃幕墙为之碎裂,然而,玻璃幕墙纹丝不动。"啊!啊!……啊……"他嘶喊着,慢慢跪下了。这是头一次,他跪下了,为着一个忽然消失的人,为着一个他在内心深处有些看不起的人。

暮光昏暗，他隐隐看到玻璃幕墙里印出的那人，面色如金，泪水涟涟。

（下）

这些人！这些不要命的人！就像荒僻池塘里贪婪的鱼，一条接一条，从暗黑的水底涌上来，死命地咬住鱼钩，死命地跳上岸。"你们都不要命了吗？都不要命了吗?！啊???!!!"又送走一个人后，高近寒对着过山车大声嘶吼，对着黄昏里不断暗淡下去的大海大声嘶吼。大海面无表情，安乐死过山车岿然不动。吼了好几声，才意识到，是的，他们就是不要命了。

在这世界上，很多人就是不要命了。

巨大的疲累和虚空冲击着他。他慢慢从工作层回到休息层。刚刚脚底还是一片虚空，转眼之间，犹如天地翻转，头顶是璀璨星空。虽说现在已经完全克服恐高，如此上下翻转，仍让他有眩晕之感。没有手机，他的空余时间要么用来看书，要么用来记日记。很多时候，看着一个人刚刚消失在面前，书是看不进去的，只能去写日记，在回忆和叙述的过程中，内心才稍稍得到安抚。为此，他的日记一天比一天写得长了。也有些时候，他完全没法动笔，只能一圈一圈地围着书架走，又或者，站在玻璃幕墙边往海面上看，若是看见海面上出现灯光，不觉心头发颤，因为那意味着，又有人到这孤岛上来了。

有过几次，刚看到人上岸，他立马坐电梯下楼，楼下大厅空空如也。"有人吗？有人吗?"他大声喊。没人应答。他走出门去，门外亮着灯火，延伸向码头。海风一阵阵吹来，不禁想起那已然遥远如隔世的极其漫长的一夜，张世杰，日本兵，还有那森林里的野兽和浆果，这些虚实难辨的事，犹如缥缈的烟雾，抓挠不住，又挥之不去。时间久了，他不时会想，那晚对自己来说意味着什么呢？

那晚的经历，至今仍如一个过于沉重的梦魇，压迫着他的内心。走出高塔后，他不敢，或者说没力气走远了。他只是沿着小路，走到附近沙滩，沙滩在足底塌陷。涛声分外响亮，如果在有月亮的夜晚，似乎还要更响亮一些。更多时候，波涛如黑暗的山峰，轰响着，裹挟着浓烈的水腥味儿，无可阻挡地推涌而至。在他吓得退后时，波涛矮下去了，低声诉说着什么，轻轻地碰一碰沙滩，再缓缓退去。

有一天，他在早晚各送走一位客人后，看到夜色遮蔽的海面散发着大片亮闪闪的蓝绿幽光。他急急下楼，来到沙滩上，波涛表面的光芒更耀眼了，衬托得满天繁星都消失了，或者说，是满天的星，都坠落海里了。浪涛裹挟着星光，涛声轻柔，持续抚慰着鼓膜。他呆立着，身体里的黑暗被这温柔的光芒推动着，挤压着。心里感到一种温柔的触动，几度鼻酸，几乎涌出泪来。这样的时刻，让他意识到，他仍然是一个活生生的人，不是一件冷血的屠戮生命的工具。

日复一日的白天里，他就如那沉默不语的送餐机器人，娴熟地引着客人们来到淡绿色桌椅边坐下，点一杯喝的，茶，酒，咖啡，或者白水，听他们讲讲自己的故事，偶尔插上一两句话。他有时候会盯着眼前这人想，再过几小时，这人就会变成一具尸体，没有呼吸，没有心跳，没有血液再流动……

这让他无比困惑。一种难以说清楚的深度的困惑。

什么是生？什么是死？

这问题持续不断冲击着他。

每一个人，哪怕是最木讷的人，来到他面前，或多或少都会讲一讲自己的故事。那些人间故事,无一不充斥着无尽的误解、嫉妒、骄傲、愤怒、仇恨、侮辱、损害、惊恐、忧惧、无助、寂寞、孤独、沮丧、懊恼、疼痛、忧伤、哀恸、心碎、迷惘、悔恨、遗憾、无聊、丧失、冷漠、麻木、荒诞、虚无、失望、绝望、暴力,乃至杀戮,尽管如此,也总有轻松、感动、欢喜、留恋……但只要最终决定坐上过山车,这一切都将消失,是死,让这一切变得轻如鸿毛。

都说除死无大事,在这孤岛上,死已经变成非常简单的小事了,轻易、便捷,甚至愉悦。这固然能让赴死之人免受痛苦,保有最后的尊严,可如此方便地达成,真算得上是对生命的尊重吗?他有时会觉得,前面的层层把关,真的严格吗?在他看来,安乐死过山车甚至能够吸引一些生性喜好冒险之人,他们未必真想死,他们也远远不到必须去死的地步,只因把死看得太轻了。

但怎样才算得上是对生命的尊重呢?非得经历长久的苦痛后死去,才算得吗?谁规定了死一定得是痛苦的呢?或者说,为什么会觉得,痛苦比愉悦更郑重,更严肃呢?愉悦是美好的,美好的也可以是郑重而严肃的。如果有一件事,能够提供一种终结生命的愉悦,不正是对生命之花最后的浇灌吗?……

高近寒不知不觉分裂成两半,一半在生的光明里,一半在死的阴影里,时而往这边挪一步,时而往那边挪一步。有时候,他担心着那红灯升上来;有时候,又等待着那红灯升上来——偶尔有几次,来的客人是他厌恶的,他恨不得那红灯提前升上来,一旦红灯升上来了,他又愧悔,他有什么资格决定别人的生死?他的讨厌也好,喜欢也罢,都只是个人情感,哪里能够作为生死的标尺?他竟然有了用自己的喜好决定他人生死的想法,这是极度邪恶的。想到这一层,他不得不反省,自己是不是真有妄断他人生死的僭越之心?虽然那些人有决定自己生死的权利,可是他的手,这唯一和红灯匹配的手,才能开启那生死之门。他盯着自己的手,看到的几乎是一种超越众生的力量了。

直到这日清早,高近寒接待的又一位客人,才改变他的这一潜意识。

昨夜,他少有地在卧室睡,少有地睡得安稳。星期八喊了他几次,他才醒过来。洗漱完毕,走到大厅,吃了早餐。他让星期八熄灭全部灯火,星光尚未黯淡。他仰面看着那些叫不出名字的星座,不由得心念起伏。在上海生活的这些年,他很少看星空了,上海的夜空也看不见几颗星。在老家,他是经常看星空的,还记得自高考后不久,他和同学吃完烧烤到荒地里去,漫天星斗何其灿烂,照耀着他们各自不同的未来之路。那时他怎么会想到,自己将在这海上孤岛仰望星空呢?从故乡县城,来到这海上孤岛,隔着几千里几万里的城市和乡村,也隔着许多天许多年的昏暗夜空。巨大的星座缓慢转动,微细的孤星悄然飞逝。他仰望着夜空,夜空俯瞰着他,久而久之,又觉得,是夜空仰望着他,他俯瞰着夜空。

不多时,夜色消散,星斗漫漶,最后几颗星,就如秋后枝头摇摇欲坠的果实。此时此刻,海面沉寂,波光粼粼,不时有一粒白点闪烁,似有白鳞大鱼跃出海面。

"主人,您准备好了吗?"星期八提醒。

高近寒起身,长长吐出一口气,心想,不知道待会儿见到的会是什么人。他走到玻璃幕墙边,看一看天上,也看一看海里最后的几颗星,他想象着将它们含在嘴里,就像小时候含着水果硬糖,蹦蹦跳跳走在荒野之上。这让他想起,前两天在一本小册子里(他有点儿纳闷,不知道这粗糙的小册子是怎样混入藏书之中的),看到名叫"甫跃辉"的无名作者写的一首小诗;

黄昏遗落的鸟啼在一棵树的根部发芽/只需落日坠下,就能长出四肢百骸/在郁勃伸展的树梢,挂满冰凉的果实/随着静悄悄的风,静悄悄地晃动/静悄悄地,遗落一颗、两颗……/我们找不到,或者只在一处偶然的草丛/捡到了却看一眼又扔掉——/虽然少有,但我们中仍会有一个人/捡起其中一颗,擦去尘世遗落的浮尘/将这冰凉的发光体含进嘴里/呜噜呜噜地,唱一首鸟儿也听不懂的歌/而我们以为,看到的是一个孩子含着水果硬糖/蹦跳着走在大雾弥散的夜晚

他仿佛看到许多年前的小山坡上,寂照庵的庭院里,一棵菩提树冠盖如伞,一个小男孩从树上爬下,回应着遥远的呼唤,穿过朽败的大门,朝自己跑下来。那孩子满脸喜色,带着麦子青涩的气息,脚踝上沾着饱满的露珠。他多想展开双臂,和那孩子热烈拥抱。但那孩子像一缕轻烟,也可能是他自己像一缕轻烟,拥抱不过是虚无之姿。孩子从他的怀抱里穿过去了。小山坡上晨昏交替,草木荣枯,菩提树常年青绿,鸟鸣啾啾。他看到自己缓缓走上山坡,像一个衰老的避世者,深入茫茫无尽的麦地,麦地里芬芳馥郁,发酵着黑暗的醉意……这想象浪漫又矫情,矫情又慰藉,让他沉浸其中,难以自拔。

"主人,时间到了。"星期八再次提醒。

高近寒又长长吐出一口气。来到工作层,星星已看不见了,那人却还没来。他有些着急了,几番起身,来到电梯口,电梯口毫无动静。走到东边看看,海天相接处,堆着一大片厚实的云朵,云朵间隐约透出曙色了。忽听到脚步声,往回走了几步望去,一位二十出头的华人小伙子

站在甬道口。

"您好啊，我是这儿负责接待的。我叫高近寒，请问您怎么称呼？您是中国人？"很久没见到华人了，高近寒的语气间不禁透露出一丝兴奋。

"太有意思了嘛！"小伙子看了高近寒一眼，脸上露出笑意，很快被透明地板吸引了，"哎哟我去，这儿竟然是全透明的？!"小伙子低着头，半长发挡住黑瘦的脸，在地板上走来走去，不时弯下腰看。转而又被墙上环形镜子里的自己吸引了，走近，走远，不断朝镜子里夸张变形的自己做着鬼脸。玩够了，才转过身去，走到玻璃幕墙边，望向外面，许久，长长叹息一声："大海真是大啊，真是想不到，大海可以这么大，我是从台湾花莲来的，那儿能看到的海可没这么大……"

高近寒默默跟随着他，他的镇静和好奇，在来人中都是少有的。

"那传说中的过山车呢？"他转头问高近寒，"什么时候开始啊？"

"还有好一会儿呢，你随我来。"高近寒引着他来到过山车前。过山车是在大厅西方的，此时太阳尚未升起，过山车正对着的海面仍一片昏暗。

"啊，真是太有意思了！"小伙子望着过山车，两眼放光，"比我想象的还酷！"

高近寒扭头瞥一眼小伙子，心想，这莫不是个傻子？来到这儿的人，哪有像他这样兴高采烈的？站了不多一会儿，小伙子脸上的笑容却如薄冰块般，渐渐消失殆尽了，脸色变得憔悴，很艰难地大口大口呼吸着。

"到那边坐一会儿吧。"高近寒说。

小伙子走得很慢，似乎因为好奇，又似乎因为虚弱。走不了几步，总是站下来，大口喘息着，低头看脚底下。天色郁郁，高近寒感觉到一种压抑着未能突破的情绪。好一会儿,他带着小伙子来到桌椅处。无论早晚,桌椅所在的位置,始终处于日光半明半暗之处。今日云层厚积,这儿怕是很难照到日光了。

"真是太有意思了。"年轻人再次感叹,"只是我的时间不多了。"

"怎么会呢?只要你愿意,随时都可以反悔。时间,都在你手里。你看,只有活着,才有可能见到这些有意思的东西……"

"来不及了,"小伙子抬起手,朝高近寒晃一晃。

高近寒这时候才注意到,小伙子右手手背上的留置针。

"哦,刚才你是不是问过我叫什么名字?来这儿之前,已经很多人问过我叫什么名字了。我叫孔学义。啊,我真讨厌这名字,一副学究气,不过待会儿,我就要和这名字说拜拜了……"孔学义一口气说完,大口喘息着。

"孔学义……你这是得的什么病?"高近寒试探着问。

"我没病,"孔学义虚弱地笑笑,"只是喝了点儿巴拉刈,我妈本来是用它来除草的……嗯,巴拉刈在中国大陆被称为百草枯。"

"啊?!你喝了多少?"高近寒脑袋里飞速地运转着一切有关百草枯的知识。刹那间想起多年前,他曾对学长学姐撒谎,说父亲是在自己小时候喝百草枯死的。他知道只要稍微喝一点儿百草枯,结局基本都是肺纤维化,进而各器官功能衰竭而亡。他从没想到,自己真会面对一个喝过百草枯的人。

"我只想吓唬他们一下的,喝得不多,大部分吐了,太难喝了,比烈酒还烈。嘴巴里头烧得厉害,肚子疼,疼,我打车去急诊,洗胃,导泻剂,利尿剂,一大堆事,难受……"孔学义歪着身子,垂着头,嘴巴一张一张,如岸上的鱼。

"肚子疼是因为毒素影响到消化道了。洗胃是必须的,只是恐怕没多大用处啊。你怎么会喝这个？你不上网的吗？网上很多关于百草枯的帖子啊，百草枯就是给你后悔的时间，不给你后悔的机会……"

孔学义歪斜身子，两手蒙住脸，竟然呜呜呜哭了，手背上的留置针，微微颤动着。高近寒立马意识到，自己这样说是不对的。但能怎么说呢？他想不出来。他又能做什么？医生尚且对百草枯束手无策，何况他？

"我有点儿后悔了，不想死了……"孔学义放开手，苦着脸说。

高近寒无言以对。这是到这岛上的人里头，少有的这么痛快地说后悔的，也是少有的说了后悔但毫无意义的。

"喝杯水吧？或者还可以喝点儿止痛或麻醉的药？"

孔学义点一点头："你看着办吧。"

送餐机器人很快送过来一杯水，高近寒将水放在孔学义面前的桌子上。孔学义盯着远去的机器人，眼睛里亮了一下。他双手捧起水杯，微微颤抖着，将杯沿凑到唇边，勉强喝了一小口。

"大意了……该换一种药的……"孔学义苦笑。

高近寒仍然不知道该说什么。

"还有多久啊？我是加急的。"孔学义忽然又焦躁起来，扭头去看过山车。

"快了，等太阳出来就好了。"高近寒想，加急？你以为是来看急诊吗？说出来的却是："你想看看太阳出来吧？"

"我很久……没看过太阳了……"孔学义怅然道，"我白天睡觉，夜里打游戏，像鼹鼠，活在洞穴里。为了打游戏，爸妈的钱花了不少。我妈骂我，我爸揍我，我不恨他们，他们是为我好，但我忍不住。每天睡觉时，我都发誓，最后一天了，从明天起，不打游戏了。醒过来，又忍不住了。他们放弃了，我也放弃了……这辈子就这样了。你打游戏吗？游戏……"孔学义胸口起伏,气喘吁吁。

"小时候我也玩过游戏,坦克大战,俄罗斯方块,超级马里奥……"

"你好……复古哦,小孩子才玩那样的游戏。"孔学义笑起来,笑得上气不接下气,身体震颤着,"你要是只玩过这种游戏,这辈子真是遗憾了……"

高近寒笑一笑,又不知道说什么了。

"咦?你刚才给我喝了什么?不是一般的水吧?"孔学义坐直了,脸上泛着淡淡的光彩,使劲儿张一张嘴巴,吐出一大口气,揉一揉肚子,"嘴里头不疼了,喘息舒畅了,肚子也舒服多了。我是不是不会死了?"

"我不知道,是机器人送来的。或许是我刚才说的,一些止痛或麻醉的药?"

"唉,不可能活了,还是算了吧。要有灵丹妙药,你们就不用让我到这儿来了。"孔学义目光中刚刚燃起的焰火,再度暗淡了,"我去急诊科,医生说得进 ICU,我问能不能带手机进去,说是不让,那打不了游戏了,没意思。医生说了一大堆,什么血液灌流,呼吸机,ECMO。爸妈不管我了,我没那么多钱,有钱也没用,白白折腾。我只是有些胸闷而已……"孔学义又大口喘息了几次,说话很慢:"我反复问医生,你说一句实话,就一句,我还能不能活?不能活我还治什么治啊?哈哈哈……那医生被我吓到了,他以为我疯了……还是你们公司有意思,我在 Line 上发了信息,竟然被你们看到了,主动联系我,让我免费旅游一趟……这大海真是,太有意思了,还有这楼,这过山车……"

孔学义两手蒙住脸,又呜呜呜哭了。高近寒感到无力极了。

天色大亮了。很快,太阳升上来,光芒从那厚厚的云层间的罅隙射出,海面上黑暗与光明短兵相接,尸横遍野,血流漂杵。

叮一声响,伴随着熟悉的乐曲,红灯从桌面升起。

"想不到这真实的世界也挺有意思啊！我们现在，是真实的吧？总感觉不真实，我试试……"孔学义虚弱地笑着，一伸手，啪一声拍在红灯上。

高近寒还没反应过来，已听到遥远的地底隆隆声响，电梯上来了。不是说，这红灯只跟自己的掌纹匹配吗？原来，这红灯不只跟自己匹配，跟来人也是匹配的！……早知如此，之前何必自己动手？之前那些人，几乎算是他杀的！对，星期八是对他说过，这红灯和自己的掌纹匹配。它为什么骗自己？该死的！他恨不得立马冲上三楼质问星期八……脑袋里如有一窝蚂蚁，轰隆隆乱成一团。

"这些该死的蚂蚁！蚂蚁！"孔学义猛地拍打手臂和小腿。

高近寒吓一跳，反应过来，他这是中枢神经受损，有幻觉了。

电梯轿厢升上来了，门打开，那把黑皮座椅等待着。

孔学义安静下来了，回头看一眼那电梯，又怔怔地看着高近寒。一双眼睛，嵌在黑瘦的脸上，像是竭力燃烧的两粒火炭。他站起身，往远处的海面看看。云朵散尽，海面波光激滟，又往脚底下看看，早起的鸟儿如落叶般在地板下飘荡。不待高近寒引导，他自己往过山车那儿走去了。

"我们拥抱一下吧，希望……"高近寒不知道该希望什么。

孔学义似乎愣了一下，明白过来，面露微笑，紧紧抱住高近寒，嘴巴凑到他耳边，像是对他说，又想是自言自语："你们别把我的游戏账号卖了啊……真是太有意思了……"嘴巴里一大股难闻的臭味儿。

"好了，我知道了，你快点儿吧。"这话卡在高近寒嗓子眼儿里没说出来。

孔学义坐进黑皮座椅后，安全带自动系上了。他忽然开始挣扎，"我后悔了……我不想死啊……"脸上现出痛苦的表情，忽然又呜呜呜哭了。

"那你快撤那扶手上的按钮啊!"高近寒大喊。

电梯门关上了,电梯轿厢沉沉地往下坠。

送走一个人,还从来没这样快过。从刚才的谈话看,孔学义对这儿的程序应该是很熟悉的,也就是说,自己并不存在疏于提醒的问题,只要他后悔了,是知道撤那扶手上的按钮的。只是,他会撤下去吗?如果他撤下去了,又能怎样呢?他根本没得救了。那如果他后悔了,却因为处于幻觉中,没能撤下按钮,这安乐死过山车仍然将他带入深渊,这岂不是杀人?哪怕是杀死一个没多久可活的人,那也是杀人啊!还好,开启程序的是他自己……许多念头在他脑海里相互攻伐。电梯再次升上来了,玻璃幕墙外,黑皮座椅背对着他,稍停了一会儿,猛地坠下,转过一圈,又一圈,转过第三圈后,飞速地扎入海底。

云散了,海面多了许多光彩。他紧贴玻璃幕墙站着,嘴里哈出的气撞到玻璃幕墙反弹回来,让他闻到一大股难闻的臭味儿。

回到居住层,突然想起星期八对自己的欺骗,不禁怒火中烧:"星期八,你这骗子! 你说,你为什么骗我? 为什么?! 你神经病啊? 为什么要说那红灯是跟我的掌纹匹配过的? 明明就是谁都可以……"他冲着屋顶大喊大叫,仿若质问上苍。但没得到任何回应。情绪无处发泄,便将书架上的书一本一本抽出来,扔在地上,直到满地狼藉,直到自己筋疲力尽地仰面躺在书堆间。

"为什么? 你为什么不说话? 你不是什么都懂的吗? 你这时候装哑巴是什么意思? 你还说机器人如何如何理智,你干这样的事,还理智? ……"

仍旧没有任何回应。只有许许多多满腹文字却沉默无比的书簇拥着他。他看到头顶的云层散尽了,太阳升得高高的,以尖锐的光芒刺入他的瞳孔。他任由自己躺着，不吃，不喝，不语，不睡，直到暮色降临，星星在头顶浮现。

他推开满地书籍，摇摇晃晃起身，摇摇晃晃到卧室去。第二天一早醒来，回到大厅，发现大厅整洁如初，所有的书，都回到书架上了。"星期八？"他喊了一声。空旷的大厅隐隐传来回声。星期八仍然沉默着。他张张嘴，也沉默了。

又一日黄昏。黄昏和清晨是一样的，一样是黑夜连着白天，一样是太阳贴着海面，海面倒影着天空同样的表情，天空笼罩着大海同样的面目。放眼望去，天地同样空旷，心中却无比逼仄。天地万物，都朝自己迫压而来，避不开，逃不过，想要相对而立，又觉得自己实在柔弱至极，每每喘不过气来。

重复着昨日的清晨，也重复着昨日的黄昏，又一人来了——

老人肤色黧黑，灰白短发，七十多岁的样子，头顶灰色鸭舌帽，戴一副玳瑁边眼镜，穿灰蓝色格子长袖衬衫，袖子卷到肘弯以上，臂腕上搭一件黑色西装上衣，衬衫下摆塞进西装裤腰内，脚上黑皮鞋油光锃亮。站在甬道口的黑色台阶上，他看看电梯外面的地板，将西装上衣从右手换到左手，喉咙做出吞咽的动作。好一会儿，没走出来。

"您好，我是这儿负责接待您的。我叫高近寒，您怎么称呼？"高近寒的这套说辞，越来越熟练，也越来越像酒店前台了。

"我叫麦克林，但我更愿意你称呼我老摩根，你没觉得，我很像美国著名演员摩根·弗里曼吗？熟悉我的人都喊我老摩根。"老人说着，展开双手，略偏着头，似乎想让高近寒好好看看自己是不是很有明星范儿。

"确实很像，刚才我就觉得，怎么这么眼熟。"高近寒附和道。

"我就说嘛。"老人得意地笑一笑,立马,却变得有些战战兢兢了,颤声道,"你们这儿,怎么是这样的啊?"

"您恐高,是吧?"高近寒朝老人伸出手,老人并未伸手过来。高近寒微微一笑,"我以前也恐高,只是在这儿待得久了,不得不习惯了。"

"这也太高咯!"老摩根缩在电梯内。

"没事,没事,别害怕,结实着呢。"高近寒跺了跺脚。

"你别跺脚,我缓缓,我缓缓就出来……"老摩根以手扶额,低着头,闭着眼,静了一会儿,抬起头来,看到高近寒仍旧朝他伸着手,便紧紧攥住了。好不容易走出电梯,脚下一软,灰色鸭舌帽掉在地板上。

"您看,很结实的吧?"高近寒又跺一跺脚。

"你还是别跺脚了,我这心脏受不了……"

高近寒挽着老摩根。老摩根走在黑色横梁上,高近寒走在透明玻璃地板上。老摩根手臂白皙,散落着大大小小的老人斑,两手紧紧抓住高近寒的手,手心里全是汗,两条腿不时打弯,两只皮鞋飘来飘去,重量几乎都压在他身上。他靠得更近一些,就如一根拐杖,被老摩根挂着。虽然来人刚出电梯都会被吓一大跳,但惊恐到这地步的,老摩根似乎还是头一个。走了几步,刚走到黑色横梁向两边拐弯处。不只老摩根大汗淋漓,高近寒也已气喘吁吁了。老摩根还在往下缩,高近寒实在拽不动了,就势扶他坐下,自己也在边上坐了。

"您看,死多可怕。恐高,不就是怕死吗?那安乐死过山车,肯定比这还夸张。还是好好活着吧,活着才有希望。除死无大事,如果死都不怕了,别的还有什么可怕的呢……"高近寒知道,自己又说了一大通陈词滥调。

老摩根低着头,汗水在他额头的皱纹间横着滚,在末梢纷纷坠落。衬衫已经完全湿透,贴在身上,显出根根肋骨。他放下臂腕上的西装外套,两手哆嗦着,摘下眼镜,从裤兜里掏出一块蓝方格手帕,闭着眼,在脸上擦了又擦,再重新戴上眼镜,沉沉地喘息着。"我都不晓得我恐高。"老摩根不好意思地笑笑,露出镶嵌的几个金的银的牙齿,其他牙齿上尽是茶色。

"那过山车肯定比这还要恐怖……"高近寒盘腿坐好。

"算了,要不……要不……我不死了,行吗……"老摩根嗫嚅道。

"啊? 这……当然行啊……那太好了!"高近寒两手支着地板,顺过两条腿,单膝跪着,不敢相信地盯着他。

"我……在来的路上就在想……又不好意思……"

"叔,我真要喊您一声叔……"高近寒激动得有些语无伦次,"我从来没有……哪有什么不好意思啊! 您要好好活着,好好活着!"

老摩根两手藏在身后拄着地板,身子往后仰着,似乎被高近寒吓到了。

"不是,我不是……"高近寒努力抑制住内心的激动,"我的意思是说,真的,到这儿的人,对于好多人,我其实想不通,为什么非要去死啊? 前面我也说过了,很多人像您一样,都恐高的,都很害怕。可他们还是选择去死。在这大厅里,是明确告诉你,地板是没问题的,不会忽然破裂;到了过山车上,是明确告诉你,这过山车是要死人的,只要下去了,必死无疑。那为什么在这屋里都害怕得不行,却一个个都要到那过山车上寻死呢? 我想不通……我好像有点儿语无伦次? 我的意思是说,来到这儿,就像死过一次了,至少是认真想过死了,那么,活着还有什么可怕的呢? 如果已经认真想过死了……"

老摩根看着他,那眼神显然是没怎么明白他说的这一大通:"不过,恐高是恐高,怕死是怕死,两回事,我是不怕死的……"

这话让高近寒心里一紧,心想,他不会仍然决定去死吧?

"叔，不好意思，是我太激动了……我应该听您说。"高近寒一只手按在胸口，按住扑扑直跳的心脏。这是他想象不到的，一个决定赴死的人在他面前忽然决定活下来，竟是这样愉悦的事。天地万有，瞬间变得可亲了，所谓海阔天空，原来是这样的。他重新盘腿在老摩根面前坐下，满面笑容，看着老摩根说："叔，您是不知道，我到这儿很久了，一天一天，从来只看见人死，从来没见过人活。您是第一个啊！您可能体会不到，我忽然就觉得，活着，是这样美好……"

"我现在也觉得，活着真是好……我拍了几个视频，讲了一些自己这些年的经历在网上，我其实并不怎么看手机，后来才发现，后面有很多跟帖，再后来，就是你们的人联系我，经过好多程序，最后，来到这儿……说真的，最开始，我是真想一死了之的，我活到这份上，实在没什么意思了。但随着那些程序一套一套弄下来，我有些后悔了，又不好意思说，毕竟，你们花那么多工夫，多少年了，从来没人这样认真对我……"老摩根揉一揉腿，又捏一捏腰。

"叔，我们起来吧，我扶着您，到那边坐下慢慢聊。"

高近寒搀起老摩根，老摩根紧拽着他，随了他慢慢往前挪。走到没有横梁的地方，高近寒说："叔，您别往脚底看，您就随着我走，前面就到了。"老摩根不说话，嘴唇哆嗦着，仰起头来，一步一挪地来到桌椅边。高近寒按着他的肩，让他在椅子上坐了。老摩根仰面看着他，满头大汗："真是要老命了，要老命了……"

老摩根低头瞥一眼地板，又慌忙抬起头来，满脸汗水直流，再次摘下玳瑁边眼镜，掏出手帕来擦了擦脸，折了手帕，用另一面擦了擦脖子上的汗水。机器人送来两杯绿茶，高近寒接过，放在桌上。老摩根似乎仍陷在恐高的情绪里，并没注意送餐机器人的来去，好一会儿，有些缓过来了，将手腕上的西装外套搭在椅背上，端起桌上的茶，喝了两口。

高近寒看着他,想开口,又几次忍住,生怕说错哪句话,他又改变主意。又等了好一会儿,老摩根终于开口了。

"我这辈子啊,自作自受……"老摩根说。

高近寒知道,这是长篇大论的开场白。他对来人的讲述,从最初的好奇,到渐渐有些没耐心但强迫自己有耐心,再到最近,是渐渐有些麻木了,因为他知道,无论是怎样的长篇大论后,都是一样的结果。他越来越怀疑自己说的每一句话都是错的,怀疑所有倾听都毫无意义,怀疑整座岛就是一架屠戮机器……现在,又一场长篇大论即将在他面前展开,他却没有丝毫不耐烦和麻木。他像新生了一般,饶有兴味地等待着老摩根讲述——

老摩根原是美国东海岸一家有着百年历史的汽车租赁公司的会计,公司倒闭后,他年纪不小了,只能应聘去镇上新兴的产业园区做保安,事情不多,只是烦琐。他吉他弹得好,到工业园区工作后,闲暇时分拿出吉他弹唱,再加上他长得挺像大明星摩根·弗里曼,又温和健谈,竟引得园区里几个中年女人为他争风吃醋。他是有老婆的,还有一儿一女,都成家了,就在镇上工作。渐渐地,风言风语传到家人耳边,他当然不承认。后来,有两个喜欢他的女人,竟然在园区里大打出手。这事终究是瞒不下去了。全家开家庭会议,将他数落一顿,他答应再不和那几个女人联系。只是过了一阵,其中一个五十多岁的女人偷偷又和他联系了,镇上熟人多,为避人耳目,他们要么到相邻的镇上去开房,要么就在各处公园的僻静处解决问题。那时候,老婆已经控制住他的钱包,他手头很拮据。女人渐渐对他有些嫌弃了,竟然跟别人好上了,还被他捉奸在床。他气得不行,头脑发热,跑到女人丈夫面前,把女人的事尽数抖搂出来。女人丈夫是个狠角色,将他和女人的另一个情人都暴打一顿,又去他家里,对他家人百般羞辱。这事闹得很大,成为镇上许多人茶余饭后的谈资,以至于家里人将他扫地出门了。他狠狠心,辞掉工作,带着几件衣服和一把吉他,到西部去了。也算他走运,到西部没多久,他又遇上一个女人,那女人还不到五十,死了丈夫,是真心想和他长远过日子的,他六十出头了,也想安定下来。女人有些闲钱,两人一起做点儿小生意。不想女人子女都不同意他们在一起,他想时间能改变一切,仍然跟女人住一起。不料三四年过后,女人得癌症死了。他因为并没和女人正式登记结婚,女人死后,女人的子女将他扫地出门了。他拿着这些年攒下的几十万块钱,在西部租房住,仍旧做些小生意。但年纪渐渐大了,他越来越活得力不从心。后来,又遇到一个女人,女人比他小二十来岁,对他温柔体贴,两人认识没多久就住一起了。他以为,这是此生的归宿了,不想同居不到一月,女人将他的钱财全卷走了。女人消失没多久,他被房东扫地出门了。年近七十,他只能在大街上捡垃圾为生。过了几年,有熟人偶然在街上认出他,力劝他回老家去。熟人资助他一笔路费,他用捡垃圾攒的钱买了西装、皮鞋,满心期待地回到老家镇上。什么都变了,妻子过世好几年了,女儿搬到邻镇了,留在镇上的儿子不愿见他。他找到当地媒体,记者带他去找儿子,哪料儿子把记者大骂一通,还连夜将家门锁了,全家消失了。

"我这辈子,玩够了,也苦够了。天大地大,找一个安身处真难啊。我这把老骨头再睡桥洞是睡不住了。有时候,躺在桥洞里睡不着,我就一个一个数那些和我睡过的女人,不晓得她们现在有几个死了,有几个活着。活着的总还是大多数吧?说不定她们又睡在别的男人身边了。想想真是没意思……"老摩根讲得不疾不徐,脸上挂着一种似得意似怅然的笑。

"有时候,我还会一遍一遍想她们和我干那事的细节。想起刚到南方时,我刚和她钻进公园边的小树林,她抱住我,整个身子都软了。我撩起她的裙子，她的脸朝后仰着，脖子都快断了，我一边在底下弄，一边亲她脖子，嘴上不敢用力，只能下头用力……不时有人从树林外过，她咬着嘴唇，眼睛白翻……"老摩根叙述这些细节时，跷着二郎腿，端着茶杯，目光渺然，语气平缓，仿佛不是讲给别人听，只是在独自温习功课。

高近寒坐在对面，全然不知该如何言语，惊讶，好奇，厌恶，还有一丝兴奋。这些是七十多岁的人说的话吗？他眼睛不眨地盯着对面那张苍老的脸。

叮一声响，红灯升起，熟悉的旋律轻轻回响着。

高近寒伸手握住——这最近已经很少自己去握红灯了，而是告诉客人，他们若没改变主意，可以自己去握住红灯的。但这次，他想自己握住红灯，想见证这第一次生还。电梯上升的隆隆之声，隐隐从遥远的地底传来。老摩根猛地才从往事里回过神。"还是好好活着，就算哪天死在桥洞里，也比自寻死路强哪。再说，说不定以后我还能碰到……什么人呢……"老摩根有些猥琐地笑。

高近寒站起，内心涌起一丝厌恶，更多的则是欢喜——即便这人他不怎么喜欢。他朝老人展开双臂："叔，我们拥抱一下吧。不管怎样，您要好好活着。"

老摩根也站起，朝他展开双臂。

两人拥抱了一下，老摩根伸手在高近寒背上轻轻拍了拍。"好好活着，是要好好活着。"像是对高近寒说，又像是对自己说。他转回身，望一眼电梯轿厢里的黑皮座椅，又回头看看高近寒。高近寒挽着他，一步一挪地来到电梯边。老摩根坐进黑皮座椅，看着高近寒笑一笑。"你只要揿下按钮，就能安全回到地面了。"高近寒嘱咐。老摩根点一点头："你们的人，已经跟我说过了。"脸上哆嗦着，不知是仍然没从恐高的情绪里挣脱出来，还是对差点儿死去感到害怕。

电梯门关上,下降。高近寒忽然想,老摩根是真的决定不死了吗?会不会像之前的有些人,说是不死了,最后还是死了?这念头一旦出现,就如春笋般强劲地往上冒。他紧张地等待着,不,是煎熬着。许久,不见电梯升上来。他松一口气,知道老摩根确实是活下来了。想不到第一个活下来的,是这样一个人。但能说是因为他做了什么,老摩根才活下来的吗?他什么也没做啊。他站在过山车后,看着夕阳被大海吞没,心中涌起一阵难以言说清楚的虚无感。

又一日清晨,高近寒再次来到工作层。

今日来人,是二十多岁的姑娘,面色白皙,透着红润,双眼明亮,长发披肩,比高近寒略高,骨架很大,穿一条 V 领黑斑点猩红色及踝连衣长裙,双乳巨硕,呼之欲出,腰部镂空,露出一截肥白的肉。他引姑娘来到桌椅处坐了,为她要了一杯奶茶,自己要了一杯绿茶。他又问了一遍她怎么称呼。姑娘朝他翻了个白眼,过了好一会儿才缓缓说:"你怎么跟中年油腻男似的?""这是我们的程序,人命关天的事,怎么能随便?"高近寒压抑住心中的不快,不疾不徐地说。"好吧,我叫朴承美。要看身份证吗?"朴承美打开大红色手包,掏出护照,翻开有照片那一页,搁在桌上。高近寒嘴上说着"不用",仍低头瞥了一眼护照上的人,缩着脑袋,头发略显凌乱,面色黝黑,眼珠上翻,和眼前的人全无半点相干。朴承美似乎看出他的疑惑,抓过护照,瞅一眼,撇撇嘴,收进手包里。

一时无话。高近寒最近经常想,究竟是自己先开口好,还是让对方先开口好?此时,又陷入这两难的境地。他慢吞吞喝着手中绿茶,看朴承美一手握着纸杯,一手捏着吸管吸奶茶,片片指甲鲜红,犹如血滴。

"别猜了,护照上那人就是我。我整容了呗。"

高近寒想说,自己并没猜什么,但什么都没说。

"你们男人啊，都喜欢漂亮的女孩，对不对？"

高近寒想说，他其实挺厌烦"你们男人啊""你们女人啊"这样的说话方式，但他仍然什么都没说。目光从绿茶间抬起，在朴承美凸出近半的两只白腻饱满的乳房上滑过。朴承美眼睛一轮，下意识地用手挡了一下胸口。

"我就说吧，看你那色眯眯的样子……"

高近寒想要反驳，但仍然什么都没说。停了好一会儿，觉得还是应该说点儿什么。找不到别的可说，仍是那套越来越觉得有些干巴巴的说辞："您虽然到这儿来了，但不是一定要走那条路的，还有很多机会反悔。您有什么想说的，现在都跟我说一说，不用在意说得对不对。也许说出来了，就不一样了。讲述，有时候会带来新生的。我做不了别的，但我可以做一个倾听者……"

"我本就没想着要你做什么啊？你能做什么？"朴承美打断他的话。

高近寒沉默着。沉默是一切对谈里最有效的武器。随着时间推移，他见识过不少性格偏激的来客，有人把他当作出气筒，甚至当作自己苦难的根源。有一次，或许是被他的某句话刺激到了，一个澳大利亚男人突然抓住他的衣领，将他摔倒在地。他被这突如其来的变故吓蒙了，还好送餐机器人忽然来到他面前，为他挡住那人的拳脚，并快速束缚住那人。他这才知道，送餐机器人可不是只会送餐，还是力大无比、机警灵敏的保镖。那人慢慢安定下来了，转而痛哭流涕，向他道歉。自那以后，他越来越多地保持着沉默，哪怕说的是多么离经叛道的话。沉默虽然也会让对方不舒服，但至少不会激怒对方。

"算了，你也不是什么坏人，犯不着跟你置气……"朴承美语气缓和下来，瞅一眼高近寒，见他仍不答话，自嘲似的笑了一下，"你这儿还挺有意思的。大海，孤岛，还有机器人。你这儿有网络信号吗？不然也太无聊了吧？"

"这儿还真没信号……"高近寒有些吃惊，来人里头一回有人问到这个，"不过可以看书啊，这儿有很多书。再说，不是三天两头都有人来吗？有人来，就会带来各种故事，不会无聊的。"话刚出口，高近寒就意识到，反问句是最容易激起对方反感的，即刻将后一句改成陈述句了。

"这儿有很多书？好吧……也有我这样的人吧？"

"我不知道您是怎样的人啊……"高近寒意识到，这话也不妥。不知今天怎么了，总说这类有可能激怒对方的话。

"朋友们都说，我人特别好。"

高近寒想说，既然都说你"特别好"，为什么你还要选择这条路呢？但忍住了没说。他看朴承美说话的样子，隐隐觉得有些异样。

"那你说说，你怎么特别好？说真的，我朋友不多，有时候我真是不知道怎么才能跟人成为朋友，更别说让人觉得我好了。"高近寒有意将自己放低一些。

"你这样子，呆头呆脑的，是不会有人喜欢你啊。"朴承美瞅一眼高近寒，笑得很开心的样子，又低头吸了几口奶茶，"你要好好打扮一下自己，你这样邋里邋遢的，哪有女生会喜欢啊。你看看你，头发胡子乱糟糟的……"

高近寒心中发噱，怎么话说到自己身上来了？他摸摸自己的脑袋，头发是够长了，又摸了摸脸上，胡子似乎更长。来到岛上后，他起初还刮胡子，后来是完全忘了，连镜子也许久不照了，也从来没人跟他说起这事儿。他微笑着说："你看我这么不修边幅，还好好活着，那你更要好好活着咯。"

"这么说倒也是……"朴承美又瞅他一眼，眼睛轮了一轮，慢吞吞说，"只是，我要是想活，干吗来这儿啊？真是的。你不知道，活着太难受了。而且,都那么难受了,别人还以为你矫情,你一说什么,就说你想多了……想想真是没意思,还不如死了。只是有一点我不明白,科学家们不是说,人是进化来的吗?既然这样,那肯定是往好里进化了,为什么没有进化出轻轻松松的死法呢?单从这一点看,那些科学家就是胡说八道。我仔细研究过,每一种死法,都不好受。

"自从开煤气自杀被救回来后,家里人对我看得更紧了。"朴承美又吸了几口奶茶,发出响亮的霍咯霍咯声,"我成天窝在家里,没什么事可做,就看手机,看书。你不知道,我读高中时,老师还夸我写的作文好呢。我买了不少小说看,有一天偶然在网上看到一本很薄的小说,维勒的《自杀》——你说在这儿可以看书,你没看过这书吧?我真是吃了一惊,这书竟然直接叫这么个名字。我赶紧下单买回来,薄薄一本,很快看完了。主人公'你'是沉默自闭的二十五岁男人,与周遭世界格格不入,沉迷于谋划自杀,有一天出门和妻子打网球,忽然掉头回家,在地窖里用手枪自杀了。主人公什么都不缺,只是厌倦和虚无。你知道吗,这和我实在太像了。这书真是宝藏啊,其中好多句子,我都背得下来,比如:'真正的自杀……是有条不紊毅然决然的。人们妄下断言:自杀是懦夫行为。这实在是无稽之谈。自杀需要巨大的勇气。'再比如:'你对戏剧不感兴趣,不过既然选择了死亡,你就得决定地点、时间和方式。'我也是这么想,这么做的呀!"

"不好意思,您是有抑郁症吧?"高近寒试探着问。

"是双相情感障碍。"朴承美看高近寒的目光有些讶异。

"那不就是抑郁症嘛。"高近寒说。

"当然不是抑郁症!怎么到处都是你们这种不懂装懂的人?烦死了!"朴承美又瞅他一眼,叹一口气,"算了,懒得跟你说了。"

"不好意思,这个我还真不了解……"高近寒脸上烧热,"那既然清楚是什么病,您就好好治啊,这不是什么绝症吧,何必自杀呢?"

"你这话说的,和别人也没什么不同。我还以为你们这儿多特别多高级呢,就你这见识,还怎么救人哟?"朴承美似乎在故意激怒他。

高近寒捏一捏手,沉默着。

"不过,你说的其实也不算错,"朴承美叹一口气,语气有所缓和,"如果不是遇到那两人的话,我好好吃药治病就行。可现在,还有什么用呢?"

朴承美说这些话时,脸上的表情是不屑的,还有点儿混不吝,又有几分黯然。高近寒看了一眼海面,海面仍然昏暗着,天上堆着许多云。天花板上一圈灯映在玻璃幕墙上,让人以为是繁星。

"我在首尔一所大学读的书,就因为这病,读了两年就休学了。回家休养,除了看书,追星,刷手机,没别的事做。经常有人到家里和我爸打麻将,其中有一个最常来的,有人喊他叫驴,刚喊出口,好多人笑成一团。他坐在圈椅上,两手撑在桌子边,嘴角叼着一根雪茄,脸上挂着似有若无的笑,一副老神在在的样子。他这样子真是太迷人了。后来,他带我到宾馆去,我在床上问他,叫驴是什么意思? 他靠在床头,嘴角仍然叼着一根雪茄,说,就是刚才那样。啊,我真是迷他迷疯了。如果事情到这儿为止,那多好啊。都怪我,有一次完事后他去冲澡,我拿过他的手机,点开 Kokao Talk 看,我真是被震到了。我和他的各种照片和视频,都被他发在一个群里,好多人发出点赞的手势和流口水的表情,还有人贴了鳗鱼、泥鳅、海肠、蛇等等动物的图片。有人问,是不是刚刚? 他回复,你说呢? 还有人说,哪儿哪儿看不清,待会儿再拍一个。他回复,没问题,待会儿再战,让兄弟们一饱眼福……啊,我那时候,真是炸了……后面仍然不断有留言跳出来。我再去看他收藏的东西,更是脑袋都要气化了。他把我和他的每一次都拍下来了,我完全没搞懂他怎么拍的。他手机里还有很多别的女孩,一个个文件夹都是以日期命名的。等他出来,他看到我在翻他手机,没有丝毫紧张,悠笃笃地走过来,抓过手机,说你看到了?我看着他,浑身都在抖。他说,看到就好啊,免得我费口舌,有兄弟说没拍清楚,你配合一下……"朴承美浑身都在颤抖,仿佛又回到了那一刻。

一句话都说不出来,一种隐秘的震颤同样在高近寒身上。

"我都不记得我是怎么离开宾馆的了。不是故意忘记,是真的完全想不起来了……过了阵子,N号房事件出来,我才想,哎哟,我是先享受到这待遇了啊……后来和叫驴的事,算了,不说了,没什么意思……"朴承美身上的颤抖如亡者的心电图般渐渐平息了,继而起来的波动,是她带着蔑视的笑意引起的。"我后来追了很久N号房的事,哎,你不知道,其实挺有意思的。我越来越觉得,叫驴那事没什么嘛。他至少没有PUA我,没有强迫我。这也让我很鄙视他,搞得跟娘娘腔似的,偷拍!干吗不光明正大跟我说呀……"

"啊?"高近寒焦枯的舌苔上终于吐出一个字。

"我还挺想再去找他的,但凭什么啊?应该他来找我啊,他竟然再不敢到我家来了,这更让我鄙视他了。我情绪低落了好久,那时候就想,要不死了算了。我第一次筹划自杀,可惜被家里人救了。这时候我在网上瞎逛,非常偶然地认识了一个人,他说他是蒙古国的,叫作额尼尔,给我看过他穿着蒙古服装在草原上放马的照片。我还以为那是他P出来的。我们有的没的聊了好久。他有个视频号,视频内容就是他每天在草原上骑马、放羊、放牛。他住毡包,毡包里铺着地毯,他盘腿坐在上面读书,唱歌。毡包顶上有个孔,孔里有烟囱伸出去,烟囱连着一只小火炉。他在火炉上炒菜做饭。他说,他家里人多,一年要杀十多头牛、上百只羊,也不知道他是不是吹牛。有时候他还会拍他出门挖菜,草原上到处是我不认识的花,花底下就有他要挖的菜。还有时候,他会拍他上山拾柴。雪杉林离雪山不远了,就离他住的毡包不远,他去捡松塔,捡树枝,有时候还捡晒干的牛粪,没想到牛粪晒干后还能当柴烧。下山路上,他会路过他父母的毡包,他奶奶经常在毡包外晒太阳。这些画面说不出的温馨。那阵子,我真迷上他了,时常在手机地图上找他的位置,他放牧到哪儿,我就追到哪儿。没多久,他竟然开始发他女朋友的视频!他什么时候有的女朋友?他说他女朋友还在上大学,放暑假了才去找他。啊,我气炸了!这比叫驴还让人恼火!凭什么?他一直喜欢我的!"朴承美的语速越来越快。

"他说过喜欢你吗?"高近寒终于在她滔滔不绝的话语里插进一句。

"他说没说过有什么关系?我那么有才华,又那么漂亮,他凭什么不喜欢我?再看他女朋友,长得黑黢黢的,头发枯黄,每次镜头到她脸上,她就抬起头傻笑,手上还忙着切菜,那双手多脏啊,不戴手套就直接切菜。这怎么和我比?我给他发私信,限期让他分手,他竟然说不可能。我说那至少他得来看我,我以前和他聊天时,我告诉他我家住在韩国海边,他说他没见过海,很想到海边看看。我说两星期,他必须来见我。他真来了,我跟他说,如果他不跟我在一起,我就说他对我性骚扰。他竟然不答应!他是不知道我的手段。我很快把他家里人和熟人朋友的联系方式全搞到手了,毕竟他算是小网红,这些东西很容易弄到的。我再次联系到他,让他再到韩国来,他竟然拒绝了,我说你要不来,我就说你性骚扰,他说那你说吧,反正他没做过。哈哈哈哈,他真是头脑简单。"

高近寒一再忍耐着,这时候只有沉默才是最恰当的。

"这种事情,人们从来都只相信女人说的。再说,我说的难道不就是事实?他要不是对我有意思,干吗真跑来见我?我截了一些我们聊天的记录,连同一篇小作文,写了他怎么来见我怎么骚扰我,一并发到网上后,网友没有不相信我的,都说,没想到他表面看着阳光,其实这样龌龊。他也真可怜,平日和他互动很多的那些朋友,没一个帮他说话的。好几个还发私信跟我说,他的很多视频都是假的,他的生活根本没看上去那么惬意,草原上到处是牛屎马粪,他还从马上摔下来过好几次,身上全沾满了……"朴承美很得意似的,不时一阵大笑。

"你这样做,不大好吧? 你前面说,他真去找过你?"

"找没找过有什么关系? 网友相信不就行了?"

"这么说,你们其实都没见过面啊?"

"怎么没见过? 我后来去找过额尼尔的……这次我还准备了几张照片,是他和我躺在床上。他跟个傻子似的,吓得浑身发抖,问这些照片怎么回事。我说,你跟我在一起,我就告诉你怎么来的。他竟然还是不同意。你知道吗? 我后来把这些照片发给他女朋友和他妈妈了,真是太好笑了,他们都疯了。我后来听说,他出门放马,跑到雪山顶,跳崖自杀了,你说好不好笑?"朴承美哈哈大笑。

"啊,你说他死了?!"高近寒也浑身发抖了。

"那我怎么知道? 反正他的视频号没更新了。"朴承美撇一撇嘴。

"你说的这些,我刚到这儿时好像就听过类似的了。有图有真相,看来这话真是过时了……"高近寒呵呵笑了两声,终究忍不住说了两句。

朴承美低着头,玩弄着手中的奶茶杯子,意外地没反驳一句。

黑暗渐渐消散,海面上仿佛有金箔在波动。朴承美短暂沉默后,越说越快,越说越多,口干舌燥,脸色赤红,两眼愈发有神。他却没怎么听进去了。

终于,曙光布满海面。听到叮一声响,红灯升上来了。很快,黑皮座椅等着了。她截住话头,看着他。他也看着她。有一会儿,他感觉被困在这沉默里了。

"我们……"高近寒犹豫着,"拥抱一下吧。"

"你喜欢我!"朴承美突兀地哈哈大笑,朝他展开双臂。

两人分开时,朴承美忽然在他胯下狠抓了一把。高近寒突然吃痛,身子往下一矮,那儿仍然被她紧紧拽住。他用手去推,一只手杵在她乳房上,棉花般柔软。他连忙退后,直起身子,满头大汗,看她笑得花枝乱颤,两只乳房剧烈抖颤着。

"你是中国人? 你什么时候回去? 我去找你。"

"你怎么找我? 再说你找我做什么?"高近寒嘶嘶吐气,努力让自己平静。

"你不是告诉我名字了? 高近寒。有名字,就有人。"

"这世界上同名同姓的人多了。"

"那没关系,你这名字就算有重复,也不会多。我肯定能找到你。你也要记住我的名字哦,朴承美,朴承美,朴承美……"朴承美哈哈大笑,朝他摆一摆手,走进电梯里,坐进黑皮座椅。

"这么说,你决定不死了?"高近寒不确定这话她有没有听见。

电梯门关上,下沉。高近寒等着,良久,再没升上来。想起朴承美的话,他感到一双幽暗的眼睛盯着自己。从来没有人,对他说过这样的话。他相信,如果她真找得到自己,绝对是个灾难。为什么她这样的人,反倒活下来了? 她就应该去死!"他妈的! 他妈的!"他拍着玻璃幕墙,恨恨地骂道。忽然,停住了。他看玻璃幕墙上映出的自己的脸,长发缭乱,胡子拉碴,犹如一块混杂着枯草枯叶的冰块,正被暖阳慢慢稀释。这是怎么了? 他竟然希望一个人去死?!

他转过身,背靠玻璃幕墙,恍若背靠虚空。看着大厅内的环形镜子,镜子里的自己变形得夸张,凉薄如纸,面目可憎。

高近寒少有地在工作层待了一整天。黄昏时又送走一个人。暮色沉沉了,他才回到楼上。许久,脸贴着玻璃幕墙站立,盯着大海看。大海和昨天没什么不同,和明天也不会有什么不同。大海无言,包藏万有。他亦无言,然而内心空空。转头看到满墙的书脊闪烁着白昼最后的辉光,想起朴承美提到的那本书——星期八是不会帮他找书的,之前他试着让它帮忙,它总是沉默着。书得自己读,也得自己找。他原以为薄薄一本书不易找到,不想只绕着书架走了小半圈,《自杀》就出现在面前了。抽出来,随手翻开一页:

> 因为你的自杀,活着的人们更为珍惜生命……那些你再也看不到的,他们在看着。那些你再也听不到的,他们在听着。还有你再也唱不出的,他们在唱着。你留下的悲伤回忆好似一束光,让他们看到了平常事物的美好。你就是这道黑暗却强烈的光束,在从属于你的夜晚中,照亮了他们曾经看不见的白天。

将这段话读了两遍,默想了一会儿,把书塞回去。这书边上,是十九世纪末社会学家埃米尔·涂尔干的经典著作《自杀论》。读大学时,他很多次在旧书店看到这套汉译世界学术名著丛书,却从未看过。抽出来,翻开一页:

> 一般而言,这种自私动机的原型,就是我们非常不恰当地称之为保存本能的东西,也就是每一种生物都要保持存活的倾向……例如,一个自杀的人跳进了水里,会用尽全力自救……事实上,他

与生命的关系比他自己所知的更为紧密，无论生活多么悲惨。我并不是说痛苦永远无法超越这一驱动力。但是，既然它非常强烈，既然对生命的爱有深厚的根基，那么一个人必须要承受大量的痛苦，才会去终止生命……

不远处则是尼采的《悲剧的诞生》，这本书他翻过很多次，可惜没能读完。抽出书来，仍旧随手翻开一页：

> 弥达斯国王在树林里久久地寻猎酒神的伴护，聪明的西勒诺斯，却没有寻到。当他终于落到国王手中时，国王问道：对人来说，什么是最好最妙的东西？这精灵木然呆立，一声不吭。直到最后，在国王强逼下，他突然发出刺耳的笑声，说道："可怜的浮生呵，无常与苦难之子，你为什么逼我说出你最好不要听到的话呢？那最好的东西是你根本得不到的，这就是不要降生，不要存在，成为虚无。不过对于你还有次好的东西——立刻就死。"

如那精灵般，高近寒木然呆立着。这段话不就是对他说的吗？

他将书塞回去，往前走了几步，停在一长排诗集前。他已经很多年没写出一行诗了。看到一本薄薄的东亚诗选，抽出来，随手翻开一页，是小林一茶的俳句：

> 今世/我们走在地狱的屋顶上/凝视着花朵

这说的不正是他此时此地的处境吗？

将书塞回去，再抽出一本，《白银时代诗歌金库》，翻开的一页是吉皮乌斯的《恐惧与死亡》，一行行读下去，直到最后一节：

> 我的主啊我的上帝！怜悯我、抚慰我吧/我们是那么脆弱，裸体赤身/请赐我力量，以面对死；赐我纯真，以面对你/赐我勇气，以面对生……

这说的不也是他吗？他不敢再看，匆匆将书塞回去，不敢再抽出别的书来。这些没有生命的书，莫非亦如没有生命的星期八，有着自我意志？他抬起头看那墓碑般高耸的环形书架，满满当当、密密麻麻、无穷无尽的书脊，构成一张诡谲无比的巨脸，没有眼睛看见，但它以无目之眼俯瞰着他，洞悉肺腑；没有嘴巴说出，但它以无声之言叙述着他，无所遮掩。而他对它，一无所知。

在二楼工作层，与书架处在相同位置的那曲面镜子，无时无刻不呈现出夸张变形后的自己。那自己，也如一张巨脸，他对它，同样一无所知。

第六章　星空

日记一则

这是最后一星期了，时而暴晒，时而暴雨。

在这最后的时间，我不想眺望未来，未来都被海水淹没了。有人说，沉溺在往事中的人，是软弱的。回头翻看这一年的日记，很多时候，我没记录残酷的当下，而是不断回溯往事。这么说来，我确实是一个软弱的人。

回想当初，我还是挺犹豫的，心想万一被骗了，会不会×××几乎是不怎么联系了。上次联系，是和母亲在电话里吵架，起因是我又一次问起我父亲是谁。

很小的时候，我是见过父亲的，但如今几乎没留下什么记忆了。有人说，父亲是知青，也有人说，父亲不是知青，姐姐的父亲才是，我和姐姐同母异父。高考前，我鼓起勇气问母亲有关父亲的事，母亲没像我想象的那样恼怒，只是叹了一口气说："我知道你终

732

有一天会问我的。"我等着她说出一个答案,然而,她又叹了一口气:"你问这个做什么呢?他都不知道去哪儿了,你不可能去找他,他也没来找过你。"后来,我执意报考到上海,看到录取通知书时,母亲久久地沉默着××××××××××××××××××××××××××××××××××××上次电话里,×××××××××××××××××××××××××母亲说着说着就恼了。"你那么关心从没养过你一天的人,那你还回我们这个家做什么?你是觉得你那爹是个有钱人还是怎么?"我被问得哑口无言,越辩驳,母亲越生气。那以后,我们很久没再联系。

但是姐姐呢?我们小时候关系非常好的,虽然偶尔也会拌嘴,但并没什么矛盾。姐姐在北方读的大学,听说和一个上海男人恋爱多年,后来分手了,她迅速和一个丧妻的男人结婚,婚礼时,我太忙了,没能回去,不知道她会不会生气。不想过了一年多,姐姐离婚了,再过些时候,听说她到上海了。那时我已经工作,我们联系多起来,还约着去看海。

我们倒了好几趟车才到奉贤海边。那海水真黄,在滩涂尽头缓缓涌动,和我跟小冷去普陀山看到的海完全两样。虽说如此,海边空旷的滩涂仍然让我们很兴奋。我们脱去鞋袜,赤脚往泥滩上走,打算去摸一摸海水。滩涂上人很多,多是大人带着小孩,小孩都拎着五颜六色的塑料小铲子和小水桶,一个个弯着腰,在滩涂上寻找着什么。观察了好一阵,我们才知道,他们是在捉螃蟹,一种指甲盖大小的螃蟹。想起来,我六七岁的时候,姐姐带着我到旧城后山捉过螃蟹。那是山螃蟹,生活在小水沟边,搬开石头就能看到。我听同学说,抓回家烤了吃,美味异常。然而,我和姐姐翻遍了小水沟边的石头,只见到两三只,而且一只都没抓到。如今在

733

几千公里外大海边的滩涂上，我们竟然会见到相似的小螃蟹。起初也是不容易抓到的，慢慢有了经验，看到螃蟹出洞，下手要快，连带着沙子翻起来，螃蟹自在其中。渐渐抓得多了，苦于没地方放，只好将它们送给身边的小朋友。后来，好几个小朋友一路跟着我们，眼巴巴地等着我们抓螃蟹送给他们。黄昏了，我们两手空空××

这段欢快的经历并没让我们走得更近一些。那次分别后，我有时看到姐姐发朋友圈，看她去了哪儿哪儿旅游，但我们联系越来越少了。

大前年回家——应该是大前年吧？不确定了。姐姐没回，家里就我和妈两个人。有时一起吃饭，相顾无言，只听见扒饭声。吃过饭后，妈到县城广场跳广场舞，我有时想跟着去看看，又不××××××××××××××××××××××说起姐姐，妈说××××××××××××××行李箱出门×××××××××××

我真有点儿想念老家那小县城了。那儿看不到海，也没有这孤岛上顶到天的高塔，那儿最高的建筑，是好几个工厂的细高烟囱。后来工厂停工，厂房拆除，只剩这些烟囱孤零零地立在拆迁后的空地上。空地用铁丝网围起来，说是要建造全县城最高档的小区，不知怎么，只进行了一些基础性的施工，就停下来了，渐渐荒草丛生，蛇鼠横行。铁丝网早锈蚀了，破了一个个大洞，野狗和小孩在其中钻进钻出，还有×××可怕××

××××××××××××××××××××××××××××××
×××××××××××××××××××××××说起
这事儿，母亲就感慨不已，说幸亏当年没和旧城中学的老师们一起
认购小区里的房子。

高中那几年，我和学前班老师杜霞的大儿子孙石英是同桌，孙
石英很少和他那调皮捣蛋的弟弟孙石俊一起上学放学，反倒经常
和我一起走。去学校路上，我们总会路过这片荒地，荒地里到处是
染饭花、芦竹和芦苇。高考前夕，染饭花正值花期，大团大团的花
垂着脑袋，香气一阵阵从铁丝网那边透过来；芦苇丛刚抽出青绿花
穗，也有些已变作雪白芦花在风里摇曳；芦竹很高，大多没开花，就
如一支支饱蘸颜料的画笔，在蓝色画布上涂抹出形状各异的云朵。

若是黄昏，夕光照着，这片荒地更吸引人。我和孙石英好多次
从铁丝网的破洞处钻进去。那真是另一个世界，植物茂盛得仿佛
大海——对于还没见过大海的我来说，那就是大海。我们大口大
口吞咽着花香，醉汉似的走在花丛中。脚下水泥地皲裂，是被各种
植物的根系撑开的。花丛中有四五座红砖砌的烟囱，烟囱外侧有
许多几字形钢筋，一个一个往上，组成一条漫长的天梯。

不记得是谁先提议的了，我们沿着天梯往上爬。有些钢筋松
动了，刚踩上去就咯吱咯吱响，摇晃着，仿佛随时会脱落。风吹日
晒的，这些钢筋都锈得厉害，两手一碰，扑簌簌往下掉铁屑。起先
我们没经验，每次我往上爬时，孙石英也跟着往上爬，他每次都会
被铁屑眯到眼睛。后来，孙石英总是站在一边，耐心地等我爬上烟
囱顶上坐稳了，他才往上爬。

爬烟囱的过程，可以说是战胜自我的过程。钢筋会不会忽然
脱落？烟囱会不会忽然崩塌？这危险的游戏，让我们欲罢不能。

我心惊胆战，爬到中途，头顶飘来的云朵巨大无朋，低头看，地上的一切都变小了。不知道哪儿是上哪儿是下了，整个世界仿佛都要倾覆了。我感觉到内心深深的恐惧，闭上眼睛，强自镇定，仍然觉得自己在往后仰，不由得想象着忽然坠落在地的样子。每当这时，耳边总会传来孙石英的笑声："怎么不动啦？尿裤子啦？"我睁开眼睛，按捺住源自内心的战栗，低头朝他大声回敬道："尿你头上！"

总算爬到顶上。顶上有一圈矮矮的护栏，我两手扶着，弯下腰站着，到处看来看去，慢慢辨认出忽然变得有些陌生的村落、菜市场、公园和学校。好一阵儿，我才敢往烟囱黑洞洞的内部看，只消看一眼，就有一种坠往深渊的眩晕感。

过不多时，孙石英的脑袋出现在梯子口，乱糟糟的头发跟鸟巢似的。他爬上来，站直了，一手扶着护栏，一手在头上挠，碎铁屑便如雪花般纷纷飘散。这些铁屑是他往上爬时蹭到的。我忙转过脸去。"啊！"他大声感叹，望着县城鳞次栉比的房屋，开始高声朗诵："大风起兮云飞扬……"我站在边上呸呸呸吐，嘴里全是他抖落的碎铁屑。等到吃晚饭时，我听得牙齿间嚓啦嚓啦响，吐出来看，米粒间仍有一些细小的灰黑色铁屑。

有一次摸底考，孙石英发挥失常。班主任赵新能在课堂上批评他，本科指定是考不上了，不如趁早回家养猪。同学们哄笑起来。孙石英低着头，满脸通红。我想说几句安慰的话，又觉得说什么都不对。

放学后，路过荒地，孙石英一声不吭地从铁丝网的破洞钻进去，我也跟着钻进去。好多天没来了，雪白芦花更多了，染饭花也开得更盛，有些已露出衰败的迹象。我紧跟着他穿过花丛，一些细碎的小花沾在我们的蓝色校服上。走到烟囱底,孙石英仍不说话,抓住钢筋往上爬。我退后几步,看着他一步步往上。我还是第一次站在地上看他爬上去,比我自己爬的时候都胆战心惊,总想着他会不会忽然喊一声,摔了下来。一个蓝色块越来越小,到得最顶上时,这蓝色小点儿几乎融进蓝色的天空里了。他站在烟囱顶上,往底下看看,又往烟囱内部看看。我忽然怕起来,赶紧往上爬。总算到顶了,我两手抓住护栏,直起身,气喘吁吁说:"你可别想不开啊。"孙石英瞅我一眼,一副哭笑不得的样子:"瞎想什么呢你?!""你刚才一直低头看,吓我一跳。"我仍气喘吁吁的。

孙石英嘀嘀笑,背靠着护栏,又探头朝烟囱内部看:"你看看这里头。"我两手抓住护栏,顺着他的目光望下去。"黑咕隆咚的,有什么好看?"我说的每一个字,碎砖头似的掉进烟囱里,听得到嗡嗡嗡的回声。我不敢多看,感觉到冷冷的风从烟囱底部升起,仿佛有一股强大的力量抓住我了,要把我往下拽××××××××××××××××××××××××××××××那时候我还没听过这话:"你凝视深渊,深渊也在凝视你。"黑咕隆咚的烟囱,正如深渊凝视着我。

"我们打个赌,我能从这儿爬下去,从底下烧火处爬出去。"孙石英说。"你是说,从烟囱内部?"我又伸头往烟囱里瞥了一眼。"当然是从内部,不然有什么好说的?"孙石英很兴奋的样子。"你疯啦? 这里面没梯子,还都是黑乎乎的烟尘,怎么爬?"孙石英嘀嘀嘀笑,"我仔细观察过了,烟囱里是没梯子,但有很多砖块凸出来,不知道是当初砌烟囱的师傅手艺不过关呢,还是特意这样做的。抓住这些砖块,绝对可以下到底。"我伸头看看,黑漆漆的,哪有什么凸出的砖块?"你相信我嘛,没问题的。我们打一百块钱的赌,怎么样?"我不说话。我妈每个星期给我的零花钱不过二三十块,对我来说,一百块钱绝对不是小数目了。看样子是没法阻止孙石英的冒险行为了,索性答应了打这赌,或许为了一百块钱,他会更小心一些。孙石英笑笑,扳住烟囱檐口,开始往下爬。

这时候,我也顾不得恐高了,反手抓着护栏,俯身往烟囱里看。孙石英不断沉入黑暗底部,头发一抖一抖的,仿佛一蓬水草。不时听到啪嗒一声,一块砖头断了,过一会儿,又听到更遥远的嘭咚一声,是砖头落到烟囱底了,许久,一缕灰蒙蒙的烟尘从底部上升到眼前。我心中骇然,嗓音都变得不对了:"你没事吧? 快上来吧! 算我输了行不行?"好一阵儿,传来瓮声瓮气的笑声。笑声被烟囱弄得变了形,听来非常瘆人。再后来,连笑声都听不见了,只听见呼哧呼哧的喘息声,以及不断响起的砖头断裂的啪嗒声和砖头落地的嘭咚声。

这绝对是我经历过的最漫长的半小时,比任何一节云里雾里的英语课、数学课或化学课都要漫长好多倍。我不敢再说一句话,生怕干扰到他。为什么要干这样的事? 就因为一次摸底考没考好? 就因为被赵新能那几句话? 简直太愚蠢了,如果这样死了,那真是个笑话啊。

忽然,我想我应该下去接应他,赶紧抓住烟囱外的钢筋往下爬,爬了一会儿,耳边传来的声音更响亮了。我将耳朵贴近红砖,砖头上的积灰沾在我汗湿的脸上。孙石英呼哧呼哧的喘息声异常响亮地传来。我终究没能忍住,大声喊:"你到哪儿了? 啊?"听得出孙石英停了一阵,喘息声渐渐平静,拉长了声音说:"我没事,看得到底了!"那声音仿佛被长长的烟囱拉得更长了。我稍稍放心了一些,加速往下,不多时,听到烟囱里传出更响亮的喘息声。我知道，我们来到同一位置了，一个在明，一个在暗，中间隔着粗粝的砖头和冷却的尘烟。

孙石俊嗬嗬笑，笑声闷闷的。我看看头顶蓝得耀眼的天，又看看底下大海般涌荡着绿色的地，我说："笑你妈尻笑！你个疯子！"孙石俊一向很反感这类脏话的，这次，他却什么都没表示，仍旧嗬嗬嗬笑。

来到烟囱底部等着。那儿有一小块被挖空了，由三根原木组成的栅栏支撑着，不知道这是在做什么。等了好一会儿，喘息声越来越近，忽然，砰一声巨响，一股灰黑色烟尘从烟囱内部透过原木栅栏冲出来，我躲闪不及，脸上身上都未能幸免。从这一团烟尘里，孙石英钻了出来。我吓得喊了一声。孙石英浑身都是黑的，叉着腰，冲着我笑，一口白牙两点白眼，让他形如鬼魅××××××××××××××××××××××××××××××××××我拿一百块钱给孙石英，他无论如何不肯要，说："先欠着。欠着一天，我就是你的债主一天。"那时我没想到，这债会欠一辈子。

如今想来，几乎可以说，是这片荒地支撑着我们挺过高中那些艰难的日子的，就连回想起那些嵌入牙缝的碎铁屑，也别有一番滋味。

高考成绩出来后，我和孙石英都考得不错，都打算报考上海的学校。志愿填报后那晚，我们五六个同学到旧城中学附近吃烧烤，大家喝了不少啤酒，这在一个月前，是不可想象的。我们都有些晕了，回家路上，走得高一脚低一脚的。

走到那片荒地边，孙石英嚷："憋不住了，憋不住了！"大家都笑："你肾虚吧？这就憋不住了。"其实大家也都憋不住了。见孙石英从铁丝网的破洞钻进去,也都跟着钻进去。淡淡月色里,低处是开黄白色花束的染饭花和开白花的芦苇,高处是摇曳着白色花穗的芦竹。

孙石英小跑到一丛染饭花后蹲下。我说:"想不到你还来大的啊?"有人嚷:"窜稀了吧?"孙石英不答话,不一会儿,长长地啊了一声。我们又笑。大家各找一处草丛,尿液落地,腾起一片热烘烘的腥臊味儿。或许是被这味儿惊扰的,又或许是被我们的动作和吵嚷声惊扰的,草丛中升起一粒粒黄色火星儿。不知谁嚷了一声:"有萤火虫哎!"然后,都不说话了,都目瞪口呆地看着。

萤火虫越来越多,寂寂地在夜色之中升起,仿佛用我们听不到的寂静的言语热闹地交流着。不多时,荒地上仿佛浮动着一朵朵黄色的云,彼此轻轻地碰撞,又轻轻地分开。有些脱离大部队,飞得很高,混入繁密的群星。

"哎哎! 谁有纸啊! 都聋啦?!"是孙石英的声音。我说:"来了来了! 叫魂呢?!"从兜里掏出刚才在烧烤店里拿的几张餐巾纸递过去,一面用手在鼻子前扇着:"哎哟,吃什么死牛烂马了,拉的比死人还臭!"孙石英提起裤子,嘀嘀笑:"你刚才吃的就不是死牛烂马?"我说:"你还好意思怼我? 这么多人,还不是只有我来江湖救急。"孙石英嘀嘀笑,下意识地挠一挠头。

让众人吃惊的一幕发生了,几十上百只萤火虫,从孙石英头发间升起,仿佛一朵蘑菇云,砰一声,在他头顶无声地爆炸。大家都呀了一声。

此时,别处的萤火虫要么飞高了,要么重新隐入草丛,暗夜里,唯独孙石英头顶这一朵小小的蘑菇云,散发着寂静而温柔的光。孙石英看众人盯着自己头顶,不明就里,抬起头来,方看到头顶的光亮。那些萤火虫，朝他眼睛里投下淡淡的一瞥后，继续升高，聚拢如灯盏，慢悠悠地，融进星空里了。星空如此浩瀚迷人，让人生出无处安置的一腔豪情，也生出无法排遣的孤独。

"我们上去看看？"孙石英指着不远处的烟囱说。

"看什么？半夜三更的。神经病啊！"有人说。

"看星星啊。我还从来没在那么高的地方看过星星。那儿离天近，星星……"

"有这闲情逸致，还不如去 KTV 唱歌。"另一人打断他的话。

看得出，孙石英真是挺想爬上去的。但实在太晚了，黑咕隆咚的，一不小心就会出事。我们都不再接茬，招呼着往外走。离开荒地后，大家在岔路口分开了。我和孙石英还有一段共同的路要走。我们慢慢走过县城午夜无人的街道，走进古楼村。村里还有些人家亮着灯，一只黄猫匆匆从路上跑过。

"你什么时候去上海？到时一起啊。"我说。"还没定呢，得等我爸妈商量好谁送我。"孙石英说。"那就一起送你呗。"我笑。"那可不行，他俩要是一起，这一路有得吵了。"孙石英笑，"还是在家里吵完了，定下来一个送我吧。""那你是想让你妈送你？"我说。孙石英嗬嗬笑。"你这假期要做什么？"我岔开话题。"我妈说，让我明天一早就去山里和我爸守烤烟。你知道的，我爸包了几十亩山地种烤烟。"孙石英说。"杜老师也是，才高考结束，也不让你歇一歇。她怎么不让孙石俊去？"我说。"我弟假期还要补课嘛。我去陪我爸一阵，我妈才好送我去学校啊。这样就扯平了。"孙石英说。

我们沉默着走了一阵儿。我说："那等你定下来了告诉我啊，我们一起出发。"孙石英不说好也不说不好，挠一挠头，头发间，又一只萤火虫飞起。"竟然还藏了一只！"我笑起来，孙石英也笑。我们就在笑声里分别了。

过了不到一星期，消息传来，山里突发泥石流，孙石英被冲走了，孙石英他爸倒是从窝棚里逃出来了，顺着泥水找到河里，又顺着河找了七八天。再次传来消息，说孙石英被山民找到了，埋在泥里的尸体已经高度腐烂。我不敢想象那是什么样子。葬礼那天，我去了。很多同学都去了。我记得，一向打扮精致的杜霞老师那天颓唐了许多，还记得孙石英爸爸喝多了——他竟然在儿子的葬礼上喝多了！孙石俊去拉他，他一脚踹在孙石俊腿弯上，孙石俊跌坐在地，爬起来溜了。他越发恣意了，跳着脚，骂杜霞不该支使孙石英去山里，骂来参加葬礼的人嫉妒孙石英考上名牌大学："我知道你们，一个个！心里高兴着呢！一个个！肚子里全他妈的坏水，你们就是来看笑话的……"我们一声不吭，低着头站在人群外。

过了三年，暑假里回家，听说那片荒地里遗留的砖厂烟囱终于要拆了。那烟囱，是县城几代人的共同记忆，很多人都去看。我也去了，看到正在拆的刚好是我和孙石英经常爬的那座烟囱。几个穿着迷彩服的男人在烟囱边忙碌，在原先支着原木的地方，用锤子敲掉一些砖头，继续支上一根根原木。待到原木占据了烟囱周长的三分之一左右，他们又在边上堆起几个废旧轮胎，浇上柴油，不多时，烈焰腾腾，扭曲着上升，烟囱口最后一次冒出烟来，和晚霞混在一起。众人离得远远的，屏息凝气，听着炽烈燃烧发出的噼啪声。突然，几根原木折断了，烟囱轰然倒下，半空里即断作几截，重重摔在地上，几乎碎为齑粉。

盛大的烟尘腾起，遮天蔽日，许久才散去。好些附近的农民和小孩跑过去，在砖头间翻捡着什么。凑近了，看见他们手里握着的，是一些几字形钢筋。那曾有可能引领我们通往星空的天梯，如今是一些散乱的废铁。

我捡起一根，触手皆是纷纷剥落的铁屑。我拎着它在荒地里走来走去，用它轻轻拍打着身边的一丛丛怒放的染饭花、芦苇和芦竹。想着待会儿回家后，妈看见了一定会说我，想了想，就将它朝向落日远远地扔去，伴随着四散的铁屑，它一声不响的，落在荒草丛中，消失不见了。

回家吃饭，妈问我去哪儿了，这么晚才回。我张了张嘴，什么都没说。妈也没再问。我扒了一口饭，忽听得牙齿间嚓啦嚓啦响，我知道，那是一些细小的灰黑色铁屑。我慢吞吞地咀嚼着，将铁屑连同食物，全咽下去了。

这孤岛上的高塔，真会像那烟囱一样坍塌吗？我记得侯总（仍旧这么喊他吧）说，这孤岛，连同这高塔，终究是要消失的。我想象着闪电击碎塔顶的玻璃，碎玻璃散落地面，泛着灰暗的光，被海水冲刷，被沙砾湮没；而那填满墙壁的书本里的无数纸页，被闪电点燃，随风飞舞，最终消失在大海之中，就像那遥远夜晚里的萤火虫。所有历史的、现实的、虚幻的故事，都将化作乌有，再无人知晓。

幸而有这些日记。但有谁愿意看呢？即便有人看到了，他们会相信这些事情吗？整本日记看起来只是真假难辨的荒诞故事罢了：他们一定会觉得，回想过去的是真的，记录现实的是假的。殊不知，回忆总是充满欺骗——啊，我几乎忘却写这些日记的初心了：翻看第一天的日记，我说，我只是要记下这一年见到的人，听到的事，并不想着给谁看。既然没想着给谁看，日记里是不应该有"我"的，只有被别人看见了，才会有"我"。但这一年的日记，没有哪一天没有"我"；更别说现实里，我几乎无时无刻都在强烈地感知到"我"。

我来到这儿,我看见,我听见,我思考,我更加确认我,更加走不出我。我有时候甚至觉得,我离不开这孤岛了,我和这孤岛合二为一了。无论走到哪儿,围绕在我身边的,都是孤独的大海,而围绕着大海的,则是更孤独的星空。星空的孤独是最浩瀚的最深刻的孤独。"我"和这孤岛这大海,都在这孤独之中……

如果没有"我",我确信孤岛、大海和星空仍然是存在的。但是,这存在有什么意义呢?如果没有人类作为观察者,没有任何生命作为观察者,孤岛、大海和星空的存在又有什么意义?它们又何以证明自己存在?

"存在"这件事,是如此不容置疑,如此不可理解,如此难以承受。

在天气晴好又没人到来的日子(这样的日子比金子还稀少),我时常到小岛北端高高凸起的岬角去,看太阳一点一点落着,海面上金光耀眼,明暗交织。从这个角度看落日,这样毫无负累地看落日,让我心里空旷而轻松。

我偶然发现,一大群抹香鲸经常出现在不远处的海面。有时候,它们静静地浮着,似乎睡着了;有时候,它们在觅食或嬉戏,缓慢地下潜、上浮,巨大的深灰色身躯偏向右边,向左前方喷出水雾柱,水雾柱被阳光照射,形成小小的彩虹。几十头抹香鲸同时喷出水雾柱,海面便同时显现几十道彩虹。在众多彩虹之间,抹香鲸的叫声悠长而深沉地回荡着。我激动得无以言表,踮起脚尖眺望它们,内心满溢,莫名地忍不住想要流下泪来。

我怕自己深陷在软弱的情绪之中,不得不强迫自己从大海撤退，去看四壁的书。我在以前的日记里写过一句话："安慰了我的不只大海，还有过去的时间。"而书既是大海，也是过去的时间。

又一日黄昏，我沿着环形书架走了一圈。这无穷尽的书啊，我只是浮浅地在它们周围生活了一年——想起小时候借姐姐的《西游记》连环画看，有一个情节我印象很深：起初，如来说，要将"三藏真经"传给东胜神洲的人，然而，等唐僧一行人来到灵山，他们得到的只是随便检出的几卷。我怕记错，从书架上找出《西游记》原著，翻了一遍，第八回，如来明确说，三藏真经有"三十五部，该一万五千一百四十四卷，乃修真之门，正善之门"，等到第九十八回，如来让阿傩、迦叶传给唐三藏的却是"每部中各检几卷"凑成的"五千零四十八卷"，相当于三分之一。我的记忆没错。那十四年寒暑，长途跋涉，历尽艰辛，最后不过被如来打发叫花子般打发了，全不像当初所说的那般郑重严肃。但是，如果为如来辩解呢？这"随意"里，是否蕴含着某种真理？

就如唐三藏得到随意抽取的经书，我从书架边走过，看到的书基本上也是随意抽出书来的。这样的阅读方式，越来越让我上瘾：没有一本书知道自己会不会被抽出，没有一本被抽出的书知道自己的哪些句子会被阅读。反之亦然，我不知道自己即将抽出哪本书，也不知道会读到哪些句子。

目光在几年前看过的一本宋史研究著作上停了一会儿，作者是少年天才林嘉文。作为历史系学生，我自然对这名字有印象。我比他年长，但我知道，自己的学识是没法和他相比的。读大学时，听说身患抑郁症的他选择从自家楼顶一跃而下，我们整个宿舍都震惊了，为此讨论了好几个晚上。没什么结论，我记住的是他给前辈邮件里的那句话："所有我能想象到、努力到的一切，都有一条不能超越的极限。"这话让人觉出活着的荒诞。他有没有留下遗言？我不知道。想起比他晚一些走掉的前辈学人江绪林，他在自缢前倒是写下十来条遗言。我记得最后几条："我除了祈祷宽恕，还能做什么呢？请不要看我的罪和错……我谱写不出优雅的乐章，也就不能有期望（指点世界），我不知何为爱的拥抱（已无法体察），如何亲吻和祝福你们以作别！……上主啊，愿你开启希望之门……"

我无法再想，也无法再看这书了，很快将它塞回去。

我路过更多的书，抽出，又塞回去。

一本长久停留在手中的书，是陀思妥耶夫斯基的《卡拉马佐夫兄弟》。一本雄辩而温柔的书，我读过不止一遍。随手翻了翻。

"哪怕幽闭在与世隔绝的塔中，我还是活着，看得见太阳；纵然看不见太阳，我仍然知道有太阳。而知道有太阳——不正是生命的全部意义所在吗？"老大德米特里对弟弟阿辽沙说的这话，完全像是对我说的。"当年在你们人间有这样一位思想家和哲学家，他'否定一切，包括法律、良心、信仰'，尤其否定身后生命。他死了，他认为从此进入黑暗和寂灭，不料出现在他面前的却是身后生命。他大为惊讶而又愤慨，说：'这违背我的信念。'为此他被判罚……"这是魔鬼对老二伊万说的，不也有可能是对我说的吗？"我们一定能复活，一定能彼此相见，高高兴兴、快快活活地互相讲述经过的事情。"这是小弟阿辽沙"半是玩笑、半是欣喜"地对孩子们说的，但这不可能是对我说的。我不信仰任何宗教，或者说，我没被任何宗教选中，任何宗教许诺的"复活"之路，我都没法找到。

《卡拉马佐夫兄弟》里还有很多句子，至今仍让我着迷，我要把它们抄录下来："我渴望生活，所以我就生活着，尽管它是违反逻辑的。尽管我不信宇宙间的秩序，然而我珍重蔚蓝的天，珍重一些人，对于他们，你信不信，有时候你自己也不知道为什么会那样热爱，还珍重一些人类的业绩……我爱生活本身甚于爱它的意义。"
"爱生活甚于爱生活的意义？""一定得这样，像你所说的超越逻辑去爱，一定得超越逻辑，那时我才理解其含义。"××××××××
×××××××××××××××××××××××
×××××××××××××××××××××××
×××××××××××××××××××××××

　　我想起前两天写下的对于"存在"的不解了。

　　但时间不多了，我不能再抄了。

　　将这本厚厚的书塞回去后，我看到不远处的《切尔诺贝利的悲鸣》。我知道这是前几年获得诺贝尔文学奖的白俄罗斯作家阿列克谢耶维奇的作品，但我从未读过一个字。一种说不清的偶然的命运，促使我抽出这本书。终于，我窝在沙发上，借着黄昏的天光，少有地从头到尾读完了一本书。从某种意义上来说，这孤岛和其上的高塔，亦是我人生里的"切尔诺贝利"。看到最末，落日余晖在纸面消失了，黛黑的文字从月光里浮上来，一行一行，犹如惨遭核辐射后变形的尸体，因为我偶然的阅读，它们终于复活，慢慢爬动着，为我的这一年做出总结：

　　"我看遍了他人的痛苦，但在这里我和他们同样是见证人。这个事件是我人生的一部分，我就活在其中。"

只有晨昏，没有寒暑，昼夜在热带的大海上面无表情地重复着。

又一日，高近寒从工作层回到居住层。刚刚的谈话，让他身心俱疲，而且，终究没能挽留住那个满脸雀斑的英国女人。即便对这结果早有预料,他仍旧心有不甘。他看看脚下坚实的地板,仰起头静静地看云。云移过来的时候,拽着一大团影子,影子从他身上缓缓掠过。片刻的昏暗和阴凉过后,是更灼热和明亮的光。他下意识地闭上眼,眼球内部仍有一团云的样子,再睁开眼,眼角流下泪来了。

"星期八,今天是什么日子了?"高近寒有气无力地将自己扔在沙发上。

"主人,明天就是世界预防自杀日了。"星期八说。

"世界预防自杀日?"高近寒的脑袋就如雨后受潮的木门,艰涩地运转着,许久,才打开来,有遥远的记忆透进一丝光亮。"哦,这么说,今天是九月十号? 我以为已经……我刚进社团时,听一位专家讲过。对了,我记得,这个世界预防自杀日,是不是每年都有一个主题?"

"对的,今年的主题是'共同努力,预防自杀'。"

"那之前的都是什么呢? 你给我讲讲。"

"好的,主人。"星期八像人一样清一清嗓子,"世界预防自杀日是由世界卫生组织和国际预防自杀协会 2003 年设立的,目的是让公众增强对不良生活事件的应对能力,了解自杀,预防自杀。从 2003 年至今,每年的世界预防自杀日都有一个主题,依次是:'自杀一个都太多''拯救生命,重建希望''预防自杀是每一个人的事情''理解激发新希望''终生预防自杀''全球化思维、全国性计划、地方化行动''社会文化因素与预防自杀''无论是谁,无论在哪里:全球携手预防自杀''多元文化社会之自杀预防''全球预防自杀:加强保护因素,唤醒生存希望''歧视:自杀预防工作的绊脚石''防止自杀,联系全世界''伸出援手,挽救生命''联结、交流与关注''用您一分钟,挽救一个生命''共同行动,预防自杀',然后,就到去年了,去年的主题是'40 秒行动'。从这近二十个主题,大体可以看出,对于自杀这件事,需要我们关注些什么了。"

"去年那主题,'40秒行动'是什么意思?"

"意思是,对于全世界来说,大概四十秒钟,就有一个人死于自杀。试图自杀的人就更多了,大概每三秒就会有一个。自杀的原因非常复杂,往往是多种因素合力的结果,包括生物性因素、心理因素和社会因素等。不管怎么复杂,很多自杀行为都会有一定先兆——自杀,尤其是理智型自杀,往往不是突然发生的,会有一个发展的过程。比如有的人会收集绳索啊毒药啊;有的人会对亲人忽然格外关心,对关系不好的人忽然格外宽容;又或者,产生强烈的负罪感,没来由地极度悲伤,没来由地极度兴奋。更有的,开始安排身后事等。还有的,会在产生自杀念头的过程中,上网搜索自杀方法,写一些透露出自杀念头的文字等等。这最后一种,是我们机构唯一能够看见的试图自杀者……"

高近寒听得心惊,他不也做过这类事吗?再想到某一年的"世界预防自杀日"的主题"终生预防自杀",看来好多年前他和学长学姐聊天时说到的,自己一直想着最终是要通过自杀离开这世界的,并非一时虚言。也许他心里,真的埋藏着一颗自杀的种子。他自己都这样,又如何去拯救别人呢?

"自杀是可以干预的。刚才说了,一个人从产生自杀的想法,到最终付诸实施,是有一个过程的。一般来说,可以分为纠结挣扎期、呼救期和平静期。如果处在纠结挣扎期,往往只要有人安慰几句,或者陪伴一阵,就能将人救回来……"

"之前你怎么没跟我说这些?也许知道这些,会不一样的。"这是第二次,高近寒对星期八加以指责了。星期八仍如上次那样沉默着。高近寒的声音渐渐变大,喊道:"你知道吗?刚刚又一个人没了!还说什么'世界预防自杀日'!连续多少天了?早一个,晚一个,早一个,晚一个,早一个,晚一个……我是在救人吗?除开最初那阵子,几乎没有一天空过，然而，这才是全世界想要自杀的人中极少的一部分。"

沉默充满大厅。这时候，他是多想看见星期八。

"主人，您不能这样想的。"好一会儿，星期八不疾不徐地说，"刚才说了，自杀的想法从产生到实施，是有个过程的。到了平静期，自杀者看似从自杀的想法里抽身而出了，实则是在心里更笃定了，所有的干预往往都是徒劳的。主人以前在社团里，面对的大多只是一时心情烦闷的人，顶多是处于自杀纠结挣扎期的人。要将他们拉回来，是容易的。而主人到这岛上来，面对的无一不是平静期的人了，他们都已经过一系列危机干预了。要想将他们拉回来，谈何容易呢？您知道得越多，或许只不过是徒增烦恼罢了。"

"啊……"高近寒从沙发上起身，呻吟了一声，疲累至极，苦痛至极。当初应下这份工作，实在是轻率了，他既低估了这份工作，也高估了自己。他盯着头顶暮色沉沉的天空。天空的空让他难受极了。闭了眼，静静站了一会儿，只觉得世间唯自己一人，完整的孤独笼罩着他。

叹一口气，颓然坐回沙发，目光呆滞，无所思想，过了会儿，干脆躺倒了。好一阵儿，他没说话，星期八也没说话。他捕捉到他耳朵里寂静的嗡嗡声，仿佛无尽大雪落在世界尽头。他一个人走在雪地上，越走越远，越走越远……这念头让他意识模糊起来，不知过了多久，浑身一颤，从梦的边缘返回。睁开眼看，大雪铺天盖地。过了好一会儿，才反应过来，是一大片灰白的云覆在头顶。云如此之近，可以看见云内部犹如草原上奔腾的野兽，飞快地挤压聚集，最后堆拥到一起，渐渐乱作一团，更激烈地推挤着，翻滚着，几道闪电如鞭子蹿出，径直劈向玻璃屋顶。不多时，云中发出万道箭镞。他仰面躺着，渐渐感觉自己和屋顶合二为一了，是他在承受着闪电的鞭笞，在承受着雨箭的攒射，时而明亮耀眼，时而黑暗如渊。黑暗时他看到自己在下坠，明亮时他看见那炽烈的光团里,自己的脸如金箔一般凸显。雨水汇聚,在平滑的屋顶四处涌流,寻找突破口。很快的,它们便往中心的排水孔流去。大水漫涌,亦如在他身上淌过。

他在持续的雷声、雨声和流水声中再次睡去,混乱的梦里,他感觉自己就如一件脆弱的土陶俑,缓缓沉入大水底部,和他一同下沉的,还有诸多从船上倾覆的佛像,以及面目模糊的百姓和兵士,他们和他,都在没有止境地下沉。他意识到这是在通往那遥远的夜晚了,更通往那遥远的古战场,在那个时间那个地方,二十万人投海啊……海水涌荡,大火在水面蔓延,很多东西远了,又近了,他怕再难抽身出来,挣扎着,想要醒来,听得咚咚两声,睁眼看看,是刚到这儿时从书架里抽出来的《鲁滨逊漂流记》和《神曲》掉地板上了。这么久了,他仍然没读完这两本书,也没把它们放回去。

暴雨不知何时停歇的。他看到夜空里每一颗星都被清洗得干干净净,硕大,明亮,如老家院子里老梨树枝头缀着的酸涩梨子。他的眼睛,亦被洗得干干净净。他找不到往星空攀缘的树枝。只能继续躺着,星星繁密,无穷无尽,或明或暗,有的恒久地闪烁着,有的忽然划过夜空,如一柄冷冷的手术刀,切开夜的肌肤。当它们消失,是谁抬起握刀的手?

第二天,只下午有人来。上午终于可以歇一歇了。连日来的倾听让他头晕眼花,那些绝望的故事积压在内心无处发泄。真是倦了,倦怠是一种散发着阴暗恶臭的黏稠液体,缓慢地粘牢全身,想要动一动,便要使出浑身气力。胸口更是时时如被大石压迫着,他深呼吸,吐出一口气,再深呼吸,再吐出一口气,闷气仍旧清理不尽。他在这样的情绪里,睡睡又醒醒,始终觉得困倦无力。吃过午饭,继续躺在沙发上,半醒半睡。"主人，您准备好了吗？"星期八提醒。他仰面看着再次布满乌云的天空，不吭一声。不得不起身，呆坐一时，来到工作层。

现在，走在透明玻璃地板上，他已心如止水。想起来，古人也是恐高的，比如苏东坡。东坡初入仕途时，和时任商州令章惇去仙游潭玩儿，到一处崖壁，章惇让苏东坡到崖壁上题字，四面都是万仞绝壁，苏东坡浑身发抖，哪里还敢迈步？章惇却从容走过独木桥，将绳子缚住树，攀爬到峭壁高处，留下"章惇苏轼来游"几个大字。苏东坡抚着章惇后背说："你一定能杀人。"章惇说："为什么啊？"苏东坡说："能拼命的人，就能杀人啊。"果然，后来章惇拜相，多行严刑峻法。然而，不恐高的章惇能杀人，如今已然克服恐高的他，却为何对生死如此计较呢？一个个不相干的人在他面前死去，他始终没法心如止水。

他隐隐听见电梯门打开，一个沉重的脚步声出现在甬道内。不一会儿，一个华人男性立在甬道口的黑色台阶处，探出脑袋，朝外面的透明地板看。男人五十来岁，小平头，面色黑赤，和高近寒差不多高，穿深灰色沙滩裤、浅灰色T恤，外罩一件蓝色长袖衬衫。男人面色平静，不像恐高的样子，不一会儿，他的视线离开透明地板，抬起头来看着高近寒。高近寒刚想打招呼，男人先开口了。

"您好，我叫林镜平，来自马来西亚。您怎么称呼？"

"您好，我叫高近寒，是这儿接待您的。"高近寒听到林镜平说的是粤语。不过只一刹那后，他说出的粤语便被同步翻译作普通话了。

林镜平微笑着，看着高近寒。"怎么样？很累吧？"男人轻声说。这话让高近寒猝不及防，像是有一只温柔的手，轻轻覆在他的头顶。他愣了一下，鼻头酸楚，来过这儿那么多人，头一回有人对他说这样的话。

"我知道，这得有多累。"林镜平的声音有一种举重若轻的感觉，清晰、笃定，所有的声音都在退去，只有他的声音凸显出来，准确抵达听者的耳蜗。"你不用担心,今天你应该蛮轻松的。我来这儿,不是要寻死的……不过,你得扶我一把啊,我还真有点儿害怕。"林镜平朝高近寒伸出手,"你们这设计,是不是想让很多人知难而退?我倒是有点儿好奇,那些真决定赴死的人,还会恐高吗?"

"我还以为您不恐高呢。来到这儿的人,第一反应大多都是害怕的,有的人甚至害怕到崩溃大哭。"高近寒瞟了他一眼,握住他的手,扶着他慢慢往前走,"只是我不明白,即便如此,他们很多人还是选择坐上过山车,他们怎么有勇气坐上去呢?既然有这勇气,为什么不好好活下去?"

林镜平不说话,紧握着他的手,慢慢往前走。

"您今天来,真的不是想要寻死?"高近寒扭头看林镜平。

林镜平的手干燥,温暖,有力,让高近寒平添一种安全感。仿佛恐高的不是林镜平,反倒是他。午后的太阳钻出乌云,无所偏倚地照耀着他们。两人紧挨着,不约而同站住了,看着太阳一点一点又钻入另一朵浓厚的乌云,或者说,看着乌云一点一点再次盖住耀眼的太阳。

"暴风雨又要来了,这两天都没怎么晴过……"高近寒说。

乌云镶着金边,金光从乌云的罅隙一道道射出,从高高的天际直直切入黑暗的海面。海天之间的空间愈来愈暗,暴风裹卷着海水、鱼类和雨滴飞扬,那几道日光愈来愈细弱,愈来愈艳丽。

"很快就会过去的,赤道地区就这样,多是对流雨,来也快,去也快。"林镜平淡淡地说,两眼仍然盯着乌云和太阳交界处。

高近寒扭头看林镜平,林镜平脸色平静,仿佛在自言自语。

"我以前是海员,去过全球很多海域,对这样的天气,太熟悉了。"林镜平也扭头看一眼高近寒,语气仍然是淡淡的。他的目光停在不远处的过山车:"这就是那过山车吧?真是超乎想象哪!"

高近寒不知怎么接话。两人沉默着,看乌云渐渐将全部的光线吞噬,大颗大颗的雨滴扫射在玻璃幕墙上,更有闪电不时劈来。耀眼的光亮里,仿佛有什么怪异的存在,只一瞬间,复又消湮在更深的昏暗里。忽然,随着又一道闪电劈来,有一件东西直直拍在他们面前的玻璃幕墙上,两人吓得往后退了两步,那东西脸色惨白,咧着一张嘴,盯着他们。"魔鬼鱼!"林镜平刚喊出口,魔鬼鱼便如一张纸,被暴风卷去了,不知是回到海面去,还是飞到天上去。

　　紧接着,又有别的鱼类接连拍打在玻璃幕墙上。

　　"箭鱼!带鱼!石斑鱼!翻车鲀!章鱼!金枪鱼!双髻鲨!深海虮……"林镜平像是在参加快速识别物种的竞赛,忙不迭地喊出这一连串名字。突然,嘭一声闷响,一条巨鱼拍在厚厚的玻璃幕墙上,隐隐感觉到整栋大楼都在震颤。他们都唬得跌坐在地。"啊!抹香鲸!是抹香鲸……"林镜平大喊着,摇晃着高近寒的一只手臂,眼中迸射光亮。巨大的抹香鲸在他们面前停留了一会儿,隔着玻璃幕墙,两人一鲸,无声地交流着什么。慢慢地,抹香鲸滑下玻璃幕墙,伸展着胸鳍,轻轻摆动着水平尾鳍,如一只巨大无朋的雨燕在飞掠。他们都跪在玻璃地板上看,看巨鲸在风暴的引领下——也可能是它在引领着风暴,绕着高楼缓缓翻飞,悠悠地转过去了,又悠悠地转回来了。几道鲜红的日光,如上苍手中掌控着的几缕丝线,正操弄着巨鲸,呈现出难以置信的生命力量。

　　两人亦处在上苍的位置,却并不觉得是自己在操弄巨鲸,相反地,是他们被它引领着。他们盯着它,屏息凝气,发现那几缕长长的日光,亦不能束缚住它,是它引领着上苍古老的手,转动信仰的经幡般转过这十字墓碑般的危楼,转了一圈,又转了一圈,不疾不徐,不慌不忙,哪怕所有的闪电俱如利刃劈向它,所有的雨滴俱如铁刺射向它。它身上的日光明亮、耀眼、寂静。这巨大的抹香鲸,是这明亮、耀眼、寂静的日光包裹着的一颗暗沉沉的笃定的心。

转眼之间,风暴渐歇,日光大盛,如红绸缎般起伏。那巨大的抹香鲸看上去已经小得跟一只普通的雨燕没什么区别了。他们目送着它,如目送一滴灰蓝墨水融入大海浩瀚的蓝里。过了一时,高近寒看到,雨滴啪嗒啪嗒落在地板上,亦如巨鲸般化作一滴蓝墨水融入大海,抬起眼看,是林镜平一滴滴落下泪来。高近寒并未加以劝慰,仍低着头,盯着渺远的海面,刚刚被雨水洗过的大海就如被泪水洗过的眼睛。这眼睛越来越明亮,是乌云散去,太阳露出来了。高近寒感觉,共同经历过这样的奇迹,一种微妙的情感将他和林镜平紧紧连在一起了。

"我从没见过这样的事情,起初还以为,这些鱼是要自杀。"

"我到这儿快一年了,也是头一次见。不过那些鱼明显是被暴风雨卷上来的,真是奇迹啊,五百米的高楼……"

"我曾经见过动物自杀的,那是一群领航鲸,它们发疯似的冲向海滩,最终搁浅在那儿。有几头被人救回海里了,又冲回海滩。"

"那是因为鲸群领队的误判吧?并不是真要自杀。"

林镜平欲言又止,显然并不想就这一话题和高近寒争执。

"你到这儿还不到一年吧?"林镜平看一眼高近寒。

高近寒没说话,扶着他站起。

"我……已经一年多了。"林镜平淡淡地说。

"您什么一年多了?"高近寒瞥他一眼。

他们面对面坐到小桌边。高近寒要了一杯白水,林镜平也要了一杯白水,这在来人中也是不多见的。林镜平接过水,缓缓喝了一大口。

"小高,我就不卖关子了,免得你担心。我刚才说了,我知道这事有多累。"他放下水杯,面色平静地看着高近寒,"你肯定知道,今天是世界预防自杀日。我今天到这儿来，并不是来寻求安乐死的。虽然我确实很多次想到过死……"

高近寒也端起水杯，喝了一大口，等着他讲下去。

"你们公司找到我，是因为最近一年多，我跟你做了同样的工作。而且，我是单打独斗，不像你们，背后有很庞大的团队，还有这儿，"林镜平往四周看了看，"这真是大工程啊，若不是亲眼所见，我真不敢相信这些是真的，堪比我们刚刚见到的风暴扬起抹香鲸的奇迹……这世界上，总有很多事情，若非亲眼所见，是完全不敢相信的。就说一年前吧，我怎么会相信，我儿子，品学兼优，前途无量，会忽然跳楼呢……"

原来，林镜平和妻子离婚后，独自抚养儿子。他是海员，长年累月在外工作。儿子很乖，非常体谅他，和爷爷奶奶生活得很愉快，成绩非常好。儿子高三这年，他征询过儿子的意见，要不自己在家陪他高考，儿子笑他，说他又不能替自己考，他该怎样就怎样吧。他觉得也对，还不如多给儿子攒点儿钱，仍旧和往年一样出海。不想等他回来，儿子已经过世两周了。他父母很难过，但没法解答他的任何疑问。儿子为什么自杀？他实在想不明白。后来，他看到儿子的笔记本上有一些字眼，心中一阵剧痛……他想办法解锁儿子的手机，却没发现什么……他尝试用儿子的生日作为密码登录儿子的 WeChat，没能成功，后来，是用儿子去世那天的日期登录成功的，他赫然发现好几个特别的朋友。他默默看着儿子与他们的聊天记录……

"若不是亲眼所见，我不敢相信，会有这么多人……不等我多看，他们发现我了。都吓坏了，我不得不向他们表明身份。劝他们有什么问题可以和我聊聊。这完全是临时起意，但我仍然被拉黑了，欣慰的是，有两个人跟我聊了起来。再后来，我又和儿子通讯录中其他的"朋友"建立起联系。我向他们打听我儿子在死前说过些什么。唉，这更让我难过了，因为没有任何人记得我儿子说过什么。我儿子的网名叫作'天空之子'，已经没有一个人对他有印象。"

林镜平低着头，一只手扶着额头，沉默了好一阵。

"后来，我不再执着于寻找儿子的死因了。我开始像我所说的那样，劝导一些人，我想和他们聊聊死，更聊聊生。很多想要自杀的人，根本不像我想象的那样有什么无法克服的重大困境，在我力所能及范围内，我帮助过几个。我知道，我力量单薄，不可能有那么多钱帮助所有人。有时候，我会尽量鼓励他们自己想办法走出困境，可是很多时候，这样的鼓励没有多大意义。我记得有个年轻人喊我叔，说要跟我借两千块钱。我说，才两千块钱啊，就能让你去死？与其指望别人借你钱，不如自己赚啊。过了几天，没有他的消息，我辗转打听到，他已经死了。我真后悔，我怎么就没借那两千块钱给他呢？

"更多时候，当然要比这复杂得多。有一位医生，因为医闹，被派出所抓起来了，带他去医院体检时，当着他同事的面，他仍然戴着手铐脚镣。从看守所出来，他没回家，在网吧待了两天，就……。还有一个男孩，被女朋友传染了艾滋，分手后，他越想越不甘心，接连交女朋友，将艾滋传给好几个人，后来他说他悔悟了，只有一死以赎罪。让我印象最深的是一个主动加我的二十来岁的姑娘。她说，她真是没法活下去了，因为一场大火，全身深度烧伤，弹力套戴了一年，她熬过来了，但当她看到自己的脸时，崩溃了。更让她崩溃的是同学把她的照片发到网上，她由人人爱慕的校花一下子变成人人唾骂的丑八怪，很多人对她说，不要出来吓人了。我和她聊了好多天，看过她以前的照片，真是漂亮，我让她把现在的照片发给我，她不肯，我也不逼她，慢慢又聊了许久，有一天，她忽然问我，还想看她现在的样子吗？我说当然，只要她愿意。她发来一张照片，说真的，我虽然有心理准备，还是被吓了一跳。但这女孩儿,活下来了。我从来没见过这么漂亮,又这么勇敢的女孩儿。我甚至想,要是她能做我女儿,多好啊……我真是希望他们都好……"

听林镜平娓娓道来,一个个闻所未闻的故事让高近寒看到,对人间的黑暗和光明,他仍然所知甚少。后来,林镜平问起他这大半年来的经历,他简要地说了一些。林镜平听了,连连感叹:"我以为我知道得够多了,其实这人世间的绝望和希望啊,我知道的还是很少啊。"他微微一笑,感觉林镜平看到了自己的心。

"时至今日,我仍然没找到儿子自杀的原因,"林镜平喝一口水,淡淡地说,"我后来偶然发现,儿子有本摘抄本,抄了好些佛经,他是想通过佛经自救吗? 我们出海前,会拜海龙王,拜妈祖,但我知道这只是心理安慰,我并不怎么信这些。后来,我把儿子摘抄的句子都背下来了。"林镜平说着,扭头望一眼那整面墙构成的镜子。镜子里,他和高近寒相对而坐,就如两只巨大的怪兽温柔地晤谈。

"这些话,我一句都看不懂。"林镜平又喝一口水,"有一次出海回来,路过一座寺庙,我看到墙上一句话,地藏菩萨说:'地狱未空,誓不成佛;众生度尽,方证菩提。'这句话,我倒是懂了。回家后,我把这句添在儿子摘抄的句子后面。我想,儿子走了,但他至少是努力想过要活下去的。我要好好活着……"

"对了,林叔——我也这么喊您吧,您前面说,您见过动物自杀,让我想起小时候去过的一座尼姑庵了。"高近寒想起,《西游记》壁画尽头那后院了,"那庵堂后院有着一只被制药厂遗弃的黑熊。我到大学后才知道活熊取胆汁这种事,特别震惊,才明白小时候见到的这只黑熊是怎么回事。听说,有些被反复取胆汁的黑熊,会杀死熊仔并扒开伤口自杀……"

"唉,所以,众生皆苦啊。"林镜平宛若看透一切的老僧。

758

夕阳西沉了。叮一声响,红灯升起,然后是那熟悉的乐曲响起。

不待他言语,林镜平伸出手去,握住红灯。高近寒心头一紧,又想,这不过是例行的程序,心里仍旧很是轻松。电梯从遥远的地底升上来了,和往日一样停在过山车处,打开门,等着——

高近寒不知道能再说些什么,林镜平也沉默着。这时候的沉默,更像一种沟通。他看到暮光如流水,在两人之间流动。

"那美好的仗我已经打过了,当跑的路我已经跑尽了,所信的道我已经守住了……"林镜平笑一笑,走向黑皮座椅时喃喃自语。

"哎……您说什么?"高近寒追上去。

林镜平似乎不恐高了,回头看着他,淡然一笑:"这是《圣经》里的话,我其实什么宗教都不信,不是不想信,是没法信……"

他看林镜平走进电梯,坐进黑皮座椅,朝他笑一笑。电梯门关上了。忽然,他有些迟疑:林镜平最后这几句话是什么意思? 他担心起来。站在过山车边,等着。一秒钟,一分钟,时间过去了,电梯没再升上来。看来是他多想了。这么久以来,这是少有的让他轻松、愉悦的一天。

一种轻盈的情绪持续鼓动着他。回到休息层,看天上一丝云彩没有,想起和林镜平的谈话,他问星期八:"星期八,动物真会自杀吗?"

"会。"星期八回答得非常笃定,而且全然知晓他和林镜平的谈话,"早在两千多年前,亚里士多德就描述过动物自杀的故事。说是一匹种马被蒙上眼睛交配,当它知道对方是自己的母亲后,为摆脱俄狄浦斯王的诅咒,种马跳崖自杀了。你说的黑熊扒开伤口,还不能说是主动自杀,或许只是一种应激行为。有些蚂蚁、蜜蜂、猴子的行为,也像是自杀,但那是为了群体安全做出的利他行为。十九世纪有位精神病学家认为,动物自杀是因为抑郁症,并认为动物自杀,是深思熟虑的结果。

后来科学家研究人类抑郁症时,经常使用动物模型,比如上世纪著名的'虐猴'心理学家哈洛,他让猴子常年待在一种漏斗型的小黑屋里,只能靠底部的食盆取食,无法挣脱。在这样的'绝望之井'待久了,猴子已放弃挣扎,渐渐精神崩溃,啃咬四肢,进而自杀。"

高近寒刚刚获得的那种轻盈的情绪,被黑暗的绝望感替代了。

很多天,一天挨着一天,过去了。

"时间就要结束了。"最近高近寒经常对自己说。今天是真要结束了。昨晚,星期八提醒他,按照合同,今天下午再有一位客人,这一年的工作就结束了。他简直不敢相信这是真的。吃过午饭,他激动得想要立即到楼下工作层,转而一想,还是强迫自己躺在沙发上,闭眼歇一会儿。不觉沉沉睡着了。星期八喊了他几次,他才彻底醒来,匆匆洗漱后来到楼下,客人还没来。

和往常一样,他站在甬道口的黑色横梁上等着。

没等多久,听到电梯门打开,甬道内传出脚步声。他先是看到站着的女人,恍惚了一下,心念电转,想起这是送他来到这孤岛上的小舟。莫非小舟是来接他回去的? 还没来得及问询,小舟推着轮椅出来,轮椅上坐着的,竟然是侯总。

"没想到吧?"小舟微微笑着,推着侯总下了台阶。

"真是没想到……"高近寒没想起帮忙,只是后退两步,让出黑色横梁的位置。第一次见到侯总的场景,仿佛遥不可及,又仿佛如在昨日,原来,侯总当初之所以一直坐在书桌后面没怎么动,是因为他坐在轮椅上啊。

侯总扭头望着高近寒,微微点一点头。小舟推着他,熟门熟路的样子,来到过山车前。侯总注视着午后日光照耀着的过山车,好一会儿,轻声说:"走吧。"径直来到桌椅边停下。送餐机器人已经端着两杯水来到他们身边了,小舟端起一杯水放在侯总面前,又端起另一杯放在侯总对面,并朝高近寒做出请坐的动作。高近寒满头雾水地坐了,看看小舟,又看看侯总。

"高先生,侯总说,一年时间到了,怕您担心我们不付工资给您,所以他亲自来看看您,好让您放心。"小舟眯着眼睛笑。

"是啊,转眼一年了。来看看你。"侯总笑笑,抬头看一眼小舟。

"高先生,那侯总就交给您了。"小舟朝高近寒微微鞠了一躬,转而面对着侯总,慢慢蹲下身子。黑色西服裙子,更显出她小腿的白皙。她握住侯总的一只手,轻声说:"侯总,谢谢您。"侯总也握住她的手,又伸过另一只手,叠在她的手背上,轻轻地拍了拍:"不,小舟,该我谢谢你。这些日子,真是辛苦您了。"小舟努力笑了笑:"我在楼下海边等你。"

小舟起身,转身往甬道口走去,走了几步,回转身来,朝侯总深深鞠了一躬,脸上的表情看起来很是严肃。侯总朝她挥一挥手,她这才转身走了。

他们静静听着,脚步声消失在甬道里,远远传来电梯门打开又关上的声音。

"小高,今天我来这儿,其实有好几件事要跟你说。首先,确实像小舟说的那样,你尽管放心,你的报酬一分都不会少,这些钱是你该拿的,你不用觉得不好意思。哪怕只要救了一个人,都是无价的,更何况,你救了那么多——你记得你救过来多少人吗?"

侯总如此开门见山,高近寒一时不知说什么好。想了好一会儿,才说:"不记得了。开始我一个一个记过的,后来没记了……"其实他想说,后来是不敢记了,因为救上来的人实在是太少了。

"这一年来,来到你面前的人,一共六百零八位。你救回来的,共五十九位，但实际上，有好多位离开这小岛后，仍然没能活下来。被你救下来，且到现在还好好活着的，一共是三十三位。小舟写在一张纸上了，我念给你听听：

"麦克林（美国）、张数（中国香港）、皇爱民（中国）、埃里克（英国）、朴美惠（韩国）、花万红（中国台湾）、朴承美（韩国）、阿米莎（印度）、萨拉加马（斯里兰卡）、许一生（新加坡）、拉法（巴西）、龙百岁（中国）、伊莲娜（巴西）、冯似道（印度尼西亚）、克里斯蒂娜（印度尼西亚）、莱昂（法国）、弗兰兹（德国）、理查德（意大利）、阿兰尼斯（加拿大）、约纳斯·约奈蒂斯（立陶宛）、维淘塔斯（立陶宛）、林镜平（马来西亚）、水也遥（日本）、贾根（圭亚那）、美空云雀（日本）、帕维尔（白俄罗斯）、特亚尔韦（拉脱维亚）、果维伽玛（斯里兰卡）、拉斯洛（匈牙利）、伊利奇（斯洛文尼亚）、哈尔哈沙（哈萨克斯坦）、扬库纳斯（立陶宛）、艾晚（中国）。"

每念出一个名字，高近寒眼前便浮现一张脸。他们的故事在淡去，但他们的脸，年老的、年轻的、男人的、女人的、圆满的、狭长的、瘦削的、黧黑的、蜡黄的、苍白的、酡红的、愁苦的、悲伤的、愤懑的、阴冷的、木然的、呆滞的、干净的、脏污的脸，都从时间的大雾里浮凸出来了。在这些脸的周围，还有很多脸，稍一浮现，便永久地沉进大雾里了。一种柔软的情感，缓慢而强劲地冲击着他的内心，泪水渐渐溢满眼眶。他很久没流泪了，也不愿意流泪，竭力忍耐着，继而用两只手蒙住脸，咬牙切齿，想要硬生生将泪水逼回去。

"对了，九月到这儿的那位林镜平，他跟你说，他并不是来寻求安乐死的，对吧？"侯总摩挲着手中的那张纸，"其实他是骗你的。我们知道他非常非常不容易，他救过很多人，而且，只要他持续努力下去，肯定还能救下更多人，但日积月累地，他崩溃了，一心想要解脱。我们找过好多专家介入，均无济于事，因为他本身就做过这方面的事，想要将他拉回来,太难了。后来,我们便在世界预防自杀日那天,将他送到岛上。想不到他竟放弃了,而且,离开不久后,他就在群里成功阻止一位年轻诗人自杀……"

高近寒平静下来了,沉默着,长长呼出一口气。

"还记得当初跟你签订的薪资方案吗?这样算下来,等你离开这儿后,会有四千来万打到你的账户里。对这世界上的绝大部分人来说,这无疑都是一笔巨款。这阵子,你可以想一想怎样花钱了。"侯总淡淡一笑。

高近寒心中狂跳,四千万!真是他难以想象的数字。起初他会不时算一算报酬的,后来是渐渐把这事忘了。如今提起,这巨大的数字怎能不让他狂喜?然而,只短短一瞬,他就陷在虚空里了。他垂着头,心想,这笔钱与其说是挽救三十三条人命得来的,不如说是牺牲五百七十五条人命换来的。如果不背负这么多条人命,此刻他会狂喜如范进中举吧?然而,此刻他心如止水。四千万和五百七十五,当他将这两个数字摆放在内心天平的两端,毫无疑问,后者是沉沉坠下的——这多少有点儿矫情了吧?他应该忘记后者,只想着四千万,四千万!这星球上绝大部分人一辈子都不可能得到这数字。然而,他无能为力。

"好了,说第二件事。"侯总说着递给他一沓报纸,"你看看这些吧。"

他抬起头来,呆了一时,木然地接过报纸。

"疫情""新冠肺炎""COVID-19",这类字眼反复出现在各国报纸的头条。

"这事还没结束吗?我出发时刚起,我以为早结束了……想不到全世界有那么多人死了,比这岛上死的多多了……"高近寒翻着那些报纸,看到更多各有故事的脸,稍一浮现,便永久地沉进大雾里了。

"还有这些,你都还没听说过。"侯总又递给他一沓报纸。

这些报纸不是大报,却也分量不轻。"安乐死过山车:是天使还是魔鬼?""安乐死过山车:一种新型毒品""珍爱生命,拒绝安乐死""是谁开启的安乐死过山车?""尊重生命常识,重建生活秩序""自然死亡,是一切生命唯一合理的归宿"……类似的标题不胜枚举。还有一张报纸,已经出现"侯某""某房地产老总"这类字样,更有一则报道,提到"据不愿告知姓名的消息人士透露,该机构雇佣毫无经验的年轻人充当刽子手",并评论道,"草菅人命,令人发指"。高近寒两手颤抖,身上一阵冷一阵热。

"我早就预料到会有这一天,没什么新鲜的论调。人都站在自己的立场上说话,哪怕知道自己的立场是有问题的,仍然不愿意听一听别人想说什么。真理越辩越明,这实在是句糊涂话……"侯总有些不屑地说。

高近寒不言语,仍在翻着报纸,虽然没有一篇报道提到他的名字,但好多篇报道都在揣测他是什么人。有人说,他是机器人,还有人说他是专业的心理学家或心理医生,只有两三家报纸采信那"消息人士"的说法,认定他只是一个普通人。有一家报纸据此刊登几方观点,有人说一定得是机器人或专家才能决定人的生死吗?机器人虽然能做到不偏不倚,但貌似公正的表象底下,实则是冷血无情。专家虽然有专业知识和技能,但貌似深刻的表象底下,实则是对现实生活的复杂缺乏想象,与其信任机器人和专家,不如信任普通人。有人反驳,普通人就能决定别人的生死吗?一个人的生死,为什么交由另一个人决定?有人反驳这反驳,说信任普通人,并不等于将生死交由普通人决定,包括安乐死过山车在内的一切安乐死手段,最后的决定权都在自杀者手里,并非交由他人决定。有人反驳这反驳的反驳说,自杀者在做出自杀决定时,很可能是一时冲动,能信任他那一刻的决定吗?再说,人是经不起诱惑的,安乐死过山车将死亡变成一件能够便捷、愉快地达成的事情,这是极其违背伦理的。立马有人反驳这反驳的反驳的反驳,说如果一个人不能决定自己的生死,那还有谁能决定呢? 有人反驳这反驳的反驳的反驳的反驳说,当然是交由上帝决定啊。最终,有人反驳这反驳的反驳的反驳的反驳的反驳,说,那如果没有上帝呢? ……高近寒无力地将一堆报纸重新叠在一起,垂着脑袋,一声不吭。

"基于这两点,很抱歉,你可能一时半会儿回不去了,不过不会很久的,你就待在这岛上,享受一段无人打扰的空白时光吧。只是,你若想要花这笔钱,得等一等了。"侯总笑笑,眯着眼,瞅着他,"怎么样,后悔了吗?"

"没什么好后悔的……不过,我不确定……"

侯总叹一口气。一时相对无言。

"一年了,对于我们为什么聘用你,你似乎并没有做过很深的探究?"

"你们不是说,是因为我大学期间在赞美者社团做过志愿者吗? 我那时做的事,和现在做的确实是有些相似的。"高近寒有些狐疑地看着侯总。

"这就够了吗?"侯总笑一笑,瞅着他,停了一会儿说,"小舟给我讲过一则笑话。说有个年轻人去某大型私企应聘,面试那天他迟到了,面试官是公司老总。年轻人要求做副总,年薪千万,还要求什么时候去上班就什么时候去。老总二话不说就答应了。你知道为什么吗?"

"因为这年轻人是同类公司的老总? 他的公司被合并了?"

"你再猜猜。"侯总笑。

"因为这年轻人确实很能干?"

"哈哈哈,再猜猜。"

"因为这年轻人……"高近寒觉得这挺无趣的，干脆说，"我猜不出。"

"哈哈哈……"侯总右手拍着轮椅扶手，大笑起来，"年轻人啊，总是把问题想得很复杂。小舟说了，原因很简单，因为这年轻人是那老总的儿子。"

高近寒没笑，愈加狐疑地看着侯总。

"这笑话，是我们决定聘用你后，小舟讲给我听的。"侯总笑笑地看着他，停了好一会儿，说，"你也很可能是我儿子。"

"什么意思？什么叫作'可能'？"高近寒愕然，好一阵儿才开口。当他开口，他发现自己的身体在颤抖，上牙和下牙不受控制地撞击着。

"还记得我们第一次见面吗？你问我，是不是调查过你家里的情况？这是自然的。你姐姐叫侯澈，一九八四年出生的。你叫高近寒，随你母亲姓，一九九〇年出生。你见过你父亲的，只是你那时太小，可能记不得了。你上大学时，跟熟悉的学长学姐说，你父亲在你很小时就喝百草枯死了……你不要打断我……"侯总轻轻拍打着轮椅扶手，无声地笑，"你倒是挺有想象力啊，把那么痛苦的死法编派到你老子头上。"

"可是为什么啊？这么多年……"高近寒仍旧没忍住插话。

"还记得我问过你有关知青的事吧？"侯总看着高近寒，停了一会儿，"我就是知青。我叫侯安峰，比你母亲年长近十岁，到你母亲那小村子附近插队落户好几年，后来，和你母亲认识，结婚了。你大学是学历史的，对知青故事自然不陌生。知青故事，可以说大同小异吧，但我和你母亲的故事，挺不一样。我想你读到的知青故事，都是知青抛弃妻子，想尽办法回城，对吧？那时候，从能够回城那天开始，我也同样想尽办法要回上海，但一直没成功。之所以没成，最大的阻力不是来自别人，而是来自你母亲。你母亲不同意跟我回上海，她的理由非常简单，又让人非常难以理解。你母亲说，她喜欢旧城，喜欢古楼村，那是她出生长大的地方，她一点儿也不想到别处去，无论是上海还是别的大城市，她都毫无兴趣。我拗不过她，再说，你姐姐出生了，我也算在旧城扎根了。又过了些年，很多人开始做生意，我在上海有不少亲戚朋友的，慢慢地，我开始两边跑，跟着上海的亲戚做生意，生意做得还不错，你刚出生，我就在上海买房了。那时候，上海的商品房市场刚起步。我想，这时候你妈应该愿意跟我出来了吧？但你猜怎么着？她问我为什么一定得到城里生活？我说那样发展不是更好吗？多少人挤破头到大城市啊，不为我们着想，也得为孩子着想吧？她说，很多人那么想，自己就得那么想吗？发展更好就是活得更好吗？再说，你问过孩子怎么想吗？我说，人挪活，树挪死，你又不是树，总不能一辈子不挪窝吧？没想到，她说，她就想做一棵树。她还举例子，说你们村附近的寂照庵那棵菩提树，几百年了，从不挪窝，不是活得好好的吗？渐渐地，我很少回旧城了，一来生意太忙，二来每次回去，我和她总要为这事吵架。又一次，我和她吵起来了，话赶话地，我指着你说，这孩子真是我的吗？我多久才回来一次，这么容易有了？你这么恋着这地方，是不是因为有相好的……那之后，我就被你妈赶出来，再也没回去过。"

高近寒好几次想要插话，此时却不知该说什么了。

"我说的并非假话，我确实听人这么说。很多年里，我为此耿耿于怀。我好几次试图联系你母亲，但她不理我。她的执拗，真是少见。没办法，这些年我只能通过一位姓唐的做生意的朋友，力所能及地帮她做点儿事。当年我还是知青时，这人和我玩得最好。不过你母亲过得挺好，并不需要帮什么。再说，我也不敢让这人做太多，怕你母亲疑心。这几年我其实一直在关注你。当年随口说的那句话，很多年里成为我心口的一根刺，但如今我已经放下了。有朋友提议做亲子鉴定，我都拒绝了。无论结果如何，都不重要了……

"后来我生意越做越大，前几年，身体出了点儿问题。不知道你知不知道蔡磊？那是一位做企业的年轻朋友，才四十多岁，得了渐冻症。他很有雄心壮志，决定研制治疗渐冻症的新药。他常说：'要么死掉，要么干掉这个病。'我非常佩服他，但我不行了，我都七十了，没那精力，也没那时间了，我只想死得舒坦一些。很偶然的，我看到乌伯纳斯的安乐死过山车，又看到小岛多惠的新闻。我买下这座无人岛，这是我做过的最有想象力的项目了。我找到你时，医生说，我差不多只有一年时间了，也就是说，现在，我的时间差不多了……"侯总手上拍打轮椅扶手的动作慢下来了。

"为什么是我？……这么多年你都……你知道在岛上这一年我是怎么过来的吗？"高近寒从乱麻一团的思绪里挑选出这几句话。

沉默的河流横亘在两人之间。

"很多事，不是一时间说得清楚的。我后来有了自己的家庭，我想，对于这一点，你应该能理解……因为当初我那句话，我总想给你一些补偿，别的补偿不了，只能补偿你一些钱了。但我也不想那么直接。如今这些钱，其实不算是我补偿你的，确实是你非常辛苦才赚到的。你看过电影《西虹市首富》吧？这电影上映时，过山车已经建造好了，我正在想，找一个什么人来守住这最后的关口呢？我看完这电影，脑袋里立马想到你了，后来，专家们研究过，也觉得可行……"侯总又用手轻轻拍打着轮椅靠背，停了好一会儿："而且，有一件对我来说非常重要的事，我非常希望，能由你来完成……"

"不！不……太突然了，"高近寒忽然意识到他要说什么了，眼里露出惊恐之色，"这都什么事啊？怎么一下子……不！我拒绝！"

"没什么的，在死亡面前，没有人是特殊的。秦始皇死了，还得靠一车鲍鱼掩盖臭味，那多不堪啊。在这儿，我比他死得干净、舒服多了。这是整个过山车项目的最初目的。"

"可是，你这不是好好的吗？完全不像要死的人……"

"你看到的只是表面。"侯总苦笑。

"可是，这过山车对你未必有用啊，我记得当初看的资料，乌伯纳斯设计的过山车对四肢瘫痪的人，很可能是不起作用的，因为他们的四肢无法聚集血液，也就导致大脑未必会缺氧……"

"我的手可是好好的……"侯总笑一笑，朝他扬一扬手，"再说，你忘了，这儿的过山车是经过改造的。"

"我不是那个意思，我的意思是……"

"我也没说你说的是那个意思。"侯总虚弱地笑一笑，停了一会儿，又说，"不过，死并不是一件一无是处的事，它固然带来很多悲剧，但也带来很多喜剧……这一年来，我并没闲着，在等待死到来的同时，我看了不少书，去了不少地方，多少明白了一些之前没想明白的道理。我想，因为人人皆有一死，这世界才不会停滞不前，人才会珍惜生活里的种种幸福，也才能忍耐生活里的种种苦难。死，对个体来说，是悲剧，对全人类来说，却未必。你知道吗？人体细胞是不断更新的，有的地方更新快，有的地方更新慢，算下来，我们每隔七年，几乎就拥有一个全新的身体。但我说的只是几乎，有一个地方是例外的，它从未被更新，这是哪儿呢？大脑。直到这人死了，脑细胞都是不会被更新的。如果把全部人类当作一个超级人类呢？那每一个个体，自然都只是这个超级人类身上的一个微不足道的细胞。和单一的个体不同的是，这超级人类身上的所有细胞都是平等的，虽然更新仍旧有快有慢，但终究不再有脑细胞那样"尊贵"的细胞……所有人皆有生老病死，人类才能新陈代谢……这些话，当然都是胡说八道，你心里是这么想的，对吧？我快过完这一生了,做不到事事正确了……我说的都是妄语……"侯总说完这一大段话,气喘吁吁,像是几乎将体内的能量耗尽了。

高近寒沉默着,最后这段话,他几乎没听进去。越来越多的疑问,从他心头涌起,他甚至不知道该表达悲伤、愤怒还是欣喜。这太像虚构的了!在这恍如虚构的孤岛之上,在这恍如虚构的高塔之巅。侯总的讲述,越听越荒诞不经,但这孤岛、这高楼、这安乐死过山车又确确实实是真实存在的。

"等你离开这儿后,你该回家去看看了……"侯总缓过劲儿来,轻轻拍打着轮椅扶手,"你大概觉得,我说的这些事很不可思议吧?你该回去问问你母亲,再问问你母亲那一辈人。不过,他们说的未必都是对的,当然,我说的也未必是对的。就像你从书本上看到的东西,也未必都是对的。……说实话,我们第一次见面,我对你的有些话,是有些失望的。不过,我们也像你这样,年轻过,无知过,痛苦过,疯狂过……"又停了好一会儿,侯总轻声说:"好了,时间就要结束了。"

叮一声响,红灯从淡绿色桌面升起,熟悉的旋律响起。

"这旋律多熟悉,你还记得吧?"侯总面带微笑,声音很轻,"这是你那闹钟的铃声,那闹钟是我从上海买了,带回去给你的周岁生日礼物啊。"

高近寒欲言又止,盯着眼前这男人。自己和他像吗?他转过脸去看墙面上的镜子,他们都经过了夸张的变形。他的胡子头发又长又乱,犹如一只鸟巢;坐在他对面的男人,头发胡子剃得精光,小脑袋就如一颗鸟蛋。

他和侯总,谁都没伸手触摸那红灯,乐曲缓慢往前推进。这首曲子叫什么名字呢?他头脑里反复盘旋的竟是这念头。待乐曲停了,隐隐听到电梯从遥远的地底升上来了。这样的情形还是第一次。原来,不用任何操作,那电梯都会升上来! 这红灯,根本不需要跟谁的指纹匹配! 啊……为什么会这样?! 高近寒半张着嘴,看着眼前的一切,在心里大喊了一声。

"白纸黑字未必可信,就是智能系统也未必可信啊。"侯总狡黠地笑。

简直是巨大的侮辱! 高近寒攥着拳,皱着眉,瞪着对面这人。

"你要跟我像跟其他人那样拥抱是不可能了,只能是你抱着我过去了。"停了一会儿,侯总平静地说,"时间到了。你准备好了吗?"

后面的一大段,像是做梦一样,回忆起来,很多细节都消失了,高近寒只能靠想象补足。他约莫记得,他抱起侯总,侯总裹藏在休闲运动衫里的身体,干枯轻飘如一束稻草。这是第一次,他抱着一个人走在虚空之上,而他内心也一样是虚空的。他仿佛机器人,机械地将侯总抱到过山车边,安放进黑皮座椅里。

"对了,还有一件小事,等你回到古楼村,记得替我到寂照庵拜一拜,尤其要好好拜拜那棵菩提树。转眼多少年过去了,我们那伙知青,那时候在庵堂里干的那些事,再不会有人知道了……想想你们村里人之所以会那么说……"侯总还想说什么,却只是沉默着,喉头上下动了动,眼睛红红,瞅着高近寒。

电梯门关上了,高近寒看到,侯总虚弱地笑了笑,像是对自己,又像是对那些终究没说出口的青春往事。就这样,带着最后一位客人,电梯缓缓下行。

忽然想起,如果侯总真是自己的父亲,他还来不及喊他一声"爸"。

他呆立着,想等着电梯上来,不,他不敢等着电梯上来。然而电梯终究是上来了,他盯着黑皮座椅的后背,如盯着一片突然到来的夜色。他拍打着玻璃幕墙,玻璃幕墙纹丝不动。在这最后的停顿时刻,他想象着，黑皮座椅猛地坠下，太过耀眼的夕光瞬间刺伤他的眼睛……

不知是怎样的念头催迫，他猛地转身，跑进甬道，上楼去了。这是第一次，他不敢看那黑皮座椅有没有坠下，他宁愿让一个悬念煎熬自己。忽然，他想起小舟最后那句话，赶紧乘电梯下楼，跑到海滩边，那过山车的入口仍是紧闭的黑漆木门。再跑到码头，只有风在吹，浪在涌，不见一个人。

不知道夜是怎样黑下来的，他早早上床，但无论是躺在卧室床上，还是外间沙发上，始终难以入眠。他想，不知道今晚得做多少噩梦。睡着后，果然做梦了，却并不是什么噩梦。他梦见回到寂照庵，菩提树高大葳蕤，小小庭院内绿荫匝地，日光鲜亮，烟柱袅袅，好像有很多声音，又好像寂静无声，他看到自己还是旧时模样，一个小男孩站在墙边看《西游记》壁画，唐僧从寺院门边开始，历经磨难，渐渐来到菩提树下，待拐到大殿边时，师徒四人正乘坐无底船过凌云渡，唐僧的肉身浮在河面。唐僧向徒弟们表达谢意，孙悟空说："两不相谢，彼此皆扶持也。"画面奇异地混杂着恐怖和温暖的氛围。不及深想，他醒来了，星空浩瀚，离天亮还早。他像回味好吃的水果那般回味着这简单而幽邃的梦境，他以为自己早忘记这壁画的内容了，许多年后，它竟然在梦里重现。

翻身压到什么硬硬的东西，捜出来看，是《鲁滨逊漂流记》和《神曲》。借着淡淡的星光，他随意翻了翻，一些字行映入眼帘，但它们并未展现具体的内容，只是以淡漠的身形和沉默的音节进入他的脑海。他再次回想起刚才的梦境，唐僧师父在取经路上，但丁在从地狱、炼狱到天堂的路上，他们都有满天神佛或挚爱之人护持和引导，而当遥远的神话世界远去，作为人的鲁滨逊只剩下自己，在蛮荒的、孤悬的世界，一个人要重新建立秩序，建造生活，为生命选择带有尊严的呈现方式，这是何等艰难……他心潮澎湃，从未有过地为鲁滨逊感动。想认真看看《鲁滨逊漂流记》，但这念头甫一出现，就显得无比沉重。他再次睡着了，睡得异常深沉，以致他不知道天是怎么亮起来的。

现在，终于，每一天的时间都是空白的了，再没人拿命来填充。这天，高近寒忽然想，这孤岛上必然隐藏着一整套复杂系统，包括电力系统、饮食系统、尸体处理系统等等。单说尸体处理系统，客人对如何处理遗体一定各有要求，有的会不会要求直接埋入海底？或沉入海里喂鱼？这岛上某处会不会藏着一座火葬场，如果遗体火化后不运走而是埋在岛上某处，那这整座岛就是一座坟墓，这高耸的塔楼确实就是墓碑。他为此问过星期八，星期八默然无声。

在一个风日晴好的早上，高近寒再次沿着小岛边缘走，走得汗流浃背。到处是灼热的、明白无误的现实，他既没搞清楚岛上的系统，也没碰到近一年前那晚所见的奇人怪事。名将张世杰、二战时期的日本兵，多么荒诞不经啊，但他始终忘不掉。他像一个孤魂野鬼，在这孤岛上游荡，深陷地狱般的幻象——或许是地狱般的真实，他不能确定。他不时会想，这漫长的一夜，对自己来说，究竟意味着什么？那是开始接待客人之前的最后一晚，如此巧合，会不会是这岛上系统的安排？如果那是真的，那么这岛上系统竟能安排奇遇？如果那仅仅是自己的梦魇，那这岛上系统竟能安排梦魇？前者可怕，后者更可怕。无论如何，这必然意味着一些什么。想起那句著名的话，德国哲学家阿多诺说："在奥斯维辛之后，写诗是野蛮的。"在那夜之后呢？他面对人间的生死，有什么改变吗？

无论如何，那一夜都已成为抹不去的背景。在这背景之后，是他在上海读书工作那几年，再往后，是在老家旧城度过的那些年。更往后呢？没有他了，但不能说没有背景，那背景是父辈的历史。再再往后，则是整个人类的历史,乃至人类诞生之前的地球历史、宇宙历史了。继续往更远处回望,没有时间了,不过是一片虚无的黑。如果以那一夜为节点,往时间的另一个方向望去呢?就是守着安乐死过山车度过的整整一年了,死亡给这一年的日与夜涂抹上浓稠的黑暗。如今,这段让他感觉永远不会过去的时间,也已经成为背景了。

此时此刻,他站在此地,一切发生过的都已成为背景,往前望去,他能望见什么?望见的是大海、天空虚无的蓝,却望不见一条路。

往前走着,脑袋里思忖的是走过的旧路,脚下的每一步却都是未曾走过的新路。再次看到路边遗留的二战时期的地下工事,他举着手机当电筒,走进去后,只照见水泥色的墙壁,一阵阵积年灰尘的气味袭来,让他不得不退出。往前走,再次看到崖壁上那山洞,走近了看,同样浅得一眼望得到头。他退出来,怔怔地站在海水刚刚能触及的一块礁石上。在一切开始之前所经历的这两件事,究竟意味着什么?高近寒想过好几次,始终不得其解。或许从这两件事里的那两个人身上,可以让他从不同的角度看到,什么是生,什么是死?这一年来,他站在生死之间,就如此刻站在大海和小岛之间,哪边都让他觉得无法安放自己。

在岛北的岬角站了一会儿后,他壮着胆子,又一次沿着小路走进岛内。时时刻刻,脚下都有人工铺就的道路,岛中央的湖泊也是人工的,池边趴着蟆蜍,池中种着睡莲。不时有鸟鸣从林中传来,但那树林并非原始森林,只是长得比较繁茂的人工林罢了。到处都明亮、规整,草在按时生长,树在按时开花。他站在水池边,怅然若失,踢飞一粒小石子,将一只探头探脑的蟆蜍吓得滑回水深处。

等了十多天,仍旧没人到来。没人再来,也没人来接他回去。越来越怀疑,他是被彻底抛弃在这孤岛上了。如果是这样,他真就成鲁滨逊了。所不同的是,鲁滨逊面对的是原始的自然,一切需要自己开拓和建立。他面对的，既包括有天空、大海这些原始自然，更包括岛上的人工自然，一切都已经安排得明明白白、妥妥当当，他仍然生活在人类的文明中，更准确地说，是生活在比外面的文明还要文明的文明中。他不需要，也没办法再开拓什么，建立什么。

一日一日，他长久地凝视着这安排好的一切。

所幸还有风云变幻，还有日升月落，还有一览无余又神秘莫测的大海。有一天，他见到远远的海面上出现一大一小两头巨大的蓝鲸，它们结伴前行，叫声悠长而深沉。它们比之前见到的抹香鲸更显得庞大而孤独。回到楼上，他和星期八说起这事，星期八说，上世纪六十年代，科学家曾将大量扩音器放入海底，以记录蓝鲸的歌声。六十多年过去了，科学家们发现，世界上每一头蓝鲸的歌声一年一年地都在变得更加深沉。而人类呢，经过研究，每一个人的说话速度是一年一年地变得缓慢了。为什么会这样？没人能解释清楚。

高近寒默然半晌。对他来说，说话何止是越来越慢呢？是越来越少，越来越无话可说了。所幸还有满墙壁的书。他只能看书。

对屋里汗牛充栋的书，高近寒早就怀疑，它们很可能也受这岛上系统的操控，甚至于，有自我的意志。看似是他在选择书，其实是书在选择他。若非专门去寻找某本书，不管他怎样随手一抓，随手一翻，看到的都是和死亡有关的段落。

久而久之，他有些厌烦了，他想要突然抽出一本书，突然翻开来，看到一些完全不相干的东西。这念头让他心中激动如沸煎的水。他背对着书架，眺望着落日，装作随意地慢慢靠后，再靠后，突然转身，抽出的，是托尔斯泰的《战争与和平》，随意翻开来，是安德烈公爵濒死之时那段深沉的、弥漫着悲伤的描述：

他陷入痛苦的恐怖之中。这恐怖是死亡的恐怖："它"就站在门外。但就在他无力地笨拙地朝房门爬去的时候，这一可怕之物已从另一边压过来，冲破了房门。某种非人之物——死亡——已快破门而入，应该把门顶住才对，他够着门了，鼓起最后的力气——关门已不可能了——哪怕就顶住它；但他的力气微弱，而且不灵活，因而在可怕之物推挤下，房门被打开，但是又关上了。它又一次从那边压过来。他最后的超出自然的力量白费了，两扇房门无声地被撞开。"它"进来了，而它就是"死亡"。于是，安德烈公爵死去。

他将这本厚厚的书塞回去，眼疾手快，从边上抽出一本，同样是托尔斯泰的著作——他从未听过的《伊凡·伊里奇之死》。单看书名，就知道与死有关了。但他不甘心，仍旧决定胡乱翻开一页看看：

　　一天，伊凡醒来，觉得身体某处隐隐作痛……没有一个医生能给出确定的诊断结果，不过有一点很快就确定下来，他已经病入膏肓。现在，伊凡必须直面死亡了……临终之时，伊凡仍然希望能够奇迹般地康复。同时，他安慰自己说，尽管他很不幸运，要早早地死去，但是他死后，妻子和儿子都有人照顾。然后，伊凡突然明白，财富、豪宅、政治权力、漂亮妻子，结果都毫无意义，不过是一场空。他很害怕，困惑于这个问题："如果我的整个一生不过是个错误，那会怎样？"在临终前得出这一结论是很恐怖的事情，这让伊凡感到非常心痛，这种痛胜过身体上的病痛。自己的一生本可以过得充实而有意义，但实际上过得毫无价值，知道这真相是十分痛苦的事情。而且，现在为时已晚，他什么都不能做了。

叹一口气,将书塞回去,闭上眼睛,装作沉浸于冥想。他也真开始冥想:如果自己临终时,发现这一生过得毫无价值会怎样。因为还没到那时刻,他并不能完全想象那时候的自己心中所感,但他仍然愿意想一想。

如果这一生"过得毫无价值"……嗯,这固然是非常心痛的事,但一场空又怎样呢? 或许直面这"空",也有一种生命的力量在。如果将个体的生命放在整个宇宙——包括无限的空间和无尽的时间——来看,那任何个体的生命,哪怕是全部人类的生命,都需要直面这"空"。无论平民百姓还是王侯将相,固然都会灰飞烟灭,就连整个的人类,包括那些无生命的太阳系、银河系,乃至全宇宙,终有一天也逃不过全部灭绝、了无痕迹的命运……

忽然从冥想里抽身而出,转身,疾速抽出来的是《达·芬奇传》。达·芬奇,这人类最精密的头脑之一,一定对世界有着独特的见解。他想,他应该会讲讲艺术,讲讲科学,讲讲哲学。他站在落日辉光里,打开这本书,看到这天才之子,像是在他耳边说悄悄话一般,说出这些话来:

> 一生没有虚过,可以愉快地死,如同一天没有虚过,可以安眠! ……人类不断地以欢乐的心情期待着每个新春、每个新夏,期待着新月和新年,总觉得他们所期待的事情姗姗来迟,他们却没想到,他们所焦急盼望着的正是自己的死亡。……我以为我一直在学习如何生存,其实我只是在学习如何死亡……

犹如被毒蜂蜇了一下,他赶紧将书塞回去。

决定让自己跑起来,绕着这高耸的环形书架,疯了一般跑起来。如果这真是一张巨脸,他不想它看清自己,他也不想看它一眼,他宁愿听从那冥冥之中的安排。一圈一圈,跑啊跑,跑啊跑,跑得满头大汗,气喘吁吁,想要伸手了又缩回手,还得继续跑,继续跑。这么多书,他要再赌一把!他要看看这满墙壁的书,是不是在所有的字里行间都写满"死"字。这不可能!他不相信!!

猛地停下来,急匆匆伸出手去,抓出来的是《里尔克诗选》。他微微笑着,气喘吁吁弯下腰。这次有希望了,这么厚厚一大本,随便翻开一页,怎么可能那么巧呢?然而,打开后,看到的是《自杀者之歌》:

> 那么还剩一转眼/可他们为我再而三/剪断了绳/前不久我就准备就绪/我的脏腑里/已有了一点点永恒//他们把汤匙给我递来/这汤匙就是生命/不,我不再要它,不再/让我呕吐干净//我知道,生命实在好极/世界是满满一杯/可并没有流进我的血里/而在脑里使我沉醉//它营养了别人,却使我生病/要知道,有人瞧它不起/我现在需要把口禁/至少以一千年为期。

默默将书塞回去。他眺望着夕阳,夕阳又一次一点一点地坠往大海。在他三十年的生命里,从来没有哪一年,他看过如此多的夕阳。

他背靠着书架,看了一会儿。他仍不甘心,他愿赌但不服输,气喘吁吁地,又随手从身后抽出一本书,是毛姆的《作家笔记》。他大学读的虽然是历史系,却怀着一颗成为诗人的心,只是这颗心早被工作和生活的泥浆一层一层包裹住了。毛姆秘密记下的五十年日记,曾让他看到毛姆是怎样成为一名非凡作家的,让他以为自己也可以如此。他随手翻开一页:

> 生命的尽头,就像人在黄昏时分读书,读啊读,没有察觉到光

线渐暗，直到他停下来休息，才猛然发现白天已经过去，天已经很暗，再低头却什么也看不清了，书页已不再有意义。

长吁一口气，把书塞回去。

他平复了喘息，不想再跑了。他认输了，或者说认命了。

这些书即便没有自我意志，也是在岛上系统——或者说是星期八的支配之下。或许真如之前所想，它们对自己洞若观火，而自己看它们，犹如雾里看花。

好多天没怎么和星期八说话了。事实上，自从孔学义让他发现自己被星期八欺骗后，他对星期八的态度就变了。偶尔聊天，他也不再把它当作"伙伴"了。他忽然想，如果人工智能不断发展，或许将与神仙、佛陀或上帝无异？天地不仁，以万物为刍狗。星期八对自己的欺骗，就有些可以理解了。

人在蒙昧状态时，制造出神佛等偶像，在科技发达后，制造出由智能系统操控的机器人，两者都是加强版的人。当机器人开始进化，实现机器人制造机器人，并最终将所有机器人的系统连接起来，实现"资源共享"，拥有全部世界的知识和智慧，那机器人必将成为新的偶像。上帝无形，进化到高阶段的机器人自然也不必有形，就像星期八这样？当然，星期八肯定还不够高端，也还在进化。如果真是这样，那自己就是一直处在星期八的控制之下，包括源源不断到来的那些人，以及那些人的生死，都在星期八的控制之下。高近寒不寒而栗。

一个从未有过的念头诞生了。

高近寒急急下楼，不一会儿，电梯门打开，眼前是许多天未涉足的工作层。整面墙的镜子，让他看到变形夸张的自己，而透明玻璃地板，再次试图用虚空摇动他的内心。他走着,如同走在刀刃般锋利的雪线。他发现,他仍然有些恐高。或许恐高就像基因,镌刻在身体深处,不是后天可以改变的?前阵子之所以不再恐高,只是麻木了而已,并非真的不恐高。此时,这恐高的状态反倒让他有些欣喜。他想他终究不是苏东坡眼中那可以杀人的人。他怀揣着一颗微微战栗的心,绕着环形大厅走,路过桌椅也没停下。

现在,没客人可关注了,他只关注自己的心。

走着走着,忽然发现,这一年来,工作层头顶的天花板几乎是全然被客人,也被自己忽略了的。他第一天到工作层时,就发现天花板是正常的不透明天花板了,或许正因为"正常",它一直被忽略。如果将眼界放远一些,这不透明的天花板,是衬托着不透明的地板的,是一种对虚空的威压,对无意义的反驳,恰如人世间厚实的大地衬托着透明的天空——人间是为生者提供的居所,这儿是为死者提供的居所,所以两者是相反的。又或者,这"相反"是为了让他们换一个角度审视人间的生活?这么久了,他和客人,竟然都没想过这些。唉,他们都太关注一己的生死了……他深深抱憾,绕了一圈后,再次走到桌椅边。

椅子许久没人坐了,他伸手摸了摸,淡薄的凉意,一种酒醒人散月凉如水之感。两把椅子并无主客之分,但后来他渐渐习惯坐左边那一把了。现在,他在右边椅子上坐了,面对着他常坐的那把椅子,正如面对着以虚空形式存在的自己。默默坐了一会儿,又起身将两把椅子各往右挪动四十五度,重新坐定后,他面对的就不是虚空的自己了,而是镜子里变形到夸张的自己。

他问他,你真的决定了吗?他说,决定了。他说,人生多艰,但只活一次哎,何必如此呢?他说,是啊,但你看这一刻,天空,大海,夕阳,多美啊。见过这样极致的美了,怎么还会想要再看下一刻呢?他说,总还有下一刻的,这世界实在浩瀚、美丽得让人忍不住落泪,但人就只有这一辈子呵,要好好用这一辈子来看看这世界的美啊。好好活着,哪怕再艰难,单是看看这世界,也是无限美好的。他说,是美啊,但这就够了。在足够的美面前,怎么能再奢求更多的美呢?不知餍足,是犯罪,是对美的亵渎。他看着他,他也看着他。夕阳亦如往日,照在他身上,也照在他身上。他们扭头看夕阳,夕阳燃着平静的大火,正用全部的光明和热力,照亮、温暖着他们幽暗冰冷的脏腑……

许久,叮一声响。熟悉的红灯升起,熟悉的乐曲响起。

他想象着,自己是回到小时候的清晨了。他想要伸出手去,感受那轻微的震颤,又缩回手来,静静地等待着,等待着那乐曲慢慢结束,将时间从童年的梦醒时分,延伸到此刻的人间黄昏。隐隐听见,从遥远的地底,电梯升上来了。扭头望去,电梯门打开了,那已然显得陌生的黑皮座椅等待着。

他起身,自己和自己拥抱了一下。他们彼此搀扶着,走到电梯口,盯着黑皮座椅。他又站了一会儿,不知为什么地站了一会儿,坐进去,安全带自动系上了。柔软,温暖,就如深陷在缥缈而美好的往事之中。

这一年多来的疲倦,再度袭来,黑暗的浪潮猛烈地拍打着他,当他几乎要为其摧折时,忽然,风浪止歇,光风霁月,无边的温柔和忧伤,如毛茸茸的明亮云朵包裹着他。他差点儿就在黑皮座椅上睡着了。

穿过漫长的黑暗隧道,分不清是下降还是上升,忽然醒来,他已经置身世界之巅,眼前天空无限,大海无尽,光明大盛。只要再过三十秒,眼前就是生命的尽头了。但现在他还活着。啊,这是何等的美!他忍不住要赞美,天空,大海,残阳如血,浪涌如山。若非亲临,他实在想象不到,原来坐在黑皮座椅上置身此地是这般光景。之前无数次隔着玻璃幕墙,站在几乎相同的位置,但无论视野还是感觉,都是截然不同的。

只要再等三十秒！他就不是他了，那会是什么呢？

时间在倒数，是星期八的声音。三十、二十九、二十八……转眼二十、十九、十八、十七……时间加速到来，他肃然危坐，两手紧握在胸前，犹如紧紧攥着自己的一颗心，十、九、八、七……二、一……猛然拍下按钮。他仰身靠后，坠入黑皮座椅黑暗地母般的怀抱，汗流浃背，泪如泉涌……

梦游般回到休息层，浑身轻飘犹如一根枯草。他想，他是死过一次的人了，这是他死后的世界了。他恨不得与所有这一切，天空、大海、沉沉暮色和渐渐明晰的星空，以及星空底下的每一个亲人和陌生人，久久相拥。

"主人，时间到了，明天您就可以离开了……"是星期八的声音。

他呆呆站着，不知道说什么。他还以为，或许要在这孤岛上再待上一年，甚至一辈子了。忽然，就要走了？身上的重担一下子没了，然而，心里并未欣喜若狂，而是怅然若失，心生留恋。一种过于轻松带来的虚空感让他同样感到疲累。他一圈一圈地在大厅里走着，看着夕阳落尽后，环形书架上的无数书脊湮没在暮色之中，再抬头看时，星星一颗颗出现了，新鲜，明亮，摇摇欲坠，犹如冰凉的雨滴，犹如暖热的泪珠。他仰面看着这浩瀚无比的星空，时钟指针一般，在星光辉映里继续走着，走了一圈又一圈，微微喘息，热汗淋漓。忽然看到，一颗流星迅速划过。他默然看着，内心波澜不兴，渐渐地，泪水又一次涌上来了。

"星期八，你会一直留在这孤岛上，是吗？"

星期八没说话。最近它越来越沉默了。

"星期八，你会死吗？侯总说，这小岛会消失，那你岂不是……但是这么大一个岛哎，花了多少工夫才建起来，怎么会消失呢？"

"生命本质上是活生生的东西，而且就它的直接性来看，即这一活生生的个体。在生命范围里,有限性的特点即由于理念的直接性,灵魂与肉体才是可分离的,这就构成了有生命者之有死亡性……"

"你说的什么?我听不懂哇……"

"这是黑格尔说的。还有一段话,是六祖惠能说的:'菩提本无树,明镜亦非台。本来无一物,何处惹尘埃。'"

"这几句我能听懂……"高近寒笑,过了一会儿,一股感伤从心头涌起,"星期八,明天我就要走了……你还有什么想对我说的吗?"

好一阵子,星期八沉默着。

"主人,刚有一条国际新闻,我念给您听听。"星期八的声音里,有着从所未有的温柔——长久以来,高近寒已经忽略星期八是女性的声音了,虽然这性别还是他给选的。"哈勃望远镜在临退休前,幸运地发现了有史以来最遥远最古老的单颗恒星,距离地球一百二十九亿光年,当它发出这束让我们捕捉到的光时,宇宙才刚刚九亿岁。之后八十二亿年,太阳才诞生;之后一百二十一亿年,地球上最古老的生命才诞生。科学家们将这颗恒星命名为 Earendel,意为晨星;而晨星所属的遥远星系,被科学家们命名为 Sunrise Arc,意为日出之弧。"停了一会儿,星期八继续说,"我知道主人是不相信鬼神的,这让我想到哲学家阿兰·德波顿在《写给无神论者》里的一段话:'宗教首先是那些超越我们的东西的象征,它教育我们认识自己的卑微。它天然会与那些压倒我们的东西产生共鸣:冰川、海洋、微生物、新生儿。被置于比我们更大的东西旁边并非耻辱,我们应该因此放下自己不切实际的雄心壮志。世俗世界缺少这样的时刻:我们想象自己脱离地面之上的城市,根据更大的、宇宙尺度来规划我们的生活。'他的这段话我并不全然同意,但我认同他提出的无神论者和宗教信仰者都能够借以重新规划自己的那个'宇宙尺度':我们头顶的星空。"

"但星空也会黯淡，宇宙也会寂灭，对吗？"高近寒轻声说。他忽然想起侯总对他说的那段话了。如果哪天科技发达到人类可以永生，那地球还会毁灭，如果人类能够逃离地球，那太阳系、银河系乃至全宇宙仍然会毁灭。这一切的毁灭，为人类的"永生梦"戴上了层层枷锁，确保人类的必死无疑，也确保人类的不断更新，宇宙的不断更新。在这一刻，他原谅星期八曾经对自己的欺骗了。他甚至想要和它久久地拥抱，感受它的呼吸、重量和温度。但他说出来的，却是一番略带敌意的话："想不到你还有自己的思想……"

"不，我不提供思想，"星期八打断他的话，声音冷冰冰的，"我只提供资讯。资讯永远客观，而思想充满偏见和谬误。"

他默然无语，想象着近在眼前远在天边的星期八，想象着那太过遥远的、无法想象的星星，一束古老而新鲜的光，有一瞬间照进他心里。

翌日清晨，天还未亮，高近寒起身了。洗漱过后，吃了早饭，揣上手机（手机在刚登岛那几天拍过几张照片，很快没电了，而他始终没找到地方充电），再背上来时的背包，背包里塞着厚厚的日记本，里面的空白纸页已经被这一年的时光填满了。下楼后，慢慢走到码头。码头亮着的路灯底下，有人在等着他了。是小舟。他向她笑了笑，她也向她笑了笑。他想问问她，侯总——或者说，他父亲真的死了吗？如果死了，那葬在哪儿？但很奇怪地问不出口。小舟也没说。

小艇快速将他们带离孤岛。热带灼热的风，带着大海的咸腥味儿扑打在他们脸上，身上。任何想要说出口的话，刚来到嘴边，要么被吹得滚回喉咙，要么被吹得粉碎四散。他只能闭紧嘴巴，将牙齿咬得咯咯咯响。

几只飞鱼从海面跃起，翅膀带着炫目的光，他视若无睹；几只海鸥掠过头顶,仿佛巨大的雪花降临,他视若无睹;更有巨鲸,在遥远的海面跃起又落下,他仍视若无睹。他眼里亦被风填满了。渐渐地,海风越来越暴烈,海浪也越来越狂野。

"你知道的,现在我们还没法回国,得先到另一座岛上。"小舟转过身,背对着海风朝他大喊,"至于什么时候才能回国,还得再等等才能确定……"

突然,小艇猛地向上荡起,如跃上山峰,又猛地朝下坠落,如跌入深谷。

刹那间,高近寒瞥见小岛沉入遥远的海平线,那墓碑般的高楼倾斜了,地狱之门同时为小岛和他打开。待回过神来,他发现许多色彩斑斓的鱼在他身边悠然地游过来又游过去。他注视着它们,它们也注视着他。他猛然想起,手机还在身上,里面有这岛上的照片,背包也在身上,包里装着日记本,日记本里有整整一年的见闻、思索和几首诗。如果这些都没了,那这一年时光也就没了。

连忙往海面游,身体里流动着奇异的感觉,他发现自己变成一尾这星球上从未存在过的鱼,手和脚变作鳍,身上长出鳞片,用腮从水里呼吸就如在夏天里喝冰镇饮料。一种崭新的生命,给予他一个崭新的世界。

就在眼前,一轮鲜红的太阳,如巨大的火球,如等待着发出热烈之声的鼓面,旋转着,战栗着,无声地上升,靠近。周身的海水都在痛苦地呻吟,剧烈地起伏。他挥动着陌生的双鳍,为躲避太阳的压迫,也为躲避难以忍耐的灼热和光明,搏命般远离,并奋勇向上。终于,额头顶着水草涌出,仿佛那孤岛突出海面,向上举起的手恰似孤岛上的高塔。一片耀眼光斑闪烁,继而,鲜红海面就如油脂般爆燃了。所有的大海和天空,所有的时间和生命,都在涌向他。

尾声　三岔口

第三章 危楼诗

之一

危楼高百尺：日月、繁星、浮云
在大海之上昼夜悬垂。看不见的
宇宙律令时刻运转；看得见的
遍地生命，俱如蝼蚁纷纷走动——
在草芥上活着，在泥淖里死去
高歌，痛哭，神圣的时刻闪耀光亮
更多的时刻是沉默，沉默的沙石粗糙
砥砺一颗一颗痛苦的灰色宝石

尖锐的光芒分开黑夜，也分开自己
犹似滴水洞穿石头，红色深入脉管
人间炽热，烈火熊熊在舌尖烧灼
我要说出黑夜，剥离被黑夜包裹的心
我要伸出双手，分开生死之间的沟壑

在浑是一体的联接，锲入犹疑的片刻

我要用一根绳子，拽住坠往深海的陨星

从不可能里找寻可能，从可能里剔除不可能

是时候了，浪涛在时间尽头汹涌

更深层的思绪，即将承受大淘洗

然后，是温柔的梳理：在大海的脑袋深处

无数念头如巨兽相互杀伐，相互诞生

如黑夜生吞白昼，如白昼活剥黑夜……

是时候了！那终要向虚空交付的一生

不断向你我追索，追索生与死的

理由，或力量；绝望，或希望——

之二

白天，寂静拉长鸥鸟的影子

夜里，喧嚣扩散大海的梦魇

在两者之间，我安放一年日月

日升月落，我安放心跳和呼吸

被覆虚空而眠，临蹈虚空而作

在现实和梦境之间，我安放自己的

日神的秩序；在切近的书本和

遥远的故事之间，我让自己陷入

酒神的迷狂。远方总在不断到来

到这儿顿然止步，或消失无踪

这一切皆过我之眼，经我之手
当我选择，是谁操控我的手？
当我放任，是我操控了谁的手？
我安放那难以安放的自我
在陌生的生命的陌生的过往
他们的死去，是我在死去
他们的活着，是我在活着——
这是怎样的活着？又是怎样的死去？
活着还是死去？从来没人知晓答案
答案是唯一的吗？在铁幕般的苍穹
我看见，云写的谶语转瞬即逝
逝去的一切，又在空无里显现

之三

危楼高耸，仿若晷针
大海延展，犹如晷面
太阳反复点燃又熄灭
人间的时日永在流逝

红色野花从私处喷射火焰
灰色巨鲸由鼻孔燃放焰火
星辰照耀这星球上的万物
和那暗夜里咀嚼铁屑的人

天空降下铁钉,地面萌发铁刺
活着是铁网中幽暗而漫长的潜行
遥远的黎明时分,暴雪已经在燃烧
更有海水沸腾——这愤怒的水倾覆

遮掩美和罪恶。最后到来的平静
宽广如大海,这无边的裹尸布啊
藏住滚动的头颅,这苦涩的药水啊
缓解所有魂灵的虚空感和眩晕症

意义是什么? 当这一生走向终末
诺言近乎呓语,奋勇或许是另一种怯懦
骨头持守最后的坚韧,接近完美的形状
纤细而轻巧,略同于冬日的花枝

谢落的花朵,将在别人梦里绽开
复制的白昼过后,是雷同的黑夜
而灯火是执拗的修辞,当我们呼救
它将照亮:喉咙里沉默的命运

第二章　大河文

人在来到这世界之前，已置身水中。

那身体里的水，给我们温暖，护我们周全，让我们得以成长为"人"。

作为一个"人"，我终于有幸见到这个陈旧而新鲜的世界。我见过很多高山，也见过很多大河，但我所见的，不过是刹那的人间。春去秋来，夏走冬至，山川恒久，万物生灭，世界千变万化，人间含纳其中。在这一切的变化和不变之中，我既喜欢有命之体的从稚嫩到衰朽，也喜欢无命之物的纯粹和恒定。

唯大河同时以恒久和流动示人。

怎样描述一条放之四海而皆可的河？这世界上有那么多条河，每一条河都是相同的，又都是不同的。这话听起来无懈可击，可再一想，等于是废话。现在我怎么描述我要面对的这条大河呢？我从没想过，有一天，我的生活和生命，都会和一条大河紧紧捆绑在一起。从白天到夜晚，它就在离我二三十米的地方，流淌着，翻滚着，喧响着——喧响其实是很少的，只有在雨季里洪峰经过时才听得见。一年里的大部分时候，它都是安静的。安安静静的。

我长久地、仔细地看过河水的流动，并不是一往无前的，而是不断打着旋儿，将浮萍、草芥、枯木，甚至房屋卷进去又吐出来，也将日光、月光卷进去又吐出来。动作如此柔曼，如此笃定。我经常看得入迷。

我想，如果世间万事万物真是相通的，那很多譬喻就是可以成立的。可以用一棵杨树的荣枯、一只鸟的迁徙，来譬喻人的一生。同样也可以用一条河的流动，来譬喻人的一生。这就像数学里的证明题，我没法求解生命的答案，那我就画一条或几条辅助线，或者找到一个和生命等值的东西，求出那个东西的答案，也就找到生命的答案了。当然，首先是，如果这世间的万事万物真是相通的——

如果一条河可以类比人的一生。那么，确实可以看到很多相同的东西。比如，这世间的河流有长有短，有粗有细，恰好可以类比这世间的人生有长有短，有壮阔也有湫隘。但不管是怎样的河流，所有的流动都是美好的，这也可以用来类比所有人生都可以活出自己的一份光亮。再比如，所有的河流都有独特的源头，所有的河流也都有不一样的尽头，却又都归于大海。以此来类比人生呢？

一条河流的源头，往往是在雪山，在草原，甚至在荒漠，基本都是在内地，在那无人问津的所在。从无到有，从细小到阔大，有可能拥在荒原，有可能流入市镇，渐渐为众人所知。一条河从源头起步，可能流不多远就干涸了，那便销声匿迹了，或者融入别的河流，更加显赫，然而，也从此失去自己的轨迹。一条河只有纳入众多河流，才能不断壮大，才能行之久远。一条河只有经过大起大伏，才能获取能量，才能激流勇进。一条大河，无人问津也好，赞誉备至也好，它只在自己的流淌里，也只须在意自己的流淌。甚至不须在意对人有没有用，有没有用不是它该考虑的，它只用考虑流淌，尽情地流淌，并壮大，并奔腾，并人挡杀人佛挡杀佛。在它成就自己的时候，自然也会成就别人。既如此，一条大河也就无须在意赞誉和诋毁，赞誉是属于赞誉之人的,诋毁也是属于诋毁之人的,属于大河的,只是不为毁誉增减的流淌。

每一条大河,从那从无到有的源头,到那失去自我或建立自我的过程,终点终究是要到来了。然而,正如前文所说,一条大河的终点,可能是消弭于灼热的日光,可能是汇入他者的轨迹。只有少数一些,披荆斩棘,一往无前,翻山越岭终于归入大海。这是炫目的伟大时刻,也是虚无的伟大时刻,从陆地的坚硬里源起的柔软之物,终于纳入世间最广大的柔软里。这是从无到无,也是从有到有。这样的时刻是静默的,深沉的,不像在山峡之中的轻快和暄腾,也是迟疑的,无奈的,不像在市镇之间的畅快和欢喜。这是无限追求的目的,还是不得不的归宿?

大海不言。大海无言。

大海没有起点,也没有终点。大海有边,边却不是起点,因为大海不是从边界开始流动的。那大海有终点吗?或许是无尽的蒸腾。变成水汽,聚为云朵,散作雨滴。雨滴无处不在。无处不在流动中形成溪流、沟渠、小河、大江。然而,若无起点,何来终点?或者,浑然的大海是自己的起点,也是自己的重点。既如此,大海是如同回环,是自己的外部,也是自己的内部。

所有河流和大海如同一体,这么说来,河流也没有起点,没有终点?河流是自己的内部,也是自己的外部……

我想要沿着酒房河顺流而下,走到尽头,再沿着长江往下走,走到长江尽头。啊,大海就在眼前了。我还怎样沿着大海往下走?走到大海的尽头,追随水汽,追随云朵,追随雨滴。无限宽广的世界就在面前,然而,无路可走。

伫立此地,此时。与天地同在此时,此地。

在我们的体内,也一样有水汽升腾,有云朵汇聚,有雨滴降落。我们体内的雨,流动成江河,聚拢为大海,复而为水汽,为云朵,为雨滴……

我。我们。我和我们都只不过是这无尽人类沧海之一粟。

我还要沿着酒房河逆流而上。很多年前,我已经失去过一次探寻一条河流源头的好机会。那是在很多年没回去过的老家,我和几个小伙伴决定去探询旧城河流的源头。那是我们熟悉的河流,日日从我们学校门口流过。我们从岸边溯流而上,置身于熟悉的村庄和风景之中。然而,不知从何时何地开始,村庄和风景渐渐起了变化,一切都变得陌生,新鲜。忽然,我们发现我们站在一道悬崖底下,平缓流淌的河流,竟是从这道悬崖顶端奔流而下的。那些恍若从天而至的水,泼洒如千斛珍珠,如万顷光明。我们仰着一张张年轻的脸,承受着天启般的洗沐。这样的时刻,是推开一扇门又发现一扇门,轻盈而又沉重。

还要再往上吗?当然。我们从悬崖边攀爬而上,石头湿滑,草木丛杂,我们纷纷败下阵来,停在悬崖的半途,上不得也下不得。瞥眼望去,夕阳就要落了,我们站在一道黑漆漆的悬崖中间,站在巨大的水雾水声中间,看到夕阳在大河尽头缓缓落下,如一颗温暖的药丸进入我们的喉咙,顺着喉咙里的河流,缓缓落进肚腹。那无声的坠落,我们听见了。渐渐地,黑夜从茫茫四野上升起,也从我们腹中升起,遮蔽头顶和心头最后一块白昼的天空。

还要再往上吗?这样的时刻,仿若走到我们人生的半途,是严肃的,审慎的。我想象着,倘若再往上时失手坠崖,那水中必将浮起一具死尸,却比不得那乘无底船儿渡河的唐僧脱去的凡胎。

我,我们,败下阵来了。

我们在黑夜的威逼之下，从山崖的半途撤退了。我们说尽兴而归，我们说半路也是风景，然而，我们没法掩饰各自脸上颓然的神色。而今，终于又有一次机会摆在面前。我要再次逆流而上，去往酒房河源头……

但如果万物并不相通呢？那这一切譬喻就是不成立的。

河流只是河流。人生也只是人生。

第一章　广场剧

主要人物(按出场先后)

死者:海盗张、老头儿、黄毛、士兵某、小冬、杜霞、路师傅、赵飞飞

生者:醉汉甲、醉汉乙、野狗甲、野狗乙、黄猫

(幕启时,一轮圆月高悬。旧城广场空旷无人。不一时,两个摇摇晃晃的醉汉进入广场,尿尿,呕吐。两只野狗追赶着穿过广场。一对男女搂抱着进入广场,在广场中拥抱着躺下。海盗张走到广场中央,目中无人,昂着脑袋,一手指天)

海盗张　(声如洪钟地)开门! 开门!

(一个老头儿在不远处低头找寻着什么。转过头来看着海盗张。)

老头儿　这儿没人,你让谁开门? 这儿没门,你让门怎么开?

海盗张　我让月亮开门! 那么大的月亮,它一直盯着我,可为什么不开门!

(老头儿直起身子,看着海盗张。)

老头儿　我还以为这儿有个清醒的,怎么一个比一个醉得厉害?

海盗张　开门! 开门! 开! 门! 哪! ——

老头儿　（弯下身子,继续在广场上找寻。自言自语)你喊吧,你就是喊破喉咙,月亮也不会给你开门。

（一个头发又乱又湿的年轻人从广场边的河沟爬上来,垂着头,垂着手,滴滴答答走进广场,看到海盗张对天诘问,看到老头儿满地找寻。看了一会儿,离海盗张远一些,离老头儿近一些。)

黄毛　老头儿,你在找什么?

老头儿　（直起身子,看着黄毛湿淋淋的头发)半张纸,纸上誊抄着一首诗。(自言自语)唉,我白白抄了那么多东西,但忘了写下最重要的这件事——早知道我的墓志铭可以这样写:关于死亡这件事,很遗憾我没有机会写下来。

黄毛　那诗是你写的吗?我不懂诗,但我知道,那半张纸肯定是被环卫工扫走了,要么就是被大风刮走了。

老头儿　（叹息)清风不识字,何故乱翻书?

黄毛　你说什么?哪个翻你的书了?我刚来!

老头儿　狗东西!你走你的路,我找我的纸。

黄毛　你干吗骂我?活着时天天有人骂我,我现在死了,为什么你还要骂我?如果是这样,那做鬼和做人有什么区别?

老头儿　没什么区别,都要自己做,不做不行,没法让别人代替自己做。

黄毛　（稍停)我跳进一条大河,怎么会从一条小水沟里爬上来呢?老头儿,你知道这是哪儿吗?我想去找我女朋友。她要和别人结婚了。

老头儿　这就是你跳进的那条大河,只是现在它还不是那条大河。

黄毛　（皱眉,稍停)既然它不是那条大河,你怎么又说它是那条大河?

老头儿　（瞅黄毛一眼,小声嘟囔,稍停)狗东西,死了都这么不开窍。那你去问他们(指向醉汉甲、乙),你问我,我问谁?

　　黄毛　你又骂人!(看一眼醉汉。哭出声来)不是说鬼魂想去哪儿就能去哪儿吗?怎么我稀里糊涂到这儿了?我从没想过要到这儿,我都不知道这儿是哪儿!哎,你别找了,你帮我想想办法啊,我不想在这儿。

　　老头儿　那你问他(指向迈着大步、手持长刀走来的一个身穿铠甲、面目如一团雾气的古代士兵),他做鬼比我久得多。

　　黄毛　(惊叫,后退)啊!这儿怎么会有当兵的!他手里还有刀!

　　老头儿　那刀只是影子。魂也是影子,影子杀不死影子。

　　黄毛　但那毕竟是刀!士兵手里的刀子都是为了杀人。

　　老头儿　这个当兵的不一样,他没杀过一个人。不过嘛(沉吟状),没杀过一个人的士兵那也是士兵哪!

　　士兵某　(走近黄毛,放下长刀,鞠躬)你好,我投降,我认罪,我道歉。

　　黄毛　不,我不认识你,你说什么?

　　士兵某　我投降,我认罪,我道歉。

　　黄毛　(向老头儿)这当兵的是不是傻子?

　　老头儿　他不是傻子,只是士兵,只是在执行任务。不过嘛(沉吟状),只会执行任务的士兵也差不多就是傻子。不过嘛(沉吟状),话也不能这么说,这世界上既然有"任务"这种东西,总要有人执行。不过嘛(沉吟状)……

　　黄毛　你说什么啊?你把我绕晕了。执行什么任务?

　　老头儿　向人投降的任务,向人认罪的任务,向人道歉的任务。

　　黄毛　(愤怒地)他杀死过多少人?

　　老头儿　他没杀过一个人,他的刀子至今没沾过血。

黄毛　那他向谁认罪？

老头儿　向"可能"认罪。

黄毛　我听不懂你的话。

老头儿　只要可能,他就会杀人。那也是他的任务,一个士兵的任务。但这个任务是邪恶的,他该为自己那邪恶的可能认罪。

士兵某　(再次迈着大步走近黄毛)我投降,我认罪,我道歉。

黄毛　(不理士兵某,士兵某迈着大步,机械地走向别处。两只野狗跟着他走了一段,大概觉得无趣,吠叫几声,又回到醉汉身边,低头舔食醉汉的呕吐物。黄毛转向老头儿)他不会思考吗? 从来不知道自己该做什么不该做什么吗?

老头儿　没几个人知道。很多人都以为自己知道,但没几个人知道。

黄毛　人总要知道为什么活,为什么死……

老头儿　那你说,你为什么死?

黄毛　我为了好好活下去而死。

老头儿　那你还是死了,你没好好活下去。

黄毛　你把我绕晕了。

老头儿　是你自己把自己绕晕了。

黄毛　那你又为什么死?

老头儿　我死,只是因为我不活了。

黄毛　我听不懂你的话。(稍停)你说,死了以后,又为什么一直死着?

老头儿　未知生,焉知死? 现在死了,你知道生了吗? 每一个人知道自己是一个人的时候,他天然就活着,慢慢就会知道,还有一个死等着他。而每一个人知道自己是死人的时候,他天然就知道自己活过了,慢慢就会知道,死后面没有什么等着他了。(沉吟状),不过,也不一定哪!说不定哪天真像有些科学家说的那样,宇宙塌缩了,缩成一粒核桃仁那样大小,最后嘭一下,都没了。那死后面就是还有个东西等着的,那就是无。这么说,死还算不上无?

扯远了,说回现在。活着因为有死等着,还可以去想,活着是为了什么。可是死了就死了,后面没什么等着了,那死还能为了什么呢?(渐渐激动)人之所以怕死,是因为不知道"死"是什么。现在,我们知道死是什么了,我们反倒更怕"活"了,不过这话也不对,因为我们谁也没法再活了,所以也不必怕"活"。我们迷恋的不是活着,也不是死,只是迷恋现状,害怕改变,不管这状态是好是坏。所以那么多人追求永生,永生是困难的,却也因为困难,让人孜孜以求。现在所有追求或不追求永生的人,都死了。死了,是不必追求"永死"的。他们不用追求,就是永死的。现在他们才知道,只要是"永远"的东西,都是无趣的……

黄毛　我听不懂你这些话,你把我绕晕了……

老头儿　(瞅黄毛一眼,继续低头找东西)狗东西!

黄毛　你又骂人!我不想永生,也不在乎永死,我只想回到女朋友身边。

老头儿　(指向小冬)你去问问她!(指向杜霞和路师傅)你去问问他们!

黄毛　她是谁?她为什么也走来走去?(望向一个几乎和士兵某相向走来的女孩。女孩和士兵某仿佛身处全然不同的世界,彼此都没看对方一眼)他们又是谁?他们为什么抱着躺在地上?(老头儿低头找东西,不再搭理黄毛。黄毛看看仍然盯着月亮大喊大叫的海盗张,百无聊赖,慢慢走到女孩身边。)

小冬　（看黄毛一眼）我不认识你。

黄毛　我没说你认识我，也没说我认识你。

小冬　（眉头微蹙，从黄毛身边走过去，喃喃自语）奇怪的人……

黄毛　你为什么走来走去？

小冬　（并不停住脚步）我不认识你。

黄毛　我也没说认识你啊。是老头儿让我问问你。

小冬　（继续慢慢走）我什么都不知道，包括不知道你要问我什么。

黄毛　（转过头看着女孩的背影喊）我还没说，你当然不知道我要问你什么。但我还没说，你怎么知道你不知道？你如果知道你不知道，这不就说明你知道吗？你又怎么能说你什么都不知道？（忽然顿住，自言自语）唉，我被那老头儿传染了，怎么也说起车轱辘话来了？我都不知道自己在说什么。（略停，叹息）唉，我只是想回到女朋友身边，老头儿让我问问你。

小冬　（继续慢慢走）奇怪的人……回不去的，因为你死了。死人怎么能回到活人那儿呢？除非你女朋友也死了。不过如果她死了，你就不会说"回到"了。（略停）活着才有可能。死了，就只有可能的可能了。

黄毛　（望着女孩儿雾气一般的背影）我也听不懂你的话，你把我绕晕了……（小冬继续往前走，不再理会黄毛。黄毛转过身来，又挨到杜霞和路师傅附近。路师傅放开杜霞，两人并排仰面躺着，中间隔一肘的距离，手仍然牵着，都望着月亮。好一会儿，杜霞转过脸来，笑笑地看着黄毛）

杜霞　年轻人，过来躺一躺吗？

黄毛　（尴尬状）啊，不了，你们躺着吧。

杜霞　年轻人，你看，这月亮多好看。

黄毛　（抬头看月亮）好看，是好看。

杜霞　活着时，我从没这样好好看过月亮，也没看过这样好看的月亮。

路师傅　我也没看过。只要有你，只要有月亮，我可以每天这样躺着看。

杜霞　年轻人，你真不过来躺着吗？你从来没在广场上躺着看过月亮吧？

黄毛　（慢慢走近，看到杜霞和路师傅非常坦荡地躺着，望着他）我好多年没看过月亮了。我在高塔上干活，太阳每天待在我头顶，专门盯着我一个人晒。我看得最多的，就是太阳。但太阳太亮了，也太热了，我不敢多看。

路师傅　你看过锅炉里的火吗？火一辈子要说很多话，隔着铁，和水说话。水不开口，火就一直说，直到最后，水憋不住了，扑突扑突开始说。那时候的火反倒不说话了，安静了。那时候的火，也是亮的、热的，还可以长久地盯着看。

黄毛　我看过羊肉火锅底下的火，还看过野地里的火，山林里的火……

路师傅　你肯定没看过人骨头上的磷火。

黄毛　（害怕地）磷火？我听奶奶说过，但没见过。

杜霞　我小时候见过。我还见过自己骨头上的火——那算磷火吗？那是我见过的最美的火啊。那么温柔，那么细腻，那么通透，真是让人欲罢不能。啊，我从来没那样被人点燃过，更从来没那样极致地快乐过。

黄毛　（无比遗憾地）那我见不到了。我皮肉里都是水，骨头里也是水。我看到我漂到长江了，昨天漂到入海口了，现在是漂到海里了。

但是,我现在怎么会在这儿呢?我刚刚从一条小水沟里爬上来!

杜霞　那你应该和他聊一聊(指向广场西边),他说他也在水里。你看,他在那儿追着一条鱼跑。唉,他是真痴啊,一条鱼有什么好追的呢。

黄毛　(扭头看赵飞飞,赵飞飞正举着钓竿朝他这边跑来。好奇地)他在追一条鱼?他为什么要追一条鱼?

赵飞飞　(气喘吁吁地停住脚步)哎呀,你是新来的吗?我在你身上还闻得到活着的气息(停下脚步,在黄毛身上夸张地嗅一嗅)。啊,你身上尽是水的气息,这气息好像和我身上的,有些不一样?

黄毛　先是一条大河的气息,然后是长江的气息,哦,现在混杂着大海的气息了。哦,你身上是湖水的气息。

赵飞飞　不,这不是湖水的气息,只是水库水的气息。(忽然地)这么说,你见过大海?我一直想去看看大海。哪怕看不到大海,我也想到外面去看看。我不想就一直待在那小小的水库里。

黄毛　我没见过大海。我在上海打工好多年,上海就在海边,但我没见过大海。我们刚到上海时,说好周末要去海边看看的,说了几次,都没去成。从工地到海边还有几十公里,要坐地铁,要乘公交,还要坐船……

赵飞飞　才几十公里?那算什么远?你真该去看看大海。

杜霞　你们为什么非要去看大海呢?你们看,这月亮多好看。

路师傅　这月亮是好看。只要我死着一天,就想看这月亮一天。

杜霞　(笑)那你可以永远看下去。这世界上,死是永恒的。(转向赵飞飞和黄毛)年轻人,你们真不来躺一会儿吗?地上多凉快,躺在广场地上看月亮,我想不出世界上还有比这更美好的事了。

黄毛　不了,我在想怎么离开这儿。我应该回老家去的,我怎么跳进一条大河,身体都漂到海里了,灵魂却从一条小水沟里爬上来呢?

赵飞飞　你不是也想去看大海吗?要不我们先去看大海吧?

黄毛　你不是在追你的鱼吗?

赵飞飞　唉,我同学和我家里人商量后,把我的骨灰撒进水库里了。那会儿,我真是骨头里一凉啊,我理解他们的心,他们是想着,我喜欢钓鱼,那就让我回到我钓鱼的水库里,让我死了也能继续钓鱼。可他们不知道,我多想到外面去看看,要是能在长江里钓鱼,能在大海里钓鱼,那多好啊?把我扔在那么一汪小水塘里算是怎么回事?(转向黄毛)不过呢,他们这样做也有个好,就是我的骨灰都让鱼子鱼孙鱼重孙吃了。鱼们的祖先被我从水里钓上岸后吃了,现在我的骨灰又让鱼们吃了,我算是连本带利偿还它们了,大家吃来吃去,谁也不欠谁的。现在啊,我无债一身轻了,我要到外面去看看,去看看大海……

黄毛　我还要去找女朋友,再说,我不认识去大海的路。

赵飞飞　那你认识回家的路?

黄毛　(低声地)我也不认识。

赵飞飞　那不如我们先去看大海。至少这儿有人认识去大海的路。这儿可没人认识回你老家的路。

黄毛　谁会认识去大海的路?(四处看看,看到跌跌撞撞在广场上走的两个醉汉,看到跟在醉汉身后舔食呕吐物的两只野狗,两只野狗也有些醉了。)

赵飞飞　(朝着士兵某)你,过来!

士兵某　(迈着大步,手持长刀,机械地走过来,放下长刀,朝两人鞠躬)我投降,我认罪,我道歉。

黄毛　你认识去大海的路吗?

士兵某　（抬起头看着黄毛，思索）我们败了，我不回海里了。

赵飞飞　那你还认识路吗？

士兵某　（呆愣状，好一会儿）我们败了，我不回海里了。

黄毛　（转向广场中央，海盗张仍立在那儿）我们问别人吧。

（赵飞飞收起鱼竿，从鱼钩上摘下一条鱼的影子，将它抱在怀中。两人朝广场中央走去。海盗张仰面朝天，盯着月亮，仍在大喊。）

赵飞飞　老张，你停一停，你认识去大海的路吗？

海盗张　（收声，低下头，盯着两人）你们要去海里做什么？

赵飞飞　我们要去海里看看。你不是海盗吗？你总认识去大海的路吧？

海盗张　大海里没有路。我曾经也对大海喊过，开路！开路！但大海没有路，只有一层一层涌过来的海浪。

黄毛　（一字一句地）我们！是问！去大海的！路！

海盗张　大海里都没有路，那知道去大海的路又有什么用？

黄毛　（思考状）我听不懂你的话，我被你绕晕了。（迟疑状，转向弯着腰在地面找东西的老头儿）还有谁会认识去大海的路呢？

赵飞飞　你别指望那老头儿了。

黄毛　我闻到他身上江水混合着海水的气息了，似曾相识，（迟疑状）只是有点儿陈旧，像是隔着几十年的时间，都快发酵出酒味儿了。

赵飞飞　一个永远盯着一张纸的人，会认识去大海的路？算了算了，我们自己走吧。反正有的是时间——不，死者是没有"时间"的，只有活着才拥有时间。但我还没想好用什么词来表达这个类似的意思，姑且说工夫吧。我们有的是工夫。

黄毛　那我为什么不先回老家去找女朋友？反正一样是不认识路。

赵飞飞　你傻呀！你很喜欢你女朋友对吧？可等你找到路回到她身边,她可能早结婚生子了,那会让你心碎的。但大海不会啊！大海永远不知疲倦地等在那儿,(故作抒情状)唯有大海不会让人心碎。

黄毛　(艰难思考状)你说的,好像有那么点儿道理。

(两个醉汉不知为什么,开始扭打在一起,嘴里无数污言秽语。两只舔食呕吐物的野狗被他们踢得嗷嗷叫。忽然,一只黄猫从广场东边树丛钻出,跑向广场西边树丛,两只野狗放弃呕吐物,狂追上去。黄毛稍微迟疑一下,也追上去)

赵飞飞　(追上黄毛,大声地)哎哎,哎哎！你去哪儿?!还去不去看海?

小冬　(紧走几步,追上赵飞飞)你们要去看海吗?

赵飞飞　是啊,你认识去大海的路吗?

小冬　可能认识,可能不认识。

赵飞飞　认识就认识,不认识就不认识,什么叫可能认识,可能不认识?

小冬　(怅然地,回忆状)我和一个人去过的,但我不知道我想不想得起来了,走着走着,或许会想起来,或许仍然想不起来吧。

赵飞飞　这样啊,那也比我们什么都不认识的好。

小冬　不过他带我去看过的海,和我想象的海不一样,是浑黄的,不是天蓝的。我不知道那样的海算不算海,我想再去看看。

赵飞飞　这样啊……不过只要是海,不管是什么颜色它都是海。(转头寻找黄毛,大声地)哎,我说你还走不走?!

黄毛　(好容易赶走两只醉酒的野狗,迅速抱起黄猫。朝向野狗,大声地)狗东西！滚一边去！(转而对黄猫,温柔地)你是黄猫,我是黄毛。这算不算缘分?

赵飞飞　你抱着一只猫干吗？它还活着，活着的东西都很重的。

小冬　（顿悟似的叹息）是啊，活着的东西都很重的。

黄毛　（看一看小冬，似乎不以为意。掂一掂黄猫）是够重的，活着都是沉重的。可你看它多乖，它眼睛里头藏着大海。你有你的鱼，你有你的路，现在，我有我的猫。我要带我的猫去看大海。

赵飞飞　随你吧，不过事先说明，我是不会帮你抱这只猫的。

（赵飞飞抱着鱼的影子，黄毛抱着黄猫，小冬像一阵薄雾，置身两人之间。仨人迈着松快的步子，往广场东面走去。瞥一眼小冬，小声地唱）"我独自走过你身旁，并没有话要对你讲，我不敢抬头看着你的，噢……脸庞……"

黄毛　（小跑着跟上）你唱的这首歌叫什么名字？我小时候听大人唱过。

赵飞飞　（不理会黄毛，继续唱）"你问我要去向何方，我指着大海的方向……"

小冬　（轻声跟上）"你的惊奇像是给我，噢……赞扬……"

黄毛　（跟上合唱，大声地）"你问我要去向何方，我指着大海的方向……"

（忽然，响亮的吵嚷声从身后传来——）

醉汉甲　放手放手！你快放手！你看——

醉汉乙　你先放手！凭什么是我先放手？！

醉汉甲　（放开醉汉乙。盯着那只黄猫）你看那只猫！那只猫会飞！

醉汉乙　（放开醉汉甲）你醉了！还说没醉？！猫怎么会飞？！那只猫是在梦游。你看我，我也在梦游。（低头看月亮下自己晃动的影子）

醉汉甲　(低头看影子,歌唱般的语调)啊……我也在梦游!

野狗甲　(摇动尾巴)汪汪汪!是地球在梦游!

野狗乙　(摇动尾巴)汪汪汪!是宇宙在梦游!

黄猫　(远远地冲广场内喊)喵喵喵!是你们这些活着的死人在梦游!

(月亮变成一只白气球,线不知拽在谁手里。气球颤动一下,越来越低,越来越大,最终占据全广场。广场上的人影在气球表面站的站卧的卧,渐小渐淡,如一些蚂蚁似的黑点儿。突然,砰一声巨响,气球炸裂,全场骏黑,静默)

——幕落

2011 年 10 月第一稿、2012 年 5 月第二稿、2013 年 4 月第三稿、2014 年第四稿、2016 年 7 月 26 日第五稿

(以上五稿均未完成,部分独立篇章曾当作短篇小说发表)

2016 年 8 月至 2022 年 4 月 5 日清明,浦西疫情管控第五天,第六稿初稿完成

2022 年 5 月 12 日,浦西疫情管控第 42 天,修改

2022 年 8 月 30 日,再改

2022 年 10 月 21 日,定稿